돈

이 도서의 국립중앙도서관 출판예정도서목록(CIP)은 서지정보유통지원시스템 홈페이지(http://seoji.nl.go.kr)와
국가자료공동목록시스템(http://www.nl.go.kr/kolisnet)에서 이용하실 수 있습니다.
(CIP제어번호: CIP2017028501)

세계문학전집
155

Émile Zola : L'Argent

돈

에밀 졸라 장편소설

유기환 옮김

문학동네

일러두기

1. 번역 대본으로는 Émile Zola, *L'Argent*, *Les Rougon-Macquart*, Bibliothèque de la Pléiade, t. 5, Gallimard, 1967을 사용했다.
2. 주석은 모두 옮긴이주이다.
3. 본문 중 고딕체는 원서에서 이탤릭체로 강조한 부분이다.

차례

1

증권거래소에서 열한시 종이 울렸을 때, 사카르는 두 개의 높다란 창문이 광장으로 나 있고 내부 홀이 흰색과 황금색으로 장식된 레스토랑 샹포로 들어갔다. 줄지어 가지런히 놓인 작은 테이블들을 쓱 훑어보니 분주해 보이는 손님들이 팔꿈치를 맞대고 비좁게 앉아 있었다. 그는 자기가 찾는 얼굴이 눈에 띄지 않자 흠칫 놀라는 기색이었다.

요리를 나르느라 바쁘게 오가는 종업원에게 그가 물었다.

"이봐요, 위레 씨 안 왔소?"

"예, 아직 안 오셨는데요."

그러자 사카르는 결심한 듯 방금 손님이 떠난 창가 쪽 테이블에 앉았다. 그는 자기가 늦게 왔다고 생각했다. 냅킨이 교체되는 동안, 그는 창밖으로 시선을 던져 보도의 행인들을 살폈다. 테이블 세트가 다시 차려졌음에도 그는 즉시 주문을 하지 않았고, 5월 초순의 맑은 햇살로 화창한 광장에 잠시 눈길을 멈추었다. 사람들이 점심식사를 하는 이 시간, 광장에는 인적이 드물었다. 부드러운 신록으로 물든 마로니에 아래에서 벤치는 텅 비어 있었다. 마차 정거장에는 삯마차들이 철책을 따라 이쪽 끝에서 저쪽 끝까지 늘어서 있었고, 바스티유 승합마차는 승객들을 내리지도 태우지도 않은 채 정원 한쪽 구석의 매표소 앞에 서 있었다. 태양이 수직으로 내리쬐었다. 증권거래소 건물은 주랑柱廊, 두 조상彫像, 드넓은 기단 층계와 함께 햇빛에 반사되었고, 기단 층계 위 평면에는 의자들이 가지런히 놓여 있었다.

사카르가 고개를 돌리자, 바로 옆 테이블에 앉아 있는 증권 중개인* 마조가 눈에 들어왔다. 그는 손을 내밀었다.

"이런! 당신이군요. 안녕하세요!"

"안녕하세요!" 마조가 건성으로 손을 내밀며 대답했다.

키가 작고, 갈색 머리에, 무척 활달한 서른두 살의 미남자 마조는 자기 아저씨 가운데 하나로부터 이제 막 증권 중개 업무를 물려받은 터였다. 그는 자기 앞에 앉은 손님에게 정신이 팔려 있었는데, 그 손님은 붉은 얼굴에 깔끔하게 면도를 한 뚱뚱한 신사, 장안의 화제를 모은 셀시스 광산회사 투기로 증권거래소 전체가 떠받들고 있는 그 유명한 아마디외였다. 주가가 15프랑으로 떨어지고 매수자는 미친 사람으로 취

---

* 시장 상황을 분석하여 고객에게 증권 정보를 제공하고, 고객의 주문을 증권거래소에 등록시키며, 고객의 희망 거래 조건에 맞추어 증권거래 계약이 성사되게 하는 중간자다. 프랑스의 경우 공무원에 준하는 법적 지위를 갖는 증권 중개인이 1802년부터 존재했는데 공증인처럼 그 수효가 제한되어 있었다. 오늘날에는 증권회사가 증권 중개인의 역할을 담당하고 있다.

급당하던 시절에, 그는 요행을 바라는 무식한 도박사처럼 고집스럽게, 계산도 육감도 없이, 무턱대고 20만 프랑을 주식 매수에 쏟아부었다. 하지만 거대한 광맥이 발견되었고, 그에 따라 주가가 1000프랑을 상회하면서 그는 약 1500만 프랑을 벌어들였다. 옛날이었다면 이런 어리석은 작전이 그를 은퇴하게 했을지도 모르지만, 오늘날에는 그를 금융 대가의 반열에 올려놓았다. 그는 인사를 받았고, 특히 자문 요청을 받았다. 단 한 번의 전설적인 발군의 솜씨를 발휘한 이후 그는 왕좌에 군림하면서, 만족한 듯 더이상 매매 주문을 하지 않았다. 마조는 그의 고객처럼 되기를 갈망하는 것이 틀림없었다.

아마디외에게서 한줄기 미소조차 얻을 수 없었던 사카르는 정면의 테이블을 향해 인사했는데, 거기에는 평소 알고 지내던 세 명의 투기꾼, 즉 피유로, 모제, 살몽이 앉아 있었다.

"안녕하시오! 잘 지내시오?"

"예, 잘 지냅니다. 안녕하세요!"

그들에게서도 그는 냉정함, 심지어 거의 적대감을 느꼈다. 하지만 키가 크고, 깡마르고, 동작이 단속적이며, 방랑 기사처럼 앙상한 얼굴 속에 칼날 같은 코를 가진 피유로, 투자를 고민할 때마다 파산 일보 직전이라고 엄살을 떨곤 하는 피유로는 위험에 아랑곳하지 않는 도박사처럼 늘 친근한 태도를 취했다. 천성이 활달한 그는 낙관적 전망을 하는 사람으로서 언제나 승리를 장담했다. 반면에 키가 작고, 안색이 노랗고, 간질환을 앓아 외관이 초췌한 모제는 늘 재앙을 두려워하며 끝없이 탄식을 늘어놓았다. 잘생긴 얼굴에 잉크처럼 검은 턱수염을 기른 살몽, 갓 쉰 살에 접어든 살몽은 강인하기 그지없는 사내로 통했다. 그는 결코 말문을 여는 법이 없이 오직 미소로만 답했으며, 사람들은 그가 어떤 방향으로 투자를 하는지, 심지어 정말 투자를 하는지조차 알 수 없었다. 그가 남의 말을 들어주는 방식이 얼마나 깊은 인상을 남겼던지, 모제는 그에게 속내 이야기를 털어놓은 후 그의 침묵에 당황하여 주문을 바꾸러 달려가곤 했다.

주변 사람들이 그에게 무심한 태도를 보이는 가운데, 사카르는 열렬하고 도전적인 시선으로 실내를 한 바퀴 둘러보았다. 그러고는 세 테이블 떨어진 곳에 앉아 있는 키가 크고 잘생긴 청년, 근동 지방 사람으로 검은 눈이 아름답게 반짝이지만 입이 못생겨서 음산해 보이는 기다란 갈색 얼굴의 사바타니와 고갯짓으로만 인사를 나누었다. 이 청년의 호의가 그의 염증을 최고조로 끌어올렸다. 외국 증권거래소에서 생매장당하다시피 했던 이 청년, 그렇지만 여자들에게 인기 있는 건장한 남자 가운데 하나인 이 청년은 지난가을부터 시장에 나타나서 은행 파산 때 명의 대여인으로서 활동했고, 심지어 가장 부패한 자들에게조차 최상의 예의를 갖추고 끝없는 호의를 보임으로써 조금씩 증권거래소 장내와 장외에서 신뢰를 획득했다.

종업원 하나가 사카르 앞에 서 있었다.

"선생님은 무얼 드시겠습니까?"

"아! 그래…… 당신이 원하는 걸로 줘요, 돼지갈비, 아스파라거스."

뒤이어 그는 다시 그 종업원을 불렀다.

"위레 씨가 나보다 먼저 여기 왔다 가지 않은 게 확실해요?"

"그럼요! 확실하고말고요!"

지난 10월에 그로 하여금 다시 한번 부채 청산에 돌입하게 했을 뿐 아니라 몽소 공원 근처 저택을 팔고서 월세 아파트 한 칸으로 내몰리도록 만들었던 파산 이후, 그는 보다시피 이 지경에 이르렀다. 사바타니 같은 자들만이 인사를 건넬 뿐, 예전에는 당당히 군림했던 레스토랑이건만 이제 그가 들어와도 아무도 거들떠보지 않았으며 악수조차 청하지 않았다. 그는 투자 결과에 연연하지 않는 훌륭한 승부사였기에, 몸만 겨우 건진 그 마지막 부동산투기 사건, 말도 많고 탈도 많았던 그 사건이 종결된 후에도 아무에게도 원한을 가지지 않았다. 그렇지만 설욕의 욕망이 그의 전 존재 속에서 불타올랐다. 위레는 사카르의 형 루공, 지금은 득의만만한 장관의 지위에 오른 루공과의 교섭을 사카르에게 설명해주기 위해 열한시부터 여기서 기다리기로 분명히 약속했었다. 그랬던 위레가 모습을 드러내지 않자, 그는 특히 형에 대한 분노가 치밀어올랐다. 기실 권력에 기생하는 온건한 국회의원 위레는 단지 심부름꾼일 뿐이었다. 도대체 만사를 좌지우지하는 권력자 형이 동생을 이처럼 내팽개치는 것이 있을 법한 일인가? 루공은 결코 좋은 형이 아니었다. 동생이 파산하자 불같이 화를 내며 자신의 평판이 위태로워질까 염려했을 때, 그리하여 공개적으로 동생과의 관계를 끊었을 때 그 점은 더욱 확연히 드러났다. 하지만 여섯 달 전부터는 비밀리에 동생을 도와야 마땅하지 않았을까? 그런데도 지금 형은 동생을 개인적으로 만나려고 하지 않을뿐더러, 동생의 분노를 두려워하면서 동생이 제삼자를 통해 부탁한 최후의 도움마저 거절할 마음을 품고 있지 않은가? 형이라면 당연히 이렇게 말해야지. 이 비열하고 거대한 파리를 구둣발로 짓뭉개서라도 다시 일어서게 해줄게.

"포도주는 어떤 걸로 드릴까요, 선생님?" 소믈리에가 물었다.

"보르도산産 중급으로 주시오."

배고픔도 잊고 생각에 잠긴 채 돼지갈비가 식어가도록 내버려두고 있던 사카르는 식탁보 위로 그림자 하나가 지나가는 것을 보고 고개를 들었다. 그림자의 주인은 몸이 뚱뚱하고 얼굴이 붉은 청년 마시아로서, 수입이 변변치 않은 증권 브로커*인 그는 주식시세표를 손에 든 채 테이블 사이를 미끄러져갔다. 그가 잠시 멈추지도 않고서 자기 앞으로 휙 지나가 피유로와 모제에게 주식시세표를 내미는 것을 바라보는 기분이란 몹시 씁쓸했다. 대화에 빠져 있었던 피유로와 모제는 주식시세표에 무심히 시선을 던졌다. 아냐, 오늘은 주문할 게 없어, 다음에 봐. 바닷가재 샐러드 위로 고개를 숙인 채 마조와 함께 나직이 잡담을 나누던 아마디외, 그 유명한 아마디외를 공략하는 것은 마시아로서는 감히 할 수 없는 생각이었다. 마시아가 살몽을 향해 되돌아오자, 살몽은 주식시세표를 받아들고 오랫동안 검토하더니 아무 말 없이 그것을 되돌려주었다. 실내가 활기를 띠었다. 다른 증권 브로커들이 쉴새 없이 출입문을 여닫았다. 시간이 흐름에 따라 멀리서부터 대화의 목소리가 높아졌고, 매매의 분위기가 고조되었다. 시선을 끊임없이 바깥으로 돌리던 사카르는 마차와 행인이 쇄도하면서 광장 또한 차츰 인파로 북적이는 것을 지켜보았다. 햇빛이 눈부신 증권거래소의 계단 위에도 벌써 검은 얼룩처럼 보이는 사람들이 하나씩 둘씩 모습을 드러내기 시

* 증권 중개인과 고객 사이의 매개자를 지칭한다. 증권 브로커는 고객의 주문을 받아 증권 중개인에게 전달하고, 증권 중개인 중개료의 일정률을 수수료로 받는다. 증권을 거래할 법적 권리는 없지만, 증권 브로커는 고객과 직접적으로 접촉한다는 점에서 매우 중요한 역할을 한다.

작했다.

"내가 말했잖소, 3월 20일에 치러질 보궐선거가 가장 염려스러운 전조 가운데 하나가 될 거라고…… 지금은 파리 전체가 야당으로 넘어갔단 말이오." 모제가 예의 침통한 목소리로 말했다.

그러나 피유로는 어깨를 으쓱했다. 카르노와 가르니에파제스가 좌파 의석에 추가된다 한들, 무슨 변화가 있을까?

"공국公國 문제 같은 것이지" 하고 모제가 덧붙였다. "두고 봐요! 그 문제는 얽히고설켜 있소…… 확실해! 당신이 웃어봤자 소용없어요. 프로이센이 덴마크를 제압해서 덩치를 키우는 걸 막기 위해 프로이센과 전쟁을 했어야 한다고 주장하는 건 아니오.* 그렇지만 행동 수단이 있었지…… 그럼, 그럼, 큰 놈들이 작은 놈들을 먹기 시작할 때, 그것이 어디서 멈출지는 아무도 모르는 법이거든…… 그리고 멕시코 문제로 말하자면……"

더없이 만족스러운 시즌을 보내고 있던 피유로는 웃음을 터뜨리며 그의 말을 가로막았다.

"아! 그게 아니지, 이봐요, 멕시코 문제로 인한 공포 때문에 괴로워할 필요 없소…… 멕시코, 그 일은 황제 치세에서 영광스러운 한 페이지로 기록될 거요…… 도대체 제정이 병들었다는 증거가 어디에 있지? 1월에 3억 프랑 공채가 열다섯 배로 지불되지 않았었소? 엄청난 성공이

* 중세 이래 덴마크 국왕은 슐레스비히 공국과 홀스타인 공국의 대공을 겸했다. 그런데 빈조약에 의해 독일연방이 개편되면서 홀스타인 공국은 독일연방 구성국이 되었다. 1863년 덴마크 국왕은 슐레스비히 공국의 합병을 선언했고, 1864년 프로이센은 오스트리아와 연합하여 슐레스비히 공국을 침공함으로써 덴마크와의 전쟁을 시작했다.

지…… 자! 지금부터 삼 년 후인 1867년에, 그렇고말고, 말하자면 황제가 이제 막 결정한 만국박람회가 열릴 때, 우리 다시 만나서 결과를 봅시다."

"제대로 돌아가는 게 아무것도 없어요" 하고 모제가 절망적으로 주장했다.

"자! 이제 그만해요, 모든 게 잘 돌아가고 있으니까."

살몽이 심오한 표정으로 미소 지으며 두 사람을 번갈아 쳐다보았다. 그들의 말을 듣고 있던 사카르는 제정의 위기를 자기 개인적 상황의 어려움으로 환원시켰다. 다시 한번 그는 땅바닥에서 나뒹굴고 있었다. 그를 이렇게 만든 그 제정이 자기처럼 별안간 가장 고매한 운명에서 가장 비참한 운명으로 무너지며 곤두박질칠 것인가? 아! 십이 년 전부터 그는 이 체제를 얼마나 사랑하고 옹호했던가, 그 속에서 스스로가 살아 있다고, 성장한다고, 적합한 부식토에 뿌리박힌 나무처럼 수액으로 가득차 있다고 느끼지 않았던가! 그러나 그의 형이 거기서 그를 뽑아냈을 때, 사람들이 기름진 쾌락의 땅을 향유한 이들에게서 그를 떼어냈을 때 모든 것이 축제의 밤의 마지막 대파산 속으로 사라져버렸었지!

이제 그는 점점 더 소란스러워지는 식당에서 아득히 멀어지며 이런저런 추억에 젖은 채 아스파라거스를 기다리고 있었다. 정면의 커다란 거울에 자신의 모습이 비쳐 보였다. 그 모습이 그를 놀라게 했다. 나이가 그의 용모를 전혀 손상시키지 않아 쉰 살임에도 서른여덟 살 정도로 보였으며, 여전히 젊은이처럼 수척하면서도 활발한 분위기를 간직하고 있었던 것이다. 심지어 뾰족한 코, 가느다랗고 형형한 눈, 꼭두각시 인형처럼 야위고 검은 얼굴은 세월이 흐르면서 더 잘 관리된 듯했고, 새치 한 올 없는 무성한 머리칼과 함께 그 얼굴에서 유연하고 활동적인 젊음의 매력이 발산되었다. 그러자 불현듯 쿠데타가 일어난 바로 다음날 처음으로 파리에 도착했을 때가, 주머니는 텅 비고 굶주림은 극에 달한 채 파리의 길모퉁이에 도착했던 겨울 저녁이 떠올랐다. 아! 발뒤꿈치가 찌그러진 부츠를 신고 기름때 묻은 외투를 입고서 짐을 풀기도 전에 도시를 가로지르고 싶었었지, 물론 파리를 정복하기 위해서 말이다! 이 거리 저 거리를 질주하듯 쏘다녔던 그 최초의 산책! 그날 저녁 이후로 그는 몇 번씩이나 저 높은 곳까지 올라갔었고, 엄청난 황금의 물결이 그의 손가락 사이로 흘러갔었다. 돈이라는 것을 그는 아무렇게나 처분할 수 있는 노예가 아니라, 열쇠로 잠근 채 보관하되 살아 있는 생물처럼 다루었었다. 언제나 거짓말, 허구가 그의 금고에 상주했었고 미지의 구멍들이 거기서 황금을 비워내는 듯했었다. 그런 다음 그는 다시 길바닥에 나앉게 되었던 것이다. 그토록 젊고, 그토록 굶주리고, 늘 욕구불만 상태에서 쾌락과 정복의 욕망에 시달리던 그 머나먼 최초의 청년 시절처럼 말이다. 그는 모든 것을 조금씩 맛보았을 뿐, 인간이든 물건이든 깊이 씹을 기회도 시간도 없었기 때문에 실컷 포식해보지 못했던 듯했다. 이 시간, 환상과 희망에 기댈 수 있었던 초보자 시절보다 더 비참하게 길바닥을 헤맨다는 느낌이 들었다. 모든 것을 다시 정복하기 위해서 모든 것을 다시 시작하고 싶은 열망, 그가 결코 올라보지 못한 곳까지 오르고 싶은 열망, 마침내 자신의 힘으로 정복한 도시에 발을 올려놓고 싶은 열망이 그를 사로잡았다. 더이상 외관상의 거짓된 부富가 아니라 성공의 견고한 대大건조물, 돈방석 위에 군림하는 진정한 황금의 왕국에!

몹시 날카롭고 찌르는 듯한 모제의 목소리가 다시 커진 탓에 사카르는 잠시 상념에서 빠져나왔다.

"멕시코 원정은 매달 1400만 프랑이 들어요, 티에르가 그걸 증명했잖소…… 장님이 아니고서야 의회에서 여당이 흔들리는 걸 보지 않을 수 없지. 삼십여 명의 좌파 의원이 활약하고 있소. 황제조차 절대 권력이 불가능하다는 것을 알고서 자유를 장려하고 있고……"

피유로는 경멸적인 태도로 비웃으며 더이상 대답하지 않았다.

"그래, 당신한테는 시장이 견고해 보이겠지, 거래도 활발해 보일 테고. 하지만 결말을 기다리시오…… 파리에서는 너무 많은 파괴와 너무 많은 재건축이 이루어졌어, 당신도 알잖소! 연이은 대공사가 은행 예금을 죄다 소진시켰지. 당신이 보기에 눈부시게 번창하는 거대 금융회사들, 그중의 하나는 완전히 죽을 테니 기다려보시오, 게다가 뒤이어 그 모두가 줄지어 거꾸러지는 걸 보게 될 테요…… 노동조건을 개선하기 위해서 이제 막 창립된 노동자 인터내셔널이 나는 두렵기 짝이 없소. 프랑스에서는 저항운동, 노동운동이 날마다 커져가고 있어요…… 장담하건대, 과일 안에 벌레가 있소. 모든 것이 폭발할 거요."

그 당시 격렬한 저항운동이 있기는 있었다. 이 망할 놈의 모제는 분명히 소화불량에 걸린 게야. 하지만 모제 자신도 말을 하며 이웃 테이블에서 눈을 떼지 못했는데, 거기서는 마조와 아마디외가 시끄러운 가운데서도 나지막이 대화를 나누고 있었다. 이 오랜 밀담에 대해서 홀 전체가 조금씩 불안을 느끼기 시작했다. 둘이 이처럼 소곤거리며 나누는 이야기가 무엇일까? 분명히 아마디외가 주식 매매 주문을 하고 있고, 한바탕 일을 벌일 계획을 세우는 게야. 사흘 전부터 수에즈운하 건설공사에 대해서 좋지 않은 소문이 떠돌았다. 모제가 눈을 가늘게 뜨고 목소리를 낮추었다.

"알다시피 영국인들은 거기서 공사하는 걸 막으려 하잖소. 전쟁이 터질지도 모른다니까."

심각한 뉴스인 만큼 피유로가 이번에는 동요의 빛을 띠었다. 말도 안 돼. 하지만 영국이 공사의 즉각적 중단을 요구하며 최후통첩을 보냈다는 말은 이 테이블에서 저 테이블로 옮겨지며 점점 더 확실한 것이 되어갔다. 틀림없이 아마디외가 이 사건에 대해 이야기하며 마조에게 수에즈운하 주식을 모두 매도하라는 주문을 하고 있는 거야. 식기 부딪치는 소리가 커져가는 가운데 고기 냄새로 가득찬 공기 속에서 공포의 웅성거림이 올라왔다. 바로 그때 마조의 직원으로서 무성한 밤색 수염에 뒤덮인 부드러운 얼굴을 한 청년, 일명 애송이 플로리의 갑작스러운 등장이 흥분을 최고조로 끌어올렸다. 전표 묶음을 손에 든 채 급히 들어온 그는 사장에게 귓속말을 하면서 그것을 건네주었다.

"됐어!" 하고 전표를 수첩에 분류해서 넣으며 마조가 간단히 대답했다.

이어서 그는 시계를 꺼냈다.

"곧 열두시잖아! 베르티에한테 나를 기다리라고 하게. 그리고 자네도 함께 거기에 있어, 전보도 좀 찾아두고."

플로리가 떠나자 그는 아마디외와의 대화를 계속했고, 호주머니에서 다른 전표를 꺼내 테이블 위의 접시 옆에 놓았다. 일 분이 멀다 하고 손님들이 떠나며 그에게 말을 걸었고, 그러면 그는 음식을 먹다 말고 그 내용을 서류 한 모퉁이에 적었다. 출처를 알 수 없는 가짜 뉴스가 눈덩이처럼 부풀려져서 돌아다니고 있었다.

"당신도 팔 테지, 안 그래요?" 모제가 살몽에게 물었다.

그러나 살몽의 말없는 미소가 너무나 미묘해서 불안해진 그는 이제 영국의 최후통첩 사실을 의심하기 시작했는데, 이 뉴스의 발원지가 자기 자신임을 정작 스스로는 모르고 있었던 것이다.

"나는 최대한 많이 살 거요." 피유로가 대책 없는 투기꾼의 무모한 허세로 그렇게 결론지었다.

소란스러운 점심식사의 끝자락이 자극한 취기에 사카르의 관자놀이가 뜨거워졌다. 이윽고 아스파라거스를 먹기 시작한 그는 위레를 향해 다시 분통을 터뜨렸고, 그에 대한 신뢰를 거두었다. 그토록 신속하게 결정을 내리곤 하던 사카르는 몇 주 전부터 확신을 갖지 못하며 망설이고 있었다. 그는 면모를 일신할 절대적 필요성을 느껴왔고, 고위 행정이나 정치 영역에서 더없이 새로운 삶을 살 것을 꿈꾸어왔다. 왜 입법부는 나를 형처럼 장관으로 임명해주지 않았을까? 그가 투기에서 싫어했던 것, 그것은 끊임없는 불안정성, 즉 엄청난 돈이 벌어들인 것만큼 빠르게 사라진다는 사실이었다. 그는 누구에게 아무것도 빚진 적이 없었지만, 진짜 돈방석 위에서 잠을 자본 적도 없었던 것이다. 자기반성을 하는 이 시간, 그는 고도의 냉정함을 요구하는 돈의 전투에서 자신이 지나치게 정열적으로 행동한다고 생각했다. 사치와 빈곤이 교차하는 기이한 삶을 향유한 뒤 파리 도시계획을 두고 벌어진 십 년의 엄청난 땅투기, 다른 사람들이 엄청난 부를 쌓았던 땅투기에서 어떻게 그가 그야말로 빈털터리로 거리에 나앉았는지를 설명해주는 것이 바로 그 점이었다. 그래, 분명히 나는 내 진정한 능력에 대해서 오판했어, 하지만 정치적 전투에서는 뜨거운 신념과 활동으로 다시 성공할 거야. 모든 것이 형의 대답에 달려 있었다. 그런데 만일 형이 나를 뿌리친다면, 나를 투기매매의 심연으로 내몬다면, 글쎄, 어디 두고 보라지! 그건 형에게도 다른 사람들에게도 낭패가 될 거야, 내가 아직 아무에게도 이야기하지 않은 진정한 일격, 몇 주 전부터 기획해왔고 나 자신마저도 두렵게 하는 거대 사업을 감행할 테니까 말이야, 그건 너무나 엄청난 일이어서 성공하든 실패하든 세계를 뒤흔들 거야.

피유로가 목청을 높였다.

"마조, 슐레세 주식의 강제매매는 끝났습니까?"

"예" 하고 증권 중개인이 대답했다. "오늘 내용이 공시될 겁니다…… 그건 왜 물으시죠? 늘 힘들어요. 게다가 몹시 불안한 정보를 입수했기에, 제가 먼저 주식 인도를 청구했습니다. 이따금 빗자루로 쓸어낼 필요가 있죠."

"제가 듣기로는 당신 동료들인 자코비와 들라로크가 총액에서 우수리를 없애기 위해 그 자리에 있었다던데요."

증권 중개인은 모호한 몸짓을 했다.

"첫! 그거야 어쩔 수 없는 일이죠…… 그 슐로세란 자는 무뢰배임이 틀림없어요, 아무 일도 없었다는 듯 태연히 베를린 증권거래소 또는 빈 증권거래소를 약탈하러 갈 겁니다."

사카르의 눈이 사바타니에게로 향했는데, 우연히 그가 슐로세와 비밀스럽게 연합하고 있다는 사실을 알고 있던 터였다. 사바타니와 슐로세는 잘 알려진 게임, 즉 동일한 주식을 놓고 한 사람은 상승세일 때 매수하고 다른 사람은 하락세일 때 매수하는 게임*, 결국 패자도 승자의 이익을 공유하고 사라지기 때문에 손해가 전혀 없는 게임을 하고 있었던 것이다. 젊은이는 방금 자기가 먹은 훌륭한 점심식사 값을 조용히 치르고 있었다. 이탈리아인의 피가 섞인 근동 지방인 특유의 상냥한 우아함으로 그는 자신의 중개인인 마조에게 와서 악수를 청했다. 그가 고개를 숙이고 주문을 하자, 마조가 내용을 전표에 기록했다.

"수에즈 주식을 팔고 있는 거야" 하고 모제가 소곤거렸다.

그러고는 의혹을 풀고 싶은 마음에 자기도 모르게 목소리를 높였다.

"그런데 말이오, 여러분은 수에즈운하에 대해 어떻게 생각하시오?"

목소리가 웅성거리던 가운데 불현듯 침묵이 형성되었고, 이웃 사람들의 시선이 일제히 그에게로 쏠렸다. 수에즈는 점증하는 불안을 요약하는 문제였다. 그러나 단순히 자기 조카 하나를 추천하기 위해 마조를 점심식사에 초대했었던 아마디외는 할말이 아무것도 없다는 듯 미동도 하지 않았다. 반면 중개인 마조는 매도 주문에 놀라기 시작했지만 직업적 신중함으로 고개를 가로저을 뿐이었다.

"수에즈운하, 그거야 정말 괜찮은 사업이죠!" 떠나기 전에 정중하게 사카르와 악수하기 위해 발걸음을 멈추었던 사바타니가 노래하는 듯한 목소리로 말했다.

사바타니의 손이 녹아내릴 듯 너무나 부드러워서 사카르는 마치 여

---

* 하락세 때 주식을 매수하는 투자자는 '공매도'를 전제로 한다. 공매도란 말 그대로 '없는 것을 판다'는 뜻으로 주식을 소유하고 있지 않은 상태에서 매도 주문을 내는 것을 말한다. 공매도를 한 투자자는 결제일로부터 사흘 안에 해당 주식을 매입해서 매수자에게 인도해야 한다. 즉 공매도는 주가가 계속 하락하는 약세장에서 시세 차익을 노리는 투자자가 시도하는 투자 방식이라고 할 수 있다.

자의 손을 잡고 있는 듯한 기분이었다. 다시 걸어야 할 길과 다시 살아야 할 삶의 불확실성 속에서 그는 거기에 있는 사람들을 모두 야바위꾼으로 취급했다. 아! 어쩔 수 없이 그래야만 한다면 얼마나 나는 이들을 몰아세울 것이며, 얼마나 나는 이들을 착취할 것인가, 이 겁쟁이 모제들을, 이 허풍쟁이 피유로들을, 호리병박보다 더 속이 텅 빈 이 살몽들을, 성공으로 겨우 재능을 인정받은 이 아마디외들을! 접시와 유리잔 부딪치는 소리가 재개되었고, 목소리들이 쉬었으며, 수에즈 때문에 대폭락이 발생한다 해도 서둘러 투기를 하고 싶은 욕망 속에서 문들이 더 거세게 닫혔다. 창문을 통해 그는 삯마차들이 줄지어 다니고 보행자들로 가득찬 광장 한가운데서 증권거래소의 양지바른 계단, 인간 곤충들이 계속 몰려온 탓에 이제 반점들로 얼룩지는 것처럼 보이는 그 계단을 보았는데, 검은 정장을 단정하게 차려입은 남자들이 계단과 함께 주랑까지 채워가고 있었다. 그리고 철책 너머 마로니에 아래를 배회하는 몇몇 여자들의 모습도 흐릿하게 보였다.

방금 주문한 치즈를 먹으려던 참에, 갑자기 굵은 목소리가 들려와 그는 고개를 들었다.

"이봐요, 정말 미안해요. 도저히 더 일찍 올 수가 없었소."

마침내 칼바도스 출신의 노르망디 사람, 순진한 척하는 교활한 농부처럼 두툼하고 넓적한 얼굴을 가진 위레가 나타났다. 곧장 그는 아무거나 좋다고 하면서 채소와 함께 오늘의 요리를 가져오게 했다.

"어떻게 됐습니까?" 사카르가 애써 참으며 건조하게 물었다.

하지만 위레는 서두르지 않았고, 신중하고 술책에 능한 사람답게 그를 지그시 바라보았다. 뒤이어 음식을 먹기 시작한 그는 얼굴을 내밀며 목소리를 낮추었다.

"글쎄! 어른을 뵈었지요…… 그래요, 어른 댁에서, 오늘 아침에…… 오! 그분은 당신에게 매우 호의적이었소."

그는 잠시 말을 멈추고서 포도주를 마셨고, 입에 감자를 넣었다.

"그래서요?"

"그래서, 들어봐요, 사실인즉…… 어른은 당신을 위해 할 수 있는 모든 것을 하고 싶어해요, 당신에게 정말 좋은 자리를 마련해주실 거요, 다만 프랑스 밖에서…… 예를 들면 우리가 지배하는 멋진 식민지 가운데 한 곳의 총독 자리 말입니다. 거기서 당신은 주인, 진정한 군주가 되는 거죠."

사카르의 낯빛이 창백해졌다.

"이봐요, 지금 농담하는 겁니까, 나를 놀리는 겁니까!…… 즉시 강제추방을 명하지 그래요?…… 아, 형은 나를 쫓아버리고 싶은 거야. 진심으로 내가 자기한테 방해물이 될까봐 걱정하는 거란 말이오!"

위레는 한입 가득 음식물을 씹으며 그를 진정시켰다.

"자, 자, 우리는 당신이 잘되기만을 바라오, 그 일을 할 수 있게 해줘요."

"내가 제거되도록 해달란 말이오?…… 이봐요! 좀전에 여기서 제정이 더이상 저지를 실수가 없을 정도로 수많은 실수를 저질렀다는 이야기가 나왔소. 그렇고말고, 이탈리아 전쟁이며 멕시코며 프로이센에 대한 태도며…… 맹세코 이건 진실이오!…… 당신들이 너무나 많은 어리석은 짓, 미친 짓을 저질렀기 때문에 프랑스 전체가 들고일어나서 당신들을 밖으로 내쫓을 거요."

갑자기 장관의 충복인 국회의원은 불안에 떨며 창백한 표정으로 주변을 둘러보았다.

"아, 잠깐, 잠깐, 나는 동의할 수 없소…… 루공은 신사입니다, 위험은 없소, 그가 그 자리에 있는 한…… 아니요, 아무것도 덧보태지 말아요, 당신은 그를 잘 몰라요, 나는 그 점을 지적하고 싶소."

격하게, 이를 악문 채 목소리를 억누르며 사카르가 그의 말을 끊었다.

"좋소, 형을 사랑하시오, 둘이서 잘 요리해보라고…… 그런데 도대체 형이 여기, 파리에서 나를 후원하려는 거요, 안 하려는 거요?"

"파리에서? 절대 아니지!"

한마디도 덧보태지 않고 사카르는 자리에서 일어났고, 식대를 지불하기 위해 종업원을 불렀다. 이미 그의 분노에 익숙해진 위레는 침착하게 연이어 빵을 삼킬 뿐, 소란을 우려해서 그를 붙들지 않았다. 그런데 바로 그때, 홀이 술렁였다.

방금 군데르만이 들어온 것이다. 은행 왕이요 증권거래소와 사교계의 지배자인 군데르만은 두툼한 코, 툭 튀어나온 동그란 눈, 커다란 대머리가 고집과 피로를 드러내주는 육십대의 남자였다. 그는 결코 증권거래소에 가는 법이 없었고, 심지어 공식 대리인도 보내지 않는 척했다. 또한 그는 결코 공공장소에서 식사를 하는 법이 없었다. 다만 아주 가끔 오늘처럼 레스토랑 샹포에 모습을 드러내고서는, 아무 테이블에나 앉아 접시 위에 얹은 비시산產 물 한 컵을 청하는 일이 있었다. 이십년 전부터 위장병을 앓아온 그는 절대적으로 오직 우유만으로 영양분을 섭취했다.

금세 종업원이 물 한 컵을 들고 나타났고, 그 자리에 있던 모든 손님들이 저자세를 취했다. 지칠 대로 지친 표정의 모제가 천둥 번개를 만드는 신처럼 주가를 자기 마음대로 조율하는 이 남자를 물끄러미 쳐다보았다. 피유로도 억만장자의 저항할 수 없는 힘에 이끌려 그에게 인사를 건넸다. 열두시 반이었다. 마조가 부리나케 아마디외를 버리고 은행가 앞으로 와서 머리를 조아렸는데, 가끔 그는 이 은행가의 주문을 받는 영광을 누리기도 한 터였다. 레스토랑을 떠나려 했던 많은 주식거래인이 선 채로 신을 둘러쌌고, 흐트러진 더러운 식탁보 사이에서 존경의 표시로 허리를 굽혔다. 떨리는 손으로 컵을 들어 핏기 없는 입술에 갖다 대는 그의 모습을 그들은 경배의 시선으로 바라보았다.

예전에 몽소 평원 땅투기를 둘러싸고 사카르와 군데르만은 말다툼을 했고, 서로 반목하게 되었다. 한 사람은 정열적이고 향락적이었던 반면 다른 한 사람은 검소하고 냉정하고 논리적이었기 때문에, 양자는 사이좋게 지낼 수 없었다. 그래서 이 의기양양한 등장에 화가 치밀어 전자가 자리를 떠나려 했을 때, 후자가 그를 불렀다.

"이보게, 친구, 그게 사실이오? 당신이 사업에서 손을 뗀다는 게…… 정말, 정말 잘한 일이오, 그편이 낫지."

사카르에게 그것은 얼굴을 정통으로 가격하는 채찍질과도 같은 것이었다. 그는 작은 키를 곧추세운 채 검처럼 날카롭고 또렷한 목소리로 대꾸했다.

"2500만 프랑의 자본금을 보유한 금융회사를 차릴 생각이오. 곧 찾아뵐 날이 있을 겁니다."

모두가 증권거래소 개장에 늦지 않기 위해 발걸음을 서두르는 가운데, 그는 홀의 웅성거림을 뒤로한 채 밖으로 나섰다. 아! 기어코 성공해서 내게 등을 돌린 이자들 위에 보란듯이 다시 군림해야지, 이 황금의 왕과 전력을 다해 싸워서 언젠가 그를 꺼꾸러뜨려야지! 사카르는 아직 자기 사업을 크게 벌일 결심을 하지 못하고 있었기에, 대꾸하고 싶은 욕망으로 자기도 모르게 내뱉은 말에 스스로 놀랐다. 그렇지만 형이 나를 버린 지금, 세상 만물이 마치 투우장에 다시 끌려나온 피투성이 황소인 양 나를 다시 격투기장에 밀어넣으며 상처를 주려는 지금, 내가 사업 말고 어디서 한 재산 모을 시도를 할 수 있을까?

잠시 그는 길가에서 몸을 떨었다. 이 시간은 파리의 삶이 몽마르트르가와 리슐리외가 사이, 다시 말해 군중을 실어나르는 두 부푼 동맥 사이에 위치한 이 중앙 광장으로 쇄도하는 활동적인 시간이었다. 광장의 네 모퉁이로 열린 십자로에서 끊임없는 마차의 물결이 혼잡한 보행자의 무리를 뚫고 포석에 바큇자국을 내며 흘러들었다. 삯마차의 두 대열이 철책을 따라 형성되었다가 흩어지기를 쉼없이 반복했다. 비비엔가에는 증권 브로커들의 무개 사륜마차들이 촘촘하게 줄지어 서 있었고, 마부들은 손에 증권 안내서를 든 채 명령이 떨어지자마자 채찍질을 할 태세를 취하고 있었다. 이제 계단과 주랑은 프록코트를 입은 신사들이 발 디딜 틈 없이 들어차 시커멓게 보였다. 벽시계 아래 벌써부터 형성된 장외시장에서는 주문을 주고받는 소리, 즉 도시의 활기찬 포효라고 부를 만한 주식거래의 물결 소리가 올라왔다. 행인들은 거기서 이루어지는 일에 대한 궁금증과 두려움에 이끌려 고개를 돌렸는데, 그 일이란 극소수의 프랑스인만이 참여하는 금융거래의 신비, 뭇사람은 이해할 수 없는, 야만적인 손짓과 고함 속에서 이루어지는 돌연한 파산과 성공을 뜻했다. 배수구 가장자리에서, 그는 멀찌감치 들려오는 목소리들에 정신이 아득해지고 바삐 지나가는 사람들의 팔꿈치에 이리저리 떠밀리며, 증권거래소가 한시부터 세시까지 마치 거대한 심장처럼 박동하는 이 열기의 도가니에서 다시 한번 황금의 왕국을 꿈꾸었다.

그러나 그는 파산 이후 감히 증권거래소로 되돌아가지 못하고 있었다. 오늘도 고통스러운 허세, 패자로 받아들여지리라는 확신이 그로 하여금 계단을 오르지 못하게 했다. 마치 미워한다고 생각하면서도 더욱 더 갈망하는 정부의 침대에서 쫓겨난 남자처럼 그는 어쩔 수 없이 거기로 되돌아왔고, 이런저런 핑계로 주랑을 한 바퀴 돌았으며, 정원을 가로지르기도 하고 마로니에 그늘 아래를 산책객인 양 걷기도 했다. 잔디도 꽃도 없이 먼지만 이는 광장, 공중화장실과 신문 가판대 사이 벤치마다 수상쩍은 투기꾼들과 아기에게 젖을 먹이는 맨머리 동네 여자들만 우글거리는 광장에서 그는 무심한 산책을 가장했고, 언젠가 기념비적 건물을 세워 군중을 헤치고 개선장군으로 입성하리라는 광적인 생각과 함께 여기저기를 살폈다.

그는 방크가 정면의 나무 아래 오른쪽 모퉁이를 통해 슬그머니 들어갔고, 곧 법정관리 주식을 거래하는 시장, 이른바 '축축한 발들'의 구역에 도착했다. '축축한 발들'은 비 오는 날 진창길에서 바람을 맞으며 부도 회사 주식에 시세를 매기는 골동품 투기꾼들을 경멸적으로 일컫는 말이었다. 목이 터져라 외치는 소리가 떠들썩한 가운데 더러운 행색의 유대인들, 번들번들 기름진 얼굴들, 먹이를 탐하는 새처럼 수척한 얼굴들, 기이하게도 코가 서로 닮은 사람들이 먹이를 두고 다투며 서로를 삼킬 듯 거래에 열중했다. 조금 떨어진 곳에서, 한 뚱뚱한 남자가 크고 더러운 손가락으로 조심스럽게 루비를 들어 태양빛에 비춰보고 있었다.

"이런, 뷔슈 아니오!…… 당신을 보니 당신 집으로 찾아가려 했던 게 생각나는군!"

비비엔가 모퉁이와 만나는 페도가에 거래 사무소를 가진 뷔슈는 사카르가 어려운 상황에 처했을 때 여러 차례 상당한 도움을 주었었다. 그는 넓고 편평한 얼굴을 든 채, 강렬한 햇빛에 흐려진 두 커다란 회색 눈으로 보석의 광택을 가늠하면서 감탄에 빠져 있었다. 그가 늘 매고 다니는, 끈으로 고정시킨 하얀 넥타이가 눈에 띄었다. 예전에는 훌륭했지만 이제 몹시 해지고 더럽게 얼룩진 중고 프록코트의 윗부분이 그의 헐벗은 두개골에서 흘러내린 숱 없고 생기 없는 머리칼에 닿아 있었다. 태양빛에 탈색되고 소나기에 씻긴 그의 모자는 그 세월을 가늠하기도 힘들었다.

마침내 뷔슈가 다시 현실로 돌아왔다.

"아! 사카르 씨, 산책을 하시나보군요."

"그렇소…… 그런데 러시아어로 쓰인 편지, 콘스탄티노플에서 활동하는 러시아 은행가의 편지 한 통이 있어요. 그걸 번역해야 하는데 당신의 동생이 떠올랐소."

무의식적이고 부드러운 동작으로 여전히 오른손에 루비를 굴리던 뷔슈가 왼손을 내밀며 오늘 저녁에 번역을 해주겠노라고 말했다. 그러나 사카르는 편지가 열 줄밖에 되지 않는다고 설명했다.

"내가 지금 올라가겠소, 동생이 금세 번역해줄 거요."

대화는 거대한 몸집을 가진 여자의 등장으로 중단되었는데, 여성 주식 투자광狂 가운데 하나로 증권거래소의 고객들에게 잘 알려진 메솅 아줌마는 온갖 수상한 일에 손대고 있었다. 가느다란 푸른 눈과 몹시 작은 코, 어린애처럼 가냘픈 목소리가 나오는 작은 입을 가진, 달덩이처럼 부푼 빨간 얼굴이 검붉은 턱끈에 비스듬히 묶인 낡은 연보라색 모자 밖으로 삐져나왔다. 거대한 젖가슴과 수종水腫 때문에 부은 배가 흙먼지로 노랗게 변색된 초록색 포플린 드레스를 금세라도 터뜨릴 듯했다. 팔에는 트렁크처럼 깊고 커다란 검정 가죽가방이 걸려 있었는데, 그녀는 그 낡은 가방을 몸에서 떼어놓는 법이 없었다. 오늘은 가방이 터질 듯 꽉 차 있었기에, 그녀의 몸은 마치 나무처럼 오른쪽으로 기울어 있었다.

"드디어 나타나셨군." 그녀를 기다리고 있었던 뷔슈가 말했다.

"그래요, 방돔에서 온 서류를 가지고 왔어요."

"좋아요! 사무소로 갑시다. 오늘은 여기서 볼일이 아무것도 없어요."

사카르는 커다란 가죽가방에 불안스러운 시선을 던졌다. 그 가방에서 틀림없이 법정관리 주식, 즉 '축축한 발들'이 매매하는 파산 회사 주식, 다시 말해 파산 회사가 재기하리라는 막연한 희망 속에서, 혹은 더 현실적으로는 채무를 부풀리고 싶어하는 파산자들에게 다시 헐값으로 넘기기 위해 앞다투어 10수, 20수에 사들이는 비열한 상품, 500프랑짜리 주식이 쏟아질 것이었다. 살육의 금융 전쟁터에서 메솅 아줌마는 전진하는 군대를 뒤따르는 까마귀였다. 그녀가 가방을 들고 나타나면, 심지어 경기가 좋을 때조차 그녀가 시체를 기다리며 공기 냄새를 맡으면 반드시 회사 하나 또는 거대 은행 하나가 쓰러지는 것이었다. 파멸이 숙명적이라는 것을, 진흙탕과 핏구덩이 속에서 먹어치울 시체, 다시 말해 헐값에 건질 주식이 생기는 살육의 날이 필연적으로 온다는 것을 그녀는 잘 알고 있었다. 은행을 설립하려는 원대한 계획을 가진 사카르는 증권거래소에서 제거된 온갖 더러운 서류가 들어가는 그 가방, 그 법정관리 주식의 납골당을 보면서 가벼운 전율을 느꼈고, 뜻 모를 예감으로 몸을 떨었다.

뷔슈가 늙은 여자를 데리고 가려 했을 때, 사카르가 그를 붙들었다.

"이봐요, 잠시 후에 올라가도 되겠소? 당신 동생을 만날 수 있겠소?"

유대인의 눈이 부드러워지는 동시에 다소 불안한 기색을 드러내는 듯했다.

"동생 말이죠, 그럼요! 동생이야 집에 있지 어디에 있겠어요?"

"좋소, 이따 봐요!"

사카르는 멀어지는 그들을 바라보고는 노트르담데빅투아르가를 향해 가로수를 따라 천천히 걸어갔다. 광장의 이쪽 부분은 사람들이 가장 붐비는 곳 중 하나로, 황금색 간판이 햇빛에 반짝이는 수공업 상점, 영업권 매매 상점 등이 들어차 있었다. 차양이 발코니에서 펄럭였고, 지방에서 올라온 가족이 가구 딸린 호텔 창가에서 입을 헤벌린 채 서 있었다. 기계적으로 고개를 든 그는 얼이 빠진 듯한 가족의 모습을 미소와 함께 바라보며 지방에도 주주들이 있다는 생각에 다소 기운을 차렸다. 동시에 그의 등뒤에서는 증권거래소의 소란과 떠들썩한 인파의 소음이 머잖아 그를 삼킬 파산의 위협인 양 다가와 귓전을 떠나지 않았다.

그러나 새로운 만남이 그의 발걸음을 멈추게 했다.

"이게 누구야, 조르당, 자네가 증권거래소에 나타나다니!" 하고 그가 외치며 키 큰 갈색 머리 청년의 손을 잡았다. 가느다란 콧수염을 기른 청년은 태도가 단호하고 의지가 강해 보였다.

마르세유의 은행가였던 조르당의 아버지는 엄청난 손실을 입은 투기로 인해 스스로 목숨을 끊었고, 조르당은 십 년 전부터 끔찍한 가난과 용감하게 싸우며 문학에 심취한 채 파리의 거리를 쏘다녔다. 플라상스에 정착하여 사카르의 가족과 알고 지내던 그의 사촌 가운데 하나가 사카르에게 조르당을 소개했었는데, 사카르가 몽소 공원 근처 저택에 파리 시민 전체를 불러들이던 시절이었다.

"오! 증권거래소, 거기엔 절대로 안 갑니다!" 청년이 아버지에 대한 비극적 기억을 쫓아버리기라도 하듯 손사래를 쳤다.

뒤이어 그는 미소 지으며 말했다.

"제가 결혼을 했다는 건 아시죠…… 그렇습니다, 어린 시절 여자친구죠. 제가 부유하던 시절에 약혼했었지만, 그녀는 제가 가난뱅이가 되었음에도 변함없이 저와 결혼하고 싶어했습니다."

"정말 잘된 일이야! 나도 청첩장을 받았었네." 사카르가 말했다. "옛날에 자네 장인 모장드르 씨가 라빌레트에 물탱크 공장을 가지고 있었을 때, 내가 그와 거래를 했었다는 사실을 떠올려보게. 그때 장인이 상당한 재산을 모았을 거야."

대화가 벤치 옆에서 이루어졌기에, 조르당은 벤치에 앉아 자기에게 말을 건네는 키가 작고 뚱뚱한 남자를 소개하기 위해 그의 말을 끊었다.

"제 아내의 외숙부인 샤브 대위님입니다…… 장모님인 모장드르 부인은 마르세유의 샤브 가문 출신이죠."

대위가 자리에서 일어났고, 사카르가 인사했다. 사카르는 말총 칼라를 사용해서 목이 뻣뻣해진 이 뇌졸중 체질의 얼굴, 한시부터 세시까지 매일 거기서 마주치기 마련인 소액 현금 투자자 가운데 하나인 이 얼굴과 안면이 있었다. 그것은 똑같은 증권거래소에서 이루어지는 15프랑 내지 20프랑짜리의 보잘것없는 돈벌이 투기였다.

조르당이 선량한 미소를 지으며 대위의 출현을 설명했다.

"외숙부님은 주식광이에요, 저는 가끔 지나는 길에 악수를 나눌 뿐이죠."

"쳇!" 대위가 무심히 내뱉었다. "정부가 입에 풀칠도 하기 어려운 연금으로 나를 죽이려 하니 주식 투자라도 해야지."

청년이 보여준 삶의 용기에 이끌린 사카르는 문학 작업이 잘되어가는지 물었다. 그러자 조르당은 여전히 쾌활하게, 클리시로 5번지에 정착한 가난한 부부의 삶에 대해 이야기했다. 시인을 불신한 모장드르 부부는 결혼을 허락해준 것만도 감사하게 생각하라면서, 자기들이 근검절약으로 부풀린 재산을 훗날 딸이 통째로 물려받으리라는 핑계로 아무것도 주지 않았던 것이다. 그래요, 문학이 밥을 먹여주지는 않았어요. 조르당은 소설 하나를 쓸 마음을 먹었지만 시간이 없었고, 어쩔 수 없이 신문사에 입사해서 시평, 재판 보고, 잡보 기사 등 이 직종과 관련한 모든 것을 대충 해치우고 있었다.

"그래!" 사카르가 말했다. "내가 사업을 크게 벌이면 자네가 필요할 걸세. 그때 나를 찾아오게."

청년과 인사를 나눈 뒤, 그는 증권거래소 뒤로 돌아갔다. 거기에 이르러서야 마침내 투기를 하는 떠들썩한 외침이 사라지고, 들리는 것이라곤 광장의 소란 속에 파묻힌 어렴풋한 소음뿐이었다. 하지만 이쪽에서도 계단은 사람들로 꽉 차 있었다. 창문을 통해 붉은 벽지가 보이는 증권 중개인실이 대형 홀의 소란으로부터 주랑을 격리시켰는데, 주랑에서는 투기꾼들, 세련된 신사들, 부자들이 혼자서 또는 작게 무리를 지어 그늘에 편하게 앉은 채 노천으로 열린 이 거대한 회랑을 일종의 클럽으로 바꾸어놓았다. 수상쩍고 상대적으로 조용한 거리, 즉 포도주 가게, 카페, 식당, 주점으로 가득차고 범상치 않은 손님들이 기이하게 뒤섞이는 노트르담데빅투아르가에 위치한 건물 뒤쪽은 예술가들이 드나드는 극장 후문과도 같은 인상을 주었다. 간판들 또한 커다란 이웃 시궁창 가장자리에서 자란 나쁜 식물처럼 보였다. 평판 나쁜 보험회사, 악당들이 돈을 대는 신문사, 협회, 은행, 사무실, 지점, 한마디로 손바닥만한 가게나 중이층에 위치한 일련의 날강도 소굴들이 거기에 자리잡고 있었다. 보도 위에도, 차도 한가운데도, 도처에서 사람들이 숲 어귀에서처럼 배회하며 누군가를 기다리고 있었다.

사카르가 철책 안에서 발걸음을 멈추고 마치 공격 목표물을 살피는 군대 지휘관과도 같은 날카로운 시선으로 증권 중개인실로 통하는 문을 바라보았을 때, 주점에서 나온 건장한 남자 하나가 거리를 가로질러 다가오더니 허리를 굽혀 인사했다.

"아! 사카르 씨, 제게 도움 주실 게 아무것도 없습니까? 제가 크레디 모빌리에 은행*을 완전히 떠났거든요, 일자리를 찾고 있습니다."

전직 교수인 장트루는 석연치 않은 사건을 일으킨 후 보르도에서 파

---

* 1852년에 설립되어 1970년에 도산한 은행으로 졸라의 『돈』 집필에 실효적인 정보를 제공했다.

리로 올라왔었다. 교수 자격이 취소되어 대학을 떠나야만 했을 때, 그는 조발성 탈모증에도 불구하고 부채꼴의 검은 턱수염을 기른 용모가 훌륭했고 교양, 지식, 덕성을 모두 갖추고 있었다. 하지만 그 젊은이는 스물여덟 살 무렵 증권거래소에 드나들기 시작하면서 점차 타락했고, 십 년 동안 증권 브로커로서 어슬렁거리며 근근이 자신의 악습에 필요한 돈만을 벌었을 뿐이었다. 이제 완전히 대머리가 된 그는 주름살 때문에 생계 수단을 잃을까 걱정하는 매춘부처럼 슬퍼하면서, 항상 한 재산 챙길 기회만을 노리고 있었다.

그토록 초라한 장트루의 모습을 본 사카르는 레스토랑 샹포에서 자기에게 인사를 건넨 사바타니를 씁쓸하게 떠올렸다. 확실히 타락한 자들과 실패한 자들만이 그에게 남아 있었다. 하지만 그는 장트루가 쌓은 상당량의 지식에 대한 경의가 없지 않았고, 절망한 자들, 즉 더이상 잃을 것이 없기에 모든 것을 감행하는 자들과 함께 가장 용감한 군대를 만들 수 있다는 사실을 잘 알고 있었다. 사카르는 호인의 모습을 보였다.

"일자리 말이지" 하고 그는 장트루의 말을 받았다. "그럼! 일자리가 있지. 나를 찾아와요."

"요즘은 생라자르가에 사시죠?"

"그래요, 생라자르가. 오전에 와요."

그들은 잠시 이야기를 나누었다. 장트루는 악당이 되지 않고는 성공할 수 없다고 푸념을 늘어놓으며, 행운을 불러올 만한 비행을 저지르지 못했던 자의 비감悲感을 갖고 증권거래소에 대해 흥분했다. 증권거래소는 끝났어요, 다른 일을 해야죠. 그는 자신의 학문적 교양과 세계에 대한 지식으로 행정직을 얻을 수 있지 않을까 기대했다. 사카르는 고개를 끄덕이며 동의를 표했다. 철책을 벗어나서 보도를 따라 브롱니야르가까지 갔을 때, 두 사람 모두 거기에 정차한 어두운 색깔의 마차, 단단히 묶인 말의 머리가 몽마르트르가를 향해 있는 마차에 눈길을 보냈다. 높은 곳에 앉은 마부의 등은 망부석처럼 꼼짝하지 않았고, 여자의 머리가 마차의 문틈으로 두 차례에 걸쳐 얼핏 나타났다가 사라지는 것이 보였다. 갑자기 그 머리가 뒤쪽으로, 증권거래소 쪽으로 향하더니 불안한 시선과 더불어 오래도록 머물렀다.

"산도르프 남작 부인이군." 사카르가 중얼거렸다.

그녀는 범상치 않게 생긴 갈색 머리 여자로서 상처 자국이 있는 눈꺼풀 아래 두 눈이 불타는 듯했고, 지나치게 기다란 코가 균형을 깨뜨리고 있기는 했지만 핏빛 입술 덕분에 얼굴이 정열적으로 보였다. 아주 예쁜 그녀는 스물다섯 살의 나이에 비해 원숙한 모습이었고, 유명 재단사의 옷을 입은 태도에서 음란함이 풍겼다.

"예, 남작 부인이네요." 장트루가 되풀이했다. "저는 그녀가 처녀였을 때부터 그녀를 알았었죠, 그녀의 아버지 라드리쿠르 백작 댁에서요. 오! 엄청난 주식광인 백작은 이루 말할 수 없이 난폭했어요! 매일 아침 백작의 주문을 받으러 갔는데, 어느 날엔가는 저를 때릴 뻔했죠. 백작이 파산해서 전 재산을 처분하고 뇌출혈로 죽었을 때, 저는 애도의 마음조차 들지 않았다니까요…… 처녀는 자기보다 서른다섯 살이나 많은 오스트리아 대사관의 참사관 산도르프 남작과 결혼할 수밖에 없었는데, 남작은 처녀의 불타는 시선에 마음을 빼앗겨 미칠 지경이었죠."

"나도 알고 있소." 사카르가 담담히 말했다.

다시 남작 부인의 머리가 마차 속으로 사라졌다. 그러나 이내 그녀는 다시 나타나 고개를 돌린 채 더욱 뜨거운 시선으로 저멀리 광장을 바라보았다.

"저 여자가 주식 매매를 하는 거지, 안 그렇소?"

"오! 정말 미친 여자 같아요! 매일 자기 마차에서 시세를 살피고, 열정적으로 수첩에 메모를 하고, 이런저런 주문을 하는 걸 볼 수 있죠…… 봐요! 남작 부인이 기다린 건 마시아였어요, 마시아가 와서 그녀를 만나고 있잖아요."

과연 마시아가 손에 시세표를 들고 짧은 다리로 전속력으로 뛰어가 마차 문에 팔꿈치를 괴고 머리를 집어넣은 채 남작 부인과 열심히 상담하는 모습이 눈에 띄었다. 사카르와 장트루는 자신들이 엿보는 것을 들키지 않기 위해 조금 거리를 두었다. 그리고 증권 브로커 마시아가 여전히 뛰어서 되돌아올 때, 그들은 그를 불렀다. 그는 처음에는 길모퉁이가 자기를 숨겨주리라 확신하면서 시선을 옆으로 돌렸다. 뒤이어 어린아이처럼 맑고 크고 푸른 눈, 꽃처럼 붉고 명랑한 얼굴로 그는 숨을 헐떡이며 발걸음을 멈추었다.

"어떻게 된 일이죠?" 마시아가 소리쳤다. "수에즈 주식이 곤두박질치고 있으니…… 독일과 전쟁을 할지도 모른다고 야단입니다. 그 소식으로 사람들은 온통 혼란에 빠져 있는데, 아무도 출처를 몰라요. 두 분한테 물어보고 싶은 게 그겁니다, 전쟁! 도대체 누가 전쟁이라는 걸 만들어냈을까? 아마 저절로 생겨났겠지?…… 정말이지, 일종의 날벼락입니다."

장트루가 눈을 깜박였다.

"부인이 또 샀나요?"

"오! 광적이죠! 부인의 주문을 나탕송에게 가져가는 길입니다."

이야기를 듣고 있던 사카르가 목소리를 높였다.

"이런! 그게 사실이군, 나탕송이 장외시장에 들어갔다는 말을 들었었어."

"성공할 자격이 있는 훌륭한 친구죠, 나탕송은" 하고 장트루가 말했다. "우리는 크레디 모빌리에 은행에서 함께 일했어요…… 어쨌든 그 친구는 성공할 텐데, 왜냐하면 유대인이기 때문이죠. 오스트리아인인 그의 아버지는 브장송에서 시계상으로 살고 있습니다, 제가 알기로는…… 당신도 아시다시피, 은행 일이 어떻게 이루어지는지 보고서 그는 그 일에 사로잡혔어요. 그 친구는 그 일이 그렇게 유해하지 않다고, 사무실을 차리고 창구만 열면 되리라고 생각했죠…… 마시아, 당신은 만족해요?"

"아, 그럼요! 만족합니다! 당신도 경험했었잖아요, 유대인이 되어야 한다는 건 옳은 말씀입니다. 유대인이 아니고서는 이해하려 해봤자 소용없어요, 행운이 따르지 않거든요, 불운의 연속이죠…… 이 얼마나 더러운 직업인지! 하지만 모두가 여기에 있죠, 여기 남아 있잖아요. 어쨌든 아직은 저도 다리가 튼튼해요, 희망을 걸어보는 거죠."

그러고서 그는 웃으며 다시 뛰어갔다. 소문에 의하면 그는 리옹의 한 사법관의 아들로, 아버지가 돌아가신 뒤 아버지의 비열한 행동에 놀랐었지만 결국에는 자신 또한 법학 공부를 포기한 채 증권거래소로 들어온 인물이었다.

사카르와 장트루는 잰걸음으로 브롱니야르가를 향해 되돌아갔다.

거기서 그들은 남작 부인의 마차를 다시 보았다. 하지만 유리문이 올라간 비밀스러운 마차 안은 텅 비어 있는 듯했는데, 흔히 마지막 주식 시세 발표 때까지 연장되는 이 기다림 속에서 마부의 부동성이 더욱더 부각되는 듯했다.

"그녀는 정말 선정적이야." 불현듯 사카르가 말했다. "늙은 남작의 열정이 이해가 돼요."

장트루가 묘한 미소를 지었다.

"오! 제가 알기로 남작은 오래전에 질려버린걸요. 게다가 남작은 인색하죠, 사람들 말로는…… 주식으로는 결코 생활비가 충분치 않기 때문에 남작 부인이 청구서를 결제하기 위해 누구와 동거했는지 아세요?"

"모르는데."

"델캉브르."

"검찰총장 델캉브르! 메마르고 고지식하고 그토록 엄격한 거물이!…… 아! 그 두 남녀가 함께 있는 것을 보았으면!"

신이 나고 유쾌해진 사카르와 장트루는 나중에 후자가 전자를 찾아갈 것을 재차 확인한 뒤, 힘차게 악수를 하며 헤어졌다.

혼자가 되자마자, 사카르는 처음 들어왔을 때 집요하게 들리던 증권거래소의 시끄러운 소음에 다시 사로잡혔다. 그는 모퉁이를 돌았고, 카페가 없어서 분위기가 소박한 광장 한쪽을 통해 비비엔가 쪽으로 다시 내려갔다. 그는 상공회의소, 우체국, 광고회사를 따라 걸었고, 다시 건물 정면으로 다가감에 따라 점점 더 귀가 먹먹해지고 흥분에 휩싸였다. 곁눈질로 주랑을 본 그는 아직은 주랑 구경을, 말하자면 주랑에 대한 열정적인 공격을 마치고 싶지 않다는 듯 다시 발걸음을 멈추었다. 거기서, 이 기나긴 포석 위에서 삶이 펼쳐졌고, 삶이 폭발했다. 손님의 물결이 카페에 넘쳐났고, 제과점의 인파 또한 조금도 줄지 않았으며, 쇼윈도, 특히 커다란 은제품으로 눈부신 금은세공사의 쇼윈도가 군중을 끌어모았다. 그리고 십자로의 네 길모퉁이를 통해 들어오는 삯마차와 보행자의 물결이 풀 수 없을 정도로 얽히고설킨 가운데 점점 불어나는 듯했다. 승합마차 사무실이 이런 혼잡을 부채질했고, 증권 브로커의 마차들은 철책의 한쪽 끝에서 다른 쪽 끝까지 한 줄로 늘어서서 보도를 막아버렸다. 사카르의 눈길은 높은 계단을 향했는데, 거기서 프록코트들이 햇빛을 받으며 연이어 나타나고 있었다. 그런 다음 주랑으로 올라가기 위해 그들은 희미한 얼굴들이 반점처럼 반짝이는 밀집한 군중 속으로 들어갔다. 모두가 서 있었고, 의자는 보이지 않았고, 벽시계 아래 장외시장에서 형성된 둥그런 원이 열정적인 말과 동작, 한마디로 욕망으로 후끈 달아오른 분위기를 전달했다. 왼쪽에서는 증권 재정裁定 거래, 환전, 영국 수표 매매에 몰입한 은행가 무리가 전신국으로 가려고 줄지어 들어오는 사람들에 의해 끊임없이 방해를 받으면서도 조용히 일하고 있었다. 양쪽 측면 주랑 아래까지 투기꾼들이 넘쳐났고, 서로를 떠밀었다. 기둥들 사이 철제 난간에 기댄 채, 마치 제 집에서 쉬듯 편하게 배를 내민 사람들도 있었다. 증기기관의 진동과 노호가 점점 커져갔고, 불꽃을 일으키며 증권거래소 전체를 뒤흔들었다. 갑자기 증권 브로커 마시아가 펄쩍 뛰며 계단을 내려가서 마차에 올라탔고, 마부가 말을 속보로 내달리게 하는 모습이 보였다.

그러자 사카르는 두 주먹이 불끈 쥐어지는 것을 느꼈다. 황급히 그는 자리를 떠났고, 뷔슈의 집이 있는 페도가 모퉁이로 가기 위해서 차도를 가로질러 비비엔가로 향했다. 그는 방금 번역시켜야 할 러시아 편지를 떠올린 참이었다. 그런데 그가 안으로 들어가려 할 때, 일층을 차지한 문구점 앞에 서 있던 젊은이가 그에게 인사를 했다. 귀스타브 세디유는 죄뇌르가에 사는 실크 제조업자의 아들로서 아버지가 금융업의 메커니즘을 배우라며 마조의 사무실에 넣은 젊은이였다. 사카르는 그 키 큰 미남 청년에게 아버지처럼 미소 지었고, 그가 거기서 파수꾼으로서 하고 있는 일을 짐작했다. 키가 작은 코냉 부인이 뚱보 남편 코냉을 돕기 시작한 이래로 코냉 문구점은 증권거래소 전체에 수첩을 공급하고 있었는데, 남편은 문방구 제조에 몰두하며 가게 뒷방에서 나오는 법이 없었던 반면, 아내는 늘 왔다갔다하면서 계산대에서 일하기도 하고 밖으로 장을 보러 가기도 했다. 그녀는 장밋빛 혈색에 머리칼이 비단결 같은 오동통한 금발머리 여자, 한마디로 털이 곱슬곱슬한 작은 양 같은 여자로서 매우 귀엽고 상냥하고 언제나 명랑했다. 사람들이 말하기로 그녀는 남편을 좋아했지만, 그것이 주식 투자자가 자기 마음에 들 때 그녀로 하여금 친절을 베풀게 하는 것을 막지는 못했다. 하지만 그녀는 돈이 아니라 오직 즐거움 때문에, 게다가 소문에 의하면 한번은 바로 옆 이웃집에서 그렇게 했다. 어쨌든 그녀가 즐겁게 해준 남자들은 입이 무겁고 감사의 마음을 가졌음이 틀림없었는데, 왜냐하면 그녀는 나쁜 소문에 휩싸이는 법이 없이 여전히 사랑받고 환대받았기 때문이다. 또한 문구점은 계속해서 번창했으며, 진정한 행복의 공간이 되었다. 지나는 길에 사카르는 코냉 부인이 유리창을 통해서 귀스타브에게 미소 짓는 것을 보았다. 정말 예쁜 양이란 말이야! 그녀에게서 애무받는 듯한 달콤한 느낌이 들었다. 이윽고 그는 위층으로 올라갔다.

이십 년 전부터 뷔슈는 맨 위층인 육층, 다시 말해 방 두 개와 부엌 하나로 이루어진 비좁은 거처에 살고 있었다. 부모가 독일인인 그는 낭시에서 태어나 여기로 왔고, 복잡하기 이를 데 없는 사업을 점점 확장하면서도 사무실을 키울 필요성을 전혀 느끼지 못했으며, 거리에 면한 방은 동생 시지스몽에게 주고 자기는 안마당에 면한 작은 방에 만족했다. 그 작은 방에는 너무도 많은 종이 뭉치, 서류 다발, 각종 꾸러미가 쌓여 있어서 빈자리라고는 사무용 탁자 앞에 의자 하나 놓을 공간밖에 없었다. 그의 주요 사업 가운데 하나는 법정관리 주식 암거래였다. 그는 법정관리 주식을 모았고, 대차대조표에서 메울 구멍을 가진 파산자들과 '축축한 발들' 사이의 매개자 역할을 했다. 시장 추이를 지켜보며 가끔 주식을 직접 매수하기도 했지만, 그의 주요 수입원은 어디까지나 사람들이 그에게 가져다주는 법정관리 주식이었다. 고리대금업과 보석 암거래 외에도 그는 특히 채권 매입에 열을 올렸다. 바로 그것이 벽이 흔들릴 정도로 사무실을 서류로 가득차게 했고, 그로 하여금 파리의 온갖 장소로, 각계각층으로 기민하게 냄새를 맡고 동정을 살피며 쏘다니게 했다. 파산 사실을 알게 되는 즉시 그는 달려갔고, 파산관재인 주변을 맴돌았으며, 결국 당장에는 이익을 주지 않는 모든 것을 샀다. 그는 공증인의 조사서를 검토했고, 까다로운 상속의 개시를 기다렸으며, 부실채권의 경매를 참관했다. 그 자신도 광고를 냈고, 채무자들을 뒤쫓아다니는 수고를 감수하기보다 당장 몇 푼 벌기를 더 좋아하는 초조한 채권자들을 끌어들였다. 그리고 이 다양한 원천에서 끊임없이 쌓이는 진정한 빚의 넝마 더미, 예를 들면 지불되지 않은 어음, 실행되지 않은 계약서, 쓸모없는 차용증서, 이행되지 않은 저당 증서 등이 모였다. 뒤이어 저 방에서 선별 작업, 즉 찌꺼기 음식에 대한 난도질이 시작되었는데, 그 일은 매우 섬세하고도 특별한 후각을 필요로 했다. 채무자가 실종되거나 지불 능력을 상실한 채권의 바다에서 헛수고를 하지 않기 위해서는 선별 작업을 잘해야 했다. 원칙적으로 그는 일체의 채권, 심지어 더없이 위태로운 채권조차 다시 양호해질 수 있다고 주장했고, 정밀하게 분류한 일련의 성명 목록 서류를 만든 뒤 기억을 유지하기 위해 이따금 그것을 다시 읽곤 했다. 지불 능력을 상실한 채무자들 가운데 그는 다음에 성공할 가능성이 엿보이는 사람들을 당연히 더욱 가까이서 추적했다. 조사를 통해 사람들을 발가벗겼고, 가족들의 비밀을 간파했고, 부유한 친척들, 생계 수단, 특히 상황을 역전시킬 수 있는 새로운 일자리를 알아내서 일일이 기록했다. 흔히 그는 몇 년 동안 한 사람을 성장하게 내버려두었는데, 이는 그 사람이 최초로 성공하는 순간 그를 교살하기 위해서였다. 실종된 채무자들은 더욱더 그의 열정을 자극했다. 그들로 인해 그는 신문에 인쇄된 광고와 이름을 눈여겨보았고, 사냥개가 사냥감을 뒤쫓듯 주소를 뒤쫓으면서 끝없는 추적의 열기에 휩쓸렸다. 그리고 실종된 사람들과 지불 능력을 상실한 사람들을 붙잡자마자 그는 더없이 사나워졌다. 자신의 손아귀에서 연기처럼 도망치는 사람들 때문에 잃는 것을 자신이 붙잡은 사람들에게서 보상받아야 한다는 사실을 거칠게 설명하면서 그들을 새롭게 먹어치웠고, 그들의 마지막 피까지 뽑아냈고, 자신이 10수를 투자한 일에서 100프랑을 챙겼다.

채무자들을 추적할 때, 메셍 아줌마는 뷔슈가 가장 고용하고 싶어하는 조력자 가운데 하나였다. 왜냐하면 그가 고용했었던 다른 몰이꾼들은 평판이 나쁘고 늘 굶주려 있었기에 신뢰하기가 어려웠기 때문이다. 메셍 아줌마는 일을 깔끔하게 해치웠고, 몽마르트르 언덕 뒤에 '나폴리 주택단지'라고 불리는 쪽방촌, 불안정한 월세 오두막집들로 가득찬 영토를 소유하고 있었다. 환언하면 끔찍하게 가난한 쪽방촌, 쓰레깃더미 속에 나뒹구는 극빈자들의 소굴, 마치 돼지가 우글거리는 우리인 양 세입자들이 세를 낼 수 없게 되자마자 무자비하게 두엄과 함께 그들을 내쫓아버리는 더러운 소굴이 그녀의 영토였다. 그녀를 집어삼키는 것, 오두막집 사업에서 나오는 소득을 먹어치우는 것, 그것은 그녀의 불행한 주식 열정이었다. 그녀는 또한 파산, 폐허, 화재에 각별한 취미를 가지고 있었는데, 왜냐하면 그 속에서 녹은 보석을 훔칠 수 있기 때문이었다. 뷔슈가 정보를 파악하라든지, 채무자를 퇴거시키라든지 하는 일을 주면, 그녀는 열정적으로 분투노력하며 그 일에서 쾌감을 느꼈다. 그녀는 스스로 미망인이라고 말했지만, 아무도 그녀의 남편을 알지 못했다. 그녀가 어디서 왔는지 아무도 몰랐고, 소녀처럼 가냘픈 목소리를 가졌지만 누가 봐도 쉰 살은 되어 보였다.

오늘 메셍 아줌마가 그 방의 유일한 의자에 앉자, 방은 금세 그녀의 살집으로 꽉 차버렸다. 사무용 탁자 앞에서 죄수처럼 갇힌 뷔슈는 겨우 네모진 머리만을 위로 내민 채 서류의 바다 속에 가라앉은 듯했다.

"이게 바로" 하고 메셍 아줌마가 불룩한 낡은 가방에서 거대한 서류더미를 비우며 말했다. "이게 바로 페이외가 방돔에서 내게 보낸 것이라오…… 그 사람은 당신이 알려준 샤르피에의 파산을 맞이해서 당신을 위해 모든 것을 매입했어요…… 110프랑어치랍니다."

그녀가 자기 사촌이라고 부르는 페이외는 방돔에서 이제 막 징세관* 사무실을 차린 터였다. 그러나 실제로는 그 지방의 군소 연금 수령자들의 연금 배당권에 관계하고 있었고, 그들로부터 위탁받은 연금 배당권과 현금으로 미친듯이 주식 투자에 매달리고 있었다.

"지방에서는 이익이 별로 나지 않아요." 뷔슈가 중얼거렸다. "하지만 뜻밖의 물건이 발견되기도 하지."

그는 서류 더미에서 냄새를 맡았고, 전문가의 손으로 벌써 선별했으며, 냄새로 최초의 평가를 하면서 대충 분류했다. 그의 펀펑한 얼굴이 침울해지더니 실망한 표정으로 입을 삐죽거렸다.

"흠! 별것 없군, 먹을 게 아무것도 없어. 그래도 비싸지 않아서 다행이야…… 어음이잖아…… 이것도 어음이고…… 만약 서명인들이 젊다면, 그리고 그들이 파리에 왔다면, 우리가 그들을 다시 일으켜세워줄 텐데……"

그러다가 그가 놀란 표정으로 가볍게 탄성을 질렀다.

"이런! 이게 뭐지?"

방금 그는 인지가 붙은 서류 하단에서 보빌리에 백작의 서명을 읽었는데, 그 서류는 노인의 굵은 필체로 쓰인 단 세 줄의 글로 이루어져 있었다. "나는 레오니 크롱 양이 성년이 되는 날 1만 프랑을 지불할 것을 약속합니다."

"보빌리에 백작이라." 그가 기억을 되살리며 천천히 말했다. "그래, 그는 방돔 쪽에 여러 농장과 영지를 가지고 있었지…… 사냥 사고로

* 19세기 프랑스에서 국가의 세금을 징수하던 공무원으로서 급료 외에 커미션을 받았다.

죽었고, 부인과 두 아이에게 남긴 것은 가난뿐이었소. 예전에 내가 그 가족의 어음을 가진 적이 있었는데, 그 가족은 매우 어렵사리 어음을 결제했었어요…… 정말 말도 안 되는 남자, 웃기는 남자였지……"

갑자기 그가 웃음을 터뜨리며 이야기를 이어갔다.

"아! 늙은 사기꾼, 어린 소녀를 속였으니!…… 소녀는 원하지 않았지만, 그자가 아무런 법적 효력도 없는 이 휴짓조각으로 소녀를 달랜 거지요. 그러고서 죽어버렸으니…… 봐요, 1854년이면 십 년 전이잖소. 소녀는 이미 성년이 된 거지, 제기랄! 그런데 이 증서가 어떻게 샤르피에의 손에 들어갔을까?…… 하기야 곡물상인 샤르피에는 단기 고리대금업을 하기도 했으니까. 아마도 그녀가 은화 몇 푼에 이걸 맡겼겠지. 아니면 그가 징수를 떠맡았거나……"

"그렇지만" 하고 메솅 아줌마가 말을 끊었다. "이건 정말 괜찮은 물건 같은데, 한 방 날릴 수 있지 않을까!"

뷔슈가 무시하는 투로 어깨를 으쓱했다.

"에이! 법적으로 무슨 가치가 있겠소? 상속자들에게 그걸 내밀면, 일단 그들은 나한테 발품을 팔게 할 텐데…… 왜냐하면 돈이 실제로 그녀에게 지불되어야 한다는 증거를 보여달라고 할 테니까…… 하지만 우리가 그녀를 찾아낸다면, 그들이 불쾌한 소란을 피하기 위해 순순히 합의하기를 기대할 수는 있겠지…… 그래, 레오니 크롱을 찾아봐요, 페이외가 그녀를 찾아내서 우리에게 데려올 수 있도록 편지를 쓰세요. 그런 다음, 일이 어떻게 되나 봅시다."

그는 혼자 있을 때 깊이 검토하기로 하고 서류를 두 더미로 분류했고, 양손을 각기 하나씩 두 더미 위에 올려놓은 채 가만히 서 있었다.

잠시 침묵이 흐른 뒤, 메셍 아줌마가 다시 말했다.

"조르당 어음 말이에요…… 드디어 그 사람을 찾아낸 것 같아요. 그는 어딘가에 고용이 되었고, 지금 신문에 글을 쓰고 있어요. 그런데 우리를 푸대접하는 신문사가 주소를 주려고 하지 않아요. 게다가 그 사람도 본명으로 기고문에 서명하지 않은 듯하고."

아무 말 없이 뷔슈는 팔을 뻗어 알파벳순으로 정리한 자료에서 조르당 서류를 꺼냈다. 그것은 이미 오 년 전 다달이 끊어준 50프랑짜리 어음 여섯 장, 그 젊은이가 가난한 시절 재단사에게 끊어준 도합 300프랑의 어음이었다. 결제가 요구되어도 제대로 이행된 적이 없었기 때문에 결제액이 점점 불어났고, 서류의 내용도 점점 복잡해졌다. 현재 결제액은 730프랑 15상팀에 이르렀다.

"장래가 유망한 젊은이라면, 언젠가 붙잡게 되겠지" 하고 뷔슈가 중얼거렸다.

뒤이어 때마침 생각이 났다는 듯, 그가 소리쳤다.

"그런데 참, 시카르도 건 말입니다, 그건 포기하는 거요?"

메셍 아줌마가 한숨을 쉬며 뚱뚱한 두 팔을 하늘로 쳐들었다. 그녀의 흉측한 풍채가 온통 절망감을 드러냈다.

"아! 맙소사!" 그녀는 플루트처럼 가는 목소리로 신음했다. "그것 때문에 내가 죽을 지경이라니까!"

시카르도 건은 그녀가 즐겨 들려주는 소설 같은 이야기였다. 그녀 고모의 늦둥이 딸인 사촌동생 로잘리 샤바유는 열여섯 살 때 어머니와 함께 라아르프가 소재 건물 칠층의 작은 방에 살았는데, 어느 날 저녁 그 건물 계단에서 성관계를 가졌었다. 남자는 삼층에 사는 부인이 전대轉貸한 셋방으로 겨우 일주일 전에 이사 온 유부남이었다. 엎친 데 덮친 불행은, 이 유부남이 너무도 열정적이었던 탓에 불쌍한 로잘리가 층계 모서리에 팔꿈치를 댄 채 과도하게 압박을 당해서 어깨가 삐었다는 사실이었다. 그 때문에 엄청나게 화가 난 어머니는 딸이 울면서 자기도 원했고, 그것은 하나의 사고였으며, 만일 남자가 감옥에 간다면 자기는 너무도 괴로울 것이라고 말했음에도 떠들썩한 소란을 일으킬 뻔했었다. 하지만 결국 어머니는 함구했고, 남자에게 열두 장의 50프랑짜리 어음, 즉 일 년 동안 매달 50프랑씩 도합 600프랑을 지불하는 어음을 요구하는 데 만족했다. 그것은 비열한 흥정이 아니라 소박한 보상이었는데, 왜냐하면 양재사 수련을 마친 딸이 침대에 누운 채 아무것도 벌지 못하고 돈만 축내고 있었고, 더욱이 치료를 잘못 받은 탓에 한쪽 팔의 근육이 수축되어 불구가 되었기 때문이다. 그렇지만 어음 결제를 약속한 첫번째 달이 끝나기도 전에, 유부남은 주소도 남기지 않고 흔적없이 사라져버렸다. 그러고도 불행은 계속해서 우박처럼 세차게 쏟아졌다. 로잘리가 사내아이를 낳았고, 어머니를 여의었고, 무일푼의 가난이라는 끔찍한 삶에 직면했던 것이다. 어쩔 수 없이 나폴리 주택단지에 있는 사촌언니의 집에 몸을 맡긴 그녀는 팔을 쓸 수 없었기에 스물여섯 살이 될 때까지 거리를 배회하며 가끔 중앙 시장에서 레몬을 팔았고, 몇 주일씩이나 사내들과 함께 사라졌다가 눈에 멍이 든 채 술에 취해 되돌아왔다. 드디어 작년에 그녀는 여느 때보다 더욱 대담한 행동을 일삼은 끝에 죽음에 이르는 행운을 누렸다. 그래서 메셍 아줌마가 그녀의 아들, 빅토르를 떠맡지 않으면 안 되었던 것이다. 이제 이 사건에서 남은 것은 시카르도라는 서명이 있는 열두 장의 미불 어음뿐이었다. 유부남의 이름이 시카르드라는 것 외에는 알려진 것이 아무것도 없었다.

새삼스럽게 뷔슈는 시카르드 문서, 얇은 회색 서류 파일을 집어들었다. 아직 어떤 경비도 들지 않았고, 오직 열두 장의 어음만이 여기에 있었다.

"게다가 빅토르란 녀석이 얼마나 속을 썩이는지!" 늙은 여자가 한탄했다. "상상해봐요, 끔찍하게 말을 안 듣는 사내아이…… 아! 그런 유산을, 처형대에서 죽을 꼬마와 아무 소득도 없을 종잇조각을 물려받는 게 얼마나 고통스러운 일인지!"

뷔슈는 커다랗고 흐릿한 눈으로 어음을 뚫어져라 응시했다. 이처럼 샅샅이 살펴보며 눈에 띄지 않는 세부 사항에서, 필체에서, 인지가 붙은 종이의 결에서 모종의 표시를 발견하기를 기대했던 게 도대체 몇 번이던가! 그는 이 뾰족하고 가느다란 필체를 어디선가 본 듯하다고 주장하곤 했다.

"이상하단 말이야." 그가 다시 한번 되풀이했다. "너무도 늘어져서 마치 i처럼 보이는 이 a와 o를 분명히 본 적이 있어."

바로 그 순간, 누군가 노크를 했다. 그는 메셍 아줌마에게 팔을 뻗어 문을 열어달라고 부탁했다. 왜냐하면 방이 곧장 계단을 면해 있었기 때문이다. 거리를 면한 방으로 가고 싶다면 이 방을 가로질러야만 했다. 공기가 통하지 않는 구멍 같은 부엌은 층계참 건너편에 있었다.

"들어오세요, 선생님."

사카르가 들어왔다. 그는 문에서 굵고 검은 글자로 새긴 "법률 분쟁 해결 사무소"라는 구리 문패를 보고 내심 어이가 없어서 미소를 지었다.

"아! 그래요, 사카르 씨, 번역 때문에 오신 거죠…… 동생은 저 방에 있습니다. 들어오세요, 일단 들어오세요."

하지만 메셍 아줌마는 좀체 통로를 열어주지 못했고, 점점 더 놀란 표정으로 새로 온 손님을 주시했다. 몸을 움직이지 않으면 안 되었다. 그가 뒤로 물러나자, 그녀는 그가 들어와서 옆방으로 갈 수 있도록 밖으로 나가 옆으로 비켜섰다. 이런 여러 동작이 이루어지는 동안, 그녀는 그에게서 눈을 떼지 않았다.

"오!" 흥분한 그녀가 숨을 몰아쉬었다. "이 사카르 씨란 남자, 오늘처럼 내가 자세히 뜯어본 적이 없어…… 빅토르가 이 남자의 판박이야."

뷔슈는 처음에 영문을 모른 채 그녀를 바라보았다. 그러다가 불현듯 무엇인가 떠오르자 심하게 자책하기 시작했다.

"이런, 제기랄! 그래, 내가 어디선가 봤다니까!"

이번에는 그가 일어나서 직접 서류를 뒤졌고, 마침내 작년에 사카르가 지불 능력을 상실한 어떤 부인을 위해 시간을 더 줄 것을 요청하며 자기에게 쓴 편지를 찾아냈다. 급히 그는 어음과 편지의 필체를 비교했다. 거기에는 시간이 흐르면서 더욱 날카로워진 똑같은 a와 o가 있었다. 대문자에서도 확실한 동일성이 드러났다.

"바로 이 사람이야, 이 사람." 그가 되풀이했다. "하지만, 글쎄, 왜 시카르도일까? 왜 사카르가 아닐까?"

그때 그의 뇌리에 어렴풋한 이야기, 사카르의 과거가 떠올랐는데, 그것은 오늘날 백만장자가 된 재산관리인 라르소노가 말해준 것이었다. 사카르는 쿠데타가 터진 바로 다음날 자기 형 루공의 점증하는 권력을 이용하기 위해 파리로 올라왔었다. 처음에는 옛 라틴구區의 빈민가에서 가난하게 살았지만, 아내가 죽는 행운이 찾아오자 수상쩍은 재혼에 힘입어 벼락출세를 했다. 초기의 어려운 시절에 그는 시카르도라는 첫 번째 아내의 성姓을 살짝 변형시켜서, 루공이라는 자기의 성을 사카르로 바꾸었었다.

"그래그래, 시카르도, 이제 완전히 생각이 나." 뷔슈가 중얼거렸다. "그자는 뻔뻔스럽게도 자기 아내의 이름으로 어음에 서명을 한 거야. 라아르프가에 도착했을 때, 틀림없이 그 부부는 이 이름을 썼을 거야. 그런 다음 그자는 늘 경계 태세를 취하며 조그마한 경보에도 이사를 했겠지…… 아! 돈밖에 모르는 인간이야, 게다가 어린 여자애를 계단에서 범하다니! 정말 나쁜 놈이군, 두고 봐, 반드시 죗값을 치를 테니까."

"쉿! 쉿!" 메셍 아줌마가 되풀이했다. "우리가 잡았어, 하느님이 무섭지 않느냐고 말해줄 수 있게 됐어. 이제야 불쌍한 꼬마 빅토르, 사랑하는 빅토르를 위해서 내가 해준 모든 것을 보상받게 되겠지, 안 그래요! 아무리 그놈이 구제불능의 인간이라고 해도."

그녀의 가느다란 눈이 기름진 얼굴 속에서 반짝반짝 빛났다.

오랫동안 추구했으나 우연의 도움으로 이제야 보이는 해결의 실마리에 잠시 흥분했던 뷔슈는 다시 냉정을 되찾아 생각에 잠긴 채 고개를 끄덕였다. 지금 당장에는 파산한 상태라 해도, 사카르는 여전히 뜯어먹을 것이 많아. 한창때보다 힘이 빠진 아비니까 담판을 할 수 있다고. 하지만 그자라고 그냥 당하고 있지만은 않겠지, 아직도 무시무시한 이빨을 가지고 있거든. 게다가 그렇잖아? 그자는 아들이 있다는 사실을 전혀 모르고 있어, 메셍 아줌마를 깜짝 놀라게 한 기막힌 유사성에도 불구하고 부인할 수 있을 거야. 더욱이 그자는 다시 홀아비, 자유인이 되었잖아, 아무에게도 자기 과거를 알릴 의무가 없어, 설령 아이를 데려간다 할지라도 그 어떤 두려움에도, 그 어떤 위협에도 아무것도 내놓지 않을 거야. 만일 그자의 부성애에 호소해서 600프랑을 얻어낸다 해도, 그건 너무 미약한 보상이야, 우연이 기적적으로 도와준 것에 비하면 너무 초라한 값이란 말이야. 아니, 아니야! 좀더 생각해야 해, 그걸 키워야 해, 완숙기에 접어들었을 때 수확할 방법을 찾아야 해.

"서두르지 맙시다" 하고 뷔슈가 결론지었다. "게다가 그자는 지금 땅바닥에 굴러떨어져 있으니, 다시 일어서게 놔둡시다."

메셍 아줌마를 돌려보내기 전에, 그는 그녀가 담당하던 자질구레한 거래들, 즉 애인을 위해서 보석들을 저당잡힌 젊은 여자의 경우, 적절한 방식으로 자기 정부인 장모로 하여금 자기 빚을 갚게 하라는 사위의 경우, 끝으로 채권 가운데 징수가 몹시 어렵고 복잡하고 까다로운 경우들을 그녀와 함께 검토했다.

옆방으로 들어가던 사카르는 커튼 없는 창문 유리창으로 쏟아지는 햇빛에 잠시 눈이 부셨다. 생기 없는 푸른색 꽃무늬 벽지를 바른 그 방은 헐벗은 상태였다. 한쪽 구석에 철제 침대 하나, 한가운데 전나무 책상 하나, 짚 의자 두 개가 있을 뿐이었다. 왼쪽 벽을 따라서 대패로 대충 다듬은 널빤지들이 책장 역할을 하고 있었는데, 거기에는 책, 브로슈어, 신문, 각종 서류가 가득 꽂혀 있었다. 그러나 하늘에서 쏟아지는 눈부신 햇빛이 이 헐벗은 방에 젊음의 명랑함, 신선하고 천진난만한 웃음 같은 것을 불어넣었다. 뷔슈의 동생 시지스몽은 길고 듬성듬성한 밤색 머리칼에 수염을 기르지 않은 서른다섯 살의 젊은이였다. 깡마른 한쪽 손에 넓은 이마를 기댄 채 책상 앞에 앉아 있던 그는 육필 원고를 읽느라 문이 열리는 소리를 듣지 못한 탓에 고개조차 돌리지 않았다.

독일의 여러 대학에서 수학한 지식인 시지스몽은 모국어인 프랑스어 외에 독일어, 영어, 러시아어를 구사했다. 1849년 쾰른에서 그는 카를 마르크스를 알게 되었고, 후자의 잡지 『라인란트 누벨 가제트』에서 가장 사랑받는 필자가 되었다. 이때부터 그의 종교가 확정되었고, 그는 열렬한 믿음과 함께 사회주의를 설파하면서 빈자들의 행복을 보장하는 사회적 쇄신의 이데올로기에 자기의 전 존재를 바쳤다. 독일에서 추방되고 6월 사건으로 파리조차 떠나야 했던 그의 스승이 런던에서 글을 쓰고 당을 조직하고자 애쓸 때, 그는 꿈을 꾸며 근근이 생활하고 있었다. 물질적 삶에 너무도 무심했기에, 만일 자기 형이 증권거래소 옆 페도가에서 외국어 실력을 활용하여 번역 일을 할 수 있게 하며 그를 거두어주지 않았더라면 틀림없이 굶어 죽었을 것이다. 그의 형은 모성적 열정으로 동생을 사랑했다. 피 흘리는 인간에게서 10수를 훔칠 수 있고 채무자에게는 그토록 사나운 늑대였지만, 형은 어린아이처럼 정신을 딴 데 팔고 있는 이 커다란 소년이 문제되자마자 금세 여자처럼 섬세한 애정으로 눈물을 글썽이며 측은해했다. 거리에 면한 아름다운 방을 동생에게 주었고, 하녀처럼 동생을 섬겼으며, 청소를 하고 침대를 정돈하고 이웃 레스토랑에서 하루 두 번 올려다주는 식사를 챙기면서 기이한 살림살이를 꾸려나갔다. 머리에 수천 가지 거래가 가득한 채 그토록 정력적으로 일하는 그가 동생의 무위에는 한없이 관대했는데, 왜냐하면 번역 작업이란 여러 사적인 일로 방해받으면 진행되기 힘든 것이기 때문이었다. 그는 심지어 동생의 잔기침에 불안해하며 일을 금지시키기도 했다. 돈에 대한 자신의 집요한 열정, 돈벌이에서 유일한 삶의 이유를 찾는 음산한 탐욕에도 불구하고 그는 동생의 혁명 이론에 관대하게 미소 지었고, 분별없이 써버릴 것을 알면서도 개구쟁이에게 장난감을 주듯 동생에게 돈을 주었다.

시지스몽은 형이 옆방에서 무엇을 하는지 모르고 있었다. 그는 법정 관리 주식이나 채권 매입과 관련한 그 무시무시한 암거래를 전혀 알지 못한 채 더 높은 곳에서, 지고한 정의의 꿈 속에서 살았다. 자선이라는 생각은 그에게 상처를 주었고, 그를 화나게 만들었다. 자선은 곧 동냥이요, 선의에 의해 베풀어지는 불평등이기 때문이었다. 그는 오직 정의만을, 새로운 사회조직의 확고한 원리로서 제시되는 각자의 인권만을 받아들였다. 따라서 계속 서신 교환중인 카를 마르크스를 본받아 그는 그 조직을 연구하는 데 세월을 바치며 종이 위에서 내일의 사회를 수정하고 개선했고, 수많은 페이지를 숫자로 채웠고, 과학에 바탕을 둔 보편적 행복의 복잡한 발판을 세웠다. 일부 사람들로부터 자본을 박탈해서 다른 모든 사람들에게 나누어주는가 하면, 수십억 프랑을 휘저었고, 펜대 놀림 한 번으로 세계의 재화를 이동시켰다. 그 모든 것은 이 방, 꿈 외에는 어떤 열정도 없고 채울 쾌락의 욕망도 없는 이 방, 그가 극단적으로 소식小食을 하기에 고기를 먹고 포도주를 마시도록 형이 야단을 쳐야 하는 이 헐벗은 방에서 이루어졌다. 그는 모든 인간이 각자의 힘만큼 노동을 해도 각자의 식욕만큼 먹고살 수 있는 세상이 오기를 바랐다. 하지만 그 자신은 건강을 해칠 정도로 일을 많이 했고, 극소량의 음식을 먹으며 살아갔다. 그는 물질적 삶에 무관심하고 연구에만 몰두하는, 매우 온화하고 매우 순수한 진정한 현자였다. 지난해 가을부터 그는 기침을 점점 더 많이 했고, 폐결핵에 걸렸으면서도 그 병을 의식하거나 치료하려 하지 않았다.

사카르가 한 걸음 더 앞으로 다가서자 시지스몽은 방심한 듯한 큰 눈을 들었고, 방문객이 누구인지 알고 있었음에도 깜짝 놀랐다.

"편지 번역을 부탁하러 왔소."

젊은이의 놀라움이 커졌는데 왜냐하면 그가 투자자들, 은행가들, 투기꾼들, 증권 중개인들, 다시 말해 특히 영국과 독일에서 수많은 편지, 회람 공문, 회사 정관 등을 수령하는 모든 증권거래소 관련 업무 종사자들을 실망시킨 바 있기 때문이었다.

"그렇소, 러시아어로 작성된 편지요. 아! 열 줄밖에 되지 않아요."

그러자 그가 손을 내밀었다. 사실인즉 러시아어는 그의 전공이었고, 독일어와 영어로 먹고사는 동네 번역자들 가운데 오직 그만이 러시아어를 깔끔하게 번역할 수 있었다. 하지만 파리 증권시장에서는 러시아어 서류가 매우 드물었기 때문에, 그는 오랫동안 실업 상태에 있었다.

그는 소리 높여 편지를 프랑스어로 읽어주었다. 세 개의 문장으로 이루어진 그 편지는 거래에 대해 단순히 '예'를 뜻하는, 콘스탄티노플의 은행가에게서 온 호의적인 답신이었다.

"아! 고마워요." 사카르가 기쁜 표정으로 외쳤다.

그는 시지스몽에게 편지의 이면에 번역문을 써줄 것을 부탁했다. 그러나 시지스몽은 갑자기 끔찍하게 기침을 하며 손수건으로 입을 막아 그 소리를 죽였는데, 그렇게 하지 않으면 기침 소리를 듣자마자 형이 일손을 놓고 달려올 것이 틀림없었기 때문이다. 기침이 좀 가라앉자, 그는 일어나 커다란 창문을 열고서 소리를 죽이며 공기를 쐬었다. 그를 뒤따라갔던 사카르가 창밖으로 눈길을 던지더니 가볍게 탄성을 내질렀다.

"허어! 증권거래소가 보이잖아. 아! 여기서 보니까 정말 재미있군."

그는 결코 이런 기이한 모습의 증권거래소를 본 적이 없었는데, 공중에서 바라보니 도관導管의 숲에서 우뚝 솟아올라 드넓게 펼쳐진 네 개의 지붕 함석 경사면이 눈에 들어왔다. 높이 솟은 뾰족한 피뢰침이 하늘을 위협하는 거대한 창처럼 보였다. 그리고 증권거래소 건물 자체는 열주로 가지런히 줄을 그은 석제 입방체, 헝겊 깃발이 펄럭이는 더럽고 헐벗고 추한 회색 입방체에 지나지 않았다. 특히 계단과 주랑이 그를 놀라게 했다. 개미집이 파헤쳐진 양 그곳에 검은 개미들이 촘촘히 들어서서 서로를 떠밀었고, 이처럼 높은 곳에서 내려다보니 이해할 수 없고 불쌍하게만 보이는 동작을 취하고 있었다.

"정말 작아 보이는군!" 그가 다시 말했다. "손으로 한번 움켜쥐면 모두를 잡을 수 있을 것 같아."

상대방의 이데올로기를 알고 있었기에, 곧 그는 껄껄 웃으며 덧붙였다.

"언제 저 모든 걸 다 청소할 거요? 발로 확 차버릴 거요?"

시지스몽은 어깨를 으쓱했다.

"그럴 필요가 뭐 있겠어요? 당신들이 스스로 자멸하고 있는데."

차츰 그는 흥분했고, 하던 일에서 벗어났다. 선전의 욕구가 그로 하여금 사소한 말에도 자기 체계를 설명하도록 부추겼다.

"그렇고말고, 당신들은 그런 줄도 모른 채 우리를 위해 일하고 있지요…… 당신들은 인민 대중의 재산을 접수하는 횡령꾼들이지만, 당신들이 목구멍까지 재산을 채웠을 때, 그때 우리가 당신들의 재산을 접수하기만 하면 되는 거죠…… 일체의 독점, 일체의 중앙 집중은 반드시 집산주의에 이릅니다. 작은 땅뙈기들을 흡수하는 대지주들, 가내수공업자들을 삼키는 거대 생산자들, 일체의 경쟁을 말살하고 소형 은행들과 소매점들의 폐허 위에서 살찌는 거대 금융회사와 백화점들이 바로 새로운 사회를 향해 가는 느리지만 확실한 도정이죠. 당신들은 우리에게 현실적인 교훈을 줍니다. 우리는 모든 것이 붕괴되기를, 현재의 생산양식이 그 마지막 결과와 함께 더이상 견딜 수 없는 위기에 이르기를 기다리고 있어요. 그러니까 부르주아들과 농민들, 그들 자신이 우리를 도와주고 있다 이 말입니다."

사카르는 그를 광인으로 생각하고 있었음에도 흥미를 느끼며, 어렴풋한 불안감을 갖고 그를 쳐다보았다.

"그런데 말이오, 설명 좀 해줘요, 당신이 말하는 집산주의라는 게 도대체 뭐요?"

"집산주의, 그것은 경쟁으로 부풀리는 사적 자본을 만인의 노동으로 일구는 단일한 사회적 자본으로 바꾸는 것을 말하지요. 상상해보세요, 생산수단이 만인의 것인 사회, 그 사회적 협동으로 만든 생산물이 각자가 노력한 만큼 각자에게 분배되는 사회를 말입니다. 그것보다 더 단순한 건 아무것도 없어요, 안 그렇습니까? 국가 소유의 공장, 공사장, 작업장에서의 공동 생산, 이어서 현물 교환과 현물 임금…… 만약 생산과잉이 발생하면, 공공 창고에 과잉생산물을 넣어두었다가 결손이 발생할 때 꺼내서 채우면 됩니다. 균형을 맞추는 거죠…… 그것은 마치 도끼질처럼 부패한 나무를 쓰러뜨리는 행위입니다. 더이상의 경쟁도,

더이상의 사적 자본도 없어요. 그러므로 더이상의 거래도, 상업도, 시장도, 증권거래소도 없어요. 이윤이라는 개념이 더이상 아무런 의미가 없는 거죠. 투기의 원천, 노동 없이 획득되는 금리가 고갈되는 겁니다."

"오! 오!" 하고 사카르가 말을 끊었다. "그렇게 되면 세계경제 체질이 완전히 뒤바뀌겠는걸! 하지만 지금 금융업을 하는 사람들, 그 사람들은 어떻게 할 거요? 말하자면 군데르만, 당신들은 그 사람이 가진 억만금을 빼앗을 거요?"

"전혀 아니죠, 우리는 도둑이 아닙니다. 우리는 할부로 나눠 갚는 배급 전표로 그의 모든 주식, 그의 모든 금리 증서, 즉 그의 모든 재산을 되살 겁니다. 소비재라는 부富로 대체되는 막대한 자본을 상상해보세요. 백 년도 못 가서 군데르만의 후손들은 다른 시민들과 마찬가지로 개인적 노동을 하지 않을 수 없을 겁니다. 왜냐하면 할부 배급 식량은 결국 소진될 테고, 유산의 권리를 온전히 인정한다 하더라도 그들은 과잉 배급으로 불가피하게 발생한 비축 식량을 자본화할 수 없기 때문이죠…… 장담하건대 개인 매매, 주식회사, 사적 자본 신디케이트뿐만 아니라 금리의 모든 간접적 원천, 모든 신용대출 체계, 주택 임대, 소작농업이 대번에 일소될 겁니다. 그때 가치의 척도는 노동밖에 없겠죠. 임금제도는 당연히 폐지될 텐데, 왜냐하면 현재의 자본주의 체제하에서는 임금이 노동 생산물의 가치와 일치하는 것이 아니라 노동자의 생명 유지에 필요한 최소한의 생필품만을 뜻하기 때문입니다. 현재 체제가 유죄라는 것, 가장 정직한 주인들조차 살아남기 위해서는 가혹한 경쟁 법칙을 따르고 노동자들을 착취하지 않을 수 없다는 것을 인정해야 합니다. 정녕 파괴하지 않으면 안 될 우리 사회체제죠…… 아! 자기 배급 전표에 짓눌려 질식하는 군데르만! 과도한 배급 식량을 모두 먹을 수 없기에 다른 사람들에게 나눠주지 않을 수 없고, 동료들처럼 곡괭이와 연장을 손에 쥐지 않을 수 없는 군데르만의 상속자들!"

시지스몽은 여전히 창가에 서서 검은 개미군단이 우글거리는 증권 거래소를 바라보았고, 놀이를 즐기는 아이처럼 웃음을 터뜨렸다. 열띤 홍조가 그의 광대뼈를 물들였는데, 그에게는 내일의 정의가 야기할 즐거운 아이러니를 상상하는 것 외에 다른 오락거리가 없었다.

사카르의 불편함이 커졌다. 만일 이 깨어 있는 몽상가가 진실을 말하고 있는 것이라면 어쩌지? 그가 미래를 통찰하고 있다면? 매우 분명하고 이치에 맞는 듯한 이야기를 했단 말이야.

"그럴 리가!" 안심하기 위해 그가 소곤거렸다. "그 모든 일이 당장 내년에 일어나는 건 아니겠지?"

"물론입니다!" 다시 심각하고 지친 표정으로 젊은이가 말했다. "우리는 과도기, 동요기에 있어요. 아마도 혁명적 폭력이 발생할 텐데, 그 폭력은 흔히 불가피합니다. 하지만 과장과 격정은 덧없는 것이죠…… 오! 지금 당장의 큰 어려움을 숨기지는 않겠습니다. 이 모든 꿈의 미래는 불가능해 보입니다. 우리는 사람들에게 이 미래 사회, 그 풍속이 우리의 풍속과 너무나 다른 정의로운 노동의 사회에 대한 합리적인 개념을 제시할 수가 없어요. 그것은 또다른 행성에 있는 또다른 세계처럼 보이죠…… 이 점을 고백해야 합니다. 재조직은 아직 준비되지 않았고, 우리는 여전히 모색 단계에 있어요. 더이상 거의 잠을 이루지 못하는 저는 그 모색에 온밤을 지새웁니다. 예컨대 확실히 사람들은 우리에게 이렇게 말할 수 있겠죠. '세상 만물이 이런 식인 것은 인간사의 이치가 세상 만물을 이런 식으로 만들었기 때문이라오.' 그러니 강을 그 원천으로 되돌리고, 강을 다른 골짜기로 흐르게 하자면 얼마나 큰 힘이 들겠습니까!…… 분명 현재의 사회체제는 개인주의적 원리 덕분에 그 오랜 번영이 가능했습니다. 개인주의적 원리란 당연히 경쟁심, 사적 이해관계가 풍요로운 생산을 끊임없이 갱신하는 것을 가리키죠. 집산주의가 언젠가 이런 풍요에 이를 수 있을까요? 또한 이윤이란 개념이 파괴될 때, 그 어떤 수단으로 노동자의 생산 기능을 자극할 수 있을까요? 제가 보기에 바로 거기에 회의와 고뇌, 튼튼하지 못한 지반, 다시 말해 언젠가 사회주의의 결정적 승리가 도래하기를 원한다면 우리가 투쟁으로 더욱더 다져나가야 할 허약한 지반이 있어요…… 여하튼 정의가 우리의 것인 이상, 우리는 승리할 겁니다. 자! 눈앞에 저 큰 건물 보이죠…… 건물이 보입니까?"

"증권거래소?" 사카르가 되물었다. "아무렴! 잘 보이지!"

"좋습니다! 증권거래소 건물을 폭파하는 건 어리석은 일이죠, 왜냐하면 또다른 곳에 재건하면 되기 때문입니다. 하지만 예고하죠, 정부가 논리적으로 국가의 유일하고 보편적인 은행이 되어 증권거래소를 수용하는 날, 저 건물은 저절로 폭파될 겁니다. 누가 알겠습니까? 그때가 되면 저 건물이 우리의 넘치는 부를 모아둘 공공 창고, 우리의 손자들에게 축제일의 사치를 제공할 풍요의 곳간 가운데 하나로 쓰일지 말입니다!"

큰 동작으로, 시지스몽은 일반적이고 평균적인 행복의 미래를 열어 보였다. 그는 너무나 흥분했기에 다시 기침이 터져나왔고, 책상으로 되돌아가서 서류에 팔꿈치를 괴고 두 손에 얼굴을 묻은 채, 목구멍에서 솟구치는 거친 숨결을 잠재우려 했다. 그러나 이번에는 쉽게 가라앉지 않았다. 갑자기 문이 열리더니, 메셍 아줌마를 밖으로 내보낸 뷔슈가 이 끔찍한 기침 소리를 듣고 당황한 표정으로 뛰어들어왔다. 황급히 그는 몸을 기울였고, 고통을 달래줘야 하는 아이인 양 동생을 품에 안았다.

"이런, 얘야, 어떻게 된 거야, 이렇게 숨이 막히다니? 의사를 불러줄까? 분별없는 짓을 하지 말랬잖아…… 말을 너무 많이 한 거야, 확실해."

그는 방 한가운데에 서 있는 사카르를 비스듬히 쳐다보았다. 사카르는 모든 것을 재건하기 위해 모든 것을 일소해야 한다는 말과 함께 창가에서 증권거래소에 저주를 퍼부었던 엄청나게 위험한 인물, 그토록 열정적이고 그토록 병든 이 위험인물에게서 방금 들은 이야기에 진정으로 깊은 충격을 받았다.

"고마워요, 그만 가보겠소." 서둘러 밖으로 발걸음을 옮기며 방문객이 말했다. "열 줄의 번역문과 함께 내 편지를 보내줘요…… 난 다른 편지들도 기다리고 있소. 결제는 모든 번역이 마무리된 다음 한꺼번에 합시다."

그때 기침 발작이 멈추었고, 뷔슈는 동생을 잠시 그대로 안고 있었다.

"그건 그렇고, 좀전에 저기 있던 부인이 전에 당신을 알았었다고 하더군요, 아! 오래전에 말입니다."

"호오! 어디서 말이오?"

"라아르프가에서, 52년에요."

표정 관리에 능한 사카르였지만 얼굴이 창백해졌다. 신경질적인 경련이 입술을 잡아당겼다. 그것은 그 순간 그가 계단에서 관계한 말괄량이 소녀를 떠올렸기 때문이 아니었다. 그는 소녀가 임신했었다는 사실을 몰랐고, 어린아이의 존재도 전혀 알지 못했다. 다만 가난했던 초기 시절의 기억이 그에게는 늘 몹시 불쾌했던 것이다.

"라아르프가라고, 오! 거기서 일주일 동안 지냈었지, 파리에 도착해서 집을 찾던 시절에 말이오…… 또 봐요!"

"또 봅시다!" 당황한 가운데 튀어나온 고백을 들으며 흥분을 가라앉히던 뷔슈, 벌써 사건을 어떻게 이용할지를 고민하던 뷔슈가 인사말을 강조해서 발음했다.

다시 거리로 나온 사카르는 기계적으로 증권거래소 광장을 향해 몸을 돌렸다. 그는 문구점 입구에서 웃고 있는 작고 예쁜 금발머리 코냉 부인을 쳐다보지도 못한 채 후들후들 몸을 떨었다. 광장에서는 혼잡이 심해졌고, 거래의 고함소리가 고삐 풀린 거친 언행과 더불어 사람들이 우글거리는 보도에 와서 부딪쳤다. 그것은 세시 십오 분 전의 아우성, 마지막 시세의 전투, 누가 호주머니를 가득 채워서 떠나는지를 알고자 하는 열망이었다. 증권거래소 거리의 모퉁이에서, 주랑 맞은편에 서 있던 그는 혼란스러운 소란 가운데 기둥들 사이로 비관론자 모제와 낙관론자 피유로가 실랑이를 벌이는 모습을 얼핏 본 듯했다. 또한 그가 듣기에 대형 홀 안쪽에서 터져나오는 증권 중개인 마조의 날카로운 목소리가 벽시계 아래 장외시장에 앉은 나탕송이 간간이 내지르는 고함을 압도하는 듯했다. 그때 배수구를 스치듯 지나가던 마차 한 대가 그에게 흙탕물을 튀길 뻔했다. 마부가 마차를 세우기도 전에 마시아가 훌쩍 뛰어내리더니, 손님의 마지막 주문서를 들고서 숨을 헐떡이며 계단을 질주했다.

여전히 꼼짝하지 않고 저 위의 혼잡을 보며 서 있던 사카르는 문득 뷔슈의 질문이 그에게 일깨워준 초기 생활의 추억에 사로잡힌 채 자신의 삶을 반추했다. 라아르프가, 뒤이어 생자크가가 떠올랐는데, 거기서 그는 파리를 정복하기 위해 상경한 자신만만한 모험가로서 뒤꿈치가 찌그러진 부츠를 신고 다녔었다. 아직도 파리를 정복하지 못했다는 생각에, 다시 길바닥에 나앉아 욕구불만에 가득찬 채 행운의 기회만 노리고 있다는 생각에 그는 울화가 치밀어올랐고, 향락에 대한 갈증이 너무도 커서 고통스럽기 그지없었다. 그 미치광이 시지스몽의 말이 옳았다. 노동이 밥을 보장하지는 않아, 빈자들과 바보들만이 다른 사람들을 살찌우기 위해 일하고 있잖아. 투기, 오직 투기만이 하룻밤사이 단숨에 행복, 사치, 여유로운 삶, 완전한 삶을 허락하는 거야. 만약 이 낡은 세계가 언젠가 붕괴되어야 한다면, 나 같은 사람이 붕괴 이전에 욕망을 채울 시간과 장소를 찾아내야 할 것 아닌가?

그때 행인 하나가 그를 팔꿈치로 치고도 돌아서서 사과조차 하지 않았다. 그 행인은 건강을 위해 산책하던 군데르만이었는데, 사카르는 이 황금의 왕이 가끔 손녀들을 위해 1프랑짜리 사탕 한 봉지를 사곤 하는 과자점으로 들어가는 모습을 지켜보았다. 증권거래소 주변을 맴돈 이래 그의 내면에서 모종의 열기가 올라오던 이 시간, 그 팔꿈치 가격은 그로 하여금 결심을 하게 하는 마지막 충격, 마지막 재촉과 같은 것이었다. 광장을 포위했으므로, 이제 공격을 하리라. 그것은 무자비한 투쟁의 서약이었다. 프랑스를 떠나지 않으리라, 형에게 도전하리라, 최고의 게임을 하리라, 그로 하여금 파리 위에 군림하게 해주거나 만신창이가 된 그를 시궁창에 내던질 대담한 전투를 감행하리라.

폐장할 때까지, 사카르는 위협적으로 관찰하던 지점에 고집스럽게 서 있었다. 그는 주랑에서 인파가 사라지고, 계단에서 지치고 흥분한 사람들이 천천히 떠나는 것을 바라보았다. 그의 주변에서 포도鋪道와 보도의 혼잡이 계속되었다. 그 끊임없이 몰려오는 사람들의 물결, 착취의 대상인 영원한 군중, 요컨대 내일의 주주들은 거기서 벌어지는 일, 즉 극소수만이 관계하는 만큼 프랑스인들에게 더욱더 매혹적으로 보이는 금융거래의 신비, 그 신비에 욕망과 공포를 동시에 느끼며 거대한 투기의 경연장을 향해 고개를 돌렸다.

2

불행을 초래한 마지막 토지 거래 이후 사카르가 더 큰 재앙을 피하기 위해 몽소 공원 저택을 채권자들에게 넘기고 떠나야 했을 때, 그의 생각은 우선 아들 막심의 집으로 피신하는 것이었다. 아내가 롬바르디아의 작은 묘지에 잠든 뒤로 막심은 혼자서 앵페라트리스로의 저택에 기거했는데, 거기서 그는 지혜롭고 흉포한 이기주의와 함께 삶을 영위하고 있었다. 악행이 때 이르게 성숙시킨 허약한 사내로서 아내의 재산을 갉아먹던 그는 분명한 목소리로 아버지를 자기 집에 거두기를 거절했었다. 그가 미소 지으며 신중하게 설명한 바에 따르면, 각자 사는 것이 부자父子 둘 다 평화롭게 사는 길이었다.

그러자 사카르는 다른 거처를 생각할 수밖에 없었다. 그가 파시에 위치한 작은 건물, 은퇴한 상인들의 저급한 수용소에 방을 세내러 갔을 때 문득 생라자르가에 있는 도르비에도 저택의 일층과 이층, 늘 문과 창문을 닫아놓는 일층과 이층이 비어 있다는 사실이 떠올랐다. 남편이 죽은 이후 삼층의 방 셋만을 사용하는 도르비에도 대공 부인은 풀이 무성한 대문에 문패조차 달지 않았다. 건물 전면 한쪽 끝에 있는 나지막한 출입문이 하인용 계단을 통해 삼층으로 연결되었다. 종종 사업 관계로 대공 부인 저택을 방문했을 때, 그는 대공 부인이 적절한 이익을 낼 수도 있을 부동산을 방치해두는 것을 보고 매우 놀라곤 했다. 하지만 그녀는 고개를 흔들었고, 돈보다 소신을 더 중시했다. 그런데 그가 자기 이름으로 방을 빌리고자 했을 때 그녀는 선뜻 동의했고, 1만 프랑이라는 헐값으로 확실히 그 두 배는 받을 수 있을 호화롭고 기품 있는 일층과 이층을 내주었다.

사람들은 도르비에도 대공이 과시했던 호화로운 삶을 기억하고 있었다. 그는 장차 세상 사람들을 깜짝 놀라게 할 대리석과 황금의 궁전을 가지고 싶어했었다. 스페인을 떠나 수백만의 인간이 운집한 파리로 옮겨와서 금융으로 대성공을 거둘 욕망에 들떠 있었던 그는 황금의 궁전을 가지기 전에 우선 이 저택을 사서 개축하기로 했다. 지난 세기에 건축된 이 저택은 세련된 귀족들이 드넓은 정원 한가운데 짓곤 했던 별장 중 하나였다. 그러나 군데군데 붕괴되고 상당 부분 개축된 터라 옛 정원 가운데 마구간과 마차 차고로 둘러쳐진 넓은 안마당만 남아 있었는데, 이마저 신설 계획 단계에 있는 카르디날페슈가街에 점유될 참이었다. 대공은 이 저택을 생제르맹 양, 상속 소유지가 한때 테트부가의 인접 거리였던 트루아프레르가까지 이르렀던 생제르맹 양에게서 넘겨받았었다. 출입구가 생라자르가로 난 이 저택은 보빌리에 가문이 천천히 몰락하는 와중에도 여전히 차지하고 있었던 동시대의 대형 건물, 즉 옛 폴리보빌리에 저택과 나란히 서 있었다. 보빌리에 저택에는 훌륭한 정원, 아름다운 나무들이 있었지만, 그것들 또한 다가올 도시계획에서 사라질 운명에 처해 있었다.

파산한 가운데서도 사카르는 여러 하인, 너무 많았던 고용인 중 남은 고용인들, 즉 시중꾼 하나, 주방장, 세탁을 담당하는 주방장의 아내, 왜 남아 있는지 알 수 없는 하녀 하나, 마차꾼 하나, 마부 둘을 두고 있었다. 그는 마구간과 마차 차고도 비워두지 않았는데, 말 두 필과 마차 셋을 거기에 넣었고, 일층에는 하인들을 위한 구내식당을 마련했다. 금고에는 500프랑도 없었지만, 그는 연수입이 20만 내지 30만 프랑쯤 되는 사람처럼 살았다. 또한 그는 오십인용 식탁이 놓인 거대한 식당과 함께 이층의 드넓은 아파트, 세 개의 살롱, 다섯 개의 침실을 자기 사람으로 채울 방법을 생각해냈다. 예전에는 식당 문이 삼층의 좀더 작은 또다른 식당으로 통하는 실내 계단에 면해 있었다. 대공 부인은 최근 삼층의 이쪽 부분을 누이와 함께 사는 독신자 엔지니어 아믈랭 씨에게 세내주었기에, 식당 문을 두 개의 굵은 나사못으로 폐쇄했다. 따라서 그녀 또한 엔지니어와 함께 옛 하인용 계단을 쓸 수밖에 없었고, 사카르만이 큰 계단을 향유하게 되었다. 그는 몽소 공원 저택에서 건진 가구들로 몇몇 방을 부분적으로 장식했지만, 다른 방들의 경우 텅 빈 상태로 둘 수밖에 없었다. 그럼에도 그는 대공이 죽은 다음날부터 보이지 않는 손이 집요하게 마지막 벽지 한 조각까지 벗겨낸 듯 헐벗고 구슬픈 기나긴 벽에 삶의 활기를 불어넣었다. 그러면서 그는 거부가 될 꿈을 다시 가슴에 품었다.

도르비에도 대공 부인은 당시 파리에서 용모로 유명한 여자 가운데 하나였다. 십오 년 전에 그녀는 어머니인 콩브빌 공작 부인의 공식 명령에 복종하기 위해서, 자신이 전혀 사랑하지도 않았던 대공과 어쩔 수 없이 결혼했다. 그때 스무 살이었던 아가씨는 미모와 덕성으로 명성이 자자했고, 이 세상을 열정적으로 사랑했음에도 매우 종교적이었으며 지나치게 진지했다. 그녀는 대공을 둘러싼 기이한 이야기, 3억 프랑으로 추산되는 엄청난 재산의 원천, 가공할 도둑질의 일생을 모르고 있었다. 이 도둑질은 예전의 고상한 도적처럼 손에 무기를 든 채 숲속에서 행한 것이 아니라, 현대의 정중한 강도로서 증권거래소의 양지바른 곳에서, 순진한 가난뱅이들의 호주머니 속에서, 그들을 파산과 죽음의 구렁텅이로 몰아넣으며 행한 것이었다. 저기 스페인에서, 여기 프랑스에서, 대공은 이십 년 동안 전설적인 대大파산이 발생한 곳이면 어디서든지 자기 몫을 단단히 챙겼다. 그가 그토록 많은 돈을 벌었던 피와 진흙탕에 대해 아무것도 눈치채지 못했음에도, 그녀는 결혼 초기부터 벌써 그에 대해 신앙심으로도 극복할 수 없는 혐오감을 느꼈다. 그리고 이내 은근히 점증하는 원망이 이 반감에 덧보태졌는데, 이는 명령에 따른 그 결혼에서 아기가 생기지 않아 초래된 원망이었다. 모성애로써 충분했으리라, 그녀는 아이들을 좋아했으니까, 그러니 연인을 절망케 한 뒤 어머니마저 만족시킬 수 없었던 이 남자에 대해 증오감이 안 생길 수 있었을까. 대공 부인이 전대미문의 사치에 탐닉하고, 축제의 광채로써 파리를 눈멀게 하고, 튈르리궁조차 질투한다고 소문날 정도의 호화 생활을 영위한 것은 바로 그 무렵이었다. 그러다가 갑자기 뇌출혈로 대공이 즉사한 다음날부터 생라자르가의 저택은 절대적 침묵, 완전한 어둠에 휩싸였다. 더이상 불빛도 소리도 없었고, 문과 창문은 굳게 닫혔으며, 대공 부인이 일층과 이층의 가구를 비우고 삼층의 세 방만을 사용하면서 어머니의 옛 침모, 즉 자기를 길러준 늙은 소피와 함께 은자로서 칩거한다는 소문이 퍼졌다. 세상에 다시 모습을 드러냈을 때, 그녀는 머리칼을 레이스 숄에 감춘 채 소박한 검정색 모직 드레스를 입고 있었다. 여전히 귀엽고 통통한 몸, 좁은 이마, 꽉 다문 입술 사이로 반짝이는 진주처럼 새하얀 치아, 예쁘고 동그란 얼굴이 돋보였지만 안색이 이미 노랗게 변했고, 오래전부터 수도원에 은거하는 수녀처럼 자신만의 의지로 다져진 얼굴은 무표정하기 그지없었다. 이제 막 서른 살이 된 그녀는 그때 이후 오직 자선사업을 위해서만 살았다.

파리에서는 놀라움이 대단했고, 온갖 기이한 소문이 떠돌았다. 대공 부인은 신문 가십난에도 올랐듯 3억 프랑이라는 엄청난 재산을 상속받았었다. 그리고 마침내 모두에게 퍼진 전설은 비현실적인 것이었다. 사람들의 이야기에 따르면, 어느 날 저녁 그녀가 잠자리에 들려고 했을 때, 한 남자, 검은색 옷을 입은 미지의 남자가 어떤 비밀의 문을 통해 들어왔는지 모르지만 그녀의 방에 불쑥 나타났다. 이 남자가 그녀에게 무슨 말을 했는지는 세상 누구도 몰랐다. 하지만 끔찍한 재앙을 피하고 싶다면 죄악을 씻겠다는 서약을 하라고 요구하면서, 그가 그녀에게 3억 프랑이라는 돈의 가증스러운 원천을 밝혀준 것이 틀림없었다. 미망인이 된 지 오 년째였다. 그동안 그녀는 전설대로 저승에서 내린 명령에 복종하지 않았던가, 재산을 손에 넣은 이후 더할 나위 없이 단순하고 정직하게 행동하지 않았던가. 진실은 그녀가 이제 오직 희생과 사죄의 뜨거운 열정 속에서만 살았다는 것이었다. 연인도 어머니도 될 수 없었던 이 여자에게서 억압된 온갖 애정, 특히 아기에 대한 유산된 사랑이 빈자들, 약자들, 불우한 사람들, 고통받는 사람들, 한마디로 3억 프랑을 강탈당한 사람들, 그들에게 진 빚을 자선으로 완전히 되갚겠다고 그녀 스스로 맹세한 사람들을 위한 진정한 열정으로 꽃피어났다. 그때부터 하나의 고정관념이 그녀를 사로잡았고, 하나의 강박관념이 그녀의 뇌리에 자리잡았다. 그녀는 이제 스스로를 단지 하나의 은행가, 최선의 용처에 사용될 수 있게끔 빈자들이 3억 프랑을 예치한 은행가로 간주했다. 그녀는 이제 수많은 공증인, 노동자, 건축가 사이에서 셈을 하며 살아가는 회계원이자 사업가에 지나지 않았다. 집밖에 그녀는 스무 명가량의 고용인들이 일하는 큰 사무실을 만들었다. 집안에 그녀는 세 개의 방에 네다섯 명의 중개인과 그들의 보조인만을 수용했다. 사무실에서 그녀는 대기업의 사장처럼 방해꾼들로부터 격리된 채, 넘치는 서류 더미 속에서 하루를 보냈다. 그녀의 꿈은 태어나면서부터 고통을 겪는 어린아이부터 고통 없이 죽을 수 없는 노인까지, 모든 사람들의 고통을 경감시키는 것이었다. 오 년 동안 두 손 가득 황금을 뿌렸다. 그녀는 갓난아기들을 위해서는 하얀 요람을, 더 큰 아이들을 위해서는 푸른 침대를 마련해 삼백 명의 어린이를 수용한 밝고 넓은 생트마리 유아원을 라빌레트에 세웠다. 그리고 생망데에는 백 명의 소년과 백 명의 소녀가 부르주아 가정에서 이루어지는 것과 똑같은 교육을 받는 생조제프 고아원이 건설되었다. 끝으로 그녀는 쉰 명의 노인과 쉰 명의 노파를 수용할 수 있는 양로원을 샤티용에 세웠으며, 이백 개의 침대를 갖추고 이제 막 문을 연 생마르소 병원을 교외에 세웠다. 하지만 그녀가 가장 선호하는 사업, 요즈음 그녀의 마음을 송두리째 빼앗은 사업은 그녀 자신이 창안한 노동 학교, 즉 타락과 범죄에 물든 채 파리의 거리를 헤매던 백오십 명의 소년과 백오십 명의 소녀, 도합 삼백 명의 청소년에게 감화원을 대신하여 따듯한 보호와 직업교육을 베푸는 갱생 학교였다. 다양한 시설, 거액의 기부, 자선을 통한 광적인 낭비는 오 년 만에 약 1억 프랑을 쓰게 했다. 몇 년 더 이런 식으로 살면, 그녀는 지금 먹는 빵과 마시는 우유에 필요한 연금조차 확보하지 못한 채 완전히 파산할 것이었다. 늙은 하녀 소피가 마침내 평소의 침묵을 깨뜨리고 부인이 짚더미 위에서 비참하게 죽을 것이라고 예언하면서 거친 말로 나무랐을 때, 그녀는 희미한 미소, 파리한 입술 위에 번지는 미소, 소망이 깃든 신성한 미소를 지을 뿐이었다.

사카르가 도르비에도 대공 부인을 알게 된 것은 바로 그녀가 노동 학교 사업에 몰두했을 때였다. 사카르는 그녀가 노동 학교를 위해 매입했었던 토지, 즉 뇌이 공원에서 비노 대로를 따라 아름다운 나무가 즐비하게 늘어선 오래된 정원, 그 정원의 소유자 가운데 하나였다. 그녀는 그의 시원시원한 사업 진행 방식에 이끌렸고, 몇몇 건축업자들을 상대하면서 어려움을 겪은 후에 그를 다시 만나고자 했다. 그녀가 건축가에게 제시한 웅대한 도면에 매료된 그는 상상력이 발동되어 공사에 관심을 갖게 되었었다. 한쪽은 소년들에게, 다른 한쪽은 소녀들에게 할애될 두 거대한 측면 별관은 예배당, 공동체 생활공간, 행정사무실, 편의시설이 들어갈 본관에 의해 연결되었다. 각 측면 별관에는 커다란 안마당, 작업장들, 온갖 종류의 부대시설이 마련되었다. 하지만 거대함과 호화스러움을 선호하는 그를 특히 매료시킨 것은 도처에 보이는 사치, 여러 세기를 견딜 자재로 만들어진 웅장한 건물, 아낌없이 사용된 대리석, 황소라도 익혀낼 도기 부엌, 참나무로 호화롭게 장식한 드넓은 구내식당들, 밝은 그림과 빛으로 넘치는 공동 침실들, 세탁실, 욕실, 지나치게 세련된 양호실 등이었다. 그리고 여름에는 시원하게 환기해주고 겨울에는 따듯하게 난방해주는 비상구들, 계단들, 복도들이 도처에 있었다. 건물 전체가 다감한 햇빛, 젊음의 활기, 유복한 후생으로 넘쳐났다. 이런 호화로움이 무용하다고 생각하면서 불안에 사로잡힌 건축가가 그녀에게 낭비라고 말했을 때, 대공 부인은 한마디로 그의 말문을 막았다. 자신은 사치를 부릴 여유가 있고, 빈자들이 부자들에게 그런 부를 만들어준 만큼 이번에는 그들이 사치를 누릴 수 있게 해주기를 원한다는 것이었다. 그녀의 고정관념은 이런 꿈, 즉 빈자들을 만족시키기, 그들을 침대에서 재우기, 그들을 이 세계의 행복한 자들의 식탁에 앉히기, 더이상 빵 껍질이나 우연히 마련된 초라한 침대를 적선하기가 아니라 자기 집인 양 승자의 기쁨을 만끽하며 복수를 즐기는 궁전, 그 궁전에서 여유롭게 살게 하기로 이루어져 있었다. 그렇지만 이런 낭비 속에서, 엄청난 견적 속에서 그녀는 지독하게 도둑질을 당하고 있었다. 그녀가 감독을 잘못해서 발생한 손실을 셈하지 않더라도, 일군의 건축업자들이 그녀의 공사로 먹고살았다. 그들이 빈자들의 재산을 횡령하고 있었던 것이다. 그녀의 눈을 뜨게 해준 것이 바로 사카르였는데, 자신을 흥분시키는 억만금을 통제하는 유일한 기쁨을 위해서 그는 절대적으로 사심이 없는 자기로 하여금 회계를 분명히 하게 해달라고 청했다. 그가 그토록 양심적으로 일한 적은 결코 없었다. 그는 이 거대하고 복잡한 사업에서 엄청난 거액이 자신의 손을 거친다는 단순한 기쁨으로 보상받으면서, 자기 시간, 심지어 자기 돈까지 투자하는 가장 적극적이고 가장 충직한 협력자였다. 대공 부인이 눈에 보이지 않는 여신처럼 방 깊숙이 숨은 채 다른 시설들과 마찬가지로 노동 학교 또한 결코 방문하지 않았기에, 노동 학교에서 얼굴이 알려진 것은 오히려 사카르였다. 그가 찬양받았고, 축복받았고, 대공 부인이 원하지 않았던 온갖 감사의 말을 들었다.

아마도 그 시절 이후로 사카르는 어렴풋한 계획을 세웠는데, 계획의 실현은 그가 세입자로서 도르비에도 저택에서 살게 되었을 때 문득 구체적 욕망의 대상이 되었다. 왜 내가 대공 부인의 자선사업 관리에 헌신하지 못할 것인가? 투기에 실패하고 어떻게 재산을 다시 모을지 모르는 채 의혹에 휩싸여 있었을 때, 이 장엄한 자선의 분배자가 되는 것, 파리 위로 흐르는 이 황금 물결을 교통정리하는 것, 그것은 그에게 새로운 신의 계시, 갑작스러운 예찬의 기회처럼 보였다. 아직도 2억 프랑이 남아 있으니 엄청나게 많은 자선사업을 펼칠 수 있지 않을까, 엄청나게 큰 기적의 도시를 땅에서 솟아나게 할 수 있지 않을까! 그 돈으로 열매를 맺게 하여 두 배로 불리고, 세 배로 불리고, 잘 활용해서 몇 배의 이익을 남기는 것을 생각해서는 안 되리라. 그리하여 그의 열정과 더불어 모든 것이 확대되었고, 그는 이제 자신을 도취시키는 이 생각, 즉 그 돈을 끝없는 자선에 쏟아부으리라는 생각, 자선으로 프랑스를 행복의 바다에 빠뜨리리라는 생각만으로 살았다. 그는 스스로 감동했는데, 왜냐하면 그것이 완벽하게 정직한 일이었고, 자기 수중에는 한푼도 남지 않을 것이기 때문이었다. 계시받은 자로서 그의 머릿속에는 하나의 거대한 목가牧歌, 과거의 금융 약탈을 되풀이하려는 욕망이 전혀 섞이지 않은 몽상가의 목가가 있었다. 그 끝에 자기 평생의 꿈인 파리 정복이라는 과업이 존재했던 만큼, 그것은 더욱더 이상적인 목가였다. 자선의 왕, 수많은 빈자들로부터 추앙받는 신이 되는 것, 유일하고 인기 있는 존재가 되는 것, 세상을 자기 것으로 만드는 것, 이는 그의 야망을 넘어서는 일이었다. 사업가로서의 나의 재능, 나의 꾀, 나의 고집, 나의 편견 없는 완벽한 사고를 좋은 일에 사용한다면 그 어떤 경이로운 일인들 이루지 못하겠는가! 사람들이 자부심과 기쁨을 만끽하는 날, 나는 전투를 이기는 불굴의 힘, 즉 돈, 금고 가득 든 돈, 흔히 많은 악을 만들지만 언젠가 많은 선도 만들 돈을 버는 불굴의 힘을 갖게 되리라!

뒤이어 자기 계획을 키워가면서, 사카르는 왜 자기가 도르비에도 대공 부인과 결혼하면 안 되는 것인가 자문하기에 이르렀다. 그렇게 되면 입장이 정리될 것이고, 오해의 여지도 없어지리라. 한 달 동안 그는 능란하게 작업을 했고, 이런저런 멋진 구상을 펼쳐놓았고, 스스로를 꼭 필요한 사람으로 만들었다고 여겼다. 어느 날 그는 순박한 표정과 조용한 목소리로 자기의 제안을 설명했고, 자신의 원대한 계획을 제시했다. 그가 제시한 것은 진정한 협력 관계였는데, 그는 대공이 훔친 돈의 해결사를 자처했고, 그 돈을 열 배로 불려서 빈자들에게 되돌려줄 것을 약속했다. 평소처럼 검은 드레스를 입고 머리에 레이스 숄을 쓴 대공 부인은 노란 얼굴에 그 어떤 감정도 내비치지 않은 채 유심히 그의 말을 들었다. 그녀는 사심 없는 그런 협력 관계가 가져다줄 이점에 상당히 흔들렸다. 하지만 이튿날 답변을 주겠다고 한 그녀는 결국 그 제안을 거절했다. 아마도 그렇게 되면 자신이 더이상 자선의 유일한 주체일 수 없으리라 생각했고, 광적일망정 절대적 여왕으로서 자선을 베풀고 싶었던 듯했다. 그러나 그녀는 그를 조언자로 두게 되어 얼마나 행복한

지, 그의 협력을 얼마나 높이 평가하는지를 설명하며, 그가 진정한 교장인 노동 학교를 위해 계속 힘써달라고 부탁했다.

일주일 내내 사카르는 소중한 아이디어를 잊어버렸을 때처럼 몹시 상심했다. 그것은 자신이 또다시 강도질의 구렁텅이에 떨어지고 있다고 느꼈기 때문이 아니라, 감상적 연가가 더없이 비루한 주정뱅이들의 눈에 눈물을 매달듯 이 억만금짜리 선행이라는 거대한 목가가 늙고 비열한 영혼을 순화시켜왔기 때문이었다. 그는 다시 한번 굴러떨어졌다, 그것도 아주 높은 곳에서. 흡사 폐위의 아픔을 겪는 듯했다. 돈으로써 그는 언제나 욕망의 만족과 함께 호화로운 왕족 생활의 실현을 추구해왔으나 결코 그것을 충분히 구현하지 못했었다. 실패할 때마다 희망이 사라지면서 그는 몹시 괴로워했었다. 따라서 대공 부인의 조용하면서도 분명한 거절 앞에서 자기 계획이 무산되었을 때, 그는 불타는 전투욕을 느꼈다. 싸우는 것, 혹독한 투기 전쟁에서 최강자가 되는 것, 타자에게 먹히기 전에 타자를 먹는 것, 그것은 명예와 기쁨에 대한 갈증 다음에 오는 대의, 자신의 사업 열정을 위한 유일한 대의였다. 축재를 하지 않을지라도, 그는 다른 즐거움, 즉 엄청난 매출을 위한 투쟁, 군단의 진격을 방불케 하는 자산의 투자, 수많은 적들이 받는 충격, 그를 도취시키는 패배 또는 승리를 만끽했다. 금세 그는 군데르만에 대한 증오, 광적인 복수심에 휩싸였다. 군데르만을 쓰러뜨리는 것, 그런 비현실적인 욕망이 패배와 함께 땅바닥에 쓰러질 때마다 그를 사로잡았다. 그것이 치기 어린 유혹이라 해도, 적어도 군데르만에게 상처를 주고, 정면에서 군데르만과 맞서고, 서로 이웃한데다 힘이 대등하여 서로를 사촌으로 여기는 군주들처럼 군데르만으로 하여금 어쩔 수 없이 모든 것을 자기와 공유하게 할 수는 있지 않을까? 증권거래소가 다시 그를 매료시킨 것은 바로 그 무렵이었다. 개시할 사업으로 머리가 가득차고 결정해야 할 여러 모순적인 계획들에 열광적으로 이끌리던 그는 엄청나게 기발한 아이디어가 불현듯 떠올라 거기에 완전히 사로잡혔다.

도르비에도 저택에 거주한 이후, 사카르는 삼층의 작은 아파트에 사는 엔지니어 아믈랭의 누이로서 키가 매우 큰 여자, 사람들이 친근하게 카롤린 부인이라고 부르는 여자와 가끔 마주쳤다. 첫 만남에서 특히 그를 놀라게 한 것, 그것은 겨우 서른여섯 살밖에 안 된 젊은 여자의 이마 위에 그토록 기이하게 씌워진 백색 머리칼의 왕관, 즉 눈부시게 하얀 머리칼이었다. 스물다섯 살 때부터 그녀의 머리칼은 그토록 눈부신 백색이었다. 검고 무성한 눈썹이 새하얀 머리칼과 기묘한 대조를 이루며 여전히 그녀를 젊어 보이게 했다. 그녀는 지나치게 큰 턱과 코, 선의가 담긴 두툼한 입술과 넓은 입 때문에 예쁘게 보인 적이 단 한 번도 없었다. 하지만 새하얀 머리칼, 실크처럼 부드럽게 하늘거리는 백색의 머리칼은 분명히 다소 거친 인상을 부드럽게 해주었고, 그녀에게 사랑스러운 여자의 신선한 힘과 더불어 미소 짓는 할머니의 인자한 매력을 부여했다. 그녀는 키가 크고 튼튼했고, 솔직하고 매우 고상한 태도를 지니고 있었다.

그녀와 마주칠 때마다 그녀보다 키가 작은 사카르는 그녀를 관심 깊게 눈으로 좇으며 그녀의 큰 키, 건강하고 넓은 어깨를 부러워했다. 그리고 차츰 주변 사람들의 이야기를 들으며 그는 아믈랭 남매의 내력을 모두 알게 되었다. 카롤린과 조르주는 대단한 학자이자 열광적인 가톨릭 신자로서 가난하게 죽은 몽펠리에의 한 의사의 자식들이었다. 아버지를 여의었을 때 딸은 열여덟, 아들은 열아홉 살이었다. 조르주가 에콜 폴리테크니크에 입학했기 때문에, 카롤린은 오빠를 따라 파리로 와서 가정교사로 자리를 잡았다. 오빠에게 100수짜리 동전들을 쥐여주고, 강의를 듣는 이 년 동안 주머닛돈으로 오빠를 부양한 것은 다름 아닌 여동생이었다. 그후 나쁜 성적으로 졸업한 오빠가 거리에서 방황하던 시절, 일자리를 찾을 때까지 그를 지탱해준 것도 바로 여동생이었다. 남매는 서로를 사랑하며, 영원히 헤어지지 않을 꿈을 꾸고 있었다. 그렇지만 아가씨의 훌륭한 재능과 돋보이는 지성이 그녀가 일하던 집에서 백만장자 양조업자의 마음을 사로잡아 예기치 않은 청혼이 이루어졌고, 조르주는 여동생이 청혼을 받아들이기를 원했다. 결국 조르주는 이 권유를 격심하게 후회했는데, 왜냐하면 몇 년의 살림 후에 카롤린은 어리석은 질투로 술을 마시고 칼을 든 채 자신을 뒤쫓는 남편에게 살해당하지 않기 위해 이혼을 요구하지 않을 수 없었기 때문이다. 그때 그녀는 스물여섯 살이었고, 이혼한 남자에게 그 어떤 보조금도 요구하지 않을 것을 고집했기에 다시 가난뱅이가 되었다. 한편 그녀의 오빠는 숱한 구직 시도 끝에 드디어 마음에 드는 일을 하게 되었다. 수에즈운하에 대한 첫번째 조사를 담당한 위원회와 함께 이집트로 떠나게 된 것이다. 그는 누이를 데려갔고, 그녀는 용감하게 알렉산드리아에 정착해서 오빠가 그 나라를 돌아다니는 동안 가정교사 일을 다시 시작했다. 그들은 1859년까지 이집트에 머물며 포르사이드 해변에서 운하 공사의 첫 삽을 뜨는 것을 지켜보았는데, 그곳에선 겨우 백오십 명의 토목공이 모래밭에 서서 몇몇 엔지니어들의 지휘를 받았을 뿐이었다. 뒤이어 자재 보급 업무를 담당하기 위해 시리아로 파견된 아믈랭은 상사들과 불화를 일으킨 끝에 그곳에 머물렀다. 그는 카롤린을 또다른 어린 학생들이 기다리는 베이루트로 오게 했고, 프랑스 회사가 후원하는 대사업, 즉 베이루트에서 다마스까지 차량이 다닐 수 있는 도로, 레바논의 협곡들을 관통하는 최초이자 유일한 도로의 건설에 뛰어들었다. 그들은 도로가 완공될 때까지 삼 년을 거기서 살았다. 여러 산을 돌아다녀야 했던 조르주는 석 달 동안 집을 비운 채 토로스산맥을 거쳐 콘스탄티노플로 여행을 하기도 했다. 죽은 문명의 잿더미 아래 잠든 이 고대의 땅을 일깨울 계획을 세운 오빠를 지지했던 카롤린도 시간이 날 때마다 그를 따라다녔다. 그는 아이디어와 도면으로 가득찬 포트폴리오를 축적했고, 이 수많은 생각에 실체를 부여하고 회사를 설립하고 자본을 모으고자 했을 때 프랑스로 돌아갈 절실한 필요성을 느꼈다. 동방에서 구 년을 체류한 끝에 그들은 떠났고, 자신들을 열광시켰던 수에즈 운하 공사가 이루어진 이집트를 통해 귀국한다는 사실에 다소 흥분했다. 사 년 만에 포르사이드 해변의 모랫더미 속에서 하나의 도시가 자라났고, 사람들이 분주히 돌아다녔고, 인간 개미들이 증식해서 대지의 얼굴을 바꿔놓았던 것이다. 그러나 파리에서는 암담한 불운이 아믈랭을 기다리고 있었다. 열다섯 달 전부터, 지나치게 신중하고 말수가 극히 적은 그는 아무에게도 신념을 전달하지 못한 채 혼자만의 원대한 계획과 씨름하고 있었고, 아시아의 산과 평원을 쏘다닐 때보다 더 성공으로부터 멀어진 채 도르비에도 저택의 삼층, 1200프랑에 세낸 방 다섯 개짜리 조그만 아파트에 좌초해 있었다. 그들의 저축은 빠르게 고갈되었고, 오빠와 누이는 상당한 경제적 궁핍에 직면했다.

사카르의 관심을 끈 것은 바로 카롤린 부인의 점증하는 슬픔으로,

그녀의 아름다운 명랑함도 오빠가 빠져드는 절망감을 지켜보면서 사위어갔다. 집에서 그녀는 다소 남자 같은 역할을 했다. 조르주는 용모가 누이와 닮았지만 더 허약했고, 노동능력도 더 떨어졌다. 그러나 그는 연구에 몰두했고, 그를 거기서 벗어나게 할 방법은 없었다. 그는 결코 결혼하려 하지 않았으며 심지어 그럴 필요성조차 느끼지 못했는데, 왜냐하면 자기가 사랑하는 누이로 충분했기 때문이다. 분명 그에게도 주변 사람들이 몰랐던 스쳐가는 연인들이 있었을 것이다. 그토록 폭넓은 지식을 가지고 있으며 자기가 하는 모든 일에 그토록 열정적이었던 이 에콜 폴리테크니크의 옛 모범생은 때때로 너무나 순박하게 행동해서 모두가 그를 좀 바보스럽다고 생각했으리라. 더없이 협애한 가톨릭 가정에서 자랐기에, 그는 어린 시절부터 신앙을 가졌고 독실하게 믿음을 실천했다. 반면 그의 누이는 그가 공사에 전념하는 동안 다양한 독서를 통해 교양을 다졌다. 그녀는 네 개의 언어를 구사했고, 한때 사회주의 이론과 진화론에 빠진 채 경제학 저서들, 철학 저서들을 읽었다. 하지만 그녀는 침착함을 유지했고, 특히 머나먼 문명에서의 오랜 체류와 여행 덕분에 인내심과 균형감 있는 예지를 터득했다. 더이상 종교를 갖지 않았을지언정, 그녀는 오빠의 신앙을 진심으로 존중했다. 그들 사이에 그 문제에 대한 논의가 있었고, 남매는 그 문제를 다시 입에 올리지 않았다. 그녀는 소박하고 착하고 지성적이었다. 쉽지 않은 삶을 견디는 비범한 용기, 잔혹한 운명에 맞서는 명랑한 용기를 가진 그녀였지만, 그래도 아이가 없다는 것이 유일하고 쓰라린 슬픔이라고 말하곤 했다.

사카르는 새로운 기계의 생산성을 알기 위해 엔지니어를 필요로 하는 출자자들로부터 일거리를 얻어 아믈랭에게 줄 수 있었다. 그 덕분에 그는 남매와 친밀한 관계를 맺었고, 작업실로 변형시킨 그들의 유일한 큰방, 즉 살롱에서 그들과 함께 한두 시간 보내러 가곤 했다. 그 방은 기다란 제도용 테이블 하나, 서류가 가득 놓인 좀더 작은 테이블 하나, 의자 여섯 개 말고는 아무것도 없었다. 벽난로 위에는 책이 쌓여 있었다. 그렇지만 벽에 걸린 임시변통의 장식물이 이 방의 공허한 분위기를 명랑하게 했다. 거기에는 몇 장의 도면, 몇 점의 밝은 수채화가 네 개의 못으로 고정되어 있었다. 그것은 아믈랭이 전시해놓은 포트폴리오, 시리아에서 입수한 문서들, 한마디로 그의 미래의 재산이었다. 수채화는 카롤린 부인이 오빠를 따라다닐 때 그 어떤 의도 없이 지극히 사적인 회화 감각으로 스케치했던 동방의 풍경, 사람, 의상을 담고 있었다. 보빌리에 저택의 정원을 면한 두 개의 넓은 창문이 아무렇게나 진열된 그 그림들을 생생한 빛으로 비추었는데, 그림들은 다른 하나의 삶, 즉 폐허가 된 고대사회, 수학적인 선명한 선으로 그려진 설계도를 과학적인 발판으로 삼아 재건하려는 고대사회의 꿈을 상기시키고 있었다. 자신을 매력적으로 보이게 하는 활력을 잃어 스스로 쓸모없는 사람으로 여겨졌을 때, 사카르는 특히 이 도면과 수채화에 이끌려 끊임없이 설명을 요구하면서 자신을 잊었다. 그리고 그러는 와중에 그의 머릿속에서는 거대한 사업 구상이 싹트고 있었다.

어느 날 아침, 그는 카롤린 부인이 책상으로 쓰는 작은 테이블에 혼자 앉아 있는 것을 보았다. 그녀는 몹시 슬픈 표정으로 두 손을 서류 더미에 묻고 있었다.

"어떻게 하죠? 일이 정말 안 풀리고 있으니…… 제가 용감하긴 하지만…… 모든 게 동시에 뒤틀리고 있어요. 저를 정말 가슴 아프게 하는 건 불쌍한 오빠가 불행에 빠져 있다는 사실이죠, 오빠는 일을 할 때만 용감하고 힘이 나는 사람인데…… 오빠를 돕기 위해 다시 가정교사 자리를 찾아봤죠. 하지만 자리가 없었어요…… 제가 이 집 저 집에서 가정부 일을 할 수도 없고."

이처럼 혼란스럽고 힘겨워하는 그녀의 모습을 사카르는 결코 본 적이 없었다.

"말도 안 돼! 당신들은 그 지경에 이르지 않았소!" 그가 소리쳤다.

그녀는 고개를 흔들었고, 평소에는 심지어 나쁜 일조차 그토록 힘차게 받아들였건만 지금은 삶에 지친 듯했다. 그때 아믈랭이 돌아와 또 실패했다는 소식을 전하자 그녀의 뺨에서 굵은 눈물방울이 천천히 흘러내렸고, 그녀는 말없이 두 주먹을 불끈 쥔 채 테이블 앞 정면을 응시했다.

"어휴" 하고 아믈랭이 자기도 모르게 말했다. "저기 이국땅에서 억만금이 우리를 기다리고 있는데 말이야, 그 돈을 벌도록 누가 우리를 좀 도와주면 좋으련만!"

사카르는 대형 상점들 한가운데 건설된 빌라를 그린 설계도 앞에 멈춰 섰다.

"이건 무엇이오?" 그가 물었다.

"아! 흥미로운 거죠." 엔지니어가 설명했다. "그건 제가 꿈꾸었던 회사, 그러니까 종합해운회사 사장의 베이루트 저택 설계도입니다."

그는 신이 났고, 새롭게 상세히 설명했다. 동방에 체류하는 동안, 그는 운송 서비스에 얼마나 문제가 많은지 실감했었다. 마르세유에 위치한 몇몇 회사가 경쟁으로 죽어가는 터라 충분하고 안정적인 설비를 갖출 수 없었다. 그의 기획 전체의 근저에 있는 기본적인 생각 가운데 하나는, 이 회사들을 신디케이트로 묶어서 엄청난 자본을 갖춘 하나의 거대 회사, 아프리카, 스페인, 이탈리아, 그리스, 이집트, 아시아의 모든 항구와 흑해 깊숙한 곳까지 가는 노선을 개통함으로써 지중해의 왕자가 될 거대 회사로 만드는 것이었다. 이보다 더 통찰력 있는 기획자, 이보다 더 훌륭한 시민이 어디 있으랴. 그의 기획은 프랑스의 여러 활동이 펼쳐질 시리아와의 시간적 거리를 축소시켜줄 뿐 아니라, 무엇보다 동방을 프랑스의 것으로 만들어줄 터였다.

"회사 신디케이트라……" 사카르가 중얼거렸다. "오늘날, 미래가 거기 있는 것처럼 보이기는 해…… 그건 가장 강력한 형태의 결사체야! 각기 외따로 생겨난 서너 개의 소기업이 서로 연합할 때, 그때 엄청난 생명력과 번영을 얻게 되지…… 그래, 대자본, 대량의 중앙집권적 힘에 내일이 있는 거야. 일체의 산업, 일체의 상업은 결국 사람들이 모든 것을 구입할 유일 거대 시장으로 수렴되겠지."

그는 다시 발걸음을 멈추었고, 어지럽게 무너져내린 채 잡초로 뒤덮인 바위들에 막혀버린 불모의 협곡, 야생의 풍경을 그린 수채화 앞에 섰다.

"오! 오!" 그가 다시 입을 열었다. "이곳이야말로 세상의 끝이군그래. 여기서는 행인들끼리 팔꿈치가 부딪치지 않도록 조심해야겠어."

"카르멜 협곡입니다." 아믈랭이 대답했다. "내가 거기서 조사를 하는 동안 누이가 그걸 그렸죠."

그러고서 그는 무심히 이렇게 덧붙였다.

"그런데 말예요! 백악질의 석회암과 그걸 솟구어 올리는 반암班岩 사이에, 산비탈 위에 상당량의 황화黃化 은맥이 있습니다. 그래요! 은광 말이죠, 그걸 채굴하면 제 계산으로는 엄청난 이득이 생길 겁니다."

"은광이라." 사카르가 활기차게 되풀이했다.

카롤린 부인은 여전히 슬픈 표정으로 먼 곳을 바라보며 대화를 들었다. 그러고는 그 풍경이 떠오르는 듯 이렇게 말했다.

"카르멜, 아! 얼마나 황량했는지, 정말 고독한 나날들이었어! 도금양과 금작화 천지였고, 향기가 좋았지, 푸근한 공기가 그 향기로 진동했었어. 그리고 끊임없이 창공을 선회하는 독수리들이 있었지…… 도처에 널린 가난 옆에서, 무덤 속에 잠든 은이라니! 사람들이 행복해지고, 작업장이 생기고, 도시가 건설되고, 서민들이 노동으로 회생하기를 바랐었는데."

"카르멜에서 생장다크르까지 도로를 내기가 어렵지 않을 겁니다" 하고 아믈랭이 말을 이었다. "제 생각엔 철도 찾을 수 있을 거예요, 그 고장의 산에 철이 풍부하게 매장되어 있거든요…… 경비를 상당히 절약할 수 있는 채굴 방식까지 연구해뒀는데 말이죠. 모든 게 준비되어 있어요, 자본만 찾으면 되는데……"

"카르멜 은광회사라!" 사카르가 중얼거렸다.

이번에는 엔지니어가 눈을 들어 평생의 노고를 통한 산물에 이끌려 이 도면에서 저 도면으로 시선을 옮겼고, 거기서 잠자는 눈부신 미래를 생각하며 열기에 휩싸였다. 그러면서 그는 가슴이 답답해 몸이 마비될 지경이었다.

"초기에는 자금이 조금만 있어도 되는 사업인데……" 그가 다시 말했다. "이 일련의 도면을 보세요. 이건 대역사로서, 소아시아를 한쪽 끝에서 다른 쪽 끝까지 관통하는 철도 시스템을 건설하는 거죠…… 편리하고 빠른 교통의 부재, 바로 그것이 이토록 풍요로운 나라가 겪고 있는 침체의 근본 원인입니다. 차가 다닐 수 있는 길을 찾아보기가 어려워요, 여행과 운송이 언제나 노새나 낙타의 등에서 이루어지죠…… 만약 철도가 사막의 끝까지 침투한다면, 이거야말로 혁명이 아닐까요! 그땐 산업과 상업이 열 배로 늘어날 테니 문명의 승리가 아닐 수 없고, 바야흐로 유럽이 동방으로 가는 관문을 뚫는 셈입니다. 이게 조금이라도 선생님의 관심을 끈다면, 좀더 자세히 말씀드릴게요. 그러면 선생님도 아시게 될 겁니다, 아시게 되고말고요!"

이내 그는 신이 나서 설명했다. 그가 철도 시스템 설계도를 작성한 것은 콘스탄티노플을 여행할 때였다. 크나큰 어려움이자 유일한 난관은 토로스산맥 횡단이었다. 하지만 여러 협로를 탐사했던 그는 상대적으로 건설비가 훨씬 절감되는 설계가 가능하다고 주장했다. 물론 대번에 완전한 시스템을 갖출 수 있으리라 생각하지는 않았다. 향후 술탄에게서 사업권을 따내게 되면 우선 본선, 즉 앙카라와 알레포를 거쳐 부르사에서 베이루트로 가는 노선만을 건설하는 것이 현명하리라. 그런 다음 앙카라에서 스미르나로 가는 지선, 에르주룸과 시바스를 거쳐 트라브존에서 앙카라로 가는 지선을 생각할 수 있으리라.

"그다음에는, 그다음에는……" 하고 그가 말을 계속했다.

그는 이야기를 그치지 않았지만, 그 대담한 프로젝트를 어디까지 실현시켰는지에 대해서는 말없이 미소를 지을 뿐이었다. 그것은 하나의 꿈이었다.

"아! 토로스산맥 기슭의 평원!" 카롤린 부인이 꿈꾸다 깨어난 사람처럼 느린 목소리로 말했다. "얼마나 감미로운 천국이었는지! 땅을 살짝 긁기만 해도 농작물이 넘치도록 자라났었어. 과일나무, 배나무, 체리나무, 무화과나무, 아몬드나무가 과일이 하도 많이 맺혀 부러질 지경이었지. 올리브나무밭과 뽕나무밭이 커다란 숲과도 같았어! 자연 만물이 늘 푸르고 가벼운 공기 속에서 얼마나 잘 자라던지!"

사카르는 미소 지으며, 황금 냄새를 맡았을 때 느끼곤 하던 왕성한 식욕을 느꼈다. 그리고 아믈랭이 다른 프로젝트들, 특히 콘스탄티노플에 은행을 설립하는 계획을 언급하며 대재상 곁에 두고 왔다는 만능의 지기들에 대해 이야기했을 때, 그가 명랑하게 말을 끊었다.

"극락이 따로 없군그래. 그렇다면 극락을 팔아야지!"

그런 다음 그는 여전히 책상 앞에 앉아 있는 카롤린 부인의 어깨에 허물없이 두 손을 얹었다.

"너무 낙담하지 마세요, 부인! 저는 부인을 좋아해요. 제가 오빠와 함께 무엇인가 우리 모두를 위해 아주 좋은 일을 할 테니 두고 보십시오. 조금만 참고 기다려주세요."

한 달 동안, 사카르는 엔지니어에게 다시 자질구레한 일거리를 찾아주었다. 대사업에 대해서는 더이상 이야기하지 않았는데, 왜냐하면 기획의 엄청난 규모 앞에 망설임을 느끼면서도 그 대사업에 이끌려 끊임없이 궁리를 하고 있었기 때문이다. 그들의 친교를 더욱 돈독하게 해준 것, 그것은 불필요한 비용을 과하게 치르고 하인들이 대단히 많음에도 제대로 대접받지 못하는 독신자를 위해 카롤린 부인이 가사를 돌봐주는 자연스러운 방식이었다. 집밖에서는 대도들이 난무하는 와중에도 그토록 정력적이고 능수능란하게 일을 처리하는 사카르가 집안에서는 비용을 배가시키는 무시무시한 지출에도 전혀 신경쓰지 않으며 모든 것을 될 대로 되라는 식으로 내팽개쳐두고 있었다. 가장 소소한 곳에서조차 여성의 부재가 심각하게 느껴졌다. 카롤린 부인이 횡령을 알아차렸을 때, 그녀는 우선 그에게 조언을 했고, 이어서 직접 개입해서 두세 차례 비용을 절감시켜주었다. 그녀가 너무도 빈틈없이 일을 처리했기에, 어느 날 그는 농담하듯 웃으며 그녀에게 자기 집의 관리인으로 일해달라고 했다. 그렇게 하지 못할 이유가 없지 않은가? 그러잖아도 그녀는 일자리를 찾고 있었고, 더욱이 그녀가 기다리는 명예로운 가정교사 자리가 생기면 언제라도 그것을 받아들일 수 있었다. 농담처럼 이루어진 제안이 진지한 것이 되었다. 사카르가 주겠다는 월급 300프랑이 오빠의 짐을 덜어줄 수 있지 않을까? 그녀는 제안을 받아들였고 일주일 만에 집안 전체를 개혁했는데 시중꾼, 마부, 여자 요리사만으로 집안일이 잘 돌아갔기에 주방장과 그의 아내를 해고했다. 그녀는 말 한 필, 마차 한 대만을 남겼고, 모든 일에 주도권을 행사했으며, 몹시 꼼꼼하고 정성스레 회계를 봄으로써 보름이 지났을 땐 지출의 절반을 줄였다. 그는 더없이 만족하여 이제 집안에서 도둑질을 하는 것은 자기뿐이며, 그녀가 창출하는 이익에 관한 한 자기한테 미리 몇 퍼센트라도 요구했어야 했다고 농담했다.

그리하여 매우 친밀한 생활이 시작되었다. 사카르는 두 아파트 사이를 이어주는 문에 박힌 나사못을 제거하게 했고, 이제 그들은 내부 계단을 통해 이 식당에서 저 식당으로 자유롭게 왕래했다. 오빠가 아침부터 저녁까지 위층에 틀어박혀 동방의 서류들을 정돈하는 동안, 카롤린 부인은 자기 집 가사를 자기 집의 유일한 하녀에게 맡겨둔 채 매시간 아래층으로 내려와서 마치 자기 집인 양 이것저것 지시를 내렸다. 이 키 큰 여인의 끊임없는 출현은 사카르의 기쁨이 되었는데, 강하고 오만한 걸음걸이로 이 방 저 방을 가로지르는 그녀는 새하얀 머리를 젊은 얼굴 양쪽으로 휘날리며 늘 뜻밖의 명랑한 분위기를 연출했다. 활기 있게 일하며 자신의 유용성을 느낀 이후 그녀는 다시 매우 명랑해졌고, 살아갈 용기를 되찾았다. 소박하게 그녀는 오직 검은 드레스만을 입었고, 드레스의 호주머니에서는 맑은 열쇠 꾸러미 소리가 울렸다. 이제는 단지 일 잘하는 가정부, 마치 사람들이 악동을 사랑하듯 자신이 사랑하기 시작한 이 낭비가의 가정부에 불과하다는 사실이 지식인이요 철학자였던 그녀를 즐겁게 했다. 둘의 나이 차가 열네 살이라는 사실을 떠올리며 한순간 강한 유혹을 느낀 사카르는 어느 날 밤 그녀를 품에 안는다면 무슨 일이 벌어질지 생각해보았다. 십 년 전부터, 이를테면 애무보다 구타를 더 많이 하던 남편에게서 어쩔 수 없이 도망친 이후 남자와의 만남 없이 방랑하는 여전사처럼 살았다니, 그게 가능한 일일까? 아마도 여행이 도움을 주었으리라. 하지만 그녀 오빠의 친구인 보두앵 씨라는 남자, 베이루트에 있지만 곧 귀국할 그 남자가 그녀를 너무나 사랑하며, 그녀와 결혼하기 위해 알코올중독으로 요양원에 갇힌 그녀의 남편이 죽기만을 기다린다는 사실을 그는 알고 있었다. 분명히 그러한 결혼은 매우 이해할 만한, 거의 초혼에 가까운 결혼으로 인정받을 수 있으리라. 이왕에 한 남자가 있음이 틀림없으니, 왜 내가 두번째 남자가 될 수 없겠는가? 그렇지만 사카르는 이성을 되찾았고, 그녀를 너무나 좋은 친구로 여기며 여성으로 생각하지 않으려 했다. 키가 몹시 큰 그녀가 지나가는 것을 보고 그녀를 품에 안으면 무슨 일이 벌어질까 자문한 뒤, 그는 지극히 평범한 일들, 아마도 성가신 일들이 생기리라고 자답했다. 그는 그 경험을 훗날로 미루었고, 그녀의 상냥함에 만족하면서 힘차게 악수를 했다.

그러다가 갑자기 카롤린 부인이 다시 큰 슬픔에 빠졌다. 어느 날 아침, 그녀는 낙심한 듯 몹시 창백한 얼굴로 눈을 부릅뜬 채 내려왔다. 그는 그녀에게서 아무것도 알아낼 수 없었고, 여느 때와 다를 바 없다고, 아무 일도 없다고 고집스럽게 말하는 그녀 앞에서 질문을 멈추었다. 이틀날이 되어서야 그는 위층에서 청첩장, 즉 보두앵 씨가 아주 젊고 엄청나게 부유한 영국 영사의 딸과 결혼할 것을 알리는 편지를 보고 사태를 이해했다. 그 소식이 그 어떤 예고도 없이, 심지어 작별의 인사도 없이 그토록 평범한 편지로 전해졌던 만큼 심리적 타격이 더욱더 컸다. 그것은 불행한 여인을 나락으로 떨어뜨리는 충격이요, 재앙의 순간 그녀가 매달릴 수 있었던 아스라한 희망의 상실이었다. 우연 또한 너무도 가혹했으니 때마침 그녀는 그제 남편이 죽었다는 사실을 알게 되어 사십팔 시간 동안 자신의 꿈이 곧 실현되리라고 믿고 있었다. 그녀의 삶이 붕괴되었고, 그녀는 절멸의 상태에 놓였다. 바로 그날 저녁, 또하나의 놀라운 일이 그녀를 기다리고 있었다. 여느 때처럼 위층으로 잠을 자러 올라가기 전에 내일의 가사를 의논하기 위해 사카르의 방으로 들어갔을 때, 그녀는 불행에 대한 너무도 다감한 그의 위로 앞에서 마침내 흐느껴 울었다. 뒤이어 저항할 수 없는 감정 속에서, 의지가 마비된 가운데 그녀는 그의 품에 안겼고, 둘 다 어떠한 기쁨도 없이 그녀는 그의 것이 되었다. 정신을 차렸을 때 화를 내지는 않았지만, 그녀의 슬픔은 무한히 커졌다. 왜 이런 일이 벌어지도록 내버려두었단 말인가? 그녀는 이 남자를 사랑하지 않았고, 그 또한 그녀를 사랑하지 않음이 틀림없었다. 그는 사랑받을 만한 나이나 용모를 지니고 있지 않았다. 확실히 잘생기지도 않았고 이미 늙은 그는 변화무쌍한 표정과 모호한 활동으로 그녀의 관심을 끌었을 뿐이었다. 여전히 그가 누구인지 모르는 채 그녀는 단지 그를 친절하고, 영리하고, 특히 오빠의 대사업을 고만고만한 정직성으로 실현시켜줄 수 있는 사람이라고 믿고 싶었다. 그런데 이 웬 어리석은 추락인가! 매우 슬기롭고, 탄탄한 경험으로 상당한 교양을 갖추었고, 자기 통제력이 아주 강하다고 자부했는데, 눈물을 쏟으며 감정적으로 도취해서 왜 그랬는지도 어떻게 그랬는지도 모르는 채 그렇게 쉽게 무너지다니! 더욱 나쁜 것은 그도 그녀만큼 이 일에 대해서 놀라고 거의 화가 나 있음이 느껴진다는 사실이었다. 그가 그런 저열한 배신은 잊어버리는 게 상책이라고 그녀를 위로하면서 보두앵 씨를 옛 정부로 취급했을 때, 그리고 그녀가 보두앵 씨와 자기 사이에는 아무런 일도 없었다고 맹세하면서 격하게 항의했을 때, 우선 그는 그녀가 여성의 자존심 때문에 거짓말을 한다고 생각했다. 그러나 그녀가 너무나 힘주어 맹세를 반복하는데다 그녀의 눈이 너무나 아름답고 너무나 거짓 없이 맑았기에, 그는 마침내 이 이야기, 즉 그녀가 올바름과 품위 때문에 결혼할 때까지 자기 몸을 지키려 했던 반면 보두앵 씨는 두 해를 기다리다 지쳐 젊음과 부의 유혹을 못 이기고 다른 여자와 결혼하게 되었다는 이야기가 진실이라고 믿었다. 기이한 것은 이런 진실, 이런 확신이 사카르의 정념에 불을 질러야 했음에도 거꾸로 그를 몹시 당혹스럽게 했고, 그는 자신의 여복이 얼마나 터무니없게 운명지어져 있는가를 새삼스럽게 깨달았다는 점이었다. 게다가 그들은 다시 관계를 가지지 않았는데, 왜냐하면 그도 그녀도 그러고 싶지 않은 듯 보였기 때문이다.

이 주일 동안 카롤린 부인은 끔찍한 슬픔에 빠졌다. 생명의 힘, 생명을 욕망과 기쁨으로 만드는 그 충동이 그녀에게서 사라졌다. 그녀는 여전히 수많은 집안일을 처리했지만, 이제는 이유도 흥미도 상실한 채 건성으로 가사를 돌볼 뿐이었다. 그녀는 만사에 허무를 느끼며 절망 속에서 일하는 인간 기계에 지나지 않았다. 용기와 기쁨의 난파 한가운데서 그녀의 유일한 낙은 자유로운 시간이 생길 때마다 자기 집무실의 창문 유리창에 이마를 기댄 채 이웃 저택, 즉 보빌리에 저택의 정원을 물끄러미 바라보는 것이었다. 이 집으로 이사 온 첫날부터 그녀는 고상한 외관을 보존하려는 이웃 저택 거주자들의 각고의 노력 속에 비참한 빈곤과 참담한 슬픔이 감춰져 있음을 느꼈다. 다시 말해 그 저택에는 자기처럼 고통받는 사람들이 있어서 그녀의 슬픔이 그들의 눈물에 휩쓸리는 듯했고, 그녀는 타자의 고통 속에서 스스로 마비와 죽음을 느낄 정도로 우울증을 겪었다.

한때 투렌과 앙주의 드넓은 영지를 제외하고도 그르넬가에 훌륭한 저택을 소유했었던 보빌리에 가문이건만 이제 파리에서 남은 것이라고는 이 낡은 별장 하나뿐이었다. 지난 세기 초 도시 외곽에 건축되었던 이 별장은 오늘날 생라자르가에서 가장 어둡고 칙칙한 건축물 가운데 하나를 이루었다. 정원의 몇몇 아름다운 나무가 우물 속에 서 있는 듯 솟아 있었고, 금이 가고 부서진 현관 계단은 이끼로 뒤덮였다. 그것은 감옥 한 귀퉁이의 정원, 말없는 절망을 담은 조용하고 음울한 정원, 햇빛이 신록의 계절에만 들고 한기가 어깨를 움츠리게 하는 정원을 연상시켰다. 지하실의 평화처럼 고요하고 눅눅한 분위기 속에서, 해체되어가는 현관 계단 위에서 카롤린 부인이 본 첫번째 사람은 보빌리에 백작 부인이었는데, 그녀는 키가 크고 깡마른 예순 살의 여자로서 머리가 새하얗고 표정이 귀족적이면서도 나이에 비해 다소 늙어 보였다. 크고 곧은 코, 얇은 입술, 몹시 긴 목이 그녀를 아주 늙은 백조, 부드럽고 쓸쓸한 백조처럼 보이게 했다. 거의 동시에 부인의 등뒤로 그녀의 딸 알리스 보빌리에가 나타났는데, 스물다섯 살이었지만 혹독한 가난에 시달린 탓에 퇴색한 안색과 일그러진 표정만 아니라면 영락없이 소녀로 보였을 터였다. 매우 연약한 그녀의 어머니도 귀족적인 고상함을 빼고는 기다란 목 때문에 볼품없었고, 몰락 귀족의 가련한 매력밖에 남지 않았다. 아들 페르디낭 보빌리에가 라모르시에르 장군의 패배로 끝난 카스텔피다르도 전투 종결과 함께 교황 호위대에 입대한 이후, 두 여자만이 그 집에서 쓸쓸하게 살았다. 비가 오지 않는 날이면 두 여자는 그처럼 차례차례 현관에 모습을 드러냈고, 말 한마디 나누지 않은 채 조용히 정원 한가운데 좁다란 잔디 위를 한 바퀴 돌았다. 정원 가장자리에는 덩굴만 무성할 뿐 꽃이 자라지 않았는데, 어쩌면 꽃이 너무 비싸서 꽃나무를 심지 못한 것일지도 몰랐다. 숱한 축제를 목격한 수백 년 된 거목들, 이웃의 부르주아 저택들 때문에 질식된 거목들 아래로 천천히 걷는 이 산책, 몹시 창백한 두 여자가 건강을 위해 이어가는 이 간단한 산책은 마치 사망한 낡은 세계에 대한 장례식인 양 우울한 고통의 색조를 띠었다.

그렇게 관심을 가지게 된 카롤린 부인은 전혀 나쁜 의도 없이 애정 어린 공감과 함께 두 이웃 여자를 바라보았다. 정원을 내려다보면서 조금씩 그녀는 두 여자가 이 거리에서 조심스레 감춰온 생활을 꿰뚫어보게 되었다. 마구간에는 말 한 필, 마차 차고에는 마차 한 대가 있었는데, 시중꾼이자 마부이자 문지기인 늙은 하인이 말과 마차를 돌보았다. 여자 요리사 또한 침모 역할을 겸했다. 그러나 마차가 두 여자를 태우고 대문을 나설 일이 있을 때, 또는 겨울에 사치스러운 식탁을 마련해서 몇몇 친구들을 만찬에 초대할 일이 있을 때, 그들은 거짓 재산의 과시를 위해 얼마나 오래 굶어야 했으며 얼마나 혹독하게 절약해야 했던가! 사람들의 눈에 띄지 않는 작은 헛간에서는 세탁비를 줄이기 위해 한 올 한 올 다시 기운 낡은 식탁보들을 비누로 빨래하는 일이 끝없이 계속되었다. 저녁식사로는 소량의 채소, 가능한 한 많이 먹지 않기 위해 널빤지 위에서 일부러 눅눅하게 만든 빵이 전부였다. 늙은 마부가 아가씨의 구멍난 반장화를 깁고, 여자 요리사가 부인의 빛바랜 장갑 끝을 잉크로 검게 칠하는 등 온갖 종류의 애처로운 최하층 구두쇠 작전이 실천되었다. 어머니의 드레스들이 기발한 변형을 거쳐 딸에게 입혀졌고, 모자들이 꽃과 리본을 바꾼 덕택에 몇 년을 버텼다. 방문객이 아무도 없을 때에는 일층의 응접실이 이층의 큰 방들과 마찬가지로 은밀하게 폐쇄되었다. 왜냐하면 이 드넓은 저택에서 두 여자는 이제 식당 겸 규방으로 사용하는 좁은 방 하나만을 차지했기 때문이다. 창문이 조금 열렸을 때, 백작 부인이 궁핍한 여염집 여자처럼 자기 내의를 수선하는 것이 얼핏 보였다. 아가씨는 피아노와 수채화 상자 사이에서 어머니를 위해 양말과 벙어리장갑을 뜨개질했다. 폭풍우가 몰아치던 날에는 두 여자 모두 정원으로 내려와 세찬 빗물이 휩쓸어가는 모래를 다시 모았다.

이제 카롤린 부인은 두 여자의 집안 이야기를 알고 있었다. 보빌리에 백작 부인은 방탕한 남편 때문에 몹시 괴로워했지만, 단 한 번도 불평한 적이 없었다. 어느 날 저녁, 총알에 몸이 관통된 채 헐떡이는 남편을 사람들이 방돔의 그녀에게 데리고 왔다. 수렵 사고라는 소리가 들렸다. 실은 수렵 감시인이 자기 아내 또는 딸을 범했음이 틀림없는 보빌리에 백작을 향해 질투에 사로잡힌 채 총을 쏘았던 것이다. 더욱 불행한 것은 그와 함께 보빌리에 가문의 재산, 옛날에는 거대한 토지, 장엄한 영지를 중심으로 엄청난 규모를 자랑했지만 먼저 대혁명이 축소시키고 이어서 그의 아버지와 그가 대폭적으로 감소시킨 재산마저 사라졌다는 사실이었다. 그 드넓은 부동산 가운데 단 하나의 농장, 방돔에서 몇십 리 떨어진 레조블레의 농장만이 남아 있었는데, 그것이 미망인과 두 자녀의 유일한 수입원으로서 약 1만 5000프랑의 지대를 가져다주었다. 그르넬가의 저택은 오래전에 팔렸다. 1만 5000프랑이라는 지대의 대부분을 먹어치우는 생라자르가의 저택은 이미 저당잡힌 상태였고, 채무 이자를 지불하지 못한다면 그마저도 곧 남의 것이 될 판이었다. 이제 그들의 수중에는 네 사람의 생계, 다시 말해 포기할 수 없는 귀족 가문의 생활양식을 유지하기 위한 6000에서 7000프랑만이 남아 있을 뿐이었다. 스무 살 아들과 열일곱 살 딸과 함께 미망인이 되었을 때 백작 부인은 귀족의 체면을 손상하기보다는 차라리 빵과 물만 먹고 살리라 다짐했고, 그렇게 귀족적 자존심으로 완강하게 버틴 지 벌써 팔 년이 되었다. 그녀는 오직 한 가지 생각, 즉 귀족적 품위를 유지하여 딸을 귀족 가문의 남성과 결혼시키고 아들을 군인으로 만들겠다는 생각만으로 살아왔다. 페르디낭은 처음에 그녀에게 치명적인 골칫거리, 한마디로 젊음의 광기로 인한 채무만을 안겨주었다. 하지만 엄숙한 생활 속의 어려운 재정 상황을 알게 되자, 동시대 사회에서 가능한 일자리를 찾을 수 없어 하릴없이 무위의 생활을 했지만 본디 심성이 착했던 그는 다시 방종에 물들지는 않았다. 교황 호위대 병사가 된 지금도 그는 여전히 어머니에게 말 못할 고통의 원인이었는데, 왜냐하면 그가 외모는 당당했으나 실제로는 핏기가 없고 병약해서 로마의 기후가 위험해 보였기 때문이다. 알리스의 결혼에 관한 한, 그것이 너무도 늦어지는 바람에 딸이 기다림에 지쳐 벌써 늙어가는 모습을 보면서 어머니는 슬픔에 겨워 눈물을 흘렸다. 만사에 관심이 없다는 듯 우울한 표정에도 불구하고 딸은 바보가 아니기에 삶을, 자신을 사랑해줄 남자를, 행복을 간절히 욕망했다. 그렇지만 집안을 더욱 침울하게 만들지 않기 위해 그녀는 결혼을 비웃었고, 자기는 노처녀가 될 운명이라고 말하며 모든 것을 포기한 척했다. 그러나 밤이 오면 베개에 머리를 파묻고 흐느꼈고, 외로움의 고통으로 죽을 것만 같았다. 백작 부인은 기적적인 구두쇠 생활로 알리스의 지참금 2만 프랑을 저축하는 데 성공했다. 그녀는 또한 파산 상태에서도 보석 몇 개, 팔찌 하나, 반지 몇 개, 귀고리 몇 개를 마련했는데, 그것들은 약 1만 프랑의 가치가 있는 것으로 추산되었다. 하지만 이는 너무나 빈약한 지참금, 그녀가 감히 말조차 꺼낼 수 없는 신혼살림 밑천, 기다리는 구혼자가 나타난다면 금세 바닥날 자산이었다. 그래도 그녀는 절망하지 않으며 운명과 싸웠고, 태생의 특권을 전혀 포기하지 않았으며, 언제나 고고하게 합당한 재산이 있는 척했다. 두 발로 걸어서 외출할 수도 사교 모임 만찬에 앙트르메*를 생략할 수도 없었기에, 그리고 딸의 영원히 불충분한 지참금에 50프랑을 더해야 했기에 그녀는 생활 경비를 삭감하고 몇 주일 동안 버터 없이 감자만을 먹지 않으면 안 되었다. 그것은 괴롭고 미숙한 일상의 영웅적 행동이었다. 그렇지만 이런 영웅적 노력에도 불구하고 집은 매일 조금씩 그들의 머리 위로 내려앉고 있었다.

그때까지 카롤린 부인은 백작 부인과 그녀의 딸에게 말을 걸 기회가 없었다. 그녀는 그들의 삶의 가장 내밀한 세부 사항, 그들이 바깥세상에 감추고자 했던 세부 사항까지도 알게 되었지만, 그녀와 그들 사이에는 여전히 시선의 교환, 찰나의 호감 속에서 다른 데로 돌리는 시선의 교환만이 있을 뿐이었다. 도르비에도 대공 부인이 그들의 도움을 청했다. 그녀는 노동 학교를 위해 열 명의 귀부인으로 구성된 감독 위원회를 창립할 생각을 했는데, 열 명의 귀부인은 한 달에 두 번 모여 학교를 구석구석 살펴보고 모든 봉사 업무를 검열하는 역할을 맡을 것이었다. 그녀는 직접 이 귀부인들을 선정하고자 했고, 절친한 옛친구 가운데 하나였지만 지금은 단순히 이웃이 되어 세상에서 동떨어져 사는 보빌리에 백작 부인을 첫손가락에 꼽았던 것이다. 그리고 갑자기 비서, 즉 학교의 행정 업무를 주도하던 사카르를 잃었기 때문에, 감독 위원회는 카롤린 부인을 어디서도 찾을 수 없을 모범적인 비서로서 추천하게 되었다. 실제로 일이 상당히 힘들었는데, 수많은 서류를 작성해야 했고, 심지어 귀부인들이 다소 괴로워하는 육체노동조차 감수해야 했다. 초기부터 카롤린 부인은 탁월한 구호자로서 진가를 드러냈고, 그녀의 채워

* 로스트와 디저트 사이에 먹는 가벼운 음식을 가리킨다.

지지 않은 모성애, 아이들에 대한 필사적인 사랑이 그녀로 하여금 파리의 시궁창에서 건져낸 이 모든 불쌍한 존재들을 위해 불타는 애정으로 일하게 했다. 그리하여 감독 위원회의 마지막 회의에서 그녀는 마침내 보빌리에 백작 부인을 만나게 되었다. 그러나 보빌리에 백작 부인은 카롤린 부인이 자신의 가난을 목격했으리라는 느낌 때문에 불편함을 감추며 다소 차가운 인사만을 건넸다. 그후로 눈길이 마주칠 때마다 목례를 나누었지만, 그들은 서로 모르는 척할 정도로 결례를 무릅쓰는 태도를 취하곤 했다.

어느 날 거실로 사용하는 큰 작업실에서 아믈랭이 새로운 계산에 따라 도면을 수정하고 사카르가 선 채로 그의 작업을 주시하는 동안, 카롤린 부인은 창가에서 여느 때처럼 백작 부인과 그녀의 딸이 정원을 둘러보는 것을 바라보았다. 그날 아침, 두 여자는 넝마주이도 주워가지 않을 헌 신발을 신고 있었다.

"아! 불쌍한 여자들!" 그녀가 중얼거렸다. "얼마나 끔찍한 일이람, 어쩔 수 없이 연기해야 하는 사치의 코미디라니!"

그녀는 뒤로 물러났고, 백작 부인이 그녀를 보고 감시당했다고 괴로워할까봐 유리창 커튼 뒤로 몸을 숨겼다. 그녀 자신은 삼 주 전부터 매일 아침 창가의 응시로 스스로를 잊은 이후 괴로운 마음이 조금씩 가벼워졌다. 버림받은 데서 온 커다란 슬픔이 누그러졌고, 다른 여자들의 불행을 보면서 자신의 불행, 즉 자기 일생의 몰락이라고 생각했던 사건을 좀더 꿋꿋하게 받아들일 수 있었다. 다시 그녀는 자기도 모르게 웃고 있다는 사실에 깜짝 놀랐다.

잠시 그녀는 이끼로 뒤덮인 정원을 거니는 두 여자를 생각에 잠긴 표정으로 다시금 바라보았다. 그러고 나서 문득 사카르를 향해 몸을 돌렸다.

"글쎄요, 왜 저는 오래도록 슬퍼할 수 없을까요…… 도대체 슬픔은 오래가지 않아요, 그건 결코 오래가지 않았어요, 무슨 일이 생겨도 저는 오래도록 슬퍼할 수 없어요…… 그게 이기주의일까요? 전혀 아니라고 생각해요. 그건 오히려 힘겨운 일이랍니다. 게다가 명랑하게 행동해봤자 소용없어요, 조금만 고통스러운 장면을 봐도 가슴이 찢어지니까요. 보세요, 저는 명랑해요, 하지만 아주 작은 빵 조각이 제 쓸모없는 눈물보다 요긴하다는 걸 알면서도 참을 수 없기 때문에, 저는 스쳐가는 모든 불행한 이들을 위해 눈물을 흘린답니다."

그렇게 말하면서, 그녀는 백 마디 연민의 말보다 행동을 선호하는 용감한 여성답게 활짝 호기로운 웃음을 지었다.

"그렇지만 누가 알까요?" 그녀가 말을 계속했다. "제가 모든 것에 대해 절망할 이유가 있다는 걸. 아! 지금까지는 정말 운이 없었어요…… 결혼한 뒤에는 지옥에서 욕을 먹고 얻어맞으며, 제게는 오직 강물로 뛰어드는 일밖에 없다고 생각했죠. 다행히 강물에 뛰어들지는 않았고, 이주일 후에 오빠와 함께 동방으로 출발했을 때에는 희망에 부풀어서 환희로 몸을 떨었죠…… 그런데 우리가 파리로 돌아왔을 때, 모든 것이 우리를 저버렸을 때, 그때 그 아름다운 계획 위에서 우리가 굶어 죽는 것을 느끼며 얼마나 가혹한 밤을 보내야 했던지. 그래도 우리는 죽지 않았고, 저는 가끔 남몰래 웃음 지으며 엄청난 것, 행복한 것을 다시 꿈꾸기 시작했어요…… 하지만 결국 아직도 제 입으로 말할 수 없는 그 끔찍한 소식을 접했을 때, 제 가슴은 갈기갈기 찢어졌죠. 그래요, 정말로 가슴이 더이상 뛰지 않는 것 같았어요. 심장박동이 멈췄고, 저 자신이 끝났고, 모든 게 죽은 듯했어요. 그런데 전혀 아니죠! 봐요, 삶이 다시 저를 사로잡고, 오늘 저는 다시 웃고 있어요, 내일이면 저는 희망에 들떠 다시 살고 영원히 살고 싶어하겠죠…… 오래도록 슬퍼할 수 없다는 것이 정말 신기하지 않아요?"

사카르도 웃으며 어깨를 으쓱했다.

"글쎄! 부인도 여느 사람들과 다를 게 없습니다. 그게 인생이죠, 그게."

"그렇게 생각하세요?" 그녀가 놀란 표정을 지으며 소리쳤다. "제가 보기에는 결코 즐거워할 수 없고 삶이 불가능한, 그래서 삶을 검은색으로 그리는 너무도 슬픈 사람들이 있어요…… 오! 삶의 달콤함과 아름다움에 대한 착각 때문에 이렇게 말하는 게 아네요. 삶은 너무도 가혹했어요, 저는 그것을 아주 가까이서, 도처에서, 자유롭게 살펴보았죠. 삶이란 악독하지는 않다 해도, 정말 지독한 것이죠. 그렇지만 저는 삶을 사랑해요. 왜냐고요? 모르겠어요. 모든 게 몰락하고 무너져도 소용없어요, 저는 내일이면 폐허 위에서도 명랑하고 당당해지거든요…… 저는 제 경우가 전 인류의 축소판이라고, 전 인류가 끔찍한 가난 속에 살지만 각 세대의 젊음에서 활력을 얻는다고 생각하곤 했죠. 저를 쓰러뜨린 위기가 지나가고 나면 매번 새로운 젊음, 다시 말해 수액이 솟아나서 제 몸을 덥히고 가슴을 다시 뛰게 하는 봄이 오곤 했어요. 정말이에요, 격심한 고통이 지나간 후에 햇빛이 화창한 거리로 나서면, 금세 저는 다시 사랑하고 희망하고 행복해지기 시작하죠. 나이도 장애가 안 돼요, 순박하게도 저는 늙어가도 그걸 의식하지 않거든요…… 아시다시피 저는 여자로서는 지나치게 독서를 많이 했죠, 저는 제가 어디로 가고 있는지 몰라요, 세상천지에 아무도 그걸 모르죠. 하지만 제 의사와 무관하게 저는, 아니 우리 모두는 행복과 즐거움이 가득한 어딘가를 향해 가고 있는 것 같아요."

감정이 고양된 그녀는 자신의 솟구치는 희망을 감추고자 마침내 농담으로 옮겨갔다. 고개를 들고 있던 그녀의 오빠는 감사로 가득찬 경탄의 시선으로 그녀를 바라보았다.

"오! 카롤린" 하고 그가 말했다. "넌 재앙에 맞서기 위해 태어났어, 넌 삶에 대한 사랑 그 자체야!"

매일 아침 이런 한담을 나누는 가운데 점점 열기가 솟아올랐다. 카롤린 부인이 자신의 건강에 내재한 그처럼 자연스러운 명랑함을 되찾은 것은 사카르가 대사업에 대한 불꽃같은 열정과 더불어 그들에게 불어넣어준 용기 덕분이었다. 그것은 결정된 것이나 다름없었다, 그들은 예의 포트폴리오를 실천할 참이었으니 말이다. 사카르의 날카로운 목소리가 들리면, 모든 것이 활기를 띠고 부풀어올랐다. 그들은 우선 지중해부터 손을 댔는데, 대형 여객선 합동회사를 설립하여 지중해를 정복했다. 사카르는 정박지가 건설될 연안의 모든 나라의 항구를 열거했고, 주식 투자자로서의 열정 때문에 잊어버렸던 과거의 고전적인 기억을 떠올리면서, 그 바다, 고대 세계가 유일하게 알고 있었던 그 바다, 주변에서 문명이 꽃피었던 그 푸른 바다, 아테네, 로마, 티레, 알렉산드리아, 카르타고, 마르세유 등 유럽을 형성한 고대 도시들을 넘실거리는 파도로 적신 그 푸른 바다를 축성했다. 일전에 드넓은 동방 도로를 검토했을 때, 그들은 도로 건설을 저기 시리아에서, 그것도 카르멜 은광

회사의 작은 사업으로, 지나는 길에 단지 몇백만 프랑을 벌어들일 작은 사업으로 여기며 시작했었다. 왜냐하면 무엇보다 은광이라는 생각, 땅에서 마음대로 캐내는 은이라는 생각이 특히 카르멜처럼 경이롭고 고명한 회사 이름을 거기에 붙였을 때 늘 그들을 열광케 했기 때문이다. 거기에는 또한 탄광, 그 나라가 공장으로 뒤덮이면 황금과도 같은 가치를 지닐 바위처럼 커다란 석탄이 있었다. 다른 자질구레한 사업들, 예컨대 은행 설립, 신생 산업들을 위한 회사 신디케이트, 도로망이 없어 거목들이 현장에서 썩고 있는 레바논의 광활한 숲 개간 등은 막간의 휴식시간에 실현할 것이었다. 이윽고 사카르를 흥분시키는 큰 사업, 즉 동방 철도회사 사업에 이르렀는데, 그가 흥분하는 이유는 소아시아의 한쪽 끝에서 다른 쪽 끝까지 끈처럼 펼쳐질 그 철도망이 그에게는 진정한 투자, 돈의 생명줄처럼 보였고, 대번에 이 낡은 세계를 수세기의 무지와 때 아래 감춰진 어마어마한 부로 뒤덮을 것이었기 때문이다. 그는 거기서 보물 냄새를 맡았고, 전투 냄새에 흥분하는 군마처럼 소리를 질렀다.

평소에는 무척 절제된 양식을 내보이고 지나치게 뜨거운 상상력에는 반응을 보이지 않는 카롤린 부인도 이번에는 열광에 휩쓸렸고, 터무니없는 과장을 명료하게 꿰뚫어보지 못했다. 사실상 그것은 그녀에게 내재하는 동방에 대한 사랑을, 그녀가 행복했었다고 여기는 아름다운 고장에 대한 그리움을 자극했다. 아무런 계산 없이, 논리적인 반작용으로 그녀는 형형색색의 묘사와 넘치는 정보로써 사카르의 열기를 점점 고조시켰다. 삼 년 동안 살았던 베이루트에 대해서 이야기하며 그녀는 쉴새없이 말을 쏟아냈다. 반도 위에, 레바논의 왼쪽 끄트머리에, 붉은 모래밭과 바위 더미 사이에 위치한 베이루트, 풍요로운 땅 한가운데 계단식 층을 이룬 집들이 돋보이는 베이루트, 오렌지나무, 레몬나무, 종려나무로 가득찬 감미로운 낙원 베이루트…… 이어서 영화榮華를 잃은 안티오크의 북쪽에, 사이다 즉 옛 시돈의 남쪽에 위치한 해안의 모든 도시들, 이를테면 생장다크르, 자파, 현재의 수르인 티레, 상인들이 왕이나 다름없고 선원들이 아프리카를 일주했던 티레, 오늘날에는 모래로 가득찬 항구와 더불어 어부들의 누추한 대피소만이 산재한 폐허이자 먼지 궁전인 티레가 언급되었다. 그녀는 어디든지 오빠를 따라갔었고 알레포, 앙카라, 부르사, 스미르나, 심지어 트라브존까지 알게 되었다. 그녀는 성지를 왕래하며 예루살렘에서 한 달을 살았었고, 광활한 평원 한가운데 건설된 상업적이고 산업적인 도시로서 동방의 여왕이라 불리던 다마스, 마카와 바그다드의 대상들이 군중의 중심을 이루는 다마스에서 두 달을 살았었다. 그녀는 또한 계곡과 산을 알았고, 고원 위에 올라앉거나 협곡 속에 파묻힌 마론교도의 마을들과 드루즈 이슬람교도의 마을들을 알았으며, 경작된 밭과 불모의 밭을 알았다. 대도시와 마찬가지로 아주 작은 공간, 고요한 사막을 언급할 때, 그녀는 풍요롭고 고갈되지 않는 자연에 감탄했고, 어리석고 사악한 인간들에 분노했다. 천연의 부가 얼마나 많이 능멸당하고 손상되었던가! 그녀는 상업과 산업을 짓누르는 각종 세금, 일정액 이상의 자본을 농업에 투자하지 못하게 하는 어리석은 법, 농부의 손에 기원전부터 사용된 쟁기만을 쥐여주는 인습, 성장이 멈춘 어린 천치인 양 수백만의 민중이 오늘날에도 빠져나오지 못하는 무지에 대해 이야기했다. 옛날에는 해안이 몹시 작았고, 도시들이 서로 맞닿아 있었다. 그러나 지금은 삶이 서방을 지향하여 사람들은 버림받은 거대한 묘지를 가로지르는 듯했다. 학교도 도로도 없었고, 최악의 정부, 매수당한 사법, 가증스러운 행정, 지나치게 무거운 세금, 부조리한 규제, 게으름, 광신이 지배했다. 게다가 내란이 끊이지 않았고, 학살이 온 마을을 휩쓸었다. 그래서 그녀는 화를 냈고 뜨거운 평원, 온화한 산기슭, 만년설로 뒤덮인 높은 산정 등 온갖 기후가 존재하는 자연의 작품을, 더없이 매력적인 축복의 땅을 그처럼 훼손해도 되는 것인지 물었다. 과학과 투자가 이 잠든 고대의 땅을 만능의 지팡이로 때려서 깨울 수 있다는 생각과 함께 삶에 대한 그녀의 사랑, 그 뿌리깊은 희망이 그녀를 열정으로 불타오르게 했다.

"자!" 사카르가 소리쳤다. "당신이 저기 그려놓은 카르멜 협곡, 지금은 돌과 유향나무뿐인 카르멜 협곡 말이오, 그렇잖소! 은광이 채굴되자마자 거기에는 먼저 마을이, 이어서 도시가 생길 거요…… 모래로 가득찬 이 모든 항구를 청소하고, 튼튼한 방파제로 보호합시다. 오늘은 작은 배조차 감히 정박할 수 없지만, 그땐 높은 갑판을 지닌 대형 선박들이 정박할 거요…… 우리의 철도가 관통할 저 인적 없는 평원, 저 황량한 협로에서, 당신은 모든 것이 부활하는 것을 보게 될 거라고요, 그렇고말고! 밭이 개간되고, 도로와 운하가 뚫리고, 신도시가 땅에서 솟아오르고, 빈약한 핏줄에 새로운 피가 돌며 병든 육신이 부활하듯이 마침내 생명이 되돌아오는 것을 보게 될 거란 말이오…… 그래요! 돈이 이 경이를 이룰 겁니다."

이 날카로운 목소리의 계시를 들으며, 카롤린 부인은 실제로 그가 예고한 문명이 일어서는 것을 보는 듯했다. 저 메마른 설계도, 저 선형의 도면이 생명을 얻고, 사람들로 가득찼다. 그것은 그녀가 이따금 꿈꾸었던 동방, 세련된 과학으로 때를 씻고 무지에서 벗어나고 옥토와 아름다운 하늘을 향유하는 동방이었다. 벌써 그녀는 기적을 목격했다. 단기간에 그 포르사이드 항구가 헐벗은 모래 위에 처음에는 몇몇 노동자들을 재울 오두막들을, 이어서 만 명, 이만 명이 살 주택단지를, 가옥들을, 큰 상점들을, 거대한 방파제를 세웠고, 인간 개미들이 집요하게 창출한 생명과 행복을 퍼뜨리는 것이었다. 그녀는 바로 그런 것, 다시 말해 불가항력적인 전진, 가능한 한 가장 큰 행복을 지향하는 사회적 압력, 행동하고 싶은 욕구, 어디로 가는지 정확히 모른 채 앞으로 나아가지만 여하튼 더 나은 조건에서 더 쉽게 나아가고 싶은 욕구 등을 눈앞에서 목격하는 듯했다. 그리고 집을 다시 짓는 개미 무리에 의해 전복되는 하나의 세계, 끝없는 노동, 새롭게 획득되는 즐거움, 증폭되는 인간의 힘, 날마다 불어나는 인간의 소유지가 눈앞에 그려졌다. 돈이 과학을 도우며 진보를 이루는 것이다.

그때 미소를 머금은 채 듣고 있던 아믈랭이 신중하게 한마디를 던졌다.

"그 모든 것은 결과의 시詩라고 할 수 있는데, 지금 우리는 과정의 산문에도 못 미치고 있는걸요."

그러나 사카르는 터무니없는 생각에 의해서만 흥분하는 사람이었고, 더욱 나쁜 것은 동방 관련 서적을 읽기 시작한 그가 그날 마침 이집트 원정의 역사를 훑어보았다는 사실이었다. 벌써 십자군의 추억, 이를테면 서양의 요람인 동방을 향한 서양의 귀환, 유럽의 극단極端을 꽃이 만발한 고향으로, 배울 것이 그토록 많았던 고향으로 데려간 그 거대한 운동이 그를 사로잡았다. 게다가 위대하고 신비로운 목적과 함께 그곳으로 전쟁을 하러 간 나폴레옹의 고고한 얼굴이 그에게 강렬한 인상을 남겼다. 그가 이집트를 정복하고, 거기에 프랑스 회사를 설립하고, 그리하여 프랑스에 근동 무역을 제공하겠다는 것은 단순한 의미에서 하는 말이 아니었다. 정확하게 어떤 계획으로 이 거대한 야망을 실현해야 할지 몰랐지만, 모호하고 야릇한 원정이라는 생각에 사로잡힌 그는 위대한 제국의 재건을 다시 보고 싶었고, 콘스탄티노플에서 왕관을 쓴 나폴레옹, 동방과 인도의 황제였던 나폴레옹, 알렉산드로스의 꿈을 실현한 나폴레옹, 카이사르와 샤를마뉴보다 더 위대한 나폴레옹과 재회하고 싶었던 것이다. 생장다크르에서 자기를 체포한 영국 장군 시드니에 대해 나폴레옹은 세인트헬레나섬에서 이렇게 말하지 않았던가. "그자가 내 꿈을 앗아갔어." 십자군이 시도했었던 일, 나폴레옹이 완수할 수 없었던 일, 사카르를 불타오르게 한 것은 동방 정복이라는 그 거대한 과업이었는데, 이번에는 과학과 돈이라는 이중의 힘을 통해 합리적으로 실현할 정복이었다. 문명이 동쪽에서 서쪽으로 온 이상, 왜 인류 최초의 동산으로, 수세기의 피로 속에 잠든 인도 반도의 그 에덴동산으로, 한마디로 동쪽으로 되돌아가지 못하겠는가? 그것은 새로운 젊음이었다. 그는 지상의 낙원에 활기를 불어넣고, 증기와 전기로써 동방 세계를 사람이 살 수 있는 곳으로 재건하며, 소아시아를 옛 세계의 중심으로, 대륙과 대륙을 연결시키는 천연 대로의 교차점으로 만들 것이었다. 거기서 벌어들일 돈은 수백만이 아니라 수십억, 수백억이었다.

그때부터 아믈랭과 그는 매일 아침 장시간에 걸친 회의를 했다. 희망이 클 땐 어려움도 크고 많았다. 드루즈족이 마론교도*들을 끔찍하게 죽인 학살 사건, 결국 프랑스의 개입이 요청되었던 학살 사건이 벌어진 1862년 때마침 베이루트에 있었던 엔지니어는 절대 권력 체제 하에 끝없이 전투를 벌이는 지역 부족들 사이에서 맞닥뜨리게 될 온갖 위험을 숨기지 않았다. 그런데 그는 콘스탄티노플에 유력한 끈을 가지고 있었다. 진정한 능력자, 개혁의 공공연한 신봉자인 대재상 푸아드 파샤의 지지를 확보해두었던 것이다. 그는 대재상으로부터 온갖 필요한 양도 계약을 얻어냈었다고 자랑하곤 했다. 다른 한편 오토만제국의 숙명적 파산을 예언하면서도 그는 매년 계속되는 제국의 차용借用, 그 광적인 돈의 욕망 속에서 오히려 유리한 상황을 보고 있었다. 가난한 정부가 담보물을 제공하지는 않았지만, 최소한의 이득이라도 있어 보이면 즉시 개별 기업들과 합의할 준비가 되어 있었던 것이다. 그런데 이것이야말로 더이상 유럽과 아시아 사이에 박힌 괴물 같은 경계석이 되지 않도록 제국으로 하여금 거대한 개화 사업에 눈을 뜨게 하고, 그리하여 제국을 진보로 이끎으로써 동방이라는 지속적이고 거추장스러운 문제를 해결하는 실제적 방법이 아닐까? 거기서 프랑스 회사들이 멋진 애국적 역할을 수행할 수도 있으리라!

어느 날 아침, 아믈랭은 자신이 가끔 암시하곤 했던 비밀 계획, 미소 지으며 건물 대관식이라고 명명했던 비밀 계획을 조용히 이야기하기 시작했다.

"그러니까 우리가 주인이 되는 날 팔레스타인 왕국을 다시 세우고, 거기에 교황을 둡시다. 우선 자파 항구와 예루살렘에 만족할 수 있겠지요. 뒤이어 시리아로 하여금 독립을 선언하게 하고, 우리가 그것을 합

---

* 시리아·레바논 지역의 가톨릭교도를 가리킨다.

병하는 거죠…… 아시다시피 참을 수 없는 모욕이 예고되는 가운데 교황이 더이상 로마에 머무를 수 없는 날이 오고 있습니다. 우리는 그날에 대비해야 해요."

가톨릭 신앙이 깊은 아믈랭이 담담한 음성으로 내뱉는 이런 말을 들으며 사카르는 입을 다물지 못했다. 그 자신도 기상천외의 상상력을 펼치는 사람이었지만, 결코 그런 일을 상상해본 적은 없었다. 겉보기에 몹시 냉정하고 과학적 사고를 하는 남자인 아믈랭이 그를 대경실색하게 했던 것이다. 그는 소리쳤다.

"말도 안 돼! 제국의 정부가 예루살렘을 내놓을 리 없지."

"아니! 왜 안 내놔요?" 아믈랭이 태연히 대꾸했다. "제국의 정부는 돈을 구하는 데 혈안이 되어 있는걸요! 예루살렘은 그들에게 골칫덩어리니 오히려 잘 없어졌다고 생각할 겁니다. 종종 제국의 정부는 지성소의 소유권을 두고 다투는 여러 종파 사이에서 어떤 입장을 취해야 할지 모르기 일쑤죠…… 게다가 교황은 시리아에서 마론교도들의 전폭적 지지를 얻을 텐데, 왜냐하면 아시다시피 교황이 로마에서 그들의 사제단을 위해 신학교를 개설해주었기 때문입니다. 말하자면 저도 깊이 생각해봤고, 모든 것을 예상해봤어요. 이 계획은 새로운 시대, 찬란한 가톨릭의 시대를 열게 될 겁니다. 아마도 사람들은 제가 너무 멀리 갔다고, 그렇게 되면 교황은 유럽으로부터 괴리되어 유럽 문제에 관심도 없어질 거라고 말하겠죠. 하지만 그리스도의 이름으로, 그리스도가 설교를 한 신성한 땅의 이름으로 설교를 하면서 성도에 군림할 때, 교황은 눈부신 광채로, 엄청난 권위로 빛나지 않을까요! 그곳이야말로 교황의 자산이요, 교황의 왕국이지요. 안심하세요, 그곳의 자원이라는 담보물과 함께 전 세계의 가톨릭교도들이 다투어 주식을 살 거대 은행을 설립함으로써 예산을 확보할 수 있습니다. 그리하여 그 왕국을 강력하고 튼튼하게 만드는 거죠. 우리가 그 왕국을 정치적 혼란에서 평온하게 지켜낼 겁니다."

설득되지는 않았지만 계획의 거대함에 이미 매혹당한 채 미소 짓기 시작한 사카르는 기묘한 발상에 즐거워진 목소리로 이 은행에 이름을 붙였다.

"생세퓔크르* 은행, 어때요? 멋지잖소! 이런 게 바로 사업이지!"

그때 미소를 머금긴 했지만 회의적인, 심지어 약간 화가 난 카롤린 부인의 이성적인 시선이 그의 눈에 들어왔다. 그는 자신의 열정에 부끄러움을 느꼈다.

"아무러면 어때요! 친애하는 아믈랭, 그 건물의 낙성식은 당분간 비밀로 해두는 게 좋을 것 같소. 안 그러면 사람들이 우리를 놀릴 테니까. 더욱이 우리 계획은 이미 일거리가 헤아릴 수 없이 많아요, 그 계획의 궁극적 결과, 즉 영광의 결말은 교리 전수자들인 우리에게만 유보해둡시다."

"물론이죠, 제 생각도 언제나 그랬습니다" 하고 엔지니어가 말했다. "사람들의 귀에는 말도 안 되는 소리로 들리겠죠."

바로 그날, 이런 이야기를 토대로 바야흐로 포트폴리오의 활용, 일련의 거대한 계획의 실행에 대한 결심이 섰다. 첫 사업을 시작하기 위해서는 소박한 금융회사부터 설립해야 하리라. 이어서 그 성공의 도움으

* '그리스도의 묘지'를 뜻한다.

로 차츰 시장을 장악하고, 이윽고 세계를 정복하리라.

이튿날 사카르가 노동 학교에 대한 지시를 받기 위해 도르비에도 대공 부인의 방으로 올라갔을 때, 그가 한때 품었던 꿈, 빈자들의 행운을 분배하고 관리하는 이 자선의 여왕의 고귀한 남편이 되고자 했던 꿈이 추억처럼 떠올랐다. 그는 미소 지었는데, 왜냐하면 지금은 그 꿈이 다소 어리석게 여겨졌기 때문이다. 그 꿈은 삶으로 인해 생긴 상처를 달래기 위해서가 아니라 삶을 갱신하기 위해서 만들어진 것이었다. 이윽고 그는 자기 작업장으로, 이해관계의 전투 속으로, 더 큰 기쁨과 더 눈부신 빛을 향한 인류의 장구한 행진, 한마디로 행복을 향한 질주 속으로 되돌아갔다.

바로 그날, 그는 설계도가 있는 작업실에 혼자 있는 카롤린 부인을 보았다. 그녀는 창가에 서서 평소와는 다른 시간에 정원에 나온 보빌리에 백작 부인과 그녀의 딸을 바라보고 있었다. 두 여자는 더없이 슬픈 표정으로 편지를 읽고 있었다. 로마에서 어려운 형편에 놓인 아들 페르디낭의 편지임이 틀림없었다.

"저기 좀 보세요." 사카르가 들어오는 것을 보며 카롤린 부인이 말했다. "저 불행한 여자들에게 또 슬픈 일이 생겼군요. 제겐 거리의 여자 거지들보다 저 여자들을 보는 것이 더 힘겨워요."

"그렇다면!" 그가 쾌활한 목소리로 소리쳤다. "저 여자들에게 나를 만나러 오라고 하세요. 만인에게 행운을 가져다줄 결심을 한 이상, 우리가 그녀들도 부자로 만들어줍시다."

행복한 열기에 들떠서 그는 그녀에게 키스하기 위해 그녀의 입술을 찾았다. 그러나 그녀는 황급히 얼굴을 돌렸고, 뜻밖의 불편함으로 표정이 심각하고 얼굴이 창백해졌다.

"이러지 말아요, 제발."

그녀가 잠깐 동안의 완전한 무의식 상태에서 그에게 몸을 맡겼던 날 이후, 이는 그가 그녀를 다시 가지려고 한 최초의 시도였다. 심각한 사업 문제가 잘 해결된 탓에 그는 상황을 정리하려 하면서 여복을 생각하고 있었던 것이다. 그런데 이 격렬한 거부의 몸짓이 그를 몹시 놀라게 했다.

"정말, 이게 당신을 그렇게 힘들게 해요?"

"네, 너무나 힘이 들어요."

그녀는 진정을 되찾고 미소를 지었다.

"선생님도 그 일에 연연하지 않는다고 말씀해주세요."

"아! 나는 당신을 너무나 좋아해요."

"아녜요, 그렇게 말씀하지 마세요, 선생님은 곧 엄청나게 바빠지시겠죠! 만약 선생님이 제가 생각하는 역동적인 남자라면, 만약 선생님이 스스로 장담하듯 거대 사업을 모두 해낸다면, 저는 선생님에 대해 진정한 우정을 간직할 용의가 있다고 말씀드릴 수 있어요…… 그렇죠, 우정, 그게 훨씬 좋은 거죠!"

그는 여전히 미소를 띠었지만, 열패감과 불편한 감정에 휩싸인 채 그녀의 말을 들었다. 그녀는 그를 거부하고 있었다. 그녀를 우발적으로 한 번만 가졌다는 것은 그로서는 우스꽝스러운 일이 아닐 수 없었다. 그는 상처받은 자신감 때문에 고통을 느꼈다.

"그냥 친구로?"

"네, 저는 선생님의 동지가 되어 선생님을 도울게요…… 친구, 절친한 친구가 되는 거죠!"

그녀는 뺨을 내밀었고, 설득당한 그는 그녀가 옳다고 생각하면서 그녀의 두 뺨에 큰 소리를 내며 입을 맞추었다.

3

시지스몽이 번역해준, 콘스탄티노플에서 온 러시아 은행가의 편지는 사카르의 파리 사업 추진에 유리한 답신이었다. 이틀 뒤 사카르는 잠에서 깨면서 바로 그날 행동에 착수해야겠다는 결심, 즉 2500만 프랑의 자본으로 출범할 자신의 주식회사를 위해 500프랑짜리 주식 5만 주를 미리 수용해줄 신디케이트를 밤이 오기 전에 창설할 결심을 했다.

침대에서 뛰어내리면서, 그는 오래도록 찾아온 그 회사의 이름을 마침내 발견했다. 여전히 캄캄한 방안에서 '만국 은행'*이라는 이름이 불의 활자처럼 사카르 앞에서 활활 타올랐다.

"만국 은행." 사카르는 옷을 입으며 계속 되풀이했다. "만국 은행이라,

---

* 만국 은행(Banque Universelle)은 동시대에 개막된 만국박람회(Exposition Universelle)에서 발상을 얻은 것으로 보인다.

간단하면서도 거대해. 모든 것을 포괄하고, 세계를 감싸잖아…… 그래, 그래, 훌륭해! 만국 은행!"

아홉시 반까지, 그는 파리에서의 백만금 사냥을 어디서부터 시작해야 할지 모른 채 생각에 잠겨 넓은 방들을 돌아다녔다. 2500만 프랑, 그것이 아직 내 손에 없어. 수많은 선택의 여지가 그로 하여금 생각에 잠기게 하여, 그는 더없이 좋은 방법이 무엇일까 고민했다. 우유를 한 잔 마셨고, 마부가 올라와서 말이 감기에 걸린 것 같으니 수의사를 부르는 게 좋겠다고 했을 때에도 그는 화를 내지 않았다.

"좋아, 그렇게 해요…… 나는 삯마차를 타겠소."

그렇지만 거리에 나서자, 그는 얼굴을 스치는 차디찬 바람에 화들짝 놀랐다. 전날까지도 그토록 온화했던 5월에 갑작스레 겨울이 돌아온 듯했다. 비는 내리지 않았지만 커다랗고 누런 구름이 지평선에서 올라왔다. 그는 삯마차를 타지 않고 걸으면서 몸을 덥히기로 했다. 일단 방크가에 있는 증권 중개인 마조의 사무실까지 걸으려고 마음먹었는데, 왜냐하면 모든 신디케이트에 가입하는 유명한 투기꾼 데그르몽에 대해서 그가 어떻게 생각하는지를 알고 싶었기 때문이다. 그런데 비비엔가에 이르자, 납빛 구름에 뒤덮인 하늘에서 우박 섞인 소나기가 쏟아지는 바람에 그는 어느 집 대문으로 몸을 피했다.

사카르가 소나기를 바라보며 서 있을 때, 물줄기를 가르며 금화가 구르는 맑은 소리가 그로 하여금 귀를 쫑긋 세우게 했다. 경쾌하고 음악적인 그 긴 소리는 『천일야화』에서처럼 땅속으로부터 올라오는 듯했다. 주위를 둘러본 그는 자신이 특히 황금 재정 거래, 즉 금값이 하향세인 나라에서 금화를 사서 금값이 상승세인 나라에 금괴를 파는 일에 종사하는 은행가 콜프의 저택 대문에 서 있다는 것을 알아차렸다. 황금을 용해하는 날이면, 궤짝에 든 금화를 삽으로 퍼서 도가니에 던져 넣는 까닭에 금화 부딪치는 맑은 소리가 아침부터 저녁까지 지하로부터 올라왔다. 지나가는 행인들은 일 년 내내 그 소리로 귀가 쟁쟁 울렸다. 지금 사카르는 증권거래소 구역의 지하 목소리와도 같은 그 음악을 들으며 흐뭇하게 미소 지었다. 거기서 길조를 보았던 것이다.

비는 더이상 오지 않았다. 그는 광장을 가로질렀고, 금세 마조의 사무실에 닿았다. 다른 중개인들과 달리, 이 젊은 중개인은 삼층 전체가 사무실인 건물에서 이층을 자신의 사적인 거처로 사용하고 있었다. 숙부가 돌아가셨을 때 사무실을 되사기 위해 공동상속인들과 합의하면서 그는 숙부의 아파트까지 가지게 되었던 것이다.

열시 종이 울렸다. 마조의 사무실로 곧장 올라가던 사카르는 입구에서 귀스타브 세디유와 마주쳤다.

"마조 씨 안에 계십니까?"

"모르겠는데요, 선생님." 그러더니 세디유는 사무실을 향해 소리쳤다. "예, 지금 갑니다!"

무급 아마추어로서 자기 직업을 그리 진지하게 생각하지 않는 이 청년은 늘 늑장을 부리며 미소 지었다. 죄뇌르가의 실크 제조업자인 자기 아버지를 만족시키기 위해 그는 한두 해를 거기서 보내는 일을 체념하고 감수하고 있었다.

사카르는 현금 회계원과 주식 회계원의 인사를 받으며 회계 창구를 가로질렀다. 뒤이어 그는 두 대리인의 사무실로 들어갔는데, 거기서는 고객들과의 관계를 담당하고 사장의 증권거래소 왕래를 수행하는 대리인 베르티에만이 눈에 띄었다.

"마조 씨 안에 계십니까?"

"그렇겠죠, 제가 그 방에서 나오는 길이거든요…… 아, 참! 아녜요, 지금은 거기에 계시지 않아요…… 현물거래실에 계실 겁니다."

사카르는 옆방 문을 밀어 꽤 큰 그 방을 눈으로 훑었지만 거기에는 수석 대리인의 지휘하에 다섯 명의 직원이 일하고 있을 뿐이었다.

"거기도 안 계시나요? 이상하군!…… 그렇다면 정기거래 결제실로 가보세요. 저기, 옆방 말입니다."

사카르는 정기거래 결제실로 들어갔다. 거기서는 사무실의 중심축인 실장이 일곱 직원의 도움을 받아 매일 증권거래소 폐장 뒤에 중개인이 가져다준 수첩을 면밀히 검토했고, 사무실에 비치된 고객 성명 카드를 보며 주문에 따른 매매를 고객에게 적용했다. 왜냐하면 수첩에는 성명이 없었고, 구입 또는 매매라는 간단한 표시만 있었기 때문이다. 어떤 주식, 어떤 수량, 어떤 시세, 어떤 중개인 하는 식으로 말이다.

"마조 씨 못 봤어요?" 사카르가 물었다.

그렇지만 그들은 대답조차 하지 않았다. 실장이 밖으로 나갔기 때문에 세 직원은 신문을 읽고 있었고, 두 직원은 허공만 쳐다보고 있었다. 그때 귀스타브 세디유가 들어오는 모습이 애송이 플로리의 관심을 끌었다. 플로리는 아침에는 서류를 만들거나 약속을 정하고 오후에는 증권거래소에서 전보를 담당했다. 생트 출신으로 등기소 직원을 아버지로 둔 그는 처음에는 보르도의 은행에서, 뒤이어 지난 늦가을부터 파리의 마조 사무실에서 대리인 일을 해왔으며, 십 년 만에 자기 급료를 두 배로 만들겠다는 것 외에 아무런 희망도 갖고 있지 않았다. 그때까지 그는 성실하고 정직하게 행동하며 처신을 잘했다. 그러나 귀스타브가 입사한 뒤부터 그의 생활은 우아하고 적극적이고 유복하고 더욱이 그로 하여금 여자를 알게 해준 그 새 동료에 의해 흔들렸다. 얼굴이 온통 수염에 파묻힌 플로리는 정열이 엿보이는 코, 사랑스러운 입, 부드러운 눈을 지니고 있었다. 그는 파리의 거리를 쏘다니는 바리에테 극장의 단역배우 쉬쉬 양과 함께 소소하고 저급한 파티에 드나들곤 했는데, 쉬쉬 양은 몽마르트르 문지기 여자의 말라깽이 딸로 구겨진 종잇조각처럼 웃기는 얼굴에 아름답게 반짝이는 커다란 갈색 눈을 가지고 있었다.

귀스타브는 모자를 벗기도 전에 플로리에게 자기가 간밤을 어떻게 보냈는지 이야기해주었다.

"그래, 이 친구야, 자코비가 온 이상, 난 제르멘이 나를 밖으로 내쫓을 거라고 생각했었어. 하지만 그녀가 내쫓은 것은 내가 아니라 자코비였다고, 아! 정말이야, 어떻게 일이 그렇게 된 건지! 아무튼 내가 그녀와 함께 있었어."

둘은 숨이 차도록 웃음을 터뜨렸다. 나태하고 방종한 제르멘 쾨르는 젖가슴이 풍만한 스물다섯 살의 아름다운 여자로서 마조의 동료인 유대인 자코비에게서 매달 생활비를 받고 있었다. 그녀는 언제나 증권가의 사람들과 함께 지내며 일종의 월급을 받았는데, 머리가 숫자로 가득 차 있고 몹시 바쁜 남자들로서는 진정한 열정의 시간을 가질 수 없기에 그런 식으로 애정에 대해 돈을 지불하는 것이 편리했다. 미쇼디에르가의 작은 아파트에 사는 그녀를 괴롭히는 단 한 가지 걱정거리는 서로 아는 남자들이 자기 집에서 마주치지 않을까 하는 것이었다.

"그런데 말이야" 하고 플로리가 물었다. "자네는 예쁜 문구점 여자를 좋아하지 않았어?"

코냉 부인에 대한 이 암시에 귀스타브의 얼굴이 심각해졌다. 그는 그녀를 존중했다. 그녀는 정숙한 여자였다. 그리고 그녀가 원할 때, 그는 매우 얌전하게 행동했다. 그 정도로 두 사람은 좋은 친구였다. 대답하고 싶지 않아서 귀스타브는 이렇게 되물었다.

"참, 자네는 쉬쉬를 마비유 무도회에 데리고 가지 않았나?"

"말도 안 돼! 거긴 너무 비싸거든. 우리는 집으로 돌아와서 차를 마셨을 뿐이야."

젊은이들 뒤에서, 사카르는 그들이 빠르게 속삭이는 여자들의 이름을 들었다. 그는 미소를 지으며 플로리에게 말을 붙였다.

"마조 씨 못 봤소?"

"예, 보았습니다. 저한테 일을 시키러 오셨다가 다시 아파트로 내려가셨는데요…… 아이가 아픈 것 같아요, 우리가 사장님한테 의사가 있는 곳을 알려드렸죠…… 빨리 사장님 아파트 벨을 누르세요, 여기로 다시 올라오지 않고 밖으로 나가실 수 있으니까요."

사카르는 고맙다고 하며 서둘러 한 층을 내려갔다. 증권 중개인 중에서도 가장 젊은 축에 속하는 마조는 자신을 파리에서 가장 강력한 사무실 가운데 하나의 소유자로 만들어준 숙부, 그 숙부의 죽음이라는 행운 덕분에 아직 사업을 배워야 할 나이에 벌써 운명적인 성공을 거두었다. 키는 작았지만 그는 가느다란 갈색 콧수염, 날카로운 검은색 눈과 함께 호감 가는 얼굴 생김새를 지니고 있었고, 대단한 활동력과 예리한 지능을 보여주었다. 증권거래소에서 그는 벌써 그 직업에 꼭 필요한 민첩한 정신과 육체의 소유자로 꼽혔는데, 그 정신과 육체는 예민한 후각, 탁월한 직관과 결합하여 그를 일급 중개인의 반열에 올려놓았다. 그 외에도 그는 날카로운 목소리, 최신의 외국 증권거래소 정보, 대大은행가들과의 관계, 친척의 아바스 증권 사무실 근무라는 이점을 지니고 있었다. 연애로 결혼한 그의 아내는 그에게 120만 프랑이라는 지참금을 가져다주었는데, 그는 이 매력적인 젊은 여자에게서 벌써 두 아이, 즉 세 살 된 딸과 십팔 개월 된 아들을 얻었다.

바로 그때, 웃으며 그를 안심시키는 의사를 마조가 층계참까지 배웅하고 있었다.

"들어오세요." 그가 사카르에게 말했다. "그래요, 아이들은 늘 걱정거리랍니다. 조금만 아파해도 죽지 않을까 걱정하게 돼요."

그렇게 말하며 마조는 사카르를 살롱으로 들어오게 했다. 거기에는 그의 아내가 아기를 무릎 위에 올려놓고 있었고, 딸은 엄마의 표정이 밝아진 것을 보고 좋아하며 몸을 세워 엄마에게 입맞춤했다. 세 사람 모두 금발에 신선한 우유처럼 하얀 피부를 갖고 있었으며, 젊은 어머니의 표정은 아이들만큼 순진하고 섬세했다. 마조가 그녀의 머리칼에 입맞춤을 했다.

"여보, 정말 정신이 하나도 없네요."

"아! 이제 괜찮아, 의사가 장담하니 한결 마음이 놓이는군."

이런 행복의 광경 앞에서, 사카르는 인사를 건네며 잠시 멈춰 섰다. 훌륭한 가구로 장식된 방은 그 무엇도 갈라놓을 수 없는 이 부부의 행복한 삶의 냄새로 가득했다. 결혼한 지 사 년이 되었지만, 오페라코미크의 여가수에게 잠시 호기심을 느낀 것 외에 그는 외도의 기미조차 보이지 않았다. 지금까지 회계에서 지나치게 장난을 친 적이 없다는 명성을 가진 그는 젊음의 열정에도 불구하고 늘 충실한 남편이었다. 그런 행운의 냄새, 구름 한 점 없는 지복의 냄새가 카펫과 벽지에서 새어 나오는 은은한 평화 속에서, 중국 화병에 가득찬 커다란 장미 꽃다발이 온 방에 풍기는 향기 속에서 진하게 감돌았다.

사카르와 안면이 있는 마조 부인이 쾌활한 목소리로 그에게 말했다.

“안 그래요, 선생님? 언제나 행복하게 살기 위해서는 일단 언제나 행복하게 살기를 원해야 하지 않나요?”

“맞습니다, 부인” 하고 그가 대답했다. “게다가 이 세상에는 불행이 결코 엄습할 수 없는, 너무도 아름답고 너무도 선량한 사람들이 있지요.”

그녀는 밝은 표정으로 일어섰다. 이번에는 그녀가 남편에게 입맞춤을 한 후에 아들을 데리고 나갔고, 아버지의 목에 팔을 감고 입맞춤한 딸이 그 뒤를 따라갔다. 아버지는 자신의 감동을 숨기기 위해 방문객을 향해 몸을 돌리며 파리 특유의 농담을 던졌다.

“보시다시피 우리집은 지겹지 않아요.”

이어서 얼른 이렇게 덧붙였다.

“제게 하실 말씀이 있습니까?…… 위로 올라갈까요? 그게 더 나을 겁니다.”

위층 회계 창구 앞에서, 사카르는 시세 차익을 받으러 온 사바타니를 보았다. 중개인이 고객과 다정하게 악수를 나누는 모습이 그를 놀라게 했다. 그는 중개인 사무실에 들어가 자리에 앉자마자, 주식을 공식적으로 상장하기 위해서는 어떤 절차를 밟아야 하는지 물으며 방문 목적을 설명했다. 그는 자신이 시작할 사업, 즉 2500만 프랑의 자본금으로 시작할 만국 은행에 대해서 두서없이 이야기했다. 그렇다, 그것은 특히 대기업들을 후원할 목적으로 설립되는 금융회사였다. 마조는 아무런 반박 없이 가만히 듣고 있었다. 그러고는 더없이 친절하게 필요한 절차를 설명해주었다. 하지만 그는 쉽게 속을 사람이 아니었다. 그는 그 정도의 소액 자본금으로 시작한다면 사카르가 이내 곤경에 빠지리라 예상했다. 그래서 사카르가 데그르몽이라는 이름을 말했을 때, 자기도 모르게 피식 웃고 말았다. 물론 데그르몽은 거금을 동원할 수 있는 사람이지만 충실성이 보장되지 않는다는 평이 있었다. 하기야 사업과 사랑에서 충실한 사람이 누가 있을까? 아무도 없지! 어쨌든 마조는 증권거래소의 입방아에 올랐었던 양자의 결별 이후로는 데그르몽에 대해 진실을 말해주는 데 거리낌이 없지 않았다. 지금 데그르몽은 대부분의 주문을 보르도 출신의 유대인 자코비, 넓적하고 쾌활한 얼굴을 가진 예순 살의 거한으로 거친 목소리가 유명하지만 몸이 무거워지고 배에 살이 쪄가는 자코비에게 주고 있었다. 두 증권 중개인 사이에는 모종의 경쟁의식이 존재했다. 젊은이는 행운의 은덕을 입었고, 노련미의 절정에 이른 늙은이는 전 대리인으로서 출자자들 덕분에 자기 사장의 사무실을 살 수 있었다. 자코비는 경험이 풍부하고 계략이 탁월했지만, 상당한 이득을 보았음에도 불행히도 늘 재앙의 전날 내기의 열정에 빠져들곤 했다. 모든 것이 정기거래 결제*에서 녹아 없어졌다. 다행히 제르멘 쾨르와의 관계에는 큰돈이 들지 않았는데, 기실 아무도 그의 아내를

* '정기거래'란 매도자와 매수자가 주식을 주고받는 수도(受渡) 기일이 정기적으로 도래하도록 정해놓고 행하는 매매 거래를 뜻한다. 그러므로 '정기거래 결제'의 날에는 차익을 누리는 투자자와 차손을 결제해야 하는 투자자가 발생하기 마련이다.

본 적이 없었다.

"여하튼 카라카스 사건에서" 하고 올바른 성품에도 불구하고 양심이 발동하여 마조가 결론지었다. "데그르몽이 속임수를 써서 이익을 가로챈 것이 틀림없어요…… 그는 위험한 사람입니다."

잠시 침묵이 흐른 뒤 그가 다시 말했다.

"그런데 왜 군데르만에게 부탁해볼 생각을 하시지 않죠?"

"절대로 안 되지!" 사카르가 격정적으로 소리쳤다.

그때 대리인 베르티에가 들어와 중개인의 귀에 무엇인가를 속삭였다. 시세 차손을 지불하러 온 산도르프 남작 부인이 손해를 줄이기 위해서 온갖 궤변을 늘어놓았던 것이다. 통상 마조는 서둘러서 직접 남작 부인을 맞이하곤 했다. 그러나 남작 부인이 돈을 잃을 때면, 자기의 친절함에 대한 그녀의 거친 공격을 예상하고서 그녀를 페스트인 양 피해 다녔다. 차손 지불 건에서 여자들보다 더 나쁜 손님은 없었는데, 그들이 더없이 악의적인 태도를 취하곤 했기 때문이다.

"안 돼, 안 돼, 내가 여기에 없다고 해요." 그가 언짢게 대답했다. "1상팀도 깎아주지 말고, 알겠죠!"

베르티에가 나가자, 둘의 이야기를 들은 사카르의 미소를 보고서 그가 말했다.

"그래요, 선생님, 그녀는 아주 상냥하죠. 하지만 얼마나 탐욕스러운지 모르실 겁니다. 아! 언제나 이익만 본다면 고객들이 얼마나 우리를 좋아할까! 부자가 되면 될수록 그들은 더욱더 훌륭한 사람이 되죠. 신이시여, 부디 저를 용서하시기를! 불신에 빠지면 빠질수록 저는 더욱더 돈을 받지 못할까봐 걱정하게 되니…… 그렇습니다, 큰손보다 차라리 지방 고객만을 받는 게 낫겠다 싶은 날도 있어요."

문이 다시 열리더니, 직원 한 명이 그가 아침에 부탁했던 서류를 전해주고 나갔다.

"자! 마침 잘되었습니다. 방돔에 페이의 씨라는 징세관이 있어요…… 그런데 말예요! 제가 그에게서 받는 주문량이 얼마나 되는지 선생님은 짐작도 못하실 겁니다. 물론 프티부르주아들, 소상인들, 농부들 개개인의 주문량은 미미해요. 하지만 수數를 생각해야 합니다. 사실 가장 훌륭한 사무실도 평범한 투자자들, 익명의 거대 군중 덕분에 굴러가는 거죠."

머릿속에서 여러 생각이 스쳐지나갔고, 사카르는 회계 창구에서 보았던 사바타니를 떠올렸다.

"지금 사바타니 일을 봐주고 있지요?" 그가 물었다.

"일 년쯤 되었을 겁니다." 중개인이 호의적인 무관심을 내비치며 대답했다. "괜찮은 청년 아닙니까? 소박하게 시작했지만, 지혜로우니 뭐라도 해낼 겁니다."

그가 말하지 않은 것, 심지어 기억하지 못한 것, 그것은 사바타니가 단지 2000프랑의 보증금만을 자기 사무실에 기탁했었다는 사실이었다. 그래서 초기에 사바타니는 그토록 고전했던 것이다. 다른 많은 투기꾼들처럼 아마 그 근동 지방 출신 거래인도 보잘것없는 보증금이 잊히기를 기대했으리라. 어쨌든 그는 지혜를 증명했고, 완전히 파산해서 사라질 때까지 점진적으로 주문량을 증가시켰다. 친구가 된 이 매력적인 청년에게 어떻게 경계심을 품을 수 있겠는가? 절도竊盜의 제복인 양 증권거래소에서 필요불가결한 우아한 옷차림으로 외견상 부자처럼 보이는 그가 즐거워할 때, 어떻게 그의 지불 능력을 의심할 수 있겠는가?

"매우 친절하고 머리가 좋지요" 하고 사카르가 대답했다. 문득, 입이 무거우면서도 양심의 가책을 느끼지 못하는 건장한 청년을 필요로 할 때 사바타니를 활용하면 되겠다는 생각이 들었다.

그런 다음, 그는 자리에서 일어나 작별 인사를 건넸다.

"자, 잘 있어요!…… 우리 주식이 준비되면, 상장하기 전에 당신을 다시 만나러 오겠소."

마조가 사무실 문턱에 서서 그와 악수하며 이렇게 말했다.

"선생님이 틀렸습니다. 신디케이트를 창설하기 위해서는 군데르만을 만나야 해요."

"절대로 안 됩니다!" 그가 노한 표정으로 다시 소리쳤다.

사무실 밖으로 나왔을 때, 그는 회계 창구 앞에서 모제와 피유로를 보았다. 모제는 우울한 표정으로 보름 치 수익인 1000프랑짜리 지폐 일고여덟 장을 수령했다. 손해를 본 피유로는 승자처럼 공격적이고 당당한 태도로 언성을 높이며 십여 장의 1000프랑짜리 지폐를 지불했다. 점심시간과 증권거래소 개장 시간이 다가와, 사무실은 부분적으로 비워지고 있었다. 반쯤 열린 정기거래 결제실 문에서 웃음소리가 새어나왔는데, 뱃놀이에서 키잡이 여자가 센강에 떨어져 스타킹까지 잃어버렸다는 이야기를 귀스타브가 플로리에게 들려주고 있었던 것이다.

거리로 나온 사카르는 회중시계를 보았다. 열한시였다, 시간을 이렇게 허비하다니! 아냐, 데그르몽에게 갈 일이 아니야. 군데르만이라는 이름만 들어도 흥분하는 그였음에도, 별안간 군데르만을 보러 가기로 결심했다. 더욱이 레스토랑 샹포에서 군데르만으로 하여금 쓴웃음을 짓게 한 자신의 대사업을 이야기하면서 이미 방문을 예고하지 않았던가? 그는 자기가 아무것도 원하지 않는다는 것, 다만 자기를 애송이 취급하는 그자에게 도전하여 승리하고자 한다는 것을 핑계로 내세웠다. 다시 소나기가 쏟아지며 강물처럼 포도鋪道를 덮었기 때문에, 그는 삯마차에 올라 마부에게 프로방스가의 주소를 일러주었다.

군데르만은 수많은 식구들을 부양하기에 모자람이 없는 거대한 저택을 소유하고 있었다. 그는 딸 다섯과 아들 넷을 두었는데, 그중 세 딸과 세 아들은 결혼을 해서 벌써 열네 명의 손자를 그에게 안겨주었다. 저녁식사 시간에 가족이 모두 모였을 때 아내와 함께 가족을 세어보니 도합 서른한 명이 식탁에 앉아 있었다. 그의 저택에서 살지 않는 두 사위를 제외한 다른 모든 가족이 정원을 면한 좌우 익면 건물에 자기 방을 갖고 있었다. 중앙 건물은 온통 은행 사무실들이 차지했다. 한 세기도 안 되는 기간 동안 저축과 여러 사건의 도움으로 10억 프랑이라는 어마어마한 재산이 이 가정에서 만들어지고, 자라나고, 넘쳐흘렀다. 거기에는 날카로운 통찰, 근면한 노동, 사려 깊은 불굴의 노력으로 쉼없이 동일한 목적을 향해 가는 예정된 운명 같은 것이 있었다. 이제 모든 황금의 강물이 이 바다로 흘러들었고, 수백만의 자산이 이 수백만의 자산으로 녹아들었는데, 그것은 오직 한 사람의 부의 심연, 그것도 언제나 커져만 가는 부의 심연을 향한 모든 부의 함몰이라고 할 수 있었다. 군데르만은 파리와 세계가 두려워하고 복종하는 진정한 주인, 만능의 왕이었다.

끊임없이 인파가 오간 탓에 오래된 교회의 문지방보다 더 닳아빠진 돌계단을 오르는 동안, 사카르는 이 남자를 향해 꺼질 줄 모르고 타오르는 분노를 느꼈다. 아! 유대인! 유대인에 대해서 그는 남프랑스인 특유의 오랜 종족적 반감을 가지고 있었다. 그것은 육체의 반항, 피부의 혐오와도 같은 것으로서, 살짝 스치기만 해도 그로 하여금 일체의 논리를 벗어나 자제할 수 없는 염증과 폭력으로 전율하게 했다. 사카르, 이 끔찍한 사업광, 이 수상쩍은 손을 가진 돈 사냥꾼이 유대인 얘기만 나오면 곧바로 자제력을 상실했고, 일체의 고리대금업과 무관하게 자기 노동으로 살아가는 신사의 격정적 복수심으로 신랄하게 유대인을 비난하는 것이었다. 그는 조국도 국왕도 없는 그 저주받은 종족, 여러 나라에서 법을 지키는 척하지만 실은 절도와 피와 분노의 신만을 섬기며 기생충처럼 살아가는 그 저주받은 종족에 대한 논고를 세웠다. 그 종족은 그들의 신이 그들에게 부여한 광포한 정복의 사명을 도처에서 완수했고, 거미줄의 중앙에 자리잡은 거미처럼 모든 나라에 자리를 잡고서 먹이를 지켜보고 만인의 피를 빨고 다른 사람들의 생명으로 살을 찌웠다. 도대체 유대인이 자기 손으로 일을 하며 살아가는 것을 본 적이 있는가? 유대인 농민, 유대인 노동자가 존재하는가? 아니, 그들은 노동이 명예를 훼손한다고 생각하지, 그들의 종교는 노동을 거의 금지하며 타인의 노동을 착취하도록 권장하지. 아! 거지들 같으니라고! 사카르는 자신이 그들에게 감탄하는 만큼, 그들의 불가사의한 금융 재능, 숫자에 대한 그 타고난 지식, 복잡하기 짝이 없는 거래에서 유지되는 그 자연스러운 여유, 시도하는 모든 일에서 승리를 구가하는 그 후각과 행운을 시기하는 만큼 더욱더 큰 분노에 사로잡히는 듯했다. 그는 혼잣말을 했다. 이 도둑질 앞에서 기독교인들은 힘이 없어, 언제나 끝내 익사하고 말지. 회계장부를 어떻게 관리하는지 모르는 유대인이 있을까, 유대인을 부패 사업의 격랑에 던져보면 알지, 그들은 금세 살아 돌아와, 이익이라는 등짐을 진 채 말이야. 그것은 종족적 재능이며, 조직되고 해체되는 여러 국가에서 생존할 수 있는 이유 그 자체지. 그는 분노에 휩싸여 유대인이 지구의 전 재산을 장악할 때 유대인에 의한 만민의 정복이 이루어지리라 예언했는데, 그들로 하여금 매일 그들의 왕국을 자유롭게 확장하도록 내버려두는 이상, 이미 파리에서 군데르만이 제왕의 그것보다 더 견고하고 더 존경받는 옥좌에서 군림하는 것을 목격하는 이상, 그것은 머잖아 이루어질 일이었다.

위층에서 대기실로 들어서려는 순간, 사카르는 안에서 증권 브로커들, 청탁자들, 남자들, 여자들, 한마디로 군중이 떠들썩하게 우글거리는 것을 보고 놀라 흠칫 뒤로 물러섰다. 특히 증권 브로커들은 혹시라도 주문을 받는 기적 같은 일이 일어날 수 있지 않을까 하는 마음에 앞자리를 다투었다. 왜냐하면 대은행가는 자기 소속 증권 중개인들을 따로 보유하고 있었기 때문이다. 그런데 벌써 추천장이 받아들여지는 영광이 이루어졌고, 그런 사람들은 그것을 자랑하고 싶어 안달이었다. 여하튼 오래 기다려야 하는 것은 아니었는데, 두 사무실 직원이 여러 문을 통해 끊임없이 이어지는 행렬, 진정한 질주를 조율하는 일에만 매달린 덕분이었다. 사카르는 금세 인파 속으로 안내되었다.

군데르만의 사무실은 거대했지만, 그는 안쪽 끄트머리 창가의 작은 구석자리를 차지하고 있을 뿐이었다. 소박한 마호가니 탁자 앞에서, 햇빛에 등을 돌린 채 앉은 그의 얼굴은 어둠 속에 완전히 파묻혀 있었다. 파리가 곤히 잠든 새벽 다섯시에 일어나서 그는 일자리로 나왔다. 아홉시경, 인파가 자기 앞으로 몰려들기 시작하면 그의 하루가 진정으로 시작되었다. 사무실 한가운데 위치한 더 큰 두 탁자에서는 아들 둘과 사위 하나가 쉼없이 오가는 직원들과 부딪치며 군데르만을 도왔는데, 그들이 탁자에 앉는 일은 매우 드물었다. 이것이 바로 그 집의 내적 작동 원리였다. 거리 전체가 방을 관통하여 그에게로, 주인에게로, 비좁은 한쪽 구석으로 달려왔다. 점심식사 때까지 몇 시간 동안 그는 무심하고 음울한 얼굴을 한 채 흔히 손짓으로써, 친절하게 보이고자 할 때면 가끔 말로써 사람들을 맞이했다.

사카르가 기다리는 모습을 보자마자, 군데르만의 얼굴은 조롱이 담긴 희미한 미소와 함께 환하게 밝아졌다.

"아! 당신이군, 내 오랜 친구…… 거기에 앉으시오. 내게 할 말이 있나본데, 잠깐만 기다리시오."

그런 다음 그는 사카르를 잊은 척했다. 사카르도 증권 브로커의 행렬에 시선을 빼앗긴 채 조바심을 내지 않았다. 줄지어 들어선 증권 브로커들은 하나같이 정중하게 인사했고, 단정한 프록코트에서 주식시세표를 꺼내어 간청과 존경이 담긴 공손한 태도로 은행가에게 내밀었다. 그는 열 명을 맞이했고, 스무 명을 맞이했다. 매번 은행가는 시세표를 받아 한번 쓱 훑어보고는 그것을 다시 돌려주었다. 우박처럼 쏟아지는 제안 앞에서 내보이는 냉정함을 제외한 그 무엇도 그의 인내심에 필적하는 것은 없었다.

그때 마시아가 매를 맞는 착한 개처럼 명랑하고도 불안한 표정으로 모습을 드러냈다. 때때로 직원들이 그를 너무도 심술궂게 맞이했으므로, 그는 혼자 울었을지도 모른다. 그날 아마도 겸손이 한계에 달한 모양인지 그는 뜻밖의 고집을 피웠다.

"보세요, 선생님, 크레디 모빌리에 은행 주식이 매우 싸잖아요…… 도대체 얼마가 되어야 사시겠습니까?"

군데르만은 시세표를 받아드는 대신 몹시 친숙한 그 젊은이에게 음울한 시선을 던졌다. 그러고는 갑자기 이렇게 말했다.

"이보시오, 내가 좋아서 당신을 맞이하는 줄 아오?"

"맙소사! 선생님." 얼굴이 창백해진 마시아가 다시 말했다. "석 달 전부터 매일 아침 아무 소득도 없이 여기로 오는 것도 즐거운 일은 아닙니다."

"그렇군! 그럼 오지 마시오."

증권 브로커는 인사하고 물러났는데, 불현듯 자신이 결코 성공하지 못하리라는 생각이 들었는지 분하고 비통한 시선을 사카르에게 던졌다.

사카르는 군데르만이 이 모든 사람들을 맞이함으로써 얻는 이득이 무엇일지 자문했다. 확실히 사카르는 자기 생각에 빠져드는 데 특별한 재능이 있었기에 그 생각에 몰입했고, 계속 생각을 이어갔다. 군데르만의 접견은 매일 아침 시장 상황을 파악하려는 방식, 거기서 아주 적은 이득이라도 찾아내려는 규칙적 행동임이 틀림없었다. 억척스럽게도 그는 전날 주문을 맡긴 장외 주식 중개인에게서 80프랑을 깎았는데, 그 바람에 장외 주식 중개인은 다른 곳에서 80프랑을 훔치지 않으면 안 되었다. 이어서 골동품상이 지난 세기의 칠보 세공 황금 상자, 부분적으로 손을 본 황금 상자를 들고 나타나자, 은행가는 금세 그것이 모조품이라는 것을 알아차렸다. 그다음에는 두 부인, 즉 코가 야조夜鳥처럼 생긴 늙은 부인과 매우 아름다운 갈색 머리 젊은 부인이 자기 집에 있는 루이 15세 시대의 서랍장을 보여주고 싶어했고, 그는 분명하게 거절했다. 뒤이어 루비를 가져온 보석상, 두 발명가, 영국인들, 독일인들, 이탈리아인들이 남녀를 불문하고 나타나 온갖 언어를 사용했다. 그럼에도 증권 브로커의 행렬은 다른 방문객의 행렬을 끊으며 끝없이 이어졌고, 그들은 똑같은 동작으로 시세표를 기계적으로 제시했다. 증권거래소의 개장 시간이 다가옴에 따라 방을 가로지르는 직원들의 발걸음이 더욱 잦아졌고, 그들은 전보를 가져오고 서명을 부탁했다.

그러나 소란의 절정은 다음과 같았다. 기마 자세로 막대기를 탄 대여섯 살짜리 사내아이가 트럼펫을 불면서 사무실에 난입했다. 연이어 두 아이 즉 세 살짜리 계집애와 여덟 살짜리 계집애가 들어와서 할아버지의 의자를 포위했고, 할아버지의 팔을 당기며 목에 매달렸다. 그는 온화한 얼굴로 아이들이 하는 대로 내버려둔 채 유대인 특유의 가족애, 힘을 형성하는 다수의 자손에 대한 사랑으로 그들에게 입을 맞추었다.

갑자기 그는 사카르를 떠올린 듯했다.

"아! 내 소중한 친구, 용서하시오, 보다시피 잠시도 쉴 틈이 없다오…… 자, 무슨 문제인지 설명해봐요."

그가 사카르의 이야기를 듣기 시작했을 때, 직원 하나가 키 큰 금발의 신사를 데려와서 그의 귓전에 이름을 말했다. 그러자 그는 즉시 일어나 천천히 창가로 가더니 신사와 함께 무엇인가를 협의했고, 그러는 동안 아들 하나가 그를 대신해 증권 브로커와 장외 주식 중개인을 계속해서 맞이했다.

은근히 화가 났음에도, 사카르는 경외심에 사로잡히기 시작했다. 그는 튈르리궁에서 거만함의 상징이요 강력한 권력자의 한 사람인 금발의 신사를 알아보았는데, 그 신사가 여기서는 가볍게 머리를 숙인 채 청탁자로서 미소를 지었던 것이다. 광장처럼 공적인 공간이 된 이 방, 아이들의 소란으로 가득찬 이 방에서 그처럼 선 채로 접견을 받는 것은 고위 관리들, 제정의 장관들뿐이었다. 세계의 모든 궁정에 자신의 대사를, 모든 지방에 영사를, 모든 도시에 사무실을, 모든 바다에 선박을 소유한 이 남자의 세계적 왕국이 바야흐로 모습을 드러내고 있었다. 그는 다른 사람들의 재산을 노리는 투기꾼도 아니었고, 사카르의 예에서 보듯 자신이 승리할 영웅적인 전투, 자신의 명령으로 투자되는 황금 덕분에 엄청난 전리품을 획득할 영웅적인 전투를 꿈꾸는 모험가 선장도 아니었다. 스스로 순박하게 말하듯, 그는 더없이 숙련되고 더없이 열정적인 단순한 화폐 상인이었다. 다만 자신의 권력을 공고히 하기 위해 그는 증권거래소를 지배해야 했다. 그렇기에 정기거래 결제가 있을 때마다 그는 새로운 전투를 치렀고, 수많은 전투부대의 결정적 공헌으로 승리는 매번 그의 것이 되었다. 그를 바라보던 사카르는 잠시 그가 움직이는 이 모든 돈이 그의 것이라는 생각, 교활하고 신중한 상인으로서, 눈짓만으로도 복종하게 만드는 절대적 주인, 모든 것을 보고 듣고 행하기를 원하는 절대적 주인으로서 그가 부당하게 이용하는 무궁무진한 상품을 지하실에 숨기고 있다는 생각에 빠져들었다. 그렇게 조율되는 10억 프랑의 재산은 난공불락의 힘이었다.

"도대체 일 분도 시간을 낼 수가 없군" 하고 말하며 군데르만이 돌아왔다. "자! 식사 시간이니 나와 함께 옆방으로 갑시다. 거기서는 우리 둘이 이야기를 나눌 수 있을 거요."

그곳은 아침식사를 하는 저택의 작은 식당이었는데, 거기서는 결코 가족이 모두 모이는 법이 없었다. 그날은 아이 여덟 명을 포함해서 도합 열아홉 명이 식탁에 모여 앉았다. 은행가는 한가운데 자리를 잡았고, 그의 식탁에는 한 그릇의 우유만이 놓여 있었다.

피로에 지친 그는 몹시 창백해지고 일그러진 얼굴로 잠시 눈을 감고 있었는데, 간과 허리에 지병이 있는 탓이었다. 그는 떨리는 손으로 그릇을 입으로 가져가 우유를 한 모금 마셨고, 길게 한숨지었다.

"아! 벌써 녹초가 되었어, 오늘은!"

"왜 휴식을 취하지 않죠?" 사카르가 물었다.

군데르만이 놀란 눈을 그에게로 돌렸다. 그러고는 간단히 이렇게 대답했다.

"그럴 수가 없잖소!"

기실 증권 브로커들의 접견이 다시 시작되었고 식당으로 오가는 발걸음이 분주해졌기 때문에, 그는 조용히 우유를 마실 시간조차 가지지 못했다. 이런 혼란에 익숙해진 가족들은 웃으며 차가운 고기와 과자를 왕성한 식욕으로 먹었고, 약간의 포도주에 흥분한 아이들은 왁자지껄 소란을 피웠다.

여전히 그를 쳐다보고 있던 사카르는 결코 우유를 다 마실 수 없을 것 같은 속도로 한 모금 한 모금 천천히 마시는 그의 모습에 감탄했다. 그런 속도로 우유를 마시게 만드는 사람들 때문에, 그는 고기나 케이크에는 손도 댈 수 없었다. 그러니 10억 프랑이 있다 한들 무슨 소용이겠는가? 여자들도 결코 그를 유혹하지 못했다. 사십 년 동안 그는 초지일관 자기 아내에게 충실했다. 그리고 오늘날 그의 절제는 당연한 것, 돌이킬 수 없을 정도로 결정적인 것이 되었다. 그렇다면 새벽 다섯시에 일어나고, 이런 끔찍한 일을 하고, 엄청난 피로에 시달리고, 머리는 숫자로 가득차고, 두개골은 수많은 걱정거리로 터져나갈 듯한 상태에서 거지도 받아들이지 않을 갤리선의 노예와 같은 삶을 살 이유가 도대체 무엇인가? 거리에서 1파운드의 체리를 사서 먹을 수도 없는데, 지나가는 계집애를 호숫가의 별장으로 데려갈 수도 없는데, 사고파는 모든 것을, 게으름도 자유도 향유할 수 없는데 왜 이미 가진 수많은 황금에 쓸모없는 황금을 더할 것인가? 엄청난 탐욕으로 돈이 부여하는 권력을 지향하는 사카르는 그야말로 돈을 사심 없이 사랑하는 인간이었다. 하지만 군데르만에게서 돈을 쓰지 않고 쌓기만 하는 고전적 수전노의 얼굴이 아니라, 육체적 욕망도 없이 고통스러운 노화와 함께 추상화되어 가는 완벽한 노동자의 얼굴, 자식들이 마침내 세계를 지배할 수 있도록 억척스럽게 황금의 탑을 세워 물려주려는 노동자의 얼굴이 솟아오르는 것을 보면서, 그는 일종의 신성한 공포에 사로잡혔다.

이윽고 군데르만이 귀를 기울였고, 사카르가 나지막이 설명하는 만국 은행의 설립 계획을 들었다. 그러나 사카르는 세부 사항의 설명을 자제했고 아믈랭의 포트폴리오에 대해서는 암시에 그쳤는데, 왜냐하면 말을 꺼내자마자 은행가가 퇴짜를 놓을 결심을 한 채 그로 하여금 고해를 하게 만들려고 애썼기 때문이었다.

"또 은행이오, 이 사람아, 또 은행이냐고!" 그가 비웃는 태도로 되풀이했다. "내가 돈을 투자할 사업이 있다면, 그건 기계 제작, 그래, 연달아 설립되는 이 모든 은행의 목을 자를 단두대 제작이라오…… 안 그렇소? 증권거래소를 깨끗이 청소할 갈퀴 말이오. 당신 엔지니어의 포트폴리오에는 그런 게 없지 않소?"

그런 다음, 그는 아버지처럼 자애로운 태도로 조용하고 잔인하게 덧붙였다.

"이봐요, 친구, 정신 차리시오, 내가 말했잖소…… 당신은 사업을 해서는 안 돼, 내가 당신에게 해줄 수 있는 최선의 봉사는 당신의 신디케이트 창설을 막는 것이오…… 어김없이 당신은 파산할 거요, 수학처럼 분명한 사실이오, 그건. 왜냐하면 당신은 열정이 너무 강하고, 상상력이 너무 비약적이기 때문이지. 게다가 남의 돈으로 사업을 하면, 언제나 결과가 좋지 않아요…… 왜 당신 형은 당신에게 적당한 일자리를 구해주지 않는 거지? 도청도 좋고, 세무서도 좋잖아. 아니야, 세무서는 안 돼, 그건 너무 위험해…… 조심하시오, 친구, 조심하시오."

사카르는 몸을 부들부들 떨며 자리에서 일어났다.

"알겠소. 그러니까, 우리 주식을 매수하지 않겠다는 거죠? 우리와 함께 사업을 안 하겠다는 거죠?"

"당신과 함께, 절대로 안 하지!…… 당신은 삼 년도 채 못 가서 먹히고 말 거요."

잠시 침묵이 흘렀고, 전운이 감도는 가운데 서로 으르렁거리듯 날카로운 시선이 오갔다.

"자, 안녕히 계시오. 아직 점심식사를 하지 않아서 그런지 배가 몹시 고프군요. 누가 먹힐지는 두고 봅시다."

군데르만은 떠들썩하게 과자를 먹고 있는 가족 한가운데 앉은 채 사카르가 떠나도록 내버려두었고, 뒤늦게 도착한 마지막 증권 브로커들을 맞이하며 피로에 지쳐 간간이 눈을 감았다. 그러는 동안에도 그는 입술을 적셔가며 한 모금 한 모금 천천히 우유를 다 마셨다.

사카르는 삯마차에 뛰어오르며 생라자르의 집주소를 일러주었다. 한시 종이 울렸고, 그로서는 하루를 허비한 셈이었다. 그는 넋이 나간 채 집으로 점심식사를 하러 갔다. 아! 더러운 유대인 같으니라고! 개가 고기 뼈를 으스러뜨려 먹어치우듯 그자를 이빨로 으스러뜨려 먹어치워야 직성이 풀릴 것 같아! 물론 그자의 뼈는 너무도 굵고 끔찍하겠지. 하지만 모두가 알잖아? 가장 위대한 제국도 결국 붕괴되었고, 가장 힘센 권력자도 언젠가는 쓰러지는 법이야. 아냐, 그를 먹어치워서는 안 돼, 우선 상처를 입혀야 해, 10억 재산에서 한 조각 한 조각 뜯어내야 해. 그러고 나서 완전히 먹어치우는 거야, 그럼! 왜 안 되겠어? 스스로 향연의 주인이라고 생각하는 유대인들을 몰락시키기 전에 그 이론의 여지 없는 왕부터 처치하는 거야. 군데르만의 저택에서 가져온 이런 생각, 이런 분노로 인해 사카르는 격렬한 열정, 사업과 즉각적 성공의 욕망에 사로잡혔다. 이를테면 그는 대번에 은행을 세우고, 그것을 가동시키고, 승리를 쟁취하고, 경쟁 은행들을 짓뭉개고 싶었다. 별안간 데그르몽이 그의 뇌리에 떠올랐다. 생각을 가다듬을 겨를도 없이 불가항력적으로 그는 몸을 숙였고, 마부에게 라로슈푸코가로 올라가자고 소리쳤다. 데그르몽을 만나려면 점심을 더 늦게 먹을지언정 서둘러야 했는데, 왜냐하면 데그르몽이 한시경에 집을 나선다는 것을 알고 있었기 때문이다. 확실히 유대인 둘에 필적할 만한 이 기독교인은 신생 회사들을 삼키는 식인귀로 통했다. 그렇지만 지금 이 순간, 사카르는 승리하기 위해서라면 심지어 모든 것을 공유하는 조건으로 산적 카르투슈와도 거래했으리라. 여하튼 훗날 모두가 알게 되리라, 그가 최강자라는 것을.

그러는 동안 거친 비탈길을 겨우 올라간 삯마차가 최근 그 동네에 지어진 아름다운 대저택 가운데 하나의 높고 웅장한 대문 앞에 섰다. 포석을 깐 드넓은 안뜰 끝에 위치한 본채는 궁전처럼 위풍당당했다. 본채의 뒤에 위치한 정원은 수백 년 된 나무들이 서 있었고 또 행인들이 오가는 거리에서 떨어져 있었기에 정녕 공원을 방불케 했다. 파리 전체가 그 화려한 축제 때문에, 특히 찬탄의 대상이 되었던 미술품 컬렉션, 파리를 여행하는 대공이라면 누구나 구경하러 오는 미술품 컬렉션 때문에 이 저택을 잘 알고 있었다. 그 그림처럼 아름다운 미모로 유명하며 또 성악가로서 세계적 성공을 거둔 여자와 결혼했었던 집주인은 왕족과 같은 생활을 영위했고, 경마용 말들과 미술품 진열실로 이름이 드높았고, 일급 사교클럽의 일원이었고, 더없이 값비싼 여자들과 사귀었고, 오페라극장에 박스석을, 드루오 호텔에 자기 의자를, 널리 알려진 수상쩍은 장소에 자기 벤치를 소유하고 있었다. 이 모든 풍족한 삶, 변덕과 예술의 정점에서 불타오르는 사치 생활은 모두 투기, 즉 끊임없이 변동되는 재산, 바다처럼 무한해 보이지만 15일 정기거래 결제 때마다 20만에서 30만 프랑이 왔다갔다하는 재산으로 유지되었다.

사카르가 현관 층계를 올라가자, 하인이 그를 맞이하여 경이로운 물건으로 가득찬 세 개의 살롱을 거쳐 작은 흡연실로 안내했다. 데그르몽은 거기서 외출하기 전에 시가를 피우고 있었다. 벌써 마흔다섯 살이 된 그는 비만과 싸우고 있었지만, 키가 크고 머리칼을 정성스레 다듬어서 매우 우아해 보였고, 튈르리궁의 숭배자로서 콧수염과 염소수염*만

* 튈르리궁에 거주한 나폴레옹 3세의 수염 스타일을 가리킨다.

을 기르고 있었다. 그는 지극한 친절을 가장했고, 사카르를 절대적으로 신뢰하는 체했지만 내심 승리를 확신했다.

금세 그는 달려와 사카르를 맞이했다.

"아! 당신이군요, 왜 이렇게 소식이 없었습니까? 그렇잖아도 일전에 당신 생각을 했었는데…… 이젠 제 이웃이 아닌가요?"

그렇지만 그는 모든 사람에게 던지는 이 요란한 인사를 그만두고 입을 다물었는데, 왜냐하면 사카르가 섬세한 예의를 쓸데없는 중간 과정이라 판단하고서 대번에 방문의 목적을 설명했기 때문이다. 사카르는 자신의 거대 사업을 이야기했고, 2500만 프랑의 자본금이 필요한 만국은행을 설립하기 전에 우선 발행주식의 팔할, 즉 적어도 4만 주를 매수함으로써 사전에 주식 발행의 성공을 보장할 친구들, 은행가들, 실업가들의 신디케이트를 만들고자 한다고 말했다. 데그르몽은 표정이 몹시 심각해졌고, 사카르에게서 어떤 유용한 봉사를 이끌어낼 수 있을지 알기 위해 그의 머릿속을 파헤치듯 그를 빤히 바라보면서 말을 경청했다. 그가 알기로 사카르는 매우 적극적이고, 뜨거운 열정과 경이로운 자질로 가득찬 남자였다. 그러나 데그르몽은 일단 망설였다.

"아닙니다, 아닙니다, 저는 지금 고전하고 있어요. 새로운 사업에 뛰어들 여유가 없습니다."

그렇지만 유혹을 느낀 그는 여러 가지 질문을 했고, 새로운 금융회사가 후원할 프로젝트, 상대방이 신중한 태도로 그 대체적인 윤곽만을 말하는 프로젝트가 무엇인지 알고 싶어했다. 사카르가 그들이 개시할 첫번째 사업, 즉 대형 여객선 합동회사를 설립하기 위해 지중해의 모든 운송회사를 하나의 신디케이트로 묶을 생각을 밝혔을 때, 그는 갑자기 굴복했다.

"호오! 그 생각에 동의합니다. 다만 한 가지 조건이 있어요…… 장관 형님과는 요즘 사이가 어떻습니까?"

그 질문에 놀란 기색이 역력했지만, 사카르는 솔직하게 자신의 고통스러운 감정을 털어놓았다.

"형과 어떻게 지내느냐고요…… 아! 형은 형의 일을 하고, 저는 제 일을 합니다. 형은 형제애가 강하지 않은 사람이거든요."

"아, 그것 참 안됐군요" 하고 데그르몽이 분명히 말했다. "저는 이 사업에 참여할 수 없습니다, 당신의 형이 이 사업에 동참하지 않는다면…… 제 입장을 이해하시죠, 당신을 곤란하게 만들고 싶지는 않습니다만……"

초조하고 화가 난 표정으로 사카르는 항변했다. 왜 루공이 필요할까? 그건 자기 손발을 묶기 위해 사슬을 찾으러 나서는 것과 다를 바 없지 않은가! 그때, 그의 분노보다 더 강한 데그르몽의 신중한 목소리가 적어도 장관의 중립을 확보해야 한다고 그에게 말했다. 하지만 그는 거칠게 거부 의사를 표했다.

"안 돼요, 안 돼, 형은 늘 저한테 너무 비열하게 행동했습니다. 절대로 제가 먼저 형에게 다가가지 않겠습니다."

"들어보세요." 데그르몽이 다시 말했다. "저는 다섯시에 여기서 위레를 만날 겁니다, 그에게 맡긴 심부름 때문에…… 당신은 곧장 국회로 달려가 위레를 한쪽으로 불러내서 당신 사업에 대해 이야기하세요. 그러면 그가 곧바로 루공에게 전할 것이고, 루공의 생각이 무엇인지 알게 되겠지요. 우리는 다섯시에 그에게서 내용을 전해 듣는 겁니다…… 아시겠소! 다섯시에 여기서 만납시다."

고개를 숙인 채, 사카르는 잠시 생각에 잠겼다.

"맙소사! 당신이 그토록 원하신다면!"

"오! 절대적으로! 루공 없이는 아무것도 안 됩니다. 루공이 함께한다면, 당신이 원하는 게 모두 이루어질 거요."

"좋습니다, 그렇게 하죠."

그가 정력적으로 악수를 한 뒤 떠나려 할 때, 데그르몽이 말했다.

"아! 그리고 말입니다. 당장 일이 시작되기를 원하신다면, 돌아오는 길에 드 보앵 후작의 집과 세디유의 집에 들르세요. 그리고 제가 이 일에 참여한다는 걸 알리고, 그들에게 동참을 부탁하세요…… 저는 그들이 이 일을 함께하기를 원합니다."

대문에서 사카르는, 거리의 끝으로 내려가면 자기 집이 있음에도 굳이 대기시켜놓았던 삯마차를 다시 보았다. 오후에는 자기 마차를 사용할 수 있으리라 생각하고서 삯마차를 돌려보낸 뒤, 그는 점심식사를 하러 급히 집으로 돌아갔다. 집에서는 더이상 그를 기다리지 않았기에 요리사가 부랴부랴 차가운 소고기 한 조각을 내왔고, 그는 마부를 꾸짖으면서 그것을 급히 삼켰다. 왜냐하면 그가 올라오게 한 마부가 수의사의 왕진에 대해 보고하기를, 말을 사나흘 쉬게 해야 한다고 전했기 때문이다. 입안 가득 음식물을 씹으며 그는 말을 잘못 관리한 마부를 책망했고, 이렇게 하면 카롤린 부인의 지휘를 받게 하겠다고 위협했다. 이윽고 그는 마부에게 삯마차라도 불러오라고 소리쳤다. 또다시 억수 같은 소나기가 거리를 휩쓸었고, 십오 분 이상 마차를 기다린 그는 소나기를 맞으며 마차에 올라타 주소를 말했다.

"국회로 갑시다!"

그의 계획은 회의가 시작되기 전에 도착하여 통로에서 위레와 조용히 이야기를 나누는 것이었다. 그날은 회의에서 격론이 예상되는 날이었는데, 좌파 국회의원 하나가 멕시코 사태라는 끝없는 문제를 제기하기로 되어 있는 터였다. 분명히 루공이 답변하지 않을 수 없을 것이었다.

로비로 들어갔을 때, 사카르는 다행히 위레와 마주쳤다. 그는 의원을 근처 작은 방으로 데려갔고, 그들은 복도를 지배하는 격앙된 분위기를 피해 거기서 조용히 이야기를 나눌 수 있었다. 야당의 입장이 점점 더 거칠어졌고, 파국의 암운이 짙어졌으므로 모든 것이 무산될 것만 같았다. 거기에 정신이 팔린 위레는 처음에는 사카르의 말을 이해하지 못했고, 자기가 해야 할 일이 무엇인지 두 번이나 물었다. 설명은 들은 그는 기겁을 했다.

"오! 이보시오, 그런 생각을 하다니! 지금 이 순간에 루공에게 그런 이야기를 하라고요! 그 양반은 내게 집으로 가서 잠이나 자라고 할 거요, 분명히."

이어서 그는 자신의 사적인 이해관계를 떠올리며 불안에 사로잡혔다. 그는 루공 없이 존재할 수 없었고, 자신의 공천과 선거를 루공에게 빚지고 있었으며, 주인이 베푸는 빵 부스러기로 살아가면서 모든 명령을 수행하는 하인 같은 처지에 놓여 있었다. 뇌물로 이 년 전부터 얻은 이 역할 덕분에, 그리고 식탁 밑에서 주워모은 이익 덕분에 그는 칼바도스 지방의 자기 영지를 확장할 수 있었는데, 만일 정부가 패망하면 거기로 은퇴해서 군림할 생각이었다. 교활한 농부처럼 생긴 그의 커다란 얼굴이 어두워졌고, 이해득실을 따져볼 겨를도 없이 개입을 요청받은 까닭에 당혹감을 감추지 못했다.

"안 돼, 안 돼! 나는 못해요…… 내가 이미 형님의 뜻을 전했잖소. 다시 그를 조를 수는 없어요. 말도 안 돼! 내 입장도 좀 생각해줘요. 그 양반은 화가 나면 인정사정없어요. 안 되고말고! 나 자신을 희생시키면서까지 당신을 위해 일할 수는 없소."

그러자 그의 입장을 모르지 않는 사카르는 이제 만국 은행을 설립함으로써 수백만 프랑을 벌 수 있다는 사실을 이해시키는 데 집중했다. 돈 문제를 시적인 이야기로 바꿔놓는 열정적 화술과 함께 그는 멋진 기획, 확실하고 거대한 성공을 거창하게 설명했다. 그에 따르면 데그르몽은 열광하면서 신디케이트 창설의 선두에 섰고, 드 보앵과 세디유는 데그르몽으로부터 이미 동참을 권유받았다. 이런 마당에 위레가 동참하지 않는다는 것은 있을 수 없는 일이었다. 그들은 그의 정치적 영향력 때문에 절대적으로 그와 함께하기를 원한다는 것이었다. 심지어 그의 이름이 곧 질서와 성실을 의미하므로 그들은 그가 이사회의 일원이 되기를 기대하고 있었다.

이사회의 일원으로 임명될 것이라는 약속을 듣자, 의원은 사카르를 정면으로 응시했다.

"그런데 나한테서 구체적으로 원하는 게 뭡니까? 내가 루공에게서 어떤 대답을 얻어내기를 바라는 거요?"

"제기랄!" 사카르가 다시 말했다. "물론 나라면 루공 없이 일을 추진했겠지요. 하지만 데그르몽이 내가 형과 화해하기를 강요했소. 어쩌면 그가 옳겠지…… 나로서는 당신이 그냥 우리 사업에 대해 그 지독한

자에게 설명해주고, 그가 우리를 돕지 않는다 하더라도 적어도 반대하지는 않겠다는 약속을 받아주면 좋겠다는 생각이오."

위레는 눈을 반쯤 감은 채 여전히 결심하지 못하고 있었다.

"그렇소! 당신이 호의적인 말 한마디, 단지 호의적인 말 한마디를 얻어낸다면, 아시겠소! 데그르몽은 만족할 것이고, 우리 셋이서 오늘 저녁에 일을 시작할 거요."

"좋소!" 짐짓 농부처럼 솔직한 태도로 의원이 갑자기 말했다. "당신을 위해서 그렇게 하겠소, 그는 여간 까다롭지 않아요, 오! 정말 까다롭지, 특히 좌파가 그를 괴롭힐 때에는…… 다섯시에 만납시다!"

"다섯시에!"

사카르는 격론이 벌어지는 소리를 들으며 불안에 휩싸인 채 한 시간가량 더 머물렀다. 야당의 달변가 중 하나가 발언하리라는 예고가 들려왔다. 이런 예고에 그는 한순간 위레를 다시 만나서 루공과의 면담을 내일로 미루는 것이 좋지 않을까 하고 말하려 했다. 그러나 숙명론자로서 운명을 믿는 그는 이미 정해진 일을 바꾸면 모든 것이 망쳐질 것만 같아 몸을 떨었다. 어쩌면 혼란 속에서 형이 모두가 기대하는 말을 쉽사리 내뱉을지도 모를 일이었다. 운명대로 일이 진행되도록 그는 자리를 떠났고, 삯마차가 콩코르드 다리에 접어들었을 때 문득 데그르몽의 요청이 생각났다.

"마부, 바빌론가로 갑시다."

드 보애 후작은 바빌론가에 살고 있었다. 그는 대저택의 옛 부속 건물, 즉 경마장 직원들이 살았던 건물, 그렇지만 매우 안락한 현대식 주택으로 개조한 건물에 거주했다. 멋을 부린 건물은 호화로웠고, 귀족적 분위기를 자아냈다. 그의 아내는 결코 눈에 띄지 않았는데, 그에 따르면 지병으로 자기 방에 틀어박힌 채 지냈다. 그렇지만 집과 가구는 아내의 것이었고, 아내의 집에서 가구 딸린 방에 사는 그가 가진 것이라고는 주식 투기로 재산을 잃은 채 삯마차에 싣고 온 트렁크 하나뿐이었다. 이미 두 번의 파산을 겪으면서 그는 시세 차손을 지불하기를 깨끗이 거절했었고, 상황을 파악한 감독관은 인지가 붙은 공문서를 보내는 수고조차 하지 않았었다. 다시 말해 공소조차 제기되지 않았었다. 이익이 발생하면, 그는 즉시 그것을 호주머니에 넣었다. 그러나 손해가 발생하면, 그는 차손을 지불하지 않았다. 모두가 그런 사실을 아는 터라 체념하고 감수했다. 그러나 유명 인사인 그는 이사회에서 매우 훌륭한 장식적 역할을 하고 있었다. 그래서 황금 간판을 선호하는 신생 회사들이 앞다투어 그를 찾았다. 말하자면 그가 일 없이 지내는 날은 결코 없었다. 증권거래소에도 그는 자기 의자를 갖고 있었는데, 그것은 노트르담데빅투아르가로, 즉 그날그날의 소란에는 관심 없는 척하는 부유한 투기꾼들이 사는 지역 쪽으로 향하고 있었다. 그는 존경을 받았고, 자문을 받았다. 그리고 종종 시장에 영향을 끼쳤다. 한마디로 그는 저명인사였다.

그를 잘 알고 있었던 사카르는 예순 살의 이 멋진 노인, 거대한 상체 위에 놓인 아주 작은 머리, 갈색 가발을 쓰고 창백하지만 기품 있는 얼굴을 가진 이 노인이 그토록 정중하게 대접받는 것을 보고 깊은 인상을 받았었다.

"후작님, 긴히 간청드릴 일이 있어서 왔습니다……"

그는 방문의 동기만을 이야기할 뿐, 당장 세부 사항으로 들어가지는 않았다. 그런데 이야기를 꺼내자마자 후작이 그의 말을 잘랐다.

"아니, 아니요, 시간이 없습니다. 지금 이 순간에도 사양해야 할 제안이 열 개가 넘어요."

그러자 사카르가 미소 지으며 덧붙였다.

"저를 보낸 것은 데그르몽입니다. 그가 후작님을 생각하고 있습니다."

후작이 즉시 소리쳤다.

"아! 데그르몽이 합류했군요…… 좋아요! 좋아! 데그르몽이 참여한다면, 나도 참여하겠습니다. 나를 믿어요."

어떤 사업인지 알려주기 위해 방문객이 몇몇 정보를 더 제공하려 했지만, 후작은 세부 사항까지 알고자 하지 않으며 성실한 사람들을 당연히 신뢰하는 대영주의 호방함으로 그의 입을 막았다.

"괜찮소, 한마디도 덧붙이지 말아요…… 알고 싶지 않습니다. 당신들은 내 이름을 필요로 하고, 나는 당신들에게 그것을 빌려줄 뿐입니다. 그래서 나는 기분이 좋고, 그럼 된 것 아닙니까…… 다만 데그르몽에게 원하는 대로 일을 처리하라고 일러줘요."

다시 삯마차에 오르면서 사카르는 내심 쾌재를 불렀다.

'우리에게 비싼 대가를 치르게 하겠지만, 후작은 정말로 도움이 될 거야' 하고 그는 생각했다.

큰 목소리로 그가 말했다.

"마부, 죄뇌르가로 갑시다."

세디유의 집은 안마당 끝에 드넓은 일층이 있었고, 가게와 사무실도 거기에 있었다. 리옹 출신으로 아직도 리옹에 공장을 가지고 있는 세디유는 삼십 년 동안 성실하게 일한 뒤, 자신의 실크 사업이 파리에서 가장 유명하고 가장 탄탄한 것이 되었을 때 우연히 불처럼 타오르는 투기의 열정에 휩싸였다. 연달아 맛본 두 번의 이익이 그를 열광하게 만들었다. 고작 100만 프랑을 벌기 위해 삼십 년의 인생을 쏟을 필요가 있을까? 간단한 증권 거래로 한 시간 만에 그 돈을 수중에 넣을 수 있는데 말이다. 그때부터 그는 기왕에 획득한 인맥으로 잘 굴러가던 사업에 점점 더 흥미를 잃었다. 그는 이제 결정적인 한 방을 날릴 희망만으로 살았다. 그렇지만 주식 투자에서 불운이 닥쳤고 그것이 지속되었기 때문에, 그는 자기 사업의 이윤을 계속 소진하고 있었다. 이런 열기에서 가장 나쁜 것은 적법한 이익에 염증을 느끼며, 심지어 정확한 돈 개념을 상실한다는 것이었다. 리옹의 공장이 20만 프랑을 벌 때 주식 투기가 30만 프랑을 앗아간다면, 그로서는 숙명적인 파산을 맞이할 수밖에 없었다.

사카르가 보기에, 냉정함도 철학도 없는 투기꾼인 세디유는 당황하고 불안한 기색이 역력했다. 그는 불확실성이라는 병에 걸린 채 언제나 희망을 가지지만 언제나 손해를 보며 회한 속에서 살고 있었다. 세디유가 실패하는 것은 본질적으로 그가 정직한 사람이기 때문이었다. 4월 말의 정기거래 결제는 그에게 재앙 그 자체였다. 그렇지만 사카르가 말을 꺼내자마자, 풍성한 황금색 구레나룻을 가진 그의 기름진 얼굴이 흥분으로 발갛게 물들었다.

"아! 당신이 내게 행운을 가져다준다면 얼마나 좋을까!"

뒤이어 그는 공포에 사로잡혔다.

"아냐, 아냐! 나를 유혹하지 말아요. 나는 실크와 함께 칩거하고, 판매대에서 움직이지 않는 게 더 나아요."

그를 진정시키기 위해서 사카르는 아침에 마조의 사무실에서 만났던 그의 아들 귀스타브에 대해 이야기했다. 그러나 그것은 상인에게 또 하나의 슬픈 주제였다. 왜냐하면 그는 아들에게 가게를 맡기고 싶었지만, 쾌락과 환락을 좇는 아들은 벼락부자 자식 특유의 새하얀 치아, 재산을 갉아먹기에 좋은 새하얀 치아를 드러내며 상업을 업신여겼기 때문이다. 아버지는 아들이 금융 문제에 흥미를 느끼게 하기 위해 마조의 사무실에 취직시켰었다.

"그 녀석 어머니가 세상을 떠나고부터, 녀석이 내 마음에 들지 않는 짓을 하기 시작했습니다" 하고 그가 나직이 말했다. "결국 그 녀석은 증권 중개인 사무실에서 내게 필요한 일들을 배우게 되겠죠."

"자!" 갑자기 사카르가 다시 말했다. "우리와 함께하실 건가요? 데그르몽이 자기가 동참한다는 사실을 당신한테 전하라고 하더군요."

세디유는 떨리는 두 손을 하늘로 쳐들었다. 그러고는 욕망과 공포에 질린 목소리로 이렇게 말했다.

"물론이죠, 함께하겠습니다! 아시다시피 나는 함께하지 않을 도리가 없어요! 내가 거절하고 당신들이 성공한다면, 난 후회 때문에 병이 날 겁니다…… 내가 동참한다고 데그르몽에게 말해요."

다시 거리로 나섰을 때, 사카르는 회중시계를 꺼내서 겨우 네시밖에 되지 않았음을 확인했다. 시간도 있고 걷고 싶은 욕망도 일었기에, 그는 삯마차에서 내렸다. 그러고는 금세 후회했는데, 왜냐하면 서 있는 곳이 대로도 아닌데다, 또다시 우박이 섞인 소나기가 퍼부어 어느 현관으로 몸을 피하지 않을 수 없었기 때문이다. 파리에서는 도대체 날씨를 종잡을 수가 없어! 십오 분 동안 비가 쏟아지는 것을 바라보다가, 그는 조바심에 사로잡혀 지나가는 마차를 소리쳐 불렀다. 그것이 무개 사륜마차였던 탓에 가죽 앞치마로 두 다리를 덮어봐야 소용없었고, 결국 그는 온몸이 비에 젖은 채 삼십 분이나 일찍 라로슈푸코가에 도착했다.

주인이 아직 귀가하지 않았다며 하인이 안내한 대기실에서, 사카르는 천천히 걸으며 그림들을 구경했다. 그런데 매력적인 여자 목소리, 우울하고 깊은 음색의 강렬한 콘트랄토가 저택의 침묵을 뚫고 올라왔고, 그는 귀기울여 듣기 위해 열린 창문으로 다가갔다. 집의 여주인이 그날 저녁 어느 살롱에서 부를 노래를 피아노에 맞춰 연습하는 모양이었다. 이 음악으로 마음이 가라앉은 그는 데그르몽의 투자와 관련한 놀라운 이야기를 떠올렸다. 특히 그가 5000만 프랑을 빌려주고 주식 전부를 손에 넣었던 아다망틴 회사 이야기가 떠올랐는데, 그는 중개인들을 동원하여 그 주식을 다섯 번이나 팔고 되팔면서 자신이 시장을 만들고 자신이 가격을 정했었다. 그런 다음 결정적 순간에 주식을 모두 팔아치움으로써 주가는 300프랑에서 15프랑으로 곤두박질쳤고, 대번에 망해버린 순박한 개미 주주들 덕분에 엄청난 이익이 그의 수중에 들어갔던 것이다. 아! 강자야, 끔찍한 사내야! 부인의 목소리가 부드러운 탄식을 발했고, 때론 격정적 음조로, 때론 비극적인 음조로 계속 이어졌다. 살롱 한가운데로 되돌아온 사카르는 메소니에*의 그림 앞에 서서 시가를 10만 프랑으로 추정했다.

---

* 19세기 프랑스 화가이자 조각가.

그때 누군가 들어왔고, 방문객이 위레라는 사실에 그는 놀랐다.

"아니, 벌써 왔어요? 아직 다섯시가 안 됐는데…… 회의가 끝났소?"

"아! 그래요, 끝났습니다…… 말다툼이 벌어졌어요."

그러고서 그는 야당 의원이 계속 발언했었기 때문에, 루공은 틀림없이 내일에나 답변 기회를 가질 수 있으리라고 덧붙였다. 그런 사실을 알았을 때, 회의가 잠시 중단된 틈을 타서 그는 장관을 따라가 성가시게 조르기를 감행했었다.

"그래서요?" 사카르가 초조하게 물었다. "그 대단한 양반이 뭐라고 하던가요?"

위레는 즉시 대답하지 않았다.

"오! 그는 몹시 언짢은 상태였소…… 그래서 나는 차라리 그가 노여움을 참지 못한 채 나를 매몰차게 내쫓기를 바랐습니다만…… 어쨌거나 그에게 당신 문제를 이야기했죠. 당신이 그의 동의 없이는 아무것도 시도하지 않으려 한다고 말씀드렸소."

"그랬더니?"

"그러자 그가 내 두 팔을 꽉 잡고 나를 마구 흔들더군요, 내 얼굴에 대고 이렇게 소리치면서 말이오. '도대체 얼마나 혼이 나야 정신을 차릴까!' 그러고는 그 자리를 떠나버렸소."

얼굴이 하얗게 질린 사카르는 쓴웃음을 지었다.

"친절하시기도 해라."

"아무렴! 정말로 친절한 분이랍니다." 뒤이어 확신에 찬 어조로 의원이 말을 이었다. "내가 그토록 긴히 간청을 드린 적은 없었어요. 그러니 어른이 우리 이야기를 들어줄 수도 있지 않을까 싶습니다."

바로 옆 살롱에서 귀가한 데그르몽의 발소리가 들리자, 그가 목소리를 낮추며 이렇게 덧붙였다.

"나한테 맡겨요."

확실히 위레는 만국 은행 설립을 보고 싶고 그 사업에 동참하고 싶은 더없이 강한 욕망을 느끼고 있었다. 그는 자신이 이 일에서 맡아야 할 역할을 이미 알고 있었다. 그래서 데그르몽의 손을 잡자마자, 환한 얼굴로 두 팔을 허공으로 들어올렸다.

"성공!" 그가 외쳤다. "성공!"

"오! 정말이오? 얘길 해봐요."

"그래요! 우리가 바라는 대로 어른이 말씀을 했소. 그는 이렇게 대답했어요. '아우가 성공해야 할 텐데!'"

대번에 데그르몽의 얼굴이 밝아졌고, 기분좋게 되풀이했다. "아우가 성공해야 할 텐데!" 그 말에 모든 게 담겨 있었다. 동생이 어리석은 짓을 저질러서 실패하지 말아야 할 텐데, 혹은 동생을 내버려두겠어, 하지만 성공하도록 내가 도와야지. 어쨌든 잘됐어!

"친애하는 사카르, 우린 성공할 거요, 안심해요…… 이제 필요한 일을 시작합시다."

세 사람이 요점을 정리하기 위해 자리에 앉았을 때, 데그르몽이 일어나 창문을 닫으러 갔다. 왜냐하면 부인의 목소리가 점점 커졌고, 그들이 서로의 말을 알아듣지 못할 정도로 절망적 흐느낌이 끝없이 이어졌기 때문이다. 심지어 창문을 닫았음에도 이 은근한 비탄이 그들의 귀에 들렸고, 그런 가운데서 그들은 시가 500프랑짜리 주식 5만 주로 이루어진 자본금 2500만 프랑으로 금융회사, 즉 만국 은행을 설립하기로 결정했다. 게다가 데그르몽, 위레, 세디유, 드 보앵 후작과 더불어 그들의 몇몇 친구들이 신디케이트를 구성할 것도 합의했는데, 이 신디케이트는 주식의 팔할, 즉 4만 주를 매수해서 공유할 것이었다. 그래야만 주식 발행의 성공이 보장될 것이고, 나중에 주식을 보유하고 그것을 희소하게 만듦으로써 그들 마음대로 시가를 올릴 수 있을 것이었다. 다만 데그르몽이 4만 주에 대해 40만 프랑의 프리미엄, 즉 1주에 10프랑의 프리미엄을 요구했을 때, 모든 것이 깨질 뻔했다. 사카르는 격하게 항의하며 암소 젖을 짜기도 전에 암소를 울리는 것은 현명한 처사가 아니라고 말했다. 시작조차 이렇게 어려운데, 상황을 더 악화시킬 필요가 있을까? 그렇지만 그는 일이 언제나 그렇게 돌아간다며 그것을 자연스럽게 생각하는 위레의 침착한 태도를 보고 승복하고 말았다.

그들이 내일 엔지니어 아믈랭과 함께 다시 만나기로 하고 헤어지려는 참에, 데그르몽이 별안간 절망적인 태도로 자기 이마를 손으로 때렸다.

"이런, 콜프를 잊고 있었어! 아! 그가 날 용서하지 않을 거야, 그를 합류시켜야 해…… 사카르, 지금 당장 그의 집으로 가줘요, 제발. 아직 여섯시가 안 됐으니, 만날 수 있을 거요…… 그래요, 당신이 직접, 내일은 안 돼요, 오늘 저녁에. 왜냐하면 이 일은 그와 관련이 있고, 또 그가 우리한테 쓸모 있는 사람이기 때문이오."

행운의 날이 다시 오기 어려우리라는 사실을 알았던 사카르는 순순히 발걸음을 옮겼다. 그러나 지척에 있는 집으로 돌아갈 생각을 했었기에 삯마차는 이미 돌려보낸 터였다. 비가 그치는 기미라 그는 다시금 정복할 파리의 포석을 발밑에서 느끼고 싶어 걸어서 길을 내려갔다.

몽마르트르가에서는 다시 빗방울이 떨어진 탓에 파사주*를 통해 걸었다. 그는 베르도 파사주, 주프루아 파사주로 접어들었다. 이어서 파노라마 파사주에서 지름길로 비비엔가에 이르기 위해 측면 회랑을 따라갈 때, 그는 귀스타브 세디유가 어두운 골목길에서 나와 뒤도 돌아보지 않고 자취를 감추는 모습을 보고 놀랐다. 발걸음을 멈추고 가구 딸린 은밀한 여관을 쳐다보니 이번에는 베일을 쓴 작은 금발머리 여자가 거기서 나왔는데, 그 여자가 문구점의 예쁜 여주인 코냉 부인이라는 것을 그는 알아차렸다. 그러니까 그녀가 욕망에 사로잡힐 때 임시 애인을 데려오는 곳이 바로 여기였던 것이다, 뚱보 남편은 그녀가 청구서를 들고 뛰어다니는 줄 알고 있는데 말이다! 동네 한가운데 위치한 밀회 장소라니, 그것은 정말 제대로 선택된 장소로서 우연이 아니고는 발각될 수 없는 곳이었다. 사카르는 귀스타브를 부러워하면서 빙긋이 웃었다. 아침에는 제르멘 쾨르, 오후에는 코냉 부인…… 양다리를 걸치고 있잖아, 이 젊은이는! 자기도 그렇게 하고 싶은 욕망을 느끼며 그는 잊어버리지 않도록 두 번이나 여관 문을 다시 보았다.

비비엔가에서 콜프의 집으로 들어가려 했을 때, 사카르는 흠칫 놀라며 다시 발걸음을 멈추었다. 동화에 나오는 요정의 목소리를 닮은 청명한 음악이 땅 밑에서 올라와 그의 몸을 감쌌던 것이다. 상업과 투기로 얼룩진 동네에 끝없이 울려퍼지는 그 황금의 음악을 그는 아침에 이미 들은 바 있었다. 말하자면 하루의 끝이 하루의 시작과 재회하는 셈이었다. 이 소리가 길조라도 되듯, 그는 소리의 애무에 얼굴이 환하게 밝아

---

* 하늘을 투명한 유리로 가린 아케이드 상가를 가리킨다.

졌다.

때마침 콜프는 황금을 녹이는 지하 작업장에 있었다. 무람없는 친구로서 사카르는 그를 만나러 작업장으로 내려갔다. 헐벗은 지하에서는 두 개의 커다란 가스불만이 끊임없이 빛을 발했고, 두 주조공이 스페인 금화로 가득찬 함석 궤짝에서 삽으로 금화를 퍼내 네모난 대형 가마 위에 놓인 도가니에 던져 넣었다. 열기가 엄청났고, 낮은 궁륭형 천장 아래 울려퍼지는 황금의 음악 때문에 이야기하기 위해서는 목소리를 높이지 않으면 안 되었다. 현란하게 빛나는 용해된 금괴들, 네모난 황금 덩어리들이 증명서를 발급하는 화학자이자 화폐 검시관의 탁자를 따라 나란히 놓여 있었다. 아침부터 지금까지 600만 프랑의 금화가 용해되었지만, 은행가에게는 겨우 300~400프랑의 이익밖에 남지 않았다. 왜냐하면 황금 재정 거래를 가능하게 하는 두 시세의 차이는 천분의 일을 다투는 극히 미미한 것으로서 주조량이 엄청나야만 이익을 제대로 발생시키기 때문이었다. 그리하여 일 년 내내 아침부터 저녁까지 이 지하실에서 금화가 쨍그랑거리는 소리, 황금이 녹아내리는 소리가 들렸던 것인데, 거기서는 매매 상인의 수중에 소량의 황금을 넘길 유일한 목적으로 금화가 녹아 금괴로 변하고, 금괴가 녹아 금화로 변하는 과정이 끝없이 되풀이되었다.

덥수룩한 수염에서 불쑥 튀어나온 매부리코가 금세 유대인임을 짐작하게 하는 갈색 머리의 키 작은 남자, 콜프는 우박 같은 소리를 내는 황금 속에서 사카르의 제안을 즉시 받아들였다.

"좋습니다!" 그가 소리쳤다. "데그르몽이 함께하는 이상, 나도 기꺼이 함께하겠소. 나를 위해 이런 수고를 하다니 고맙군요."

서로의 말을 겨우 알아들은 그들은 이내 입을 다물었고, 너무도 맑게 울리는 금화 부딪치는 소리에 행복을 느끼며 잠시 서 있었다. 그 소리가 마치 끝없이 이어지는 바이올린의 고음처럼 그들의 살을 떨리게 하여 경련마저 일었다.

밖으로 나오자, 비가 그치고 5월의 맑은 저녁 특유의 아늑한 날씨가 사카르를 맞이했다. 그는 피로에 지쳐 집으로 돌아가기 위해 삯마차를 탔다. 힘겨웠지만 알찬 하루였어!

4

어려움이 연달아 나타났고, 사업은 지지부진했으며, 아무런 결론 없이 다섯 달이 흘러갔다. 벌써 9월 말이었다. 사카르는 열정에도 불구하고 지속적으로 나타나는 장애물에 분통을 터뜨렸으며, 확고하고 탄탄한 무엇인가를 설립하자면 끊임없이 드러나는 부차적인 문제들을 해결하지 않으면 안 되었다. 몹시 조바심이 난 그는 차라리 도르비에도 대공 부인과 함께 단둘이서 사업을 할 갑작스러운 생각에 이끌려 신디케이트를 포기할까 생각하기도 했다. 첫번째 주식 매수에 필요한 수백만 프랑을 소유하고 있었으니, 왜 그녀가 이런 멋진 사업에 그 돈을 투자하지 않을 것인가? 소액주주들이야 미래에 자본이 증식되었을 때 모으면 될 것이 아니겠는가? 그에게는 절대적 신념이 있었고, 그녀의 재산, 이를테면 그녀의 더욱 광범위한 자선으로 불어날 빈자들의 재산을 수십 배로 만들어줄 자신이 있었다.

그래서 어느 날 아침 사카르는 대공 부인의 거처로 올라갔고, 사업가 겸 친구로서 그녀에게 자신이 꿈꾸는 은행의 존재이유와 메커니즘을 설명했다. 그는 모든 것을 말했고, 아믈랭의 포트폴리오를 펼쳐 보여주었으며, 동방 회사 가운데 하나도 빼놓지 않고 이야기했다. 심지어 자신의 열정에 스스로 도취된 그는 성공에 대한 불타는 욕망으로 맹목적 신앙에 이르는 기벽에 굴복한 채, 예루살렘으로 교황청을 옮기자는 광적인 꿈까지 털어놓았다. 그는 생세퓔크르 은행이 확보해줄 예산으로 교황이 성지에서 군림하며 세계를 지배함으로써 가톨릭의 결정적 승리가 구현되리라고 말했다. 열렬한 독신자인 대공 부인은 이 지고한 계획, 이 건물의 웅대함을 듣고는 놀라지 않을 수 없었다. 건물의 어마어마한 규모가 그녀의 상상력을 자극했고, 그녀는 거대하고 쓸모없는 사치로 보이는 과업 속에 수백만 프랑을 쏟아붓고 싶은 마음이 들었다. 그 무렵 프랑스 가톨릭 신자들은 황제가 이탈리아 국왕과 맺은 협약, 일정한 보상을 받는 조건으로 로마에 진주하고 있는 프랑스군을 철수시키겠다고 한 협약에 충격과 분노를 느끼고 있었다. 확실히 이는 로마를 이탈리아에 넘겨주는 것이나 다름없었고, 벌써 사람들의 눈에는 로마에서 쫓겨나 거지꼴을 한 채 이 도시 저 도시를 전전하며 구걸하는 교황의 모습이 보이는 듯했다. 전 세계의 기독교인들이 영광스러운 주주가 되는 은행의 지원을 받아 교황이 예루살렘에서 대신관大神官이자 왕이 되는 것, 그것은 얼마나 경이로운 결말인가! 그것이 얼마나 아름다웠는지 대공 부인은 가문 좋은 신자라면 누구나 열광할 만한 더없이 위대한 생각이라고 그를 칭찬하기까지 했다. 그녀의 눈에 성공은 불을 보듯 환했다. 계율을 준수하는 독신자임을 알았기에 좋게 생각하고 있었던 엔지니어 아믈랭에 대해서는 그녀의 평가가 더욱 높아졌다. 그러나 그녀는 사업 동참을 깨끗이 거절했다. 그녀는 자기 돈이 마치 없애야 할 독극물인 양 가난이 모두 마셔버리기를 바라면서, 결코 자기 재산으로 한푼의 이자라도 발생시키는 법이 없이 모두 빈자들에게 돌려주겠노라는 자신의 서약에 충실하게 남고자 했다. 빈자들이 투기의 수혜자가 되리라는 논리는 그녀의 마음에 닿지 않았고, 심지어 분노를 자아냈다. 아니, 안 돼! 저주받은 샘은 고갈되지 않으면 안 되었고, 그녀는 그것과 다른 사명을 가슴에 품은 적이 없었다.

결국 쓸데없이 간청한 꼴이 된 사카르는 당황한 채 허락을 얻기 위해 이제 그녀의 호의에만 매달렸다. 원래 그는 만국 은행이 설립되면 그것을 바로 이 저택에 두려는 생각을 했는데, 사실 그의 머릿속에 그런 생각을 불어넣은 것은 카롤린 부인이었다. 애초에 그는 더 큰 건물, 궁전 같은 건물을 원했지만 말이다. 하지만 그는 일단 이 저택의 안마당을 유리창으로 둘러싸서 중앙홀로 사용하는 데 만족했다. 그리고 일층 전체, 마구간들, 마차 차고들을 사무실로 개조할 것이었다. 이층의 경우, 현재 자신의 살롱을 이사회 사무실로, 다른 여섯 개의 방을 일반 사무실로 만들고, 침실과 화장실만을 남겨둘 것이었다. 삼층에 있는 아믈랭 남매의 집은 음식을 먹고 저녁 시간을 보내는 공간이 될 것이었다. 그렇게 하면 적은 비용으로 약간 좁지만 매우 위엄 있는 은행을 설치할 수 있을 것으로 여겨졌다. 집주인으로서 대공 부인은 일체의 돈거래에 대한 증오감으로 당연히 그 제안도 거절했다. 자기 집에서 그런 가증스러운 사업을 벌이다니 있을 수 없는 일이었다. 그렇지만 바로 그날 종교가 사업에 포함되자, 그 장엄한 목적에 감동한 그녀는 마침내 동의했다. 그것은 상상하기 힘든 양보였고, 그녀는 금융회사, 증권과 투자 회사라는 끔찍한 기계, 파산과 죽음의 톱니바퀴를 자기 집에 둔다고 생각하니 소스라치게 몸이 떨렸다.

이윽고 이런 설익은 시도를 한 지 일주일이 지났을 때, 사카르는 지금까지 온갖 장애에 시달린 그 사업이 며칠 만에 갑자기 술술 풀려나가는 것을 보고 기쁘기 그지없었다. 어느 날 아침에 데그르몽이 찾아와 모두의 동의를 얻었으며, 이제 사업을 진행해도 좋다고 말했던 것이다. 그때부터 그들은 마지막으로 관련 법령을 검토했고, 사업자등록증을 만들었다. 생계가 다시 어려워지기 시작한 아믈랭 남매에게는 몹시 긴박한 시기였다. 몇 년 전부터 아믈랭이 가진 유일한 꿈은 큰 금융회사의 기술 고문이 되는 것이었다. 사카르에게 그런 꿈을 말했을 때, 회사 운영에 깊숙이 참여하는 일이 그에게 주어졌다. 그런 식으로 차츰 그는 사카르의 열정과 조바심에 휩쓸려들어갔다. 반면 그들이 완결할 아름답고 유용한 일에 대한 흥분이 지나가자, 카롤린 부인은 실행 과정에 닥쳐올 무성한 가시덤불과 깊은 늪을 상상하고 냉정한 얼굴로 생각에 잠기곤 했다. 게다가 그녀의 고결한 양식, 그녀의 올바른 천성이 온갖 어둡고 더러운 구멍의 냄새를 맡았다. 특히 자기가 무척 좋아하고 폭넓은 학식에도 불구하고 가끔 웃으며 "바보"라고 부르는 오빠를 그녀는 몹시 걱정했다. 그것은 남매의 운명을 위해 그토록 헌신적으로 일하는 친구 사카르의 성실성을 추호라도 의심하기 때문이 아니었다. 그녀는 땅이 흔들리는 듯한 기이한 느낌, 한 발이라도 잘못 디디면 바로 나락으로 떨어질 듯한 불안감에 휩싸였던 것이다.

그날 아침, 데그르몽이 떠나자 사카르는 환한 표정을 지으며 설계도가 있는 작업실로 올라갔다.

"자, 이제 됐어!" 그가 외쳤다.

감격에 겨워 눈이 촉촉해진 아믈랭은 그의 두 손을 부서져라 꽉 잡았다. 카롤린 부인이 약간 창백한 표정으로 그저 그를 향해 몸을 돌릴 뿐이었기 때문에, 그는 이렇게 덧붙였다.

"아니! 무슨 일이 있어요, 당신이 내게 말한 일이 진행되고 있잖소? 당신이 더 기쁘지 않아요?"

그러자 그녀는 가만히 미소를 지었다.

"그럼요, 기쁘죠, 기쁘고말고요."

이어서 그가 결정적으로 형성된 신디케이트에 대해 그녀의 오빠에게 자세히 설명했을 때, 그녀가 부드러운 태도로 말했다.

"그런데 은행 주식이 발행되기도 전에 그 주식을 서로 나누어가지기 위해 여러 사람이 결사체를 만드는 것이 합법적인가요?"

결연한 태도로 그가 긍정했다.

"물론 합법적이지요!…… 당신은 우리가 실패를 무릅쓸 정도로 어리석다고 생각하십니까? 시작이 어렵기 때문에, 우리는 시장의 지배자들, 기반이 탄탄한 사람들을 필요로 할 뿐이오…… 우리 주식의 팔할이 늘 확실한 사람들의 수중에 있게 된다 이 말입니다. 머잖아 우리는 공증인 사무실로 가서 사업자등록증에 서명할 수 있을 거요."

그녀가 용기를 내어 반박했다.

"법에 따르면 회사 자본 전부에 기명해야 하는 걸로 알고 있는데요."

그러자 몹시 놀란 표정으로, 그는 그녀를 정면으로 응시했다.

"요즘 법전을 읽고 있는 거요?"

그가 알아맞혔기 때문에, 그녀는 가볍게 얼굴을 붉혔다. 그 전날 정확하게 이유를 알 수 없는 은근한 공포와 불편에 사로잡힌 채, 그녀는 회사에 관한 법령을 읽었었다. 한순간 그녀는 거짓말을 하려 했다. 하지만 이내 웃으며 사실을 말했다.

"그래요, 어제 법전을 읽었어요. 나의 양심과 다른 사람들의 양심을 가늠하기 위해 읽었죠, 마치 온갖 질병 때문에 의학 서적을 읽듯 말예요."

그러나 그는 화를 냈다. 왜냐하면 정보를 얻으려 했다는 사실은 그녀가 그를 불신하며, 무엇인가를 캐내려는 여성 특유의 영리한 눈으로 그를 감시한다는 것을 뜻했기 때문이다.

"아!" 그가 헛된 양심 따위를 팽개쳐버리는 듯한 동작을 취하며 다시 말했다. "법전이라는 쓸데없는 형식을 모두 지켜야 한다고 생각하는군요! 그렇다면 우리는 단 두 발짝도 앞으로 나아가지 못할 거요, 걸음을 옮길 때마다 족쇄가 채워질 것이고, 그러는 동안 경쟁자들은 우리를 추월해서 성큼성큼 달아나버리겠지!…… 안 돼요, 안 돼, 난 모든 자본이 기명될 때까지 기다릴 수 없소. 우리가 주식을 확보해둬야 해요. 그래서 나는 우리의 명의 대여인, 즉 우리의 계좌를 우리 대신 가지고 있을 사람을 찾고 있소."

"그건 금지되어 있잖아요" 하고 예쁘지만 심각한 목소리로 그녀가 조용히 대꾸했다.

"그렇소! 금지되어 있지, 하지만 모든 회사가 그렇게 한단 말이오."

"그 회사들이 틀린 거죠, 잘못된 일이니까."

사카르는 애써 흥분을 억누르며 아믈랭을 향해 말문을 돌려야 한다고 생각했는데, 아믈랭은 아무런 개입 없이 가만히 듣고 있었다.

"이보시게, 나는 의심받고 싶지 않네…… 나는 경험 많은 베테랑일세. 사업의 재정적 측면에 관한 한, 내게 모든 걸 맡겨야만 해. 좋은 아이디어를 주시게. 그러면 나는 위험을 최소화하면서 거기서 바람직한 이득을 이끌어낼 걸세. 그 어떤 경험자도 나보다 더 잘할 순 없을 거야."

엔지니어는 스스로도 어쩔 수 없는 소심하고 유약한 천성 때문에 대화를 농담으로 이끌 뿐, 직접적으로 대답하기를 피했다.

"오! 카롤린이 진짜 감사 역할을 할 모양입니다. 카롤린은 타고난 여선생이거든요."

"그렇다면 난 기꺼이 그녀의 교실로 가겠소" 하고 사카르가 능란하게 받아넘겼다.

카롤린 부인도 소리 내어 웃었다. 대화가 화기애애한 분위기에서 계속되었다.

"이런 이야기를 하는 건 제가 오빠를 정말 사랑하기 때문이고, 당신이 짐작하는 것보다 더 당신을 좋아하기 때문이에요, 그 끝에는 재앙과 슬픔만이 남을 수상쩍은 사업에 두 사람이 휩쓸려들어간다면 저는 몹시 고통스러울 겁니다. 그러니 말예요! 우리가 그런 사업을 한다니, 투기, 증권 조작, 어쩌면 좋아! 저는 정말 무서워요. 당신이 저한테 정서하게 한 정관 계획안 8조에서 회사는 주식 선물거래를 엄격하게 금지한다는 것을 읽고 무척 기뻤거든요. 그건 바로 조작을 금지한다는 거죠, 안 그래요? 그런데 당신은 저를 비웃으며 환상에서 깨어나게 했죠.

그건 단순히 과시적인 조항일 뿐이라고, 모든 회사가 명예롭게 기재하지만 어느 회사도 지키지 않는 관행적인 양식일 뿐이라고 저한테 설명하면서 말예요…… 당신은 제가 무얼 원하는지 모르죠? 저는 당신이 5만 주가 아니라 채권만을 발행하기를 원해요. 오! 보시다시피 법전을 읽은 뒤로 저는 잘 알게 되었어요. 사람들이 채권에 대해서는 조작을 하지 않는다는 것을, 채권 소유자는 수익에 신경쓰지 않고 단순히 대여에 대해서 백분의 몇을 버는 대금업자일 뿐이라는 것을, 반면 주주는 수익과 손실을 셈해야 하는 출자자라는 것을 모르지 않아요…… 말해줘요, 왜 채권은 안 되죠? 채권이라면 안심할 수 있고, 행복하게 일할 수 있을 텐데!"

그녀는 간청을 즐겁게 과장함으로써 자신의 현실적 불안을 숨겼다. 사카르는 한결같은 어조로, 우스꽝스러운 열정으로 대답했다.

"채권, 채권이라! 절대로 안 돼요!…… 채권으로 도대체 뭘 하겠다는 거요? 채권은 죽은 물건인데…… 알아둬요, 투기와 작전은 우리 사업과 같은 거대 사업에서는 핵심 톱니바퀴요 심장 그 자체입니다. 그래요! 그것은 작은 도랑들을 통해 도처에서 피를 불러오고, 피를 축적하고, 강물로 불어난 피를 사방으로 보내고, 대사업의 생명 그 자체인 돈의 거대한 순환을 실현하죠. 그것 없이는 자본의 흐름도, 거기서 비롯되는 문명 전파 역사役事도 근본적으로 불가능해요…… 주식회사도 마찬가지입니다, 주식회사가 도박장이라고, 강도들이 출몰하는 위험한 장소라고 늘 사람들이 외치지요! 그렇지만 주식회사 없이는 우리가 철도도, 세계를 쇄신한 현대적 거대 기업도 가지지 못했으리라는 것은 분명한 사실입니다. 왜냐하면 그 어떤 부호도 그런 일을 수행하기에는 충분히 가지지 못했을 것이고, 그 어떤 개인도, 심지어 그 어떤 개인들도 그런 위험을 감수하려 들지 않았을 것이기 때문이죠. 위험, 모든 것이 거기에 달려 있습니다, 목적의 위대함도 마찬가지죠. 그 폭이 상상력을 자극하는 거대한 계획이 필요해요. 출자가 충분하지 않을 때, 출자를 증폭시키는 주사위 던지기, 굉장한 이득에 대한 희망이 필요해요. 그러면 열정이 불타오르고, 생명이 넘쳐흐르고, 각자가 돈을 가져오고, 당신은 이 땅을 다시 고칠 수 있죠. 당신은 거기서 어떤 악을 보는 겁니까? 감수된 위험은 의도적인 것이며, 무한히 많은 사람들에게 분할된 것이며, 각자의 재산과 용기에 따라 불균등하게 할애된 것이지요. 사람들은 손해를 보기도 하지만, 이익을 보기도 해요. 사람들은 좋은 번호를 기대하지만, 나쁜 번호를 뽑을 가능성도 염두에 두어야 하죠. 인류는 이보다 더 집요하고 이보다 더 뜨거운 꿈을 가진 적이 없어요. 운명을 시험하고, 기상천외한 착상에서 모든 것을 얻고, 왕이 되고, 신이 되는 꿈 말입니다!"

차츰 사카르는 얼굴에서 웃음을 지웠고, 몸을 곧추세웠으며, 허공에 대고 말하는 듯한 동작을 취하면서 서정적 열기로 타올랐다.

"봐요! 만국 은행과 함께 우리는 끝없는 대지, 아시아라는 낡은 세계 위에 진보의 곡괭이로, 연금술사의 몽상으로 돌파구를, 더없이 넓은 지평을 열 것이오. 물론 야망이 이토록 거대한 적은 없었고, 나도 동의하지만 성공과 실패의 조건 역시 이토록 모호한 적은 없었지. 하지만 바로 그 때문에 우리가 위험을 감수하는 것이고, 단언컨대 우리의 존재가 알려지자마자 대중은 전례없이 열광할 것이오…… 우리의 만국 은행을 봐요! 그것은 우선 온갖 은행 업무, 예컨대 대출 업무, 어음할인 업무를 다루고, 당좌예금을 수령하고, 공채를 매매하고 발행할 고전적인 은행이 될 겁니다. 그런데 내가 정녕 그것으로 만들고 싶은 연장은 바로 당신 오빠의 대역사를 발진시킬 기계란 말이오. 바로 거기에 만국은행의 진정한 역할, 확대되는 이득, 점증하는 지배력이 있어요. 요컨대 그것은 우리가 여러 나라에 설립하고, 주식을 발행하고, 우리의 생명과 주권을 보장해줄 금융회사들과 산업회사들에 도움을 제공하기 위해 설립되죠…… 이 눈부신 정복의 미래 앞에서, 당신은 내게 신디케이트를 만들고 신디케이트 구성원들에게 프리미엄을 주는 것이 적법한 것인지 묻는군요, 프리미엄은 모두 설립비로 들어갈 텐데 말입니다. 당신은 어쩔 수 없는 소소한 위반 행위, 명의 대여인의 도움으로 회사가 보유하는 것이 좋을 무기명 주식에 대해서 걱정하고 있어요. 그래요, 조작에 대항해서 싸워요, 맙소사! 내가 꿈꾸는 이 거대한 기계의 영혼, 온상, 불꽃이 도대체 누구의 것입니까!…… 사실 그 모든 것 또한 아무것도 아니죠! 기실 2500만 프랑이라는 이 빈약한 자본은 밑불을 만들기 위해 기계 아래로 던지는 작은 나뭇단에 지나지 않아요! 나는 우리의 조작을 강화함으로써 그것을 두 배로, 네 배로, 다섯 배로 만들고 싶어요! 우리에게는 우박처럼 쏟아지는 금화, 쉴새없이 굴러떨어지는 수백만 프랑이 필요해요, 우리가 동방에서 예의 경이로운 역사役事를 실현하고자 한다면!…… 아! 그렇고말고! 나는 사소한 피해에 대해 책임지지 않겠습니다, 몇몇 행인의 발이 삐는 걸 두려워한다면 결코 세계를 바꿔놓을 수 없습니다."

그녀는 그를 바라보았다. 삶에 대한 사랑, 강렬하고 적극적인 모든 것에 대한 사랑과 함께 열변을 토하고 신념에 찬 그가 아름답고 매력적이라고 생각했다. 그래서 그녀는 자신의 맑고 올바른 지성으로 받아들일 수 없음에도 그의 이론에 반박하지 않고 수긍하는 척했다.

"그렇군요. 제가 여자라는 걸 감안해주세요, 저는 치열한 삶의 투쟁이 두려워요…… 다만, 그렇지 않아요? 가능한 한 뭇사람들의 피해를 최소화하고, 특히 제가 사랑하는 사람들의 품성을 파괴하지 않도록 애써주세요."

자신의 열변에 취하고 이 거대한 계획에 의기양양해진 사카르는 마치 일이 순조롭게 이루어지기라도 한 듯 더없이 자애로운 표정을 지었다.

"두려워하지 말아요! 내가 냉혈한처럼 이야기하는 건 그저 웃기 위해서요…… 모든 사람이 부자가 될 겁니다."

이어서 그들은 취해야 할 조처에 대해 조용히 이야기를 나누었다. 회사가 설립되면 바로 다음날, 대사업을 신속히 진행하기 위해 아믈랭이 마르세유로, 그다음에는 동방으로 가기로 합의했다.

그러나 벌써 파리의 증권시장에서는 소문이 퍼졌고, 이 소문이 그가 한때 익사했었던 깊은 나락으로부터 그를 건져냈다. 처음에는 소곤거렸지만 점점 더 큰 목소리로 전달된 소문에 따르면 성공이 너무도 확실했기에, 옛날 몽소 공원 근처 저택에서 그랬던 것처럼 또다시 그의 집 대기실은 아침마다 청탁인들로 가득찼다. 그는 마조가 자기와 악수하기 위해 그리고 그날의 소식을 전해주기 위해 대기실로 올라오는 것을 보았다. 그는 또다른 증권 중개인들, 예를 들어 우레와 같은 목소리를 지닌 유대인 자코비, 아내를 몹시 불행하게 만든 그의 매제 빨간 머리 뚱보 들라로크를 맞이했다. 복도에서도 몸집이 작지만 매우 적극적인 금발머리 행운아 나탕송이 기다리고 있었다. 그리고 절망적인 상황에서 고역을 감수하는 불운한 증권 브로커 마시아도 아직 주문이 없음에도 날마다 모습을 드러냈다. 인파는 나날이 점증하고 있었다.

어느 날 아침, 사카르는 아홉시부터 대기실이 꽉 찬 것을 보았다. 아직 담당 직원을 고용하지 않았기 때문에, 하인의 도움이 있었음에도 불편한 것이 한두 가지가 아니었다. 그날 그가 사무실 문을 열었을 때, 장트루가 안으로 들어오려 했다. 그러나 그는 이틀 전부터 찾고 있던 사바타니가 기다리는 것을 보았다.

"미안합니다, 잠시만 기다리세요." 그는 전직 교수의 발걸음을 멈추게 하고 먼저 근동 사람을 맞이했다.

상대방을 불안하게 만드는 부드러운 미소와 함께 사바타니는 사카르의 말을 들었다. 사카르는 그를 잘 알고 있는 사람으로서 아주 명료하게 자신의 제안을 밝혔다.

"이봐요, 당신의 도움이 필요해요…… 우리에게 명의 대여인이 필요합니다. 내가 당신에게 계좌를 열어주고, 당신을 우리 주식 일부의 매수자로 만들겠소. 당신은 그저 펜을 놀려 이름만 쓰면 돼요…… 아시다시피 나는 단도직입적으로 말하는 사람이오, 나는 당신을 친구로 생각하고 있습니다."

젊은이는 기다란 갈색 얼굴 속에서 부드럽게 반짝이는 아름다운 눈으로 그를 바라보았다.

"선생님, 법은 형식적으로 현금 불입을 명하고 있죠…… 오! 제 입장 때문에 이 말씀을 드리는 건 아닙니다. 선생님은 저를 친구로 생각하시죠, 저는 그게 자랑스럽습니다. 무엇이든 선생님이 원하시는 대로 하세요!"

그러자 사카르는 그의 마음이 흡족하도록, 대금 지불 없이 자신의 주문을 받아준 마조가 그를 좋게 평가하고 있다는 사실을 말해주었다. 그런 다음 전날 함께 만났었던 제르멘 쾨르 이야기로 사바타니를 놀리면서, 그를 비범한 남자, 이를테면 스캔들이라면 사족을 못 쓰는 증권가의 여자들로 하여금 특별한 남자로 인식하게 만든 소문을 노골적으로 암시했다. 사바타니는 부정하지 않았고, 이 외설스러운 주제에 대해 음란한 웃음으로 대응했다. 그래요, 그래요! 이 여자들은 우스꽝스럽게도 꽁무니를 쫓아다니죠, 무슨 일이 있는지 확인하고 싶은가봐요.

"아! 그건 그렇고," 사카르가 말을 끊었다. "몇몇 작전을 규정에 맞추기 위해서 당신의 서명이 필요합니다. 예를 들면 소유권 이전 말이오…… 서명할 서류들을 당신 집으로 보낼까요?"

"물론입니다. 무엇이든 선생님이 원하시는 대로 하세요!"

그런 일을 해줄 때 대가가 없다는 것을 잘 알기 때문에, 그는 보수 문제를 제기조차 하지 않았다. 사카르가 시간 손실을 보상하기 위해 서명당 1프랑을 주겠노라고 했을 때, 그는 고갯짓으로 동의를 표했다. 그런 다음 미소 지으며 이렇게 말했다.

"선생님, 저는 선생님이 제게 조언을 해주셨으면 합니다. 선생님 하시는 일이 잘 돌아갈 때, 제가 정보를 구하러 오겠습니다."

"그렇게 해요." 그게 무슨 뜻인지 이해하는 사카르가 간단히 대답했다. "잘 가시오…… 주변 관리도 잘하고, 여자들에게 너무 깊이 빠지지 말아요."

다시 유쾌한 표정으로 그는 비상구를 통해 사바타니를 내보냈는데,

비상구는 내방객들로 하여금 다시 대기실을 가로지르지 않고 밖으로 나가게 해주었다.

이어서 사카르는 다른 문을 열고서 장트루를 불렀다. 여러 카페를 전전하느라 테이블에 소매가 해진 프록코트를 입은 장트루가 무일푼으로 고생하고 있음을 그는 한눈에 알아차렸다. 증권거래소는 그에게 여전히 못된 계모처럼 행운을 주지 않았지만, 그래도 부채꼴 모양으로 수염을 기른 그는 생기 있어 보였고, 냉소적이고 지적인 표정으로 간간이 전직 교수다운 수사학적 문장을 구사했다.

"곧 당신에게 편지를 쓰려 했소" 하고 사카르가 입을 열었다. "우리는 직원 리스트를 작성하고 있어요, 당신을 첫줄에 올려놓았소. 당신이 발행부에서 일해주었으면 해요."

장트루는 손짓으로 그의 말을 가로막았다.

"정말 친절하시군요, 고맙습니다…… 그런데 제가 제안드릴 사업이 하나 있는데요."

그는 곧바로 사업을 설명하지 않았고, 일반적인 문제부터 이야기했으며, 만국 은행의 설립에서 신문의 몫이 어떤 것인지 물었다. 그 질문을 듣자마자 사카르는 흥분하여, 대대적인 광고를 하는 데 찬성하며 동원 가능한 돈을 모두 거기에 쏟아부을 것이라고 말했다. 단 하나의 소문, 심지어 헛소문도 무시하지 말아야 했는데, 왜냐하면 모름지기 소리란 이로운 것이라고 확신하기 때문이었다. 모든 신문을 자기 것으로 만드는 것이 그의 꿈이었다. 하지만 그것은 너무 비싸리라.

"이봐요! 우리 광고를 효과적으로 할 방도가 있겠소?…… 광고는 헛된 일이 아니오. 그 문제에 대해서는 나중에 다시 이야기합시다."

"예, 원하신다면 나중에 말씀드리죠…… 그런데 선생님 소유의 신문, 제가 사장을 맡는 조건으로 선생님이 소유하실 신문에 대해서는 어떻게 생각하십니까? 매일 아침 한 페이지가 선생님에게 할애될 겁니다. 선생님을 찬양하는 기사들, 선생님에 대한 주목을 요구하는 간단한 단평들, 금융과 전혀 무관한 연구에서의 암시들, 경쟁자들을 쓰러뜨리며 승승장구하는 선생님을 위한 조직적 캠페인이 거기 기록되는 거죠…… 어때요, 관심 있으세요?"

"좋아요! 턱없이 비싸지만 않다면."

"아뇨, 비싸지 않습니다."

마침내 장트루는 제정에 대해 난폭하게 싸움을 걸었던 일단의 과격분자들, 즉 일군의 가톨릭계 인물들이 이 년 전에 창간한 신문 〈레스페랑스*〉를 언급했다. 그 신문은 성공하지 못했고, 폐간되리라는 소문이 끊임없이 돌고 있었다.

사카르가 다시 소리쳤다.

"오! 그 신문은 이천 부도 찍지 못하고 있잖소!"

"그렇습니다, 발행 부수를 늘리는 것이 우리가 할 일이죠."

"안 돼요. 이 신문은 우리 형을 진흙탕으로 밀어넣고 있소. 시작부터 형과 불화를 일으킬 수는 없는 일이지."

장트루는 가만히 어깨를 으쓱했다.

"그 누구와도 불화를 일으켜서는 안 되죠…… 선생님도 아시다시피 금융회사가 신문을 소유하면 정부를 지지하든 공격하든 전혀 문제되

---

* '희망'이라는 뜻.

지 않습니다. 신문이 호의적이라면, 정부와 코뮌이 발행하는 공채의 성공을 확실히 하기 위해 재무상이 꾸리는 모든 신디케이트에 그 금융회사가 가입되어 있는 게 확실하죠. 신문이 적대적이라면, 재무상은 그 신문이 대표하는 은행에 대해 온갖 경의를 표하며, 그 신문을 무장해제하고 우군으로 만들기 위해 흔히 더 많은 호의를 베풀게 되죠…… 그러니 〈레스페랑스〉의 색깔에 대해서는 걱정하지 마십시오. 신문을 가지세요, 그것이 힘입니다."

잠시 입을 다문 채, 사카르는 장트루의 아이디어를 완전히 자기 것으로 삼을 정도로 그 아이디어를 천착하고 자기 필요에 적합하게 만들면서 머리를 굴려 하나의 계획을 세웠다. 그는 뜨거운 논쟁을 잠재우면서 〈레스페랑스〉를 살 것이었고, 그것으로 형의 비위를 맞춤으로써 자기에게 감사하게 만들 것이었고, 그것의 가톨릭 냄새를 제거하지 않을 것이었고, 그리하여 종교적 관심을 이유로 언제든지 공격적으로 돌변할 수 있는 하나의 기계, 하나의 위협으로서 그것을 간직할 것이었다. 만약 형이 호의적으로 나오지 않는다면 그는 로마를 내세울 것이었고, 예루살렘으로의 교황청 이전이라는 위험한 도박도 불사할 것이었다. 요컨대 그것은 멋진 책략이 될 것이었다.

"매입이 가능하겠소?" 갑자기 그가 물었다.

"절대적으로 가능합니다. 그들은 진절머리를 내고 있어요. 신문은 이미 수입이 변변찮은 어떤 남자의 수중에 떨어졌는데, 그자는 대략 1만 프랑이면 신문을 넘겨줄 겁니다. 우리는 그 신문을 마음대로 요리할 수 있는 거죠."

다시 사카르는 잠시 생각에 잠겼다.

"좋아요! 그렇게 합시다. 약속을 잡아요, 그 남자를 여기로 데려오시오…… 그리고 당신이 사장 자리에 앉으시오, 우리 광고는 모두 당신에게 주도록 애쓰겠소. 나도 광고 수량이 가공할 수준에 이르기를 바라오. 오! 그렇소, 머잖아 우리는 신문을 제대로 굴릴 수단을 갖게 될 거요."

그는 자리에서 일어났다. 장트루도 파리의 진창길에 지친 낙오자의 과장된 웃음 아래 빵을 찾은 기쁨을 감추며 자리에서 일어났다.

"드디어 제 본래의 영역, 즉 사랑하는 문예의 영역으로 되돌아가게 되는군요."

"아직 아무도 채용하지 마시오." 사카르가 그를 출입구까지 안내하면서 다시 말했다. "그리고 내가 생각을 정리하는 동안, 당신은 내가 후견하는 탁월한 청년 폴 조르당을 만나서 우리 신문사의 문학 담당 기자로 만들어요. 내가 그 청년에게 편지를 써서 당신을 만나러 가라고 하겠소."

비상구를 통해 나가면서, 장트루는 두 개의 출구를 둔 사카르의 조처에 대해 놀라워했다.

"호오, 정말 편리하군요" 하고 장트루가 친근하게 말했다. "사람들을 감춰둘 수 있겠네요…… 아름다운 귀부인들, 예를 들어 조금 전에 대기실에서 인사를 나눈 산도르프 남작 부인 같은 귀부인들이 오시면……"

사카르는 그녀가 거기에 있다는 것을 모르는 체했고, 어깨를 으쓱하며 무관심을 표했다. 그러나 장트루는 히죽 웃으며 그 무관심을 믿지 않았다. 두 남자는 힘찬 악수를 교환했다.

혼자 남았을 때 사카르는 본능적으로 거울 앞으로 다가갔고, 아직 새치 하나 없는 머리칼을 들어올렸다. 사실 거짓말이 아니었는데, 그는 다시 사업에 몰두한 이후로 여자들에게는 거의 관심이 없었다. 그는 본의 아닌 애정 표현, 즉 프랑스에서 남자가 여자와 단둘이 있을 때 그녀를 정복하지 않는다면 바보로 통할 것을 염려해서 발휘하는 본의 아닌 애정 표현 외에는, 여자들에게 별다른 관심을 보이는 법이 없었다. 남작 부인이 들어왔을 때, 그는 매우 친절한 태도를 취했다.

"부인, 여기 앉으시죠……"

빨간 입술, 불타는 듯한 눈, 짙은 눈썹 아래 푸르스름한 눈꺼풀 등 그에게 부인의 모습이 그토록 매력적으로 보인 적은 결코 없었다. 그녀는 무엇을 원하는 것일까? 그녀가 방문의 목적을 설명했을 때, 그는 뜻밖의 용건에 잠시 놀라며 꿈에서 깨어났다.

"글쎄요! 선생님, 아무것도 아닌 일로 번거롭게 해드려서 죄송합니다. 하지만 같은 계층의 사람들끼리 이런 소소한 도움을 주고받는 것도 필요한 일이죠…… 선생님이 최근에 내보내신 주방장을 지금 제 남편이 고용하려고 해요. 그래서 선생님께 정보를 구하고자 왔습니다."

그는 유심히 질문을 들었다. 그런 다음 최대한 예의를 갖춰 답하면서 그녀에게서 눈을 떼지 않았는데, 왜냐하면 그것이 핑계에 불과하다고 추정했기 때문이다. 그녀는 주방장 문제가 아니라 분명히 다른 문제로 그를 찾아온 것이었다. 과연 그녀는 작전을 개시했고, 그녀에게 만국 은행에 대해서 말해준 공동의 친구 드 보앵 후작의 이름을 마침내 입에 올렸다. 돈을 투자하기도, 유망한 증권을 찾기도 너무 힘이 들어요! 이윽고 그는 그녀가 신디케이트 구성원들에게 할애되는 10퍼센트의 프리미엄과 함께 주식을 사고 싶어한다는 것을 알아차렸다. 더욱이 그는 계좌를 열어준다 해도 그녀가 대금을 지불하지 않으리라는 것을 잘 알고 있었다.

"제게는 개인적인 재산이 있습니다, 남편도 이래라저래라 하지 않는 재산이죠. 그것 때문에 골치가 아파요, 고백하자면 약간 재미있기도 하고요……안 그래요? 돈에 집착하는 여자, 특히 젊은 여자를 보면 놀랍고, 비난하고 싶은 마음이 들기 마련이죠…… 제게 조언해주려는 친구가 없어서 때로는 더없이 우울해요. 정보 부족으로 지난번 15일 정기거래 결제 때에는 상당한 돈을 잃기도 했답니다. 아! 선생님은 정보를 파악하기에 그토록 유리한 위치에 계시니까, 선생님이 친절을 베푸신다면, 선생님이……"

사교계 여인의 얼굴 아래 악착스럽고 열광적인 투기꾼 여자의 얼굴이 드러나고 있었다. 선조가 안타키아를 정복했었던 라드리쿠르 가문의 딸, 파리의 외국 이민자들이 우러러보는 외교관 아내의 얼굴 아래에서 과도한 물욕 때문에 모든 금융계 인사들이 탐탁잖게 여기는 청탁인의 얼굴이 드러나고 있었던 것이다. 그녀의 핏빛 입술, 그녀의 눈이 더욱 불타올랐고, 그녀의 욕망이 폭발해서 그녀 안의 열정적 여인을 흥분시켰다. 그는 순박하게도 그녀가 단순히 그의 사업에 동참하고 기회가 닿으면 증권거래소의 유용한 정보를 얻기 위해 자기 몸을 바치러 온 것으로 착각했다.

"당연히," 그가 소리쳤다. "제가 가진 모든 정보를 드리겠습니다, 부인."

그는 그녀의 의자 앞으로 다가가서 손을 잡았다. 불현듯 그녀가 정신을 차렸다. 아! 그게 아니었다, 그녀는 아직 거기까지 가지 않았었다, 언젠가 지금 통신으로 전해주는 정보에 대해 그녀가 하룻밤 향연으로 대가를 지불할 날이 따로 있으리라. 이미 그녀에게는 남편의 인색함 때문에 받아들일 수밖에 없었던 몹시 무뚝뚝한 성격의 검찰총장 델캉브르와의 관계라는 끔찍한 고역이 있었다. 게다가 그녀의 육체적 무감각, 남자에 대한 은밀한 경멸이 가짜 열정녀의 얼굴에, 그 창백한 피로에 언뜻 비쳤는데, 이제 그녀의 정념을 자극하는 것은 오직 투기의 희망뿐이었다. 그리고 자기 종족 특유의 자존심과 교육이 그녀로 하여금 자리에서 일어나게 했다. 기실 이 자존심과 교육 덕분에 그녀에게는 아직 추문이 많지 않았다.

"그렇다면 선생님은 그 주방장에게 만족하셨다는 거죠?"

사카르도 놀란 채 자리에서 일어났다. 도대체 그녀는 무엇을 기대했던 것일까? 아무런 대가도 없이 자기를 동참시키고, 자기에게 정보를 주기를 기대했다고? 결단코 여자들을 경계해야 해, 여자들은 시장에 더없이 나쁜 불신과 기만을 퍼뜨리니까. 그녀를 탐했음에도 그는 고집하지 않았고, 의미심장한 미소와 함께 고개를 숙였다. "좋을 대로 하십시오, 부인, 그 주방장이 마음에 드신다면……" 그런 뒤 목소리를 높여 이렇게 덧붙였다.

"다시 한번 말씀드리지만, 대단히 만족했습니다. 다만 내부 개혁 때문에 어쩔 수 없이 주방장을 내보낼 결심을 했었지요."

산도르프 남작 부인은 잠시 망설였는데, 그것은 자존심의 발휘를 후회했기 때문이 아니라 아마도 그 결과와 무관하게 사카르와 같은 자의 집을 방문한다는 것이 얼마나 순진한 일인가를 절감했기 때문이다. 그

점이 사려 깊은 여자라는 자부심으로 가득찬 그녀에게 스스로에 대한 분노를 불러일으켰다. 그녀는 마침내 자신을 내쫓는 정중한 인사에 대해 고개를 살짝 숙임으로써 답했다. 그가 그녀를 작은 문까지 배웅했을 때, 갑자기 그 문이 활짝 열렸다. 그날 아버지 집에서 점심식사를 하기로 한 막심이 복도를 통해 내밀하게 사무실로 들어왔던 것이다. 그는 남작 부인이 나갈 수 있도록 옆으로 비켜서며 인사했다. 뒤이어 그녀가 나가자 가볍게 웃음을 터뜨렸다.

"다시 사업이 시작되는 겁니까? 프리미엄을 누리시는 건가요?"

아직 새파랗게 젊은데도, 그는 쓸데없이 위험한 쾌락에 빠져 스스로를 탕진하지 않는 노련한 남자 특유의 침착한 분위기를 지니고 있었다. 그의 아버지는 그가 빈정거리며 우월한 태도를 취하고 있음을 알아차렸다.

"아니, 아직 아무것도 누리지 않았어, 물론 분별력을 발휘해서 그런 건 아냐. 알잖아, 네가 예순 살처럼 보이는 데 자부심을 느끼는 것처럼, 난 여전히 스무 살처럼 보이는 데 자부심을 느끼고 있으니까 말이야."

더이상 인생을 망치지 않으려는 견실한 청년의 단정한 태도로 막심은 계집애의 웃음처럼 구슬이 구르는 듯한 웃음, 비둘기의 울음처럼 모호하게 들리는 웃음을 더욱 크게 터뜨렸다. 아들로서 아무것도 불편한 게 없으므로, 그는 더없이 너그럽게 아버지를 대했다.

"그래요, 아버지가 옳아요, 그렇게 해도 피곤하시지 않다면…… 아시다시피 저는 벌써 류머티즘에 시달리고 있잖아요."

그런 다음, 안락의자에 편하게 앉으며 신문을 손에 들었다.

"저한테 신경쓰지 마시고 접견을 계속하세요. 방해가 되지 않도록 할 테니까…… 병원에 들렀는데 의사를 만나지 못했어요. 그 바람에 제가 너무 일찍 도착했습니다."

바로 그때 하인이 들어와서 보빌리에 백작 부인이 접견을 원한다고 알렸다. 노동 학교에서 그 고귀한 이웃을 만난 적이 있음에도 사카르는 흠칫 놀라며 즉시 안으로 모시라고 말했다. 이어서 하인을 다시 불러 배가 고프고 피곤하니까 나머지 손님들은 모두 돌려보내라고 지시했다.

백작 부인이 안으로 들어왔을 때, 그녀는 커다란 안락의자의 등받이에 감춰져 있는 막심의 존재를 알아차리지 못했다. 사카르는 그녀가 딸 알리스를 데리고 온 것을 보고 더욱 놀랐다. 그것은 접견에 엄숙한 분위기를 부여했다. 그만큼 두 여자는 몹시 슬프고 창백해 보였는데, 키가 크고 깡마르고 피부가 하얀 어머니는 시대에 뒤떨어진 모습이었고, 목이 지나치게 길고 벌써 늙어버린 딸은 전혀 생기가 없는 모습이었다. 사카르는 경의를 표하기 위해 서둘러 의자를 권하며 예의를 갖추었다.

"부인, 이렇게 뵙게 되어 영광입니다…… 제가 도움이 될 일이 있으면 좋겠습니다만……"

고고한 태도 아래 극도의 소심함을 감춘 채, 백작 부인은 마침내 방문 목적을 설명했다.

"선생님, 제 친구인 도르비에도 대공 부인과 이야기를 나누다가 선생님을 만나야겠다는 생각이 들어서 이렇게 찾아왔습니다. 고백하자면 처음에는 망설였는데, 왜냐하면 제 나이가 되면 생각을 바꾸기가 어렵기 때문이죠. 게다가 저는 제가 이해할 수 없는 것들에 대해서는 늘 극도의 공포심을 느끼거든요…… 결국 딸아이와 의논했고, 우리 가족의 행복을 보장하기 위해서는 제 불안감을 극복하는 것이 의무라고 생각하게 되었습니다."

그녀는 말을 계속했고, 대공 부인이 자기에게 만국 은행, 속인들에게는 다른 은행과 같아 보이지만 독신자篤信者들에게는 이론의 여지 없이 온당한 이유, 칭송의 대상이 될 고결한 목적, 더없이 소심한 사람들조차 침묵하게 할 고결한 목적을 지닌 만국 은행에 대해 어떻게 이야기했는지 전했다. 그녀는 교황도 예루살렘도 언급하지 않았다. 그것은 사람들이 입에 담지 않는 것, 신자들끼리만 조용히 소곤거리는 것, 그래서 열정을 더욱 뜨겁게 달구는 신비였다. 하지만 그녀가 하는 모든 말, 암시, 함의에서 희망과 신앙이 솟아나왔고, 그것이 새로운 은행의 성공에 대한 믿음 속에서 종교적 불꽃을 피워올렸다.

사카르는 그녀의 가슴속에 소용돌이치는 뜨거운 감정, 그녀의 떨리는 목소리에 놀랐다. 그로서는 주체할 수 없는 서정적 열정에 휩싸였을 때에만 예루살렘 이야기를 해왔었는데, 사실 그는 이 터무니없는 계획을 불신했고, 웃음거리가 될 수 있다고 생각하여 조롱에 찬 비판이 들리면 즉시 포기할 작정이었다. 그런데 딸을 데려온 이 성스러운 여인의 감동적 발걸음, 그녀, 그녀의 가족, 모든 프랑스 귀족이 경건하게 믿음을 행하고 있음을 이해시키는 그녀의 심오한 방식이 그에게 충격을 주었고, 순수한 꿈에 형체를 부여했으며, 그 꿈을 무한히 확장시켜나갔다. 그래, 지렛대가 있지, 그걸 사용하면 세계를 들어올릴 수도 있겠는걸! 그녀에게 빠르게 동화되면서, 그 역시 비교秘敎의 어휘로써 자신이 은밀히 추구하는 궁극적 승리에 대해 이야기했다. 그의 말은 열정으로 가득찼고, 교황 이야기로 자극된 신앙심이 그의 손에 넘겨준 행동 수단에 대해 그는 실제로 굳은 믿음을 갖기에 이르렀다. 그리고 자기 계획에 도움이 된다는 판단이 서자마자, 그는 기꺼이 신앙심을 내보였다.

"그런데 선생님," 백작 부인이 말을 계속했다. "저는 지금까지 불쾌하게 여겨온 짓을 하기로 결심했습니다. 그래요, 돈을 굴려 이익을 낸다는 생각은 결코 해본 적이 없어요. 이런 태도가 낡은 인생관으로, 어리석은 도덕적 거리낌으로 보인다는 것은 저도 잘 압니다. 하지만 어쩌겠어요? 갓난아기 때부터 믿어온 신앙에 반하는 짓을 하기란 쉬운 일이 아니죠, 저는 땅이란, 대토지란 오직 우리 같은 족속들을 살찌우는 것이라고 생각하고 있었어요…… 그런데 불행히도 그 대토지는……"

그녀는 가볍게 얼굴을 붉혔는데, 왜냐하면 그토록 조심스럽게 숨겨온 파산을 고백하는 데 이르렀기 때문이었다.

"대토지는 더이상 존재하지 않습니다. 우리는 너무나 큰 시련을 겪었어요…… 이제 우리에게 남은 것은 농장뿐입니다."

그러자 사카르는 그녀의 거리낌을 덜어주기 위해 한술 더 떠 이렇게 말했다.

"그렇지만 부인, 이제 땅에 기대어 살아가는 사람은 아무도 없어요…… 옛 토지 재산은 존재이유를 상실한 케케묵은 부의 형식입니다. 그것은 돈을 묶어두는 셈인데, 우리가 그것을 은행권으로, 그리고 온갖 종류의 상업 채권, 금융 증권으로 유통시킴으로써 가치를 수십 배나 증가시켰지요. 이렇게 해야 새로운 세상이 열릴 텐데, 왜냐하면 돈, 이리저리 흘러서 도처에 스며드는 현금 없이는 아무것도, 과학의 발전도 궁극적이고 보편적인 평화도 실현 불가능하기 때문입니다. 오! 토지 재산! 그건 이미 낡은 승합마차 꼴이 된 거죠. 100만 프랑의 토지를 가진 자는 죽고, 그 사분의 일의 자본을 좋은 사업에 투자한 자는 15퍼센트,

20퍼센트, 심지어 30퍼센트의 이익을 보며 삽니다."

가없는 슬픔에 휩싸인 채, 백작 부인은 천천히 고개를 끄덕였다.

"선생님의 이야기가 쉽게 이해되지는 않아요. 말씀드렸다시피 저는 이런 이야기를 금지된 악행처럼 불쾌하게 여겼던 시대의 사람입니다. 하지만 저는 혼자가 아니죠, 무엇보다 제 딸을 생각해야 해요. 몇 년 전부터 저축을 해왔는데, 오! 물론 얼마 안 되는 돈입니다만……"

그녀의 얼굴이 다시 붉게 물들었다.

"우리집 서랍 속에 2만 프랑이 있습니다. 훗날 그 돈을 그처럼 비생산적으로 잠자게 해서 후회할 수도 있겠다 싶어요. 제 친구가 이야기한 대로 선생님의 사업이 선량한 것인 이상, 선생님이 우리의 갈망, 우리의 열렬한 소원을 실현하기 위해 일하시는 이상, 제가 위험을 감수하고자 합니다. 1만 프랑 내지 1만 2000프랑어치 은행 주식을 제게 할애해 주시면 정말 고맙겠어요. 반드시 제 딸과 함께 여기로 오고 싶었던 건, 이 돈이 그애의 것이기 때문입니다."

그때까지 알리스는 그 총명한 시선에도 불구하고 마치 지워진 존재처럼 입을 열지 않고 있었다. 그녀가 애정이 깃든 비난의 동작을 취했다.

"오! 제 것이라뇨! 어머니, 어머니 것이 아닌 제 것이 도대체 어디에 있어요?"

"결혼도 해야지, 얘야."

"결혼하고 싶지 않다고 말씀드렸잖아요!"

그녀는 이 말을 너무도 빠르게 했고, 그 가냘픈 목소리에서 깊은 고독의 슬픔이 터져나왔다. 그녀의 어머니는 애달픈 눈빛으로 그녀의 입을 다물게 했다. 두 여자는 매일 함께 괴로워하면서도 감춰야 했던 문제에 대해 서로 속일 수 없었기에, 잠시 서로를 바라보았다.

사카르는 몹시 감동했다.

"부인, 부인에게 드리지 못할 주식이 어디에 있을까요. 그래요, 필요하다면 제 것이라도 나눠드려야지요…… 부인의 말씀이 너무도 감동적입니다, 그리고 저를 믿어주셔서 정말 영광입니다."

이 순간 그는 진실로 이 불행한 여자들에게 행운을 안겨주고자 했고, 그에게 그리고 그의 주변에 내릴 황금의 비로 그녀들을 적셔주고자 했다.

두 여자는 자리에서 일어나 뒤로 물러났다. 문턱에 이르러서야 백작부인은 지금까지 서로 이야기하지 않았었던 대역사에 대해 직접적으로 암시했다.

"로마에 있는 제 아들 페르디낭에게서 가슴 아픈 편지 한 통을 받았는데, 그에 따르면 우리 군대가 거기서 철수한다는군요."

"기다려주십시오!" 사카르가 확신에 찬 목소리로 말했다. "우리가 모든 것을 구해낼 것입니다."

그들은 서로 성심껏 인사했고, 그는 이번에는 비어 있으리라 생각한 대기실을 가로질러 층계참까지 그녀들을 배웅했다. 그러나 돌아올 때 그는 키가 크고 깡마른 쉰 살가량의 남자가 장의자에 앉아 있는 것을 보았는데, 노동자풍의 나들이옷을 어색하게 차려입은 그자는 가냘프고 창백한 열여덟 살의 예쁜 딸을 동반하고 있었다.

"무슨 일로 왔지요?"

아가씨가 먼저 자리에서 일어났고, 이 갑작스러운 접견에 압도된 남자는 말을 더듬으며 혼란스럽게 설명했다.

"모든 방문객을 돌려보내라고 지시했건만! 당신들이 왜 여기에 있지요? 일단 성함을 말해보시오."

"제 이름은 드주아입니다, 선생님. 제 딸 나탈리와 함께 왔습니다."

또다시 그가 뒤죽박죽으로 설명한 탓에 짜증이 난 사카르가 그를 문밖으로 내보내려 했을 때, 그때에야 마침내 그를 여기서 기다리게 한 사람이 그와 오래전부터 알고 지낸 카롤린 부인이라는 것을 알게 되었다.

"아! 카롤린 부인이 추천한 분이군요. 빨리 그렇게 말씀하셨어야죠…… 들어오시죠, 어서 들어오세요, 배가 몹시 고프거든요."

사무실에서 그는 드주아와 나탈리를 세워놓았고, 그들을 금세 내보내기 위해 자신도 앉지 않았다. 백작 부인이 나간 뒤 안락의자에서 일어나 있던 막심은 더이상 몸을 숨길 생각을 하지 않았고, 호기심에 찬 눈빛으로 새로운 방문객들을 빤히 바라보았다. 드주아는 자기 문제를 장황하게 이야기했다.

"사실인즉 이렇습니다, 선생님…… 제대를 한 후에, 저는 맥주 양조장을 운영하시던 카롤린 부인의 남편 뒤리외 씨의 사무실에 사환으로 들어갔습니다. 그다음에는, 중앙 시장의 화물 운송업자 랑베르티에 씨의 사무실에 들어갔지요. 그다음에는, 당신도 잘 아시는 은행가 블레조 씨의 사무실에 들어갔습니다. 그런데 블레조 씨가 두 달 전에 자살을 하는 바람에 직장을 잃었지 뭡니까…… 무엇보다 제가 결혼을 했었다는 사실을 말씀드려야겠군요. 그래요, 제가 뒤리외 씨 사무실에서 일하고 조제핀이 카롤린 부인도 잘 아시는 뒤리에 씨의 형수 레베크 부인

집에서 요리사로 일할 때, 그때 우리 둘이 결혼했습니다. 뒤이어, 제가 랑베르티에 씨 사무실에 있었을 때, 조제핀이 거기로 들어올 수 없었던 형편이라 그르넬의 의사 르노댕 씨 집에 잠시 자리를 잡았었지요. 뒤이어, 조제핀이 랑뷔토가의 트루아프레르 가게로 들어갔고, 불행히도 거기에는 저를 위한 일자리가 없었던지라……"

"요컨대!" 사카르가 말을 잘랐다. "저한테 일자리를 부탁하러 오신 거죠, 안 그래요?"

그러나 드주아는 요리사와 결혼하고 또 한집에서 그녀와 함께 지낼 수 없었던 불행, 자기 삶의 슬픔을 고집스레 설명했다. 그들은 결코 둘만의 방을 가진 적이 없었기 때문에 마치 결혼을 하지 않은 듯했고, 포도주 가게에서 서로를 만나는가 하면 부엌문 뒤에서 서로를 포옹하기도 했다. 그리고 딸 나탈리가 태어났는데, 여덟 살까지 유모에게 맡겨 두었다가 혼자 지내는 데 지친 아버지가 그녀를 비좁은 사환실로 데려갔다. 그렇게 딸아이의 진정한 엄마가 된 그는 주체할 수 없는 애정으로 그녀를 키웠고, 학교에 데려갔고, 갸륵한 정성으로 돌보았다.

"아! 딸아이가 저한테 얼마나 큰 기쁨을 주었는지 모릅니다, 선생님. 얘는 교육도 잘 받았고, 정숙합니다. 게다가 보시다시피 상냥하기 이를 데 없지요."

과연 사카르는 그녀가 매력적이라고 생각했는데, 연한 금발 고수머리 잔물결 아래 커다란 눈을 가진 그녀는 가냘프면서도 우아해 파리 거리의 황금색 꽃을 연상케 했다. 그녀는 아버지가 칭찬하도록 내버려 두었고, 얌전하게 굴지 않아서 이로울 게 없으므로 얌전하게 굴었지만, 두 눈의 광채에서 사납고도 은근한 이기심이 드러났다.

"그래서 말입니다, 선생님, 이 아이가 결혼할 나이에 이르렀고, 때마침 이웃에 사는 판지 제조업자의 아들이 청혼을 했습니다. 하지만 개업을 원하는 이 청년은 지참금으로 6000프랑을 요구하고 있지요. 지나친 요구는 아닙니다, 더 유복한 아가씨에게 구혼할 수도 있는 청년이니까요…… 제가 사 년 전에 아내를 잃었고, 아내가 요리사 수입으로 모은 돈을 우리에게 남겨주었다는 말씀도 드려야겠군요. 제 수중에는 4000프랑밖에 없습니다. 6000프랑이 못 되는 거지요, 청년은 조바심을 내고 있고, 나탈리도……"

몹시 차갑고 단호한 눈초리로, 미소 지으며 아버지의 말을 듣고 있던 아가씨가 별안간 고갯짓으로 동의를 표했다.

"정말예요…… 저도 힘이 들어요. 어떻게든 결말을 짓고 싶어요."

다시 사카르는 그들의 말을 끊었다. 그는 아버지가 둔하지만 매우 올바르고 선량하며 군대식 규율에 익숙한 사람이라고 판단했다. 더욱이 카롤린 부인이 추천했기에, 이의가 있을 수 없었다.

"좋습니다, 좋아요…… 머잖아 신문사를 차릴 텐데, 당신을 사환으로 쓰겠소…… 주소를 남겨두세요, 잘 가시오."

그렇지만 드주아는 자리를 떠나지 않았다. 그는 당황한 기색으로 말을 계속했다.

"정말 친절하시네요, 선생님. 나탈리를 결혼시키고 나면 일을 해야 하기 때문에 감사히 사환 자리를 받겠습니다. 그런데 제가 여기에 온 것은 다른 이유 때문입니다. 그렇습니다, 저는 카롤린 부인과 다른 사람들을 통해서 선생님이 대역사를 펼치실 것이며, 친구들과 지기들에게 원하는 것을 얻게 해주실 수 있으리라는 것을 알게 되었습니다. 그래서 말씀드리건대 선생님이 저희에게 은혜를 베풀어주시기를, 선생님이 저희에게 주식을 나눠주시기를……"

사카르는 두번째로 감동했는데, 첫번째보다, 즉 백작 부인이 딸의 지참금을 맡겼을 때보다 더 감동했다. 이 단순한 남자, 한 푼 두 푼 긁어모은 돈을 가진 이 군소 자본가야말로 신심 깊은 군중, 탄탄하며 헤아릴 수 없이 많은 고객을 이룰 거대 군중, 금융회사를 무적의 힘으로 무장시킬 광신도 군대가 아닐까? 이 선량한 남자가 광고를 하기도 전에 달려온다면, 정식으로 창구를 열면 도대체 어떻게 될까? 사카르는 감동에 젖어 이 최초의 군소 주주에게 미소 지었고, 거기서 대성공의 징조를 보았다.

"좋아요, 주식을 드리겠습니다."

뜻밖의 은총을 받은 듯, 드주아의 얼굴이 환하게 빛났다.

"정말 너그러우십니다. 그렇게 되겠지요? 여섯 달 만에 제가 가진 4000프랑으로 2000프랑을 벌어서 모자라는 돈을 메울 수 있겠지요? 선생님이 허락하시니까, 저는 지금 바로 주식을 사고 싶습니다. 제가 돈을 가지고 왔거든요."

그가 주머니를 뒤적이더니 봉투 하나를 꺼내 사카르에게 내밀었고, 사카르는 이 마지막 행동에 감탄해서 말문을 잃고 꼼짝하지 않았다. 이미 그토록 많은 돈을 약탈해온 이 잔혹한 해적도 자신을 신뢰해주는 이 남자를 부자로 만들 결심을 하며 마침내 선량한 웃음을 터뜨렸다.

"이보시오, 여기서 주식을 사는 게 아니라오…… 돈을 넣어둬요, 제가 당신 이름을 등재해놓을 테니, 나중에 적법한 시간과 장소에서 결제하면 됩니다."

드주아는 만족스러운 미소와 함께 천진난만한 눈을 반짝이고 있던 나탈리로 하여금 사카르에게 감사의 인사를 하게 했고, 사카르는 그들을 돌려보냈다.

마침내 아버지와 단둘이 남자, 막심은 조롱이 섞인 무례한 태도로 이렇게 말했다.

"이제 아가씨들에게 지참금까지 마련해주시네요."

"왜, 그러면 안 되니?" 사카르가 즐겁게 대답했다. "다른 사람들을 행복하게 만드는 건 좋은 일이야."

그는 사무실을 떠나기 전에 몇몇 서류를 정돈했다. 그런 다음, 별안간 이렇게 말했다.

"그런데 너는, 넌 주식을 원하지 않아?"

잰걸음으로 걸어가던 막심이 화들짝 놀라며 뒤돌아섰다.

"아니! 천만에요! 제가 바보인 줄 아세요?"

그의 대답이 불경스럽고 고약하다는 생각에 사카르는 화가 난 표정을 지었고, 이것은 진정으로 훌륭한 사업이며 다른 사람들처럼 아버지를 날강도로 여긴다면 그것은 어리석기 짝이 없는 일이라고 소리치려 했다. 그러나 그를 바라보면서 사카르는 스물다섯이라는 나이에 삶에 지쳐 얌전해지고 심지어 인색한 아들, 악행으로 너무나 늙어버리고 건강이 너무나 나빠져서 더이상 낭비도 쾌락도 감행하지 못하는 아들에 대한 연민에 사로잡혔다. 그리하여 마음이 가라앉고 자신의 주체할 수 없는 열정에 자부심을 느낀 그는 웃음을 터뜨리며 아들의 어깨를 두드렸다.

"자! 점심 먹으러 가야지. 류머티즘 잘 치료하렴."

이틀 후인 10월 5일, 사카르는 아믈랭과 데그르몽의 도움을 받아 생탄가의 공증인 를로랭 선생의 사무실을 방문했다. 사업자등록증이 접수되었는데, 그것은 만국 은행이라는 명칭으로 500프랑짜리 주식 5만 주—하지만 그 가운데 사분의 일, 즉 1만 2500주의 대금만 즉시 불입하면 되었다—로 분할된 자본금, 즉 2500만 프랑의 자본금을 보유한 회사를 설립하는 증서였다. 본사는 생라자르가의 도르비에도 대공 부인 저택으로 정해졌다. 사업자등록증에 맞추어 작성된 정관 사본이 를로랭 선생의 사무실에 제출되었다. 그날 가을 햇살이 무척이나 청명했고, 공증인 사무실에서 나온 세 남자는 여송연을 입에 문 채, 교실에서 도망쳐나온 중학생들처럼 삶의 행복을 만끽하며 쇼세당탱 대로와 거리를 천천히 거슬러올라갔다.

창립 주주총회는 그다음 주에, 블랑슈가의 파산한 작은 무도회장, 한 실업가가 전시회장으로 바꾸려 하고 있는 그 무도회장에서 개최되었다. 이미 신디케이트 구성원들은 그들에 의해 기명된 주식, 그들이 가지고 있지도 않은 주식을 판매한 터였다. 약 4만 주를 대표하는 백스물두 명의 주주가 참석했다. 총회에 참석하고 투표할 권리를 가지기 위해서는 20주만 보유하면 되었으므로 그들의 표는 이천 표에 해당했다. 그렇지만 보유 주식이 얼마든 간에 한 주주가 열 표 이상을 가질 수 없었기에, 표의 총합은 정확하게 말해 천육백마흔세 표였다.

사카르는 절대적으로 아믈랭이 회의를 주재해야 한다고 고집했다. 그는 자발적으로 군중 속에 스며들었다. 그는 엔지니어와 자기 명의로 각각 500주를 등록했는데, 대금 지불은 펜대를 놀리는 것으로 대신했다. 모든 신디케이트 구성원들이 그 자리에 있었다. 데그르몽, 위레, 세디유, 콜프, 드 보앵 후작, 그 모두가 각자의 명령하에 움직이는 일군의 주주들과 함께 있었다. 또한 거대 주식인수인 가운데 하나인 사바타니, 이틀 전부터 직무 수행중인 여러 고위 은행원들과 함께 있는 장트루가 눈에 띄었다. 내려야 할 결정이 사전에 모두 이루어졌기에, 창립 주주총회는 더할 나위 없이 조용하게, 간소하게, 화기애애하게 진행되었다. 만장일치로 자본의 통합적 인수 선언 및 주당 125프랑의 불입금 선언이 인정되었다. 뒤이어 엄숙하게 회사 설립이 선언되었다. 그런 다음 이사회가 구성되었다. 이사회는 스무 명의 이사로 구성되었는데, 그들은 연간 5만 프랑에 이르는 출석 수당 외에 정관 규약에 따라 수익의 10퍼센트를 받게 되어 있었다. 이것은 무시할 수 없는 혜택이므로, 신디케이트 구성원들은 저마다 이사회의 일원이 되기를 강력히 희망했다. 이사장으로 추대될 아믈랭과 함께 데그르몽, 위레, 세디유, 콜프, 드 보앵 후작이 당연히 리스트의 첫머리에 올라 있었으며, 그 외에 가장 말을 잘 듣고 가장 회사를 돋보이게 할 주주 가운데 선택된 열네 명의 덜 중요한 인사들이 리스트에 이름을 올렸다. 이윽고 은행장을 선출할 때가 되자 그때까지 어둠 속에 숨어 있던 사카르가 모습을 드러냈고, 아믈랭이 그를 추천했다. 공감의 속삭임이 그의 이름을 맞이했고, 이번에도 만장일치로 동의가 이루어졌다. 이제 두 명의 감사를 선출하면 되었는데, 감사는 결산에 대한 보고서를 총회에 제출하고 이사들의 회계 보고를 검토할 책임이 있었다. 무용하면서도 미묘한 책무였기에 사카르는 루소 씨와 라비니에르 씨를 지명했다. 전자는 후자에게 복종했고, 후자는 키가 크고 아주 예의바르며 언제나 찬성을 표하는 금발의 남자로서 업무를 요령 있게 수행하여 나중에 이사회에 들어갈 욕망에 사로잡혀 있었다. 루소와 라비니에르가 임명된 후 폐회가 선언되려는 참에, 의장은 신디케이트 구성원들에게 배당될 10퍼센트의 프리미엄, 즉 도합 40만 프랑에 이르는 프리미엄에 대해 이야기할 필요성을 느꼈다. 그는 그 돈을 회사 설립 비용으로 쓰자고 제안했다. 그것은 대수롭지 않은 일로서 이를테면 대를 위해 소를 희생하는 셈이었다. 소주주들이 양떼들의 발걸음 소리를 내며 먼저 나갔고, 대주주들이 뒤따라 나가 미소 지으며 인도 위에서 서로 악수를 교환했다.

이튿날 도르비에도 대공 부인의 저택에서, 회의실로 개조된 사카르의 옛 살롱에서 이사회가 열렸다. 초록색 벨벳 보에 덮이고, 똑같은 천을 깐 스무 개의 안락의자가 놓인 커다란 테이블이 회의실의 한가운데를 차지하고 있었다. 자그마한 초록색 실크 커튼 안쪽에 유리창이 달린 두 개의 서가 외에는 아무런 가구도 없었다. 진홍색 벽지가 방을 어두침침하게 만들었고, 세 개의 창문이 보빌리에 백작 부인 저택의 정원 쪽으로 나 있었다. 그 창문을 통해 정원수의 초록빛 그늘 아래 잠든, 낡은 수도원의 평화를 연상시키는 은은한 석양빛이 들어왔다. 방의 분위기는 검소하면서도 고상했고, 옛 시대의 격조가 느껴졌다.

이사들이 집무를 시작하기 위해 모였다. 네시 종이 울렸을 때, 거의 모든 이사들이 그곳에 와 있었다. 큰 키에 창백하고 귀족적인 작은 머리를 가진 드 보앵 후작은 옛 프랑스를 대표하는 듯했다. 반면 상냥한 데그르몽은 자신의 요란한 성공과 함께 제정의 번영을 대표했다. 평소보다 덜 괴로워 보이는 세디유가 이제 막 빈Wien 주식시장에서 배운 독특한 동작을 취하는 콜프와 함께 이야기를 나누고 있었다. 그들 주변에 무리를 이룬 다른 이사들은 이야기를 들으며 정보를 수집하거나, 그

자리에 참석한 이유가 오직 숫자를 채우고 전리품 배분의 날 자기 몫을 챙기는 것뿐이었기에 사적인 관심사를 화제로 삼았다. 여느 때처럼, 의회 위원회 회의가 끝나자마자 달려온 위레가 숨을 헐떡거리며 들어왔다. 그가 늦어서 미안하다고 말했고, 일동은 테이블 둘레에 놓인 안락의자에 앉았다.

최고 연장자인 드 보앵 후작이 이사장석, 즉 다른 의자보다 더 높고 더 황금색을 많이 칠한 의자에 자리를 잡았다. 사카르는 은행장으로서 후작의 맞은편에 앉았다. 후작이 이사장 선임에 착수하겠다고 말했을 때, 지체 없이 아믈랭이 후보직을 사퇴하기 위해 자리에서 일어났다. 여러 이사가 자기를 이사장으로 선임하려 한다는 것을 알고 있는 듯했다. 그는 자신이 이튿날 곧장 동방으로 떠나야 하고, 더욱이 회계, 은행, 증권거래소에 대해서는 절대적으로 경험이 부족하며, 끝으로 자신이 그 무거운 책임을 감당할 능력이 없다고 말했다. 사카르는 전날 이 일에 대해 아믈랭과 합의를 했기 때문에 깜짝 놀라며 그 말을 들었다. 그는 아마도 카롤린 부인이 오빠에게 영향을 끼쳤으리라 짐작했는데, 왜냐하면 아침에 둘이 함께 오래도록 대화하는 것을 보았기 때문이었다. 자기와 마찰을 빚을 수 있는 독립적인 다른 이사장을 원하지 않았던 까닭에, 사카르는 어쩔 수 없이 개입하여 이사장이 명예직이며, 총회에 출석하여 의례적인 인사말을 하고 이사회의 제안을 지지하면 된다고 설명했다. 게다가 여러 서명으로 이사장을 보좌할 부이사장도 선임할 참이었다. 그 나머지 일, 즉 회계, 증권거래소, 금융회사 내부의 세부 업무 등 순수하게 기술적인 일에 관한 한, 바로 그 일을 하기 위해 임명된 은행장이 있지 않은가? 은행장이 정관에 따라 사무실 업무를 지휘하고, 수입과 지출을 관리하고, 일상적 사업을 진행하고, 이사회의 의결을 확보하는 등 회사의 경영을 도맡아야 했다. 사카르의 의견이 타당한 듯했다. 그래도 아믈랭이 사카르만큼 길게 사퇴 이유를 늘어놓았기에, 데그르몽과 위레가 더없이 강한 어조로 사카르의 주장에 동의했다. 위엄 있는 표정의 드 보앵 후작은 아무런 사심이 없었다. 마침내 엔지니어가 굴복하며 이사장으로 선임되었다. 부이사장으로는 옛 정부 참사관이자 무명의 농학자인 로뱅샤고 자작이 선임되었는데, 그는 유순하고 인색한 사람으로서 탁월한 서명 기계였다. 서기로는 이사회 밖의 인물, 즉 은행 직원 가운데 발행국장이 임명되었다. 근엄한 분위기의 방안으로 이웃 정원의 슬픔 어린 초록빛 어둠이 들어왔을 때, 좌중은 그만하면 일이 잘되었다고 판단했고, 회의를 한 달에 두 번, 즉 15일에 소회의를 열고 30일에 대회의를 열기로 결정하고 헤어졌다.

사카르와 아믈랭은 설계도가 있는 작업실로 올라갔다. 카롤린 부인이 거기서 그들을 기다리고 있었다. 당혹스러워하는 오빠의 얼굴을 보고서, 그녀는 금세 오빠가 심약함으로 다시 한번 굴복했다는 사실을 알아차렸다. 그녀는 몹시 화를 냈다.

"이봐요, 말이 안 돼요, 이건!" 사카르가 소리쳤다. "이사장은 3만 프랑을 벌어요, 사업이 잘되면 두 배가 되죠. 당신들은 이런 이점을 무시해도 좋을 정도로 부자가 아닙니다…… 도대체 뭘 걱정하는 거요?"

"모든 게 걱정돼요." 카롤린 부인이 대답했다. "오빠는 그 자리를 맡지 않을 겁니다, 돈에 대해서는 제가 아는 바 없고…… 그래요! 당신이 오빠를 위해 등재해준 그 500주 말예요, 오빠는 대금을 지불하지도 않았죠. 그게 불법 아닌가요, 만약 일이 잘못되면 오빠에게 책임이 돌아가는 것 아닌가요?"

사카르는 껄껄거리며 웃었다.

"정말 재미있는 이야기군! 맞아요, 500주니까 6만 2500프랑을 불입해야죠! 여섯 달이 가기 전에 최초의 이득으로 오빠가 그 돈을 상환할 수 없다면, 우리는 무엇인가를 해보려고 애쓰기보다 당장 센강에 몸을 던지는 것이 좋을 거요…… 아닙니다, 당신들에게는 아무 일도 없을 거요, 투기는 서투른 자들만을 잡아먹는 법이라오."

방의 어둠이 짙어지는 가운데 그녀의 표정이 심각해졌다. 그러나 두 개의 램프가 들어왔고, 벽이 환하게 밝아져 그녀로 하여금 그토록 자주 동방을 꿈꾸게 했던 거대한 도면과 생생한 수채화가 드러났다. 평원은 여전히 헐벗은 상태였고, 산은 지평선을 가로막고 있었다. 그녀는 지금은 보물 위에 잠들어 있지만 이내 과학이 잠을 깨울 누추하고 무지한 그 낡은 세계의 비참을 떠올렸다. 동방의 잠을 깨운다는 것은 얼마나 거대하고 아름답고 멋진 과업인가! 하나의 비전이 그녀에게 새로운 세대, 즉 옛 땅에서 자랐지만 진보로 새롭게 단련된 더욱 강하고 더욱 행복한 인류를 보여주고 있었다.

"투기, 투기라." 그녀가 의혹에 시달리며 기계적으로 되풀이했다. "아! 정말 답답하고 괴로워."

그녀의 평소 생각을 잘 알고 있었던 사카르는 그녀의 얼굴에서 미래에 대한 희망을 읽었다.

"그렇소, 투기 말이오. 왜 이 말이 당신을 그토록 두려움에 빠지게 하는 걸까?…… 하지만 투기, 그것은 삶의 미끼이자, 우리로 하여금 투쟁하고 살게 만드는 영원한 욕망이라오…… 감히 한 가지 비유를 하겠소, 그러면 당신이 이해할 수 있을 것 같으니……"

그는 미묘한 양심의 가책에 사로잡힌 채 다시 소리 내어 웃었다. 그런 다음 여자들 앞에서는 다소 노골적이라 할 만한 예를 들었다.

"자, 생각해봐요…… 뭐랄까, 색욕이 없다면 아이를 많이 만들 수 있겠소? 백 명의 아이 만들기를 소홀히 하면, 한 명의 아이를 만들기도 힘든 법이오. 필요를 창출하는 것은 과잉이오, 그렇지 않소?"

"물론이죠" 하고 거북한 표정으로 그녀가 대답했다.

"바로 그거요! 투기가 없다면, 사업도 불가능해요…… 내게 특별한 즐거움, 내게 천국을 열어줄 돌연한 행복을 약속하지 않을 거라면, 도대체 왜 당신들은 나로 하여금 돈을 꺼내고, 위험을 감수하게 만드는 거요? 합법적이지만 변변찮은 임금, 일상적인 거래의 현명한 수지 균형, 그것만으로는 단조로운 사막, 일체의 힘이 잠들고 익사하는 늪이 생길 뿐입니다. 그게 아니라 열정적으로 지평선에서 꿈을 불태우세요, 1수로 100수를 벌어보세요, 그 모든 잠든 자들을 깨워 불가능을 좇게 하고 더없이 위험한 곳에서 단 두 시간 만에 수백만 프랑을 만지게 하세요. 경주는 이미 시작되었고, 에너지는 증폭되었고, 사람들이 엄청나게 몰려들었소. 이런 혼란을 틈타 단지 쾌락을 위해 땀을 흘리는데도 가끔 아이들이 생겨나죠, 위대하고 아름다운 생명 말입니다. 아! 그렇고말고! 무용해 보이는 더러운 짓거리라 해도, 확실히 그것 없이는 세상이 끝장나겠지요."

카롤린 부인은 얌전한 체하는 성격이 아니었기에, 웃음을 터뜨렸다.

"그렇다면," 그녀가 말했다. "당신의 결론은 그것이 자연의 이치인 이상 체념하고 감수해야 한다는 거군요…… 당신 말이 옳아요, 삶은 깨끗하지 않아요."

전진의 발걸음은 늘 피와 진창에서 옮겨졌다는 생각을 접하자, 진정한 용기가 그녀에게 생겼다. 벽을 따라서 그녀의 눈은 도면과 그림을 떠나지 않았고, 미래, 즉 항구, 운하, 도로, 철도, 공장처럼 설비를 갖춘 거대한 농장을 경영하는 회사, 새롭고 건강하고 지성적인 도시, 사람들이 오래도록 현명하게 살 수 있는 도시가 눈앞에 그려졌다.

"그래요." 그녀가 쾌활하게 다시 말했다. "여느 때처럼 제가 항복해야겠네요…… 하지만 우리가 구원받을 수 있도록, 조금은 선행을 하기로 하죠."

잠자코 있던 그녀의 오빠가 그녀에게 다가가서 포옹했다. 그녀는 손가락으로 그를 가리키며 나무랐다.

"아! 오빠는 정말 어리광쟁이야. 내가 오빠를 잘 알거든…… 내일 우리 곁을 떠나게 되면, 불안해하지 말고 여기 일은 잊어요. 거기서, 오빠가 일에 파묻히자마자 모든 게 잘 돌아갈 테니까. 오빠가 승리를 꿈꾸는 동안, 사업은 아마 우리 뜻대로 진행될 거예요."

"물론이지." 사카르가 즐거운 목소리로 소리쳤다. "내가 잘못된 행동을 할 때 나를 체포하기 위해서, 오빠가 내 곁에 당신을 헌병으로 둘 테니까 말이오!"

셋이 함께 웃음을 터뜨렸다.

"잊지 마세요, 제가 당신을 체포할 수도 있어요! 당신이 약속한 것을 기억하세요, 우선 우리에게, 그리고 다른 사람들에게, 예를 들면 제가 당신에게 추천한 선량한 드주아에게…… 아! 그리고 우리 이웃, 가련한 보빌리에 백작 부인 모녀에게도…… 오늘 모녀가 세탁비를 줄일 요량인 듯 요리사가 남루한 옷을 빠는 것을 지켜보고 있었거든요."

잠시 셋은 매우 화기애애하게 이야기를 주고받았고, 아믈랭의 출발이 확고하게 결정되었다.

사카르가 사무실로 내려갔을 때, 하인이 이사회 회의가 있으므로 주인 나리를 만날 수 없으리라고 말했음에도 여자 하나가 고집스레 그를 기다리고 있다고 알려주었다. 우선, 피곤에 지친 그는 화를 내며 그녀를 돌려보내라고 지시했다. 뒤이어, 성공을 위해 헌신할 의무가 있다는 생각, 자기 집 문을 닫는다면 운이 뒤바뀔 수도 있으리라는 염려가 그로 하여금 마음을 고쳐먹게 했다. 청탁자들의 수효는 매일 증가했고, 이 군중이 그에게 도취감을 안겨주고 있었다.

램프 하나만이 사무실을 비추었기에, 그의 눈에는 방문객이 잘 보이지 않았다.

"저를 보낸 분은 뷔슈 씨입니다, 선생님……"

분노가 그를 자리에 앉지 못하게 했고, 그녀에게 앉으라고 자리를 권하지도 못하게 했다. 거대한 몸집에서 울려나오는 가느다란 목소리로 그녀가 메셍 아줌마임을 알아차렸던 것이다. 말도 안 되는 주주, 파운드로 무게를 달아 주식을 사들이는 웃기는 매수자!

그녀는 만국 은행의 주식 발행에 대한 정보를 얻기 위해 뷔슈가 자기를 보냈다고 태연히 설명했다. 아직도 매수 가능한 증권이 남아 있을까? 신디케이트 구성원들에게 예정된 프리미엄과 함께 그것을 매수할 수 있을까? 그러나 이런 말은 들어와서 집을 보고, 사카르가 무슨 일을 하는지 염탐하고, 사카르를 살펴보기 위한 구실에 지나지 않았다. 왜냐하면 기름진 얼굴에 가늘게 뚫린 그녀의 작은 눈이 사방을 뒤졌고, 그에게로 되돌아와 영혼까지 들여다보려 했기 때문이었다. 뷔슈는 사카르가 저버린 아들 문제를 손에 쥐고 오랫동안 기다린 끝에 마침내 행동하기로 결심했고, 그녀를 척후병으로 보낸 것이었다.

"더이상 아무것도 없소" 하고 사카르가 거칠게 말했다.

그녀는 더 알아낼 게 없고, 무엇인가를 시도하지 않는 게 좋을 듯했다. 따라서 그에게 자기를 쫓아낼 시간을 주지 않기 위해 스스로 문을 향해 걸어갔다.

"왜 당신은 당신 자신을 위한 주식을 내게 요구하지 않소?" 그녀에게 상처를 주고자 그가 다시 말했다.

발음이 불명확한 목소리로, 조롱하는 듯한 날카로운 목소리로 그녀는 대답했다.

"오! 그건 제 분야가 아니랍니다. 기다리는 게 제 전공이죠."

그 순간 그녀가 늘 들고 다니는 낡고 커다란 가죽가방을 보았기 때문에, 그는 전율에 사로잡혔다. 모든 것이 바람대로 진행된 오늘, 그토록 염원하던 금융회사의 탄생을 드디어 목도하게 되어 행복을 느꼈던 오늘, 이 늙은 망나니 여자가 요람 속의 공주에게 저주의 주문을 거는 사악한 요정 역할을 할 참이란 말인가? 그녀가 이제 막 탄생한 은행 사무실로 들고 온 그 가죽가방 안에 저평가 증권, 법정관리 주식이 가득 들어찬 것이 느껴졌다. 그가 보기에, 금융회사가 망하는 날 자기 주식을 그 가방에 가득 채우기 위해 그녀가 언제까지라도 기다리겠노라고 시위하는 듯했다. 그녀는 먹어치울 시체가 생길 것을 알기 때문에 전진하는 군대와 함께 떠나고, 대량 학살이 일어날 때까지 그 군대를 집요하게 뒤따르고, 유유히 활공하다가 갑자기 달려드는 까마귀를 연상시켰다.

“안녕히 계세요, 선생님.” 물러나면서 메셍 아줌마가 숨차지만 아주 예의바른 목소리로 말했다.

5

한 달이 지난 11월 초순, 만국 은행 개조 공사는 아직 완료되지 않은 상태였다. 여전히 소목장이들이 내장 공사를 하고 있었고, 칠장이들이 안마당을 개조한 중앙홀의 유리창 지붕을 접합하고 있었다.

이런 느릿느릿한 진행은 사카르의 욕심 때문이었는데, 인색한 시설이 못마땅했던 그가 좀더 사치스러운 설비를 갖추고자 공사를 연장했던 것이다. 거대함을 향한 자신의 끝없는 욕망을 채우기 위해 벽을 밀어낼 수도 없는 노릇이었기에, 그는 울화통을 터뜨리며 건축업자들을 해고하는 고역을 카롤린 부인에게 떠맡겼다. 그래서 카롤린 부인이 마지막 창구 설치 공사를 감독하게 되었다. 그것은 특별한 창구들이었다. 중앙홀로 개조된 안마당은 그 창구들로 둘러싸였고, 검은색 글씨를 새긴 예쁜 동판이 걸리고 창살이 쳐진 창구들은 근엄하고 고상한 분위기를 자아냈다. 요컨대 시설은 협소한 공간에 마련되었지만 다행스럽게도 훌륭했다. 일층에는 고객 관계 업무가 이루어지는 사무실, 즉 여러 계산대, 발행부서, 은행의 일상적 업무가 이루어지는 사무실들이 있었다. 위층에는 은행장실, 통신부서, 회계부서, 분쟁 사무실, 직원 사무실 등 일종의 내적 기구가 자리했다. 그 비좁은 공간을 도합 이백 명 이상의 직원들이 오고갔다. 사금을 걸러내는 통 속에서 황금이 쨍그랑거리는 소리를 내는 동안, 여전히 노동자들이 못을 박으며 소란스럽게 일하는 가운데 입장객을 놀라게 했던 것은 교회당 제의실의 향기를 풍기는 엄숙한 분위기, 옛 시대의 정직한 분위기였는데, 이는 그 장소, 즉 습하고 어두운 고택, 이웃 정원수 그림자가 드리운 고요한 고택에서 비롯됨이 틀림없었다. 입장객은 모두 성소로 들어서는 느낌을 받았다.

어느 날 오후, 증권거래소에서 돌아오던 사카르 자신이 이런 느낌에 사로잡혔기에 깜짝 놀랐다. 그것은 황금 장식의 부재를 아쉬워하던 그에게 상당한 위로가 되었다. 그는 카롤린 부인에게 자신의 만족감을 털어놓았다.

"그러니 말이오! 시작치고는 정말 멋진 시작이오. 가족끼리 있는 기분도 들고, 마치 진짜 작은 예배당에 있는 것 같소. 두고 봅시다…… 오빠가 떠난 뒤로 당신이 보여준 노고에 대해 정말 고맙게 생각하고 있어요, 사랑스러운 나의 친구."

뜻밖의 상황을 활용하는 것이 그의 원칙이었기에, 이후 그는 저택의 엄숙한 외관을 발전시키려고 애쓰는 한편 모든 직원들에게 젊은 성직자의 태도를 취하도록 요구했다. 이제 모두가 절제된 목소리로 말했고, 성직자처럼 신중한 태도로 돈을 주고받았다.

자신의 파란만장한 인생에서, 사카르는 결코 요즘처럼 정력적인 활동으로 분투노력한 적이 없었다. 직원들이 출근하기 전에, 심지어 사환 아이가 불을 켜기도 전에 아침 일곱시부터 그는 사무실에 나와 우편물을 뒤적였고, 가장 급한 편지에 답했다. 그런 다음 열한시까지 끝없이 접견이 이어졌는데, 그는 지시를 받으러 오는 은행 내부의 부서장들 외에도 친구들, 유력 고객들, 증권 중개인들, 장외 주식 중개인들, 증권 브로커들 등 숱한 금융계 종사자들을 만나지 않으면 안 되었다. 잠시 쉴 틈이 생기면 즉시 자리에서 일어나 여러 사무실을 빠른 속도로 순시했다. 직원들은 시도 때도 없이 불쑥 모습을 드러내는 은행장 때문에 공포에 질려 있었다. 열한시에 그는 카롤린 부인과 함께 점심식사를 하러 올라갔고, 살찌지 않은 남자의 여유로써 많이 먹고 많이 마셨다. 꽉 찬 스케줄에 비추어 이 시간 또한 잃어버리는 시간이 아니었으니, 왜냐하면 그의 말마따나 사랑하는 친구의 이야기를 듣는 시간, 다시 말해 자신의 지혜를 활용하지 못하는 한이 있더라도 사람들과 일에 대해서 그녀의 의견을 구하는 시간이었기 때문이다. 정오에 그는 증권거래소로 갔고, 첫 고객 가운데 하나로서 상황을 보고 이야기를 나누고자 했다. 그는 공개적으로 투기를 하지는 않았고, 분명히 은행 고객들을 만나는 약속의 형식을 취하면서 그곳에 머물렀다. 하지만 그의 영향력은 이미 인정되었기에, 그는 수백만 프랑의 돈방석에 앉은 승리자로서, 강자로서 그곳에 돌아온 셈이었다. 꾀바른 자들은 그를 쳐다보며 서로 나직이 이야기를 나누었고, 기이한 소문들을 귀에 속삭였으며, 그가 패권을 장악하리라고 예측했다. 세시 반경, 그는 여느 때처럼 은행으로 되돌아가 지겨운 서명 작업에 매달렸다. 이 기계적인 손놀림에 너무도 익숙해진 그는 서명을 멈추지 않은 채 생각을 정리하고 자유롭게 말하면서 직원들을 불렀고, 답변을 주었고, 문제를 해결했다. 여섯시까지 방문객들을 맞이했고, 하루의 업무를 마무리했으며, 이튿날의 업무를 준비했다. 그러고서 그는 다시 카롤린 부인 곁으로 올라가 열한시의 식사보다 더욱 풍요로운 식사, 즉 양질의 생선, 특히 불치 고기, 하루의 기분에 따라 변덕스럽게 선택되는 부르고뉴 포도주, 보르도 포도주, 샴페인 등 다양한 술을 즐겼다.

"정말 얌전하지 않소!" 때때로 그가 웃으며 소리쳤다. "여자들 꽁무니를 따라다니거나 사교계에 들락거리거나 극장에 쏘다니는 대신, 이렇게 당신 곁에서 점잖은 신사로서 살고 있으니까 말이오…… 그걸 오빠에게 부치는 편지에 써줘요, 그래야 오빠가 안심을 하지."

그는 스스로 주장하는 만큼 얌전하지는 않았는데, 벌써 오페레타 극장 부프 파리지앵의 귀여운 여가수를 탐내고 있었던 것이다. 게다가 어느 날 제르멘 쾨르의 집에서 자제심을 잃은 적도 있었다. 물론 만족감을 얻지는 못했었지만 말이다. 사실 그는 저녁이면 피로에 지쳐 쓰러지곤 했다. 너무도 성공을 열망하며 살았기에, 스스로 이론의 여지 없는 승자라고 느끼지 못하는 한 다른 욕망이 감소하거나 마비되어도 그로서는 어쩔 수 없었다.

"글쎄요!" 카롤린 부인이 쾌활하게 대답했다. "오빠는 너무도 얌전하게 행동해서 얌전함이 타고난 천성이 되고 말았거든요, 장점이 아니라…… 어제 오빠에게 당신이 이사회 집무실에 다시 금칠을 하지 않기로 결정했다고 썼어요. 오빠가 기뻐할 겁니다."

11월 초의 몹시 추웠던 어느 날 오후 카롤린 부인이 칠장이 우두머리에게 이사회 집무실의 칠을 좀 씻어내라고 지시하고 있었을 때, 누군가 그녀에게 명함 한 장을 전달하며 명함을 준 사람이 반드시 그녀를 만나겠다고 고집을 피운다고 말했다. 깨끗하지 못한 상태의 명함에는 뷔슈라는 이름이 거칠게 인쇄되어 있었다. 이런 이름을 알지 못했지만, 그녀는 손님을 맞이하는 오빠의 사무실로 그 사람을 올라오게 했다.

뷔슈가 여섯 달 전부터 기다리기만 하면서 사카르의 사생아 발견이라는 특별한 사건을 이용하지 않았던 것은 무엇보다 그가 예감했던 이유, 즉 사카르에게서 단지 아이 어머니 앞으로 서명된 600프랑짜리 어음만을 지불받는 미미한 결과, 그리고 사카르를 협박해서 수천 프랑의 합리적인 금액을 얻어내기가 엄청나게 어려울 것이라는 전망 때문이었다. 온갖 족쇄에서 자유롭고 추문이 별로 두렵지 않은 홀아비, 어떻게 그에게 겁을 주고, 어떻게 그로 하여금 진흙탕에서 자라나 포주나 살인자가 될 아이, 사생아라는 그 불행한 선물에 대해 값비싼 대가를 치르게 할 것인가? 메셍 아줌마가 어렵사리 약 6000프랑에 달하는 비용 계산서를 작성했었다. 아이의 어머니이자 자기 사촌동생인 로잘리 샤바유에게 빌려준 수많은 20수짜리 동전, 사촌동생의 질병 간호, 그녀의 장례식, 그녀의 묘지 유지에 들어간 돈, 그리고 자기가 빅토르를 떠안게 되고부터 음식, 의복, 생필품을 아이에게 제공하느라 지출한 돈이 그것이었다. 그러나 사카르에게 다정한 부성애가 없을 경우, 그가 자기들을 쫓아내지 않으리라고 어떻게 장담할 수 있겠는가? 왜냐하면 아버지와 아들이 닮았다는 것 외에 부자 관계를 입증할 방법이 없었기 때문이다. 그리고 그가 시효를 인정하지 않는다면, 그들은 어음 금액 외에 아무것도 지불받지 못하게 될 수도 있을 것이었다.

다른 한편 뷔슈가 그토록 늑장을 부린 것은 폐결핵으로 쓰러진 동생 시지스몽 곁에서 끔찍하게 불안한 몇 주일을 보냈기 때문이기도 했다. 특히 보름 동안 그 치밀한 투기꾼은 모든 것을 팽개쳤고, 얽히고설킨 수많은 거래를 모두 잊었고, 더이상 증권거래소에도 나타나지 않았고, 채무자를 추격하지도 않았으며, 오직 환자의 머리맡에 앉아 마치 어머니처럼 그를 돌보고 회복시키는 데 전념했다. 평소에는 끔찍하게 인색한 그가 돈을 물쓰듯 쓰며 파리의 일급 의사들을 불렀고, 약사에게 효과만 좋다면 더 비싼 약을 달라고 했다. 의사가 일체의 노동을 금지했음에도 시지스몽이 일을 하겠다고 고집을 부렸을 때, 그는 동생의 원고와 책을 다른 곳에 감춰두었다. 그러자 둘 사이에 일종의 속임수 전쟁이 벌어졌다. 피로에 지친 보호자가 잠들자마자, 땀에 젖고 신열에 들뜬 청년은 연필과 신문지 여백을 찾아 계산을 했고, 자신의 정의로운 꿈에 따라 부를 분배했으며, 각자에게 자기 몫의 행복과 생명을 보장했다. 그러다가 잠에서 깬 뷔슈가 동생의 상태가 악화된 것을 보고 화를 냈고, 자기가 얼마 남지 않은 동생의 생명을 그처럼 허망한 몽상에 주었다고 생각하며 가슴 아파했다. 그토록 어리석은 짓으로 놀이를 하는 것, 그는 동생이 건강할 때에는 어린아이에게 인형놀이를 허용하듯 그것을 허용했다. 하지만 그런 실현 불가능한 망상으로 스스로를 죽인다면, 그것이야말로 미친 바보짓이 아니고 무엇일까! 마침내 형에 대한 애정으로 얌전하게 지내는 데 동의했기 때문에 시지스몽은 다소 원기를 회복했고, 자리에서 일어나기 시작했다.

뷔슈가 자기 일을 다시 시작하면서 사카르 사건을 매듭지어야 한다고 선언한 것은 바로 그때였다. 사카르가 정복자로서 증권거래소에 돌아왔고, 다시 이론의 여지가 없는 지불 능력을 소유한 자가 되었으니 더이상 지체할 이유가 없었다. 생라자르가로 보냈었던 메셍 아줌마가 들려준 이야기는 그를 흡족하게 했다. 그렇지만 그는 여전히 공격을 망설였고, 어떤 책략으로 승리를 쟁취해야 할지 고민하며 기회를 기다렸다. 바로 그때 메셍 아줌마가 카롤린 부인, 저택을 관리하며 동네의 모든 납품업자의 입에 오르내리는 카롤린 부인에 대해 한 말이 그로 하여금 새로운 작전을 세우게 했다. 혹시 이 부인이 장롱과 마음의 열쇠를 가진 진짜 연인이 아닐까? 그는 곧잘 스스로 영감이라고 부르는 것에 굴복하곤 했다. 설사 나중에 사실에서 해결책을 찾을망정 갑작스러운 예감을 좇았고, 직감에 따라 행동했다. 그가 카롤린 부인을 만나러 생라자르가로 온 것도 그런 까닭이었다.

위층의 설계도 작업실에서 카롤린 부인은 편평하고 더러운 얼굴에 면도도 깨끗하게 하지 않은 뚱뚱한 남자, 기름이 묻은 고급 프록코트를 입고 흰색 넥타이를 맨 뚱뚱한 남자를 보고 적잖이 놀랐다. 그는 그녀를 영혼까지 가닿을 듯 뚫어지게 바라보았고, 여전히 젊은 얼굴을 부드럽고 밝게 비추는 눈부시게 하얀 머리칼, 무척 큰 키, 매우 건강한 자태를 보고 사카르가 탐낼 만하다고 생각했다. 특히 도톰한 입술이 인상적이었는데, 그 입술에 선의가 가득 담겨 있었기에 그는 이야기를 꺼내기로 결심했다.

"부인," 그가 말했다. "사카르 씨에게 말씀드리고 싶었습니다만, 지금 부재중이시라는 대답을 들었기에……"

그것은 거짓말이었고, 그는 그렇게 물어본 적도 없었다. 사카르가 증권거래소로 떠나는 것을 엿보았기 때문에, 그는 사카르의 부재를 이미 알고 있었다.

"그래서 이렇게 부인에게 말씀드리게 되었습니다. 실은 누구에게 말씀드려야 할지 몰랐는데, 이편이 더 나은 것 같아서요…… 아주 심각하고 미묘한 문제라서……"

그때까지 앉으라는 말도 하지 않았던 카롤린 부인이 불안한 표정으로, 정중하게 자리를 권했다.

"말씀하세요, 선생님. 괜찮습니다."

프록코트를 더럽힐까 두려운 듯 옷자락을 여미며 앉은 뷔슈는 그녀가 사카르와 동침한 것을 기정사실로 받아들였다.

"부인, 말씀드리기가 편치 않은데요, 여기로 오기 전에 부인에게 이런 문제를 말씀드려도 좋을지 무척 고민했습니다…… 제가 이런 행동을 하는 것은 오직 사카르 씨로 하여금 지난날의 잘못을 바로잡으시게 하고 싶었기 때문임을 이해해주셨으면 합니다……"

그녀는 자기가 어떤 인물과 상대하고 있는지 이해했고 또 불필요한 핑계를 오래도록 듣고 싶지 않았기에, 몸짓으로 그를 안심시켰다. 그는 더이상 핑계를 대지 않았고, 지난날의 이야기, 즉 라아르프가에서 유혹당한 로잘리, 사카르가 떠난 후에 태어난 아이, 방탕한 생활을 하다가 죽은 아이 엄마, 너무나 바빠서 제대로 돌볼 수가 없었던 사촌언니에게 떠맡겨진 채 빈민가에서 자라는 빅토르에 대한 이야기를 길게 늘어놓았다. 그의 말을 들으며 그녀는 처음에는 예상치 못했던 이 소설 같은 이야기에 몹시 놀랐는데, 왜냐하면 그가 수상쩍은 돈 이야기를 하리라고 상상했었기 때문이다. 뒤이어 그녀는 동정심이 생겼고, 아이 없는 여자 특유의 모성애에 사로잡힌 채 버림받은 아이와 엄마의 슬픈 운명에 가슴이 아팠다.

"그렇지만 선생님," 그녀가 말했다. "지금 제게 하시는 이야기가 사실인 게 분명한가요? 이런 종류의 문제에서는 정말 확실한 증거, 절대적인 증거가 필요합니다."

그는 미소를 지었다.

"오! 부인, 불을 보듯 환한 증거가 있습니다. 부자가 판박이처럼 닮았거든요…… 게다가 날짜가 여기 있어요. 모든 것이 일치하고, 명백히 사실을 입증하고 있습니다."

그녀는 몸을 떨었고, 그가 그것을 눈여겨보았다. 잠시 침묵이 흐른 뒤, 그는 말을 계속했다.

"이제 이해가 가시죠, 부인, 사카르 씨에게 직접 이 이야기를 하는 게 얼마나 난처한 일인지 말입니다. 이 일과 관련해서 저는 어떤 이해관계도 없어요, 그토록 찾아 헤매던 아이 아버지의 흔적을 정말 우연히 발견한 사촌언니 메셍 아줌마의 이름으로 여기에 왔을 뿐입니다. 저로서는 그 불행한 로잘리에게 준 열두 장의 50프랑짜리 어음이 시카르도라는 이름으로 서명되어 있다는 사실을 부인에게 말씀드리고자 합니다. 그 액수가, 맙소사, 이 끔찍한 파리 생활에서 합당한지 아닌지는 제가 판단할 일이 아니죠. 하지만 저의 개입에 대해서는 사카르 씨가 오해하실 수도 있겠다고 생각했습니다. 그래서 먼저 부인을 뵙고자 한 거죠, 부인이 사카르 씨를 돕고 계시다는 걸 알기에 다음 단계를 부인에게 일임했으면 해서 말입니다. 자! 이제 부인은 우리의 비밀을 알고 계십니다, 오늘 당장 제가 사카르 씨를 만나서 모든 걸 알려드려야 한다고 생각하시나요?"

카롤린 부인의 흥분이 고조되었다.

"아뇨, 아뇨, 나중에!"

그러나 그녀는 이야기가 하도 기이해서 어찌할 바를 몰랐다. 그는 계속해서 그녀의 표정을 살폈고, 계획 수립을 완결하면서 그녀에게 이야기를 먼저 한 자신의 기막힌 직감에 만족했으며, 사카르보다 그녀에게서 더 많은 것을 얻어낼 수 있으리라 확신했다.

"결정을 하셔야 합니다" 하고 그가 나직이 말했다.

"좋아요! 제가 갈게요…… 그래요, 제가 쪽방촌으로 가서 메셍 아줌마와 아이를 만나겠어요…… 그편이 나아요, 제가 먼저 사태를 파악하는 게 훨씬 더 나아요."

그녀는 자신의 생각을 분명히 말했고, 아이 아버지에게 무엇인가 말하기 전에 정밀 조사를 해야겠다고 결심했다. 그다음 자신이 확신할 수 있을 때, 그때 그에게 알리면 될 것이었다. 그의 집과 그의 평온을 돌보기 위해서 여기에 있는 것 아니던가?

"불행히도 일이 급합니다." 그녀를 자기가 원하는 곳으로 점점 더 밀고 나가며 뷔슈가 말했다. "불쌍한 꼬마가 고통받고 있습니다. 끔찍한 곳에 살고 있지요."

그녀가 자리에서 일어났다.

"모자를 쓰고 올게요. 당장 거기로 가야겠어요."

그도 자리에서 일어나면서, 무심히 이렇게 말했다.

"지불하셔야 할 소액에 대해서는 말씀드리지 않겠습니다. 물론 아이에게 돈이 많이 들었지요. 아이 엄마가 살아 있을 때 빌려준 돈도 있고…… 오! 저도 정확하게 알지는 못합니다. 아무것도 책임지고 싶지 않아요. 서류 일체가 거기에 있습니다."

"알겠습니다! 제가 가서 볼게요."

그러자 그도 동정심이 이는 눈치였다.

"아! 부인, 세상에는 말도 안 되는 일들이 너무 많아요! 자기의 정념 때문에, 또는 더 불운하게도 자기 부모의 정념 때문에 훗날 더없이 성실한 사람들이 고통을 받아야 합니다. 제가 그런 예를 하나 알고 있죠. 부인의 불행한 이웃인 보빌리에 모녀의 경우……"

갑자기 그는 창가로 다가갔고, 이웃집 정원에 극도의 호기심 어린 시선을 던졌다. 여기에 들어오면서부터 이러한 염탐을 통해 자기의 싸움터를 알아두자고 생각한 것이 틀림없었다. 백작이 하녀 레오니드 크롱에게 서명해준 1만 프랑짜리 증서 사건을 그는 제대로 파악하고 있었는데, 방돔에서 보내준 정보가 자신이 추측했었던 상황을 그대로 전해주었다. 백작에게 농락당했던 하녀는 백작이 사망하자 동전 한 닢 없었지만 파리에 가고 싶어 안달이 났었다. 결국 파리에 가기 위해 그 증서를 고리대금업자 샤르피에에게 단돈 50프랑에 넘겨주고 말았다. 뷔슈는 보빌리에 모녀를 금세 찾아냈지만, 메셍 아줌마로 하여금 파리를 구석구석 헤집게 해도 레오니드를 찾아낼 수가 없었다. 레오니드는 어느 집달리 집에서 하녀로 일했었고, 뒤이어 세 집을 전전했으며, 예의 비행으로 쫓겨난 뒤에 종적을 감추었던 것이다. 뷔슈가 파리의 시궁창을 모두 뒤져봐도 헛일이었다. 레오니드를 추문의 살아 있는 증거로 제시하지 못하는 한 백작 부인에게 아무것도 시도할 수 없었기에, 그는 더욱더 울화통이 터졌다. 그럼에도 그는 여전히 사건에 불을 지피고 있었고, 창가에 선 채, 거리에서는 정면밖에 보이지 않았던 저택 내부의 정원을 들여다볼 수 있어서 흐뭇했다.

"저 집 모녀도 비슷한 문제로 고통받고 있나요?" 카롤린 부인이 불안한 표정으로 물었다.

그가 사실을 숨기며 대답했다.

"아니, 그렇지 않습니다. 저는 단지 백작의 난봉 때문에 모녀가 처한 딱한 상황에 대해 말씀드리는 것뿐입니다. 예, 방돔의 친구들 덕분에 저도 저 가문의 이야기를 알고 있습니다."

이윽고 창가를 떠나며, 거짓 감상에 빠졌었던 그는 불현듯 진실한 감정에 사로잡혔다.

"돈이 없다고 죽는 건 아닙니다! 그렇지만 죽음의 그림자가 집에 깃들기는 하지요!"

이번에는 진짜 눈물이 그의 눈시울을 적셨다. 그는 자기 동생을 떠올렸고, 숨이 막혔다. 그녀는 최근 그가 가족 가운데 하나를 여의었나 보다 하고 생각했지만, 사려 깊게도 묻지는 않았다. 그때까지 그녀는 그의 천박한 언행에 속기는커녕 오히려 그가 불러일으키는 역겨움에 사로잡혀 있었다. 그러나 이 예기치 않은 눈물이 가장 능란한 책략보다 더 깊이 그녀의 마음을 움직였다. 그녀는 곧바로 쪽방촌 나폴리 주택단지로 달려가고자 했다.

"부인, 저는 부인을 믿습니다."

"당장 갈게요."

한 시간 후, 마차를 탄 카롤린 부인은 쪽방촌을 찾을 수 없어 몽마르트르 언덕 뒤에서 헤매고 있었다. 이윽고 마르카데가로 이어지는 인적 없는 거리에서, 늙은 여자 하나가 마부에게 쪽방촌이 어디에 있는지 가르쳐주었다. 입구가 시골길처럼 흙탕물로 파이고 쓰레기로 막힌 쪽방촌은 공터 한가운데 처박혀 있었다. 주의깊게 살펴본 후에야 흙, 낡은 판자, 낡은 함석으로 지은 남루한 건조물들이 눈에 들어왔는데, 안마당을 둘러싸고 서 있는 그 건조물들은 건물 잔해 더미를 연상시켰다. 거리 쪽으로는, 혐오감을 불러일으킬 정도로 때에 절고 퇴락한 이층 석조 건물이 마치 감시초소처럼 쪽방촌의 입구를 내려다보고 있었다. 메셍 아줌마는 망을 보며 경계를 게을리하지 않는 집주인으로서 바로 그 건물에 거주하며 가난한 세입자들을 착취하고 있었다.

카롤린 부인이 마차에서 내리자마자, 몸집이 거대한 메셍 아줌마가 문턱에 나타났다. 젖가슴과 배는 주름이 닳아 해지고 이음새가 터져버린 낡은 청색 실크 드레스에 꿰어져 있었고, 두 뺨이 너무도 부풀고 너무도 붉어서 작은 코가 두 불덩이 사이에 함몰된 채 익는 듯한 모습이었다. 카롤린 부인이 불편함에 사로잡혀 망설이고 있을 때, 전원의 피리 소리처럼 가느다란 음색의 부드러운 목소리가 그녀로 하여금 다소 마음을 놓게 했다.

"아! 부인, 뷔슈 씨가 이야기해서 어린 빅토르를 보러 오셨군요…… 들어오세요, 안으로 들어오세요. 예, 여기가 바로 나폴리 주택단지입니다. 거리가 정돈되어 있지 않아요, 아직 번지가 정해지지 않았거든요…… 들어오세요, 자초지종을 모두 이야기해야죠. 어휴! 너무도 고통스럽고, 너무도 슬픈 이야기랍니다!"

붉은 난로의 열기와 질식할 듯한 냄새가 가득차고 기름때가 잔뜩 낀 컴컴한 식당으로 들어간 카롤린 부인은 짚이 빠진 의자에 앉았다. 메셍 아줌마는 방문객이 자기를 만나는 게 얼마나 큰 행운인지 떠들기 시작했다. 왜냐하면 그녀는 수많은 일로 파리를 쏘다녔고, 여섯시 이전에는 귀가하지 않았기 때문이다. 카롤린 부인이 그녀의 장광설을 끊지 않으면 안 되었다.

"죄송합니다, 부인. 제가 온 것은 그 불행한 아이 때문이에요."

"맞아요, 부인, 그 아이를 보여드릴게요…… 아이 엄마가 제 사촌입니다. 아! 정말이지 저로서는 제 의무를 다했어요…… 이게 서류와 계산서입니다."

마치 사무실인 양, 찬장에서 그녀는 청색 파일에 잘 정리되어 있는 서류를 꺼냈다. 그러고는 불쌍한 로잘리에 대한 이야기를 끝없이 늘어놓았다. 로잘리는 마침내 아무하고나 어울렸었다. 일주일 내내 굴러다니다가 술과 피에 젖은 채 집으로 돌아오는 날이 허다했다. 하지만 안 그래요? 이해해야만 해요. 아이의 아버지가 그애를 계단에서 범하면서 어깨를 탈구시키기 전에는, 그애는 정말 성실한 일꾼이었어요. 불구의 몸으로 중앙 시장에서 레몬을 팔면서 조신하게 살기란 힘든 일이었다.

"글쎄요 부인, 20수, 40수, 그런 식으로 저는 그애한테 돈을 빌려줬어요. 날짜도 여기 있습니다. 6월 20일 20수, 6월 27일 다시 20수, 7월 3일 40수. 그리고 여기 봐요, 이 시기에는 그애가 아팠던 게 틀림없어요. 40수씩 끝없이 빌리고 있으니까요…… 빌려준 돈 외에, 저는 빅토르의 옷도 사줘야 했습니다. 꼬마에게 들어간 비용 일체를 여기 정리해두었어요…… 로잘리가 죽었을 때, 아휴! 정말 끔찍한 병이었어요, 그때 제가 아이를 완전히 떠맡아야 했죠. 자, 여기 보세요! 한 달에 50프랑씩 썼잖아요. 결론적으로 이치에 맞게 말씀드릴게요. 아이의 아버지는 부자이고, 아이를 위해 한 달에 50프랑씩 지불하실 능력이 있죠. 모자에게 들어간 돈이 모두 5403프랑입니다. 여기에다 600프랑짜리 어음을 추가하면, 도합 6000프랑이 되죠…… 그래요, 6000프랑이면 모든 게 끝이 납니다!"

얼굴을 하얗게 질리게 만드는 역겨움에도 불구하고, 카롤린 부인은 생각을 가다듬었다.

"어음은 부인 소유가 아니죠, 그것은 아이의 것입니다."

"아! 미안해요." 메셍 아줌마가 가늘고 날카로운 목소리로 다시 말했다. "그 돈에 대해서는 제가 설명을 안 했군요. 로잘리에게 온갖 도움을 주면서, 어음 대금을 이미 그애한테 지불했거든요. 어음 뒤쪽을 보세요…… 이자를 청구하지 않는 것만 해도 저로서는 친절한 거죠…… 두고 볼게요, 부인. 저처럼 가난한 여자로 하여금 한 푼이라도 잃게 하시는 일은 없으리라고 믿습니다."

셈을 받아들이는 카롤린 부인의 지친 동작을 보고서야, 그녀는 입을 다물었다. 그러고는 플루트 소리 같은 목소리로 이렇게 덧붙였다.

"이제 빅토르를 부를게요."

그러나 그녀가 주변을 배회하는 세 꼬마를 차례로 보내고, 문턱에서서 손짓을 하며 고함을 질러봐야 소용없었다. 빅토르는 놀이를 중단하고 싶지 않다는 것이었다. 꼬마 가운데 하나는 빅토르의 욕설을 대답으로 가지고 왔다. 그러자 그녀는 화를 내며 귀를 잡아 끌고 올 태세로 달려갔다. 하지만 그녀는 혼자 돌아왔는데, 곰곰이 생각해보니 그 끔찍한 상태 그대로 아이를 보여주는 것이 낫겠다는 판단이 섰기 때문이었다.

"힘드시지 않다면, 저와 함께 가시죠."

길을 걸으며 그녀는 자기 남편이 숙부에게서 물려받은 나폴리 주택단지에 대해 이러쿵저러쿵 설명했다. 그 남편이라는 사람은 죽었음이 틀림없었다, 그를 아는 사람이 아무도 없었고, 그녀는 자기가 어떻게 해서 이 주택단지를 소유하게 되었는지를 설명할 때에만 남편을 언급했다. 그녀는 주택단지 문제 때문에 죽을 지경이라고 말하곤 했는데, 왜냐하면 그것이 이익보다는 걱정거리를 더 많이 안겨주기 때문이었다. 특히 세입자들이 주택단지에서 파리처럼 죽어 나간다는 이유로, 경찰서가 감독을 보내 수리와 개선을 요구하며 그녀를 괴롭힌 이후로 더욱 그랬다. 그럼에도 극단적으로 근검절약하는 그녀는 단 한 푼도 쓰지 않으려 했다. 이러다가는 일주일에 2프랑짜리 방에 유리 장식 벽난로를 설치해달라고 하지 않겠는가! 그녀가 이야기하지 않았던 것은 2프랑을 미리 내지 않을 때 즉시 세입자 가족을 거리로 쫓아내며 악착같이 집세를 받아낸다는 사실, 그녀가 너무도 무섭게 경찰 노릇을 하는 탓에 거처가 없는 걸인들이 감히 그녀의 건물 벽에 기대어 잠을 청하지 못한다는 사실이었다.

답답한 가슴으로 카롤린 부인은 웅덩이가 패고 오물이 쌓여 시궁창으로 변해버린 안마당을 살펴보았다. 주민들은 모든 것을 거기에 던졌는데 거기에는 쓰레기용 구덩이도 정화조도 없었고, 끊임없이 쌓여 공기를 오염시키는 더러운 오물만이 있었다. 다행히 날씨가 춥고 햇살이 맑아서 전염병이 발생할 우려는 없었다. 불안한 발걸음으로 채소 쓰레기나 고기 뼈를 피하며 그녀는 양쪽 가장자리에 서 있는 주거지, 형용할 수 없을 정도로 누추한 소굴, 반쯤 무너진 일층, 잡다한 자재로 받쳐놓은 황폐한 누옥에 눈길을 던졌다. 여러 집이 단순히 방수포로 덮여 있을 뿐이었다. 많은 집이 문이 없어서 지하실 같은 검은 구멍을 내보였는데, 거기서 역겨운 가난의 숨결이 새어나왔다. 여덟 명, 열 명 가족이 무덤 같은 집에서, 흔히 침대 하나 없이 서로 겹쳐 살았고, 남자들, 여자들, 자식들이 더없이 끔찍한 혼거 상태에서 아주 어릴 때부터 본능적 음란에 빠진 채 마치 썩은 과일처럼 서로를 부패시키고 있었다. 그래서 유전적인 매독과 선병질에 걸린 연약하고 해쓱한 조무래기들, 우연한 포옹으로 아비가 누구인지 모르는 채 태어나 썩은 버섯처럼 쓰레깃더미에서 자라는 불쌍한 아이들이 안마당을 가득 채웠다. 티푸스나 천연두 같은 전염병이 창궐할 때마다, 단숨에 주택단지 주민의 절반이 묘지로 들어가곤 했다.

"설명해드릴게요, 부인" 하고 메셍 아줌마가 다시 입을 열었다. "빅토르는 보시기에 반듯한 아이가 아닙니다. 열두 살이 되었으니, 이제 교육을 생각할 때가 온 것 같아요…… 어미가 살아 있었을 때, 안 그런가요? 어미가 술에 취했을 때에는 행동을 가리지 않았으니까, 못 볼 것을 많이 봤을 겁니다. 어미가 사내들을 데려왔고, 아이 앞에서 그런 짓이 행해졌던 거죠…… 제가 맡았을 때에는 파리를 쏘다녀야 하는 제 일 때문에, 도통 아이를 가까이서 돌볼 겨를이 없었습니다. 빅토르는 온종일 성채 위에서 놀았어요. 두 번씩이나 경찰서로 아이를 찾으러 가야 했는데, 왜냐하면 맙소사! 정말 어이없게도 도둑질을 했기 때문이죠. 그런 다음에는 그 짓을 할 수 있게 되자마자 어린 계집애들과 함께 그 짓을 일삼았어요. 어미가 수없이 시범을 보여줬으니까요. 그런 탓에, 잠시 후에 보세요, 열두 살에 벌써 남자 태가 나지 뭡니까…… 어쨌든 빅토르에게 일거리를 주기 위해, 몽마르트르에서 바구니로 야채를 파는 윌랄리 아줌마에게 맡겼답니다. 아줌마가 중앙 시장에 갈 때 빅토르가 동행하죠, 바구니 하나를 들고서. 불행히도 요즘 아줌마는 넓적다리에 종기가 났어요…… 다 왔습니다, 부인. 안으로 들어가시죠."

카롤린 부인은 흠칫 뒤로 물러났다. 안마당 안쪽, 쓰레깃더미 뒤로 악취가 가장 심한 집 가운데 하나, 즉 판자로 받쳐놓은 반쯤 쓰러진 누옥 하나가 있었다. 거기에는 창문이 없었다. 그러나 얇은 함석으로 안을 대고 유리창을 단 문이 열려 있어서 실내가 훤히 보였다. 매서운 추위가 안으로 들이쳤다. 한쪽 구석에서 그녀는 땅바닥에 던져진 짚 매트 하나를 보았다. 가구라고는 아무것도 눈에 띄지 않았고, 의자나 식탁으로 사용됨이 틀림없었던 터져버린 통, 뿌리 뽑힌 격자, 반쯤 썩은 바구니들이 이리저리 널려 있었다. 벽에서는 끈적끈적한 습기가 배어나왔다. 시커먼 천장에 난 푸르스름한 균열이 짚 매트 하단에 물방울을 떨어뜨렸다. 특히 냄새가 지독했는데, 그것은 절대적 가난 속에 사는 인간의 처참한 삶을 보여주기에 충분했다.

"윌랄리 아줌마" 하고 메셍 아줌마가 소리쳤다. "빅토르에게 은혜를 베푸실 부인이 오셨어요…… 부를 때 곧장 오지 않고, 이놈의 망나니가 도대체 어디로 갔을까?"

침대 시트로 쓰이는 낡은 인도 사라사 천 속에서 무형의 살덩어리가 움직였다. 카롤린 부인은 내의가 없어서 벌거벗고 있는 여자, 너무나 물렁물렁하고 주름이 져서 반쯤 빈 가죽부대를 연상시키는 마흔 살가량의 여자를 보았다. 곱슬곱슬한 금발머리가 이마를 덮은 그녀의 얼굴은 못생기지 않았고, 아직은 신선했다.

"아휴!" 그녀는 신음 소리를 냈다. "들어오세요, 은혜를 베푸신다니

고맙습니다. 이렇게 살도록 내버려두는 걸 보면 이 세상에 하느님은 안 계신 거죠! 부인, 전 보름 전부터 일어나지도 못하고 있답니다, 넓적다리에 구멍을 내는 이 망할 놈의 종기 때문에! 그래서 동전 한 닢 없어요. 장사를 할 수도 없죠. 내의가 두 장 남아서 빅토르에게 팔아오라고 했습니다. 오늘 저녁에 우리는 굶어 죽고 말 거예요."

뒤이어 그녀는 목소리를 높였다.

"자, 안 그래도 돼! 거기서 나오렴, 꼬마야!…… 이 부인은 너한테 해를 끼칠 분이 아니구나."

카롤린 부인은 그녀가 넝마 뭉치로 여겼었던 살덩어리가 바구니 하나로부터 슬며시 일어서는 것을 보고 화들짝 놀랐다. 그것은 빅토르였는데, 가난에 찌든 동네에서 나온 바지와 윗도리를 걸친 모습이었다. 그녀는 밝은 문의 한복판에 선 아이가 사카르와 판박이로 닮은 것을 보고 놀란 입을 다물지 못했다. 모든 의심이 사라졌고, 부자 관계가 분명히 확인되었다.

"싫어요" 하고 그가 말했다. "성가시게 학교에 가라고 하지 마세요."

그녀는 점점 불편한 감정에 휩싸이며 찬찬히 아이를 살펴보았다. 놀라울 정도로 사카르와 닮은 아이가 그녀를 몹시 불안하게 만들었다. 아이는 아버지처럼 큰 얼굴, 오른쪽으로 비틀어진 코, 어미가 능욕당하며 임신한 탓인지 계단에서 짓뭉개진 듯한 머리를 갖고 있었다. 더욱이 아이는 나이에 비해 놀랄 정도로 성숙했다. 몸집이 크지는 않았지만 다부졌고, 열두 살치고는 골격이 매우 단단했으며, 조숙한 짐승처럼 벌써 털이 나 있었다. 상대방을 집어삼킬 듯한 대담한 눈과 육감적인 입에서 남자의 풍모가 느껴졌다. 어딘지 모르게 계집애처럼 섬세한 구석, 몹시 순수한 안색도 지녔지만, 이 커다란 어린애 속에서 별안간 개화한 그 남성성이 마치 괴물처럼 그녀를 거북하게 했고 두렵게 했다.

"학교가 무서워요?" 카롤린 부인이 마침내 입을 열었다. "학교가 여기보다 나을 텐데…… 잠은 어디서 자요?"

몸짓으로 그가 짚 매트를 가리켰다.

"여기서요, 아줌마랑."

이 솔직한 대답에 놀란 욀랄리 아줌마가 동요의 빛을 띠며 설명했다.

"처음에는 이애한테 매트와 함께 침대를 사줬어요. 그러다가 그것을 팔지 않으면 안 되었고…… 모든 게 팔려나갔을 때, 어쩔 수 없이…… 안 그래요? 어쩔 수 없이 이렇게 잘 수밖에 없었어요."

무슨 일이 있었는지 전혀 몰랐지만 메셍 아줌마는 자신이 개입할 필요를 느꼈다.

"그래도 이러면 안 되지, 욀랄리…… 그리고 이 녀석아, 너는 아줌마 집이 아니라 우리집으로 와서 잤어야지."

그러나 빅토르는 짧고 튼튼한 두 다리로 버티고 선 채, 조숙한 수컷의 태도로 말했다.

"왜요, 내 여자인데!"

그러자 욀랄리 아줌마는 가소로움을 털어낸다는 듯 물렁한 몸을 비틀어 웃음을 터뜨리며 농담조로 말했다. 그녀는 다정하게 찬탄을 표했다.

"오! 그래요, 저한테 딸이 있다면, 절대로 애한테 안 맡겨요…… 얘는 진짜 꼬마 남자랍니다."

카롤린 부인은 몸을 떨었고, 끔찍한 역겨움으로 가슴이 답답해졌다. 뭐라고? 이 열두 살짜리 개구쟁이가, 이 괴물이 쓰레기와 악취 속에서, 이 더러운 짚 매트에서 병들고 찌든 마흔 살 여자와 뒹굴다니! 아! 가난, 가난이라는 것이 모든 것을 파괴하고 썩히는구나!

그녀는 욀랄리 아줌마에게 20프랑을 주었고, 메셍 아줌마의 집으로 피신해서 빅토르 문제에 대해 합의하려 했다. 이런 방목 상태를 본 그녀에게는 한 가지 생각, 즉 노동 학교에 대한 생각이 떠올랐다. 그 학교야말로 이런 타락한 아이들, 시궁창에서 자란 가난한 아이들을 위생과 직업으로 재생의 길을 걷게 하기 위해 만들어지지 않았던가? 가능한 한 빨리 빅토르를 수렁에서 구해내어 그 학교에 넣고, 재생의 삶을 살게 해야 했다. 그 생각 때문에 그녀의 몸이 떨렸다. 이렇게 결심하자, 여자로서의 섬세함이 그녀를 사로잡았다. 아직은 사카르에게 아무것도 말하지 않으리라. 괴물을 그에게 보여주기 전에 괴물의 때를 벗기리라. 왜냐하면 이 가공할 자식에 대해 그가 느낄 법한 수치심을 그녀가 이미 느꼈기 때문이다. 아마도 몇 달이면 충분하리라. 그런 다음, 그렇게 하길 잘했다는 안도감과 함께 그에게 상황을 털어놓으리라.

메셍 아줌마는 어렵사리 이해했다.

"아, 그렇군요! 부인, 좋으실 대로…… 하지만 곧바로 6000프랑을 주시면 좋겠습니다. 6000프랑을 안 주시면, 빅토르는 제 집에서 한 발짝도 움직이지 못합니다."

이런 요구가 카롤린 부인을 절망에 빠뜨렸다. 그녀는 돈이 없었고, 당연히 아이의 아버지에게 그 돈을 달라고 하고 싶지도 않았다. 그녀가 사정하고 간청해봤자 소용없었다.

"안 돼요, 안 돼! 담보물을 갖고 있지 않으면, 나중에는 제가 애원을 해도 아무도 들어주지 않을 거예요. 제가 그걸 잘 알죠."

마침내 금액이 너무 크고 아무것도 얻어낼 수 없다는 것을 깨달은 메셍 아줌마가 절충안을 제시했다.

"좋아요! 먼저 2000프랑을 주세요. 잔금은 좀더 기다릴게요."

그러나 카롤린 부인의 당혹감은 여전했다. 그녀는 2000프랑을 어디서 구할지 자문했는데, 문득 막심에게 이야기해야겠다는 생각이 들었다. 그 생각이 옳은지 그른지는 따져보고 싶지 않았다. 그는 비밀을 지켜주리라. 그리고 아버지가 틀림없이 갚아줄 그 돈의 선불을 거절하지 않으리라. 그녀는 이튿날 빅토르를 데리러 다시 오겠다고 말하며 자리에서 일어섰다.

아직 다섯시밖에 되지 않았다. 그녀는 문제를 마무리짓고 싶은 간절한 마음에, 다시 삯마차에 올라 엥페라트리스로에 있는 막심의 집주소를 마부에게 건넸다. 그녀가 도착하자, 하인이 세면실에 있는 나리에게 곧 그녀의 방문을 알리겠노라고 말했다.

잠시 그녀는 대기실에서 숨이 막혔다. 그것은 사치와 안락이 밴 절정의 세련미로 지은 작은 저택이었다. 벽지와 카펫에 엄청난 돈을 들인 흔적이 역력했다. 고급스러운 용연향이 고요하고 아늑한 방 여기저기서 풍겨나왔다. 여자가 없었음에도 저택은 예쁘고 부드럽고 은밀했다. 왜냐하면 아내의 죽음으로 부자가 된 그 젊은 홀아비는 새로운 남녀 관계에 대해 마음의 문을 닫은 채, 생활을 정리하여 오직 자기 자신을 위해서만 살았기 때문이다. 한 여자에게 빚진 이 삶의 기쁨을 그는 다른 여자로 인해 망치고 싶지 않았다. 방탕에 환멸을 느낀 그는 고통스러운 위장병 때문에 자신에게 금지된 디저트에 대해서 그렇게 하듯, 방탕에 대해서 지속적으로 경계심을 유지했다. 오래전에 국무원에 들어갈 생각을 포기했고, 심지어 여자와 마찬가지로 말도 그의 욕망을 채워주지 못했기 때문에 승마도 하지 않았다. 그는 혼자서 완벽하게 행복한 무위의 삶, 계모와의 변태적인 사랑*에 탐닉한 지난날의 난잡함에서 벗어나 매우 진중한 삶을 살았으며, 예술적이고 조심스럽게 자기 재산을 낭비했다.

"저를 따라오시죠, 부인" 하고 하인이 다시 와서 말했다. "나리께서 방에서 접견하실 겁니다."

카롤린 부인은 사카르 저택의 충직한 관리인으로 자리잡은 이후, 막심이 식사를 하러 올 때마다 그와 친밀한 관계를 맺었다. 방으로 들어가면서 그녀는 벽난로와 작은 원탁에 놓인 여섯 개의 촛불이 고요한 빛으로 이 솜털과 비단의 둥지를 비추고 있는 것을 보았다. 커튼이 내려져 있었다. 푹신한 의자, 깃털처럼 부드러운 큰 침대를 갖춘 방은 더없이 포근한 규방을 연상케 했다. 그가 좋아하는 그 방에는 온갖 세련된 장식품, 값비싼 가구와 골동품, 풍요로운 천에 감긴 지난 세기의 경이로운 물건이 가득했다.

세면실로 통하는 문이 활짝 열려 있었고, 그가 모습을 드러내며 말했다.

---

* '루공마카르총서*Les Rougon-Macquart*'의 제2권 『이전투구*La Curée*』(1871)에서 첫번째 아내와 사별한 사카르는 강간을 당하고 임신함으로써 정상적 결혼이 어려워진 상류층 아가씨 르네와 일종의 계약결혼을 한다. 비정상적인 결혼 생활을 영위하던 르네는 의붓아들 막심과 근친상간적인 사랑을 나누며 완전한 파멸의 길로 접어든다. 『돈』은 스무 편의 소설로 이루어진 '루공마카르총서'의 제18권이다.

"어떻게 된 거죠, 무슨 일이 있어요?…… 아버지가 돌아가시기라도 했나?"

방금 목욕을 끝낸 그는 우아한 흰색 플란넬 의상을 걸치고 있었다. 신선하고 향기로운 살결에 머리는 텅 비었지만 눈이 푸르고 맑았으며, 벌써 피로에 지친 얼굴이 계집애처럼 예뻤다. 문을 통해 여전히 욕조 수도꼭지에서 물방울 떨어지는 소리가 들렸고, 진한 꽃향기가 따듯한 물에서 피어올랐다.

"아니, 아녜요, 그렇게 심각한 일이 아녜요." 막심의 질문에 실린 은근히 유쾌한 어조를 불편해하며 그녀가 대답했다. "도련님에게 이야기하기가 쉽지 않은 문제이지만…… 이렇게 불쑥 찾아온 것을 이해해주시겠지요?"

"그럼요. 시내에서 저녁식사를 해야 하지만, 옷을 입을 시간은 있습니다…… 말씀하세요, 무슨 일이죠?"

그는 기다렸다. 주변에서 느껴지는 이 엄청난 사치와 세련미에 충격을 받은 그녀는 이제 망설이며 말을 더듬거렸다. 무기력이 그녀를 사로잡아 더이상 모든 것을 털어놓을 용기가 생기지 않았다. 도대체 이게 가능한 일인가? 운명의 사생아는 저기 나폴리 주택단지의 시궁창에서 그토록 혹독한 삶을 살고 있는데, 적자는 여기 세련된 부의 한복판에서 이토록 우아한 삶을 사는 것이 정녕 가능한 일인가? 한쪽에는 더러운 오물, 굶주림, 역겨운 삶, 다른 한쪽에는 세련미, 풍요, 아름다운 삶이라니! 설령 아래에는 똑같은 흙탕물이 있을지라도, 그래도 모름지기 문명이란 냄새 좋고 살기 편한 이런 우위의 삶에 존재하는 것이 아닐까?

"글쎄! 이야기가 길어요. 그래도 도련님에게 하는 게 좋을 듯해서…… 게다가 저로서는 어쩔 도리가 없어요. 도련님의 도움이 필요해요."

처음에는 선 채로 그녀의 말을 들었으나, 뒤이어 막심은 충격으로 다리가 끊어질 듯 아파서 그녀 앞에 앉았다. 이윽고 그녀가 입을 다물었을 때, 그가 말했다.

"뭐라고! 뭐라고! 내가 외아들이 아니라고, 느닷없이 끔찍한 동생이 하늘에서 떨어지다니!"

그가 관심을 보인다고 생각한 그녀는 유산 문제를 암시했다.

"오! 아버지의 유산!"

그는 관심 없다는 듯 냉소적인 태도를 취했는데, 그녀로서는 이해할 수 없는 태도였다. 어떻게 된 걸까? 무슨 뜻일까? 아버지의 능력과 재산을 믿지 않는 걸까?

"괜찮아요, 괜찮아요, 제 문제는 걱정하지 말아요. 저는 그 누구의 도움도 필요 없습니다. 다만 이번 일은 너무도 희한해서 웃음을 참을 수가 없네요."

그는 웃음을 터뜨렸지만, 기분이 상하고 은근히 불안한 눈치였다. 왜냐하면 자기 자신만을 생각하며 살고 있었던데다, 이 일이 자기에게 행운이 될지 불행이 될지 살펴볼 시간이 아직 없었기 때문이다. 자신이 이 일과 상관없다고 느낀 그는 갑자기 결론적인 한마디를 내뱉었다.

"아무러면 어때, 관심 없어요, 저는!"

자리에서 일어난 그는 세면실로 갔고, 손톱 손질 도구를 들고 와서 천천히 손톱을 문질렀다.

"그래서 당신의 괴물을 어떻게 하실 건가요? '철가면'*처럼 바스티유 감옥에 가둘 수도 없고."

그러자 그녀는 메셍 아줌마에게 치러야 할 셈에 대해 이야기했다. 또한 빅토르를 노동 학교에 넣을 생각을 털어놓았고, 2000프랑의 선불을 부탁했다.

"아직은 아버지가 아무것도 모르게 하고 싶어요. 도움을 청할 사람이 도련님밖에 없습니다. 도련님이 선금을 줘야 해요."

그렇지만 그는 깨끗하게 거절했다.

"아버지한테, 절대로 안 돼요! 단 한 푼도!…… 이봐요, 맹세하건대, 통행세를 받는 다리를 건너기 위해 1수가 필요하다 해도, 결코 그 돈을 아버지한테 빌려주지 않을 겁니다…… 알아두세요! 이건 최악의 바보짓이에요, 저는 웃음거리가 되고 싶지 않습니다."

그가 암시하는 여러 비행非行에 혼란을 느끼면서 그녀는 다시 그를 바라보았다. 머릿속이 어지러웠지만 그로 하여금 이야기를 더 길게 하게 할 욕망도, 시간도 없었다.

"그렇다면 저에게," 그녀가 급박한 목소리로 다시 말했다. "저에게 2000프랑을 빌려주시겠어요?"

"당신에게, 당신에게……"

여자의 가슴속에서 뛰는 피까지 파고드는 맑은 눈으로 그녀를 살펴보며, 그는 경쾌하고 예쁜 동작으로 손톱 손질을 계속했다.

"당신에게라면 좋아요…… 도대체 말릴 수가 없는 분이군요, 당신이

---

* 1698년부터 1703년까지 바스티유 감옥에서 철(실제로는 검정색 벨벳)로 얼굴을 가리고 살았던 수수께끼의 정치범으로, 그 분명한 정체는 오늘날까지 알려진 바가 없다. '철가면' 이야기는 여러 차례 소설, 연극, 영화로 각색되었다.

라면 돈을 되돌려주시겠지."

뒤이어 작은 장롱에서 두 장의 지폐를 꺼내 건네며 그녀의 손을 잡은 그는 의붓어머니에게 호감을 가진 상냥하고 쾌활한 의붓아들처럼 잠시 그 손을 놓아주지 않았다.

"아버지에 대해서 환상을 가지고 계시군요, 당신은!…… 오! 신경쓰지 마세요, 당신들의 문제에 개입하고 싶지 않습니다. 여자들이란 참 이상하죠, 때로는 헌신하는 데서 기쁨을 느끼나봐요. 물론 자기가 원하는 데서 즐거움을 찾는 게 당연하죠…… 아무러면 어때요. 언젠가 그 대가가 쓰라릴 때, 그때 저를 만나러 오세요, 제가 다 이야기해드릴게요."

작은 저택의 섬세한 부드러움과 옷에 스며든 향수 냄새에 질식된 채 삯마차에 오른 카롤린 부인은 수상쩍은 장소에서 나왔을 때처럼 몸이 떨렸고, 아버지에 대한 아들의 농담과 의도적 침묵에 질겁했다. 왜냐하면 그 묵설법과 농담이 사카르의 과거에 대한 그녀의 의심을 더욱 깊게 했기 때문이었다. 그러나 그녀는 아무것도 알고 싶지 않았고, 이제 돈이 있으니까 이튿날을 준비하면서 침착함을 되찾았다. 내일 저녁이면 아이를 수렁에서 건질 수 있으리라.

아침이 되자 그녀는 분주히 뛰어다녀야 했는데, 왜냐하면 그녀의 피보호자를 노동 학교에 입학시키기 위해서는 밟아야 할 절차가 아주 많았기 때문이다. 설립자인 도르비에도 대공 부인이 열 명의 사교계 귀부인으로 구성한 감독 위원회의 비서라는 그녀의 직책이 이 절차의 이행을 수월하게 해주었다. 오후가 되자, 그녀는 이제 나폴리 주택단지로 빅토르를 찾으러 가기만 하면 되었다. 입을 만한 옷가지를 챙겼지만,

학교라면 질색을 하는 꼬마가 저항할 것이 예상되었기에 불안감이 없지 않았다. 그러나 지급전보를 받고 그녀를 기다리던 메셍 아줌마가 문턱에 서서 알려준 소식은 그녀를 대경실색하게 했다. 간밤에 윌랄리 아줌마가 갑자기 죽었다는 것이다. 의사도 그 이유를 정확하게 몰랐는데, 아마도 전염병으로 혈액에 문제가 생겼으리라고 추정되었다. 더욱 기겁할 일은 옆에서 잠을 자던 꼬마가 어둠 속에서 그녀의 몸이 점점 차가워지는 것을 느끼고서 그녀의 죽음을 알아차렸다는 것이다. 메셍 아줌마 집에서 밤을 보낸 꼬마는 이 사건 때문에 놀라움과 은근한 공포를 느꼈지만, 아름다운 정원이 있는 저택에서 살 수 있다는 생각에 만족스러운 표정을 지으며 옷을 입히게 내버려두었다. 그의 말마따나 뚱보 아줌마가 무덤에서 썩게 된 이상, 그를 그곳에 붙들어두는 것은 아무것도 없었다.

메셍 아줌마는 2000프랑에 대한 영수증을 써주면서 조건을 제시했다.

"잘된 거죠, 그렇죠? 나머지는 나중에 한꺼번에 계산해주세요, 여섯 달 뒤에…… 그러지 않으면 사카르 씨에게 말씀드릴 겁니다."

"하지만," 카롤린 부인이 말했다. "당신에게 잔액을 지불할 사람은 바로 사카르 씨입니다. 오늘은 단순히 제가 그분을 대신하고 있을 뿐이죠."

빅토르와 늙은 이모의 작별에는 아무런 감정이 없었다. 이모가 꼬마의 머리칼에 입맞춤을 했고, 꼬마는 서둘러 마차에 올랐다. 선금만을 받는 데 동의했다고 비슈에게서 야단을 맞은 그녀는 담보물이 그렇게 사라지는 것을 보는 아픔을 남몰래 곱씹었다.

"아무튼 부인, 약속을 꼭 지키세요. 그러지 않으면 맹세하건대 후회하시게 될 겁니다."

나폴리 주택단지에서 비노 대로에 있는 노동 학교까지 가면서, 카롤린 부인은 빅토르에게서 단음절의 대답만을 이끌어낼 수 있었다. 왜냐하면 그가 도로, 넓은 가로숫길, 행인들, 부유한 집들을 부릅뜬 눈으로 삼킬 듯 노려보았기 때문이었다. 늘 학교에서 빵소니를 치고 성채 위를 쏘다녔던 까닭에 겨우 글을 읽을 수 있을 뿐 쓸 줄은 모르는 아이였다. 너무도 조숙한 아이의 얼굴에서 보이는 것이라고는 종족 특유의 과도한 식욕, 가난하고 끔찍한 본보기의 소굴에서 자란 탓에 더욱 심화된 향락에의 조급한 격정뿐이었다. 비노 대로에서는 어린 야수의 눈이 더욱 반짝였고, 마차에서 내린 아이는 남학생 건물과 여학생 건물이 좌우로 서 있는 중앙 마당을 가로질렀다. 벌써부터 그는 아름다운 나무가 즐비한 안마당, 열린 창으로 고기 냄새가 새나오고 도자기 그릇이 가득한 부엌들, 예배당 중앙홀처럼 길고 높은 대리석으로 장식된 식당들, 한마디로 대공 부인이 고집을 피우며 빈자들에게 주고 싶어했던 그 모든 화려한 사치를 시선으로 꿰뚫었다. 이어서 본관에서 관행적인 행정 절차를 밟기 위해 여러 사무실을 드나들며 그는 거대한 복도, 넓은 계단, 빛과 공기와 화려한 장식으로 넘치는 통로를 따라 자기의 새 구두 소리가 울려퍼지는 것을 들었다. 그의 콧구멍이 가볍게 떨렸다. 그 모든 것이 그의 것이 될 참이었다.

그러나 서류에 서명하기 위해 일층으로 내려가면서 카롤린 부인이 새로운 복도를 따라오게 했을 때, 그는 유리창이 있는 작업장 문 앞에서서 또래의 소년들이 작업대 앞에서 목각 기술을 배우고 있는 모습을 보았다.

"잘 봐, 얘야" 하고 그녀가 말했다. "여기서는 모두가 일하는 거야. 건강하고 행복하게 살고 싶다면 일을 해야 하니까…… 저녁에는 수업을 들어야 해. 내 생각에 너는 얌전하고 공부를 아주 잘할 것 같아, 그렇지?…… 너의 미래를, 지금까지 꿈꾼 적이 없는 미래를 결정하는 것은 바로 너야."

한줄기 어두운 바람이 빅토르의 이마 위를 스쳐지나갔다. 그는 대답하지 않았다. 어린 늑대의 눈은 그 엄청난 사치의 진열에 샘 많은 강도처럼 비뚤어진 시선만을 던졌다. 아무 일도 하지 않고 그 모든 것을 가지리라. 발톱과 이빨의 힘으로 그것을 정복하고 먹어치우리라. 그때부터 그는 거기서 반항아로서만, 절도와 탈주를 꿈꾸는 죄수로서만 존재할 뿐이었다.

"드디어 끝났어." 카롤린 부인이 다시 말했다. "이제 욕실로 올라가자."

모든 신입생은 입교할 때 목욕을 하는 것이 관행이었다. 욕조는 위층에, 내의류 보관실 옆 양호실, 남학생실과 여학생실로 구성된 양호실과 이웃한 방에 있었다. 삼단 옷장과 니스칠을 한 단풍나무 목재로 장식된 이 멋진 내의류 보관실, 그리고 보건소처럼 쾌적하고 깨끗하고 얼룩 한 점 없이 새하얀 모범적인 양호실을 여섯 명의 수도회 소속 수녀가 관리하고 있었다. 종종 감독 위원회 귀부인들이 오후에 와서 한 시간씩 보내곤 했는데, 이는 검사를 위해서가 아니라 학교에 우정 어린 지지를 표하기 위해서였다.

때마침 보빌리에 백작 부인이 딸 알리스와 함께 남녀 양호실을 양쪽으로 분리하는 방에 있었다. 종종 그녀는 자선의 기쁨을 주기 위해 딸을 그곳으로 데려오곤 했다. 그날 알리스는 식사가 허용된 두 어린 회복기 환자를 위해 수녀 하나가 잼 바른 타르틴*을 만드는 걸 돕고 있었다.

"아!" 목욕 차례를 기다리며 앉아 있는 빅토르를 보고 백작 부인이 말했다. "신입생이 왔네."

통상 그녀는 카롤린 부인에게 의례적인 태도만을 취했다. 아마도 이웃 관계를 맺는 것이 두려운 듯, 결코 말을 건네는 법이 없이 그저 고갯짓으로만 인사할 뿐이었다. 그러나 소년을 돌보는 카롤린 부인의 지극한 선의가 백작 부인을 감동시켰고, 백작 부인으로 하여금 예의 절제된 태도에서 벗어나게 했다. 두 여자는 나지막이 이야기를 나누었다.

"부인, 제가 어떤 지옥에서 저 아이를 구해냈는지 아신다면! 저 아이를 노동 학교 관계자의 후의에 맡기고자 합니다."

"아이에게 부모가 있나요? 부모를 아시나요?"

"아뇨, 엄마는 죽었어요…… 이제 저 아이에게는 저밖에 없습니다."

"불쌍한 아이로군!…… 아! 얼마나 비참한 일이람!"

그러는 동안, 빅토르는 타르틴에서 눈을 떼지 못했다. 그의 시선은 맹렬한 식탐으로 불타올랐다. 나이프가 문지르는 잼으로부터 그의 시선은 알리스의 가냘픈 하얀 손, 너무도 연약한 그녀의 목, 결혼의 헛된 기다림 속에서 야위어가는 허약한 처녀의 전 존재로 옮겨갔다. 단둘이라면 저 여자의 가슴을 머리로 받아 벽 아래 쓰러뜨리고 타르틴을 빼

* 버터 또는 잼을 바른 빵.

앗을 수 있을 텐데! 아가씨는 아이의 게걸스러운 눈길을 알아차렸다. 그녀는 눈짓으로 수녀에게 허락을 받았다.

"배고프니, 꼬마야?"

"예."

"잼이 싫지 않아?"

"싫지 않아요."

"그래, 알았어, 타르틴을 두 개 만들어놓을게, 목욕한 후에 먹을래?"

"예."

"빵보다도 잼을 더 많게, 그렇지?"

"예."

그녀가 웃으며 농담을 했지만, 그는 입을 벌린 채 그녀와 타르틴을 삼킬 듯 강렬한 눈길로 바라보며 심각한 표정을 지었다.

바로 그 순간 즐거운 외침, 떠들썩한 소리가 네시의 레크리에이션이 시작된 남학생 운동장에서 올라왔다. 작업실이 비워졌고, 기숙생들은 간식을 먹고 다리를 풀기 위해 반시간의 자유 시간을 가졌다.

"잘 봐." 카롤린 부인이 그를 창가로 데려가서 말했다. "일을 하면, 놀 수도 있는 거야…… 일하고 싶지?"

"아뇨."

"놀고 싶니?"

"예."

"그렇구나! 놀고 싶다면, 먼저 일을 해야 해…… 모든 게 잘될 거야. 넌 착한 아이가 될 거야, 확실해."

그는 대답하지 않았다. 또래의 소년들이 뛰어오르기도 하고 고함을 지르기도 하는 것을 보자, 기쁨의 불꽃이 그의 얼굴을 뜨겁게 달구었다. 그리고 그의 눈길은 아가씨가 만들어 접시 위에 올려놓은 타르틴으로 다시 향했다. 그렇고말고! 언제나 자유롭고 즐거운 삶, 그것 외에 그는 아무것도 원하지 않았다. 목욕 준비가 끝났기에 사람들이 그를 데리고 갔다.

"사귀기가 쉽지 않은 꼬마 신사로군" 하고 수녀가 온화하게 말했다. "표정이 불안정한 아이들은 경계할 필요가 있어."

"그렇지만 못생기진 않았네요." 알리스가 소곤거렸다. "부인을 바라보는 저애의 눈초리를 보면, 누구나 열여덟 살은 족히 된 줄 알 거예요."

"정말 그래요." 카롤린 부인이 가볍게 몸을 떨면서 결론지었다. "나이에 비해 너무 성숙해요."

학교를 떠나기 전에, 숙녀들은 회복기에 있는 소녀 환자 둘이 타르틴을 먹는 모습을 보는 즐거움을 가지고자 했다. 특히 한 소녀가 매우 흥미로웠다. 열 살 먹은 금발머리 소녀로 벌써 세상 이치를 아는 듯한 눈, 여자로서의 체취, 파리 변두리 출신의 허약하고 병든 육체를 갖고 있었다. 게다가 가정환경도 여느 소녀와 마찬가지로 불우했다. 술에 취한 아버지는 길에서 만난 애인들을 집으로 데려왔고, 그 가운데 하나와 함께 사라져버렸다. 어머니 또한 이 남자 저 남자를 전전하며 집으로 데려왔고, 아버지처럼 술에 빠졌다. 그리고 그 남자들은 소녀를 강간하려 하거나 때렸다. 어느 날 아침, 어머니는 전날 자신이 데려온 석공의 품에서 소녀를 빼앗아내야 했다. 노동 학교는 이 가련한 어머니에게 딸의 면회를 허락했는데, 왜냐하면 딸을 데려가도록 간청한 것이 다름 아닌 그녀였고, 그 비천한 가슴속에 뜨거운 모성애가 자리하고 있었기 때문이었다. 그녀가 바로 거기에 있었다. 생활고에 시달려 깡마르고 안색이 노란 그녀는 눈물 젖은 눈으로 하얀 침대 머리맡에 앉아 있었고, 아주 깨끗하게 옷을 입은 딸은 베개에 등을 기댄 채 얌전히 타르틴을 먹었다.

입학에 도움을 청하러 사카르의 저택을 방문한 적이 있는 그녀가 카롤린 부인을 알아보았다.

"아! 부인, 드디어 불쌍한 우리 마들렌이 목숨을 구했답니다. 아시다시피 얘의 핏속에는 우리의 불행이 들어 있죠. 의사 선생님은 얘가 우리집에 있으면 생명을 유지하지 못할 거라고 말씀하셨어요…… 하지만 여기엔 고기도 있고, 포도주도 있죠. 게다가 얘는 마음껏 맑은 공기를 마시고, 무엇보다 심신이 평온해요…… 부탁하건대 부인, 제가 죽는 날까지 그 훌륭한 나리께 매일 감사드릴 거라고 전해주세요."

그녀는 숨이 막힐 정도로 흐느꼈고, 그녀의 가슴은 감사의 마음으로 충만했다. 그녀가 감사드리는 대상은 사카르였는데, 왜냐하면 노동 학교에 아이를 맡긴 대부분의 부모처럼 그녀 역시 사카르만을 알고 있었기 때문이다. 도르비에도 대공 부인이 도통 모습을 드러내지 않은 반면, 사카르는 직원들로 학교를 채웠으며 어느 정도는 자신의 피조물이라고 할 수 있는 이 자비로운 시설이 더 빨리 작동하는 것을 보고 싶어 시궁창에서 온갖 불쌍한 아이들을 데려오고, 늘 잡무에 열중하고, 학생들의 가엾은 가족에게 100수짜리 동전을 나눠주면서 오래도록 헌신했었다. 이 모든 빈자들에게 그는 유일하고도 진정한 선신善神이었다.

"부탁해요 부인, 말씀드려주세요, 이 세상 어딘가에 나리를 위해 기도하는 가련한 여자가 있다는 것을…… 오! 이건 제가 종교를 가지고 있기 때문이 아니랍니다. 거짓말하고 싶지는 않아요, 저는 위선을 떨어 본 적이 없거든요. 교회와 우리 가난뱅이들의 관계는 끝났습니다. 우리는 더이상 교회를 생각하지 않아요, 교회에 가는 것은 아무짝에도 쓸모가 없어요…… 하지만 우리의 하늘에도 무엇인가 있나봅니다. 누군가 훌륭한 일을 해주실 때, 그분에게 신의 가호를 빌면 마음이 편안해지죠."

그녀의 눈에 눈물이 넘쳤고, 생기 없는 뺨 위로 흘러내렸다.

"내 말 들어보렴, 마들렌, 들어봐……"

눈처럼 새하얀 옷을 입고 행복한 눈을 반짝이며 작은 혀끝으로 타르틴의 잼을 핥던 창백한 소녀가 호식의 기쁨을 누리기를 멈추지 않은 채, 고개를 들어 주의깊게 들었다.

"매일 저녁 침대에서 잠들기 전에, 두 손을 이렇게 모으고 말해야 해. '하느님, 사카르 씨의 선의가 보상받게 해주시고, 그분이 오래오래 살게 해주시고, 행복하게 살게 해주소서……' 알겠니? 약속할 수 있지?"

"그래, 엄마."

그다음 몇 주일 동안, 카롤린 부인은 깊은 정신적 혼란 속에서 지냈다. 더이상 사카르에 대해서 분명한 판단을 내릴 수 없었다. 빅토르의 탄생과 유기, 계단에서 너무도 참혹하게 유린당해 불구가 된 불쌍한 로잘리, 서명하고 지불하지 않은 어음, 시궁창에서 아버지 없이 자란 불행한 아이, 그 모든 애처로운 과거사가 그녀의 가슴에 역겨움을 불러일으켰다. 그러나 막심의 경거망동을 자극하고 싶지 않았던 것처럼, 그녀는 이 과거의 이미지도 물리치려고 애썼다. 물론 그녀를 몹시 놀라게 하고 슬프게 한 지난날의 오점이 있었다. 하지만 그 똑같은 남자를 위해 기도하게 하고자 딸의 두 손을 모은 채 눈물을 흘린 여자도 있었다. 사카르는 선신처럼 경배받았고, 또 실제로 사업가다운 열정적 활동으로 여러 영혼을 구제했기 때문에 선량하기도 했다. 행한 일이 덕성스러울 때 미덕의 화신이 되는 것은 당연하지 않은가. 그러하기에 그녀는 더이상 그를 판단하지 않으려 했고, 독서와 생각을 너무 많이 한 지식인 여성의 양심을 평화롭게 하기 위해 뭇 남성과 마찬가지로 그에게도 선과 악이 공존한다고 생각하려 했다.

그렇지만 자신이 그의 것이 된 적이 있었다고 생각하자 은근한 수치심이 몰려왔다. 그 생각이 늘 그녀를 화들짝 놀라게 했고, 그러면 그것은 이미 끝난 일이며 그런 말도 안 되는 순간은 되풀이되지 않으리라고 맹세하면서 그녀는 마음의 평정을 되찾았다. 석 달이 흘렀고, 그동안 그녀는 일주일에 두 번 빅토르를 보러 갔다. 그러던 어느 날 저녁 그녀는 다시 결정적으로 사카르의 품에 안겼고, 그 관계가 일상적인 것이 되도록 내버려두었다. 도대체 그녀의 내면에서 무슨 일이 일어난 것일까? 다른 여자들처럼 그녀도 호기심이 많았던 것일까? 스스로 휘저어놓은 혼란스러운 옛사랑이 그녀에게 더 알고 싶은 관능적 욕망을 일으킨 것일까? 아니면 아이가 아버지인 그와 뜻밖의 양어머니인 그녀 사이를 연결하는 운명적인 끈으로 작용한 것일까? 그렇다, 거기에는 감정적 도착증이 있었음이 틀림없었다. 그토록 가슴 아픈 상황에서 그 남자의 아들을 돌본다는 사실이 아이 없는 여자의 깊은 슬픔 가운데 그녀의 감성을 자극했고, 그녀의 의지를 무너뜨린 것이다. 만날 때마다 그녀는 그에게 더 많은 것을 허락했는데, 이런 허락의 근저에는 모성애가 자리하고 있었다. 게다가 양식이 풍부한 여자로서, 그녀는 상황을 받아들이면서도 줄기차게 수많은 변명거리를 찾아내려고 애썼다. 하지만 이 가슴과 머리의 활동, 이 면밀하고 세련된 분석 속에서 그녀가 보는 것은 단지 챙겨야 할 살림도 사랑할 아이도 없는 사교계 여자들의 기분전환, 공작 부인과 여인숙 하녀의 공통점으로서 타락에 대한 구실을 찾고 지혜로운 영혼으로 탐욕스러운 육체를 감추는 지식인 여성의 기분전환뿐이었다. 박학다식한 여자로서 한때 광활한 세계를 익히고 철학적 입장을 정리하는 데 몰입했던 그녀는 이제 피아노와 타피스리를 대신하는 그 심리적 오락, 여자들을 교화시키기보다 타락시켰다고 그녀가 웃으며 말하곤 하는 그 심리적 오락을 더없이 경멸하는 상태에 이르렀다. 그리하여 마음속에 공허가 생기고 자유의지에 균열을 느끼는 날이면, 그녀는 사실을 확인한 뒤 그것을 받아들이는 용기를 발휘하는 편을 택했다. 마치 끝없이 올라오는 수액이 참나무에 생긴 상처를 치료하고 속살과 껍질을 재생시키듯, 그녀는 오점을 지우고 악을 치유하기 위해 일상생활의 노동에 의지했다. 그를 존경한다는 확신도 없고 원하지도 않은 채 그의 것이 되었음에도, 그녀는 그가 자기에게 어울리지 않는 남자라고 여기지 않음으로써, 행동가로서의 그의 자질과 에너지에 매료되었다고 생각함으로써, 그가 타인에게 선량하고 유용한 사람이라고 믿음으로써 그 타락의 구렁텅이에서 다시 일어났다. 최초의 수치심은 오점을 씻으려는 욕망 속에서 사라졌고, 그들의 관계보다 더 자연스럽고 더 평온한 것은 아무것도 없었다. 흠잡을 데 없는 부부로서 그는 외출하지 않는 밤에 행복하게 그녀를 가졌고, 그녀는 깊이 있는 지성과 올바름으로써 거의 모성적인 애정으로 그의 힘겨움을 덜어주었다. 풍성하기 그지없는 하얀 머리칼, 정직한 양식과 인간적인 예지, 생활에 대한 신념, 격류가 몰고 오는 흙탕물 속에서도 변함없이 유지되는 성실성을 지닌, 그토록 젊고 그토록 건강한 서른여섯 살의 멋진 여자를 제 여자로 소유하는 것은 금융계의 온갖 흉계에 맞서야 하는 그 파리의 날강도에게 정녕 과분한 행운이요, 도둑질한 보상이었다.

여러 달이 흘렀다. 카롤린 부인은 사카르가 만국 은행 설립 초기의 온갖 어려움을 맞이하여 매우 정력적으로, 매우 사려 깊게 행동했다고 여겼다. 톱니바퀴가 터져나갈 듯 삐걱거리는 그 거대한 기계를 원활하게 작동시키기 위해 그가 끊임없이 어려움에 맞서며 아침부터 저녁까지 분투노력하는 모습을 보고서, 그녀는 수상한 불법 거래에 대한 의심, 오빠와 자기를 위태롭게 하지 않을까 하는 두려움에서 완전히 벗어났다. 그녀는 그에게 감사의 마음을 가졌고, 그를 우러러보았다. 그러나 기대와는 달리 만국 은행은 잘 굴러가지 않았는데, 왜냐하면 거대 은행이 만국 은행에 대해 소리 없는 적의를 드러냈기 때문이다. 연이어 나쁜 소문이 돌고 장애물이 나타난 탓에, 자본을 동원할 수도 없었고 유익한 시도를 감행할 수도 없었다. 그래서 그는 보조를 늦추는 미덕을 발휘했고, 늪에 빠지지 않도록 단단한 땅 위로 한 걸음 한 걸음 나아갔으며, 추락을 피하기 위해 무모한 도박을 삼갔다. 그는 속도를 늦추지 않을 수 없는 경주마처럼 발을 동동 구르며 조바심을 냈다. 어쨌든 은행의 초기 단계는 우수하지도 돋보이지도 않았다. 그 점에 대해 증권거래소는 놀라움을 감추지 못하며 이러쿵저러쿵 입방아를 찧었다.

그러는 가운데 첫번째 총회를 개최할 시기가 다가왔다. 총회 개최는 4월 25일로 정해져 있었다. 너무나 좁은 집에서 질식해가던 사카르의 급한 부름을 받고서, 아믈랭이 총회를 주재하기 위해 20일에 동방에서 돌아왔다. 그런데 그가 소중한 소식을 전해주었다. 즉 대형 여객선 합동회사의 설립을 위한 협약이 체결되었고, 그가 카르멜 은광 채굴권을 프랑스 회사에게 넘겨주는 양도 계약서를 확보했다는 것이었다. 그가 이제 막 콘스탄티노플에서 주춧돌을 놓은 은행, 즉 만국 은행의 지점이 될 터키 국립은행에 대해서는 이야기를 꺼내지도 않았다. 소아시아의 철도 문제는 아직 무르익지 않았으므로 유보할 수밖에 없었다. 따라서 사업을 계속 추진하기 위해 그는 총회가 끝나자마자 동방으로 되돌아가지 않으면 안 되었다. 카롤린 부인이 지켜보는 가운데 사카르는 그와 함께 기나긴 대화를 했고, 그 사업들을 펼치려면 자본 증식, 즉 증자가 절대적으로 필요하다는 점을 쉽게 납득시켰다. 이미 유력한 주주들, 즉 데그르몽, 위레, 세디유, 콜프가 그의 설명을 듣고 증자에 동의한 바 있었다. 그리하여 이틀 만에 제안 심의가 끝났고, 그 제안은 주주총회 바로 전날 이사회에 제출되었다.

긴급 이사회는 분위기가 엄숙했다. 보빌리에 저택 거목들의 그림자 때문에 푸르스름해진 방으로 모든 이사들이 출석했다. 통상 이사회는 한 달에 두 번 개최되었다. 15일경 개최되는 소회의가 더 중요했는데, 거기에는 진정한 우두머리들만 참석했다. 30일경 개최되는 대회의는 과시적인 회의로서 벙어리들과 장식 조연들을 포함한 모든 이사들이 모였고, 거기서는 미리 준비된 사업에 대한 동의와 서명이 이루어졌다. 그날, 귀족적인 작은 얼굴을 가진 드 보앵 후작이 피곤한 표정 속에 동의의 뜻을 담은 채 맨 먼저 나타났다. 유순하고 인색한 부이사장 로뱅 샤고 자작은 의제를 모르는 이사들을 파악하는 책임을 맡고 있었기에,

그런 이사들을 따로 불러내어 진정한 주인인 은행장의 지시를 간결하게 전달했다. 물론 모두가 고갯짓으로 복종을 약속했다.

이윽고 회의가 시작되었다. 아믈랭이 총회에서 읽을 보고서의 내용을 이사들에게 설명했다. 그것은 사카르가 오래전부터 준비한 내용에 엔지니어가 가져온 문서를 추가해서 이틀 만에 작성한 보고서였다. 사카르는 마치 보고서 내용 가운데 아는 것이 아무것도 없다는 듯, 깊은 관심을 나타내며 겸손하게 경청했다. 우선, 보고서는 설립 이후 만국 은행이 펼친 사업에 대해 이야기했다. 그날그날의 소소한 거래, 은행의 일상적 흐름은 그저 양호한 상태였다. 그렇지만 지난달 막시밀리안* 황제가 멕시코로 떠난 뒤 발행된 멕시코 채권은 상당한 수익을 낼 것으로 예상되었다. 그것은 엄청난 프리미엄이 예정된 채권이었는데, 사카르는 돈이 모자라서 더 큰 이득을 취할 수 없었기에 몹시 속이 쓰렸었다. 모든 것이 일상적으로 별 탈 없이 진행된 내용이었다. 설립일인 10월 5일부터 12월 31일까지, 즉 첫번째 회계연도의 수익은 단지 40만 몇천 프랑이었다. 그래도 그것이 설립 비용의 사분의 일을 상환하게 해주었고, 주주들에게 5퍼센트를 지불하고 10퍼센트를 적립금으로 돌리게 해주었다. 게다가 이사들은 정관에 따라 수익의 10퍼센트를 이미 선취한 바 있었다. 따라서 약 4만 8000프랑이 남았는데, 그것은 다음 회계연도로 이월되었다. 그렇지만 배당금이 없었다. 아무것도 이보다 더 초라하지도 더 명예롭지도 않을 것이었다. 그리고 증권거래소에서 거래되는 만국 은행의 주식시세를 위해 취한 조처로서, 그들은 마치 상승 가도에

* 오스트리아 황제 프란츠 요제프 1세의 동생으로 나폴레옹 3세의 도움을 받아 1864년 멕시코 황제로 추대되었지만, 삼 년 후 멕시코 공화파에 의해 체포되어 처형당했다.

있는 은행의 주식시세처럼 충격 없이, 정상적인 방법으로 주가를 500프랑에서 600프랑으로 올렸었다. 그러나 두 달 전부터 시세는 답보 상태였고, 신생 은행이 잠을 자는 듯한 일상적 추이 속에서 주가가 올라갈 이유가 아무것도 발견되지 않았다.

이어서 보고서는 미래의 문제로 옮겨갔다. 여기서 갑작스럽게 사업이 확장되었고, 일련의 거대 사업으로 광활한 지평선이 활짝 열렸다. 보고서는 특히 만국 은행이 주식을 발행할 대형 여객선 합동회사를 강조했다. 자본금 5000만 프랑으로 설립될 그 회사는 지중해의 모든 운송을 독점할 것이었고, 경쟁 관계에 있는 두 대형 회사를 신디케이트로 묶을 것이었다. 즉 '포세엔'이 피레아스와 다르다넬스를 거쳐 콘스탄티노플, 스미르나, 트라페주스를 책임지고, '소시에테 마리팀'이 메시나와 시리아를 거쳐 알렉산드리아를 책임질 터였다. 그 밖에 신디케이트로 묶을 소형 회사가 있었는데, 알제리와 튀니지를 책임질 '콩바렐 에 시', 스페인과 모로코를 거쳐 역시 알제리를 책임질 '뵈브 앙리 리오타르', 치비타베키아를 거쳐 이탈리아, 나폴리, 아드리아해의 여러 도시를 책임질 '페로-지로 프레르'가 그것이었다. 치열하게 경쟁하며 서로를 죽이고 있는 대형 회사와 소형 회사를 하나의 거대 회사로 묶음으로써 지중해 전체를 지배할 수 있을 것이었다. 자본집중 덕분에 지금까지 보지 못했던 속도와 안락함을 자랑하는 대형 여객선이 건조될 것이고, 출발지가 다양화될 것이고, 새로운 기항지가 마련될 것이고, 동방이 마르세유의 교외가 될 것이었다. 수에즈운하가 완공되고 합동회사가 인도, 통킹, 중국, 일본까지 운항할 수 있게 되면, 합동회사의 위세는 얼마나 대단할 것인가! 이보다 더 광활하고 이보다 더 확실한 사업이 제안된 적은 결코 없었다. 뒤이어 터키 국립은행에 대한 지지가 표명되었는데, 보고서가 그 계획의 우수성을 보여주는 여러 기술적인 세부 사항을 제시하고 있었다. 보고서는 만국 은행이 2000만 프랑의 자본금으로 설립될 '은광 프랑스 회사'를 후원하게 될 것임을 예고하면서 미래 사업에 대한 설명을 마쳤다. 화학자들의 분석에 따르면, 카르멜 은광에서 나온 광석의 표본은 상당량의 은을 함유하고 있었다. 그러나 과학에 앞서, 신성한 땅이라는 고대적인 정서가 은이 기적의 비처럼 쏟아질 것 같은 느낌을 갖게 했다. 그것은 사카르가 문장의 말미에 만족스럽게 삽입한 찬란한 신성을 뜻하는 표현 덕분이었다.

끝으로 영광스러운 미래를 약속한 후에, 보고서는 증자가 필요하다는 결론을 내렸다. 두 배로, 즉 2500만 프랑에서 5000만 프랑으로 올리지 않으면 안 되었다. 주식 발행 시스템은 모든 사람이 쉽게 이해할 수 있을 정도로 더없이 간단했다. 5만 주가 새롭게 발행되어 기존 주주들에게 소유 주식량만큼 배분될 예정이었다. 공식적인 기명은 하지 않아도 좋았다. 그런데 이 신주新株*의 가격은 주당 520프랑이 될 것이었다. 520프랑 가운데 20프랑은 프리미엄으로서 5만 주를 곱하면 100만 프랑이 되는데, 그것은 적립금으로 전환될 예정이었다. 주주들이 이익을 볼 것이 확실한 이상, 이 정도의 소액을 분담하는 것은 정당하고 합리적인 일이었다. 게다가 주식의 사분의 일에 대해서만 프리미엄과 함께 대금을 불입하면 된다는 것도 알아둬야 했다.

아믈랭이 보고서 낭독을 멈추었을 때, 여기저기서 동의를 표하는 소

* 기업이 증자나 합병 등으로 새로 발행한 주식.

리가 들렸다. 완벽해, 심의할 필요조차 없어. 보고서가 낭독되는 동안, 데그르몽은 손톱을 이리저리 살피는 데 열중하며 이 모호한 계획에 대해 미소를 지었다. 국회의원 위레는 안락의자에 파묻힌 채, 의회에 참석한 양 눈을 감고 반쯤 졸고 있었다. 은행가 콜프는 다른 이사들처럼 자기 앞에 놓인 종이 위에 조용히, 오래도록 무엇인가 계산을 하는 데 몰입했다. 그렇지만 늘 불안해하고 걱정스러워하는 세디유는 질문을 하고 싶어했다. 그렇다면 자기 권리를 행사하고 싶지 않은 주주들의 주식은 어떻게 되는 건가? 자본이 모두 기명되어야 공증인 사무실에서 합법적인 신고가 이루어질 수 있는 이상, 회사가 그 주식을 보유한다 해도 이는 불법적인 일이 아닌가? 만일 회사가 보유하지 않는다면, 회사는 그 주식을 누구에게, 어떻게 넘겨줄 것인가? 그러나 실크 제조업자 세디유의 질문을 듣자마자 사카르가 초조해하는 것을 본 드 보애 후작이 세디유의 말을 끊으며 위엄 있는 귀족의 태도로, 세부 사항은 능력 있고 헌신적인 두 사람, 즉 이사장과 은행장에게 맡기자고 했다. 이제 축하의 말만이 오갔고, 회의는 모든 사람이 흡족해하는 가운데 종료되었다.

이튿날, 총회는 진정 감동적인 분위기 속에서 개최되었다. 총회 개최 장소로는 다시 한번 블랑슈가의 무도회장이 선택되었다. 이사장이 도착하기 전에, 이미 주주들로 가득찬 홀에서는 더없이 좋은 소문이 돌았다. 점점 강력해지는 야당의 격렬한 공격을 받은 루공, 장관이요 은행장의 형인 루공이 전에는 가톨릭계 신문이었지만 지금은 회사 소유가 된 〈레스페랑스〉가 정부를 변호해준다면 만국 은행을 우대할 것이라는 소문이었다. 일전에 한 야당 의원이 끔찍한 고함을 질렀었다. "12월

2일*은 범죄의 날이오!"라는 절규가 프랑스 전역에 메아리치며 공공의 양심을 일깨웠다. 정부는 엄청난 성공으로 그 고함에 응답할 필요가 있었다. 요컨대 다가올 만국박람회가 엄청난 수익을 올리고, 멕시코**에서 거금을 획득하며, 다른 곳에서도 승리를 거듭하여 제정은 정점에 이를 것이었다. 장트루와 사바타니가 교화시키던 주주들 사이에서 웃음소리가 터졌는데, 그들은 군대 문제와 관련하여 프로이센의 징집 제도를 프랑스에 도입해야 한다는 정신 나간 주장을 한 또다른 의원을 비웃고 있었다. 의회는 그 주장을 조롱했었다. 솔페리노 전투 이후 이탈리아가 우리에 대해 간직한 은밀한 원한, 그리고 덴마크 사태 이후 프로이센이 우리에게 불러일으킨 지극한 공포가 몇몇 의원의 머리를 돌게 한 것일까! 그러나 두런두런 주고받던 사적인 대화는 아믈랭과 이사들이 입장하자 갑자기 잦아들었다. 감독 위원회에 참석했을 때보다 더 겸손한 자세를 취하며 사카르는 군중 속에 스며들었다. 그는 가만히 보고서에 찬성하는 박수를 보낼 뿐이었는데, 보고서는 감사인 라비니에르와 루소가 검토하고 수용한 첫번째 회계연도 결산을 설명하며 자본을 두 배로 증식할 것을 제안하는 내용이었다. 총회만이 증자를 승인할 권한이 있었다. 총회는 열광적으로, 대형 여객선 합동회사와 터키 국립은행이 벌어들일 돈에 도취한 채, 만국 은행이 점할 중요성에 비례하여 자본을 투자할 필요가 있음을 인정하며 증자에 찬성했다. 카르멜 은광에 관한

* 1848년 12월 10일 프랑스공화국 대통령에 당선된 나폴레옹 황제의 조카 루이나폴레옹 보나파르트가 1852년 12월 2일 나폴레옹 3세라는 칭호로 스스로 황제의 자리에 오른 사건을 가리킨다.

** 나폴레옹 3세가 1861년 멕시코에 파병하여 1863년 수도를 점령한 후 프랑스의 괴뢰 정부인 막시밀리안 1세의 군주정을 수립했던 사건을 가리킨다.

한, 그것은 종교적인 전율과 함께 환영받았다. 이사장, 은행장, 이사들에게 감사와 동의를 표한 뒤 자리를 떠난 주주들은 모두 신의 영광과 더불어 성지에서 떨어지는 신비스러운 돈의 비를 꿈꾸었다.

이틀 후, 부이사장 로뱅샤고 자작과 함께 생탄가의 공증인 를로랭 선생의 사무실을 찾은 아믈랭과 사카르는 기명이 완료되었다고 주장하며 증자를 신고했다. 그러나 사실은 권리를 가진 기존 주주들이 약 3000주를 포기했고, 그 주식을 떠안은 회사가 다시 그 주식을 펜 놀림 하나로 사바타니 명의의 계좌로 넘긴 터였다. 이는 오래된 불법행위로서 일정량의 회사 소유 증권, 즉 일종의 적립금을 만국 은행의 금고에 감춰두는 데 본령이 있었다. 그 적립금은 은행으로 하여금 투기할 수 있게 해주고, 투기꾼들이 주가를 하락시켜 이득을 챙기려고 연합할 경우 주식시세를 유지하기 위해 증권계 전쟁에 나설 수 있게 해줄 것이었다.

그런데 아믈랭은 이 불법적 책략에 반대하면서도 결국 금융 작전에 관한 문제를 사카르에게 일임했다. 그들과 카롤린 부인 사이에 그에 대한 대화가 오갔는데, 특히 사카르가 오누이에게 떠맡긴 500주, 이번에 당연히 두 배로 늘어난 500주가 거론되었다. 프리미엄과 함께 사분의 일에 대해서만 대금을 불입하면 되는 그 1000주는 13만 프랑에 상당했다. 오누이는 대금을 완납하고 싶어했는데, 왜냐하면 말라리아로 외아들이 죽은 지 열흘 후에 똑같이 말라리아로 돌아가신 친척 아주머니에게서 약 30만 프랑에 달하는 뜻밖의 유산을 물려받았기 때문이었다. 사카르는 그들이 좋을 대로 하도록 내버려두었는데, 그 자신도 자기 소유의 주식을 어떻게 변제해야 할지 몰랐다.

"아! 이 유산 말예요." 카롤린 부인이 웃으며 말했다. "그건 우리가 맞이하는 최초의 행운이죠…… 당신은 정말 행복을 가져다주는 사람인가봐요. 오빠에게 30만 프랑이 생겼잖아요, 여비가 상당하지만 이걸로 충당할 수 있죠. 더이상 필요도 없는데 이토록 많은 황금이 우리에게 쏟아지다니…… 벌써 우린 부자랍니다."

이제 사카르가 불러일으키는 애정에 파묻힌 채, 날마다 통찰력을 잃으며 그에게 압도당하는 동시에 신뢰를 보내는 그녀는 감사의 마음이 가득 담긴 눈길로 사카르를 바라보았다. 그러고는 그의 가식 없는 쾌활함에 휩쓸려 말을 이었다.

"그런데 말예요, 제가 열심히 일해서 그 돈을 벌었다면, 그 돈을 당신 사업에 투자하는 위험을 감수하지는 않을 거예요…… 하지만 우리가 거의 모르고 지냈던 친척 아주머니, 우리가 생각지도 않았었던 돈, 땅에서 주운 돈, 심지어 무엇인가 정직하지 않은 듯한 돈, 무엇인가 수치심도 느껴지는 돈…… 아시겠죠, 그 돈은 제 가슴에 와닿지가 않아요. 그래서 그 돈을 잃어버리고 싶기도 해요."

"바로 그거요" 하고 사카르가 농담하듯 말했다. "그래서 내게 투자하면, 그 돈이 점점 불어나 몇백만 프랑이 될 거요. 도둑질한 돈을 키우려면 이보다 더 좋은 방법은 없소…… 일주일도 못 가서 당신은 주가 상승을 보게 될 거요."

출발을 늦추고 있었던 아믈랭은 과연 만국 은행의 주가가 폭등하는 것을 놀라운 시선으로 지켜보았다. 5월 말의 정기거래 결제 때 주가는 700프랑을 넘어섰다. 이는 증자가 발생시키는 통상적인 결과였다. 신주 발행은 성공을 채찍질하고, 시세를 빠르게 끌어올리는 고전적 방식이었다. 그렇지만 회사가 설립할 기업들을 현실적으로 중요하게 인식시키는 작업이 필요했다. 파리 전역에 붙인 노란색 대형 포스터가 카르멜 은광 채굴이 임박했음을 알림으로써 사람들을 자극하고 열광시켰는데, 이 열광은 가라앉을 줄 모른 채 뭇사람의 이성을 마비시켰다. 이를테면 기름진 부엽토가 마련된 셈이었다. 발효중인 거름으로 만들어지고 사람들의 욕망으로 뜨거워진 이 부엽토는 광적인 투기를 이끌어내는 데 더없이 유리했다. 증권거래소를 경색시키고 부패시키는 투기의 광적 충동은 십 년 내지 십오 년 주기로 일었으며, 그것이 휩쓸고 지나간 자리에는 피와 폐허만이 남곤 했다. 벌써 수상쩍은 회사들이 독버섯처럼 생겨났고, 대형 회사들이 모험적 금융 사업을 자양으로 해서 자라났으며, 투기의 뜨거운 열기가 쾌락과 사치—머잖아 개최될 만국박람회가 동화처럼 허구적인 절정의 영광 속에서 그 쾌락과 사치의 극점을 보여주리라—로 빛나는 제정의 떠들썩한 번영 속에서 피어올랐다. 길가에서 마주치는 엄청난 사업의 행렬을 보며 군중이 현기증을 일으키는 가운데, 만국 은행이 바야흐로 모든 것을 뒤흔들고 모든 것을 파괴할 강력한 기계로서, 폭발할 때까지 유력자들이 한없이 가열시킬 강력한 기계로서 가동을 개시했다.

오빠가 동방으로 다시 떠나자, 카롤린 부인은 사카르와 단둘이 남아 거의 부부와도 같은 긴밀한 사생활을 다시 시작했다. 역할이 변했음에도 여전히 충직한 관리인으로서 열심히 집을 돌보았고, 생활비를 절약했다. 평화로운 미소와 한결같은 기분을 유지했지만, 그녀는 빅토르와 관련하여 은근한 불안과 미묘한 가책을 느꼈다. 아들의 존재를 그 아버지에게 얼마나 더 오래 감춰야 할지 알 수가 없었다. 노동 학교 관계자들은 학교를 유린하는 빅토르를 몹시 못마땅하게 생각했다. 벌써 여섯 달이 흘렀는데 악덕을 씻기는커녕 작은 괴물이 되려는 것인가? 가끔 그녀는 진정한 고통을 느꼈다.

어느 날 저녁, 그녀는 그에게 빅토르 이야기를 들려주려 했다. 그즈음 만국 은행의 보잘것없는 시설이 불만족스러웠던 사카르는 자신이 꿈꾸는 호화 사옥을 지을 수 있을 때까지 이웃 건물 일층을 빌려 사무실로 사용하고자 했다. 이사회로부터 사무실 확장 공사를 승인받은 그는 두 건물의 벽을 허물어 사잇문을 내게 했고, 비상구를 만들게 했다. 동급생의 귀를 물어뜯은 빅토르의 만행에 절망한 채 비노 대로에서 돌아온 그녀는 그에게 위층으로 올라가자고 청했다.

"저기, 얘기할 게 있어요."

그러나 어깨에 회반죽을 묻힌 채 사무실을 확장하려는 생각, 이웃 건물의 안마당도 유리창으로 둘러칠 생각으로 즐거워하는 사카르를 보았을 때, 그녀는 그 유감스러운 비밀로 그의 마음을 뒤집어놓을 용기가 나지 않았다. 아냐, 더 기다려야겠어, 그 가증스러운 악동의 행실이 고쳐져야 해. 그녀는 다른 사람들의 고통 앞에서는 마음이 약해지곤 했다.

"그래요! 안마당 말예요. 제 생각도 당신 생각과 똑같아요."

6

장트루의 제안으로 만국 은행의 설립을 원활하게 추진하기 위해 사카르가 인수했던 가톨릭계 신문 〈레스페랑스〉의 사무실은 생조제프가의 습기 차고 시커먼 낡은 저택 이층에 있었다. 복도는 가스등이 끝없이 불을 밝히는 대기실에서 시작되었다. 왼쪽으로는 사장인 장트루의 집무실, 사카르의 집무실이 있었고, 오른쪽으로는 공동 편집실, 비서실, 그 외 여러 업무에 예정된 사무실이 있었다. 층계참 건너편에는 행정실과 회계 창구가 있었는데, 계단 뒤로 돌아가는 내부 복도가 그것들을 편집실로 연결시켰다.

그날, 방해받지 않으려고 일찍 출근하여 공동 편집실에서 시평을 마무리하던 조르당은 네시 종이 울렸을 때 거기서 나왔고, 사환인 드주아를 만나러 갔다. 6월의 화창한 바깥 날씨에도 불구하고 가스등이 타오르는 가운데, 드주아는 증권거래소 회보를 탐욕스럽게 읽으며 거기서 맨 먼저 정보를 입수하고 있었다.

"그런데 드주아, 방금 도착하신 분이 장트루 씨인가요?"

"그렇습니다, 조르당 씨."

젊은이는 잠시 망설였고, 불편한 심경에 발걸음을 멈추었다. 그는 행복한 부부 생활의 어려웠던 초기에 빚을 졌었다. 이 신문에 기사를 기고할 수 있었던 행운에도 불구하고, 급료에 압류가 들어오고 그날도 지불해야 할 새로운 어음 때문에 초라한 가구마저 팔아야 할 상황이었던 만큼 그는 더욱더 힘겨움을 느꼈다. 벌써 두 번이나 사장에게 가불을 부탁했지만 소용이 없었다. 왜냐하면 사장 자신도 재산압류를 당하고 있었기 때문이었다.

그렇지만 결심을 하고 그가 문에 다가갔을 때, 사환이 다시 말했다.

"장트루 씨는 혼자 계시지 않습니다."

"아!…… 누구와 함께 계시죠?"

"사카르 씨와 함께 계십니다. 위레 씨 외에는 아무도 들여보내지 말라고 사카르 씨가 제게 지시하셨습니다."

조르당은 이런 유예에 차라리 안도의 한숨을 내쉬었는데, 그만큼 돈을 부탁하는 것이 힘겨운 터였다.

"괜찮습니다, 돌아가서 시평을 마무리할게요. 사장님 혼자 계실 때 제게 알려주세요."

그가 자리를 떠나려 했을 때, 드주아가 지극히 환희에 찬 표정으로 그를 붙들었다.

"만국 은행 주가가 750프랑이 되었어요."

젊은이는 관심 없다는 몸짓을 보이고는 편집실로 돌아갔다.

거의 매일 사카르는 증권거래소에 들렀다가 신문사로 올라왔고, 종종 자기 집무실을 약속 장소로 정했으며, 거기서 특별하고 은밀한 거래를 처리했다. 장트루는 공식적으로는 〈레스페랑스〉—이 신문에서 그는 자기 맞수들조차 "순수 세련미의 작품"으로 인정하는 강단문학에 대해 일종의 정치적 논평을 하고 있었다—의 사장이었음에도 일종의 비밀 요원으로서 여러 까다로운 일을 친절하게 처리해주었다. 특히 만국은행을 위한 광고를 폭넓게 조직했다. 그는 수많은 군소 금융 신문 가운데 열 개 정도를 선정해서 매입했다. 그중 가장 좋은 신문들은 수상한 은행들의 소유였는데, 이 은행들의 책략은 아주 간단한 것으로 신문을 발행해서 우편요금조차 되지 않는 돈인 연간 2~3프랑에 신문을 보내주는 데 본령이 있었다. 그들은 신문이 견인해주는 구독자들의 주식에서 부당이득을 취하며 손실을 만회했다. 증권거래소의 시세, 추첨 보너스 지급 채권의 번호, 군소 금리생활자에게 유용한 온갖 기술적 정보를 제공한다는 구실로, 그들은 차츰차츰 슬그머니 광고를 밀어넣었다. 추천과 조언의 형식으로 이루어지는 광고는 처음에는 온건하고 합리적이었지만 이내 과도하고 뻔뻔스러운 것이 되었고, 순진한 구독자들에게 파산의 바람을 불어넣었다. 그처럼 파리와 프랑스를 부패시키는 이 삼백 개의 신문 가운데 장트루는 아직 거짓말을 지나치게 하지 않은 신문들, 신용이 지나치게 실추되지 않은 신문들을 골랐었다. 하지만 그가 염두에 둔 큰 거래는 이미 십이 년 동안 정직하기 그지없는 기사를 써온 〈라 코트 피낭시에르〉*를 매입하는 것이었다. 다만 그런 정직한 신문은 매우 비싼 것이 흠이었다. 그는 만국 은행이 더 부유해지기를, 최후의 나팔 소리가 우렁차게 승리를 알리는 때가 오기를 기다렸다. 한편 그의 노력은 이처럼 말을 잘 듣는 특별 언론 전투부대를 만들어, 매호마다 사카르가 진행하는 사업이 얼마나 훌륭한 것인지를 알리는 데 그치지 않았다. 그는 또한 거대 정치·문학 신문들과 일괄 청부 조건으로 교섭을 벌였고, 거기에 일련의 호의적인 단평, 찬사로 가득찬 기사를 싣게 했으며, 새로운 주식을 발행할 때마다 주식을 선물함으로써 그들의 협력을 확보했다. 게다가 그의 지시에 따라 〈레스페랑스〉는 일상적인 캠페인을 벌였는데, 그것은 노골적으로 지지하는 과격한 캠페인이 아니라 설명과 토론으로 독자를 장악하고 정확하게 독자의 목을 조르는 완만한 캠페인이었다.

그날, 사카르는 장트루와 함께 신문에 대해서 이야기하고자 했다. 아침에 신문에서 위레가 쓴 기사, 즉 루공의 의회 연설에 대해 너무도 지나치게 찬사를 늘어놓은 글을 읽은 사카르는 격노한 채 설명을 듣기 위해 위레를 기다리고 있었다. 나를 형의 졸병쯤으로 여긴단 말인가? 어떻게 신문의 노선을 위태롭게 할 정도로 장관의 하잘것없는 행동을 장황하게 찬미할 수 있단 말인가? 사카르가 신문의 노선에 대해 이야기하는 것을 듣고 장트루는 말없이 미소를 지었다. 폭풍우가 자신을 향해 몰아치지 않았기 때문에, 그는 자기 손톱을 뜯어보면서 침착하게 사카르의 말을 경청했다. 환멸에 빠진 문인 특유의 냉소주의와 함께 그는 문학을, 일면 기사와 이면 기사를 더할 나위 없이 경멸했는데, 심지어 자기 글이 실린 신문 지면을 가리키면서 그렇게 말하고 했다. 그가

* '공식 금융시세'라는 뜻이다.

감동하는 것은 광고뿐이었다. 이제 멋진 신사로 새롭게 태어난 그는 선명한 색깔의 장미 문양 장식 단춧구멍이 있는 프록코트, 몸에 꼭 맞는 우아한 프록코트를 입었고, 여름에는 밝은 분위기의 가벼운 외투를 팔에 걸쳤고, 겨울에는 100루이*짜리 모피 외투에 파묻혔고, 특히 거울처럼 반짝이는 대머리를 값비싼 모자로 정성스럽게 장식했다. 그렇지만 그의 우아함에는 결함이 있었다. 이를테면 어딘지 모르게 불결하다는 어렴풋한 인상, 보르도 대학에서 파리 증권거래소로 굴러떨어진 전직 교수라는 옛 허물, 십 년 동안 씻으려고 애쓴 오점으로 얼룩진 피부가 그것이었다. 또한 새로운 행운을 향유하는 그의 자신감 속에는 옛날처럼 갑자기 내쫓기지 않을까 하는 두려움과 함께 스스로를 낮추는 저열한 겸양이 있었다. 그는 한 해에 1만 프랑을 벌었고 그 두 배를 썼지만, 아무도 그가 돈을 어디에 쓰는지를 몰랐다. 그로 하여금 대학에서 쫓겨나게 한 비밀스러운 원인, 즉 비열한 악덕에 탐닉하고 있지 않을까 하고 짐작했을 뿐, 아무도 그의 정부조차 본 적이 없었다. 게다가 가난한 시절부터 그를 사로잡은 독주 압생트가 옛날의 천박한 카페에서 오늘날의 화려한 사교클럽까지 흐르며 조금씩 그를 삼켰고, 얼마 남지 않은 그의 머리카락을 계속 빠지게 했으며, 그의 이마와 얼굴—여전히 남성성을 보여주는 부채꼴의 검은 턱수염만이 거기서 유일하게 훌륭했다—을 납빛으로 물들였다. 사카르가 다시 신문의 노선을 언급했을 때, 쓸모없는 열정에 시간을 허비하고 싶지 않았던 그는 피곤한 표정을 감추며 사카르의 말을 잘랐고, 어차피 위레가 늦어지는 이상 구체적인

* 프랑스 국왕의 초상이 새겨진 금화로 1루이는 20프랑에 해당한다.

사업 이야기로 화제를 돌리려고 했다.

얼마 전부터 장트루는 새로운 광고 아이디어를 숙성시키고 있었다. 먼저 만국 은행이 설립하는 대형 회사들과 관련하여 스무 쪽 정도의 팸플릿을 만들 생각을 했는데, 그 팸플릿은 대형 회사들에 친숙한 문체로 극화된 멋진 환상을 부여할 것이었다. 그는 가장 외딴 시골에까지 무료로 뿌림으로써 이 팸플릿으로 지방을 도배하고자 했다. 이어서 그는 증권거래소 회보를 편집하고 인쇄할 사무소를 설립하여 그 회보를 백 개 정도의 지방신문사에 보낼 생각이었다. 이 회보를 무료로 혹은 미미한 구독료를 받고 보냄으로써 만국 은행은 강력한 무기, 즉 모든 경쟁 은행이 의식하지 않을 수 없는 힘을 수중에 넣게 될 것이었다. 사카르라는 인물을 잘 알고 있던 그는 사카르가 자기 생각을 채택하고, 그것을 사카르 자신의 생각으로 만들고, 그것을 확대시켜 구체적으로 재가공할 때까지 사카르를 자극했다. 시간이 흘렀다. 결국 둘은 사반기 광고 자금의 사용, 경쟁 은행의 지지 세력인 거대 신문사들의 침묵을 얻기 위한 보조금 지원, 평판이 아주 좋은 전통 신문 경매에의 참여 등을 결정하기에 이르렀다. 그들의 낭비에서, 그들이 떠들썩한 소란을 일으키기 위해 쏟아붓는 엄청난 돈에서 독자에 대한 그들의 한없는 경멸, 머리가 잘 돌아가는 사업가로서 대중의 무지에 대한 그들의 멸시가 엿보였다. 독자 대중은 동화 같은 이야기를 쉽게 믿었고, 증권계의 복잡한 조작에 너무나 무지해서 터무니없는 호객 행위에도 금세 관심을 보이며 수백만 프랑을 날렸던 것이다.

조르당이 이단 기사를 만들기 위해 오십 행을 쓰고 있을 때, 드주아가 그를 부르며 글쓰기를 방해했다.

"아!" 그가 말했다. "장트루 씨가 혼자 계시나요?"

"아닙니다, 조르당 씨, 아직…… 저기 밖에 계시는 당신 부인, 당신 부인이 찾아왔습니다."

몹시 불안해하며, 조르당이 서둘러 갔다. 몇 달 전부터, 다시 말해 그가 〈레스페랑스〉에 자기 이름으로 기사를 쓴다는 사실을 메생 아줌마가 알게 되었을 때부터, 그는 옛날에 재단사에게 서명해준 여섯 장의 50프랑짜리 어음 때문에 뷔슈에 의해 궁지로 내몰리고 있었다. 어음의 액면가 300프랑만이 문제였다면 벌써 그것을 지불했으리라. 그로 하여금 분통을 터뜨리게 한 것, 그것은 결제를 미루는 바람에 빚이 점점 불어나 730프랑 15상팀이라는 거액에 이르렀다는 사실이었다. 그럼에도 그는 해결책을 찾아냈고, 매달 100프랑씩 갚기로 약속했었다. 그러나 젊은 부부는 더 시급한 생필품 구입 때문에 지불을 연기했고, 그럴수록 매달 결제액은 올라갔으며, 고통이 재개되어 참을 수 없을 지경에 이르렀다. 그리하여 그는 또다시 파산의 위기에 내몰렸던 것이다.

"무슨 일이야?" 그가 대기실에 있던 아내에게 물었다.

그러나 그녀는 대답할 틈이 없었는데, 왜냐하면 사장실의 문이 활짝 열리며 사카르가 고함을 질렀기 때문이다.

"아! 이런, 젠장! 드주아, 위레 씨는?"

사환은 당혹스러워하며 말을 더듬었다.

"글쎄요! 아직 안 오셨는데요. 아, 저로서는 그분을 더 빨리 오시게 할 방법이 없습니다."

욕설과 함께 문이 다시 닫혔고, 아내를 옆방으로 데려간 조르당은 조용히 물었다.

"여보, 무슨 일 있어?"

평소에는 무척 쾌활하고 용감했던 마르셀, 힘겨운 날에도 생글거리는 눈, 건강한 입술, 밝은 얼굴로 행복한 표정을 짓곤 했던 자그맣고 통통한 갈색 머리 여자 마르셀이 오늘은 완전히 넋이 나간 듯했다.

"오! 폴, 어쩌면 좋아, 남자 하나가 집에 왔었어. 오! 얼마나 끔찍한 불한당이었는지…… 인상도 나빴고, 술도 마신 것 같았어. 그 사람 말로는 이제 다 끝났고, 내일 우리 가구가 팔릴 거래. 계고장을 문에 붙이겠다고 어찌나 설쳐대던지……"

"말도 안 돼!" 조르당이 외쳤다. "난 아무것도 고지받은 게 없어, 법적 절차를 지켜야지."

"그래! 하지만 당신은 나보다도 아는 게 없어. 서류가 와도 당신은 읽어보지도 않았잖아…… 어쨌든 계고장을 붙이지 않도록 2프랑을 줬어. 그러고는 당신한테 이 사실을 알려주려고 곧장 달려온 거야."

그들은 절망했다. 클리시로에 있는 그들의 작고 가난한 살림살이, 매월 그토록 어렵게 갚아나가면서 장만한 푸른 천 마호가니 가구, 가끔 저속한 부르주아 취미라고 말하며 웃었지만 얼마나 큰 자부심을 가지고 있었던가! 그들은 그 살림살이를 진정으로 사랑했다. 왜냐하면 그것이 신혼 첫날밤부터 그들에게는 행복의 일부를 이루었기 때문이다. 비록 방 두 개짜리 거처였지만 햇빛이 잘 들었고, 발레리앵 언덕까지 훤히 보일 정도로 집 앞이 탁 트여 있었다. 그는 여기저기 못을 박아 집을 장식하느라, 그녀는 집에 차분한 분위기를 주겠다고 아드리아노플 무명으로 휘장을 치느라 얼마나 애를 썼던가! 그런데 그걸 팔아야 한다니, 가난조차도 감미로운 그들의 안식처에서 그걸 내쫓아야 한다니

도대체 말이 되는 소리인가!

“여보,” 그가 말했다. “난 가불을 신청할 생각이야. 할 수 있는 건 모두 시도해봐야지. 하지만 희망이 크진 않아.”

그러자 망설이며 그녀가 자기 생각을 털어놓았다.

“나도 생각해둔 게 있는데…… 오! 하지만 당신이 원하지 않으면 잊을게. 실은 당신과 함께 그걸 상의하기 위해 여기로 왔는데…… 그래, 난 우리 부모님한테 도움을 청하고 싶어.”

그는 격하게 고개를 가로저었다.

“안 돼, 안 돼, 절대로 안 돼! 당신도 잘 알잖아, 난 부모님께 아무것도 빚지고 싶지 않아.”

물론 모장드르 부부는 경제적 여유가 있었다. 하지만 조르당은 자기 아버지가 파산으로 자살한 이후 딸의 결혼을 반대하던 그들이 딸의 워낙 강한 의지 앞에서 어쩔 수 없이 허락했을 때 보여주었던 냉정한 태도를 잊지 않고 있었다. 그들은 모욕적으로 그를 경계했었고, 특히 신문에 글을 기고하는 청년은 모든 것을 허비하기 마련이라는 확신으로 단 한 푼도 그에게 주지 않았었다. 그들에 의하면, 훗날 딸이 유산으로 모든 것을 물려받을 것이었다. 그러나 결혼 이후 젊은 부부는 일주일에 한 번, 즉 일요일 저녁에 부모님 댁에서 식사를 하는 것 외에는 배가 고파 죽을망정 부모님한테 아무것도 부탁하지 않으려 했었다.

“말도 안 돼.” 그녀가 다시 말했다. “정말 희한하지, 우리의 미래를 위한 적립금이라니…… 부모님에게는 자식이 나밖에 없는데, 언젠가 모든 게 내 것이 될 텐데!…… 아버지는 라빌레트에서 물탱크 사업으로 1만 5000프랑의 연금을 벌었다고 누구에게나 자랑하시잖아. 게다가 은퇴해서 사시는 작은 저택도 있지, 정원도 정말 아름답고…… 무엇 하나 부족한 것이 없는데 우리한테 이처럼 고통을 주는 것은 잘못된 일이야. 사실 부모님도 나쁜 분들이 아냐. 부모님을 뵈러 가야겠어!"

그토록 열심히 일해도 비평가와 독자에게서 무관심과 모욕만을 얻는 남편, 그 사랑하는 남편을 행복하게 해주고 싶어서 현실적인 결정을 내린 그녀는 단호한 태도로, 미소 지으며 용기를 냈다. 아! 돈, 그녀는 그것을 양동이로 퍼서 남편에게 주고 싶었고, 남편을 사랑하고 남편이 그녀의 모든 것인 이상 남편을 위해 무엇이든 할 준비가 되어 있었다. 그것은 그녀의 동화, 그녀만의 신데렐라 이야기였다. 자신의 가난한 왕자가 영광을 향해, 세계 정복을 향해 나아가는 것을 돕기 위해 그녀는 자기 왕가의 재산을 두 손에 가득 담아 바칠 것이었다.

"여보," 그를 껴안으며 그녀가 쾌활하게 말했다. "무엇인가 당신에게 도움이 되는 일을 하고 싶어. 당신을 힘들게 할 수는 없어."

그는 굴복했고, 그녀가 곧장 부모님이 사시는 바티뇰의 르장드르가로 가는 것을 허락했다. 그녀가 돈을 마련해 오면, 그는 바로 그날 저녁에 모든 빚을 청산할 것이었다. 아내가 자존심을 굽히며 떠나는 만큼 더욱더 감동한 그가 그녀를 계단까지 배웅하던 바로 그때, 위레가 서둘러 들어오는 바람에 그는 옆으로 비켜서지 않으면 안 되었다. 그가 시평을 마무리하기 위해 편집실로 돌아가고 있을 때, 장트루의 집무실에서 격한 고함소리가 터져나왔다.

모두가 일확천금을 꿈꾸며 성공과 실패의 운명을 그의 사업 수완에 걸고 있었기에 사카르는 그즈음 다시 강력한 지배자로 등극했고, 만인에게서 복종받기를 원했다.

"아! 이제야 나타나셨군." 위레를 보면서 그가 소리쳤다. "의회에서 늑장을 부린 것도 형에게 박스기사를 헌사하기 위해서였겠지?…… 당신이 형의 얼굴에 흔들어대는 향로 향기는 이제 진절머리가 나. 당신한테 이 말을 하기 위해 기다렸소. 이제 형의 기사는 이것으로 끝이고, 앞으로는 우리에게 다른 글을 써주시오."

당혹스러운 표정으로 위레가 장트루를 쳐다보았다. 그러나 장트루는 위레를 도움으로써 자기에게 미칠 화가 걱정되는 듯, 그의 눈길을 외면하며 손가락으로 풍성한 수염을 쓰다듬기 시작했다.

"뭐라고요, 다른 글을 써달라고?" 마침내 의원이 대꾸했다. "나는 당신이 부탁한 글을 썼을 뿐이오!…… 가톨릭과 왕정*을 옹호했던 과격 신문, 루공에 반대해서 그토록 사나운 캠페인을 벌였던 〈레스페랑스〉를 당신이 인수했을 때, 루공에 대한 찬사의 글을 써달라고 내게 부탁한 것이 바로 당신이잖소. 당신이 형에게 적대적이지 않다는 것을 보여주기 위해서, 그리하여 신문의 새로운 노선을 드러내기 위해서 말이오."

"신문의 노선, 구체적으로 말하자면," 사카르가 더욱 흥분해서 말했다. "당신이 신문의 노선을 위태롭게 하고 있으니 걱정이란 말이오…… 당신은 내가 형한테 목을 매달고 있다고 생각하시오? 물론 나는 황제에 대해 찬사와 감사의 마음을 아낀 적이 없소. 우리 모두가 황제에게 진 빚, 특히 내가 진 빚을 잊지 않고 있지. 하지만 잘못을 고발

---

* '왕정(royauté)'은 '제정(empire)'과 다르다. 예를 들어 왕정은 루이 14세와 같은 프랑스 정통 국왕의 통치를 뜻하며, 제정은 프랑스 정통 왕조와 무관하게 나폴레옹과 같은 황제의 통치를 뜻한다. 가톨릭은 전통적으로 왕정을 지지했다.

하는 것, 그것은 제정을 공격하는 것이 아니라, 반대로 충직한 신하의 의무를 다하는 일이오…… 요컨대 우리 신문의 노선은 이런 것이오. 즉 황제에게는 헌신하고, 튈르리궁의 환심을 사기 위해 다투는 자들, 야욕에 찬 장관들로부터는 철저하게 독립하는 것!"

그러고서 그는 신하들이 황제에게 조언을 잘못하고 있음을 입증하기 위해 정치 상황을 분석하기 시작했다. 그는 루공이 권위적인 에너지, 절대 권력을 위한 예전의 신념을 잃었고, 오로지 장관직을 지키기 위해 자유사상과 타협하고 있다고 비난했다. 그는 주먹으로 가슴을 치며 자기는 쿠데타를 지지하는 초기 보나파르트주의자로서 끄떡도 하지 않는다고 했고, 프랑스의 안녕이 예나 지금이나 단 한 사람의 지략과 힘에 달려 있음을 확신한다고 했다. 그렇고말고, 형의 정치적 야심을 돕거나, 황제가 새로운 양보로 자멸하게 내버려두지 않으리라. 예상되는 급속한 몰락을 막기 위해 차라리 제정의 친위대를 비판하고, 가톨릭과 연대하여 공동전선을 펼치리라. 루공은 조심해야 할 거야, 〈레스페랑스〉는 로마교황청을 위해 다시 캠페인을 벌일 수도 있으니까!

위레와 장트루는 그토록 격렬한 분노에 놀라며 그의 말을 들었는데, 그의 내면에 그처럼 뜨거운 정치적 확신이 있는 줄 몰랐었다. 위레는 정부의 최근 행보를 옹호하려고 했다.

"이봐요, 내 말 좀 들어봐요! 제정이 자유사상과 타협한다면, 그것은 프랑스 국민 모두가 제정을 그런 방향으로 강하게 떠밀기 때문이오…… 황제는 끌려가고 있고, 루공은 어쩔 수 없이 황제를 따르고 있소."

그러나 사카르는 자신의 공격에 논거도 제시하지 않은 채 벌써 또다른 비판으로 넘어갔다.

"게다가 말이오! 우리의 외부 사정도 마찬가지지요, 젠장! 통탄할 일이지…… 솔페리노 전투로 빌라프란카 조약*이 체결된 이후 이탈리아는 우리가 전쟁을 끝까지 수행하지 않은 것, 또 베네토 지방을 넘겨주지 않은 것에 원한을 품고 있소. 그래서 이탈리아는 오스트리아와의 전쟁에서 자기를 도와주리라 믿고 프로이센과 동맹을 맺었고…… 전쟁이 터지면 한바탕 소란이 일어날 텐데, 그때 괴로운 건 우리뿐이겠지. 우린 덴마크 사태에서 비스마르크와 기욤 왕이 우리가 서명한 조약을 무시하면서 공국들을 장악하도록 내버려뒀잖소. 그런 잘못을 저지른 만큼, 우리는 더욱더 괴로운 처지가 될 거요. 그야말로 모욕적인 일이지, 할말이 없어, 우리는 다른쪽 뺨도 내밀어야 할 거요…… 아! 전쟁, 그건 확실해. 우리가 독일 사태에 개입할 가능성이 생기자, 지난달에 프랑스 채권과 이탈리아 채권 시세가 급락했잖소. 아마 보름도 못 가서 유럽은 화염에 휩싸일 거요."

점점 더 놀라움을 금하지 못하며, 위레는 평소의 그답지 않게 흥분했다.

"꼭 야당 신문처럼 얘기하는군요. 물론 〈레스페랑스〉가 〈르 시에클〉이나 그 아류를 흉내내는 걸 원하시지는 않겠지만…… 그럼에도 당신

---

* 1859년 이탈리아의 빌라프란카에서 오스트리아, 프랑스, 사르데냐 왕국 사이에 체결된 강화조약을 가리킨다. 나폴레옹 3세는 사르데냐 왕국과 동맹을 맺고 북이탈리아를 지배한 오스트리아와 전쟁을 벌였는데, 솔페리노에서의 승리로 전황이 유리해졌다. 그러나 이 승리로 북이탈리아에 강력한 사르데냐 왕국이 확립되는 것을 꺼려한 나폴레옹 3세는 오스트리아로부터 얻어낸 롬바르디아를 사르데냐에 준다는 조건으로 사르데냐 왕국에 정전을 요구했고, 사르데냐 왕국이 이를 수용했다.

은 그 신문들을 본떠서, 황제가 모욕을 당하고 프로이센이 아무런 제재 없이 세력을 확장하는 건 황제가 오랫동안 멕시코에 군대를 주둔시켰기 때문이라고 주장할 태세군요. 자, 솔직하게 말합시다. 멕시코 사태는 끝났어요, 우리 군대가 되돌아오고 있잖소…… 나로서는 당신을 이해할 수 없어요. 로마를 교황에게 남겨주고자 한다면, 왜 빌라프란카 조약을 성급하다고 비난하시오? 베네토를 이탈리아에 넘겨주면, 아마 채 이 년도 못 가서 로마마저 이탈리아의 것이 될 거요. 당신도 나처럼 그 사실을 알잖소. 비록 의회에서는 그 반대로 말하지만, 루공 또한 그 사실을 잘 알고 있고……"

"아! 당신도 알잖소, 형이 얼마나 교활한 자인지!" 사카르가 거만하게 소리쳤다. "절대로, 아무도 교황에게 손댈 수 없소, 알겠소! 프랑스 가톨릭 전체가 일어나서 교황을 수호할 거요…… 우리는 우리가 가진 돈을 교황에게 갖다줄 거요, 그럼! 만국 은행이 가진 돈 모두를! 내게는 계획이 있소, 우리의 과업이 거기에 있지, 화나게 하지 말아요, 이러다가 아직 이야기해서는 안 될 계획까지 털어놓게 될지도 모르니까!"

장트루는 깊은 관심을 보이며 귀를 쫑긋 세웠고, 우연히 들은 이야기에서 이득을 이끌어내려고 애썼다.

"그건 그렇고……" 위레가 다시 말했다. "내 기고문을 어떻게 해야 할지 알고 싶소, 서로 잘 이해하는 게 중요하니까…… 글을 쓰는 게 좋겠습니까, 안 쓰는 게 좋겠습니까? 우리가 민족자결주의를 지지한다면, 무슨 권리로 이탈리아 문제와 독일 문제에 참견할 수 있겠소?…… 우리가 비스마르크에게 반대하는 캠페인을 벌이기를 바라는 거요? 그렇게 하죠! 우리 국경이 위협받는다고 이유를 대면 되니까……"

그러나 사카르는 격분한 채 일어서서 고함을 질렀다.

"내가 원하는 건 루공이 더이상 날 무시하지 않는 거요!…… 그렇잖소! 난 형을 위해 모든 걸 했소! 형에게 가장 적대적인 신문을 샀고, 그걸 형의 정치에 충성하는 기관지로 만들었고, 당신으로 하여금 거기서 수개월 동안 찬가를 부르게 했소. 그럼에도 그 악당은 우리한테 아무런 도움도 주지 않고 있어. 도대체 언제까지 기다려야 하는 거야!"

의원은 머뭇거리며 장관이 동방에서 몇몇 요인들에게 압력을 행사함으로써 엔지니어 아믈랭이 하는 일에 상당한 도움을 주었다는 사실을 지적했다.

"말도 안 되는 소리 하지 마시오! 그게 무슨 도움이 되었겠소…… 주가가 오르거나 내릴 때, 모든 정보를 장악하고 있는 형이 나한테 한 번이라도 미리 알려준 적이 있소? 생각해봐요! 수도 없이 당신에게 형의 진의를 파악해달라고 부탁하지 않았소, 형을 매일 만나는 당신에게 말이오. 그런데 당신은 아직도 나한테 쓸 만한 정보를 갖다주지 않고 있소…… 그렇게 대단한 일도 아니잖소, 한마디만 해주면 될 텐데."

"아마도 그렇겠지요, 하지만 장관은 바로 그게 늘 후회하기 마련인 부정 거래라고 생각해요."

"그만둬요! 형이 군데르만에게도 양심을 내세울까! 나한테는 양심을 내세우고, 군데르만한테는 정보를 준다 이 말이군."

"오! 군데르만, 아마도 그럴 거요! 저 양반들은 모두 군데르만을 필요로 하니까, 군데르만이 없으면 돈을 빌릴 수가 없습니다."

갑자기 사카르는 손뼉을 딱 치며 득의양양하게 말했다.

"정말 그렇군, 당신 입으로 확인해주다니! 제정이 유대인들, 더러운 유대인들에게 팔렸군그래. 우리 돈이 모두 그놈들의 갈고리 손에 떨어질 판이야. 만국 은행도 그놈들의 위세에 눌려 도산하고 말겠어."

그는 자신의 유전적인 증오를 드러내며 밀매와 고리대금에 종사하는 이 인종을 다시 비난하기 시작했다. 수세기 전부터 그들은 여러 민족에 기생하며 버짐과 습진의 병균처럼 피를 빨아먹었고, 침을 뱉고 구타를 해도 아랑곳없이 끝내 불가항력적인 황금의 힘으로 소유할 세계를 확실하게 정복하기 위해 전진했다. 그러면서 사카르는 옛 원한과 광포한 승리의 욕망에 사로잡힌 채, 언젠가 싸움이 붙으면 자신을 패퇴시킬지도 모를 정도의 강자임에도 군데르만에 대한 불타는 적개심을 드러냈다. 아! 그놈의 군데르만! 프랑스에서 태어났지만 속은 전부 프로이센산이야! 내심 프로이센을 좋아하는 게 틀림없으니까, 벌써 돈을 댔을지도 몰라, 아마 지금 이 순간에도 비밀리에 지지하고 있을걸! 어느 날 저녁에 살롱에서 그자가 말했잖아, 언젠가 프로이센과 프랑스 사이에 전쟁이 일어나면 프랑스가 질 거라고!

"이젠 진절머리가 나, 알겠소, 위레! 잊지 마시오, 형이 나한테 아무것도 해주지 않는다면, 나 또한 형한테 아무것도 해줄 수 없소…… 당신이 그에게서 호의적인 발언을 얻어 올 때, 나도 우리가 활용할 수 있는 정보를 알려줄 테고, 당신으로 하여금 그를 위한 찬가를 쓰도록 해주겠소. 이건 당연한 일 아니겠소?"

그것은 너무도 당연한 일이었다. 사카르의 정치 이론을 들은 장트루는 손가락으로 수염을 쓰다듬기 시작했다. 그러나 노르망디 농부처럼 신중한 술책으로 살아가던 위레는 두 형제 모두에게 자신의 운명을 걸고 있었기에 몹시 곤혹스러웠고, 그들 가운데 누구와도 불화를 일으키고 싶지 않았다.

"당신 말이 옳아요" 하고 그가 나직이 말했다. "무슨 일이 일어날지 모르는 만큼 일단 보호막을 쳐둡시다…… 어른의 신뢰를 얻기 위해서 최선을 다할 것을 약속드리겠소. 어른이 내게 알려주는 새로운 소식이 있을 때, 제일 먼저 여기로 달려와서 당신에게 전하지요."

이미 자신의 역할을 마쳤기에, 사카르는 농담을 던졌다.

"친구들, 내가 일하는 것은 당신들 모두를 위해서요…… 나는 늘 파산했지만, 늘 일 년에 100만 프랑을 번 것도 사실 아니오."

그러고서 그는 광고 문제로 되돌아왔다.

"아! 그런데 말이오, 장트루, 증권거래소 회보를 재미있게 꾸미면 좋겠는데…… 농담으로 하는 이야기, 이를테면 말장난 같은 게 있어야지. 독자는 그런 걸 좋아하거든, 말재주만큼 독자에게 신뢰를 주는 건 없지…… 안 그렇소? 말장난 말이오!"

이번에는 신문사 사장이 언짢아질 차례였다. 그는 문학적 자존심에 상처를 입었다. 그렇지만 그렇게 할 것을 약속하지 않으면 안 되었다. 그리고 그가 신체의 가장 은밀한 곳에 광고를 문신하겠노라고 제의한 여자들이 있다고 너스레를 떨었을 때, 세 남자는 껄껄거리며 다시 무람없이 가까운 친구가 되었다.

조르당은 마침내 시평을 끝냈고, 아내가 돌아오는 것을 보고 싶은 마음이 간절했다. 기자들이 들어와, 그는 잠시 그들과 잡담을 나눈 뒤 대기실로 돌아갔다. 거기서 딸 나탈리가 망을 보는 가운데 드주아가 사장실의 문에 귀를 대고 있는 것을 보고 그는 다소 불쾌해졌다.

"들어가지 마세요." 사환이 더듬거리며 말했다. "사카르 씨가 아직 계십니다…… 안에서 저를 부르시는 줄 알고 잠시 들어봤어요……"

그러나 사실은 아내가 남긴 4000프랑의 저금으로 만국 은행의 주식 8주를 산 이후 그는 이득에 대한 욕망으로 안달이 났고, 이제 오직 주가 상승을 보는 즐거움만을 위해 삶을 영위했다. 드주아는 사카르 앞에 무릎을 꿇고서, 마치 신탁인 양 그의 말이라면 무엇 하나 놓치지 않으려 했다. 사카르가 안에 있는 것을 알았을 때, 그는 비밀스러운 성소에서 신이 무슨 말을 하는지, 무슨 생각을 하는지 알고 싶은 간절한 욕망에 저항할 수 없었다. 그건 이기주의와는 다른 것이었다. 그는 자기 딸만을 생각했다. 시세가 750프랑에 이른 자기의 8주가 벌써 1200프랑의 이익을 냈다는 사실에 그는 흥분했다. 앞으로 100프랑만 더 주가가 상승하면, 그가 꿈꾸던 6000프랑, 즉 판지 제조업자가 자기 아들과 나탈리의 결혼 조건으로 요구하는 지참금을 손에 넣을 수 있었다. 이런 생각에 그는 가슴이 평온해졌고, 유모에게서 되찾아온 이후 진정한 엄마 역할을 하며 키운 딸을 눈물을 글썽이며 바라보곤 했다.

어쨌든 그는 몹시 당황한 표정으로 자신의 경솔한 행동을 감추기 위해 아무 말이나 주워섬겼다.

"저한테 인사를 하러 온 나탈리가 조금 전에 조르당 부인을 봤다는군요."

"맞아요" 하고 아가씨도 거들었다. "부인이 페도가로 가시던데요. 오! 얼마나 빨리 달려가시던지!"

아버지는 딸을 믿기 때문에 마음대로 돌아다니게 내버려둔다고 말했다. 그가 딸의 행실을 믿는 것은 옳았는데, 왜냐하면 너무도 냉정하고 너무도 단호하게 행복을 실현하려 하는 그녀로서는 그토록 오랫동안 기다려온 결혼을 뜻밖의 우행으로 망칠 리가 없었기 때문이다. 가냘픈 몸매, 창백하고 예쁜 얼굴, 커다란 눈을 가진 그녀에게서는 미소와 함께 고집스레 자기 자신만을 사랑하는 이기심이 엿보였다.

조르당이 화들짝 놀라 소리쳤다.

"뭐라고, 페도가로 갔다고?"

더이상 물어볼 틈이 없었다. 왜냐하면 바로 그 순간 마르셀이 숨을 헐떡거리며 들어왔기 때문이다. 곧바로 그는 그녀를 옆방으로 데려갔지만 거기는 이미 법원 담당 기자가 차지하고 있어서 어쩔 수 없이 복도 안쪽의 장의자에 그녀와 함께 앉았다.

"잘됐어?"

"잘됐어! 여보, 일은 잘됐지만 고통이 없지는 않았어."

내심 만족하면서도, 그는 그녀가 가슴 아파하는 모습을 보았다. 그녀는 소곤거리는 목소리로 빠르게 남편에게 모든 것을 말했다. 몇몇 사실을 숨기려고 해봤자 소용없었는데, 왜냐하면 남편에게는 도통 비밀을 가질 수가 없었기 때문이다.

얼마 전부터, 딸에 대한 모장드르 부부의 태도가 변했다. 마르셀은 부모가 자신을 전보다 덜 다정하게 대하고, 투기라는 새로운 열정에 서서히 빠져드는 것을 지켜보았다. 그것은 어머니와 아버지 둘 다에게 공통된 이야기였다. 뚱뚱하고, 조용하고, 하얀 구레나룻을 기른 대머리 아버지, 깡마르고, 적극적이고, 스스로 자기 재산을 모은 어머니, 그들은 둘 다 1만 5000프랑의 연금으로 집에서 너무도 풍족하게 지내며 무위의 삶을 지겨워했다. 그때부터 아버지는 돈을 버는 것을 유일한 소일거리로 삼았다. 그전까지는 투기라면 질색을 했고, 가련한 바보들이 더럽고 어리석은 도둑질에 뛰어들어 알거지가 되고 있다고 연민에 찬 표정으로 화를 냈었다. 하지만 그 무렵 상당한 돈이 들어오자, 그는 그것을 증권 결제 기일 연장 융자에 투자할 생각을 가졌다. 그에 의하면 그것은 투기가 아니라 단순한 투자였다. 그날부터 그는 점심식사 후에 신문에서 증권시세표를 주의깊게 읽는 새로운 습관을 가졌다. 재난은 거기서 비롯되었다. 시세가 널뛰기하는 것을 보며 점차 열기에 사로잡혔고, 수십만 프랑을 버는 데 삼십 년을 보낸 그가 단 한 시간 만에 수백만 프랑을 벌 생각을 하며 투기의 단꿈에 젖었다. 그는 식사할 때마다 아내에게 주식에 대해서 이야기했다. 절대로 투기하지 않을 거라고 맹세하지 않았더라면 벌써 일확천금을 했을 거야! 그러면서 그는 작전을 설명했고, 집안 장군으로서 능란한 책략으로 자금을 활용했으며, 언제나 상상의 적수들을 의기양양하게 물리쳤다. 그는 자신이 옵션거래 분야와 결제 기일 연장 융자 분야에서 일인자가 될 거라고 자부하고 있었다. 불안을 느낀 그의 아내는 남편이 한푼이라도 잃는 걸 보느니 차라리 강물에 뛰어들겠노라고 선언했다. 그렇지만 그는 아내를 안심시켰다. 남편을 도대체 뭘로 보는 거야? 절대로 투기는 하지 않아! 그러나 좋은 구실이 생겼다. 부부는 오래전부터 정원에 5000~6000프랑짜리 온실을 짓고 싶어 안달이 났었다. 어느 날 저녁 달콤한 감흥에 젖어 떨리는 손으로, 그는 아내의 작업 테이블에 여섯 장의 어음을 올려놓으며 증권거래소에서 샀다고 했다. 그가 결코 다시 하지 않겠다고 약속하는 단 한 번의 시도, 단 한 번의 타락이었는데, 그것은 오직 온실을 짓기 위해서였다. 아내는 분노와 동시에 기쁨을 느끼며 감히 남편을 탓하지 못했다. 그다음 달에, 그는 손실 상한선을 제한해두었기에 아무 걱정 없다며 옵션거래에 뛰어들었다. 그런 다음에는, 더이상 망설일 게 뭐 있어! 무분별한 투기에서 어쨌든 수익을 올리는 자들이 있었고, 이웃들만이 이런 재미를 보게 내버려두는 것은 어리석기 짝이 없는 짓이었다. 결정적으로 그는 정기적인 주식 투자를 시작했는데, 처음에는 소량을 거래하다가 점차 대담해져갔다. 한편 성실한 주부로서 언제나 남편을 고통스럽게 바라보던 아내는 수익이 미미하자 눈에 불을 켰고, 이러다가는 파산하고 말 거라고 입버릇처럼 되뇌었다.

특히 모장드르 부인의 오빠인 샤브 대위가 종종 매제를 비난했다. 1800프랑의 퇴직연금으로 살아가기가 힘들었던 그는 증권거래소에서 투기를 하고 있었다. 영리하기 이를 데 없는 그는 노동자가 직장에 출근하듯 증권거래소에 출근했으며, 현물거래에만 투자하면서 저녁에 20프랑짜리 동전을 손에 쥘 수 있을 때면 무척 행복해했다. 소량의 거래만 했기에 그가 재앙적인 파산을 맞이할 위험은 없었다. 마르셀이 결혼해서 나간 뒤 누이가 넓은 집에 그의 방을 마련해주었지만, 그는 사양했다. 왜냐하면 놀레가의 정원 안쪽에 방 하나를 세낸 그는 거기서 끊임없이 여자들과 교제하면서 자유롭게 비행을 저지르고 싶었기 때문이었다. 그의 수익은 모두 여자친구들의 케이크와 사탕으로 녹아 없어졌다. 그는 언제나 모장드르에게 경고를 했고, 투기를 하려거든 차라리 방종을 즐기라고 되풀이했다. 모장드르가 "처남은 하잖소?" 하고 소리치면, 그는 단호히 말했다. 오! 나야 다르지, 내게 1만 5000프랑의 연금이 어디 있어! 그가 투기를 하는 것은 그 몹쓸 놈의 정부가 노병에게 노후의 즐거움을 주고 싶어하지 않기 때문이었다. 투기를 반대하는 그의 논거는 수학적으로 볼 때 투기꾼이 늘 손실을 안게 되어 있다는 것이었다. 투기꾼이 이득을 볼 때, 투기꾼은 중개료와 인지세를 공제하지 않으면 안 되었다. 투기꾼이 손실을 볼 때, 투기꾼은 동일한 인지세를 내지 않으면 안 되었다. 결국 이득을 볼 때도 손실을 볼 때와 똑같이 그는 호주머니를 털어 인지세와 중개료를 내야 했던 것이다. 매년 파리의 증권거래소에서 납부되는 인지세가 8000만 프랑에 이르렀다. 그는 정부, 증권 중개인, 장외 주식 중개인이 챙기는 8000만 프랑이라는 금액을 들먹이며 모장드르에게 경고했다.

복도 안쪽의 장의자에서, 마르셀은 남편에게 이런 이야기의 일부를 털어놓았다.

"여보, 내가 도착했을 때 집안 분위기가 좋지 않았어. 아빠가 증권으로 돈을 잃어서 엄마와 말다툼을 하고 계셨거든…… 그래, 아빠는 이제 거기서 헤어나지 못하실 것 같아. 그것 참 이상하지, 일밖에 모르시는 아빠였는데…… 어쨌든 두 분이 언쟁을 하고 계셨어. 엄마는 〈라 코트 피낭시에르〉를 들고 아빠의 얼굴에 삿대질을 하며 거기서 무얼 읽었느냐고, 자신이 주가가 하락할 거라고 예견하지 않았었느냐고 소리치셨어. 그러자 아빠는 또다른 신문, 바로 〈레스페랑스〉를 들고 오셔서 자기가 정보를 얻은 기사를 보여주려고 하셨고…… 상상해봐, 집에는 온통 신문뿐이었어. 두 분이 아침부터 저녁까지 그 속에 파묻혀 사시는 것 같아. 하느님 맙소사! 화를 내면서도 이제 엄마까지 주식을 시작하셨다니까."

조르당은 웃음을 터뜨리지 않을 수 없었는데, 그만큼 슬픔 속에서 그 장면을 흉내내는 마르셀이 재미있어 보였던 것이다.

"요컨대 두 분에게 우리 고충을 말씀드렸고, 고소를 멈추게 하기 위해 필요한 돈 200프랑을 빌려달라고 간청했어. 그러자 엄청나게 큰 고함이 터져나왔지. 뭐라고, 증권거래소에서 2000프랑을 잃었는데 200프랑을 빌려달라고! 우릴 놀리는 거니? 우릴 파산시키고 싶은 거야?…… 두 분이 그렇게 화를 내시는 건 처음 봤어. 나한테 그토록 다정했던 그분들이, 내 마음에 드는 선물을 하기 위해서라면 아무것도 아끼지 않았던 그분들이 말야! 미치지 않고서야 어떻게 그럴 수가 있을까…… 인생을 그렇게 망쳐버리는 건 분별 있는 짓이 아니겠지. 아무런 근심 걱정 없이 아름다운 집에서 행복하게 사셨잖아. 그토록 힘들게 번 돈으로 편안하게 만년을 보내시면 될 텐데……"

"당신이 떼를 쓰지는 않았겠지?" 조르당이 물었다.

"왜 아니겠어, 떼를 썼지. 그러자 두 분이 당신 이야기를 꺼내셨어…… 내가 당신한테는 전부 이야기한다는 거 알지?…… 당신에게 숨겨야지 하고 다짐하면서도, 결국 털어놓게 되니…… 두 분은 나한테 귀가 따갑게 되풀이했어. 이런 사태를 이미 예견했었다고, 신문에 글을 써서는 먹고살 수 없다고, 결국 우리는 구호 병원에서 죽을 거라고…… 결국 내가 화를 내면서 떠나려고 하는데, 그순간 대위가 들어왔어. 알다시피 샤브 외숙부는 늘 나를 귀여워하셨지. 외숙부가 오시자 두 분도 잠잠해지시더라고. 외숙부가 더 큰 목소리로 아빠한테 계속해서 도둑질을 당할 셈이냐고 물었거든…… 이윽고 엄마가 나를 한쪽 구석으로 데려가서 50프랑을 손에 쥐여주셨어. 그걸로 대책을 강구할 시간을 벌 수 있을 거라고 말씀하시면서……"

"50프랑이라니! 적선하는 것도 아니고! 그래서 그 돈을 받았어?"

마르셀이 다정하게 남편의 손을 잡았고, 이유를 설명하며 그를 진정시켰다.

"여보, 화내지 마…… 그래, 그 돈을 받았어. 그리고 절대로 당신이 그 돈을 들고 집달리에게 갈 사람이 아니란 걸 알기에, 내가 곧장 카데가의 집달리 집으로 갔지. 하지만 집달리가 돈을 받으려 하지 않았어. 자기는 공식적으로 뷔슈 씨가 시키는 일을 하고 있고, 또 뷔슈 씨만이 고소를 중지시킬 수 있다면서…… 오! 그놈의 뷔슈! 난 아무도 미워하지 않지만, 그 사람을 보면 정말 화가 나고 진짜 역겨워! 그렇지만 어쩌겠어, 페도가에 있는 그 사람 집으로 달려갔고, 그 사람도 어쩔 수 없이 50프랑으로 만족했지. 일이 그렇게 된 거야! 여보, 이제 보름 동안은 고통 없이 살 수 있어."

감동의 물결이 조르당의 얼굴을 스쳐지나갔고, 참았던 눈물이 눈시울을 적셨다.

"그렇게 됐구나, 여보, 그렇게 됐어!"

"그럼, 내가 참을 수 없는 건 당신이 괴로워하는 거야! 당신이 조용히 일할 수만 있으면, 난 어떤 욕을 먹어도 상관없어!"

이제 그녀는 소리 내어 웃었다. 그러고는 더러운 서류가 가득찬 뷔슈의 집에 도착했을 때 맞닥뜨렸던 그의 거친 태도, 당장에 빚을 전부 갚지 않는다면 헌옷가지 하나 안 남기고 모조리 경매에 넘길 거라던 그의 협박에 대해 이야기해주었다. 놀라운 것은 그녀가 300프랑의 어음, 지금은 비용 부담금 때문에 730프랑 15상팀으로 불어난 어음, 기실 한 묶음의 헌 종잇조각으로서 그가 100수도 지불하지 않고 손에 넣었을 어음에 대한 소유권이 정당한지 항의함으로써 그로 하여금 이성을 잃을 정도로 화를 내게 만들었다는 사실이었다. 그는 격분했었다. 그의 말에 따르면 우선 그것을 아주 비싸게 샀고, 뒤이어 이 년 동안 서명자를 찾아내기 위해 엄청난 시간과 공을 들였고, 인간 사냥을 위해 온갖 지략을 다 짜내지 않으면 안 되었다는 것이었다. 그런데 이제 와서 단 한 푼도 돌려받지 말아야 한다고? 절대로 안 될 말이지, 물론 붙잡힌 자들에게는 유감스러운 일이지만 말이야! 아무튼 그는 그녀가 제시한 50프랑을 받았는데, 왜냐하면 그의 지혜로운 상환 시스템은 언제나 타협하는 데 본질이 있었기 때문이다.

"아! 여보, 당신은 정말 용감한 여자야, 사랑해!" 마침 편집 비서가 옆을 지나쳐갔음에도 조르당은 그렇게 말하며 마르셀을 포옹했다.

그런 다음, 목소리를 낮추고 이렇게 물었다.

"집에 돈이 얼마나 남아 있지?"

"7프랑."

"됐어!" 그가 다시 말했다. "좋아, 이틀은 견딜 수 있을 거야. 그러면 가불을 신청하지 않아도 돼. 게다가 어차피 거절당할 텐데 뭐. 가불 신청은 너무 힘들어…… 내일, 〈르 피가로〉에서 내 기사를 사고 싶어하는지 알아보러 갈게…… 아! 내가 소설을 마무리했더라면 좋았을 텐데…… 내가 쓴 소설이 조금이라도 팔린다면 얼마나 좋을까!"

이번에는 마르셀이 그를 포옹했다.

"그래, 모든 게 잘될 거야!…… 같이 나가자, 응? 그럼 정말 좋겠어. 둘이 함께 훈제 청어를 사러 클리시가로 가, 내일 아침식사용으로 아주 훌륭한 놈을 봐뒀거든. 오늘 저녁에는 비계를 곁들인 감자 요리를 준비할게."

조르당은 동료에게 교정쇄를 검토해달라고 부탁한 뒤 아내와 함께 떠났다. 사카르와 위레도 밖으로 나갔다. 거리에서 승합마차 한 대가 신문사 문앞에 멈춰 섰다. 산도르프 남작 부인이 거기서 내려 그들에게 미소로 인사한 다음, 재빨리 신문사로 들어섰다. 때때로 그녀는 이처럼 장트루를 찾아왔다. 푸르스름하고 커다란 그녀의 눈을 보고 몹시 흥분한 사카르는 자칫 그녀를 따라 다시 신문사로 올라갈 뻔했다.

위층 사장실에서, 남작 부인은 자리에 앉으려 하지조차 않았다. 건성으로 인사를 건넨 그녀는 장트루에게서 정보를 캐낼 생각밖에 없었다. 그의 벼락출세에도 불구하고, 그녀는 언제나 그를 아침마다 주문을 부탁하고자 허리를 굽히며 자기 아버지 라드리쿠르 씨의 집에 들락거리던 증권 브로커 시절의 장트루로 취급했다. 그녀의 아버지는 몹시 거친 성격의 소유자였다. 그녀는 막대한 손실에 화가 난 아버지가 발길질로 그를 문밖으로 내쫓던 참담한 광경을 잊을 수 없었다. 그러나 지금은 그가 정보의 원천인 만큼 그를 친근하게 대했고, 그로 하여금 정보를 발설하게 하려고 애썼다.

"이봐요! 새로운 뉴스 없어요?"

"정말입니다, 저는 아무것도 몰라요."

그러나 그녀는 계속해서 미소 지으며 그를 바라보았고, 그가 아무것도 말하려 하지 않는다고 판단했다. 그래서 그녀는 속내 이야기를 끌어내기 위해 오스트리아, 이탈리아, 프로이센을 서로 대결시킬 참인 그 망할 놈의 전쟁에 대해 이야기했다. 투기꾼들은 공포에 사로잡혀 있었고, 끔찍한 시세 폭락이 이탈리아 국채뿐 아니라 모든 유가증권에 대해 예고되어 있던 터였다. 그녀 또한 몹시 괴로웠는데, 왜냐하면 다음 정기거래 결제를 겨냥해서 이미 상당한 돈을 투자했음에도 도대체 작금의 사태를 어느 정도까지 고려해야 하는지 전혀 몰랐기 때문이다.

"부군께서 전혀 정보를 주시지 않습니까?" 장트루가 익살스럽게 물었다. "대사관에 계셔서 정보를 어렵지 않게 입수하실 수 있을 텐데요."

"오! 제 남편 말이죠." 그녀가 경멸적인 동작을 취하며 중얼거렸다. "남편에게서는 더이상 아무것도 얻어낼 수 없어요."

그는 더욱 재미있어했고, 그녀가 어쩔 수 없이 시세 차손을 지불해야 할 때 그것을 대신 지불해주는 그녀의 정부 검찰총장 델캉브르를 암시하기까지 했다.

"그렇다면 당신 친구들도 아무것도 모르나요? 궁정이나 법조계에 있는 친구 말입니다."

그녀는 이해하지 못하는 척했고, 그에게서 눈을 떼지 않으며 다시 간청했다.

"이봐요, 조금만 친절을 베풀어주세요…… 무엇인가 알고 있잖아요."

불결한 여자든 우아한 여자든 가릴 것 없이 스쳐지나가는 여자들을 탐하는 광포한 열정 속에서, 그는 이미 한 번, 자기와 몹시 친숙한 이 투기꾼 귀부인에게 추근댄 적이 있었다. 그때 말을 꺼내자마자, 동작을 취하자마자 그녀가 즉시 자리에서 일어나며 너무도 역겨운 표정으로 경멸했기에 그는 다시는 그렇게 하지 않겠다고 맹세해야 했다. 아버지가 발길질로 맞이한 이 남자랑? 아! 생각도 할 수 없는 일이지! 그녀가 아직 그 지경에 이른 것은 아니었다.

"친절을 베풀라니, 왜 제가 그렇게 해야 하죠?" 그가 난처한 표정으로 웃으며 말했다. "부인은 저한테 전혀 친절하지 않은데 말입니다."

금세 그녀의 안색이 변했고, 눈초리가 냉정해졌다. 그녀가 자리를 떠나고자 등을 돌렸을 때, 그는 상처를 주고자 홧김에 이렇게 덧붙였다.

"좀전에 입구에서 사카르를 만났지요? 왜 그 양반한테 정보를 구하지 않았소? 그 양반이라면 당신한테 아무것도 거절하지 않을 텐데."

별안간 그녀가 몸을 돌렸다.

"무슨 말씀을 하시는 거죠?"

"이런! 다 아시면서 뭘 그래요…… 자, 숨길 필요 없어요. 부인이 그 양반과 함께 사무실에 있는 걸 봤거든요, 저는 그 양반을 잘 압니다!"

한순간 울화가 치밀었고, 일확천금을 향한 열정으로 매일 조금씩 빠져드는 혼란스러운 진흙탕으로부터 귀족 특유의 자존심이 솟구쳐올랐다. 그렇지만 그녀는 흥분을 감추며 또렷하고 거친 목소리로 이렇게 대꾸했다.

"아! 말도 안 돼. 도대체 당신은 나를 뭘로 취급하는 거예요? 정말 제정신이 아니잖아…… 아녜요, 저는 당신이 모시는 사카르의 정부가 아녜요. 그건 전혀 제가 원하는 바가 아니니까요."

그러자 그는 지식인 특유의 화려한 어법으로 그녀에게 정중하게 인사하며 말했다.

"저런! 부인, 정말 큰 실수를 하셨습니다…… 제 말대로 하세요. 다시 그런 기회가 온다면, 그때는 일을 망치지 마세요. 정보가 필요하면, 그 양반의 베개 밑에서 어렵잖게 그걸 찾을 수 있을 겁니다…… 오! 정말예요! 거기에 정보의 둥지가 있어요. 부인은 거기에 아름다운 손가락을 집어넣기만 하면 됩니다."

그의 파렴치한 태도를 체념하고 받아들이는 듯, 그녀는 웃음을 터뜨렸다. 악수를 나누었을 때, 그녀의 손이 그에게 몹시 차갑게 느껴졌다. 정말로 이 여자는 그 얼음처럼 냉정하고 뼈가 툭 튀어나온 델캉브르와의 관계에 만족하는 걸까? 결코 절정에 이른 적이 없다고 일컬어지는 여자, 저토록 붉은 입술을 가진 여자가 말이야.

6월이 흘러갔다. 이탈리아는 15일 오스트리아에 선전포고를 했다. 프로이센은 이 주도 채 안 되어 번개처럼 빠른 진군으로 하노버를 점령했고, 비무장 상태에서 평화롭게 살아가던 주민들을 기습하여 헤센, 바덴, 작센을 정복했다. 프랑스는 전혀 움직이지 않았는데, 증권가에서는 정보에 민감한 사람들이 비스마르크가 비아리츠에서 황제를 알현했을 때 양국 사이에 비밀 화친조약이 맺어졌었다고 수군거렸다. 프랑스의 중립에 대해 프로이센이 치러야 할 보상 이야기도 은밀하게 퍼졌다. 그렇지만 주가 하락세가 멈출 기색은 전혀 없었고, 오히려 가공할 폭락이 예견되었다. 7월 4일 자도바 전투 소식, 그 청천벽력 같은 소식이 전해지자 모든 유가증권이 일제히 폭락했다. 사람들은 전쟁이 가열차게 지속되리라고 전망했다. 왜냐하면 자도바 전투에서 프로이센에 패했을지라도, 오스트리아는 쿠스토자에서 이탈리아를 물리쳤기 때문이었다. 사람들은 벌써 오스트리아가 보헤미아를 포기하면서까지 병력을 끌어모으고 있다고 수군댔다. 주식 매도 주문이 봇물 터지듯 쏟아졌고, 매수자는 더이상 눈에 띄지 않았다.

7월 4일, 사카르는 느지막이 저녁 여섯시경에 신문사에 들렀지만 장트루를 만날 수 없었다. 얼마 전부터 장트루는 완전히 환락에 물들어 생활의 질서를 잃고 있었다. 갑자기 사라지거나 옆길로 새는 일이 잦아지고 게슴츠레한 눈으로 곤죽이 되어 돌아오곤 했다. 여자와 술 가운데 무엇이 더 그를 초췌하게 만드는지는 알 길이 없었다. 그날 저녁, 신문사는 텅 비어 있었고, 드주아만이 대기실 테이블 한쪽 끝에서 저녁식사를 하고 있었다. 사카르가 두 통의 편지를 쓴 뒤 막 밖으로 나가려는데, 위레가 상기된 표정으로 문을 닫을 틈조차 없이 바람처럼 달려들어왔다.

"이봐요, 이봐요……"

그는 몹시 숨을 헐떡거리며 두 손을 가슴에 얹었다.

"지금 루공의 집무실에서 오는 길이오…… 삯마차가 없어서 그냥 뛰어오다가, 겨우 한 대를 잡았소…… 루공이 저기, 저기로부터 공문을 받았어요. 그런데 내가 그걸 봤소…… 새로운 뉴스요, 새로운 뉴스……"

거친 동작으로 사카르는 그의 말을 막았고, 드주아가 벌써 귀를 쫑긋 세우고 어슬렁거리는 것을 보았기에 황급히 걸어가서 문을 닫았다.

"그래, 뭐요?"

"잘 들어요! 오스트리아 황제가 프랑스 황제의 생각을 받아들여 베네치아를 프랑스에 양도하고, 프랑스 황제는 프로이센 황제와 이탈리아 국왕에게 휴전을 호소한다는 겁니다."

잠시 침묵이 흘렀다.

"그렇다면 평화가 시작된다는 건가요?"

"물론입니다."

충격을 받은 사카르는 망연자실한 표정으로 욕설을 내뱉었다.

"제기랄! 주식시장은 엉망진창인데!"

뒤이어 무의식적으로 이렇게 말했다.

"아무도 이 뉴스를 모르겠지요?"

"당연하죠. 공문이 기밀문서라 내일 아침 〈모니퇴르〉에도 기사가 나지 않을 겁니다. 스물네 시간이 지나기 전에 이 사실을 알 수 있는 자는 파리에 아무도 없어요."

그때, 신의 계시와도 같은 생각이 번개처럼 스쳐지나갔다. 사카르는 다시 달려가 문을 열고는 엿듣는 자가 없는지 확인했다. 제정신이 아닌 듯했다. 다시 의원 앞으로 다가온 그는 의원의 프록코트 깃을 두 손으로 움켜쥐었다.

"조용히 하시오! 절대로 입을 열지 말아요!…… 군데르만과 그 일당이 이 소식을 모른다면, 승리는 우리의 것이오…… 아시겠소! 단 한마디도 하지 마시오, 이 세상 누구에게도! 당신 친구에게도, 당신 부인에게도!…… 때마침 운도 따르는 것 같소! 장트루도 여기 없으니 말이오. 이 소식을 아는 사람은 우리 둘뿐이고, 더욱이 우리는 행동을 취할 시간도 있소…… 아, 물론! 나도 나 혼자만을 위해서 일하고 싶지는 않아요. 당신도 있고, 만국 은행의 우리 동료들도 있어요. 하지만 비밀이란 여러 사람에게 알려지면 유지되기 어렵잖소. 내일 증권거래소 개장 전에 이 소식이 조금이라도 알려지면, 그땐 모든 게 끝장이오."

둘이서 시도할 일의 규모에 놀란 위레는 흥분을 감추지 못하며 절대적으로 침묵을 지킬 것을 약속했다. 그들은 일을 분담했고, 즉시 작전을 개시하기로 결정했다. 모자를 쓰던 사카르에게 문득 한 가지 의문이 떠올랐다.

"그런데 이 소식을 내게 알려주라고 한 사람이 루공이오?"

"당연하죠."

망설임이 있었지만, 그는 거짓말을 했다. 실은 공문이 장관의 책상 위에 있었고, 그가 잠시 혼자 있었기에 급히 그것을 읽었을 뿐이었다. 그러나 형제의 조화로운 관계가 그에게 이익이 되었기 때문에, 더욱이 형제가 서로를 보고 싶어하지도 이런 문제를 거론하고 싶어하지도 않는다는 것을 그가 알고 있었기 때문에, 이 거짓말은 아주 적절해 보였다.

"그랬군" 하고 사카르가 말했다. "확실히 이번에는 형이 호의를 베풀었어…… 자, 갑시다!"

대기실에는 여전히 드주아가 있었는데, 그는 무엇인가를 엿들으려 했지만 아무것도 분명히 알아들을 수 없었다. 공기 속에서 거대한 먹이 냄새를 맡아 온몸이 달아오른 그는 돈의 향기에 취한 채 층계참의 창가에 서서, 안마당을 가로지르는 두 사람의 모습을 물끄러미 바라보았다.

어려운 것은 극도로 신중을 기하는 가운데 신속하게 행동하는 일이었다. 그래서 그들은 거리에서 헤어졌다. 위레는 저녁에 열리는 소규모 증권시장을 책임졌고, 사카르는 시간이 늦었음에도 매수 주문을 하기 위해 증권 브로커와 장외 주식 중개인, 증권 중개인 들을 찾으러 달려갔다. 그러면서 그는 의심을 사지 않기 위해 주문을 가능한 한 폭넓게 분산시키려고 애썼다. 특히 중개인의 사무실로 직접 찾아가면 이상하게 생각할까봐 자연스럽게 그들과 마주친 듯 보이고자 했다. 우연이 그를 도왔다. 그는 대로에서 증권 중개인 자코비를 만났고, 그와 농담을 나누면서 슬그머니 상당량의 주문을 했다. 백 걸음쯤 더 갔을 때, 그는 키다리 금발머리 여자, 즉 자코비의 매제이자 증권 중개인인 들라로크의 정부를 만났다. 때마침 그녀가 그날 밤 들라로크를 만날 예정이었기 때문에, 사카르는 연필로 몇 마디를 적은 카드를 전달해달라고 그녀에게 부탁했다. 뒤이어 마조가 그날 저녁 중개인 동창회에 간다는 것을 알고 있었기에, 그는 레스토랑으로 가서 그날 낮에 마조에게 지시했던 내용을 변경했다. 가장 큰 행운은 자정 무렵 집으로 돌아가는 길에, 바리에테 극장에서 막 나오던 마시아와 마주친 일이었다. 그들은 생라자르가를 향해 함께 올라갔다. 사카르는 고집스레 주가 상승을 믿는 괴짜인 양 행동했다. 오! 물론 지금 당장은 아닐 테지만 말이야! 그리하여 나탕송과 다른 장외 주식 중개인들에게도 매수 주문을 해줄 것을 마시아에게 부탁할 수 있었다. 그는 일군의 친구들을 위해 주문하는 것이라고 둘러댔는데, 어느 면에서는 사실이기도 했다. 그날 밤 잠자리에 누웠을 때, 그는 500만 프랑 이상의 유가증권을 매수 주문한 상태였다.

이튿날 아침 일곱시, 위레가 사카르의 사무실로 와서 오페라 앞 보도에서 열린 장외 주식시장*에서 자기가 어떻게 작전을 수행했는지 이야기했다. 거기서 그는 시세를 너무 끌어올리지 않기 위해 자제하면서도 주식을 최대한 많이 매수했다. 그의 주문량은 100만 프랑에 이르렀다. 하지만 두 사람 모두 아직 매수가 불충분하다고 판단하여 다시 작전에 돌입하기로 결심했다. 그들에게는 아침나절이라는 시간이 있었다. 하지만 그전에 신문을 사서 그들의 계책을 실패로 돌아가게 할 뉴스, 기사, 단평이 있는지 몸을 떨며 확인했다. 아냐, 없어! 언론은 아무것도 모르고 있었고, 신문은 자도바 전투에 대한 속보와 상세한 분석 기사로 가득차 있었다. 만일 오후 두시 이전에 어떤 소문도 나지 않는

* 증권거래소를 거치고 않고 매도자와 매수자가 직접 가격과 수량 등을 결정하여 거래하는 시장을 뜻한다.

다면, 만일 그들이 증권거래소에서 한 시간, 아니 반시간만이라도 활약할 수 있다면 승리는 그들의 것일 테고, 사카르의 말대로 유대인 거리는 초토화될 것이었다. 그들은 다시 헤어져서 각자 또다른 수백만 프랑을 전투에 투자하러 달려갔다.

그날 아침, 사카르는 무작정 걷고 싶은 욕망이 일어 마차를 돌려보냈고, 거리를 배회하며 신선한 공기를 들이마셨다. 그는 콜프의 집으로 갔는데, 거기서 금화 부딪치는 소리가 승리의 약속인 양 감미롭게 들려왔다. 그는 아무것도 모르는 은행가에게 아무것도 말하지 않을 자신이 있었다. 이어서 새로운 주문을 하기 위해서가 아니라 전날의 주문에 대해 불안해하는 척하기 위해 마조의 사무실로 올라갔다. 거기서도 모두가 아직 아무것도 모르고 있었다. 다만 애송이 플로리만이 끈질기게 그의 곁을 맴돌아서 그를 다소 불안하게 했다. 그러나 플로리의 행동은 만국 은행 은행장의 금융 능력에 대한 깊은 신뢰에서 나온 것이었다. 쉬쉬 양과의 관계 유지에 많은 비용이 들었기에 그는 소규모 주식 투자를 감행했고, 그 거물의 주문을 받아 그의 투기에 동참할 것을 꿈꾸었다.

이윽고 레스토랑 샹포에서 서둘러 점심식사를 할 때, 사카르는 모제와 피유로가 새로운 시세 폭락을 예상하며 늘어놓는 비관적인 푸념을 들으며 기쁨을 만끽했다. 열두시 반에, 그는 증권거래소 광장에 도착했다. 사람들이 들어오는 모습을 보고 싶었다. 열기가 견디기 어려울 정도였고, 뜨거운 태양빛이 수직으로 내리쬐어 계단이 하얗게 보였으며, 계단에 반사된 빛이 화덕의 열기인 양 주랑을 달구었다. 텅 빈 의자들이 이 불타는 화재 속에서 타닥타닥 소리를 냈고, 투기꾼들은 서성이며 회랑 기둥이 만드는 한줄기 가냘픈 그늘을 찾았다. 정원의 나무 아래서, 뷔슈와 메셍 아줌마가 그를 보며 급히 이야기를 나누기 시작하는 모습이 눈에 띄었다. 둘은 그에게 접근할까 하다가 생각을 바꾸는 듯했다. 그렇다면 시궁창에 떨어진 증권을 줍는 저 비천한 넝마주이들이 무엇인가 알고 있단 말인가? 한순간 그는 전율에 사로잡혔다. 그러나 어디선가 그를 부르는 목소리가 들렸다. 돌아보니 모장드르와 샤브 대위가 벤치에 앉아 말다툼을 벌이고 있었는데, 왜냐하면 모장드르가 시골 카페의 카드놀이처럼 쩨쩨하게 1루이짜리 금화나 겨냥한다고 대위를 비웃었기 때문이었다. 자, 생각해봐요, 오늘 같은 날이야말로 통 크게 놀아야 하지 않겠소? 시세 하락이 불을 보듯 훤하잖소? 그는 사카르를 증인으로 불렀다. 주가가 내려가죠, 그렇지요? 하락세를 확신했던 그는 이미 투자를 그런 방향으로 조정한 터였다. 단도직입적인 질문을 받은 사카르는 미소로, 희미한 고갯짓으로 대답하면서, 물탱크 사업을 할 때 그토록 근면하고 정신이 맑았던 이 가련한 남자에게 진실을 알려줄 수 없음을 몹시 안타까워했다. 그렇지만 그는 절대적 침묵을 다짐했고, 기회를 놓치지 않고자 하는 투기꾼의 냉정함을 유지했다. 바로 그때, 그의 시선이 다른 곳을 향했다. 산도르프 남작 부인이 탄 마차가 지나갔던 것이다. 마차는 이번에는 방크가에서 멈추었다. 불현듯 그는 오스트리아 대사관 참사관인 산도르프 남작을 떠올렸다. 남작 부인도 틀림없이 긴급 공문 내용을 알고 있을 것이었다. 하지만 여성 특유의 부주의로 모든 것을 잃을지도 모를 일이었다. 벌써 길을 건넌 그는 마부와 함께 죽은듯 꼼짝하지 않는 마차 주위를 서성거렸다. 이윽고 유리창 하나가 내려졌다. 그는 남작 부인에게 정중하게 인사하며 다가갔다.

"그렇죠! 사카르 씨, 주가가 또 내려가는 거죠?"

그는 남작 부인의 물음을 함정으로 간주했다.

"그렇고말고요, 부인."

그런 다음 투기꾼들에게서 흔히 보이는 눈떨림과 함께 걱정스럽게 그를 쳐다보는 그녀의 모습에, 그는 그녀 또한 아무것도 모르고 있음을 알아차렸다. 따듯한 피의 물결이 두개골로 올라와 그를 기분좋게 했다.

"사카르 씨, 저에게 아무것도 말해줄 것이 없나요?"

그는 이렇게 생각하며 그녀의 곁을 떠났다. '날 푸대접했겠다, 네가 한 방 먹는 걸 봐야 속이 시원하겠어. 망해봐야 다음부터 내게 더 상냥해질 테니까 말이야.' 그녀가 그토록 탐스럽게 보인 적은 결코 없었다. 그는 적당한 때 그녀를 소유할 수 있으리라 확신했다.

증권거래소 광장으로 되돌아왔을 때, 저멀리 비비엔가에서 나오는 군데르만의 모습이 다시 한번 그의 가슴을 떨리게 했다. 먼 거리 때문에 몹시 왜소해 보임에도, 그는 군중 속에서 유아독존의 지존처럼 그 누구에게도 눈길을 주지 않으며 창백한 머리를 똑바로 쳐든 채 천천히 걷고 있었다. 사카르는 공포에 휩싸여 그를 뒤따라갔고, 그의 동작 하나하나를 해석했다. 그에게 나탕송이 접근하는 것을 보았을 때, 사카르는 만사가 끝장이라고 생각했다. 그러나 장외 주식 중개인이 어쩔 줄 몰라하며 뒤로 물러나는 것을 보고 희망을 되찾았다. 그는 확실히 은행가의 태도가 여느 날과 다름없다고 판단했다. 뒤이어 갑자기 가슴이 기쁨으로 벅차올랐다. 방금 막 군데르만이 손녀들에게 줄 사탕을 사러 과자 가게로 들어갔던 것이다. 그것이야말로 확실한 신호였는데, 거래가 위기에 처한 날 그는 결코 거기에 들어가는 법이 없었다.

증시의 개장을 알리는 한시 종이 울렸다. 그것은 기념비적인 증시, 주가가 폭등한 재앙의 증시이자, 너무도 드문 재앙이어서 이후 오래도록 하나의 전설로 남은 증시였다. 푹푹 찌는 열기 속에서, 처음에는 시세가 여전히 내려갔다. 그런 다음, 전투 개시 직전에 이루어지는 저격병들의 발포처럼 여기저기서 갑작스러운 매수가 시작되어 장내를 술렁이게 했다. 그러나 회의적인 시각이 지배적이었기에, 아직 시장이 요동치지는 않았다. 그래도 매수가 점점 많아졌고, 장내에서, 장외에서, 도처에서 활기를 띠었다. 이제 주랑에서는 나탕송의 목소리만이 들렸고, 원형 '코르베유'* 근처에서는 온갖 가격으로 온갖 증권을 사들이는 마조, 자코비, 들라로크의 목소리만이 들렸다. 그러자 전율이 일었고, 술렁임이 더욱 커졌다. 그렇지만 이 설명할 수 없는 방향전환의 혼란 속에서 누구도 선뜻 위험을 감수하려 하지 않았다. 시세가 약간 올라갔다. 사카르는 마시아와 나탕송에게 새로운 주문을 했다. 그는 또한 달음박질을 치며 지나가던 애송이 플로리에게 매수 주문 카드를 마조에게 전해달라고 부탁했다. 카드를 읽은 플로리는 거물의 신념에 놀라 거물을 따라 자기도 주식을 매수했다. 한시 사십오분, 마침내 청천벽력 같은 소식이 증권거래소를 뒤흔들었다. 오스트리아가 베네치아를 황제에게 양도했고, 전쟁은 끝났다. 이 소식이 어디서 왔을까? 아무도 그것을 몰랐다. 모든 입에서 동시에 터져나왔고, 심지어 거리에서도 터져나왔다. 누군가 그 소식을 가져왔고, 모두가 그것을 큰 목소리

* 증권 중개인들이 상장 주식을 거래하기 위해 그 주변에 모이는 중앙홀 한가운데의 작은 원형 공간이다. 낮고 성긴 철책 위에 둥근 벨벳 난간을 두른 이 원형 공간은 생김새가 '둥근 바구니(corbeille)'를 연상시킨다고 하여 '코르베유'라는 이름이 붙었다.

로 되풀이함으로써 흔히 볼 수 없는 극도의 소란이 일었다. 가공할 혼돈 속에서 시세가 폭등하기 시작했다. 폐장 종소리가 울리기 전에 시세가 40프랑, 50프랑씩 올라갔다. 그것은 형용할 수 없는 혼전, 상황에 대한 분명한 인식도 없이 병사와 장교 모두가 자기 목숨을 구하기 위해 눈과 귀가 먼 채 달려가는 혼란스러운 전투에 다름 아니었다. 저마다의 이마에 땀이 비 오듯 흘렀고, 계단 위에 쏟아지는 무자비한 태양빛이 증권거래소를 화염에 휩싸이게 했다.

결산을 위해 재앙을 평가했을 때, 그 규모는 실로 엄청난 것이었다. 전장은 부상자와 폐인으로 가득찼다. 비관론자 모제는 가장 심각한 타격을 입은 사람 가운데 하나였다. 주가 상승에 대해 평상시와 달리 우려를 표명했었던 피유로는 자신의 심약함으로 가혹한 대가를 치렀다. 모장드르는 5만 프랑을 잃었는데, 이는 그의 첫번째 중대 손실이었다. 산도르프 남작 부인은 너무도 큰 시세 차손을 지불해야 해서 델캉브르가 그것을 갚아주지 않으려 한다는 소문까지 돌았다. 그녀는 남편의 이름만 들어도 하얗게 질리며 분노와 증오에 휩싸였다. 대사관 참사관으로서 남편은 심지어 루공보다 먼저 공문을 손에 넣고도 그녀에게 아무것도 말해주지 않았던 것이다. 거대 은행, 특히 유대계 은행이 끔찍한 손실, 그야말로 대학살을 겪었다. 사람들의 말에 따르면, 군데르만은 개인적으로 800만 프랑을 잃었다. 실로 경악할 일이었다. 어떻게 그가 그 소식을 모를 수 있었단 말인가? 장관들조차 대리인에 불과하고, 여러 정부를 손아귀에 쥐고 있는, 이론의 여지 없는 증시의 지배자인 그가 말이다! 도대체 우연과 운명의 장난이 아니고는 그런 결과가 생길 수 없었다. 일체의 이성과 논리를 벗어나는 붕괴, 말도 안 되는 뜻밖의 붕괴였다.

삽시간에 하나의 이야기가 퍼졌는데, 사카르가 승자라는 것이었다. 하락세를 전망한 투기꾼들이 잃은 돈을 그가 갈퀴질로 거의 모두 쓸어 담았다. 개인적으로 그는 200만 프랑을 주머니에 넣었다. 나머지는 만국 은행의 금고로 들어가거나 이사들의 수중에 들어갈 것이었다. 그는 유대인을 정복함으로써 합법적으로 획득한 전리품에서 아믈랭의 몫이 100만 프랑에 이른다는 사실을 카롤린 부인에게 납득시키는 데 몹시 애를 먹었다. 고역을 함께 치렀기에, 위레는 단단히 한몫 챙길 수 있었다. 데그르몽, 드 보앵 후작 등 다른 이사들 또한 자기 몫을 챙기느라 여념이 없었다. 모두가 탁월한 은행장에게 감사와 축하를 표했다. 특히 플로리가 사카르에 대한 감사의 마음으로 가득찼는데, 1만 프랑이라는 거액을 번 그는 이제 쉬쉬와 함께 콩도르세가에 작은 거처를 마련할 수 있게 되었고, 저녁이면 귀스타브 세디유와 제르맨 쾨르를 만나러 고급 레스토랑으로 갈 수 있게 되었다. 신문사에서는, 소식을 전달받지 못해 화가 잔뜩 난 장트루에게 특별 상여금을 주지 않으면 안 되었다. 오직 드주아만이 침울한 표정이었다. 정보를 엿들었더라면 수중에 넣을 수도 있었을 거금이 안타깝게도 공기 속으로 사라져버린 탓이었다.

사카르의 이 첫번째 승리는 전성기를 맞이한 제정의 화려한 개화와 일치하는 듯했다. 제정의 지배는 찬란했고, 도처에 영광의 반영이 보였다. 금융이 붕괴된 가운데 제정이 우뚝 선 그날 저녁, 증권거래소가 음울한 잔해 더미로 변해버린 그 시각, 파리 전체가 마치 대승을 기념할 때처럼 깃발과 조명으로 장식되었다. 튈르리궁의 축연, 거리를 메운 기쁨의 물결이 유럽의 맹주인 나폴레옹 3세를 찬양했다. 이를테면 그는 너무도 지고하고 너무도 위대해서 여러 황제와 국왕이 그를 분쟁의 조정자로 선택했고, 그에게 영토를 맡겨 배분하게 했다는 것이었다. 그렇지만 의회에서는 여러 사람이 항의의 목소리를 높였고, 불행의 예언자들이 막연히 끔찍한 미래를 예고했다. 그들에 의하면 프로이센은 프랑스가 묵인한 모든 것 덕분에 더욱 강해질 것이고, 오스트리아는 패배할 것이며, 이탈리아는 배은망덕하게 행동할 것이었다. 그러나 웃음소리가 불안에 찬 이 목소리들을 잠재웠고, 세계의 중심 파리에서는 자도바 전투의 이튿날 모든 가로수와 모든 기념물이 눈부시게 빛났다. 어둡고 차가운 밤, 가스등도 없는 밤, 포탄만이 붉게 빛나는 밤이 올 때까지 파리는 그렇게 빛날 것이었다. 그날 저녁, 사카르는 성공에 도취한 채 콩코르드 광장, 샹젤리제 그리고 칸델라르 불빛으로 환하게 밝은 이 거리 저 거리를 쏘다녔다. 거리로 쏟아져나온 인파에 휩쓸리고 대낮처럼 밝은 빛에 눈이 부신 그는 이 모든 조명이 자신의 성공을 축하하기 위해 켜진 것이 아닐까 생각했다. 그렇지 않은가? 나도 뜻밖의 승자, 재앙 가운데 우뚝 선 승자가 아닌가? 오직 하나의 불편함이 그의 기쁨을 망쳤으니, 그것은 다름 아닌 루공의 분노였다. 증권거래소의 소동이 어디서 비롯했는지 알게 되었을 때, 격분한 루공은 위레를 자기 곁에서 내쫓았다. 그렇다면 루공은 내게 소식을 알림으로써 우애 깊은 형이 되고자 했던 게 아니란 말인가? 내가 고위층의 지원 없이 일을 해나가고, 심지어 만능의 장관을 공격해야 하는 걸까? 별안간, 거대한 불의 십자가가 캄캄한 하늘을 밝히며 드높이 걸린 레지옹 도뇌르 궁전 앞에서 그는 자기 자신을 더욱 강하게 만들리라는 굳은 결심을 했다. 군중의 노래와 펄럭이는 깃발 소리에 취한 채, 그는 불타는 파리를 거쳐 생라자르가로 돌아왔다.

두 달 후인 9월, 군데르만에 대한 승리로 더욱 대담해진 사카르는 만국 은행을 다시 한번 도약시키기로 결정했다. 4월 말에 총회가 개최된 바 있었다. 그때 제출된 결산보고서에 따르면, 1864년 한 해 동안, 자본을 두 배로 증식할 때 발행된 새로운 5만 주 각각에 대한 20프랑의 프리미엄을 포함해서 도합 900만 프랑의 수익이 기록되었다. 이미 회사 창설 비용과 관련한 상환을 끝냈고, 주주들에게 5퍼센트, 이사들에게 10퍼센트를 지불했으며, 500만 프랑은 적립금으로 돌려두었다. 그리하여 남은 100만 프랑으로 주당 10프랑의 배당금을 나누어줄 수 있었다. 이 년도 채 되지 않은 회사로서는 상당히 좋은 결과였다. 그러나 열정에 사로잡힌 사카르는 수확물을 모두 태울 위험을 무릅쓰고 집약적인 경작법, 즉 토양을 달구고 또 달구어 과열시키는 방법을 금융의 땅에 적용하고자 했다. 그는 우선 이사회로 하여금, 이어서 9월 15일에 개최된 비상 총회로 하여금 두번째 증자를 받아들이게 했다. 자본을 다시 두 배로 늘렸다. 즉 새롭게 10만 주를 발행하여 그것을 기존 주주들에게 소유 주식만큼 할당함으로써 자본을 5000만 프랑에서 1억 프랑으로 늘린 것이다. 다만 이번에는 주식을 675프랑에 발행했는데, 175프랑의 프리미엄은 적립금으로 전환될 것이었다. 점증하는 성공, 이미 이루어진 행복한 거래, 특히 만국 은행이 머잖아 시작할 거대한 사업이 자본을 거듭 배가시키는 엄청난 시도를 정당화해주고 있었다. 왜냐하면 회사는 자신이 창출하는 이익에 상응하는 중요성과 신뢰성을 지녀야 했기 때문이었다. 증자의 효과는 즉각적으로 나타났다. 증권거래소에서 여러 달 전부터 평균 750프랑의 시세로 답보 상태에 머물러 있었던 주식이 사흘 만에 900프랑으로 치솟았다.

아믈랭은 비상 총회를 주재하기 위해 동방에서 돌아올 수 있는 형편이 아니었다. 누이에게 쓴 편지에서 그는 만국 은행을 이처럼 정신없이 빠른 속도로 몰아가는 방식에 대해 우려를 표명했었다. 그는 이번에도 공증인 를로랭의 사무실에서 거짓 신고를 했으리라 짐작했다. 과연 모든 신주가 합법적으로 기명된 것이 아니었고, 회사는 주주들이 거부한 주식을 떠안을 수밖에 없었다. 하지만 회사가 실제로 대금을 불입하는 게 아니었기에, 거부된 주식은 간단한 펜 놀림으로 사바타니의 계좌로 옮겨졌다. 게다가 또다른 명의 대여인들, 즉 직원들과 이사들의 명의 사용이 회사로 하여금 회사 발행주식에 출자할 수 있게 해주었다. 그리하여 회사는 1750만 프랑에 이르는 약 3만 주의 주식을 보유하게 되었다. 그 상황은 불법적으로 이루어진 것일 뿐만 아니라 위험하기도 했는데, 왜냐하면 경험적으로 볼 때 주식을 조작한 신용회사는 모두 망했기 때문이다. 그러나 카롤린 부인은 쾌활하게 답하며, 옛날에는 자기가 그토록 의심이 많았는데 이제는 오빠가 겁쟁이가 되어버렸다고 농담했다. 자신이 여전히 경계의 끈을 늦추고 있지 않지만 아무것도 의심할 게 없고, 오히려 눈앞에서 지켜보는 대사업이 너무도 분명하고 논리적이어서 감탄할 뿐이라고 대답했다. 그러나 진실은 사람들이 그녀에게 숨긴 일에 대해 그녀는 아무것도 몰랐으며 사카르에 대한 경탄, 그 작은 남자의 활동과 재능에 대한 공감이 그녀의 눈을 멀게 했다는 데 있었다.

12월이 되자, 시세가 1000프랑을 돌파했다. 만국 은행의 승리 앞에서, 거대 은행은 동요했다. 군데르만은 증권거래소 광장에서 멍한 표정으로, 자동인형처럼 걸으며 사탕을 사러 과자 가게로 들어갔다. 그는 한마디 불평도 없이 800만 프랑을 지불했는데, 지기 중 그 누구도 그가 화를 내거나 원한을 내비치는 것을 본 적이 없었다. 아주 드문 일이지만 손해를 봤을 때, 통상 그는 잘된 일이라고, 이런 손실이 자기에게 경솔한 행동을 금하게 해줄 거라고 말하곤 했다. 그러면 사람들은 빙긋이 웃고 말았는데, 왜냐하면 군데르만의 경솔함이란 상상하기 힘들었기 때문이다. 그러나 이번에는 혹독한 교훈이 그의 가슴에 남은 것이 틀림없었다. 사카르라는 이 무모한 자, 이 정신 나간 미치광이한테 그토록 냉정하게 만사를 마음대로 조율해온 자신이 패했다는 사실이 정녕 견디기 힘들었다. 그래서 그는 복수를 꿈꾸며 그를 감시하기 시작했다. 아울러 만국 은행의 도취를 보면서 너무 빠른 성공, 거짓에 의한 번영은 최악의 재앙에 이르기 마련이라는 확신을 다시 한번 되새겼다. 그럼에도 1000프랑이라는 시세는 터무니없는 것이 아니었기에, 그는 주가가 하락하기를 기다렸다. 증권가에서는 사건을 조작하지 않으며, 기껏해야 사건을 예견하거나 사건이 발생했을 경우 그것을 이용하고자 애쓴다는 것이 그의 지론이었다. 논리만이 지배해야 했고, 다른 곳과 마찬가지로 투자에서도 진실만이 만능의 힘이었다. 시세가 지나치게 부풀려져 있다면 그것은 무너지기 마련이었다. 그 경우 하락은 필연적인 것이기에, 그로서는 계산이 맞아떨어지는 것을 지켜보며 이득을 챙기기만 하면 될 것이었다. 벌써 그는 주가가 1500프랑에 이를 때 전쟁에 돌입할 것을 확정해둔 터였다. 1500프랑에 이르자, 그는 미리 정한 계획대로 처음에는 아주 조금, 뒤이어 정기거래 때마다 조금씩 더 많이 만국 은행 주식을 팔기 시작했다. 그에게는 매도자 신디케이트가 필요하지도 않았고, 자기 혼자로 족했다. 왜냐하면 현명한 사람들은 진실에 대한 분명한 감각이 있을 테고, 따라서 나름의 방식으로 행동에 돌입할 것이기 때문이었다. 그 떠들썩한 만국 은행, 그토록 빠르게 시장을 혼란에 빠뜨리며 유대인의 거대 은행을 위협하는 만국 은행, 그는 저절로 균열이 생길 때까지 냉정하게 기다리다가 마지막 어깻짓 한 번으로 그 은행을 무너뜨릴 것이었다.

그런데 소문에 따르면, 얼마간 시간이 흐른 뒤 런던가의 낡은 대형 건물을 구입하려는 사카르를 비밀리에 도운 것이 바로 그 군데르만이었다. 사카르는 그 건물을 허물고 그 자리에 꿈의 저택, 자신의 과업을 화려하게 펼칠 궁전을 짓고 싶어했다. 그는 이사회를 설득하는 데 성공했고, 10월 중순부터 노동자들이 공사를 시작했다.

성대한 의식 속에서 건물 초석이 놓이던 바로 그날, 네시경 신문사에 들른 사카르가 우호적인 신문사에 기공식 기사 게재를 부탁하러 간 장트루를 기다리고 있을 때 산도르프 남작 부인이 나타났다. 그녀는 우선 편집장을 찾았고, 뒤이어 우연을 가장하여 만국 은행 은행장과 마주쳤다. 은행장은 그녀가 원하는 모든 정보를 정중한 태도로 알려주면서 그녀를 복도 안쪽 별실로 데려갔다. 거기서, 최초의 기습에 그녀는 미리 체념한 아가씨처럼 소파 위에서 순순히 몸을 맡겼다.

그러나 일이 복잡하게 꼬였다. 카롤린 부인이 몽마르트르에 들렀다가 신문사로 온 것이었다. 가끔 그녀는 사카르와 함께 대화를 나누기 위해 또는 그저 소식을 듣기 위해 그런 식으로 신문사를 방문하곤 했다. 그녀는 자신이 취직시킨 드주아를 잘 알고 있었고, 언제나 잠시 멈춰 서서 그가 표하는 감사의 말을 기분좋게 들었다. 그날 대기실에서 드주아를 만나지 못한 그녀는 곧장 복도로 들어갔고, 별실 문에서 무엇인가를 엿듣고 있는 그와 마주쳤다. 이제 그것은 질병과도 같은 것이 되었는데, 열에 들뜬 그는 증권가의 비밀을 알기 위해 신문사 내의 모든 열쇠 구멍에 귀를 갖다 댔던 것이다. 하지만 이번에 엿듣고 알아차린 내용은 그를 약간 불편하게 했다. 그의 얼굴에 희미하게 미소가 번지고 있었다.

"은행장님이 여기에 계시죠?" 그를 지나쳐가면서 카롤린 부인이 물었다.

"예, 안에 계시지만, 들어가시면 안 됩니다."

"뭐라고요, 들어가면 안 된다고요?"

"예, 지금 어떤 부인과 함께 계시거든요."

그녀는 하얗게 질렸고, 카롤린 부인과 사카르의 관계를 모르는 드주아는 눈을 깜박이고 목을 길게 빼면서 동작으로 상황을 암시했다.

"그 부인이 누구죠?" 그녀가 짧게 물었다.

은인인 그녀에게 이름을 감출 하등의 이유가 없었다. 그는 그녀의 귀에 대고 속삭였다.

"산도르프 남작 부인입니다. 오! 그 부인이 은행장님 주위를 맴돈 지 꽤 오래된걸요!"

카롤린 부인은 잠시 꼼짝하지 않고 서 있었다. 복도의 어둠 때문에 그녀의 창백한 납빛 얼굴은 잘 분간이 되지 않았다. 그처럼 고통스러웠던 기억이 없을 정도로 너무도 뼈저린 아픔을 그녀는 온 가슴으로 느꼈다. 끔찍한 고통으로 제자리에 못박힌 듯 서 있을 뿐이었다. 지금 어떻게 해야 할까? 문을 박차고 들어가 저 여자에게 달려들고, 두 사람의 따귀를 때려야 할까?

그녀가 어떻게 해야 할 바를 모르고 있을 때, 남편을 만나러 올라온 마르셀이 즐거운 표정으로 다가왔다. 마르셀은 최근에 카롤린 부인과 인사를 나누었었다.

"어머! 부인께서 오셨군요…… 오늘 저녁에 남편과 함께 극장에 가거든요! 어휴, 값이 비싸지 않아야 할 텐데…… 하지만 폴이 한 사람당 35수에 포식할 수 있는 작은 식당을 찾아냈어요……"

조르당이 웃으며 다가와서 아내의 말을 잘랐다.

"요리 둘, 포도주 한 병, 빵은 무제한이야."

"그리고" 하고 마르셀이 말을 이었다. "마차는 타지 말자, 깊은 밤에 걸어서 집으로 가는 것도 재미있잖아…… 오늘 저녁에는 우리가 부자니까, 20수짜리 아몬드 케이크를 사…… 정말 완벽한 축제야, 엄청난 사치고말고!"

그녀는 남편의 팔짱을 끼고 즐겁게 걸어갔다. 그들과 함께 대기실로 돌아온 카롤린 부인은 겨우 미소 지을 힘을 되찾았다.

"재미있는 시간 보내세요." 그녀가 떨리는 목소리로 나직이 말했다.

그런 다음, 그녀도 자리를 떠났다. 그녀는 사카르를 사랑하고 있었다. 남에게 보여주고 싶지 않은 부끄러운 상처인 양, 그녀는 충격과 고통에 휩싸인 채 그 사랑을 속 깊이 감추었다.

7

두 달 후인 11월의 온화한 잿빛 오후, 카롤린 부인은 점심식사를 끝내자마자 일을 하기 위해 설계도 작업실로 올라갔다. 그즈음 콘스탄티노플에서 동방 철도 사업에 몰두하던 오빠로부터, 예전에 그들이 한 첫 여행에서 그가 남긴 노트를 다시 살펴보고 개요를 담은 보고서를 작성해달라는 부탁을 받았던 것이다. 두 주 전부터 그녀는 이 일에 전념하고 있었다. 그날, 날씨가 몹시 따듯해서 그녀는 불을 피우지 않고 창문을 열어두었다. 자리에 앉기 전에, 그녀는 잠시 열린 창문을 통해 창백한 하늘 아래 보랏빛이 감도는 보빌리에 저택의 헐벗은 두 그루 나무를 바라보았다.

보고서를 작성하기 시작한 지 반시간쯤 지났을 때, 그녀는 문서 하나가 필요해 책상 위에 쌓인 서류 더미를 오래도록 뒤적였다. 그러다가 일어나서 다른 서류 뭉치를 뒤적였고, 두 손 가득 서류를 들고 와서 다시 앉았다. 서류를 분류하던 중 그녀는 몇 장의 성화, 그리스도의 무덤을 그린 채색 풍경화, 영혼이 위태로운 비탄의 날에 영혼을 구제하기에 더없이 좋은 그리스도 수난 액자 기도문을 우연히 발견했다. 그러자 추억이 되살아났다. 그녀의 오빠는 경건한 신자로서 예루살렘에서 이 성화들을 구입했었다. 갑작스러운 감동이 그녀를 사로잡았고, 눈물이 그녀의 뺨을 적셨다. 아! 그토록 지성적이지만 그토록 오래 무시당해온 오빠에게는 신앙이 있었던 것이다! 사탕 상자용으로 만든 듯한 그리스도의 무덤 풍경화 앞에서도 웃지 않던 오빠, 사탕가게 주인의 운율시 같은 기도문을 읽으면서도 마음의 평온을 얻던 오빠는 신앙 속에서 행복했던 것이다! 그녀는 너무도 쉽게 남의 말을 믿고 너무도 쉽게 남에게 속지만, 너무도 올바르고 너무도 조용하고, 반항도 투쟁도 하지 않는 오빠가 눈에 보이는 듯했다. 두 달 전부터 투쟁하고 고통받는 그녀, 열광적으로 독서하고 추론하며 더이상 신을 믿지 않는 그녀는 영혼이 약해질 때마다 오빠처럼 단순하고 소박하게 살 수 있기를, 오빠처럼 못, 창, 면류관으로 꾸며진 아동용 기도문을 아침저녁으로 세 번씩 외움으로써 피 흘리는 자기 가슴을 잠재울 수 있기를 얼마나 뜨겁게 소망했던가!

우연이 그녀에게 사카르와 산도르프 남작 부인의 관계를 알려준 그 이튿날, 그녀는 두 남녀를 감시하고 싶은 욕망에 저항하느라 몹시 힘겨웠다. 그녀는 그 남자의 아내도 아니었고, 스캔들을 일으킬 정도로 질투에 찬 정념의 정부가 되고 싶지도 않았다. 그녀로서 더욱 불행한 것은, 그 남자와의 일상화된 내밀한 정사를 거부하지 못하고 여전히 지속한다는 사실이었다. 이는 그녀가 애초에 그들의 관계를 정립했던 평온하고 다정한 방식에서 비롯되었다. 이를테면 남녀 사이에 흔히 일어나는 대로, 우정이 운명적으로 연애에 이른 것이다. 그녀는 더이상 스무살이 아니었고, 혹독한 결혼 생활을 경험한 뒤 인내심도 단단히 길러졌었다. 서른여섯의 나이에 그녀는 자신이 너무도 현명하며 아무런 환상도 없다고 자부하고 있었다. 그러니 한순간 방심한 채 몸을 맡긴 이 친구, 역시 전성기를 훌쩍 넘긴 이 친구에 대해 눈을 감고 연인으로서보다는 어머니로서 행동할 수는 없는 것일까? 때때로 그녀는 삶 전체를 혼란에 빠뜨리는 이 육체관계, 흔히 단순한 접촉일 뿐인 이 육체관계에 사람들이 지나친 중요성을 부여한다고 되뇌곤 했다. 그러고는 자기 주장의 부도덕성에 대해 스스로 먼저 웃곤 했는데, 왜냐하면 기실 모든 실수가 허용되는 것이 아니었기 때문이다. 하지만 수많은 여자들이 현명하게도 연적과 함께 연인을 공유하고 있지 않은가! 오늘날의 관행이 다행히도 혼자만의 완전한 소유라는 질투 어린 생각을 압도하고 있지 않은가! 그러나 그것은 상황을 참고 받아들이게 만드는 이론적인 관점일 뿐이었다. 그녀는 스스로에게 희생을 강요하고, 주인에게 자신의 가슴과 머리를 주었을 때 자신의 몸까지 주고자 하는 헌신적 집사, 지적인 하녀를 자청해봤지만 소용없었다. 그녀는 살과 정념의 반항을 느꼈고, 모든 것을 알지 못해서, 사카르가 자기에게 안겨준 끔찍한 고통을 그의 낯짝에 던진 뒤 단호히 관계를 청산하지 못해서 너무도 괴로웠다. 그러나 그녀는 입을 다물고 미소 지을 정도로 강한 자제력을 발휘했다. 지금까지 힘겨웠던 자신의 인생에서 이보다 더 큰 힘을 필요로 했던 적은 일찍이 없었다.

다시 한번 그녀는 불신자의 다감하면서도 고통스러운 미소와 더불어 잠시 오빠의 성화를 바라보았다. 그렇지만 더이상 성화가 눈에 들어오지 않았다. 그녀는 어제 사카르가 무슨 짓을 할 수 있었는지, 오늘 무슨 짓을 하고 있는지를 무의식적으로, 끊임없이 상상했다. 혼자 있게 되자마자, 그녀의 정신은 본능적으로 이런 감시 행위에 돌입했던 것이다. 사카르는 변함없이 일상적인 삶을 영위하는 것처럼 보였다. 아침에는 경영 업무를 처리했고, 오후에는 증권거래소에 나갔고, 저녁에는 만찬 초대, 연극 초연, 그녀가 질투조차 하지 않는 여배우들과의 환락이 이어졌다. 하지만 그녀는 그에게 새로운 관심사가 생겼다는 것을 느꼈다. 그 새로운 관심사가 전에는 다른 곳에 쏟았던 시간을 그에게서 앗아갔는데, 아마도 그녀가 알아서는 안 되는 장소에서 이루어지는 그 여인과의 밀회가 그것이었다. 이런 상황이 그녀를 의심과 불신에 찬 여자로 만들었다. 그녀가 만국 은행 사업을 감시하는 것을 보고 그녀의 오빠가 이름 붙였던 '경찰 노릇', 최근 사카르에 대한 신뢰가 증폭되었을 때 그만두었던 이 '경찰 노릇'을 그녀는 본의 아니게 다시 시작했다. 일도 손에 잡히지 않았고, 생활도 규칙성을 잃었다. 더욱이 그녀는 자신의 불성실함을 별로 자책하지 않는다는 사실에 놀랐고, 말을 할 힘도 행동할 힘도 찾을 수 없었다. 오직 하나의 고통만이 그녀의 가슴을 미어지게 했는데, 그것은 그녀가 받아들이려고 했지만 그녀를 숨막히게 하는 바로 그 배신이었다. 다시 눈물에 젖는 자신이 부끄러워 그녀는 성화를 감추었지만, 교회로 가서 무릎 꿇고 오래도록 눈물을 쏟으며 슬픔을 덜고 싶은 간절한 마음마저 감출 수는 없었다.

십 분 전부터, 마음을 진정시킨 카롤린 부인은 다시 보고서를 작성했다. 그때 하인이 와서 전날 해고된 마부 샤를이 부인을 만나기를 간청한다고 전했다. 그를 직접 고용했던 사카르가 샤를이 귀리를 훔치는 것을 보고 내쫓았던 것이다. 그녀는 망설이다가 그를 만나는 데 동의했다.

얼굴과 목덜미를 깨끗하게 면도한 키 큰 미남 청년이, 여자가 돈으로 사는 남자 특유의 거들먹거리는 태도로 무례하게 자기 입장을 밝혔다.

"마님, 제가 뵙자고 한 것은 이 집의 세탁부들이 제 셔츠 두 장을 잃어버리고서도 배상을 안 해주기 때문입니다. 틀림없이 마님은 제가 셔츠를 잃어버렸다고 생각하시지는 않겠죠…… 마님이 하녀들의 책임자인 이상, 저는 마님이 제 셔츠값을 물어주시기를 바랍니다…… 셔츠값은 15프랑입니다."

그녀의 표정이 몹시 심각해졌다. 평소 같았으면 말썽을 피하기 위해서라도 15프랑을 주었으리라. 하지만 그 전날 귀리 자루에 손을 넣은 이 사내의 뻔뻔스러움이 그녀를 분노하게 했다.

"나는 당신에게 빚진 것이 아무것도 없습니다. 당신한테 단 한 푼도 줄 수 없어요…… 더욱이 나리가 당신을 조심하라고, 아무것도 주어서는 안 된다고 엄명하셨습니다."

그러자 샤를은 앞으로 다가서며 협박했다.

"아! 나리가 그렇게 말씀하셨군요. 그럴 거라고 짐작했습니다. 하지만 나리가 틀렸습니다, 하인들이 모두 웃을 테니까요…… 마님이 나리의 정부라는 걸 알아차리지 못할 정도로 제가 바보는 아닙니다."

카롤린 부인이 얼굴을 붉히며 일어서서 그를 내쫓으려 했다. 그러나 그는 틈을 주지 않고 다시 목청을 높였다.

"그 여자가 혼자 있다는 게 확실할 때 나리가 일주일에 두세 번, 네 시부터 여섯시까지 어디로 가시는지 마님이 안다면 기분이 어떠실까……"

갑자기 그녀의 얼굴이 파랗게 질렸고, 온몸의 피가 거꾸로 솟구쳤다. 그녀는 두 달 전부터 애써 피해다니던 그 정보를 다시 그의 목구멍 속으로 집어넣으려는 듯 격한 동작을 취했다.

"말씀을 삼가세요……"

그렇지만 그는 그녀보다 더 크게 소리를 질렀다.

"바로 산도르프 남작 부인이지요…… 델캉브르 씨가 돈을 대주는 여자 말입니다. 밀회를 즐기기 위해 그 양반은 코마르트탱가와 생니콜라가 모퉁이에 있는 과일나무 집 일층을 세냈지요. 그런데 이제는 나리가 그 따뜻한 보금자리를 차지하고 있으니……"

그녀는 하인들을 시켜 그 사내를 쫓아내려고 초인종을 향해 손을 뻗었다. 그러나 그는 하인들 앞에서도 폭로를 멈추지 않을 기세였다.

"오! 제가 말씀드리는 건 모두 따끈따끈한 새 소식입니다!…… 일층에서 일하는 하녀 클라리스가 제 친구거든요. 클라리스가 둘이 함께 있는 걸 봤고, 그 얼음처럼 차가운 여주인이 나리에게 온갖 추잡한 짓거리를 해주는 걸 봤다 이 말이지요……"

"조용히 해요, 못된 사람 같으니라고!…… 자! 여기 있어요, 15프랑."

이루 말할 수 없이 역겹다는 동작과 함께, 그녀는 그것만이 그를 내쫓는 유일한 방법이라고 생각하며 그에게 돈을 주었다. 그러자 금세 그의 태도가 다시 공손해졌다.

"저는 마님이 행복하시기만을 바랍니다. 그래서 말인데요, 과일나무가 있는 그 집…… 안마당 깊숙한 곳에 현관 계단이 있고…… 오늘이 목요일이고, 오후 네시입니다. 부인이 현장을 직접 목격하고 싶으시다면……"

얼굴이 납빛으로 변한 그녀는 말없이 그를 문밖으로 밀어냈다.

"오늘 가시면 재미있는 장면을 보실 수 있을 텐데…… 클라리스가 절대로 그런 난장판에서 일하면 안 돼요! 아무튼 훌륭한 주인들을 모시고 있으면, 그분들에게 조그마한 추억을 만들어드리게 되죠, 안 그래요?…… 안녕히 계십시오, 마님."

이윽고 그가 떠났을 때, 카롤린 부인은 자신의 급습이 사카르를 놀라게 할 수 있으리라 생각하며 잠시 꼼짝하지 않고 있었다. 이어서 장탄식과 함께 온몸의 힘이 빠진 채 그녀는 작업 테이블로 가서 그 위에 풀썩 쓰러졌다. 그러자 오래도록 참았던 눈물이 빗물처럼 쏟아졌다.

깡마른 금발머리 처녀 클라리스는 이제 막 자기 여주인을 배반하고, 델캉브르에게 그의 셋집에서 그의 정부가 다른 사내와 함께 있는 현장을 덮치도록 제의했다. 처음에 그녀는 500프랑을 요구했었다. 그러나 그가 몹시 인색했기 때문에, 흥정 끝에 자기가 침실 문을 열어주는 순간에 손에서 손으로 건네받을 200프랑에 만족하지 않으면 안 되었다. 그녀는 화장용 내실 뒤에 있는 작은 방에 기거했다. 남작 부인은 건물 문지기 여자에게 내밀한 삶을 보여주지 않기 위해 특별히 클라리스를 하녀로 고용했었다. 여주인이 사내들을 만나러 올 때 말고는 할 일이 없었고, 더욱이 델캉브르 또는 사카르가 도착하자마자 여주인에게서 해방되었기 때문에 클라리스는 이 텅 빈 거처에서 노상 빈둥거리며 지냈다. 그녀가 샤를을 알게 된 것도 이 집에서였는데, 밤이 오면 그는 낮의 방탕이 여전히 느껴지는 주인들의 대형 침대를 그녀와 함께 차지하곤 했다. 사카르에게 그를 무척 선량하고 정직한 하인으로 추천한 것도 다름 아닌 그녀였다. 그가 해고된 후에 사카르의 정부가 그에게 '모욕'을 준데다 또한 자신이 한 달에 5프랑을 더 벌 수 있는 다른 일자리를 확보하고 있었던 만큼, 클라리스는 더욱더 깊은 앙심을 품었다. 처음에 샤를은 산도르프 남작에게 편지를 쓰고자 했었다. 그러나 클라리스가 델캉브르로 하여금 현장을 덮치게 하는 것이 더 재미있고 더 이득이 되리라 판단했다. 그리하여 오늘 목요일, 그녀는 모든 것을 준비해두고서 현장 급습의 시간을 기다리고 있었다.

네시에 사카르가 도착했을 때, 남작 부인은 벽난로 앞 장의자에 누워 있었다. 그녀는 시간의 가치를 아는 여성 사업가답게 통상 시간을 아주 잘 지켰다. 처음에 사카르는 짙은 갈색 머리에 눈자위가 푸르고 탕녀처럼 자극적인 걸음걸이를 지닌 그 여인이 자기가 기대했던 뜨거운 여인이 아니어서 몹시 실망했었다. 대리석처럼 무감각한 그녀는 관능을 불러일으키려는 그의 쓸모없는 노력에 피곤을 느끼곤 했다. 그녀는 오로지 투기에 사로잡혀 있었고, 그것으로 인한 고통이 오히려 그녀의 피를 뜨겁게 달구었다. 뒤이어 그는 남작 부인이 호기심 강한 여자로서 새로운 전율의 대상을 발견했을 때 그것을 역겨움 없이 받아들인다는 사실을 알게 되었다. 그때부터 그는 그녀를 타락시켰고, 그녀에게서 온갖 애무를 이끌어냈다. 그녀는 증권거래소에 대해 이야기했고, 그에게서 정보를 얻어냈다. 사카르와 관계를 맺고부터 아마도 우연의 도움일망정 투기에서 이득을 보았기 때문에, 그녀는 그를 다소간 마스코트, 즉 더러운 길에서 주웠지만 행운을 가져다주기에 입맞추며 간직하는 마법의 물건처럼 여겼다.

클라리스가 큰 불을 피워놓은 덕에 침대로 갈 필요가 없었기에, 그들은 활활 타오르는 벽난로 앞 장의자에 우아하게 몸을 앉혔다. 밖에서는 어둠이 내리고 있었다. 그렇지만 덧창이 굳게 닫혀 있었고, 커튼이 정성스레 드리워져 있었다. 갓이 없고 반투명 유리로 된 두 개의 커다란 램프가 생생한 빛으로 그들을 비추었다.

델캉브르는 사카르가 집안으로 들어가자 곧바로 마차에서 내렸다. 황제와 개인적인 친분이 있으며 장관이 될 수도 있을 검찰총장 델캉브르는 큰 키에 심각하고 엄숙한 표정, 깊은 주름, 깨끗이 면도한 얼굴을 지닌 쉰 살의 깡마른 남자였다. 독수리의 부리처럼 생긴 그의 단단한 코는 가차없고 단호한 인상을 주었다. 평소처럼 절제되고 근엄한 걸음걸이로 현관 앞 계단을 올라갈 때, 그의 풍채는 품위가 있었고 그의 표정은 주요 재판 때처럼 냉정했다. 그 건물에서는 아무도 그를 몰랐는데, 왜냐하면 그는 어둠이 내린 후에만 그 건물로 들어왔었기 때문이다.

클라리스는 협소한 대기실에서 그를 기다리고 있었다.

"저를 따라오시죠, 나리, 소리를 내지 마시고……"

그는 망설였다. 침실로 직접 통하는 문으로 들어가지 않을 이유가 무엇인가? 그러자 클라리스가 목소리를 낮추어 설명했다. 빗장을 단단히 질러놓아 문을 열자면 모든 걸 부숴야 해요, 문을 여는 동안 당연히 마님이 눈치를 채고 아무 일도 없는 것처럼 꾸미실 테고…… 아, 그래선 안 돼요! 그녀가 원하는 바는 자신이 어느 날 열쇠 구멍으로 본 장면을 그대로 그에게 보여주는 것이었다. 그러기 위해 그녀는 아주 단순한 무엇인가를 생각해냈다. 그녀의 방은 열쇠로 잠가놓은 문을 통해 화장용 내실과 연결되어 있었다. 그 열쇠가 서랍 속에 있었기에, 그녀는 열쇠를 찾아 미리 그 문을 열어두었었다. 그 폐쇄되고 망각된 문 덕분에 그들은 소리 없이 화장용 내실로 들어갈 수 있게 되었다. 화장용 내실과 침실 사이에는 작은 문 하나뿐이었다. 남작 부인은 이 작은 문을 통해 누군가 나타나리라고는 상상조차 못할 것이 틀림없었다.

"저한테 맡기세요, 나리. 성공해야 저한테도 이익이 생겨요, 그렇잖아요?"

그녀는 문을 반쯤 열고 안으로 미끄러져 들어갔다. 델캉브르는 잠시 비좁은 하녀 방에 혼자 남았다. 침대는 흐트러져 있었고, 세면대에 비눗물이 들어 있었다. 일이 성사되자마자 달아나기 위해 그녀는 이미 아침에 짐을 트렁크에 넣어 다른 곳으로 옮겨놓았다. 화장용 내실에서 돌아온 그녀가 살며시 문을 닫았다.

"좀더 기다리셔야겠습니다. 아직 아녜요. 두 분이 지금은 그냥 이야기를 나누고 있어요."

델캉브르는 자기를 바라보는 이 아가씨의 시선에서 희미한 조롱을 느끼며 품위 있게 서서 꼼짝하지 않았다. 그녀가 시키는 대로 가만히 기다렸지만 경련이 왼쪽 뺨을 스쳐지나갔고, 분노의 물결이 두개골로 솟구쳐올라왔다. 직업적 가면의 차디차게 엄격한 얼굴 뒤에 감춰진, 그의 내면에 잠재하는 식인귀의 욕망, 그 욕망에 사로잡힌 격노한 수컷이 도둑질당한 육체에 흥분한 채 나지막이 으르렁거리기 시작했다.

"빨리 해요, 빨리." 자기가 무슨 말을 하는지도 모르는 듯 그가 두 손을 떨며 되풀이했다.

그러나 다시 화장용 내실로 들어갔다 온 클라리스가 손가락을 입술에 대며 좀더 기다리라고 간청했다.

"확실합니다, 나리. 흥분하지 마세요, 흥분하시면 일을 망치게 돼요…… 조금만 기다리시면, 모든 걸 보시게 될 겁니다."

갑자기 다리에 힘이 풀린 탓에 델캉브르는 하녀의 작은 침대에 앉지 않으면 안 되었다. 어둠이 내렸고, 그는 어둠 속에 파묻혔다. 하녀는 귀를 쫑긋 세운 채 침실에서 나오는 아주 가벼운 소리조차 놓치지 않고 엿들었다. 반면 귀가 울린 탓에 델캉브르에게는 그 소리가 마치 행군하는 병사들의 발걸음 소리인 양 훨씬 더 크게 증폭되어 들렸다.

마침내 클라리스의 손이 그의 팔을 더듬었다. 그는 그 뜻을 알아차렸고, 말없이 200프랑이 든 봉투를 그녀에게 건넸다. 그녀는 앞장서서 화장용 내실의 작은 문을 열어젖히고는, 그를 침실로 밀어넣으며 말했다.

"자! 보세요!"

불길이 뜨거운 벽난로 앞에서 사카르가 장의자에 등을 대고 누워 있었는데, 겨드랑이까지 돌돌 말려 올라간 셔츠 외에 아무것도 입지 않은 탓에 어깨에서 발끝까지 털로 뒤덮인 갈색 살이 드러났다. 한편 완전히 벌거벗은 남작 부인은 벽난로 불빛에 온통 분홍빛으로 변한 몸으로 무릎을 꿇고 있었다. 두 개의 커다란 램프가 두 사람을 너무도 생생하게 비추어서 그들의 동작 하나하나가 짙은 어둠에 대조되어 선명하게 드러났다.

이 충격적인 현행범들의 모습에 경악한 델캉브르는 입을 벌린 채 제

자리에 멈춰 섰고, 두 남녀 또한 사내가 화장용 내실을 통해 들어오는 것을 보고 벼락을 맞은 듯 눈을 동그랗게 뜬 채 움직일 줄 몰랐다.

"아! 더러운 것들!" 이윽고 검찰총장이 더듬거리며 탄식했다. "더러운 것들! 더러운 것들!"

그는 이 말밖에 찾아내지 못했고, 이 말을 끝없이 되풀이했으며, 이 말에 힘을 주기 위해 단속적으로 이 말을 내뱉었다. 이번에는 자기 알몸에 정신이 아득해진 여자가 벌떡 일어나 옷을 찾아 맴돌았지만, 정작 옷이 있는 화장용 내실로는 들어갈 엄두조차 내지 못했다. 침실에 벗어 둔 하얀 속치마를 집은 그녀는 그것으로 어깨를 덮었고, 뒤이어 그것을 펴 목과 가슴을 가리고자 허리띠의 두 끝을 입에 물었다. 장의자에서 일어난 남자는 몹시 곤혹스러운 표정으로 셔츠를 내렸다.

"더러운 것들!" 델캉브르가 여전히 같은 말을 되풀이했다. "더러운 것들! 내가 세낸 방에서 감히!"

사카르에게 주먹을 내보이던 그는 자기가 산 가구 위에서 이 추잡한 짓거리가 벌어졌다는 생각에 점점 더 분노가 치밀어올랐다.

"당신이 내 집에 있다니, 더러운 자 같으니라고! 이 여자는 내 여자야, 이 더러운 도둑놈아!"

화조차 내지 못하고 셔츠 바람으로 있는 것이 너무도 당혹스러웠던 사카르는 이 상황에 완전히 넋이 나간 채 그를 진정시키려고 애썼다. 그러나 도둑놈이라는 말이 사카르에게 상처를 주었다.

"말도 안 돼!" 사카르가 대꾸했다. "여자를 독점하려면, 먼저 여자에게 필요한 걸 줘야지."

자신의 인색함에 대한 이 암시가 델캉브르를 완전히 미치게 만들었다. 마치 인간의 모습을 한 수컷 염소가, 내면에 감춰진 프리아포스 신이 육체에서 튀어나온 듯 그의 형상이 알아볼 수 없을 정도로 무섭게 변했다. 평소 그토록 근엄하고 냉정하던 얼굴이 별안간 벌겋게 달아올랐고, 점점 부풀어올랐으며, 마침내 광포한 맹수의 모습이 되었다. 이 진흙탕의 끔찍한 고통 속에서 흥분이 관능에 들뜬 짐승을 풀어놓은 것이다.

"필요한 걸 줘야 한다고, 필요한 걸?" 그가 중얼거렸다. "아! 시궁창을 필요로 하다니…… 못된 창녀 같으니라고!"

그가 너무도 폭력적인 동작을 취해서 남작 부인은 공포에 질렸다. 그녀는 꼼짝하지 않고 서서, 속치마로 겨우 젖가슴만 가린 채 배와 넓적다리를 드러내놓고 있었다. 그때 그렇게 드러난 죄악의 알몸이 그를 더욱 광분하게 만든다는 것을 알아차린 그녀가 뒤로 물러나서 장의자에 앉았고, 두 다리를 모아 무릎을 올려서 가릴 수 있는 모든 것을 가렸다. 그런 다음, 그녀는 말도 동작도 없이 고개를 약간 숙이고 곁눈질로 엉큼하게 싸움을 바라보았고, 수컷들의 투쟁의 대상이 된 암컷으로서 승자의 것이 되기 위해 가만히 기다렸다.

사카르가 용감하게 그녀의 앞을 가로막았다.

"이 여자를 때리면 가만있지 않겠소!"

두 사내가 정면으로 마주섰다.

"자!" 사카르가 다시 말했다. "이 정도로 끝냅시다. 우리가 마부처럼 싸울 수는 없잖소…… 맞습니다, 내가 부인의 애인입니다. 당신이 여기 있는 가구 값을 지불한 것처럼, 나도 부인을 위해 여러 가지를 지불했습니다……"

"무얼 지불했단 말이오?"

"많은 것을 지불했지요. 예를 들면 일전에 마조에게 지불해야 할 1만 프랑을 부인에게 준 것이 바로 저입니다. 당신은 딱 잘라 거절했었지요…… 저도 당신만큼 부인에 대한 권리가 있습니다. 더러운 놈이라고요, 그건 그럴 수 있지! 하지만 도둑놈, 아! 그건 아니오! 그 말씀은 철회하시오."

화가 머리끝까지 난 델캉브르가 소리쳤다.

"당신은 도둑놈이야. 지금 당장 물러나지 않으면, 머리통을 부숴버리겠어."

사카르도 화가 치밀어올랐다. 바지를 다시 입으며 그가 항의했다.

"아! 그래, 글쎄, 힘들게 만드시는군, 결국! 난 내가 원할 때 떠날 거요…… 나를 두렵게 하는 건 당신이 아냐, 이 양반아!"

반장화까지 모두 꿰었을 때, 그는 카펫 위에 두 발을 힘차게 내려놓으며 말했다.

"자, 이제 난 여기에 못이 박혔어, 난 여기 있을 거요."

질식할 듯 화가 난 델캉브르가 얼굴을 앞으로 내밀며 다가섰다.

"이 더러운 돼지야, 어서 꺼지지 못해!"

"당신보다 먼저 나가지는 않겠어, 이 늙은 사기꾼아!"

"그렇다면 한 방 먹여주지!"

"내 발에 차이고 싶은 모양이군!"

얼굴을 맞대고 송곳니를 드러낸 그들은 서로 으르렁거렸다. 발정의 천박한 용솟음 속에서 교양도 자아도 잊은 채, 사법관과 금융가가 술에 취한 마차꾼들처럼 끔찍하게 모욕하며 서로에게 상스러운 욕설을 퍼부었다. 그들의 목소리가 점점 거칠어졌고, 입에서는 거품이 일었다.

의자에 앉은 남작 부인은 둘 가운데 하나가 다른 하나를 밖으로 내쫓기를 여전히 기다리고 있었다. 이미 마음을 추스른 그녀는 화장용 내실 문 뒤에서 모든 것을 머릿속에 그리며 상황을 즐기고 있는 하녀의 존재만이 신경쓰였다. 두 사내가 서로에게 퍼붓는 몹시 천박한 욕설을 듣기 위해 하녀가 냉소적인 표정으로 목을 내밀었을 때, 두 여자는 서로를 얼핏 보았다. 여주인은 벌거벗은 채 웅크리고 있었고, 하녀는 단정한 차림으로 편평하고 작은 목을 쳐든 채 똑바로 서 있었다. 옷을 벗었을 때 이루어지는 공작 부인과 백정 마누라 사이의 평등함 속에서, 두 여자는 불타는 시선, 장구한 증오의 시선을 교환했다.

사카르 또한 클라리스를 보았다. 급하게 옷을 입던 그는 조끼를 꿰며 델캉브르의 얼굴을 향해 욕설을 내뱉었고, 프록코트의 왼쪽 소매에 팔을 집어넣으며 다시 욕설을 내뱉었고, 프록코트의 오른쪽 소매에 팔을 집어넣으며 다시 욕설이란 욕설을 모두 찾아 내뱉었다. 그런 다음, 상황을 끝내기 위해 그는 갑자기 이렇게 소리쳤다.

"클라리스, 이리 와요!…… 문도 모두 열고, 창문도 모두 열어요, 세상 사람들이 다 보고 들을 수 있도록!…… 검찰총장 나리께서 자기 존재를 사람들에게 알리고 싶어하시니까…… 내가 그 사실을 알려주지, 내가!"

사카르가 빗장을 풀기 위해 창문을 향해 걸어가는 것을 본 델캉브르는 파랗게 질린 채 뒤로 흠칫 물러났다. 추문을 두려워하기는커녕 위협을 해대다니, 이 얼마나 가증스러운 사내인가!

"아! 불한당, 불한당!" 사법관이 탄식했다. "정말 잘도 어울리는군, 당신과 이 창녀 말이야. 내가 떠나주지……"

"그래야지, 썩 꺼지시오! 당신 따윈 필요 없으니까…… 적어도 이제 그녀의 청구서가 지불되지 않는 일은 없을 거요, 더이상 가난으로 눈물 흘릴 일이 없는 거지…… 자, 여기 있소! 승합마차 삯으로 6수가 필요하실 테니까……"

이런 모욕적인 언사를 듣자, 델캉브르는 화장용 내실 문지방에 잠시 멈춰 섰다. 그는 깡마르고 큰 키, 근엄한 주름살로 뒤덮인 창백한 얼굴을 되찾았다. 그는 팔을 뻗어 사카르를 가리키며 단언했다.

"맹세하건대, 당신은 이 모든 것에 대한 죗값을 치를 거요…… 오! 반드시 다시 만날 날이 있을 테니, 조심하시오!"

그런 다음, 그가 떠났다. 그 뒤를 따라 치맛자락 소리가 들렸다. 웃음거리에 무척 만족하면서도 문초를 당할까봐 두려워 하녀가 급히 달아났던 것이다.

여전히 상기된 표정으로 서둘러 여기저기 문을 닫으러 간 사카르가 침실로 되돌아왔다. 남작 부인은 의자에 못박힌 듯 앉아 있었다. 그는 성큼성큼 벽난로 쪽으로 가서 이지러진 불을 다시 피워올렸다. 그리고 그토록 희한하게 속치마로 어깨만을 가린 벌거벗은 그녀를 보고서, 그는 매우 정중하게 행동했다.

"자, 옷을 입어요, 내 사랑…… 마음 아파하지 말아요. 유감스러운 일이지만, 아무것도 아니오, 아무것도…… 모레, 여기서 다시 만납시다. 여러 일을 해결해야 하니까, 알겠소? 이제 가야 해요, 위레와 만날 약속이 있소."

그녀가 속옷을 다 입었을 때 그는 떠났고, 대기실을 지나며 이렇게 소리쳤다.

"특히 이탈리아 증권을 살 때, 조심해요! 반드시 옵션거래만 하시오."

바로 그 시각, 카롤린 부인은 작업 테이블에 머리를 파묻은 채 흐느끼고 있었다. 마부가 알려준 충격적인 정보, 그녀의 뇌리를 떠나지 않는 사카르의 배반이 그간 잊고자 했던 온갖 의혹과 공포를 그녀의 내면에 다시 불러일으켰다. 그녀는 사카르와 공모하는 만국 은행 사업에 몰두함으로써, 그리고 사람들이 자기에게 말해주지 않는 것, 자기 역시 알려고 애쓰지 않는 것, 요컨대 그의 애정 문제에 눈을 감음으로써 억지로 평온과 희망을 유지하려 해왔다. 하지만 이제 그녀는 지난번 주주총회에 즈음하여 사업 상황에 대해 자기 오빠를 안심시키는 편지를 쓴 일을 몹시 후회하고 자책했다. 왜냐하면 질투가 눈과 귀를 열어준 이후, 불법행위가 계속되며 끊임없이 심화되고 있음을 깨달았기 때문이었다. 사바타니의 계좌는 이미 확대되었고, 이 명의 대여인의 도움과 엄청난 허위 광고의 도움으로 회사는 거대 은행에 기탁되곤 하는 개미군단의 자금, 기적처럼 너무도 신속하게 증폭되어 그녀를 기쁘게 하기보다 무섭게 했던 개미군단의 자금과 함께 점점 더 깊이 투기에 빠져들고 있었다. 특히 그녀를 괴롭힌 것은 만국 은행을 몰고 가는 그 끔찍한 속도, 그 멈추지 않는 질주였던바, 만국 은행은 모든 것이 최후의 일격으로 산산이 파괴될 때까지 석탄을 가득 채운 채 악마의 철로 위를 전속력으로 달리는 열차를 연상시켰다. 그녀는 사람들에게 쉽사리 속아넘어가는 멍텅구리 바보가 아니었다. 은행 운영의 기술에 대해서는 몰랐을지라도, 그녀는 은행이 왜 군중을 전염적 광기의 무도舞蹈 속으로 몰아넣는 이 열광적 오버페이스에 집착하는지 잘 알고 있었다. 매일 아침 주가가 상승해야 했고, 더 큰 성공, 이를테면 황금의 대하, 황금의 바다를 만들기 위해 강물을 빨아들이는 마법의 회계 창구, 기적의 회계 창구를 믿게 해야 했다. 너무도 순진하고 열정적이고 유혹에 약한 불쌍한 오빠, 그를 배반하고, 언젠가 모두를 익사시킬 위험한 파도에 그를 방치해야 할 것인가? 그녀는 자신의 무력함과 무위에 절망했다.

그러는 동안 황혼이 난로마저 꺼진 설계도 작업실에 어둠을 드리웠다. 짙어가는 어둠 속에서, 카롤린 부인은 더욱더 흐느껴 울었다. 하지만 그렇게 우는 것은 비겁한 일이었는데, 왜냐하면 쏟아지는 눈물이 만국 은행 사업에 대한 불안에서 비롯되는 것이 아님을 그녀가 느끼고 있었기 때문이다. 확실히 사카르는 혼자서 그 끔찍한 질주의 유지를 감당하고 있었고, 죽일 위험을 무릅쓰면서 그 짐승을 사납게, 부도덕하게 채찍으로 후려치고 있었다. 그는 유일한 죄인이었다. 그에게서 그녀는 돈에 미친 남자의 음울한 영혼, 어둠으로 어둠을 감추는 그 음울한 영혼이 무한히 펼치는 온갖 더러운 타락이 보이는 듯해 소스라치는 전율에 휩싸였다. 그의 영혼 속에서 아직도 분명히 분간해내지 못한 것, 그녀는 그것을 짐작하며 몸을 떨었다. 그렇지만 그녀가 서서히 발견한 그 토록 많은 상처, 또는 향후 발생할 수 있는 재앙에 대한 공포가 그녀로 하여금 작업 테이블 위에 쓰러져 울게 한 것이 아니었다. 그런 상처의 발견이나 공포는 오히려 투쟁과 치유의 열망 속에서 우뚝 몸을 일으키게 했으리라. 아냐! 그녀가 마치 어린아이처럼 그토록 슬프게 흐느꼈던 것은 바로 그녀가 사카르를 사랑하며 사카르가 지금 이 순간 다른 여자와 함께 있기 때문이었다. 어쩔 수 없이 행한 이 고백이 그녀의 가슴을 수치심으로 물들였고, 그녀로 하여금 숨이 막힐 정도로 울게 만들었다.

"이렇게 자존심이 없다니, 맙소사!" 그녀가 큰 목소리로 중얼거렸다. "내가 이 정도로 나약하고 가련하단 말인가! 무엇인가를 원한다면, 난관이야 헤쳐나가야 하지 않는가!"

바로 그때, 어두운 방에서 어떤 목소리가 들려와 그녀는 깜짝 놀랐다. 가족처럼 허물없이 지내는 막심이 방금 막 들어왔던 것이다.

"이런! 불도 켜지 않고서, 아니, 울고 계셨잖아!"

갑자기 누군가와 맞닥뜨려 당황한 그녀가 흐느낌을 추스르는 사이, 그가 말했다.

"죄송합니다. 아버지가 증권거래소에서 돌아오신 줄 알고…… 어떤 부인에게서 아버지를 저녁식사 자리에 모셔오라는 부탁을 받았거든요."

그때 하인이 램프를 들고 와서 테이블 위에 놓고 나갔다. 램프 갓에서 떨어지는 고요한 불빛이 넓은 방을 비추었다.

"괜찮아요" 하고 카롤린 부인이 설명하려 했다. "여성병 때문이에요, 별로 신경을 쓰지는 않지만."

눈물을 닦고 가슴을 편 채, 그녀는 벌써 영웅적인 투사의 태도로 미소를 지었다. 젊은이는 당당하게 서 있는 그녀를 잠시 바라보았다. 맑고 커다란 눈, 강렬한 색깔의 입술, 하얀 머리칼이 매력을 더하는 정력적인 선의의 얼굴, 그는 새하얀 치아까지 지닌 그녀가 아직 젊고 아름답다고 생각했다. 그런 다음 아버지를 떠올렸고, 경멸에 찬 연민으로 어깨를 으쓱했다.

"아버지 때문에 우는 거죠, 안 그래요?"

그녀는 부인하려 했지만 목이 막혔고, 눈물이 다시 눈자위를 적셨다.

"아! 불쌍한 부인, 제가 말씀드렸잖아요, 부인은 아버지에 대해 환상을 갖고 계시고, 또 그 환상의 대가는 몹시 쓰라릴 것이라고…… 아버지가 부인을 집어삼키려 할 것은 불을 보듯 환한 일이었어요!"

그러자 그녀는 빅토르의 몸값에 대한 선금 2000프랑을 그에게 빌리러 갔던 날을 떠올렸다. 내가 모든 것을 알고자 할 때, 그가 이야기해주겠다고 약속하지 않았던가? 그에게 물음으로써 사카르의 모든 과거를 알 수 있는 기회가 오지 않았는가? 저항할 수 없는 욕망이 그녀를 떠밀었다. 이미 관계가 시작되었으니 모든 것을 알 필요가 있었다. 그것은 정당한 일이었고, 모두에게 유익한 일이었다.

그러나 이런 조사가 내키지 않았기 때문에, 그녀는 대화를 끊으려는 듯한 표정을 지으며 우회했다.

"도련님한테 2000프랑의 빚이 있어요" 하고 그녀가 말했다. "마냥 기다리게 한다고 저를 너무 원망하시지는 않겠죠?"

그는 그녀에게 충분한 시간을 주겠다는 몸짓을 해 보였다. 그러고는 갑자기 이렇게 말했다.

"그건 그렇고, 내 동생, 그 괴물은 어떻게 됐죠?"

"그 녀석이 저를 너무 괴롭혀요. 아직 아버지한테는 아무 말도 하지 않았는데…… 그 불쌍한 애를 교육시켜야 해요, 사람들한테 사랑받을 수 있도록!"

막심이 웃었고, 그 웃음이 그녀를 불안하게 했다. 왜 웃느냐고 눈짓으로 묻자 그가 말했다.

"어휴! 정말이지 쓸데없는 걱정일랑 하지 마세요. 아버지는 이 모든 소동을 전혀 이해하시지 못할 텐데…… 가족 문제라면 이골이 나신 분이거든요!"

그녀는 쾌락에 물든 이기주의적 삶 속에서 그토록 단정한 막심, 일체의 인간관계, 심지어 쾌락이 만드는 인간관계에 대해서도 그토록 무심한 막심을 물끄러미 바라보았다. 자기의 마지막 말에 감춰진 악행을 혼자 음미하며 그는 미소 지었다. 그녀는 자신이 부자의 비밀을 건드렸다는 것을 알아차렸다.

"도련님은 어머니를 일찍 여의었죠?"

"예, 저는 어머니를 거의 알지 못해요…… 어머니가 여기, 파리에서 돌아가셨을 때, 저는 플라상스에서 중학교에 다니고 있었거든요…… 우리 큰아버지 파스칼 박사는 내 누이동생 클로틸드와 함께 거기서 살았는데, 저는 클로틸드를 단 한 번 만나고 다시 보지 못했어요."

"그리고 아버지가 재혼하셨어요?……"

그는 망설였다. 그의 맑고 공허한 눈에 한순간 혼란스러운 취기가 어렸다.

"아! 그래, 그래요, 재혼하셨죠…… 사법관의 딸과…… 베로 뒤 샤텔 가문의 르네, 저한테는 좋은 친구였어요, 어머니가 아니라……"

뒤이어 친숙한 동작으로, 그는 그녀 옆에 앉았다.

"이봐요, 아버지가 누구인지를 잘 아셔야 합니다. 그래요! 아버지가 다른 사람들보다 더 나쁘지는 않아요. 하지만 그의 자식들, 그의 여자들, 한마디로 그를 둘러싸고 있는 모든 것보다 그에게 더 중요한 게 있는데, 그것은 바로 돈이죠…… 오! 그렇지만 분명히 해둡시다. 아버지가 수전노로서, 돈을 태산처럼 쌓아 지하실에 감춰두기 위해 돈을 사랑하는 건 아녜요. 정말 그건 아녜요! 아버지가 도처에서 돈이 쏟아지기를 바란다면, 어떤 샘에서도 돈을 퍼올린다면, 그것은 돈이 자기 집에서 격류처럼 흘러다니는 걸 보기 위해서이고, 돈이 가져다주는 사치, 쾌락, 권력을 즐기기 위해서죠…… 정말 그렇다니까, 아버지는 핏속에 그런 게 있어요. 아버지는 우리를, 당신과 나를, 그 누구라도 팔아치울 겁니다, 만일 우리가 시장에서 거래된다면…… 아마 몰염치하고 우월한 자로서 그렇게 할 텐데, 왜냐하면 아버지는 정녕 돈의 시인이니까요. 그 정도로 돈은 아버지를 미친 불한당으로 만들어요, 오! 그야말로 미친 불한당이죠!"

카롤린 부인이 파악한 것도 바로 그런 것이었기에, 그녀는 고개를 끄덕이며 막심의 이야기를 들었다. 아! 돈, 인간을 부패와 중독에 빠뜨리고, 영혼을 메마르게 하고, 타인을 위한 선의, 애정, 사랑을 앗아가는 그놈의 돈! 돈이 바로 인간의 온갖 잔혹하고 더러운 행위를 유발하는 촉매제요 대죄인이었다. 이 순간, 그녀는 고상하고 올바른 여자의 분노와 반항 속에서 돈을 저주했고 혐오했다. 그렇게 할 수만 있다면, 그녀는 지구의 안녕을 지키기 위해 군홧발로 악을 짓뭉개듯 세상의 모든 돈을 없애버렸으리라.

"그렇게 아버지가 재혼을 하셨군요." 침묵 끝에, 기억이 혼란스럽게 뒤엉키는 가운데 당황한 목소리로 그녀가 되풀이했다.

도대체 누가 내 앞에서 이 이야기를 암시했었지? 그녀는 누구인지 떠오르지 않았다. 아마도 생라자르가에 정착한 초기, 이층에 새로운 세입자가 들어왔을 때 동네 여자 중 하나가 말해주었으리라. 돈이 맺어준 결혼, 수치스러운 거래가 맺어준 결혼이라고 했었던가? 나중에 범죄가, 근친상간과 관련된 기괴한 간통이 소리 없이 그 집에 깃들어 묵인되었다고 하지 않았던가?

"르네는 저보다 몇 살밖에 많지 않았어요……" 막심이 자기도 모르게 나직이 말했다.

그는 고개를 들어 카롤린 부인을 쳐다보았다. 너무도 건강하고 너무도 현명해 보이는 이 여인에 대한 갑작스러운 믿음과 설명할 수 없는 신뢰 속에서, 그는 차례대로가 아니라 조각조각 생각나는 대로 불완전하게 과거를 이야기했다. 그 조각난 과거의 편린들을 이리저리 잇는 것은 그녀의 몫이었다. 그가 이처럼 고백하는 것은 아버지에 대한 오랜 원망 때문이었을까? 아니면 아무런 공통의 이해관계 없이 서로를 이방인으로 만든 부자의 경쟁심 때문이었을까? 그는 아버지를 비난하지도 않았고, 분노를 품지도 않은 듯했다. 그러나 그의 웃음은 냉소로 변했고, 아버지를 더럽히는 사악하고 음험한 기쁨과 함께 그토록 많은 외설적이고 가증스러운 행위를 털어놓았다.

그리하여 카롤린 부인은 무시무시한 이야기를 빠짐없이 알게 되었다. 돈을 받고 강간당한 아가씨와 결혼하면서 자기 이름을 판 사카르, 돈으로 호화로운 광기의 삶을 살면서 이 병든 아들을 타락시킨 사카르, 돈 때문에 아내의 서명이 필요했기에 자기 집에서 아내와 아들의 사랑을 묵인하고, 가족이 재미있게 살기를 바라는 선량한 가장으로서 모든 것에 눈을 감은 사카르…… 무한한 권력 속에서 덧없는 인간의 양심보다 더 높이 추앙받는 돈, 피와 눈물보다 더 높이 군림하는 돈, 돈이라는 제왕, 돈이라는 신! 돈이 점점 불어나고, 사카르의 모습이 그 엄청난 돈과 함께 그려짐에 따라, 카롤린 부인은 자신이 수많은 여자 다음으로 그 괴물의 것이 되었다는 생각에 온몸이 얼어붙고 정신이 혼미해졌다.

"자, 이상입니다!" 막심이 이야기를 끝내며 말했다. "힘들군요, 하지만 당신이 알고 계시는 게 좋을 것 같아서…… 아버지한테 화를 내지는 마세요. 미안해요, 앞으로도 눈물을 흘리는 건 당신일 겁니다, 아버지가 아니라…… 왜 제가 아버지에게 단 한 푼도 빌려주지 않으려 하는지 이제 아시겠죠?"

그녀가 가슴이 아프고 목이 메어 대답하지 못하는 사이, 그가 일어나 멋진 남자의 조용하고 여유로운 태도로 거울을 바라보며 자신의 단정한 삶을 확인했다. 뒤이어 그는 그녀 앞으로 되돌아왔다.

"안 그래요? 그런 일들은 사람을 빨리 늙게 해요. 저는 금세 정신을 차리고 젊은 아가씨와 결혼했죠, 병으로 세상을 떠나고 말았지만…… 맹세하건대, 절대로 그런 어리석은 짓은 다시 하지 않을 겁니다. 절대로! 이봐요, 아버지는 구제불능이에요, 도덕적 감정이 없는 사람이라고요."

악수를 하기 위해 그녀의 손을 잡았을 때, 그는 그 손에서 냉기를 느꼈다.

"그만 가볼게요, 아버지가 돌아오시지 않으니…… 슬퍼하지 마세요! 제가 보기에 당신은 정말 강해요! 저한테 고마워하세요. 이 세상에 바보 같은 짓이란 단 한 가지밖에 없는데, 그건 속는 거죠."

이윽고 자리를 떠나던 그가 문턱에서 웃으며 덧붙였다.

"잊고 있었네요, 드 죄몽 부인이 저녁식사 시간에 만나고 싶어한다고 아버지에게 전해주세요…… 10만 프랑을 받고 황제와 잠자리를 함께한 드 죄몽 부인 말입니다…… 걱정하지 마세요, 아버지가 아무리

미쳤다고 해도 여자에게 그런 돈을 지불할 위인은 아니니까요."

그러나 카롤린 부인은 움직일 수가 없었다. 무거운 침묵에 휩싸인 넓은 방에서, 멍한 눈으로 램프만을 바라보며 죽은 듯 가만히 의자 위에 앉아 있었다. 그녀에게는 갑작스럽게 베일이 찢어진 것만 같았다. 그때까지 분명하게 인식하려 하지 않았던 것, 전율 속에서 의혹만을 지니고 있었던 것, 그것을 이 시각 그녀는 아무런 만족감 없이 적나라하게 알게 되었던 것이다. 그녀는 벌거벗은 사카르, 돈밖에 모르는 복잡하고 혼란스러운 한 인간의 황폐한 영혼을 속속들이 보았다. 사카르는 자기 능력의 한계 외에 다른 한계를 모르는 인간, 구속도 장벽도 없이 고삐 풀린 본능으로 자신의 욕망만을 좇아 달려가는 인간이었다. 그는 아내를 자기 아들과 공유했고, 아들도, 아내도, 자기 수중에 떨어진 모든 것을 팔아치웠다. 심지어 그는 자기 자신마저 팔았고, 그녀 또한 팔고 있었으며, 그녀의 오빠를 팔 것이었다. 그는 오누이의 가슴과 머리로 돈을 만들 것이었다. 그는 이제 사물과 사람을 녹여 돈을 주조하는 화폐 제작자일 뿐이었다. 정신이 번쩍 든 그녀의 눈에 만국 은행이 도처에서 돈을 발산하며 돈의 호수, 돈의 바다를 이루고, 그 돈의 바다 한가운데서 별안간 은행이 가공할 굉음과 함께 수직으로 침몰하는 모습이 보이는 듯했다. 아! 돈이여, 세상을 더럽히고 아귀아귀 삼키는 끔찍한 돈이여!

카롤린 부인은 화가 난 채 자리에서 일어났다. 안 돼, 안 돼! 무서운 일이야, 이제는 끝났어. 그녀는 더이상 이 남자와 함께 지낼 수 없었다. 그의 배신은 용서할 수 있었다. 그러나 그 모든 흉측한 옛일이 그녀를 역겹게 했고, 내일 저질러질지도 모를 범죄에 대한 공포가 그녀를 흔들리게 했다. 그녀마저 흙탕물에 젖고 붕괴된 회사의 잔해에 깔리기를 원하지 않는다면, 지금 당장에 떠나야만 했다. 멀리, 아주 멀리 떠나고 싶은 욕망, 알리기 위해서가 아니라 단지 사라지기 위해 동방으로 가서 오빠를 만나고 싶은 욕망이 그녀를 엄습했다. 떠나야 해, 지금 당장 떠나야 해! 아직 여섯시가 되지 않았다. 지금 떠나면 그녀는 일곱시 오십분에 마르세유행 급행열차를 탈 수 있을 것이었다. 그녀에게는 사카르를 다시 만날 힘이 남아 있지 않았다. 마르세유에서 배에 오르기 전에 필요한 것을 사면 될 것이었다. 트렁크에 약간의 속옷과 갈아입을 드레스만을 넣은 채, 그녀는 집을 나서려 했다. 단 십오 분 만에 채비가 끝났다. 그런 다음 작업 테이블 위에 놓인 일거리, 이제 막 작성하기 시작한 보고서를 보며 그녀는 잠시 발걸음을 멈추었다. 저런 걸 가져가서 무엇하랴? 어차피 뿌리부터 썩어 모든 게 무너질 텐데…… 하지만 자기 뒤에 무엇 하나 무질서하게 남겨두는 법이 없는 성실한 주부의 습관 때문에, 그녀는 서류와 노트를 정성스레 정돈하기 시작했다. 정리정돈에 몇 분이 걸렸고, 이 시간이 그녀로 하여금 떠날 결심을 하게 한 최초의 열기를 식혀주었다. 떠나기 전 방을 한번 둘러보았을 때, 그녀는 완전히 정신이 돌아온 상태였다. 그때 하인이 들어와 그녀에게 신문과 편지 꾸러미를 전해주었다.

기계적인 시선으로 카롤린 부인은 서명을 보았고, 편지 더미 속에서 자기 앞으로 온 오빠의 편지를 발견했다. 그것은 다마스로부터 베이루트까지 이어지는 철도 건설을 위해 지금 아믈랭이 머무르고 있는 다마스에서 온 편지였다. 기차에서 천천히 정독할 생각을 하며 그녀는 우선 램프 가까이 선 채로 편지를 일별하기 시작했다. 그러나 문장 하나하나가 마음을 사로잡았기에 그녀는 한 단어도 건너뛸 수 없었고, 테이블 앞에 앉아서 무려 열두 페이지에 이르는 그 긴 편지를 열광적으로 읽었다.

때마침 아믈랭은 모처럼 기분좋은 나날을 보내고 있었다. 그는 일전에 누이가 파리에서 보내온 좋은 소식에 대해 고마움을 표했고, 거기서 모든 것이 바람대로 착착 진행되고 있다는 더 좋은 소식을 알려주었다. 대형 여객선 합동회사의 첫번째 결산은 훌륭하기 그지없었다. 새로운 증기선이 그 완벽한 장비와 더 빠른 속도 덕분에 상당한 수익을 올리고 있었다. 그리고 농담삼아 그는 사람들이 거기로 유람을 오고 있다며 서양 세계에 의해 점유된 해안 항구들을 소개했고, 한적한 오솔길을 산책할 때조차 반드시 파리 사람을 마주치게 된다고 이야기했다. 그것은 과연 그가 예견한 대로 프랑스를 향해 열린 동방이었다. 바야흐로 레바논의 황폐한 옆구리에서 도시들이 자라나고 있었다. 무엇보다 그는 본격적으로 은이 채굴되고 있는 카르멜 협곡을 생생하게 그렸다. 야생의 지형이 인간화되고 있었다. 북쪽 골짜기를 막고 있던 바위들을 모두 들어내자 몇 개의 샘이 발견되었다. 밭이 생겨났고, 밀이 유향나무를 대신했으며, 벌써 마을 하나가 은광 근처에 들어섰다. 처음에는 나무로 만든 소박한 오두막, 노동자들을 위한 막사가 지어졌고, 지금은 정원이 딸린 작은 석조건물들이 들어섰다. 광맥이 고갈되지 않는 한 주택단지는 커져만 갈 것이었다. 거기에는 약 오백 명의 주민이 있었고, 마을을 생장다크르로 잇는 도로가 건설되었다. 예전에는 독수리들만이 고즈넉하게 날갯짓 소리를 냈었던 이 황야에서, 이 죽음 같은 침묵의 땅에서 아침부터 저녁까지 채굴 기계가 돌아갔고, 채찍질 소리와 함께 짐수레가 덜컹거렸고, 여자들이 노래했고, 아이들이 소리치며 놀았다. 그리고 도금양과 금작화가 언제나 은근하고 감미로운 향기를 발산했다. 끝으로 아믈랭은 자신이 곧 개통해야 할 철도, 즉 앙카라와 알레포를 거쳐 부르사에서 베이루트로 이어지는 철도를 신명나게 설명했다. 철도 개통에 필요한 절차는 콘스탄티노플에서 마무리되고 있었다. 토로스 협로의 관통이라는 몹시 어려운 과제를 해결하기 위해 그가 요구한 설계 변경이 그를 행복하게 했다. 이 협로, 산자락에 펼쳐진 평원에 대해 그는 과학자로서의 만족감을 갖고 이야기했는데, 거기서 새로운 석탄층을 발견한 그는 그 고장이 이내 공장들로 뒤덮이리라 예상했다. 철도를 부설하기 위한 기준점들이 설정되었고, 역을 건설하기 위한 부지가 선택되었다. 여기에 도시 하나, 좀더 멀리 도시 하나, 이런 식으로 여러 도시가 천연 도로의 교차점에서, 역 주변에서 탄생할 것이었다. 이미 미래의 인간과 사물을 수확하기 위한 씨앗이 뿌려졌으니, 몇 년 지나지 않아 새로운 세계가 태동하리라. 아믈랭은 자신이 인간의 부활에 동참할 수 있음에 행복해하면서, 그리고 오래전부터 용기를 발휘하고 건강을 지킬 수 있도록 도와준 누이가 거기서 중요한 역할을 하리라 장담하면서, 사랑하는 누이에 대한 다정한 키스로 편지를 마무리했다.

카롤린 부인은 편지를 모두 읽었다. 편지는 테이블 위에 놓여 있었고, 그녀는 다시 멍하니 램프를 바라보며 생각에 잠겼다. 그리고 자기도 모르게 눈을 들어 사방의 벽을 둘러보다가 도면 하나하나, 수채화 하나하나에 시선을 고정했다. 지금 이 시각 베이루트에서는 대형 여객선 합동회사 사장의 저택이 거대한 상가 한가운데서 신축되고 있었다. 무성한 잡초와 바위로 막힌 야생의 협곡이었던 카르멜이 이제는 새로운 인간들이 모여 사는 넓디넓은 보금자리로 변하고 있었다. 토로스산맥에서는 땅고르기가 지평선을 바꿔놓으며 자유무역에 길을 터주고 있었다. 네 개의 핀으로 고정되고 기하학적인 선과 연한 색조로 가득찬 도면과 그림이 그녀로 하여금 온갖 생각에 잠기게 했고, 영원히 아름다운 푸른 하늘과 너무도 비옥한 대지 때문에 한때 그녀가 더없이 사랑했던 그 머나먼 고장을 떠올리게 했다. 층이 진 베이루트의 정원, 올리브나무와 뽕나무 숲이 우거진 레바논의 계곡, 달콤한 과일이 익어가는 거대한 과수원에 다름 아닌 안타키아와 알레포의 평원이 그녀의 눈에 다시 보였다. 또한 오빠와 자신이 그 경이로운 고장을 끝없이 여행하는 모습이 다시 보였는데, 그 고장에서는 도로도, 산업도, 농업도, 학교도 없이 나태와 무지가 지배하는 가운데 헤아릴 수 없이 많은 부가 손상되고 무시되고 유실되었었다. 그러나 이제는 싱싱한 수액이 넘치도록 솟구치며 그 모든 것을 활기차게 소생시키고 있었다. 내일의 동방에 대한 언급이 그녀의 눈앞에 벌써 번창하는 도시를, 개간되는 전원을, 행복한 인간을 그려주었다. 그녀는 여기저기 신설된 작업장에서 울려퍼지는 힘찬 노동의 소음을 들었고, 마침내 잠을 깬 이 해묵은 대지가 분만의 산고를 치르는 모습을 보았다.

그때 불현듯 카롤린 부인은 돈이란 내일의 인류를 자라나게 할 거름이라는 확신을 갖게 되었다. 사카르의 말, 즉 투기에 대한 단편적 이론이 다시금 떠올랐다. 그에 따르면 투기 없이는 풍요를 생산하는 거대기업도 있을 수 없었고, 욕망이 없으므로 후세도 있을 수 없었다. 생명의 존속에는 이런 과도한 열정, 이처럼 천박하게 소진되는 욕망이 반드시 필요했다. 저 머나먼 곳에서 오빠가 작업장이 탄생하고 건물이 땅에서 솟아나는 가운데 즐겁게 승리를 구가하고 있다면, 그것은 바로 파리에서 돈이 비 오듯 쏟아지며 모든 것을 투기의 광풍 속에서 부패시키고 있기 때문이었다. 중독과 파괴를 초래하는 돈이야말로 사회적 생장의 효모였고, 인간들을 서로 가깝게 하고 대지를 평화롭게 할 대역사에 필요한 부엽토였다. 돈을 저주하던 그녀였지만, 이제는 돈에 대해 공포가 뒤섞인 경탄에 빠져들었다. 오직 돈만이 산을 깎고 바다를 채우며 대지를 인간의 땅, 이제 기계의 조작자로서 노고를 던 인간의 땅으로 만들어줄 힘을 갖고 있지 않을까? 일체의 선이 일체의 악을 만드는 돈에서 나왔다. 그녀는 이제 어쩔 줄 모르며 심신이 뒤흔들리는 것을 느꼈고, 파리에서 전투가 벌어지지만 동방에서 완벽한 성공이 예견되는 이상 떠나지 않기로 결심했다. 그렇지만 여전히 가슴이 미어질 듯 아파, 스스로를 진정시킬 수가 없었다.

카롤린 부인은 자리에서 일어나 보빌리에 저택의 정원을 면한 창가로 가서 유리창에 이마를 기대었다. 저택에는 어둠이 깃들어 있었고, 그녀는 희미한 불빛이 새나오는 작은 방을 물끄러미 바라보았다. 백작부인과 딸은 아무것도 더럽히지 않고 난방비를 아끼기 위해 주로 그 방에서 기거했다. 얇은 모슬린 커튼 뒤로 어렴풋이 백작 부인이 남루한 옷을 수선하고 알리스가 몰래 내다팔 수채화를 날림으로 그리는 모습이 보였다. 실은 모녀에게 사소한 불행이 닥쳤었다. 말이 갑자기 병이 든 것이었다. 모녀는 임대 마차를 빌릴 형편도 아니고 걸어서 다니는 모습을 보이기도 싫어서 보름 동안 이처럼 꼼짝하지 않고 방에만 틀어박혀 있었다. 그러나 가난을 내보이지 않으려고 이처럼 필사적으로 노력하는 와중에도 이제 모녀를 꿋꿋하게 일으켜주는 희망이 생겼다. 환언하면, 만국 은행의 주가가 계속 상승하고 있었다. 이미 상당한 이득이 발생했고, 시세가 가장 높을 때 매각하면 황금의 비가 눈부시게 쏟아질 것이었다. 백작 부인은 신제품 드레스를 사고 싶었고, 겨울 보름 동안 빵과 물만으로 연명하는 게 아니라 푸짐하게 저녁식사를 할 것을 꿈꾸었다. 어머니가 결혼에 대해 말할 때 알리스는 더이상 부자연스럽게 관심 없다는 듯한 표정을 짓지 않았고, 그것이 실현될 수 있으며 자기도 남편과 아기를 가질 수 있으리라 믿기 시작했기에 가볍게 손을 떨며 어머니의 말을 들었다. 모녀를 비추는 작은 램프를 바라보면서, 카롤린 부인은 돈이 빈자들에게 희망과 행복을 줄 수 있다는 사실에 감동하며 마음이 가라앉는 것을 느꼈다. 만일 사카르가 모녀를 부유하게 만든다면 모녀는 그에게 진심으로 고마워할 것이고, 그는 모녀에게 자비롭고 선량한 은인이 될 것이 아니겠는가? 선의는 도처에, 심지어 최악의 인간에게도 존재하는 법이었다. 최악의 인간도 누군가에게는 선량하며, 군중이 혐오하는 가운데서도 그에게 감사하고 그를 찬양하는 몇몇 희미한 목소리를 가질 수 있는 것이었다. 이렇게 생각하자, 정원의 어둠으로 인해 그녀의 눈도 침침해지면서 노동 학교가 떠올랐다. 어제, 사카르를 대신하여 그녀는 생일을 축하하며 거기서 장난감과 과자를 나누어주었다. 아이들의 즐거운 소동을 떠올리며 그녀는 자기도 모르게 미소 지었다. 한 달 전부터 빅토르의 태도도 개선되고 있었다. 일주일에 두 번 도르비에도 대공 부인과 함께 학교에 대해 이야기를 나누곤 하던 그녀는 대공 부인의 집에서 빅토르에 관한 만족스러운 보고서를 읽었었다. 별안간 빅토르의 모습이 떠오르자, 그녀는 조금 전에 절망 속에서 파리를 떠나고자 했을 때 그의 존재를 까맣게 잊고 있었다는 사실에 화들짝 놀랐다. 어떻게 이토록 완전히 그를 저버릴 수 있으며, 어떻게 그토록 고통스럽게 행한 선행을 까맣게 잊을 수 있단 말인가? 정원의 거목에 드리운 어둠에서 부드러운 애정이 올라와 그녀에게 스며들었고, 숭고한 체념과 신성한 관용의 물결이 그녀의 마음을 누그러뜨렸다. 그러는 동안 보빌리에 모녀의 작은 램프는 마치 한 점 별처럼 저멀리서 끝없이 반짝이고 있었다.

다시 테이블 앞으로 다가섰을 때, 카롤린 부인은 가볍게 몸이 떨렸다. 어떻게 된 거지? 추위가 느껴지다니! 겨울에도 불 없이 살 수 있다고 자부했던 그녀였기에, 지금 이 순간 추위가 느껴지는 것이 싫지 않았다. 얼음물로 목욕했을 때처럼 맥박이 진정되어 자신이 더욱 젊어지고 강해진 기분이었다. 원기를 되찾은 해맑은 아침인 양, 그녀는 가볍게 자리에서 일어났다. 그런 다음 벽난로에 장작을 넣으려 했다. 불이 꺼진 것을 보고서, 그녀는 하인을 부르지 않고 스스로 불을 다시 지피는 것이 재미있겠다고 생각했다. 그것은 문자 그대로 육체노동이었다. 불쏘시개용 나무가 없었기 때문에 헌 신문을 하나씩 태워서 장작에 불을 붙였다. 그녀는 아궁이 앞에 쪼그리고 앉아 혼자 웃으며 잠시 행복해했다. 그녀의 가장 심각한 위기 가운데 하나가 그렇게 지나가고 있었다. 다시 희망이 생겼다. 무엇에 대한 희망? 그녀는 여전히 아무것도 알 수 없었는데, 그것은 아마도 삶의 끝, 인류의 끝에 존재하는 미지의 영원일 것이었다. 삶이 그녀에게 만들어준 상처이므로, 거기서 조금씩 회복되기 위해서는 삶을 성실하게 살아나가는 것으로 족함이 틀림없었다. 다시 한번 그녀는 생활의 파탄, 끔찍했던 결혼, 파리에서의 가난, 자기가 사랑했던 유일한 남자에게서 버림받았던 일을 떠올렸다. 쓰러질 때마다 매번 그녀는 강인한 에너지를, 폐허 속에서도 자신을 우뚝 일어서게 한 불멸의 기쁨을 되찾곤 했었다. 조금 전에 모든 것이 무너지지 않았던가? 마치 성녀들이 아침저녁으로 붕대를 감지만 결코 치유할 수 없는 음란한 상처를 대하듯, 그녀는 연인의 무시무시한 과거를 대하며 연인에 대한 존경심을 잃었다. 그렇지만 그가 다른 여자들의 것인 줄 알면서도, 심지어 그 여자들과 그를 두고 다투려 하지 않으면서도 그녀는 계속해서 그의 정인情人이 되고자 했다. 그리고 오빠의 명예와 피가 더럽혀질 수 있는 종국적 재앙의 위협을 느끼면서도 투자의 불타는 대장간에서, 그 화염 속에서 살고자 했다. 그녀는 마치 화창한 날 아침 위험 앞에서 전투의 희열을 맛보는 전사처럼 근심 걱정을 지우며 다시 일어섰다. 무엇 때문에? 합리적인 이유는 아무것도 없었다. 단지 존재하는 기쁨을 위하여! 그녀의 오빠가 그녀에게 말하곤 했었다, 그녀는 불굴의 희망 그 자체라고.

사카르가 귀가했을 때, 그는 동방 철도에 대한 보고서를 마무리하느라 여념이 없는 카롤린 부인의 모습을 보았다. 그녀가 고개를 들고 평온하게 미소 짓자, 그는 눈부시게 아름다운 그녀의 하얀 머리칼에 가볍게 키스했다.

"오늘도 일이 많았나요?"

"오! 끝이 없소! 노동부 장관을 만났고, 위레를 다시 만났고, 다시 장관 집무실로 돌아갔더니 비서밖에 없더군요…… 그래서 약속만 해두었지."

과연 산도르프 남작 부인과 헤어진 후 그는 여느 때와 다름없이 뜨거운 열정으로 일에 전념했었다. 그녀는 장밋빛 미래로 가득찬 아믈랭의 편지를 내밀었다. 그는 임박한 승리에 기뻐서 어쩔 줄 모르며, 이제부터는 자기가 어리석은 광기를 발휘하지 않도록 더 가까이서 자기를 감시해달라고 그녀에게 부탁했다. 하지만 그녀는 그에게 엄격해질 수가 없었다.

"아드님이 드 죄몽 부인의 이름으로 당신을 초대하러 왔었어요."

그가 소리쳤다.

"부인이 나한테 초대장을 보냈다고!…… 오늘 저녁 거기에 가야 한다는 걸 당신에게 말하지 않았었군그래…… 일에 지치다보면 만사를 잊어버린다니까!"

그는 다시 그녀의 하얀 머리칼에 키스하고 떠났다. 그녀는 자애롭고 너그러운 미소와 함께 다시 일하기 시작했다. 우리는 단지 헌신적인 친구일 뿐이잖아? 질투는 둘의 관계를 더럽히는 부끄러운 짓으로 느껴졌다. 그녀는 사랑의 관능적 이기주의에서 벗어나, 연인을 공유하는 고통을 감내하고자 했다. 그의 연인이 되는 것, 그에게 다른 여자들이 있음을 아는 것, 그런 것은 중요하지 않았다. 어쨌든 그녀는 덕성스럽고 자애로운 마음으로 그를 사랑하고 있었다. 금융계의 망나니, 그 사카르가 이 찬탄할 만한 여자로부터 그토록 깊이 존중받다니, 이것이야말로 사랑의 승리가 아니고 무엇일까. 그녀의 눈에 그는 용감하고 활동적이었으며, 바야흐로 세계를 창조하고 생명을 빚어낼 남자였다.

8

1867년의 만국박람회가 승리의 환호성과 함께 축제 속에서 개최된 것은 4월 1일이었다. 제정의 전성기가 시작되고 있었는데, 이 전성기의 대향연이 파리를 만국기가 펄럭이는 세계의 여관, 음악과 노래가 울려 퍼지는 가운데 모두가 먹고 마시는 여관, 모든 방에서 간음이 벌어지는 여관으로 만들었다. 전성기를 만끽한 그 어떤 제왕도 수많은 이웃 군주를 이토록 거대한 성찬에 초대한 적이 없었다. 최고조의 예찬 속에서 찬란하게 불타오르는 튈르리궁을 향해 세계만방의 황제들, 국왕들, 왕자들이 기나긴 행렬을 이루며 나아갔다.

사카르가 만국 은행 건물로 사용하기 위해 짓고자 했던 기념비적인 사옥의 낙성식이 열린 것은 바로 그 무렵, 즉 만국박람회 개막식으로부터 보름이 지난 뒤였다. 파리에서만 실현 가능한 이 기적을 이루기 위해서는 여섯 달 동안 밤낮으로 쉼없이 일해야 했다. 온갖 장식으로 수놓은 건물 정면은 사원이나 콘서트홀의 분위기를 자아냈는데, 그 화려한 사치가 지나가던 행인들의 발걸음을 멈추게 했다. 내부도 호화롭기 그지없었고, 수많은 회계 창구가 벽을 따라 즐비하게 늘어서 있었다. 중앙 계단은 황금색과 붉은색으로 장식된 이사회 사무실로 통했고, 이사회 사무실은 오페라 전당의 찬란한 실내를 연상시켰다. 도처에 카펫, 벽걸이 천, 고가의 가구가 번쩍이는 사무실이 있었다. 증권 부서가 들어갈 지하실에는 고정 금고들이 칸막이벽의 창유리 너머로 깊은 아가리를 벌리고 있었는데, 그 창유리가 사람들로 하여금 헤아릴 수 없이 많은 보물이 잠든 동화 속의 통처럼 가지런히 놓인 금고들을 엿보게 해주었다. 만국박람회에 왕과 함께 온 백성들이 그 건물 앞으로 지나갔을 때, 구경거리는 이미 충분히 준비되어 있었다. 새 사옥이 그들의 눈을 멀게 했고, 찬란하게 빛나는 그 저항할 수 없는 황금의 덫으로 그들을 하나씩 사로잡았다.

루이 14세풍의 황금 도금 목조 가구로 가장 화려하게 장식되고 제노바산 벨벳으로 뒤덮인 집무실에서 사카르는 제왕처럼 군림했다. 직원은 더욱 늘어나서 사백 명을 넘어섰다. 사카르는 상여금 지급에 인색하지 않았기에 찬양과 복종을 한몸에 받았고, 이제 호사를 누리는 폭군으로서 그들에게 명령을 내렸다. 은행장이라는 단순한 직함에도 불구하고 실제로 그는 이사회나 이사장 위에 군림했거니와, 이사회는 그의 주문을 충실히 인준하는 데 만족했다. 이제 카롤린 부인은 필요할 때 반론을 펼치기 위해 그의 결정 하나하나에 주목하면서 늘 긴장 상태에서 살았다. 그녀는 너무 화려한 이 새로운 설비에 반대했지만, 그렇다고 해서 비난하지도 않았다. 불안해하는 오빠에게 말했듯, 그녀 또한 신뢰 가득했던 행복한 시기에 이미 넓은 건물이 필요하다는 사실을 인정한 바 있었다. 이 모든 사치를 반대하는 그녀의 논거, 그녀의 걱정은 건물이 투명한 정직성과 종교적 엄숙함의 분위기를 결하고 있다는 사실에 있었다. 검소한 수도원을 연상케 하는 생라자르가 일층의 고요하고 희미한 빛에 익숙한 손님들이 층마다 소음과 빛으로 가득찬 런던가의 이 궁전으로 들어올 때 도대체 무슨 생각을 하겠는가? 사카르는 그들이 찬탄과 경외감에 사로잡힐 것이며, 5프랑을 가지고 온 손님들도 자존심과 신뢰감에 취해 주머니에서 10프랑을 꺼낼 것이라고 대답했다. 경박하고 노골적인 수법이었지만, 그의 말이 옳았다. 사옥의 성공은 경이로운 것이었고, 떠들썩한 소란 속에서 홍보 효과로 따지자면 장트루의 가장 값비싼 광고를 능가했다. 조용한 동네에서 온 경건한 군소 금리생활자들, 아침에 철도에서 내린 가난한 시골 사제들이 사옥의 정문을 황홀하게 바라보며 들어갔고, 거기에 투자했다는 자부심으로 얼굴이 발갛게 상기된 채 다시 밖으로 나왔다.

카롤린 부인을 특히 힘들게 했던 것, 그것은 감시 감독 역할 때문에 더이상 늘 집에만 있을 수 없다는 사실이었다. 이 핑계 저 핑계를 대며 런던가에는 가능한 한 자주 가지 않으려 했다. 그녀는 이제 설계도 작업실에서 혼자 살았고, 저녁에만 사카르를 만났다. 아직도 거기에 그의 아파트가 있었지만, 일층은 이층 사무실들과 함께 폐쇄되었다. 도르비에도 대공 부인은 자기 집에 더이상 이 돈가게, 즉 은행을 두지 않아도 되었으므로 내심 만족해했고, 심지어 합법적으로 돈을 벌 수 있음에도 집을 다시 세놓으려 하지 않았다. 마차가 지나갈 때마다 덜컹거리며 울리는 텅 빈 집은 마치 무덤 같았다. 이제 천장을 통해 카롤린 부인에게 들리는 것은 폐쇄된 은행 창구들의 소름 끼치는 침묵뿐이었다. 지난 이 년 동안 그 창구들에서 가볍게 금화 부딪치는 소리가 끊임없이 들렸는데 말이다. 낮이 그녀에게 더욱 무겁고 더욱 길어진 것 같았다. 오빠가 동방에서 끊임없이 문서 작성을 부탁한 탓에, 그녀는 열심히 그 일에 매달렸다. 그러나 가끔 일손을 멈추었고, 본능적인 불안에 사로잡힌 채 아래층에서 무슨 일이 일어나는지 알고 싶어 귀를 쫑긋 세웠다. 그렇지만 이사를 나가 이중으로 잠긴 어둡고 텅 빈 방들에서는 아무것도, 아주 작은 잡음 하나도 들리지 않았다. 그래서 한순간 소름이 엄습했고, 그럴 때면 그녀는 잠시 불안에 사로잡혀 꼼짝하지 않았다. 런던가에서는 무슨 일이 벌어지고 있을까? 바로 이 순간, 거대한 건물을 붕괴시킬 미세한 균열이 생기고 있는 게 아닐까?

사카르가 새로운 증자를 준비하고 있다는 가볍고 어렴풋한 소문이 돌았다. 그는 자본을 1억 프랑에서 1억 5천 프랑으로 증식하고자 했다. 지금은 특별한 열광의 시간, 이를테면 제국의 모든 번영, 도시를 변형시킨 거대 공사, 광기 어린 돈의 유통, 사치를 위한 맹목적 소비가 투기의 뜨거운 열기로 수렴되는 운명적 시간이었다. 각자가 자기 몫을 원했고, 하룻밤 만에 벼락부자가 된 다른 사람들처럼 재산을 불리고 향락을 즐기기 위해 자기 돈을 투기판에 얹었다. 태양빛을 받으며 펄럭이는 만국박람회의 깃발, 샹드마르스 광장의 조명과 음악, 거리에 넘쳐흐르는 세계의 군중이 파리를 도취시켜 고갈되지 않는 부와 지고한 권력의 꿈속으로 몰아넣었다. 달 밝은 밤에 이국적인 레스토랑이 즐비한 장엄한 축제의 도시, 거대한 장터인 양 쾌락이 별빛 아래에서 자유롭게 거래

되는 장엄한 축제의 도시로부터 파괴의 기운이 감도는 수도 특유의 향락적이고 탐욕스러운 광기, 극단의 착란이 솟구쳐올랐다. 이 모든 흥분 속에서 사카르는 증권 거래 전문가의 감각으로 자기 돈을 몽땅 걸 필요를 너무도 절실하게 느꼈고, 따라서 그는 장트루로 하여금 떠들썩한 소리를 내도록 자극하면서 광고비를 두 배로 늘렸다. 만국박람회가 개막된 이후 날마다 언론에는 만국 은행에 우호적인 기사가 줄지어 실렸다. 매일 아침 지구를 돌리기 위한 심벌즈 소리가 들리는 셈이었다. 특이한 잡보 기사, 예컨대 100주의 주식을 삯마차에 두고 내렸다는 부인 이야기, 황제가 만국 은행 신사옥 건설을 예견했었다고 설명하는 소아시아 여행 기사, 만국 은행의 역할은 동방문제의 해결 방안에 비추어 정치적으로 판단되어야 한다는 일면 톱기사, 무수히 쏟아지는 특별호의 단평 등이 끝없이 이어졌다. 장트루는 매호 자기 글을 싣는 연간 계약을 군소 금융 신문들과 체결했었다. 그는 이 기사를 풍요롭게 활용해서 기발한 상상력을 펼쳤고, 심지어 연이은 승리를 구가하기 위해 타인을 공격하기까지 했다. 그가 구상한 광고 팸플릿은 백만 부로 인쇄되어 전 세계에 배포되었다. 또한 새로운 사무소, 즉 지방신문에 금융 회보를 배포하기 위해 설립한 사무소는 모든 주요 도시 주식시장의 맹주가 되었다. 끝으로 〈레스페랑스〉지는 능란하게 운영되어 그 정치적 영향력이 점점 확대되었다. 1월 19일의 칙령이 포고된 후에 독자는 〈레스페랑스〉에서 그와 관련한 일련의 기사를 보았는데, 자유를 향한 황제의 새로운 양보를 뜻하는 그 칙령은 의회가 황제에게 보내는 봉답문奉答文을 대정부 질문으로 바꾸어주는 데 본령이 있었다. 일련의 기사를 쓰도록 자극했던 사카르는 아직 자기 형을 공격하도록 하지는 않았다.

루공은 여전히 장관이었지만, 어제 자신이 비판했던 일을 권력을 향한 열정 때문에 오늘 옹호하지 않을 수 없었다. 사카르는 루공의 궁지를 예의 주시하고 있었고, 의회에서 루공은 그의 자리를 탐내는 제3의 정당과 가톨릭주의자들—이들은 자유주의적인 제정에 반대하는 권위주의적인 보나파르트주의자들과 동맹을 맺고 있었다—사이에서 어쩔 줄 모르고 있었다. 이미 중상 비방이 시작되었고, 언론은 다시 종교적 투사가 되어 장관의 행동 하나하나를 신랄하게 비판했다. 야당에 합류한 〈레스페랑스〉는 반항의 바람을 일으킴으로써 인기 있는 신문이 되었으며, 그에 힘입어 만국 은행을 프랑스 방방곡곡과 전 세계에 알렸다.

이런 엄청난 광고와 극단적인 광기의 분위기 속에서 증자, 즉 5000만 프랑어치의 신주가 발행되리라는 소문이 가장 신중한 사람조차 흥분으로 들뜨게 만들었다. 만국 은행이 초라한 건물에서 귀족적인 사옥으로, 문지기실에서 공작 부인의 살롱으로 옮겨가는 것을 보고 사람들이 열병에 휩싸였고, 이 열병은 이내 맹목적이고 영웅적이며 호전적인 신앙으로 변했다. 그들은 만국 은행이 이미 이룬 위대한 업적, 이를테면 최초의 전격적인 성공, 그 어떤 회사도 설립 초기에 나눠주지 못한 뜻밖의 배당금 등을 열거했다. 그들은 그토록 신속하게 풍요로운 열매를 맺은 대형 여객선 합동회사라는 멋진 아이디어, 벌써 100프랑의 프리미엄을 일구어낸 그 은행의 주식을 상기시켰다. 또한 그들은 최근 노트르담 성당의 사순절 설교에서 한 설교자가 독실한 기독교도에게 주는 신의 선물이라는 말로 암시했었던 기적의 산물 카르멜 은광, 거대한 석탄층 채굴을 위해 설립된 또하나의 회사, 레바논의 드넓은 숲속 나무를 벌목할 또다른 회사, 콘스탄티노플에 설립할 견고하기 그지없는 터키 국립은행 등을 상기시켰다. 실패는 단 하나도 없었고, 회사가 손대는 것은 모조리 황금으로 변하여 행복이 배가되었고, 이미 여러 자회사가 번창하면서 미래의 투자에 견고한 바탕을 제공했고, 그 모든 사실이 급속한 증자를 정당화했다. 그것은 과열된 상상력 앞에 전개되는 미래, 더욱 중요한 기업의 설립을 예고하는 미래였으니, 그 미래는 너무도 원대해서 5천만 프랑이 요구되었다. 5천만 프랑의 증자라는 소식은 장안의 떠들썩한 화제가 되기에 충분했다. 증권거래소와 살롱의 소란은 끝이 없었다. 회사의 여러 계획 가운데 동방 철도회사의 임박한 대사업이 이목을 끌었다. 화제의 중심을 이룬 그 사업에 대해 일부는 고개를 저었고, 다른 일부는 열광적인 반응을 보였다. 특히 여성들이 환호하며 그 아이디어를 열정적으로 광고했다. 규방의 구석진 곳에서, 파티의 만찬장에서, 창가의 화분에 핀 꽃 뒤에서, 느지막한 티타임 시간에, 심지어 침대에서, 매력적인 여자들이 아양을 떨며 남자들을 야단쳤다. "뭐라고, 만국 은행 주식이 없다고요? 말도 안 돼! 사랑받고 싶으면 빨리 그걸 사요!" 여자들의 표현에 따르면, 그것은 새로운 십자군 원정으로서 아시아를 정복하는 일이었다. 아시아 정복은 은자 피에르와 생루이의 십자군도 실현하지 못한 대업, 여자들이 그들의 작은 황금 지갑을 모아 실현해야 할 대업이었다. 모든 여자들이 정보에 환한 척했고, 우선 앙카라와 알레포를 거쳐 부르사에서 베이루트까지 개통될 본선에 대해 기술적인 용어를 섞어가며 이야기했다. 본선을 부설한 다음에 스미르나에서 앙카라로 가는 지선, 그다음에 에르주룸과 시바스를 거쳐 트라브존에서 앙카라로 가는 지선, 그다음에 다마스에서 베이루트로 가는 지선을 부설하리라. 그러면서 여자들은 미소 지었고, 눈을 깜박였으며, 또다른 지선, 말하자면 오! 물론 먼 훗날에, 사이다, 생장다크르, 자파 등 해안 지대의 고대 도시를 거쳐 베이루트에서 예루살렘까지 가는 지선, 게다가! 누가 알까? 예루살렘에서 포르사이드, 알렉산드리아까지 가는 지선이 부설되리라고 속삭였다. 더욱이 바그다드가 다마스에서 멀지 않았고, 철도가 거기까지 부설된다면 페르시아, 인도, 중국도 서양의 영향권에 놓일 것이었다. 여자들의 예쁜 입에서 그런 말이 나오자, 『천일야화』에 등장하는 칼리프들의 호화찬란한 보물이 눈앞에서 반짝이는 듯했다. 꿈의 보석이 런던가의 금고로 비 오듯 쏟아져 내렸고, 성경 전설의 어렴풋한 배경인 카르멜산에서 과일 향기가 피어올라 이익에 대한 탐욕을 신성화해주었다. 이것이야말로 다시 정복한 에덴동산이요, 해방된 신성의 땅이요, 새 인류를 탄생시키는 종교적 승리가 아니고 무엇일까? 여자들은 말을 멈추고, 숨기는 게 좋다는 듯 눈을 반짝이며 더이상 그것에 대해 이야기하려 하지 않았다. 그것은 귓속말로도 전해지지 않았다. 사실 여자들 가운데 많은 이가 그것이 무엇인지 모르고 있었으며, 단지 아는 척할 뿐이었다. 그것은 신비로운 일, 즉 아마 결코 일어나지 않을 일, 언젠가 벼락처럼 닥칠 일이었다. 이를테면 그것은 술탄에게서 예루살렘을 되찾아 시리아 왕국과 함께 교황에게 바치는 일이요, 가톨릭 은행, 즉 생세퓔크르 은행이 교황에게 예산을 제공하고 교황청을 정치적 혼란에서 구제하는 일이요, 끝으로 가톨릭이 다시 젊어지고, 타협에서 벗어나고, 새로운 권위를 획득하고, 그리스도가 숨을 거둔 산정에서 세계를 지배하는 일이었다.

이제 아침이면, 사카르는 루이 14세풍의 호화로운 집무실에서 일하며 문을 개방하지 않았다. 왜냐하면 국왕이 기상했을 때 신하들이 알현하듯 조정 대신들, 사업가들, 청탁자들이 몰려들어 절대 권력자에게 광적으로 찬사를 보내거나 동냥을 부탁했기 때문이었다. 특히 7월 초순의 어느 날 아침, 그는 몰인정하게도 아무도 집무실로 들이지 말라는 공식적인 명령을 내렸다. 경비원의 만류에도 불구하고 고집스럽게 무엇인가를 기대하며 기다리는 사람들로 대기실이 꽉 차 있었기 때문에, 그는 신주 발행을 연구하기 위해 두 실장과 함께 자기 방에 틀어박혔다. 여러 기획안을 검토한 후에, 그는 신주 10만 주의 발행 덕분에 125프랑만이 불입되었던 구주舊株* 20만 주를 완전히 그리고 자유롭게 유통시킬 수 있게 해주는 수단을 선택했다. 이런 결과에 이를 수 있도록 구주 2주당 신주 1주의 비율로 기존 주주들에게만 주어지는 주식이 850프랑에 발행될 것이었다. 이는 주주들이 즉시 대금을 불입하지 않으면 안 되는 주식이었고, 500프랑은 자본금으로, 350프랑의 프리미엄은 예정된 유통을 위해 충당될 것이었다. 그러나 상황이 복잡했다. 여전히 메워야 할 구멍이 있었기에 사카르의 신경은 몹시 날카로워졌다. 대기실에서 소란을 일으키는 목소리들이 그의 분노를 자극했다. 평소에는 전제군주적인 호의로 받아들였던 경의, 자기 발아래 납작 엎드린 그 파리의 경의가 오늘따라 그에게 참을 수 없는 경멸을 불러일으켰다. 가끔 오전 경비원 역할을 하는 드주아는 한 바퀴 돌고 난 후에 복도 쪽으로 난 쪽문을 통해 사카르의 집무실로 들어가는 것이 허락되었었다. 사카르는 격분한 채 그를 맞이했다.

* 회사가 증자나 합병 등으로 새로이 주식을 발행한 경우, 그 신주에 대해 이미 발행되어 있는 종래의 주식을 가리킨다.

"어떻게 된 거요? 내가 아무도 들이지 말라고 했잖소, 아무도!…… 자! 내 지팡이를 가져가서 내 문 앞에 세워둬요, 그자들이 거기에다 입맞춤할 수 있도록!"

드주아는 침착한 표정으로 실례를 무릅쓰고 말했다.

"죄송합니다, 나리, 보빌리에 백작 부인이 오셨거든요. 부인이 제게 간청을 했습니다. 나리가 부인에게 관대하다는 것을 알고 있기에……"

"뭐요!" 흥분한 사카르가 고함을 질렀다. "백작 부인이고 뭐고 모두 꺼져버리라고 해!"

그러나 화가 좀 가라앉았는지 그는 금세 생각을 고쳤다.

"부인을 들어오시게 해요, 어차피 혼자 있기는 힘들게 됐으니!…… 이쪽 쪽문으로, 다른 사람들이 함께 들어오지 못하도록."

사카르가 보빌리에 백작 부인을 맞이하는 태도에는 아직 흥분이 가시지 않은 남자의 무례함이 깃들어 있었다. 말없이 심각한 표정으로 어머니와 함께 온 알리스를 보고도 그는 냉정을 되찾지 못했다. 두 실장을 내보냈었지만, 작업을 계속하기 위해 그들을 다시 불러들일 생각뿐이었다.

"부탁합니다, 부인, 용건을 빨리 말씀해주세요. 제가 지금 정신없이 바쁩니다."

백작 부인은 놀라서 동작을 멈추었고, 몰락한 여왕처럼 슬픈 표정으로 천천히 말했다.

"선생님, 제가 방해가 된다면……"

그는 모녀에게 자리를 권하지 않으면 안 되었다. 더 용감한 아가씨가 단호히 먼저 자리에 앉았고, 어머니는 다시 말했다.

"선생님, 조언이 필요해서 왔습니다. 저는 몹시 망설이고 있어요, 도저히 혼자서는 결정할 수가 없어서……"

그녀는 은행이 설립될 때 자신이 100주를 매수했었던 사실을 상기시켰다. 그것이 첫번째 증자 때 두 배가 되었고, 두번째 증자 때 다시 두 배가 되어서 지금은 도합 400주에 이르렀고, 그 400주에 대해 그녀는 프리미엄을 포함해서 8만 7천 프랑을 불입했었다. 그 대금을 지불하기 위해 저금한 돈 2만 프랑 말고도 레조블레의 농장을 담보로 7만 프랑을 빌려야만 했었다.

"그런데 말예요," 그녀가 말을 계속했다. "오늘 레조블레 농장을 사겠다는 구매자가 나타났어요…… 신주가 발행되는 게 맞죠? 이렇게 되면 제 전 재산을 선생님 회사에 투자하는 셈이 되거든요."

사카르는 위대하고 장구한 귀족의 마지막 세대인 그 가련한 모녀가 그토록 자기를 믿고 그토록 자기 앞에서 안절부절못하는 것을 보고서 마음이 누그러졌다. 빠른 속도로, 숫자를 들먹이며 그는 모녀에게 정보를 주었다.

"신주 발행, 제가 지금 바로 그 일을 하고 있습니다. 프리미엄 포함해서 주당 850프랑이 될 겁니다. 자, 부인이 400주를 가지고 있다고 합시다. 그러면 부인에게 신주 200주가 할당될 겁니다. 그건 부인이 17만 프랑을 불입해야 한다는 걸 의미하죠. 하지만 부인의 주식은 모두 매매가능한 주식이 될 겁니다. 결국 부인은 아무에게도 아무것도 빚지지 않고 농장 매각만으로 600주를 가지게 되는 거죠."

그녀는 이해가 가지 않았다. 그는 모녀에게 어떻게 회사가 프리미엄의 도움으로 구주의 대금 불입과 완전한 유통을 실현할 수 있는지를 설명해주어야 했다. 엄청난 숫자 앞에서 모녀는 감수해야 할 위험에 짓눌린 채 안색이 파랗게 질렸다.

"돈," 이윽고 어머니가 나직이 말했다. "돈 문제는 이래요…… 예전에 40만 프랑까지 나갔던 레조블레 농장을 구매자가 24만 프랑에 사겠다고 합니다. 이미 빌린 돈을 갚는다고 한다면, 우리에게는 겨우 주식 매수 대금을 지불할 돈만 남게 되죠…… 오, 하느님 맙소사! 우리가 가진 전 재산을 털어 넣다니, 이 얼마나 무서운 일인지!"

그녀의 손이 떨렸다. 침묵이 흐르는 동안 그녀는 먼저 자기의 저금을 앗아가고, 이어서 7만 프랑을 빚지게 하고, 이제 농장 전체를 앗아가려 하는 이 톱니바퀴를 머릿속에 떠올렸다. 농지, 경작, 초원, 숲에 대한 오랜 경의, 자기 족속에게 어울리지 않는 돈거래, 유대인들의 저열한 직업인 돈거래에 대한 혐오감이 모든 것을 걸어야 할 이 결정적인 순간에 다시 엄습하여 그녀에게 고통을 주었다. 딸은 열정적이고 순수한 눈으로 말없이 어머니를 바라보았다.

사카르는 모녀를 안심시키는 미소를 지었다.

"걱정하지 마십시오! 우리를 믿으세요…… 여기 숫자가 있잖아요. 숫자를 검토해보시면, 망설임은 금물이죠…… 주식 투자를 하고 계신다는 걸 인정합시다. 부인에게는 25만 7천 프랑어치의 주식 600주가 있습니다. 그렇지만 오늘 현재 시세로 치면 도합 78만 프랑에 이르죠. 다시 말해 이미 세 배 이상 불어난 거죠…… 계속 불어날 겁니다. 신주가 발행되면 주가가 또 상승할 테니까요! 장담하건대, 올해가 가기 전에 100만 프랑이 될 겁니다."

"오! 어머니!" 알리스가 한숨을 쉬며 자기도 모르게 탄성을 내질렸다.

100만 프랑! 100만 프랑만 있다면, 생라자르가의 저택에서 때와 가난을 깨끗이 씻어내고 저당 없이 살 수 있을 텐데! 마차를 가지고도 빵이 없는 악몽 같은 삶에서 벗어나, 집안을 다시 온전하게 일으킬 수 있을 텐데! 딸이 합당한 지참금을 준비해 결혼하고, 가장 가난한 거리의 여자조차 누리는 기쁨, 즉 남편과 아이들을 가지는 기쁨을 누릴 수 있을 텐데! 로마의 기후 때문에 고생하는 아들이 핏기를 되찾고, 교황의 대의를 받들 때까지 당당한 군인으로 생활할 수 있을 텐데! 어머니 또한 고고한 자세를 되찾고, 마부를 부리고, 더이상 화요일 만찬에 요리 하나를 추가하기 위해 허리끈을 졸라맨 채 일주일의 나머지 엿새를 굶다시피 지내지 않아도 될 텐데! 그 100만 프랑이 불타오르고 있었다. 그것은 구원이요, 꿈이었다.

마음이 움직인 백작 부인은 동의를 구하기 위해 딸을 향해 몸을 돌렸다.

"얘야, 너는 어떻게 생각하니?"

그러나 딸은 더이상 아무 말도 하지 않았고, 부드러운 시선으로 가만히 눈을 감았다.

"그렇지." 어머니가 미소 지으며 다시 말했다. "내가 하고 싶은 대로 하라고 한 걸 잊고 있었구나. 그렇지만 네가 얼마나 용감한 아이인지, 네가 무엇을 바라는지 내가 잘 알고 있어……"

그러고서 백작 부인은 다시 사카르에게 말했다.

"아! 선생님, 사람들이 선생님에게 얼마나 찬사를 보내는지!…… 어디를 가든 선생님에 대한 아름다운 이야기, 감동적인 이야기를 듣게 돼요. 도르비에도 대공 부인만이 아녜요, 제 모든 친구들이 선생님의 사업에 열광하고 있습니다. 그 가운데 많은 이가 선생님의 첫번째 주주가 된 저를 질투하고 있죠. 선생님의 주식을 사기 위해서라면, 제 친구들은 침대 매트까지 팔아서 달려올 거예요."

그녀는 온화한 얼굴로 농담을 건넸다.

"제 친구들은 정말 미친 것 같다니까요! 그래요, 다소 미친 것 같아요! 물론 저는 젊지 않아요. 하지만 제 딸이 당신의 예찬자랍니다. 이 아이는 당신의 지고한 소명을 믿기 때문에, 제가 데리고 가는 모든 살롱에서 당신의 소명을 선전하죠."

그 말에 기분이 좋아진 사카르가 알리스를 쳐다보았다. 지금 이 순간 너무나 생기발랄하고 너무나 신념에 차 있는 그녀는, 노란 안색과 지나치게 기다란 목에도 불구하고 아주 예뻐 보였다. 사카르는 남편을 가질 수 있다는 희망만으로도 예뻐지는 이 슬픈 아가씨를 행복하게 해주었다는 생각에 무한한 자부심을 느꼈다.

"오!" 목소리를 낮추어 그녀가 넋이 나간 표정으로 말했다. "아시아 정복이라…… 너무 아름다워요. 그래요, 새로운 시대, 찬란한 십자가……"

그것은 신비스러운 일이요, 아무도 입 밖으로 내뱉지 않는 과업이었다. 그녀의 목소리가 더욱 낮아졌고, 황홀한 숨결에 휩싸였다. 사카르는 다정한 손짓으로 그녀로 하여금 입을 다물게 했다. 왜냐하면 그는 자기가 있는 곳에서 사람들이 위대한 과업, 감춰놓은 지고한 목적에 대해 이야기하는 것을 달가워하지 않았기 때문이다. 그의 손짓은 언제나 그 목적을 향해 나아가되 결코 그것을 입 밖에 내서는 안 된다는 점을 가르쳐주고 있었다. 바야흐로 입문자들의 손에서 성소의 향로가 고요히 흔들리고 있었다.

정겨운 침묵이 흐른 후, 백작 부인이 자리에서 일어났다.

"됐어요! 선생님, 결정했어요. 제 공증인에게 레조블레 농장에 대한 제의를 받아들인다는 편지를 쓰겠습니다. 혹시 제가 잘못을 행하고 있더라도, 신이시여, 부디 저를 용서하시기를!"

사카르는 일어서서 감동적인 어조로 말했다.

"신께서 부인에게 영감을 주셨습니다. 부인, 확신을 가지세요."

사람들이 계속 몰려드는 대기실을 피해 모녀를 복도까지 배웅했을 때, 그는 거기서 거북한 태도로 어슬렁거리던 드주아와 마주쳤다.

"무슨 일이 있소? 설마 또 누군가를 데려온 건 아니겠지?"

"아닙니다, 아닙니다, 나리…… 저도 나리의 의견을 듣고 싶어서요…… 제 문제 때문에……"

그는 사카르가 집무실에 혼자 있을 때를 노리며 무척 공손한 태도로 문지방에 서 있었다.

"당신 문제라고?…… 아! 그렇지, 당신도 주주였지…… 그렇다면! 당신에게 할당된 신주를 빨리 사요. 옷가지라도 팔아서 그걸 사야 해요. 그게 바로 내가 친구들에게 해주는 조언이오."

"오! 나리, 제 몫이 너무 크답니다. 제 딸과 저는 그 정도의 야심이 없거든요…… 처음에 저는 아내가 남긴 4000프랑의 저금으로 8주를 샀습니다. 언제나 그 8주만을 가지고 있었어요. 왜냐하면 두 번의 증자로 신주가 할당되었을 때마다 그걸 살 돈이 없었기 때문이죠…… 아닙니다, 아닙니다, 신주를 사기 위해서 말씀드리는 게 아닙니다. 그렇게 욕심부려서는 안 되죠! 나리에게 기분 상하는 일이 아니라면, 제가 그 주식을 팔아도 될지 여쭤보고 싶었습니다."

"뭐라고! 주식을 파시겠다고?"

그러자 드주아는 불안과 동시에 경의에 찬 완곡한 표현을 모조리 동원하여 자기의 사정을 설명했다. 1300프랑의 시세 기준으로, 그가 가진 8주는 1만 400프랑에 이르렀다. 그러므로 그는 판지 제조업자가 요구하는 지참금 6000프랑을 어렵지 않게 나탈리에게 줄 수 있었다. 그러나 주가가 계속 상승하는 바람에 돈에 대한 욕심이 일었다. 자기 몫을 챙기고 싶은 생각, 즉 은퇴 자금이 될 600프랑의 연금을 가지고 싶은 생각이 처음에는 어렴풋이 들었다가 나중에는 견딜 수 없이 간절한 것이 되었다. 그렇지만 딸의 지참금 6000프랑에 1만 2000프랑의 자본을 더하면 1만 8000프랑이라는 거액이 되었다. 그는 이 목표치에 이를 수 없어서 절망하고 있었는데, 왜냐하면 이 목표치에 이르려면 시세가 2300프랑이 될 때까지 기다려야 했기 때문이었다.

"이해하시죠, 나리. 시세가 더이상 올라가지 않을 게 틀림없다면, 지금 파는 게 낫죠. 나탈리의 행복보다 더 중요한 건 없으니까요…… 시세가 더 올라간다면, 저는 주식을 팔아버린 걸 평생 후회하며 가슴을 치겠지만요……"

사카르는 고함을 질렀다.

"젠장! 무슨 소릴 하는 거요, 정신이 나갔구먼!…… 우리 주식이 1300프랑에서 멈출 거라고 생각하시오? 내가 주식을 판다고, 내가?…… 장담하건대, 당신은 1만 8000프랑을 가지게 될 거요. 이제 물러가시오! 내가 여기 없다고 말하고, 저기 있는 사람들을 모조리 쫓아버려요!"

이윽고 혼자 남게 되었을 때 사카르는 두 실장을 다시 불러 연구를 조용히 마무리지었다.

그들은 새로운 증자를 표결하기 위해 8월에 임시 주주총회를 개최하기로 결정했다. 총회를 주재해야 할 아믈랭은 7월 하순에 마르세유에 내렸다. 두 달 전부터 그의 누이는 편지를 쓸 때마다 점점 더 재촉하는 어조로 귀국할 것을 종용했다. 날마다 증폭되는 갑작스러운 성공의 한복판에서, 그녀는 아무에게도 말할 수 없는 은근한 위험, 설명할 수 없는 공포를 느꼈다. 차라리 오빠가 여기로 와서 직접 사태를 파악하는 게 좋으리라고 생각했는데, 왜냐하면 그녀는 스스로를 의심했고, 자신이 그토록 사랑하는 오빠를 배신할 정도로 사카르의 말을 맹목적으로 받아들일까봐 두려웠기 때문이다. 그와의 관계를 오빠에게 고백해야 하지 않을까? 오빠는 신심 깊은 과학자의 순수성과 함께 잠에서 깨어난 잠꾸러기처럼 살아가기에 아직 그들의 관계를 추호도 의심하지 않고 있으니 말이다. 이런 생각은 그녀를 몹시 괴롭혔다. 그녀는 비겁하게도 갈팡질팡하면서 사카르가 누구인지, 그의 과거가 어떤 것인지 알고 있는 지금 오빠가 오판하지 않도록 모든 것을 말해야 한다고 분명히 명령하는 양심적 의무와 다투고 있었다. 원기가 왕성할 때면 그녀는 명백하게 설명을 해주리라고, 그토록 많은 돈을 죄악에 물든 손에 무방비로 맡기지 않으리라고 다짐했다. 더욱이 이미 그 손은 수백만 프랑을 물거품처럼 사라지게 하며 세상을 떠들썩하게 하지 않았던가. 다짐대로 하는 것이 유일한 방책이자, 그녀에게 어울리는 용감하고 정직한 방책이었다. 그러나 뒤이어 명징한 의식이 흔들리며 그녀는 마음이 약해졌고, 시간을 늦추었으며, 사카르가 주장하는 대로 불법행위란 이 세상 모든 신용회사에 공통된 것이 아니냐고 항변했다. 어쩌면 그가 말했던 것, 그녀를 두렵게 하는 성공이라는 괴물이 옳은 것일까? 하지만 파리에서의 그 성공은 벼락처럼, 뜻밖으로, 재앙의 그림자와 함께 이루어졌기에 그녀를 두렵게 했다. 그녀는 도무지 갈피를 잡을 수 없었다. 그를 존경하지는 않을지언정, 무한한 애정으로 그를 전보다 더 찬미하는 시간조차 있었다. 결코 이처럼 심경이 복잡했던 적은 없었다. 그녀는 스스로를 여자라고 느꼈고, 더이상 행동할 수 없을까봐 두려웠다. 그런 까닭에, 오빠가 돌아오자 너무도 기뻤다.

아믈랭이 돌아온 바로 그날 저녁, 방해할 사람이 아무도 없는 설계도 작업실에서 사카르는 주주총회 표결 이전에 이사회가 동의해야 할 결의안들을 그에게 설명하고자 했다. 오누이는 서로 마음이 통했는지 약속 시간보다 이르게 작업실에 도착했기 때문에, 잠시 둘이서 이야기를 나눌 기회가 있었다. 아믈랭은 나태의 잠에 빠진 동방, 정치적·행정적·재정적 장애물로 꽉 막힌 동방에서 복잡한 철도 사업을 순조롭게 발진시킨 것에 만족하며 매우 즐거운 얼굴로 파리로 돌아왔다. 성공은 완전한 것이었다. 파리에서 회사가 설립되자마자 최초의 공사가 시작될 예정이었으며, 도처에 작업장이 설치될 예정이었다. 그가 너무도 열정적이고 너무도 미래에 대한 확신에 차 있었기에 카롤린 부인은 근심스러운 침묵에 빠졌고, 그 침묵이 그의 즐거운 기분을 경감시켰다. 그녀는 의문을 표했고, 사람들의 열광에 대해 경계심을 드러냈다. 그는 그녀의 말을 끊고서 가만히 그녀를 바라보았다. 얘가 수상쩍은 무엇인가를 알고 있는 것일까? 왜 털어놓고 말하지 않는 것일까? 그녀는 아무것도 분명하게 이야기해주지 않았다.

사카르는 아직 아믈랭과 재회하지 않은 상태였다. 아믈랭을 보자, 그는 아믈랭의 가슴에 뛰어들어 남프랑스 사람 특유의 활력으로 뜨겁게 포옹했다. 그리고 아믈랭이 마지막 편지를 보여주며 오랜 여행의 멋진 성공에 대해 자세히 설명했을 때, 그는 흥분을 감추지 못했다.

"아! 정말 대단한 친구야, 이번에는 분명히 우리가 파리의 주인, 시장의 왕이 될 걸세. 나도 일을 잘 처리했어, 기발한 아이디어가 있다니까…… 자, 들어보시게."

그는 신주 10만 주를 발행함으로써 자본을 1억 프랑에서 1억 5천만 프랑으로 증식시키고, 일시에 구주와 함께 신주를 유통시키기 위한 자기의 방책을 설명했다. 그는 주식을 1주당 850프랑에 발행하고 그 가운데 350프랑의 프리미엄으로 적립금을 마련하고자 했는데, 그렇게 되면 결산 때마다 일정액이 확보된 적립금은 도합 2500만 프랑에 달할 것이었다. 그에게는 구주 20만 주의 대금 불입에 필요한 5000만 프랑을 확보하기 위해 다시 2500만 프랑을 구하는 일이 남아 있었다. 그가 낸 기발한 아이디어란 바로 이 문제와 관련이 있었다. 그것은 올해 이익, 즉 그의 말에 따르면 최소한 3600만 프랑까지 올라갈 이익에 대한 대략적인 결산서를 작성하자는 아이디어였다. 그는 거기서 자기에게 부족한 2500만 프랑을 조용히 덜어낼 것이었다. 그러면 만국 은행은 1867년 12월 31일부터 대금 불입이 완결된 30만 주의 주식과 함께 도합 1억 5천만 프랑의 자본금을 가질 것이었다. 말하자면 주식이 단일화될 것이고, 주주들의 손에 쥐어진 채 시장에서 자유롭게 유통될 것이었다. 그것은 천재적인 아이디어요, 결정적인 승리의 보증에 다름 아니었다.

"정말 천재적인 생각이야, 그렇지?" 사카르가 소리쳤다. "천재라는 표현으로도 모자라지, 그렇고말고!"

다소 어리둥절한 표정으로, 아믈랭이 기획안을 한 장 한 장 넘기며 숫자를 살펴보았다.

"이렇게 서둘러 결산서를 작성하는 것은 좋지 않은데요." 마침내 아믈랭이 입을 열었다. "주주들의 주식 대금이 완전히 불입되는 이상, 그들에게 진짜 배당금을 줘야 옳아요. 모든 돈이 확실히 정산되어야죠. 그렇지 않으면 우리가 가상의 배당금을 나눠줬다고 비난받을 겁니다."

사카르가 화를 냈다.

"비난이라고! 내가 얼마나 존경받는지 알기나 해! 정말 내가 틀렸는지 더 들어보고 말씀하시게. 대형 여객선 합동회사, 카르멜 은광회사, 터키 국립은행이 내가 원래 기재한 이익보다 더 큰 이익을 낼 게 확실하지 않은가? 자네가 동방에서 승리의 보고서를 보내주었고, 현재 모든 것이 잘 진행되고, 모든 것이 번창 일로를 걷고 있네. 게다가 우리의 성공이 얼마나 확실한 것인지 내게 설명해준 사람이 바로 자네라고!"

아믈랭은 미소 지으며 몸짓으로 그를 진정시켰다. 맞아요, 맞아! 아믈랭도 확신이 있었다. 다만 그는 일이 합법적으로 돌아가기를 원했다.

"그런데," 카롤린 부인이 천천히 말했다. "그렇게 서두를 필요가 있나요? 증자를 4월로 미룰 수는 없을까요?…… 그게 아니라면, 은행장님이 2500만 프랑을 추가로 필요로 하시는 이상, 왜 주식을 1000프랑 또는 1200프랑에 발행하지 않나요? 그 금액에 발행하면, 올해 결산의 이익에 대해 왈가왈부하지 않아도 될 텐데……"

잠시 어안이 벙벙해진 사카르는 그녀가 핵심을 꿰뚫었다는 사실에 놀란 채 그녀를 바라보았다.

"물론 10만 주를 850프랑이 아니라 1100프랑에 발행하면 정확하게 2500만 프랑이 생길 거요."

"어머! 그렇다면 해결됐네요." 그녀가 다시 말했다. "주주들이 버티지 않을까 걱정하지는 마세요. 850프랑이든 1100프랑이든 그들은 개의치 않고 매수할 테니까요."

"아! 그렇소, 물론이오! 주주들은 우리가 원하는 것을 모두 내놓을 테지! 게다가 누구한테 더 많이 할당할까 걱정하며 서로 다툴 테지!…… 그래요, 그들은 미쳤어요. 어쩌면 우리에게 돈을 갖다주겠다고 한꺼번에 몰려들어 사옥을 무너뜨릴지도 모르겠소."

그러나 갑자기 그는 정신을 가다듬고 격정적인 목소리로 이의를 제기했다.

"그렇지만 안 될 말이지. 나는 주주들에게 1100프랑을 요구하지 않을 것이오, 무슨 일이 있어도! 그건 너무 어리석고, 너무 단순한 해결책이니까…… 금융계에서는 늘 상상력에 충격을 주어야 한다는 걸 잊지 말아요. 천재적인 아이디어, 그것은 사람들로 하여금 주머니에서 아직 거기 들어 있지도 않은 돈을 꺼내게 하는 데 있어요. 그들은 돈을 내주는 게 아니라고, 오히려 자신에게 선물이 들어왔다고 생각하죠. 예정보다 앞서 모든 신문에 발표되는 결산, 요란하게 미리 예고되는 3600만 프랑의 이익이 불러일으킬 엄청난 효과가 당신 눈에 보이지 않습니까?…… 증권거래소에 불이 날 테고, 우리 주식은 2000프랑을 넘어서서 오르고, 또 오르고, 끝이 없이 오를 거요!"

그는 몸짓을 멈추지 않았고, 짧은 다리로 버티고 서서 자신을 커 보이게 했다. 과연 그는 파산도 도산도 가라앉힐 수 없는 돈의 시인으로서 하늘의 별처럼 우뚝 솟아 있었다. 사업을 채찍질로 가속화하고 몇 배나 빠른 속도로 달리게 하는 방식은 그의 본능적 감각이요, 그의 전 존재의 열정 그 자체였다. 그는 만국 은행의 번개 같은 질주로 성공을 과장했고, 뭇사람의 욕망에 불을 붙였다. 삼 년 만에 세 번의 주식 발행으로 자본금이 2500만 프랑에서 5000만 프랑으로, 다시 1억 5천만 프랑으로 뛰어올랐고, 그런 속도는 기적의 번영을 약속하는 듯했다. 배당금 또한 비약적으로 치솟았다. 첫해에는 아무것도 없었지만, 뒤이어 10프랑, 뒤이어 33프랑, 뒤이어 3600만 프랑의 이익이 생겼고 모든 주식의 대금이 불입되었으니, 이것이야말로 기적이 아니고 무엇일까! 그런데 그 기적은 모두 기계의 거짓된 과열, 가상의 기명, 불입금의 완납을 믿게 하기 위한 회사의 주식 보유 속에서, 자본이 증식될 때마다 주가 상승이 과장되는 증권가, 그 증권가에서 투기가 야기하는 압력 속에서 이루어졌다.

아믈랭은 기획안 검토에 몰입하고 있었기에 누이를 두둔할 겨를이 없었다. 고개를 설레설레 흔들며 그는 기획안의 세부 사항을 살펴보았다.

"여하튼! 은행장님의 사전 결산은 온당하지 못해요. 왜냐하면 아직 이익이 들어온 게 아니기 때문이죠…… 우리가 설립할 기업들에 대해서는 더이상 이야기하지 않겠습니다. 다른 사업처럼 그 사업도 실패할 가능성이 있으니까요…… 그리고 여기서 200만 프랑 이상에 달하는 주식, 즉 3000주 플러스 알파가 사바타니 명의의 계좌에 들어 있는 게 확인되는군요. 그렇지만 이 주식은 우리 회사의 채무 계정에 기재되어야 할 몫이죠. 왜냐하면 사바타니는 우리의 지푸라기 인형에 불과하기 때문입니다. 안 그래요? 이런 이야기도 할 수 있어야 해요, 우리끼리는…… 그리고 여기를 보세요! 우리 직원 여러 명, 심지어 이사 몇몇이 모두 명의 대여인이네요. 오! 은행장님은 제게 이런 사실도 말씀해 주시지 않았군요…… 우리가 이토록 많은 주식을 보유하고 있는 걸 보니 등골이 오싹해집니다. 해당 주식만큼 우리는 현금 보유액이 부족하게 되죠. 그뿐만 아니라 우리 발목에 우리가 족쇄를 채운 꼴이므로, 언젠가 아주 고통스러워질 겁니다."

카롤린 부인은 시선으로 오빠를 격려했는데, 왜냐하면 그녀가 걱정하던 것을 오빠가 모두 말하고 있었고, 성공에도 불구하고 그녀의 내면에서 커지던 그 은근한 불편함의 원인을 오빠가 꿰뚫고 있었기 때문이다.

"아! 투기!" 그녀가 중얼거렸다.

"우리는 투기를 하고 있는 게 아니오!" 사카르가 소리쳤다. "자기 주식을 보호하는 게 뭐가 나쁘단 말이오. 군데르만 일당이 우리 주식시세를 떨어뜨리지 못하도록 신경을 써야 하는데, 우리는 어리석게도 이런 푸념이나 늘어놓고 있소. 그자들이 아직 감행하지 않고 있지만, 언젠가 닥칠 수 있는 일이오. 그래서 나는 우리 주식을 상당량 수중에 가지고 있는 게 만족스럽소. 예고하건대 만일 상황이 강요한다면, 심지어 우리 주식을 사기까지 할 것이오. 1상팀이라도 주가가 떨어지는 것을 보느니, 차라리 내가 우리 주식을 사겠다 이 말이오!"

마치 패하느니 죽겠노라고 맹세하듯, 그는 이 마지막 한마디에 특별히 힘을 주었다. 그런 다음 애써 냉정을 되찾아 다소 찡그린 선의의 표정으로 웃음을 터뜨렸다.

"자, 다시 시작되었군, 그놈의 불신이! 나는 우리가 이 문제에 대해 서로의 입장을 완전히 이해했다고 생각했는데…… 당신들은 모든 것을 나한테 맡기는 데 동의했잖소. 내가 일할 수 있게 해줘요, 제발! 나는 당신들의 성공만을 바라오, 엄청난, 엄청난 성공 말이오!"

그는 자신이 가진 욕망의 거대함에 스스로 놀란 듯 말을 멈추었고, 목소리를 낮추었다.

"내가 무엇을 원하는지 정말 몰라요? 내가 원하는 건 시세 3000프랑이오."

손짓으로 그는 허공에 그 숫자를 그렸고, 그것이 별처럼 솟아올라 증권거래소의 지평선을 환히 밝히는 것을 보았다. 시세 3000프랑은 문자 그대로 승리 그 자체였다.

"말도 안 돼!" 카롤린 부인이 말했다.

"시세가 2000프랑을 돌파하면, 그때부터 주가가 상승할 때마다 매번 위험이 닥칠 겁니다" 하고 아믈랭이 말했다. "미리 말씀드리는데, 그때가 되면 저는 미친 짓을 저지르지 않기 위해 제가 가진 주식을 팔겠습니다."

그러나 사카르는 콧노래를 부르기 시작했다. 사람들은 언제나 팔겠다고 말하지만, 결국은 팔지 않았다. 아믈랭 남매가 무어라고 하든 그는 남매를 부자로 만들 생각이었다. 다시 그는 가볍게 놀리는 투로, 그러나 매우 다정스럽게 미소 지으며 말했다.

"나한테 맡겨요, 지금까지 내가 당신들의 문제를 잘못 처리한 것 같지는 않은데…… 자도바 전투가 당신들에게 100만 프랑을 가져다주었잖소."

그것은 사실이었다. 아믈랭 남매는 그 사실을 잊고 있었다. 그들은 증권거래소의 흙탕물에서 건져올린 그 100만 프랑을 받아들였던 것이다. 아직 의무를 다했다고 확신하지 못하는 정직한 이 두 사람은 가슴 속에 이는 혼란을 느끼며, 하얘진 얼굴로 잠시 침묵에 빠졌다. 우리조차 투기병에 걸린 것일까? 사업 때문에 어쩔 수 없이 몸담았지만, 우리도 돈에 미친 환경 속에서 썩어가고 있는 것일까?

"그렇습니다." 마침내 엔지니어가 말했다. "그렇지만 제가 여기 있었더라면……"

사카르가 그의 말을 잘랐다.

"그만, 후회는 금물일세. 그건 더러운 유대인들에게서 되찾은 돈이니까!"

셋 모두 웃음을 터뜨렸다. 의자에 앉아 있던 카롤린 부인은 어쩔 수 없이 받아들인다는 듯한 몸짓을 했다. 다른 사람들에 의해 먹히는데 다른 사람들을 먹지 않을 수가 있을까? 어차피 삶이란 그런 것이었다. 이런 삶을 살지 않으려면 지나치게 숭고한 미덕, 그게 아니라면 아무런 유혹이 없는 수도원의 고독이 필요하리라.

"자, 자!" 사카르가 즐겁게 말을 이어갔다. "돈에 침을 뱉지 마시오. 그건 어리석은 일이고, 무능력한 자들만이 힘을 경멸하는 법이니까…… 죽어라고 일하면서도 자기 몫을 챙기지도 못한 채 다른 사람들만 살찌우는 건 온당하지 못해요. 그렇게 살 거면, 차라리 누워서 잠이나 자시오!"

그는 그들을 압도했고, 그들로 하여금 더이상 한마디도 못하게 만들었다.

"머잖아 당신들은 상당한 돈을 수중에 넣을 거요!…… 기다려보시오!"

초등학생처럼 순수한 열정으로 그는 카롤린 부인의 테이블로 와서 연필과 종이를 들더니, 그 종이에 숫자를 쓰기 시작했다.

"여기 봐요! 내가 계산해줄 테니까. 오! 당신들 상황이야 내가 훤히 알고 있지…… 당신들은 회사 설립 때 500주를 가지고 있었소. 그것이 한 번 두 배로 불어났고, 다시 한번 두 배로 불어났지요. 말하자면 현재 당신들은 2000주를 가지고 있어요. 그러므로 신주를 발행한 뒤에는 당신들의 몫이 3000주가 되겠지요."

아믈랭이 그의 말을 중단시키려 했지만 소용없었다.

"잠깐, 잠깐만! 나는 당신들이 무엇으로 대금을 지불할지 알고 있소. 30만 프랑의 유산과 자도바 전투 덕분에 생긴 100만 프랑이겠지…… 봐요! 당신들이 지금 가지고 있는 2000주는 43만 5천 프랑을 불입하게 했고, 이제 새로 할당받을 1000주는 85만 프랑을 불입하게 할 거요. 도합 128만 5천 프랑이지…… 그 액수를 제해도, 당신들 수중에는 여전히 1만 5천 프랑이 남아요. 게다가 3000프랑에 달하는 부인의 급료도 있는데, 그걸 6000프랑으로 올릴 예정이오."

남매는 둘 다 어리둥절한 표정으로 그의 말을 들었고, 그 숫자들에 뜨거운 관심을 보였다.

"당신들이 정직한 사람들이고, 당신들이 사는 주식에 관한 한 대금을 정확하게 지불하리라는 걸 잘 알고 있소…… 하지만 그 모든 것은 푼돈에 불과해요. 난 이런 걸 보여주고 싶었소……"

그는 자리에서 일어나 득의양양한 표정으로 종잇장을 흔들었다.

"주가가 3000프랑이 되면, 당신들의 주식 3000주는 그 가치가 9백만 프랑이 될 것이오."

"뭐라고요! 주가 3000프랑!" 그의 집요한 광기에 맞서, 그들은 몸짓으로 이의를 제기했다.

"물론이지! 틀림없소! 절대로 그전에 주식을 팔지 마시오. 내가 그렇게 하지 못하게 할 거요, 그럼! 무력을 써서라도, 친구들이 어리석은 짓을 저지르지 못하게 해야 하는 권리를 행사해서라도 막아야지…… 주가 3000프랑, 내게 필요한 것이 그것이고, 나는 반드시 그것을 이룰 거요!"

폐부를 찌르는 듯한 목소리로 수탉의 울음처럼 승리를 노래하는 이 지독한 사내에게 무슨 말을 하겠는가? 남매는 어깨를 으쓱하며 다시 웃었다. 그들은 자기들의 입장에 변화가 없으며, 주가 3000프랑은 결코 달성되지 않으리라 장담했다. 다시 테이블 앞에 앉은 사카르가 이번에는 자기 몫을 계산하기 시작했다. 그가 자기 주식 3000주의 대금을 지불했을까? 알 수 없었다. 심지어 그는 자기 말보다 훨씬 더 많은 주식을 소유하고 있음이 틀림없었다. 그러나 그것을 확인하기란 힘들었다. 그 또한 회사에 명의를 대여하고 있었으니 말이다. 이런 상황에서 어떻게 그가 소유한 주식을 분간할 수 있겠는가? 그의 손에 쥐어져 있는 연필이 숫자를 끝없이 늘어놓았다. 이어서, 그는 숫자를 재빨리 지우고 종잇장을 구겨버렸다. 자도바 전투의 핏구덩이 속에서 건져올린 200만 프랑, 그것이 그의 몫이라는 설명이었다.

"약속이 있어서 먼저 나가봐야겠소." 그가 모자를 집으며 말했다. "이제 모든 게 합의된 거요, 그렇지요? 일주일 후에는 이사회가 열리고, 그

직후에는 표결 때문에 임시 주주총회가 열릴 거요."

그가 떠나자, 당황하고 지친 카롤린 부인과 아믈랭은 잠시 말문을 닫고 마주앉아 있었다.

"어쩌겠니?" 누이의 말없는 생각에 대답하듯 아믈랭이 입을 열었다. "상황이 이렇게 됐으니, 계속 가는 수밖에…… 어쩌면 이런 재산을 거부하는 우리를 어리석다고 말하는 그가 옳을지도 몰라. 나는 물길을 방앗간으로 돌리는 과학자, 그게 내 천직이라고 생각해왔어. 그리고 실제로 맑게 넘치는 물을 끌어왔지, 바로 동방 사업 말이야. 사실 그 덕분에 우리 회사가 이토록 빨리 번창하는 거잖아…… 아무도 나를 비난할 수 없어. 그러니 실망하지 말고, 힘내자고!"

자리에서 일어난 카롤린 부인은 비틀거리며 말을 더듬었다.

"오! 그놈의 돈…… 그놈의 돈……"

그들에게 떨어질 수백만 프랑을 생각하며 복받치는 감정에 목이 멘 채, 그녀는 오빠의 목에 매달려 흐느껴 울었다. 그것은 아마도 기쁨의 눈물이었고, 오빠의 지성과 노고가 합당하게 보상받는 데 대한 행복의 눈물이었다. 하지만 동시에 그것은 슬픔의 눈물, 그 원인을 정확하게 말할 수 없는, 부끄러움과 두려움이 섞인 슬픔의 눈물이었다. 그는 누이에게 농담을 건넸고, 그들은 여전히 즐거운 척했다. 그렇지만 불편함은 가시지 않았고, 그들 자신에 대한 은근한 불만, 더러운 공모에 대한 은밀한 후회가 그들의 가슴에 자리잡았다.

"그래, 그가 옳아요." 카롤린 부인이 되풀이했다. "모두가 그렇게 사는걸요. 인생이란 그런 거죠."

이사회 회의는 런던가에 자리한 화려한 사옥의 새 사무실에서 개최되었다. 이제 더이상 이웃 정원의 초목이 푸르스름한 반영을 드리우던 습기 찬 살롱에서 회의를 하지 않아도 되었다. 새 사무실은 거대한 방으로서 사방 창문을 통해 거리가 훤히 보였고, 높은 천장, 커다란 그림으로 장식된 장중한 벽에 황금이 넘쳐흘렀다. 문자 그대로 옥좌를 방불케 하는 이사장석은 다른 좌석들을 압도했다. 그러나 붉은 벨벳 융단으로 덮인 거대한 테이블을 둘러싸고 가지런히 놓인 다른 좌석들 역시 엄숙하고 화려한 분위기를 지니고 있었다. 거대한 흰색 대리석 벽난로 안에서 겨울이면 장작이 타올랐고, 벽난로 위에는 상냥하고 세련된 얼굴을 지닌 교황, 그 자리에 놓인 것에 대해 자조적인 미소를 짓는 듯한 교황의 흉상이 있었다.

사카르는 대부분의 이사를 매수함으로써 이사회를 수중에 넣었다. 사카르 덕분에, 사기에 가까운 뇌물 사건에 연루되어 현행범으로 체포된 드 보앵 후작은 스캔들을 덮을 수 있었고, 그 대가로서 사카르의 탈법적 회사 운영을 눈감아주었다. 이후 사카르의 공손한 친구가 된 드 보앵 후작은 계속해서 귀족적인 꽃, 즉 이사회의 가장 아름다운 장식물로 얼굴을 고고하게 쳐들고 다닐 수 있었다. 베네치아 양도를 예고하는 긴급 공문을 훔쳐보았다는 이유로 루공에 의해 내쫓긴 위레 또한 이제 만국 은행의 성공에 모든 것을 건 채 입법부에서 만국 은행을 대표했고, 정치의 진흙탕에서 만국 은행을 위해 열심히 낚시질을 했으며, 언젠가 자기를 감옥으로 보낼 수도 있는 이 뻔뻔스러운 사기극에서 큰 이득을 얻고 있었다. 부이사장인 로뱅샤고 자작은 아믈랭이 오래도록 자리를 비운 동안 검토 없이 서명을 해준 대가로 10만 프랑의 비밀 보너스를 받았다. 은행가 콜프 또한 수동적 호의의 대가로 자신의 해외 재정 거래에서 회사의 힘을 이용할 수 있었다. 실크 매매상 세디유는 결제 거래에서 끔찍한 타격을 입은 후 자신이 갚을 수 없는 거액을 은행에서 대출받았다. 오직 데그르몽만이 사카르에 대해서 절대적인 독립을 유지하고 있었다. 데그르몽이 친절하게도 자기를 파티에 초대하고, 이득이 있는 한 만사형통이라 여기는 회의적인 파리지앵의 호의로써 검토 없이 모든 것에 서명해줌에도, 그런 독립적인 태도가 가끔 사카르를 불안하게 만들었다.

오늘 회의가 지니는 비상한 중요성에도 불구하고, 이사회 회의는 여느 때처럼 신속하게 진행되었다. 그것은 통상적인 업무처럼 처리되었다. 이사회는 15일의 소회의 때에만 실질적으로 일을 했고, 과시용인 월말 대회의 때에는 결의안에 대한 승인만이 이루어졌다. 이사들은 너무나 무관심했다. 보고서가 항상 똑같고 늘 진부하게 일괄 동의를 받았기에 거리낌을 느끼는 이사들로 하여금 보고서를 검토하게 하고 짐짓 토론의 장을 펼치게 했지만, 그다음 회기에서 검토 결과를 낭독해도 아무도 경청하지 않았고 모두가 태연히 서명했다.

아믈랭이 엄청난 희소식을 가져왔다는 것을 알고서 데그르몽이 달려들어 그에게 악수를 청했다.

"아! 친애하는 이사장님, 진심으로 축하합니다."

모든 사람이 아믈랭을 둘러쌌고, 찬사를 보냈다. 사카르도 마치 그를 처음 만난 것처럼 환대했다. 개회가 이루어지고 아믈랭이 총회에 제출할 보고서를 읽기 시작했을 때, 이사들은 평소와 달리 경청했다. 이미 손에 넣은 멋진 결과물, 미래에 대한 장밋빛 약속, 구주의 대금을 일거에 불입한 기발한 증자, 그 모든 것이 감탄 어린 동의의 분위기 속에서 읽혔다. 단 한 사람도 설명을 요구할 생각을 하지 않았다. 그것은 완벽했다. 세디유가 숫자의 오류 하나를 지적했을 뿐, 좌중은 만장일치를 깨뜨리지 않기 위해서 보고서에 대해 언급조차 하지 않으려 했고, 모두들 그 어떤 지적도 없이 서둘러 서명했다.

벌써 회의가 끝났고, 이사들은 일어선 채 실내의 눈부신 황금색 장식 속에서 웃으며 농담을 나누었다. 드 보앵 후작은 퐁텐블로 숲의 사냥에 대해 이야기했고, 로마에 갔었던 국회의원 위레는 어떻게 자신이 교황의 축도를 받았는지 이야기했다. 콜프는 약속 때문에 금세 사라졌다. 단역배우 격인 다른 이사들은 임박한 총회에서 자신들이 취해야 할 태도에 대해 사카르로부터 나직이 명령을 받고 있었다.

그러나 아믈랭의 보고서에 대한 로뱅샤고 자작의 지나친 찬사가 지겨워졌기 때문에, 데그르몽은 때마침 옆으로 지나가던 은행장을 붙들고 그의 귓전에 소곤거렸다.

"너무 올리진 마시오!"

사카르가 멈춰 서서 데그르몽을 바라보았다. 초기에 그는 데그르몽이 믿을 만한 사업가가 아니라는 것을 알고 있었기에 데그르몽을 사업에 끌어들여야 할지 말아야 할지 망설였었다.

"아! 나를 사랑하는 사람은 나를 따를 거요!" 모두가 들으라는 듯, 사카르가 목소리를 높이며 대답했다.

사흘 후, 임시 주주총회가 루브르박물관 대연회실에서 개최되었다. 대연회실의 분위기가 너무도 엄숙해서 사람들은 블랑슈가의 헐벗은 무도회장을 경멸과 함께 떠올렸고, 단체 회식과 결혼식 무도회에 대관되는 탓에 아직도 그곳에 감도는 따듯한 향연의 분위기에 만족감을 표했다. 정관에 따르면, 총회에 참석하기 위해서는 적어도 20주의 주식을 소유하지 않으면 안 되었다. 사천여 표를 대표하는 천이백여 명의 주주가 속속 도착했다. 입장 의례, 증명서 제시, 등록부 서명에 약 두 시간이 걸렸다. 행복한 대화를 나누는 떠들썩한 소리가 실내를 가득 채웠고, 모든 이사들과 많은 만국 은행 간부들이 눈에 띄었다. 일군의 주주들 사이에서 사바타니가 애무하듯 나른한 목소리로 자기 고향인 동방에 대해 말하면서, 마치 은과 금과 보석을 가지기 위해서는 그저 몸을 숙여 줍기만 하면 된다는 듯 진기한 이야기를 늘어놓았다. 6월에 만국 은행 주식의 상승세를 보고 주가 1200프랑 시점에서 50주를 매수한 모장드르가 사바타니의 통찰력에 감탄하며 입을 벌린 채 그의 이야기를 듣고 있었다. 한편 부자가 되고부터 주색에 빠진 장트루는 간밤의 취기가 가시지 않은 듯 입을 삐죽이며 내심 비웃고 있었다. 이사장인 아믈랭이 개회를 선언하자, 감사로 재선됨으로써 이사가 될 꿈을 키운 라비니에르가 올해 12월 31일 시점에 예견되는 회사의 재정 상황에 대한 보고서를 읽었다. 정관을 어기지 않기 위해서는 예상 결산을 미리 산출해야 했던 것이다. 그는 4월 총회에 제출되었던 지난 회계연도의 결산, 1150만 프랑의 순익을 기록하면서 주주에게 준 5퍼센트, 이사들에게 준 10퍼센트, 적립금을 위해 공제한 10퍼센트 외에도 33퍼센트를 배당금으로 나눠줄 수 있었던 그 훌륭한 결산을 상기시켰다. 이어서 폭포처럼 숫자를 나열하며 이번 회계연도 순익의 근사치인 3600만 프랑이 과장되기는커녕 더없이 신중하게 추산된 것임을 강조했다. 그는 관련 자료를 양심적으로 검토했고, 그 결과 깊은 신뢰가 생겼다고 했다. 그러나 실은 그 무엇도 이보다 더 허구적일 수 없었는데, 왜냐하면 회계를 철저히 감사하기 위해서는 모든 것을 다시 정산해봐야 했기 때문이었다. 어쨌든 주주들은 아무도 경청하지 않았다. 나지막이 대화가 오가는 가운데 모장드르와 같은 몇몇 숭배자들, 한두 표를 가진 소주주들이 숫자를 되뇌었다. 감사들의 감독은 하등의 중요성을 지니지 않았다. 마침내 아믈랭이 일어서자, 실내에 일종의 종교적인 침묵이 드리웠다. 황금 궤짝을 찾아 그것을 파리에 풀어놓기 위해 그 머나먼 이국땅으로 갔던 이 사내가 지닌 용감하고도 집요한 열정과 지략에 대한 경의로서, 주주들은 그가 입을 열기도 전에 열렬한 환호성과 뜨거운 박수갈채를 보냈다. 그때부터 실내에는 최고조에 다다른 성공의 분위기 외에는 아무것도 없었다. 라비니에르가 보고했을 때에는 아무도 듣지 않았던 지난해의 결산을 아믈랭이 다시 보고하자 주주들은 열광적으로 환호했다. 이번 회계연도의 예상 결산에 대한 언급은 기쁨을 더욱 증폭시켰다. 대형 여객선 합동회사, 카르멜 은광회사, 터키 국립은행이 각기 수백만 프랑의 수익을 낼 것이었다. 덧셈이 끝날 줄 몰랐고, 3600만 프랑이 쉽사리, 자연스럽게 획득되어 요란한 소리와 함께 폭포수처럼 떨어져내렸다. 그런 다음, 지평선이 미래의 사업 위에서 확대되었다. 동방 철도회사가 나타났는데, 우선 본선 공사가 머잖아 시작되고 뒤이어 지선이 부설될 것이었다. 그것은 아시아로 가는 현대 산업의 젖줄이요, 인류의 요람으로 되돌아가는 개선의 귀향이요, 한 세계의 부활이었다. 한편 아무도 말하지 않았던 것, 신비로운 일, 즉 머나먼 곳에서 완공되어 여러 민족을 놀라게 할 성전이 아주 짧은 그의 언급에서 찬란하게 솟아올라왔다. 종국적으로 아믈랭이 총회 투표에 회부해야 할 결의안들을 설명하자, 주주들은 만장일치의 절대적 동의를 표했다. 1억 5천만 프랑으로의 증자, 850프랑짜리 신주 10만 주 발행, 이 주식의 프리미엄과 앞당겨 사용하는 이번 회계연도 순익 덕분에 실현되는 구주의 대금 불입이 바로 결의안들의 내용이었다. 이 천재적인 아이디어를 설명하자, 실내에서 우레 같은 환호성이 터졌다. 군중의 머리 위로 힘차게 박수를 치는 모장드르의 커다란 두 손이 보였다. 극장인 양 자리에서 일어나 브라보! 브라보! 하고 외치는 사바타니에게 자극을 받은 듯, 첫 줄에 앉은 이사들과 회사 간부들도 격정적인 갈채를 보냈다. 모든 결의안이 열광적인 분위기 속에서 가결되었다.

한편, 사카르는 그 무렵 회자되던 사건을 해결하고자 했다. 자기가 도박을 하듯 회사를 운영한다는 비난을 받고 있음을 그는 모르지 않았다. 불신에 찬 그런 주주들이 실내에 있다면, 그는 그들의 의혹을 말끔히 씻어주고 싶었다.

그의 지시를 받은 장트루가 일어나서 걸쭉한 목소리로 말했다.

"이사장님, 많은 주주들을 대신해서 회사가 단 1주의 주식도 소유하고 있지 않다는 사실을 확인해주실 것을 요청드리는 바입니다."

사전에 아무런 말도 듣지 못한 아믈랭은 한순간 당황했다. 본능적으로 그는 사카르를 향해 고개를 돌렸다. 가만히 자기 자리에 앉아 있던 사카르가 작은 체구를 키우려는 듯 벌떡 일어서서 날카로운 목소리로 대답했다.

"단 1주도 없습니다, 이사장님!"

이 대답에, 좌중은 이유도 없이 다시 브라보! 하고 외쳤다. 기실 그는 거짓말을 하고 있었다. 그러나 사바타니와 다른 사람들이 명의를 대여해주고 있었기에, 회사가 자기 명의로 주식을 소유하고 있지 않다는 것도 사실이었다. 만사가 잘 해결되었다. 좌중은 다시 박수를 쳤고, 아주 즐겁고 소란스럽게 퇴장이 이루어졌다.

이튿날부터, 신문에 실린 주주총회 관련 기사가 증권거래소와 파리 전체에 엄청난 반향을 불러일으켰다. 장트루가 광고의 마지막 격발, 다시 말해 오래전부터 홍보의 나팔에 불어넣어둔 가장 요란한 팡파르를 아껴둔 것은 바로 이 순간을 위해서였다. 우스꽝스러운 농담이 퍼졌다. 즉 장트루가 만국 은행 주식을 사세요라는 문신을 예쁜 여자들 몸의 가장 은밀한 곳에 새겨넣고서 그 말을 퍼뜨리고 있다는 것이었다. 게다가 그는 이제 막 결정적 한 방을 날린 참이었다. 마침내 십이 년 동안 최고의 정직성을 자랑해온 탄탄한 신문 〈라 코트 피낭시에르〉를 매입한 것이다. 비싼 대가를 치렀지만 진지한 고객들, 겁쟁이 부르주아들, 신중한 큰손들이 지닌 돈이 굴러들어왔다. 보름 만에 만국 은행의 주가가 1500프랑에 이르렀다. 주가는 계속 뛰어올라 8월 마지막 주가 되자 2000프랑에 달했다. 또다시 열광적인 분위기가 조성되었고, 투기의 광적인 열기가 전염병처럼 퍼지며 나날이 심화되었다. 사람들은 사고 또 샀으며, 가장 신중한 사람들조차 주가가 끝없이 오르리라 예견했다. 마치 『천일야화』의 동굴이 개방된 듯했고, 칼리프들의 헤아릴 수 없이 많은 보물이 파리지앵들의 탐욕에 내맡겨진 듯했다. 여러 달 전부터 귓전에 속삭이던 꿈이 대중의 공개적인 열광 속에서 모두 실현되는 것만 같았다. 다시 정복할 인류의 요람, 모래에서 다시 건져올릴 해안의 역사적인 고대 도시들, 우리의 엔지니어 점령군들에 의해 개발될 다마스, 바그다드, 인도, 중국이 그 꿈 속에 존재했다. 나폴레옹이 칼로도 이룰 수 없었던 동방 정복, 바야흐로 금융회사가 곡괭이와 손수레의 군대로 그것을 실현하고 있었다. 수백만 프랑을 투자해 아시아를 정복한 다음, 거기서 수십억 프랑을 끌어낼 것이었다. 특히 여자 십자군이 오후 다섯 시의 소규모 모임과 자정의 사교계 리셉션에서, 식탁과 침실에서 승리를 구가했다. 여자들의 예견으로는 콘스탄티노플이 함락되었고, 머잖아 부르사, 앙카라, 알레프, 그다음에는 스미르나, 트라브존, 그리고 만국 은행이 포위하고 있는 모든 도시들, 끝으로 머나먼 원정의 성스러운 보상인 양 사람들이 구체적으로 거명하지 않는 마지막 도시, 그 신성한 도시가 함락될 것이었다. 여자들의 뜨거운 열정에 떠밀린 아버지들, 남편들, 애인들은 "신이 원하신다면!"을 되뇌며 증권 중개인에게 주문을 하러 갔다. 뒤이어 대군을 뒤따르는 보병의 무리, 즉 군소 투자자들이 앞을 다투어 몰려왔다. 투자의 열풍이 살롱에서 찬방까지, 부르주아에서 노동자와 농민까지 불어닥친 탓에, 한 자리 숫자의 주식을 가진 소액주주들, 은퇴를 앞둔 문지기들, 고양이와 함께 사는 노처녀들, 생활비가 하루에 10수에 불과한 퇴직자들, 적선으로 빈털터리가 된 시골 사제들, 증권거래소의 재앙으로 이미 파산한 최하층 금리생활자들마저 일확천금을 향한 그 광기 어린 질주에 휩쓸려들어갔다.

만국 은행 주식에 대한 이 열광, 종교적인 소망까지 동반한 이 승천의 느낌은 점점 더 커지는 음악에 맞추어 고조되는 듯했는데, 이 음악은 튈르리, 샹드마르스, 파리를 미치게 만드는 만국박람회의 끝없는 축제에서 울려퍼지는 것이었다. 만국기가 뜨거운 여름의 무거운 대기 속에서 더 크게 펄럭였고, 새벽까지 환락이 펼쳐지는 거대한 궁전처럼 밤이면 파리가 별빛 아래 환하게 불타오르곤 했다. 기쁨이 집집마다 넘쳤고, 거리는 무아지경이었으며, 황갈색 구름, 향연의 연기, 섹스의 땀방울이 소돔의 밤, 바빌론의 밤, 니네베의 밤에 지붕들 너머 지평선까지 흘러갔다. 5월부터 황제들과 국왕들이 세계만방에서 성지순례단처럼 몰려들었고, 백여 명의 군주, 왕자, 공주가 끝없는 행렬을 이루며 오갔다. 파리에는 폐하와 전하가 넘쳐흘렀다. 파리는 러시아 황제, 오스트리아 황제, 이집트의 술탄과 부왕을 맞이했다. 또한 파리는 비스마르크 씨가 충직한 개처럼 따라다니는 프로이센 왕을 좀더 가까이서 보기 위해 호화로운 사륜마차 근처로 다가갔다. 앵발리드에서 축제의 예포가 끊임없이 울려퍼졌고, 박람회를 구경하러 온 군중은 독일이 전시한 거대하고 시커먼 대포 크루프를 보며 경탄을 금치 못했다. 거의 매주 오페라극장은 공식적인 특별 공연을 위해 샹들리에를 밝혔다. 작은 극장과 레스토랑에도 인파가 몰려들어 숨이 막혔고, 보도는 매춘의 격류로 인해 너무도 비좁았다. 더할 나위 없이 화려한 의식을 펼치며 육만 명의 박람회 출품자들에게 보상을 나눠주고, 파리에게 불타는 영광을 안겨주고, 동화 같은 허구 속에서 휴전과 평화를 약속하며 유럽의 군주로 등극함으로써 찬란한 치세를 보여주고자 한 것은 다름 아닌 나폴레옹 3세였다. 바로 그날, 튈르리궁에서는 멕시코에서 벌어진 끔찍한 재앙, 즉 프랑스의 피와 황금이 헛되게 사용되었음을 뜻하는 막시밀리안 황제의 처형을 알게 되었다. 축제 분위기를 망치지 않기 위해서 그 소식은 숨겨졌다. 그것은 눈부신 태양이 저무는 황혼녘에 울리는 최초의 조종弔鐘이었다.

이 영광의 한복판에서 가장 밝게 빛나는 별은 사카르의 별인 듯했다. 수년 전부터 온갖 노력을 기울인 끝에, 마침내 곳간에 넣어두고 언제든 사용할 수 있는 물건처럼 막대한 재산을 소유하게 되지 않았는가! 얼마나 빈번히 금고에는 거짓이 깃들어 있었던가, 얼마나 많은 돈이 금고로 흘러들어와서는 알 수 없는 구멍을 통해 빠져 달아났었던가! 아니었다, 이제 더이상 겉만 번드르르한 거짓된 부가 아니었다. 그것은 꽉 찬 돈자루 위에 군림하는 견고한 왕국, 진정한 황금의 왕국이었다. 그는 군데르만처럼 은행가 특유의 절약 정신으로 그 왕권을 휘두를 생각이 없었다. 대번에 왕국을 세운 모험적인 수장으로서, 그는 자력으로 왕권을 획득했다는 사실에 무한한 자부심을 느끼고 있었다. 유럽 차원에서 사업을 펼치면서 그는 스스로 드높이 고양되곤 했다. 하지만 파리가 자기 발밑에 엎드려 굴복하고 있다고 느낀 적은 결코 없었다. 그는 파산한 채 자신의 별을 의심했었던 그날, 레스토랑 샹포에서 모든 것을 다시 정복하기 위해 모든 것을 다시 시작하고 싶다는 불타는 욕망에 사로잡힌 채 복수를 꿈꾸며 증권거래소에 굶주린 시선을 던졌던 그날을 떠올렸다. 그러니 다시 주인으로 등극한 이 시각, 그것을 얼마나 간절하게 즐기고 싶으랴! 스스로 전능한 권력자가 되었다고 생각하자마자, 우선 그는 위레를 쫓아냈고, 장트루에게 루공 장관이 가톨릭의 이름으로 로마 문제에서 이중 플레이를 하고 있다는 비난 기사를 게재하라고 지시했다. 그것은 두 형제 사이의 결정적인 선전포고였다. 1864년 9월 15일의 협약 이후, 특히 자도바 전투 이후 성직자들은 교황이 처한 상황에 심각한 우려를 표명했다. 그때부터 〈레스페랑스〉는 교황권 지상주의적인 정책을 다시 견지하며 1월 19일의 칙령에 의해 시작된 자유 제정을 맹렬히 공격했다. 사카르의 일성이 의회 내에 떠돌았다. 그는 황제에 대한 깊은 애정에도 불구하고 혁명 정신이 프랑스를 재앙으로 내몰게 놔두기보다는 차라리 앙리 5세의 치세를 감수하리라고 말했다. 이어서 승리와 함께 대담성도 점증하면서, 그는 군데르만으로 대표되는 유대인들의 거대 은행을 공격할 의도를 더이상 숨기지 않았다. 궁극적으로 승리할 때까지 격렬한 싸움이 불가피하겠지만 말이다. 만국 은행은 그처럼 경이로울 정도로 커졌다. 모든 기독교도의 지지를 받는 이 회사가 몇 년 안에 증권거래소의 절대 지배자가 되지 못할 이유가 무엇인가? 그는 이웃 왕으로서 격한 승부욕을 드러내며 군데르만의 강력한 라이벌을 자처했다. 그러나 너무도 침착한 군데르만은 조소조차 없이 계속 주시하고 기다리면서, 인내와 논리에 온 힘을 쏟아붓는 사내로서 주가의 지속적인 상승을 흥미진진하게 지켜볼 뿐이었다.

사카르를 그렇게 상승시킨 것도 그의 열정이었지만, 그를 몰락시킬 것도 그의 열정임이 틀림없었다. 온갖 욕망을 채우면서도 그는 자신에게서 제6의 감각을 찾아 그것을 만족시키고자 했다. 가슴이 찢어질 듯 아플 때조차 웃음으로 넘겼던 카롤린 부인은 그의 친구로 남아 있었고, 그는 일종의 부부의 경의로써 그녀의 말을 경청했다. 푸르스름한 눈자위와 붉은 입술에 거짓말이 가득한 산도르프 남작 부인은 얼음처럼 차가운데다 변태적인 호기심을 보이기 일쑤여서 더이상 그의 흥미를 끌지 못했다. 게다가 그 역시 돈의 세계에 몰두하고 있었기 때문에, 따로 신경을 쓰고 다달이 돈을 지불해야 하는 연애에 큰 관심을 쏟을 수 없었다. 따라서 수백만 프랑의 돈더미 위에서 여자 생각이 떠올랐을 때, 마치 눈부신 보석을 넥타이에 꽂아두듯 그는 아주 값비싼 여자를 사서 만천하에 그녀를 보여주고 싶은 허영에 사로잡혔다. 그것이야말로 훌륭한 광고가 아닐까? 여자에게 많은 돈을 줄 수 있는 남자, 그것이야말로 자산가라는 증거가 아닐까? 금세 그는 막심과 함께 두세 번 저녁식사를 한 적이 있는 드 죄몽 부인을 선택했다. 서른여섯의 나이에도 그녀는 아직 여신 유노처럼 당당하고 근엄한 아름다움을 자랑했고, 황제가 그녀의 남편에게 준 훈장 말고도—그녀의 남편은 자기 아내의 남편이라는 역할 외에는 아무런 특징이 없는 남자였다—그녀에게 하룻밤에 10만 프랑을 지불한다는 사실로 인해 더욱더 유명해졌다. 부부는 둘 다 풍요롭게 살았고, 장관실이든 궁정이든 어디든지 다녔으며, 그녀가 일 년에 서너 번 외간남자와 함께 밤을 보냄으로써 살아갔다. 물론 끔찍하게 비싼 밤이었지만 이보다 더 고상한 밤은 없을 것이었다. 황제의 여자를 물어뜯고 싶은 욕망에 들뜬 사카르는, 그녀의 남편이 수상쩍은 금융인을 몹시 부도덕하고 보잘것없는 인간으로 여기고 거부 의사를 밝혔기 때문에 하룻밤에 20만 프랑까지 제시하지 않으면 안 되었다.

자그마한 코냉 부인이 사카르와 관계를 가지기를 단호히 거부한 것도 바로 이 무렵이었다. 그는 늘 수첩을 산다는 핑계로 사흘이 멀다 하고 페도가의 문구점에 들락거렸는데, 실은 장밋빛 혈색, 눈처럼 하얀 피부, 비단결 같은 머리칼을 지닌 이 예쁜 여자, 털이 곱슬곱슬한 작은 양처럼 오동통하고 귀엽고 상냥하고 늘 명랑한 이 금발머리 여자에게 몹시 반해 있었다.

"안 돼요, 싫어요, 당신하고는 절대로 안 돼요!"

그녀가 '절대로'라고 말하면, 그것은 끝난 일이었다. 아무것도 그녀의 결심을 되돌릴 수 없었다.

"왜 안 된다는 거요? 언젠가 파노라마 파사주 근처 여관에서 당신이 외간남자와 함께 나오는 걸 봤는데……"

그녀는 얼굴을 붉혔지만, 용감하게도 그를 똑바로 쳐다보았다. 그녀의 친구인 늙은 부인이 운영하는 그 여관은 그녀의 기분이 증권가의 사내를 받아들이게 할 때 밀회의 장소로 사용되곤 했다. 남편이 등록부를 만들고 있었던 시각에, 그녀는 늘 문구점 일을 구실로 파리를 쏘다녔던 것이다.

"귀스타브 세디유, 그 청년이 당신의 애인이잖소."

귀여운 동작으로 그녀는 항의했다. 아니, 아네요! 그녀에게는 애인이 없었다. 그 어떤 남자도 그녀를 두 번 가졌다고 자랑할 수 없었다. 도대체 나를 뭘로 보는 거죠? 단 한 번, 그래요! 우연히, 재미 삼아, 달리 중요한 건 전혀 없어요! 모두가 그녀에게 감사를 표하는 신중한 친구들이었다.

"내가 젊은이가 아니라서 그러는 거요?"

또다시 그녀는 계속해서 웃으며 그런 것에 개의치 않는다고 말하는 듯한 몸짓을 취했다. 젊고 늙고는 문제가 아네요! 그녀는 덜 젊은 사람들에게도, 덜 매력적인 사람들에게도, 심지어 종종 가련한 망나니들에게도 몸을 허락했다.

"그렇다면 왜, 도대체 왜 그래요?"

"맙소사! 간단해요…… 당신이 내 마음에 안 들기 때문이죠. 당신하고는 절대로 안 돼요!"

그렇지만 그를 만족시켜주지 못해서 미안하다는 듯, 그녀는 매우 상냥하게 굴었다.

"이봐요!" 그가 거칠게 말했다. "당신이 원하는 게 뭐요?…… 1000프랑이면 되겠소? 2000프랑? 한 번, 단 한 번에……"

그가 점점 더 높은 가격을 제시할 때마다, 그녀는 상냥하게 고갯짓으로 아니라고 말했다.

"자, 1만 프랑을 원해요? 2만 프랑?"

가만히 그녀가 조그만 손을 그의 손 위에 놓으며 말을 잘랐다.

"1만 프랑에도, 5만 프랑에도, 10만 프랑에도 안 돼요! 그렇게 무한정 높여보세요, 그래도 안 돼요, 절대로 안 돼요…… 아시다시피 제게 금은보화가 있는 것도 아닙니다. 아! 그런 걸 제안받기는 했죠, 물건도, 돈도, 무엇이든지요! 그러나 저는 아무것도 원치 않아요. 즐거움, 그것으로 족한 거 아닌가요?…… 아무튼 남편도 저를 진심으로 사랑하고, 저도 남편을 무척 사랑한다는 걸 알아두세요. 그러니까 제가 남편을 슬프게 해서 죽이는 일은 없을 겁니다. 당신의 돈을 남편에게 줄 수 없는 이상, 당신의 돈이 제게 무슨 소용이 있겠어요? 우리는 그렇게 불행하지 않아요. 언젠가 우리는 상당한 재산을 가지고 은퇴할 겁니다. 그래도 그 남자들이 계속해서 우리집으로 찾아온다면, 그거야 받아들여야죠…… 오! 저는 스스로를 사리사욕 없는 여자로 내세우지는 않아요. 만일 제가 혼자라면, 그야 알 수 없죠. 그러나 다시 한번 말하지만, 제가 당신과 동침한 대가로 당신이 주는 돈을 제 남편이 받으리라 상상하지 마세요…… 안 돼요, 안 돼! 1백만 프랑을 줘도 안 돼요!"

그녀는 고집스럽게 거부했다. 이 뜻밖의 저항에 흥분한 사카르는 한 달 가까이 그녀에게 매달렸다. 그녀는 부드러운 눈과 생글거리는 얼굴로 연민을 내비치며 그를 미치게 만들었다. 뭐라고! 돈으로 안 되는 게 있단 말이야? 다른 남자들이 아무런 대가 없이 가졌던 여자를 거액을 준다 해도 가질 수 없다니! 그녀는 집요하게 안 된다고 했다. 승리에 도취해 있던 그로서는 자신의 권력에 대한 의심, 지금까지 절대적이며 전능하다고 믿어온 황금의 힘에 대한 은근한 환멸이 너무도 괴로웠다.

그러나 어느 날 저녁, 그는 더없이 허영에 찬 격한 환락의 기회를 가졌다. 그것은 삶의 절정이라 할 만한 순간이었다. 외교부 청사에서 무도회가 열렸는데, 드 죄몽 부인과 함께하는 하룻밤의 행복을 공개적으로 드러내기 위해 그는 만국박람회를 기념하여 개최되는 이 축제를 이용하기로 작정했다. 왜냐하면 그 아름다운 여자와의 거래를 통해, 행복한 구매자는 단 한 번 의도적으로 그것을 만천하에 과시할 권리를 누릴 수 있기 때문이었다. 그래서 자정 무렵 사카르는 드 죄몽 부인과 함께 팔짱을 낀 채, 뜨거운 샹들리에 불빛 아래 여자들의 벌거벗은 어깨가 남자들의 검은 정장들 틈에서 서로 부딪치는 살롱으로 입장했다. 그녀의 남편이 그 뒤를 따랐다. 그들이 나타나자, 사람들이 비켜서며 이 20만 프랑짜리 하룻밤 사랑, 격렬한 탐욕과 광적인 낭비벽이 만든 이 스캔들에 길을 터주었다. 멀리서 오케스트라 연주가 계속되는 가운데, 사람들은 화를 내지도 않고 재미있다는 듯 미소 지으며 소곤거렸다. 그러나 살롱 저 안쪽에서, 눈부시게 멋진 백색 기병 제복을 입은 거한을 둘러싸고 또다른 호기심의 물결이 일었다. 다름 아닌 비스마르크 백작이었다. 큰 키, 호탕한 웃음, 커다란 눈, 억센 코, 강한 턱, 정복적인 야만인 특유의 콧수염이 모든 남자들을 압도했다. 자도바 전투 이후, 그는 프로이센을 중심으로 독일을 통일했다. 그리고 오래도록 염원했던 대對프랑스 동맹조약이 몇 달 전에 체결되었다. 룩셈부르크 사건으로 터질 뻔했었던 전쟁이 이제 불가피한 것이 되었다. 사카르가 드 죄몽 부인과 팔짱을 낀 채 그녀의 남편을 수반하고 의기양양하게 살롱을 지날 때, 비스마르크 백작이 잠시 웃음을 멈추고 신기한 듯 거한 특유의 조소 어린 눈빛으로 그들을 바라보았다.

9

카롤린 부인은 다시 혼자가 되었다. 아믈랭은 11월 초순까지 파리에 머무르면서 1억 5천만 프랑의 증자를 위해 관련법이 요구하는 절차를 이행했었다. 사카르의 요청에 따라 이번에도 그가 생탄가의 공증인 를로랭 선생의 사무실로 가서 증자를 신고했다. 그는 모든 주식이 기명되었고 대금이 불입되었다고 말했지만, 그것은 사실이 아니었다. 이런 업무를 처리한 후, 그는 로마로 떠났다. 거기서 두 달 동안 머무르며 사람들로 하여금 함구하게 했던 대역사, 즉 교황청을 예루살렘으로 옮기는 대역사를 검토해야 했고, 좀더 실제적인 또하나의 주요 계획, 즉 만국은행을 가톨릭 은행으로 전환하는 계획을 검토해야 했다. 전 세계 기독교인들의 이해관계를 관철시키는 이 가톨릭 은행은 유대인 은행을 짓부수고 지상에서 몰아낼 거대한 기계가 될 것이었다. 로마에서 그는 다시 한번 동방으로 갈 작정이었는데, 부르사에서 베이루트로 가는 철도 공사가 그를 필요로 했기 때문이다. 그는 회사의 급속한 번창에 대한 만족감 및 회사의 견고한 기반에 대한 신뢰감 속에서 떠났지만, 내심 이 과도한 성공에 대해 은근한 불안을 지울 수 없었다. 따라서 그는 떠나기 전날 누이와 함께 대화를 했고, 전반적인 열광의 분위기를 경계하라고, 만일 주가가 2200프랑을 넘으면 즉시 자기들의 주식을 매도하라고 지시했다. 주가의 지속적 상승이 매우 비정상적이고 위험한 것이라고 판단한 그는 주가가 2200프랑을 넘을 경우 개인적으로 그에 대해 항의할 작정이었다.

혼자 남게 되자, 카롤린 부인은 주식을 둘러싼 과열된 분위기 때문에 더욱더 힘겨워졌다. 11월 첫 주에 주가가 2200프랑에 이르렀다. 그녀의 주변에서 환호성이 터졌고, 감사와 무한한 희망의 외침이 들렸다. 드주아가 달려와 수없이 고마움을 표했고, 보빌리에가家의 모녀는 그녀를 자신들과 동등한 지위를 가진 사람으로, 그들의 가문을 다시 일으켜줄 신의 친구로 대했다. 소주주와 대주주로 이루어진 행복한 군중 속에서 은총과 축하의 물결이 일었다. 아가씨들은 마침내 지참금을 갖게 되었고, 빈자들은 갑자기 부자가 되어 은퇴 생활에 대한 우려를 씻어냈으며, 부자들은 더욱더 부유해지고 싶은 채울 수 없는 욕망에 사로잡혔다. 만국박람회의 폐막 직후 쾌락과 권력에 취한 파리에서, 바야흐로 행복에 대한 믿음의 시간, 끝없는 행운에 대한 확신이 도래한 것이다. 모든 증권 시세가 치솟으며 가장 부실한 주식조차 구매자를 찾았고, 수많은 불법 거래가 시장을 충혈시키고 확장시켜 그 혈관이 터져버릴 지경이었다. 그러나 그 저변에서는 이미 공허의 소리가 들렸고, 환락에 빠진 채 대공사에 수십억을 탕진하고 거대 은행들을 살찌운 제정이 기력을 상실해가고 있었다. 게다가 거대 은행들의 금고에도 도처에 구멍이 생겼다. 이 어지러운 현기증 속에서 뭐라도 하나 삐걱거리면, 그것은 곧장 대폭락으로 이어질 것이었다. 카롤린 부인은 걱정스러운 상황을 예감했고, 만국 은행의 주가가 뛰어오를 때마다 가슴을 졸이곤 했다. 그 어떤 나쁜 소문도 돌지 않았고, 시세 하락을 노리는 투기꾼들 역시 놀라긴 했지만 이미 길들여진 터라 가벼운 신음조차 내지 않았다. 하지만 그녀는 모종의 불편함, 건물을 침식시키는 무엇인가를 느꼈다. 그것이 무엇일까? 아무것도 분명치 않았다. 재앙을 예고하는 가벼운 흔들림을 느꼈음에도, 그녀는 점증하는 승리의 광채 앞에서 어쩔 수 없이 더 기다리지 않으면 안 되었다.

더욱이 카롤린 부인에게는 그 무렵 또다른 걱정거리가 있었다. 노동 학교에서는 조용하고 엉큼해진 빅토르에게 만족감을 표했다. 그녀는 사카르에게 아직 모든 것을 털어놓지 않았는데, 그것은 미묘한 거리낌 때문이었다. 그녀는 이야기를 차일피일 미루었고, 그가 가질 수치심을 예상하면서 괴로워했다. 그즈음 그녀에게서 2000프랑을 돌려받은 막심은 뷔슈와 메셍 아줌마가 그녀에게 4000프랑의 잔금을 요구하는 것을 보고 무척 재미있어했다. 아버지가 알면 진노할 일이었지만, 그자들은 그녀에게서 도둑질을 하고 있었던 것이다. 그녀는 약속한 대로 잔금을 치러달라는 뷔슈의 반복적인 요구를 뿌리쳤다. 수없이 거절을 당한 끝에 뷔슈는 마침내 화를 냈다. 사카르로 하여금 비명을 지르게 할 옛 아이디어가 다시 떠올랐다. 이제 사카르가 새로운 상황, 즉 대성공의 상황을 맞이했기에 스캔들이 두려워서라도 자기 말을 들으리라고 그는 판단했다. 그리하여 어느 날, 이런 멋진 작품에서 아무것도 얻어낼 수 없음에 격분한 그는 사카르에게 직접 이야기할 결심을 했다. 그는 라아르프가에서 발견된 옛 서류를 검토하기 위해 사무실을 방문하고자 한다고 사카르에게 편지를 썼다. 번지수를 알려줌으로써 옛 사건을 너무도 분명하게 암시했기에, 그는 불안에 사로잡힌 사카르가 자신에게로 달려오지 않을 수 없으리라 예상했다. 때마침 편지는 그의 필체를 알고 있던 카롤린 부인의 수중에 들어갔다. 그녀는 몸을 떨었고, 한순간 뷔슈의 사무실로 달려가서 그를 진정시켜야 하지 않을까 하고 자문했다. 뒤이어 그녀는 아마도 그가 전혀 다른 목적으로 편지를 썼을 거라고, 어쨌든 그것은 이 문제를 매듭지을 수 있는 방법이라고 여겼다. 심지어 다른 사람이 그 이야기를 사카르에게 전한다는 사실에 안도의 한숨을 내쉬기도 했다. 그러나 그날 저녁 사카르가 귀가해서 그녀 앞에서 편지를 개봉했을 때, 그는 그저 잠시 심각한 표정을 지었을 뿐이었다. 그녀는 그에게 복잡한 돈 문제가 생겼나보다 하고 생각했다. 그렇지만 기실 그는 엄청나게 놀랐고, 치욕의 낌새를 느끼며 몹시 더러운 인간에게 걸려들었다는 생각에 가슴이 답답해졌다. 침착한 태도로 편지를 주머니에 넣은 사카르는 그자를 만나기로 결심했다.

며칠이 지나 11월의 두번째 15일 정기거래 결제일이 되었다. 사카르는 자기를 휩쓸어가는 급류에 반쯤 넋이 나간 채 매일 아침 방문을 받았다. 주가가 2300프랑을 돌파했다. 상승세가 가팔라짐에 따라 증권가에서 일종의 저항이 일어나는 것을 느끼면서도 사카르는 무척 기분이 좋았다. 분명히 주가 하락세를 노리는 투기 세력이 존재했고, 그들은 아직은 소극적이지만 명백한 전초전을 개시하고 있었다. 두 번씩이나 그는 주가의 상승세가 멈추지 않도록 어쩔 수 없이 명의를 빌려 자신이 매수 주문을 해야 한다고 생각했다. 자기 주식을 매수함으로써 조작을 행하는 회사 시스템, 즉 스스로를 집어삼키는 회사 시스템이 가동되기 시작한 것이다.

어느 날 저녁, 열정에 들뜬 사카르는 그 일에 대해 카롤린 부인에게 이야기하지 않을 수 없었다.

"이렇게 하면 시장이 뜨겁게 달궈질 수밖에 없지. 오! 우린 정말 강하잖소, 저놈들이 얼마나 당황하겠어? 나는 군데르만을 알아, 그자의 술책을 안다고…… 그자는 정기적으로 주식을 팔 거요. 오늘 이만큼, 내일 저만큼, 점점 액수를 올려가면서 팔 거라고, 우리가 흔들릴 때까지……"

그녀가 심각한 목소리로 그의 말을 끊었다.

"군데르만이 만국 은행 주식을 가지고 있다면, 파는 게 옳아요."

"뭐라고! 파는 게 옳다고?"

"분명히 오빠가 말씀드렸잖아요. 2000프랑부터는 주가가 절대적으로 비정상이라고 말이에요."

그는 그녀를 바라보고는 정신 나간 사람처럼 화를 냈다.

"그렇다면 당신들도 파시오, 당장 가서 팔아보란 말이오. 그래, 나한테 대항하시오, 어차피 당신들도 내가 패배하기를 원하니까……"

그녀는 가볍게 얼굴을 붉혔는데, 왜냐하면 그 전날 오빠의 지시대로 자기 주식 가운데 1000주를 팔았기 때문이었다. 뒤늦게나마 정직성을 되찾기라도 한 듯 그녀는 이 매도로 마음이 좀 누그러졌다. 그러나 그가 직접적으로 묻지 않았기 때문에 그에게 고백하지는 않았다. 하지만 그가 이렇게 덧붙였던 만큼 그녀는 더욱더 난처했다.

"사실 어제 매도가 있었소, 확실해요. 시장에 한 더미의 증권이 나왔었지. 만약 내가 개입하지 않았더라면, 틀림없이 시세가 떨어졌을 거요…… 이런 타격을 입힌 건 군데르만이 아니오. 그자는 더욱 완만한 방법, 결국 더욱 치명적인 방법을 쓰지…… 아! 이봐요, 나는 확신이 있어요. 하지만 나도 두렵소. 내 목숨이야 어찌되든 상관없지만, 내 돈과 남의 돈을 지키는 건 정말 어려운 일이니까."

사실 그때부터 사카르는 자제력을 상실했다. 그는 자신의 힘으로 수백만 프랑을 번 승자였지만, 끊임없이 패배의 위협에 시달리고 있었다. 심지어 이제 산도르프 남작 부인을 만나기 위해 코마르탱가의 일층 집으로 갈 시간조차 없었다. 기실 그는 불꽃같은 눈 아래 감춰진 그녀의 차가움, 변태적인 시도조차 덥힐 수 없었던 그녀의 차가움에 지쳐갔다. 뒤이어 그가 델캉브르에게 주었던 수모를 이번에는 자신이 당했다. 어느 날 밤 하녀의 부주의로, 남작 부인이 사바타니의 품에 안겨 있을 때 그가 방으로 들어갔던 것이다. 뒤따른 설명의 홍수 속에서 그는 그녀의 솔직한 고백, 즉 단순한 호기심, 틀림없이 죄가 있지만 아주 강한 호기심 때문에 그렇게 했다는 고백을 듣고서야 진정되었다. 그녀에 따르면, 모든 여자들이 명품에 대해 말하듯 사바타니의 커다란 생식기에 대해 소곤거리곤 했었다. 그리고 그녀 또한 그것을 보고 싶어 안달이 났었다. 자신의 거친 질문에 그녀가 맙소사! 그것은 그다지 놀라운 크기가 아니었다고 대답했을 때 사카르는 용서하고 말았다. 그는 이제 일주일에 한 번밖에 그녀를 보지 않았는데, 그것은 앙심을 품어서가 아니라 단순히 그녀에게 지쳤기 때문이었다.

그러자 그가 멀어져가는 것을 느낀 산도르프 남작 부인은 다시 예전의 무지와 의심에 빠졌다. 사카르와 내밀한 시간을 보내며 그에게서 정보를 얻은 이래 그녀는 확실하게 투기했고, 많은 이득을 보았으며, 그의 행운을 공유해왔다. 이제, 그녀는 그가 더이상 대답을 해주지 않으려 한다는 것을 알게 되었고, 심지어 그가 거짓말을 하는 게 아닐까 두려웠다. 운수가 사나웠기 때문이든 그가 그녀를 잘못된 길로 인도하는 것을 즐겼기 때문이든, 어느 날 그의 조언을 따랐음에도 손해를 보는 일이 일어났다. 그에 대한 그녀의 신뢰가 흔들렸다. 그가 그녀로 하여금 길을 잃게 한다면, 이제 누가 그녀를 바른길로 인도해줄 것인가? 최악의 사실은 증권가에서 만국 은행에 대한 적의가 처음에는 아주 가벼웠지만 나날이 증폭되고 있다는 점이었다. 아직은 소문에 불과했다. 분명한 건 아무것도 없었고, 그 어떤 사실도 회사의 공고함에 상처를 내지 못했다. 다만 무엇인가 있음이 틀림없다는 소문, 과일에 벌레가 생겼다는 소문이 들렸다. 그렇지만 그런 소문이 더욱 뚜렷해지는 주가의 상승을 막지는 못했다.

이탈리아 증권 투자에서 손해를 보았기 때문에, 또다시 몹시 불안해진 남작 부인은 장트루에게서 무엇인가를 알아내기 위해 〈레스페랑스〉의 사무실로 갔다.

"이봐요, 무슨 일이 있어요? 당신은 무언가 알고 있잖아요, 틀림없이…… 만국 은행 주가가 조금 전에 또 20프랑 올랐지만, 소문이 돌고 있어요. 아무도 무슨 일인지 제게 말해주지 않는군요. 결국 좋지 않은 일이겠지만……"

그러나 장트루 또한 당혹스럽기는 마찬가지였다. 온갖 소문의 진원지에 앉아 필요에 따라 소문을 만들어내면서도, 그는 자신이 수백 개의 벽시계와 함께 살지만 결코 정확한 시간을 모르는 시계상과 같은 처지에 있다고 너스레를 떨었다. 광고 사무실 덕분에 온갖 비밀스러운 이야기를 알고 있을지라도, 그에게는 이제 유일하고 결정적인 의견이 없었다. 왜냐하면 그가 가진 정보들은 모두 서로 충돌하고 모순되었기 때문이다.

"저는 아무것도 모릅니다, 아무것도."

"오! 저한테는 말씀해주시지 않는군요."

"아닙니다, 정말 아무것도 몰라요, 맹세코! 오히려 제가 부인께 물어보려고 했어요! 사카르가 이제는 이야기를 해주지 않습니까?"

그녀는 몸짓으로 그렇다고 했다. 침울한 여자와 식어버린 남자는 서로에게 지쳐 더이상 대화를 하지 않았고, 관계는 끝이었다. 그녀의 아버지에게 발길질을 당하며 내쫓겼던 장트루는 정보가 많은 남자의 역할로 이 라드리쿠르 가문의 여자에게 보상을 받아야 하는데, 그러지 못하는 것이 몹시 아쉬웠다. 하지만 아직 자기 차례가 아니라고 느꼈다. 그는 곰곰이 생각하면서 계속 그녀를 바라보았다.

"그래요, 말이 안 되죠, 제가 부인에게 의지한다는 건…… 하지만 그렇지 않습니까? 무엇인가 재앙이 있다면, 제가 알고 있어야죠. 그래야 되돌릴 수 있을 테니까…… 오! 그렇다고 당장 무슨 일이 생기지는 않아요, 아직은 탄탄합니다. 다만 정상적이라고 보기 힘든 점들이 눈에 띄기는 하는 모양이던데……"

그녀를 바라보는 동안, 그의 머릿속에서 하나의 계획이 싹텄다.

"글쎄" 하고 그가 불쑥 말했다. "사카르가 부인을 버린 이상, 부인이 군데르만과 친해지는 것도 나쁘지 않을 것 같습니다."

그녀는 화들짝 놀랐다.

"군데르만, 왜요?…… 그 사람을 좀 알기는 해요. 드 루아빌가家와 켈레르가家에서 만난 적이 있죠."

"더 잘됐습니다, 그 사람을 아신다니…… 구실을 만들어서 그를 만나시고, 이야기를 나누시고, 친구로 지내세요…… 상상해봐요, 군데르만과 좋은 친구가 되어 세상을 지배하는 모습을!"

그는 외설스러운 이미지를 머릿속에 그리며 조소했다. 왜냐하면 그 유대인의 냉정함은 익히 알려져 있었고, 그를 유혹하는 것보다 더 어렵고 복잡한 일은 아무것도 없었기 때문이다. 남작 부인 또한 그런 사실을 알고 있었던 까닭에, 화를 내지 않은 채 말없이 미소를 지었다.

"그런데" 하고 그녀가 다시 물었다. "왜 군데르만이죠?"

그는 군데르만이 만국 은행에 맞서서 작전을 개시하는 하락세 투기꾼들의 우두머리임이 분명하다고 설명해주었다. 그는 그 사실을 알았고, 그에 대한 증거를 갖고 있었다. 사카르가 친절을 베풀지 않는 이상, 가장 신중한 해결책은 사카르와 관계를 단절하지 않으면서도 그의 적수와 잘 지내는 것이 아닐까요? 양다리를 걸치고 있어야 해요, 그래야 싸움이 끝난 후 안심하고 승자의 편에 설 수 있을 테니까…… 그는 그저 선량한 조언자로서 그녀에게 이런 배신을 권한다는 것이었다. 그리고 누구라도 여자가 그를 위해서 일해준다면, 정말이지 두 발 뻗고 잘 수 있으리라고 했다.

"어때요? 그렇게 해주시겠습니까? 이제부터 저랑 한편이 돼서, 우리가 알게 되는 모든 것을 서로에게 알려주기로 하죠."

그가 그녀의 손을 잡았을 때, 그녀는 유혹으로 생각하며 본능적으로 손을 뺐다.

"아녜요, 더이상 그런 짓은 생각하지 않습니다. 우린 이제 동료이니까요…… 나중에 고마워해야 할 사람은 바로 부인일 겁니다."

그녀는 웃으며 손을 내밀었고, 그가 거기에 입을 맞추었다. 그녀는 이미 그를 멸시하지 않았다. 그가 가난뱅이였다는 사실도 잊었고, 압생트가 망쳐놓은 아름다운 수염, 얼룩이 진 새 프록코트, 어디선가 더러운 계단에서 회반죽이 묻어 반짝이는 모자와 함께 초췌한 얼굴로 그가 방탕한 생활을 영위하고 있다는 사실도 잊었다.

이튿날, 산도르프 남작 부인은 군데르만의 저택으로 갔다. 만국 은행 주식시세가 2000프랑에 이른 이후, 군데르만은 최대한 신중을 기하면서, 심지어 증권거래소에 공식적인 대리인조차 두지 않은 채 그 시세를 하락시킬 작전을 개시했다. 그의 논리는 주식이란 먼저 발행가를 가지며, 뒤이어 회사의 번창과 성공에 따라 그것이 가져오리라 예상되는 이익을 덤으로 가져야 한다는 데 있었다. 그러므로 주식에는 늘 논리적으로 넘어서서는 안 될 최대 시세가 있는 법이었다. 주식이 투자자들의 광적인 열기 때문에 그 선을 넘어서는 즉시 상승은 부자연스러운 것이 되며, 따라서 그것을 분명하게 하락시키는 것이 현명한 조처였다. 논리에 대한 확신, 절대적 신뢰 속에서도 그는 사카르의 급속한 전진, 대번에 확대된 세력에 놀라움을 금치 못했는데, 기실 유대인의 거대 은행들은 그 전진과 세력에 대해 공포심을 느끼고 있었다. 군데르만으로서는 가능한 한 빨리 이 위험한 맞수를 쓰러뜨리지 않으면 안 되었다. 그것은 자도바 전투의 이튿날에 잃은 800만 프랑을 되찾기 위해서일 뿐만 아니라 이 끔찍한 협잡꾼, 양식에 반하는 저돌적인 시도로 기적처럼 성공을 거두고 있는 이 사기꾼과 함께 주식시장이라는 왕국을 공유하지 않기 위해서였다. 열정을 경멸하는 군데르만은 다시 한번 침착하고 집요하게 숫자를 따지는 수학적 투자자로서의 냉정함을 강조했다. 만국 은행 주가의 지속적인 상승에도 불구하고, 정기거래 결제 때마다 점점 더 불어나는 손해에도 불구하고 그는 계속해서 주식을 매도했는데, 이는 돈이 생기면 즉시 저축을 하는 현자로서의 안전 지향성을 스스로 거스르는 일이었다.

남작 부인이 직원들과 증권 브로커들이 혼잡하게 뒤엉켜 있고 서명해야 할 서류와 읽어야 할 지급 통신문이 쉴새없이 날아드는 홀 안으로 들어갔을 때, 지독한 감기에 걸려 목이 뽑힐 듯 기침을 하는 그 은행가가 눈에 들어왔다. 하지만 그는 아침 여섯시부터 그 자리에 있었으며, 피로에 지친 표정으로 기침을 하고 가래침을 뱉는 가운데서도 강건함을 과시했다. 그날은 외국으로의 대출이 이루어지기 전날이었기 때문에 거대한 홀이 용무가 급한 방문객들로 가득차 있었고, 아들 둘과 사위 하나가 신속하게 그들을 맞이했다. 홀 안쪽 창가에 놓인 군데르만의 작은 테이블 근처 맨바닥에서는 계집아이 둘과 사내아이 하나가 날카롭게 소리지르며 인형을 놓고 다투고 있었는데, 인형은 벌써 팔 하나와 다리 하나가 뽑힌 상태였다.

남작 부인이 지체 없이 핑계를 댔다.

"선생님, 성가시게 부탁드릴 일이 있어서 이렇게 찾아왔습니다. 자선복권 때문에……"

군데르만은 그녀의 말을 끊었다. 너무도 자비로운 그는 사교계에서 만난 부인들이 자선 복권을 들고 올 때마다 늘 두 장씩 사주곤 했다.

그러나 직원이 서류를 가져왔기 때문에, 그는 남작 부인에게 잠시 양해를 구했다. 엄청난 숫자가 빠르게 오갔다.

"5200만 프랑이라고 했소? 대출은 얼마였지?"

"6000만 프랑입니다, 은행장님."

"좋소! 7500만 프랑까지 올려주시오."

남작 부인에게로 되돌아오고 있을 때, 사위와 증권 브로커가 나누는 대화가 그를 깜짝 놀라게 했기에 그는 급히 그쪽으로 달려갔다.

"그게 아니지! 시세가 587프랑 50상팀이라면, 주당 10수가 빠지는 셈이잖소."

"오! 은행장님." 증권 브로커가 공손하게 말했다. "도합 43프랑밖에 안 빠지는데요!"

"뭐라고, 43프랑! 그건 너무 크잖소! 당신은 내가 돈을 훔쳐오기라도 하는 줄 아시오? 각자 자기 셈법이 있는 거지, 내가 아는 건 그뿐이오!"

이윽고 편하게 대화를 나누기 위해 그는 남작 부인을 식기 세트가 놓인 식당으로 데려가기로 결심했다. 그는 자선 복권이라는 핑계에 속지 않았는데, 왜냐하면 그에게 정보를 제공해주는 아첨꾼들 덕분에 그녀의 연애 관계를 잘 알고 있었기 때문이다. 그는 그녀가 심각한 이해관계 문제로 자기를 찾아온 것이라고 생각했다. 그래서 거리낌없이 말했다.

"자, 이제 제게 하고 싶은 말씀을 해보세요."

그녀는 놀라는 척했다. 그녀는 할말이 아무것도 없고, 단지 그의 선의에 감사드릴 뿐이라고 했다.

"그렇다면 심부름을 오신 게 아니라는 말씀입니까?"

그는 실망하는 눈치였다. 왜냐하면 사카르가 준 비밀 임무, 그 미치광이가 만들어낸 술책과 함께 그녀가 자기를 찾아온 것이라고 여겼기 때문이었다.

그와 함께 단둘이 있게 된 지금, 그녀는 남자들을 쓸데없이 흥분시키곤 했던 그 거짓된 뜨거운 눈초리로 그를 바라보며 미소 지었다.

"아니, 아녜요, 선생님께 드릴 말씀은 아무것도 없습니다. 그보다는 이토록 선량하시니 문득 부탁을 드리고 싶은 것이 생겼습니다."

그녀는 그를 향해 몸을 숙였고, 장갑을 낀 그녀의 가냘픈 손이 그의 무릎을 스쳤다. 그녀는 자기 사정을 털어놓았다. 자기의 성격도 자기의 물질적 곁핍도 이해하지 못하는 외국인과의 결혼이 유감스럽기 그지없다고 말했고, 가문의 체면을 유지하기 위해 얼마나 투기에 매달려야 했었는지를 설명했다. 마침내 그녀는 자칫 발을 헛디디면 혹독한 대가를 치러야 하는 이 끔찍한 증권가에서 자신이 얼마나 외로운지, 얼마나 충고와 지도를 필요로 하는지 이야기했다.

"그렇지만" 하고 그가 말을 끊었다. "부인 옆에는 누군가 있지 않습니까?"

"오! 누군가!" 그녀는 몹시 경멸에 찬 몸짓을 하며 나직이 말했다. "아녜요, 아녜요, 아무도 없어요, 제겐 아무도 없어요…… 제 곁에 있어줬으면 하는 사람은 바로 당신입니다, 주인이요 신인 당신 말입니다. 제 친구가 되어주시는 게 크게 어려운 일도 아니잖아요, 가끔씩 한마디, 단 한마디만 해주시면 돼요. 저를 행복하게 해주신다면, 저도 선생님께 감사를 표할게요. 오! 그래요, 저의 심신을 다 바쳐서!"

그녀는 더욱 가까이 다가갔고, 따스한 숨결로, 자신에게서 나오는 섬세하고 강한 냄새로 그의 얼굴을 감쌌다. 그러나 그는 여전히 냉정했고, 억제해야 할 욕망도 없이, 죽어버린 육체와 함께 흠칫 뒤로 물러나지도 않았다. 그녀가 말하는 동안, 위가 상해서 유제품으로 살아가는 그는 식탁 위의 과일 그릇에서 포도알을 하나씩 집어 기계적으로 먹었다. 그것은 가끔 관능이 깨어날 때, 다음 며칠 동안 속 쓰릴 각오를 하고서 그가 취하는 유일한 방탕이었다.

유혹에 넘어가지 않는 남자로서 그가 얼굴에 비웃음을 담고 있는 동안, 남작 부인은 자신의 간청에 몰입해서 만사를 잊은 듯 뱀처럼 유연하고 탐욕스러운 손가락을 지닌 작은 손을 그의 무릎 위에 놓았다. 미소와 함께 그는 쓸모없는 선물을 거절할 때처럼 고갯짓으로 감사를 표하며 그녀의 손을 잡아 자기 무릎에서 떼어놓았다. 그리고 지체 없이, 단도직입적으로 말했다.

"이봐요, 당신은 정말 친절하시군요. 저도 당신에게 친절을 베풀어 드리고 싶습니다…… 아름다운 친구, 당신이 저한테 유익한 조언을 해주는 날, 저도 당신에게 유익한 조언을 해드리겠습니다. 그들이 무엇을 하는지 저한테 말씀해주세요, 그러면 저도 제가 무엇을 하는지 이야기해드리겠습니다…… 자, 이제 거래가 성사되었습니다, 안 그래요?"

그가 자리에서 일어났고, 그녀는 그와 함께 거대한 이웃 홀로 돌아가지 않으면 안 되었다. 그가 제안하는 거래가 무엇인지 그녀는 완벽하게 이해했다. 그것은 염탐이요, 배신이었다. 그러나 그녀는 대답하지 않았고, 자선 복권에 대해 다시 이야기하는 체했다. 빈정거리는 투의 고갯짓으로 그는 도움에 집착하지 않으며, 당장은 아니지만 머잖아 논리적인 결말, 숙명적인 결말이 내려지리라고 말하는 듯했다. 이윽고 그녀가 떠났을 때, 그는 벌써 다른 일에 사로잡혀 있었다. 홀은 자본거래, 증권거래소 사람들의 끊임없는 왕래, 직원들의 질주, 마침내 승리의 함성과 함께 인형의 머리를 뽑아든 손자들의 놀이로 떠들썩했다. 그러나 작은 테이블 앞에 앉은 군데르만은 갑작스럽게 떠오른 생각을 검토하느라 더이상 아무것도 귀에 들리지 않았다.

산도르프 남작 부인은 진행 상황을 알리기 위해 두 번씩이나 〈레스페랑스〉의 사무실에 들렀지만 장트루를 만나지 못했다. 어느 날 드주아가 그녀를 안으로 안내했을 때, 복도의 장의자에서 그의 딸 나탈리가 조르당 부인과 이야기를 나누고 있었다. 그 전날부터 비가 억수같이 내리고 있었다. 이처럼 축축한 잿빛 날씨로 인해 그렇잖아도 어두침침한 안마당의 정화조에서 낡은 건물의 중이층까지 분위기가 음울하기 그지없었다. 흙탕물에 젖은 흐릿한 빛 속에서 가스등이 타올랐다. 뷔슈에게 분할 지불금을 주기 위해 조르당을 기다리던 마르셀이 슬픈 표정으로 나탈리의 말을 듣고 있었다. 나탈리는 지나치게 조숙한 파리 아가씨 특유의 날카로운 제스처와 함께, 메마른 목소리로 마치 건방진 수다쟁이처럼 또박또박 이야기했다.

"아시겠죠, 부인, 아빠는 주식을 팔지 않을 거예요…… 아빠한테 공포감을 불러일으키면서 팔라고 부추기는 사람이 있어요. 그 사람 이름은 말씀드리지 않겠습니다. 그 사람은 다른 사람들에게 겁을 주는 역할을 맡은 것이 틀림없어요…… 이제 아빠가 주식을 팔지 못하게 막는 것은 바로 저랍니다. 팔다니 천만의 말씀이죠, 주가가 계속 올라가는데! 이럴 때는 우직하게 가만히 있는 게 상책이죠, 안 그래요?"

"그럼요!" 마르셀이 간단히 대답했다.

"아시다시피 시세가 2500프랑에 이르렀잖아요." 나탈리가 말을 이어갔다. "아빠가 글을 쓰실 줄 모르기 때문에 계좌를 제가 가지고 있죠…… 우리가 8주를 가지고 있으니까 당장 2만 프랑까지 받을 수 있어요. 대단하죠!…… 안 그래요? 아빠는 1만 8000프랑에서 팔려고 했죠. 그게 아빠의 셈이었어요. 그러니까 제 지참금으로 6000프랑, 매달 600프랑짜리 소액 연금을 간절하게 원하시니까 아빠 몫으로 1만 2000프랑…… 하지만 그게 잘하는 짓이었을까요, 네? 그때 팔지 않은 덕분에 다시 2000프랑이 더 붙었거든요! 이제 우리는 더 벌고 싶어요. 적어도 연금 1000프랑은 돼야죠. 그렇게 될 거예요. 사카르 씨가 그렇게 말씀하셨으니까…… 정말 좋은 분이죠, 사카르 씨는!"

마르셀은 미소를 짓지 않을 수 없었다.

"그렇다면 아가씨는 결혼하지 않을 거예요?"

"해야죠, 해야죠, 상승세가 멈출 때…… 우리는 마음이 급했어요, 특히 장사 때문에 테오도르의 아버님이 서두르셨죠. 하지만 그렇잖아요? 돈이 흘러나오는데, 샘을 막아버릴 수는 없는 노릇이죠. 오! 테오도르도 이해해요. 아빠에게 연금이 더 많이 생기면, 언젠가 우리에게 돌아올 유산도 더 많아지니까요. 그럼요! 이것저것 다 고려해야죠…… 그래서 우리는 기다리고 있어요. 벌써 여러 달 전에 6000프랑을 확보했으니까, 결혼하려면 언제든지 할 수 있죠. 하지만 그 돈이 새끼를 치게 둬야죠…… 혹시 주식에 대한 기사를 읽어보셨나요?"

나탈리는 대답을 기다리지 않았다.

"저는 읽고 있어요. 저녁에 아빠가 신문을 가지고 오시거든요……

아빠는 벌써 읽으셨지만, 제가 다시 한번 읽어드려야 해요…… 아무리 읽어도 싫증이 나지 않죠. 신문이 예상하는 모든 것, 그건 정말 멋지거든요. 잠자리에 누우면 머릿속이 온통 주식 생각으로 가득차요, 그러고는 밤새 주식 꿈을 꾸죠. 아빠도 꿈속에서 아주 좋은 징조를 보셨대요. 그제 밤에는 아빠와 제가 똑같은 꿈을 꾸었죠, 길에서 100수짜리 동전을 엄청나게 많이 주웠어요. 정말 재미있는 꿈이잖아요."

다시 그녀는 말을 멈추고 마르셀에게 물었다.

"부인은 주식을 얼마나 가지고 계시죠?"

"우린 하나도 없는걸요!" 마르셀이 대답했다.

흐릿한 색조의 머리타래가 비낀 나탈리의 금발머리 얼굴이 더할 수 없는 연민으로 가득찼다. 아! 주식을 가지고 있지 않다니, 불쌍하기도 해라! 그때 그녀의 아버지가 바티뇰로 가면서 교정쇄 꾸러미 하나를 편집인에게 전해주라고 불렀기 때문에, 그녀는 자부심에 찬 자본가의 표정으로 달려갔다. 요즈음 그녀는 증권 시세를 좀더 빨리 알기 위해 이처럼 거의 매일 신문사에 들르곤 했다.

장의자에 혼자 남은 마르셀, 평소에는 그토록 명랑하고 그토록 용감하던 마르셀이 우울한 생각에 잠겼다. 맙소사! 날씨가 왜 이렇게 어둡고 스산한 거야! 불쌍한 남편이 억수처럼 퍼붓는 비 속에서 거리를 헤매고 있는데! 남편은 돈을 너무나 경멸했고, 돈에 신경써야 한다는 생각만으로도 너무나 괴로워했다. 심지어 채무자한테 돈을 달라고 하는 일도 죽기보다 힘들어하는 사람이니까! 아무 소리도 듣지 못한 채 생각에 잠긴 그녀는 아침에 잠에서 깬 뒤 자신이 보낸 한나절을 씁쓸하게 반추했다. 그러는 동안 주변에서 신문사 사람들이 부산하게 일을 했는데, 문이 여닫히는 소리와 벨이 울리는 소리가 끊이지 않는 가운데 편집인들이 빠르게 걸어갔고, 원고를 든 기자들이 바삐 오고갔다.

아침 아홉시, 기사를 써야 할 사건 때문에 조르당이 현장 조사를 하러 떠나자마자, 아직 캐미솔 차림으로 세수도 하지 않은 마르셀은 집달리인지 불량배인지 도무지 알 수 없는 두 남자를 데리고 자기 집으로 오는 뷔슈를 보고 대경실색했었다. 여자 혼자 집에 있는 상황을 이용하고 싶었던 게 분명한 그 가증스러운 뷔슈는 당장에 돈을 주지 않으면 모든 것을 압류하겠다고 협박했다. 그녀가 법적인 절차를 아무것도 몰랐기 때문에, 말다툼을 해봐야 소용없었다. 그는 판결의 의미를 설명했고, 계고장을 붙여야 한다고 주장했다. 그가 너무도 집요하게 주장하는 바람에 그녀는 반쯤 넋이 나갔지만, 마침내 사태가 얼마나 심각한지 깨달았다. 그러나 그녀는 굴복하지 않았고, 남편이 집에서 점심식사를 하지 않는다고, 남편이 돌아오기 전에는 아무것에도 손대지 못하게 할 것이라고 단언했다. 그러자 불량스러운 세 남자와 반쯤 옷을 벗은 채 어깨 위로 머리가 흘러내린 이 젊은 여자 사이에 더없이 괴로운 싸움이 시작되었다. 남자들은 벌써 재산목록을 작성하려 했고, 여자는 장롱 앞으로 달려가 문을 닫으며 거기서 아무것도 꺼내지 못하게 했다. 그녀가 그토록 큰 자부심을 가진 작은 거처, 그녀가 윤이 나게 닦았던 네 가구, 그녀가 직접 못을 박아 고정한 터키산 무명 벽걸이 천이 아니었던가! 그녀가 전사처럼 용감하게 소리쳤기 때문에, 장롱 문을 열기 위해서는 그녀의 몸을 밟고 지나가야 할 판이었다. 그녀는 주저 없이 뷔슈를 불한당으로, 도둑으로 취급했다. 그럼, 도둑이고말고! 300프랑짜리 채권, 그것도 넝마며 고철과 함께 무더기로 100수에 사들인 채권으로, 비용

말고도 730프랑 15상팀을 내라니 후안무치한 도둑이 아니고 뭘까! 이미 400프랑을 나누어 지불했는데, 300프랑이 넘는 돈을 더 도둑질하기 위해 가구를 가져간다고 하지 않는가! 이 사람은 우리가 선량하다는 것, 우리에게 돈이 있었더라면 금세 갚았으리라는 것을 너무도 잘 알고 있어. 그리고 이 사람은 여자가 집에 혼자 있다는 것, 법적 절차를 잘 몰라 대응할 수 없다는 것을 이용해서 여자를 두렵게 하고 눈물을 흘리게 만들고 있어. 그러니 불한당이지! 도둑이지! 도둑이야! 그러자 격분한 뷔슈가 그녀보다 더 크게 소리를 질렀고, 자기 가슴을 탕탕 쳤다. 뭐라고? 정직하지 못하다고? 채권값을 제대로 치르지 않았다고? 그는 법적인 절차를 모두 밟았고, 이제 모든 것을 끝내야 한다고 했다. 더러운 행색을 한 두 남자 가운데 하나가 내의를 찾아 서랍장 문을 열었을 때, 그녀는 건물과 거리의 사람들을 모두 불러모으겠다고 위협하며 너무도 사나운 태도를 취했다. 그러자 유대인이 목소리를 낮추었다. 삼십분가량 나직이 이야기를 나눈 후에, 마침내 그가 이튿날까지 기다리는 데 동의했다. 만약 이튿날에도 그녀가 약속을 지키지 않는다면, 모든 것을 가져갈 것이라고 그는 화를 내며 단언했다. 오! 이 얼마나 부끄러운 일인가, 그토록 행복한 방에 악취를 풍기고 침대까지 파헤치며 애정과 정숙에 상처를 주다니! 그들이 떠난 후에 그녀는 창문을 활짝 열고 방을 환기시켰다.

그러나 그날 또다른 슬픔, 훨씬 더 깊은 슬픔이 마르셀을 기다리고 있었다. 잔금을 빌리기 위해 그녀는 당장 부모님 댁으로 달려갈 생각을 했다. 그렇게 하면 저녁에 남편이 돌아왔을 때, 그를 절망에 빠뜨리지 않고 아침의 싸움 이야기를 하면서 웃을 수 있으리라. 벌써 그녀는 남편에게 치열한 전투, 부부를 향한 맹렬한 기습 공격, 그 공격을 막아낸 영웅적인 방식 등을 이야기하는 자기의 모습을 머릿속에 그렸다. 르장드르가의 작은 저택으로 들어섰을 때, 그녀의 가슴은 마구 뛰었다. 이 부유한 집에서 자란 그녀였지만, 이제는 낯선 사람들을 만나게 되리라는 예감이 들었다. 그만큼 집의 분위기가 달라졌고, 차가워진 듯했다. 부모가 식탁에 앉아 있었기에, 그녀는 설득이 더 수월하리라 믿으며 동석을 받아들였다. 식사를 하는 동안, 화제는 그 전날 20프랑이 오른 만국 은행 주가의 상승에 머물렀다. 그녀는 어머니가 아버지보다 더 열정적이고 더 민감한 것을 보고 몹시 놀랐다. 애초에 어머니는 투기라는 말만 들어도 질겁했었는데 말이다. 이제 어머니는 정복당한 여자의 격정과 함께 오히려 아버지가 소심하게 군다고 야단을 쳤고, 요행이라는 희망에 간절히 매달렸다. 전식이 나온 이후 어머니는 2520프랑이라는 뜻밖의 시세에 부부 소유의 75주를 팔자고 한 아버지의 제안에 대해 줄곧 화를 냈다. 사실 이 시세는 부부에게 18만 9000프랑을 안겨줄 것이었고, 이는 매수 가격에 비추어 10만 프랑 이상의 엄청난 이익이 났음을 의미하는 것이었다. 팔다니! 〈라 코트 피낭시에르〉지가 3000프랑까지 올라갈 거라고 예언하고 있거늘! 정신이 나간 거 아냐? 〈라 코트 피낭시에르〉야말로 오랜 정직성으로 유명한 신문이고, 남편조차 이 신문과 함께라면 두 발 뻗고 잘 수 있다고 곧잘 말하지 않았던가! 아! 안 되고말고, 절대로 주식을 팔도록 내버려둘 수 없어! 오히려 집이라도 팔아야지, 주식을 더 사기 위해서라면! 뜨거운 열기 속에서 오가는 이 거액의 숫자를 들으며 말문을 닫은 마르셀은 투기에 의해 점령당한 이 집에서 500프랑을 빌려달라는 이야기를 어떻게 꺼내야 할지 고민했다.

이 집은 점점 더 금융 신문의 물결에 휩쓸렸고, 그 광고가 불러일으키는 꿈에 도취되어 허우적거리고 있었다. 후식이 나오자, 드디어 그녀가 용기를 내어 말했다. 500프랑이 필요하며, 돈을 갚지 못할 때엔 모든 걸 압류당하리라. 부모가 자식을 이런 재앙에서 꺼내주지 않는다면, 자식들은 어떻게 될까. 아버지는 금세 고개를 떨어뜨리며 아내를 향해 곤혹스러운 시선을 던졌다. 그러나 어머니는 단호한 목소리로 거절했다. 500프랑이라니! 도대체 그 돈을 어디서 찾아내라는 거야? 그들의 자산은 모두 주식에 들어가 있었다. 게다가 어머니의 상투적인 독설이 다시 시작되었다. 굶어 죽어가는 가난뱅이, 글을 쓰는 남자와 결혼했을 땐 그 결과를 달게 받아들이고 가족들에게 부담을 주지 않아야지. 안 돼! 돈을 경멸하는 체하며 남의 돈으로 먹고살 것만을 꿈꾸는 게으름뱅이들한테는 단 한 푼도 줄 수 없어. 어머니는 딸이 떠나도록 내버려두었고, 딸은 한때 그토록 합리적이고 그토록 선량했던 어머니가 완전히 다른 사람이 된 것을 보고 절망 속에서 찢어질 듯 아픈 가슴을 안고 집을 나섰다.

거리에서, 마르셀은 혹시 땅바닥에서 돈을 주울 수 있지 않을까 살피며 무의식적으로 발걸음을 옮겼다. 뒤이어 외숙부 샤브에게 도움을 청할 생각이 떠올랐다. 외숙부를 놓치지 않기 위해 증권거래소 개장 시간 이전에 그녀는 놀레가의 소박한 일층 방으로 갔다. 소녀들이 소곤거리고 웃는 소리가 들렸다. 그렇지만 열린 문틈으로 그녀는 대위가 파이프를 피우며 혼자 있는 것을 보았다. 그는 미안하다고 했고, 단돈 100프랑도 없이 더러운 돼지처럼 보잘것없는 증권 소득으로 연명한다면서 스스로를 증오했다. 이어서 모장드르 부부가 500프랑을 거절했다는 사실을 알고서, 그는 그 교활한 악당들에게 다시 불같이 화를 냈다. 모장드르 부부가 주식 4주의 상승으로 미쳐버린 뒤로, 그는 더이상 그들을 만나지 않았었다. 언젠가 누이에게 주식을 매도하라고 정겹게 조언했을 때, 누이는 오빠의 신중한 투자를 조롱하며 그를 수전노 취급하지 않았던가? 누이가 망한다 해도, 정말 눈 하나 깜짝 안 할 거야!

다시 거리에서, 마르셀은 어쩔 수 없이 텅 빈 손으로 신문사로 가서 아침에 일어났던 일을 남편에게 알리지 않으면 안 되었다. 이번에는 무슨 일이 있어도 뷔슈에게 돈을 주어야만 했다. 조르당의 책은 아직 그 어떤 출판사에서도 받아들여지지 않았다. 마르셀의 이야기를 들은 조르당은 어느 집 문을 두드려야 할지도 모르는 채, 비가 퍼부어 흙탕물에 젖은 파리를 관통하며 친구의 집으로, 기사를 기고한 신문사로, 닥치는 대로 돈을 찾으러 다녔다. 그가 집으로 돌아가 있으라고 간청했음에도, 그녀는 너무도 불안해서 이 장의자를 떠나지 못한 채 마냥 그를 기다리고 있었다.

딸이 떠난 후, 드주아는 마르셀이 혼자 있는 것을 보고 신문을 갖다주었다.

"기다리느라 심심하실 텐데 신문이라도 읽으시죠."

그러나 그녀는 몸짓으로 괜찮다고 했다. 사카르가 도착했을 때, 그녀는 별일 없는 척하며 남편에게 귀찮은 심부름을 부탁했노라고 쾌활하게 말했다. 이 꼬마 부부—사카르는 두 사람을 그렇게 불렀다—에게 애정을 가지고 있었던 사카르는 그녀에게 자기 방으로 와서 편하게 기다리라고 강권했다. 그녀는 사양했고, 그냥 그 자리에 머물렀다. 그때 장트루의 사무실에서 나오는 산도르프 남작 부인과 마주친 사카르는 몹시 놀라면서 마르셀에게 강권하기를 멈추었다. 그들은 이목을 끌지 않기 위해, 간단히 인사를 나누는 사이처럼 서로 상냥하게 미소 지었다.

장트루는 방금 막 남작 부인에게 더이상 조언을 해줄 수 없다고 말한 참이었다. 하락세 투자자*들의 점증하는 노력에도 불구하고 만국 은행이 끄떡도 하지 않는다는 사실 앞에서 그의 당혹감은 증폭되고 있었다. 틀림없이 군데르만이 승리하겠지만, 사카르도 오래 버틸 듯했으므로 여전히 그와 함께해도 큰 이익을 볼 것 같았다. 그는 때를 기다리라고, 군데르만과 사카르 둘 모두를 관리하라고 그녀를 설득했다. 언제나 친구로 행동하면서 한 사람의 비밀을 알아내고, 그것을 그녀 자신을 위해 이용하거나 이해관계에 따라 다른 한 사람에게 그것을 파는 것이 최선이었다. 그는 이런 밀약을 어두운 공모가 아니라 마치 흥겨운 농담처럼 제안했고, 그녀 또한 웃으며 그와 함께 일할 것을 약속했다.

"그 여자가 당신 사무실을 뻔질나게 드나드는군, 드디어 당신 차례인가?" 장트루의 사무실로 들어서면서 사카르가 다짜고짜 말했다.

장트루는 깜짝 놀라는 척했다.

"누구 말이죠?…… 아! 남작 부인!…… 은행장님도 참, 부인은 은행장님을 좋아하는걸요. 좀전에 부인이 제게 그렇게 말씀하셨습니다."

잘 속지 않는 사람 특유의 몸짓으로, 늙은 협잡꾼은 장트루의 말을 잘랐다. 그리고 그는 저열한 방탕으로 초췌해진 장트루의 얼굴을 바라보면서, 사바타니의 생식기가 어떻게 생겼는지 궁금해서 잠자리를 함

* '하락세 투자자'란 주가가 하락할 것을 예상하고 공매도와 매수를 겸하는 사람을 가리키고, '상승세 투자자'란 주가가 상승할 것을 예상하고 매수에 나서는 사람을 가리킨다.

께한 여자라면 단순히 이 폐인의 악덕을 맛보기를 원할 수도 있으리라 생각했다.

"시치미 떼지 마시게, 이 사람아. 주식 투자에 뛰어든 여자는 주문을 전달해주는 잔심부름꾼의 손에도 놀아날 수 있는 법이라네."

장트루는 몹시 언짢았지만, 웃음을 터뜨리는 데 그쳤다. 그는 부인이 광고 문제 때문에 자기 사무실을 찾아왔을 뿐이라고 줄기차게 설명했다.

사카르는 어깨를 으쓱하며 여자 문제에는 관심이 없으므로 이 일은 이미 잊었다고 했다. 선 채로 왔다갔다하다가 창문 앞에 멈춰 서서 끝없이 내리는 비를 바라보던 사카르는 불현듯 날카로운 기쁨을 느꼈다. 그래, 만국 은행 주가가 어제도 20프랑 올랐단 말이야! 그런데 왜 이상하게도 매도의 열기가 달아오르는 걸까? 만약 주식이 무더기로 시장에 나오지 않았더라면, 어제만 해도 주가가 30프랑 더 올랐을 텐데…… 그가 모르고 있었던 것, 그것은 카롤린 부인이 비상식적인 주가 상승에 잠시 주저하다가 끝내 오빠의 지시에 따라 다시 1000주를 팔았다는 사실이었다. 물론 사카르는 성공의 증폭에 불만이 있을 수 없었다. 하지만 그날은 내심 은근한 공포와 분노가 느껴져 몸을 떨었다. 그는 더러운 유대인들이 자신의 패배를 전망했고, 군데르만이라는 불한당이 자기를 파산시키려는 하락세 투자자 신디케이트의 우두머리가 되었다고 소리쳤다. 증권가 사람들의 이야기에 따르면, 신디케이트가 3000만 프랑을 동원해서 하락을 유발하고 있었다. 아! 사악한 강도들 같으니라고! 하지만 그가 그처럼 소리 높여 말할 수 없었던 것, 그것은 나날이 뚜렷해져가는 또다른 소문, 즉 만국 은행이 공고하지 않다는 소문이었다. 머잖아 어려움이 닥치리라는 징후가 그런 소문을 만들었지만, 그래도 아직 일반 투자자들의 맹목적 신뢰가 전혀 흔들리지 않는 것은 분명한 사실이었다.

바로 그때 문이 열리더니 위레가 애써 순박한 표정을 지으며 들어왔다.

"아! 배반자 유다가 납시었군!" 사카르가 말했다.

루공이 결정적으로 자기 동생을 버리리라는 것을 알고서 위레는 다시 장관과 화해했다. 왜냐하면 그는 사카르가 루공을 적으로 삼을 때 돌이킬 수 없는 재앙이 닥치리라는 것을 확신하고 있었기 때문이다. 용서를 구하기 위해 그는 장관의 하인이 되기를 자청했고, 다시 장관의 심부름을 해주면서 온갖 모욕과 발길질을 감내했다.

"유다." 농부처럼 두툼한 그의 얼굴에 가끔 비끼는 가냘픈 미소와 함께 그가 되풀이했다. "하지만 자신이 배반한 주인에게 사심 없는 의견을 전해주려는 용감한 유다라오."

그러나 그의 말을 듣고 싶지 않다는 듯, 사카르는 자신의 승리를 과시하기 위해 소리쳤다.

"알고 있소? 어제는 2520프랑, 오늘은 2525프랑이란 말이오."

"알고 있소. 그래서 좀전에 주식을 팔았지요."

농담 아래 감추었던 사카르의 분노가 대번에 폭발했다.

"뭐라고, 주식을 팔았다고?…… 그랬군! 완벽해! 루공을 위해서 나를 버리더니, 이제 군데르만과 한패가 되었어!"

의원은 깜짝 놀라며 그를 바라보았다.

"군데르만과 한패라니, 왜죠?…… 나는 내 이익과 한패요, 오! 간단해요! 알다시피 나는 무모한 행동을 하지 않아요. 그렇소, 나는 간이 크지 않아요. 짭짤한 이익이 생기면, 그것으로 충분하죠. 내가 결코 손해를 보지 않는 것은 바로 이런 절제 때문이오."

과욕을 부리지 않으며 수확물을 곳간에 넣어두는 노르망디 사람, 신중하고 빈틈없는 노르망디 사람으로서 그가 다시 미소 지었다.

"이런 자가 회사의 이사라니!" 사카르가 격정적으로 말을 이었다. "이러니 도대체 누가 회사를 신뢰하겠소? 시세가 한창 올라갈 때 이사가 주식을 파는 걸 보고 도대체 사람들이 어떻게 생각하겠소? 아무렴! 우리 회사의 번창이 꾸며낸 것이고 파산할 날이 가깝다고 입방아를 찧어도 전혀 놀랍지 않아…… 사람들이 말하겠지. '이사들이 매각하잖소, 그러니 우리도 매각합시다.' 이거야말로 공황 상태가 아니고 뭐겠어!"

위레는 말없이 모호한 동작을 취했다. 사실 그의 매도는 이미 이루어졌고, 그는 내심 사카르를 비웃고 있었다. 지금 그의 관심사는 루공이 자기에게 맡긴 임무를 가능한 한 깔끔하게, 괴로움 없이 해치우는 것뿐이었다.

"내가 당신에게 사심 없는 의견을 전해주러 왔다고 말했지요…… 내 의견은 이렇소. 현명하게 행동하시오. 지금 당신의 형은 격분한 상태요. 당신이 패배할 때, 그는 당신을 깨끗이 버릴 거요."

사카르는 화를 억누르며 감정을 표현하지 않았다.

"형이 나한테 그렇게 말하라고 당신을 보냈소?"

잠시 망설인 끝에, 의원은 모든 것을 털어놓는 게 낫다고 판단했다.

"그래요! 당신의 형이오. 오! 〈레스페랑스〉의 공격이 그의 분노와 뭔가 관계가 있다고 생각하지는 말아요. 그는 자존심의 상처에 개의치 않소…… 확실해요! 하지만 당신의 신문이 이끄는 가톨릭 캠페인이 얼마나 그의 정책을 방해하는지 생각해보시오. 그 불행한 로마 분규 사태 이후로 그는 성직자 전체와 등졌고, 최근에는 어쩔 수 없이 주교 한 사람을 권력 남용으로 단죄했소…… 그리고 당신은 그가 1월 19일 개혁안으로 태동한 자유주의적 변화에 휩쓸리지 않으려고 악착같이 싸우고 있을 때, 바로 그때 그를 공격했소. 사람들이 말하기를, 그가 개혁안을 수용한 것은 그것만이 개혁안을 슬기롭게 둔화시키는 유일한 방책이라고 생각했기 때문이라고 해요. 어쨌거나 당신은 그의 동생이잖소. 형이 과연 당신에게 만족하리라고 생각하는 거요?"

"형이 비열한 짓을 하고 있는 건 사실이잖소." 사카르가 빈정거리는 투로 말했다. "그 가련한 형은 간절하게 장관 자리를 유지하고 싶어서 어제 자신이 반대했던 원리, 오늘 나를 공격하는 원리에 입각해서 통치하고 있어요. 왜냐하면 형은 배신당한 데 대해 분노하는 우파와 권력에 굶주린 제3의 정당 사이에서 어떻게 균형을 잡아야 할지 모르기 때문이지. 어제 형은 단골 메뉴인 '결코!'라는 말을 내뱉었소. 프랑스가 결코 이탈리아로 하여금 교황 소유의 로마를 차지하게 내버려두지 않을 거라고 선언했단 말이오. 그러다가 오늘은 자유주의자들이 두려워 그들에게 담보물을 주고자 하지. 바로 내 목을 잘라서 그들을 즐겁게 할 생각을 하고 있단 말이오…… 얼마 전에는 의회에서 에밀 올리비에가 형을 격렬하게 비난했다더군……"

"오!" 위레가 그의 말을 끊었다. "그는 변함없이 튈르리궁의 신망을 얻고 있어요. 황제가 그에게 다이아몬드 훈장을 하사했소."

그러나 정력적인 몸짓으로, 사카르는 자기가 남의 말에 잘 속는 사람이 아니라고 말했다.

"만국 은행은 이제 진짜 강력해요, 안 그렇소? 이 가톨릭 은행은 옛날에 가톨릭이 신앙으로 세계를 정복했듯, 바야흐로 돈으로 세계를 정복하려 하고 있소. 이런 사태를 그들이 참을 수 있겠소? 등골에 식은 땀을 흘리고 있는 모든 자유사상가들, 모든 프리메이슨 단원들 말이오…… 그들은 군데르만과 함께 차관借款을 돈벌이에 이용할 궁리만 해요. 그런 정부는 결국 유대인들에게 먹히고 말 거요…… 그런데 어리석은 형은 권력을 여섯 달 더 연장하겠다고 나를 더러운 유대인들, 자유주의자들, 온갖 불량배들에게 먹이로 던져주려 하고 있어. 나를 아귀아귀 먹는 동안만이라도 그 불량배들이 좀 조용해지리라는 희망으로…… 자! 어서 돌아가서 내가 형을 전혀 개의치 않는다고 전하시오."

사카르는 작은 키를 일으켜세웠고, 마침내 전투를 알리는 나팔 소리처럼 분노와 냉소를 터뜨렸다.

"잘 들어요, 나는 형을 전혀 개의치 않소! 그것이 내 대답이고, 형이 그것을 알아두길 바라오."

위레가 어깨를 으쓱했다. 거래에서 화를 내는 것, 그것은 그의 행동 방식이 아니었다. 결국 그는 심부름꾼일 뿐이었다.

"그래요, 알았소! 그렇게 전하지요. 그러다가 파멸을 맞이할 수도 있을 텐데…… 어쨌든 당신 일이니까 알아서 하시오."

잠시 침묵이 흘렀다. 교정쇄를 보는 데 몰두하는 척 입을 굳게 다물고 있었던 장트루가 사카르에게 찬사를 표하기 위해 고개를 들었다. 날강도라 해도 열정만큼은 정말 아름다워! 이런 천재적인 불한당들은 성공에 도취되어 있을 때, 가끔 몰상식할 정도로 당당하단 말이야. 지금

이 순간, 장트루는 사카르의 위세에 감탄하며 그를 지지했다.

"아! 잊고 있었군." 위레가 다시 말했다. "검찰총장 델캉브르가 당신을 증오하고 있다던데…… 아직 모르고 있지요? 오늘 아침에 황제가 델캉브르를 법무부 장관으로 임명했소."

갑자기 사카르가 동작을 멈추었다. 얼굴이 어두워진 채, 이윽고 그가 입을 열었다.

"다시 한번 더러운 거래가 이루어졌어! 아! 모두가 그렇게 장관이 되는군…… 그래서 그게 나와 무슨 상관이 있소?"

"허, 참!" 위레가 순박한 태도를 과장하며 다시 말했다. "누구에게나 닥칠 수 있듯 당신에게 불행이 닥치면, 형은 당신이 델캉브르에게서 당신을 지켜달라고 매달리는 걸 원치 않아요."

"이런 염병할!" 사카르가 고함을 질렀다. "분명히 말하건대 나는 그 어떤 협잡꾼에게도 신경쓰지 않소, 루공에게도, 델캉브르에게도, 당신에게도!"

다행히 바로 그 순간 데그르몽이 들어왔다. 평소 그가 신문사에 들르는 법이 없었기에, 모두가 놀라워하며 격정적인 말을 중단했다. 아주 정중하게 그는 사교계 인사 특유의 과장된 상냥함으로 미소 지으며 악수를 나누었다. 그의 부인이 야회를 열어 노래를 할 예정이었다. 그래서 그는 장트루를 초대하고, 그로 하여금 호의적인 기사를 쓰도록 개인적으로 부탁하러 온 것이었다. 그런데 사카르가 있어서 그는 흡족한 듯했다.

"안녕하시오, 은행장님."

"글쎄, 당신도 주식을 팔았소?" 대답도 없이 사카르가 물었다.

팔다니! 아니, 아직! 그는 흔들림 없는 태도로 웃음을 터뜨렸다.

"지금 우리가 처한 상황에서는 절대로 팔아서는 안 돼요!" 사카르가 소리쳤다.

"절대로! 내가 하고 싶은 말도 그것이오. 우리는 모두 한배를 타고 있소, 나를 믿어도 좋습니다."

데그르몽이 다른 이사들, 즉 세디유, 콜프, 드 보앵 후작을 책임지겠다며 힐끗 곁눈질을 했다. 그에 의하면 사업은 잘돼가고 있었고, 최근 오십 년 동안 증권거래소가 목격한 가장 기적적인 성공 속에서 모두가 화합하는 것은 정말 즐거운 일이었다. 그는 그 자리에 있는 세 사람 각각에게 듣기 좋은 말로 인사했고, 세 사람 모두 야회에 참석하리라 믿는다며 떠났다. 오페라극장의 테너 무니에가 그의 부인과 함께 이중창을 할 예정이었다. 오! 정말 분위기가 좋을 거야!

"그렇다면," 이번에는 위레가 자리를 떠나며 물었다. "그것이 당신 대답의 전부인가요?"

"물론이오!" 사카르가 건조한 목소리로 대답했다.

그리고 여느 때와 달리 아래층으로 위레를 배웅하러 가지 않았다. 뒤이어 신문사 사장과 단둘이 남았을 때, 그는 이렇게 말했다.

"이보게, 전쟁이야, 전쟁! 배려할 게 더이상 아무것도 없어, 이 사기꾼들을 모조리 혼내줘야 해!…… 아! 이제 전투를 개시할 수밖에 없어, 원래 의도한 대로!"

"치열할 겁니다." 다시 당혹감에 휩싸인 장트루가 결론지었다.

복도의 장의자에서는 마르셀이 여전히 남편을 기다리고 있었다. 이제 겨우 네시였지만, 끝없이 비가 내리는 가운데 금세 어둠이 깔렸으므로 드주아가 램프를 켰다. 그녀 옆을 지나갈 때마다, 그는 그녀의 기분을 달래주기 위해 뭔가 한마디씩 건넸다. 신문이 완성되어감에 따라 모종의 열기가 올라왔다. 말하자면 기자들의 왕래가 더욱 잦아졌고, 이웃 방에서 여러 목소리가 터져나왔다.

마르셀이 문득 고개를 들었을 때, 조르당이 그녀 앞에 서 있었다. 그는 기진맥진한 상태로 비에 흠뻑 젖어 있었고, 오래도록 희망을 가지고 뛰어다녔지만 소득이 없는 사람들 특유의 넋 나간 시선으로 입술을 파르르 떨었다. 그녀는 상황을 이해했다.

"아무것도 못 구했어요?" 하얗게 질린 그녀가 물었다.

"아무것도 못 구했어, 여보, 아무것도…… 아무데서도, 어쩔 도리가 없었어……"

그러자 그녀가 가슴이 미어지는 듯 나직이 탄식했다.

"오! 하느님!"

바로 그때 사카르가 장트루의 사무실에서 나왔고, 그녀가 아직도 거기에 있는 것을 보고 깜짝 놀랐다.

"아니, 부인, 여태껏 남편을 기다렸어요? 그러니까 제 사무실에서 기다리라고 말씀드리지 않았소."

그녀는 그를 물끄러미 바라보았고, 불현듯 한 가지 생각이 비탄에 잠긴 그녀의 머릿속에 떠올랐다. 그녀는 깊이 따져보지도 않은 채, 위기의 순간에 여자들을 앞장서게 하는 용기를 내보였다.

"사카르 씨, 부탁드릴 게 있는데요…… 선생님 사무실로 들어가서 말씀드려도 될까요?……"

"그럼요, 부인."

아내의 의도를 짐작한 조르당이 그녀를 붙잡으려 했다. 돈 문제가 늘 그에게 불러일으키는 병적인 고뇌 속에서, 그는 그녀의 귀에 대고 안 돼! 안 돼! 하고 더듬더듬 말했다. 그녀는 그의 손을 뿌리쳤다. 그는 어쩔 수 없이 그녀를 따라 들어갔다.

"사카르 씨," 문이 닫히자마자, 그녀가 다시 말했다. "제 남편은 두 시간 전부터 500프랑을 구하기 위해 사방으로 쏘다녔지만 소용이 없었습니다. 남편은 선생님께 감히 부탁을 드리지도 못하죠…… 그래서 제가 부탁드리고자 합니다만……"

명랑하고 단호한 젊은 여자 특유의 경쾌한 태도로 수다스럽게, 그녀는 아침에 일어난 사건, 뷔슈의 갑작스러운 난입, 세 남자의 침실 침입, 그들의 공격을 물리친 방법, 이튿날 갚기로 한 약속 등을 이야기했다. 아! 빈자들에게는 재앙이나 마찬가지인 돈, 수치심과 무력감이 뒤섞인 격심한 고통, 망할 놈의 100수짜리 동전 때문에 끊임없이 문제가 생기는 인생이라니!

"뷔슈," 사카르가 되풀이했다. "뷔슈라는 무뢰한의 발톱에 걸려들었군요……"

그런 다음, 자애로운 표정으로 그는 하얗게 질린 채 말문을 닫고 있던 조르당을 바라보았다.

"걱정하지 말게! 500프랑을 가불해줄 테니까…… 좀더 일찍 내게 말했어야지……"

수표에 서명하기 위해 테이블 앞에 앉았을 때, 문득 동작을 멈추고 그는 생각에 잠겼다. 자기가 받았던 편지, 자기가 실행하겠다고 했지만 수상한 낌새 때문에 차일피일 미루었던 방문이 떠올랐다. 왜 이 기회를 이용해서 지금 당장 페도가로 가지 않을 것인가?

"잘 들어요, 나는 당신들을 괴롭히는 그 악당을 속속들이 압니다. 내가 직접 가서 당신들의 어음을 반값에 살 수 있는지 알아보는 게 낫겠소."

마르셀의 눈이 감사의 마음으로 반짝였다.

"오! 사카르 씨, 정말 훌륭하시군요!"

그러고서 그녀는 남편에게 말했다.

"여보, 알겠지, 사카르 씨는 우리를 잡아먹지 않는다고!"

조르당은 참을 수 없는 애정이 복받쳐올라 아내를 포옹했다. 왜냐하면 자신을 마비시키는 이 어려운 삶 속에서 자신보다 더 정력적이고 더 능란한 그녀에게 감사하지 않을 수 없었기 때문이었다. 뒤이어 젊은이가 서둘러 사카르의 손을 잡았을 때, 사카르가 말했다.

"됐네, 됐어! 즐거운 건 오히려 나일세. 참으로 훌륭한 부부야, 서로를 그토록 사랑하다니…… 흥분하지 말고, 가만히 좀 있게!"

사카르를 기다리고 있던 마차가 단 이 분 만에 우산이 부딪치고 흙탕물이 튀는 거리를 뚫고 파리 한가운데 있는 페도가로 그를 데려다주었다. 하지만 위로 올라가서 빛바랜 낡은 문의 벨을 울려도 소용없었다. 낡은 문에 달린 동판에는 **법률 분쟁 해결 사무소**라는 굵은 글자가 검게 새겨져 있었다. 문은 열리지 않았고, 안에서는 아무런 소리도 들리지 않았다. 그는 뒤로 물러나 곤혹스러운 표정으로 문을 주먹으로 탕탕 두드렸다. 그때에야 느릿느릿한 발걸음 소리가 들렸고, 시지스몽이 나타났다.

"아니! 선생님이군요!…… 형이 열쇠를 두고 가서 다시 올라온 줄 알았습니다. 저는 결코 벨 소리에 대답하지 않거든요…… 오! 형이 곧 올 겁니다. 형을 꼭 만나고 싶으시면, 여기서 기다리세요."

힘겨운 걸음걸이로 비틀거리며 시지스몽은 광장에 면한 건물의 자기 방으로 방문객과 함께 되돌아갔다. 길바닥에는 빗물이 흥건하고 안개가 뿌옇게 끼어 있었지만, 높은 곳에 위치한 시지스몽의 방으로 들어서니 여전히 대낮이었다. 방은 가구 하나 없이 좁은 철제 침대 하나, 책상 하나, 의자 두 개, 책으로 가득찬 선반 몇 개와 더불어 몹시 헐벗고 쓸쓸했다. 벽난로 앞의 작은 난로는 주의를 게을리한 탓인지 불이 꺼져 있었다.

"앉으시죠, 선생님. 형은 잠시 내려갔다 오겠다고 했습니다."

그러나 사카르는 앉기를 사양하며 시지스몽을 바라보았다. 고집스러운 인상을 주는 이마 아래 꿈에 젖은 소년처럼 기이한 눈빛을 지닌 이 키 크고 창백한 청년에게서 폐결핵이 진행되는 속도에 그는 적잖이 놀랐다. 기다란 고수머리 사이에서 그의 얼굴은 마치 무덤을 향해 가는 사람처럼 너무도 초췌해져 있었다.

"그동안 아팠소?" 뭐라고 해야 할지 몰라서 그가 물었다.

시지스몽은 지극히 무심한 표정으로 대답했다.

"예! 늘 그렇습니다. 지난주는 날씨가 나빠서 힘들었어요…… 그렇지만 이제 견딜 만해요…… 더이상 잠이 안 오지만, 일을 할 수는 있습니다. 열이 좀 있어서 그런지 계속 덥네요…… 아, 정말! 할일이 태산인데!"

그는 책상 앞으로 갔는데, 책상 위에는 독일어로 된 책 한 권이 펼쳐져 있었다. 그가 다시 말했다.

"죄송하지만, 좀 앉겠습니다. 어제 받은 이 작품을 읽느라 밤을 새웠거든요…… 작품, 그렇죠! 저의 스승 카를 마르크스의 십 년 삶이 담긴 작품이요, 오래전부터 우리에게 예고한 자본에 대한 연구입니다…… 우리의 바이블, 그게 바로 여기 있어요!"

궁금증을 느끼며 사카르는 그 책에 시선을 던졌다. 그러나 고딕체의 글자를 보자 금세 반감이 일었다.

"난 번역될 때까지 기다리겠소." 그가 웃으며 말했다.

고개를 설레설레 흔드는 젊은이의 동작은 그 책이 번역된다 하더라도 전문가들만이 읽을 수 있으리라고 말하는 듯했다. 그것은 선전 팸플릿이 아니었다. 자본주의 체제에 바탕을 둔 지금의 우리 사회가 숙명적으로 파멸하리라는 강력한 논리, 확실한 증거가 들어 있는 것이다! 들판은 평평했고, 이제 다시 건설하면 그만이었다.

"말하자면 깨끗이 청소하는 거요?" 사카르가 여전히 농담조로 물었다.

"이론적으로는 완벽해요!" 시지스몽이 대답했다. "언젠가 선생님께 설명해드렸던 모든 것, 진화의 모든 단계가 이 책에 들어 있습니다. 이제 실행만 하면 되는 거죠…… 시시각각 사상이 만드는 거대한 걸음걸이를 보지 못하신다면, 선생님은 장님입니다. 만국 은행과 더불어 삼 년 만에 수억 프랑을 휘저어 한데 모은 선생님은 우리로 하여금 곧장 집산주의를 향해 전진하도록 만들어주고 계십니다. 저는 선생님의 사업을 유심히 지켜봤습니다, 그래요! 이토록 조용한 외딴방에서, 저는 날마다 그 사업의 진행 상황을 살펴보았습니다. 그 덕분에 제가 아마 선생님만큼 그 사업을 잘 알고 있을 겁니다. 저로서는 선생님이 우리에게 정말 좋은 교훈을 주신다고 생각하는데, 왜냐하면 집산주의 국가는 지금 선생님이 하시는 일을 되풀이하기만 하면 되기 때문입니다. 이를테면 선생님이 군소 자본가들의 재산을 완전히 수용하는 날, 그날 집산주의 국가는 선생님의 재산을 일괄적으로 수용하고, 선생님의 무한한 야망, 즉 세계의 자본을 모두 흡수하고, 만국 은행을 유일한 은행, 공공재산의 일반 창고로 만들려는 선생님의 꿈을 실현하면 되는 거죠…… 오! 저는 선생님한테 정말 감탄하고 있어요! 만일 제가 지배자가 된다면, 저는 선생님에게 위해를 가하지 않을 겁니다. 왜냐하면 선생님이 천재적인 선구자로서 우리의 과업을 시작하고 계시기 때문입니다."

그는 상대방이 주의깊게 듣는 것을 보며 환자 특유의 창백한 미소를 지었다. 사카르는 자기 사업에 대해 그가 그토록 잘 알고 있는 것에 몹시 놀랐고, 그의 지성적인 찬사를 듣고 매우 흡족해했다.

"그렇지만," 그가 말을 계속했다. "우리가 선생님의 사적인 이익을 만인의 이익으로 바꾸고, 다른 사람들의 황금을 빨아들이는 선생님의 기계를 사회적 부의 조절 장치로 만들고, 국가의 이름으로 선생님의 재산을 수용하는 날, 그날 우리는 이것부터 없앨 겁니다."

그는 책상 위의 서류 더미 속에서 1수짜리 동전 하나를 찾아냈고, 그것을 희생 제물인 양 두 손가락으로 집어들었다.

"돈!" 사카르가 소리쳤다. "돈을 없애겠다니! 진짜 미쳤구먼!"

"우리는 돈을 없앨 겁니다. 집산주의 국가에서는 돈이 설 자리가 없는 거죠, 도대체 존재이유가 없어요. 급료로서 우리는 돈 대신 노동 교환권을 줄 겁니다. 선생님이 돈을 가치의 척도로 간주하신다면, 우리는 돈을 완벽하게 대체하는 또다른 가치의 척도, 즉 작업장에서 평균 노동

시간을 계산함으로써 얻게 되는 또다른 가치의 척도를 가지게 될 겁니다. 노동자에게 굶어 죽지 않을 정도의 생필품만을 구입 가능케 하는 미미한 임금을 줌으로써 노동자 착취를 감춰주고 활성화시켜주는 돈, 그 돈을 없애야 합니다. 사유재산을 축적시키고, 풍요로운 순환의 길을 막아버리고, 파렴치한 금력을 금융시장과 사회적 생산의 지고한 주인으로 만드는 돈의 소유, 이거야말로 끔찍한 공포가 아니고 무엇이겠습니까? 우리의 모든 위기, 우리의 모든 혼란은 바로 거기서 비롯됩니다…… 돈을 없애야 합니다, 반드시 돈을!"

그러자 사카르가 화를 냈다. 더이상 돈이, 황금이, 이 반짝이는 별이 없다면, 도대체 무엇이 우리의 삶을 비춰줄 것인가! 그에게 부는 언제나 이 눈부신 새 동전, 햇빛을 받으며 봄의 소나기처럼 내리는 새 동전, 우박처럼 쏟아져 대지를 뒤덮는 새 동전, 뭇사람들이 그 빛과 음악을 즐기며 삽으로 퍼 담는 돈더미, 황금더미 속에서 구체화되었다. 그런데 그 즐거움을, 다투어 경쟁하며 삶을 살아갈 그 이유를 없애다니 말도 안 되는 소리야!

"어리석은 짓이오, 오! 그건 정말 어리석은 짓이오!…… 절대로 안 돼, 절대로!"

"왜 절대로 안 된다는 거죠? 왜 어리석은 짓이라는 거죠?…… 가계경제에서 우리가 돈을 사용합니까? 가계경제에서 보이는 것이라고는 공동의 노력과 교환뿐이잖아요…… 만일 사회가 자율적으로 통치되는 거대한 가족이 된다면, 도대체 돈이 무슨 소용 있겠습니까?"

"미친 짓이오, 그건!…… 돈이란 인생 그 자체요! 돈을 없애보시오. 이 세상에는 더이상 아무것도 없을 거요, 아무것도!"

사카르는 넋이 나간 표정으로 왔다갔다했다. 흥분 속에서 창가에 다가섰을 때, 그는 증권거래소가 거기에 있는지 확인했다. 왜냐하면 아마도 이 끔찍한 젊은이가 증권거래소 또한 훅 불어서 날려보냈을 것 같았기 때문이다. 증권거래소는 그 자리에 있었지만, 땅거미가 지는 가운데 비에 젖은 수의를 입은 채 잿빛 연기로 사라질 유령처럼 흐릿한 모습이었다.

"원 참, 토론을 하는 내가 바보지. 그건 불가능해…… 어디 한번 없애보시오, 내가 그걸 보고 싶으니까."

"정말!" 시지스몽이 나직이 말했다. "모든 것이 없어지고, 모든 것이 변형되어 사라질 거라니까요…… 우리는 부의 형식이 바뀌는 걸 이미 한번 보았었죠. 땅값이 떨어졌을 때, 밭과 숲 같은 부동산이 채권과 주식 같은 산업적인 동산 앞에서 무너졌을 때 말입니다. 그리고 오늘 우리는 가치 하락으로 인한 동산의 몰락을 목격하고 있습니다. 금리는 계속 떨어지고 있고, 평균 5퍼센트에는 다시 도달할 수 없을 겁니다. 이처럼 돈의 가치가 하락하고 있는데, 왜 돈이 사라지지 않겠습니까? 왜 새로운 형식의 재산이 사회관계를 규제하지 못하겠습니까? 우리의 노동 교환권, 그것이 바로 내일의 재산 형식입니다."

그는 마치 사라진 고대사회에서 살아남은 옛 시대의 마지막 동전을 바라보듯, 책상 위에 놓인 1수짜리 동전을 뚫어져라 바라보았다. 얼마나 많은 기쁨과 눈물이 이 보잘것없는 쇳조각을 적셨던가! 영원한 인간 욕망을 떠올리며 그는 깊은 슬픔에 젖어들었다.

"그래요." 그가 천천히 말했다. "선생님 말씀이 옳습니다. 우리는 돈이 없어지는 날을 보지 못하겠죠, 우리는…… 아마도 수많은 세월이 필요할 겁니다. 타자를 향한 사랑이 사회조직 속에서 이기주의를 대체하고, 우리의 내면에서 활기를 띠는 날이 언제나 올는지…… 하지만 저는 더 빠른 승리를 기대했습니다. 정의의 새벽이 오기를 간절히 기다렸죠!"

한순간 질병으로 인한 고통이 그의 목소리를 변하게 했다. 죽음을 부정하고 죽음이 존재하지 않는 양 행동하던 그가 죽음을 멀리 뿌리치는 듯한 동작을 취했다. 그러나 이내 그는 체념했다.

"그동안 저는 제 일을 했습니다. 제가 꿈꾸었던 사회 재건에 대한 완벽한 저술을 펴낼 시간이 없을 경우, 저 노트라도 남겨야죠. 내일의 사회는 문명의 무르익은 열매가 되어야 합니다. 왜냐하면 우리가 경쟁심과 통제의 밝은 면을 유지하지 못할 때, 모든 것이 무너지기 때문이죠…… 아! 지금 이 순간 제 눈에 선명히 보이는 것처럼, 숱한 밤을 지새우며 마침내 제가 완벽한 사회를 건설하고 창조했는데!…… 모든 것이 예고되어 있고, 모든 것이 결정되어 있어요. 바야흐로 지고한 정의, 절대적 행복이 구현되는 거죠. 그것이 바로 저 노트 속에 있어요, 산술적으로, 결정적으로."

그는 길고 야윈 손으로 흩어진 노트들을 뒤적거렸다. 더이상 먹지도 자지도 못하는 그, 헐벗은 방에서 아무런 욕구 없이 죽어가는 그가 수십억 프랑을 몰수하여 만인의 손에 공평하게 분배하는 꿈 속에서, 펜 놀림 한번으로 고통받는 인류에게 기쁨과 건강을 되돌려주는 꿈 속에서 흥분을 감추지 못했다.

바로 그때, 거친 목소리가 사카르를 소스라치며 놀라게 했다.

"여기서 뭘 하는 거요?"

뷔슈가 들어오면서 질투에 휩싸인 연인처럼 경계의 눈초리를 방문객에게 던졌다. 그는 누군가 동생으로 하여금 말을 많이 하게 해서 기침을 유발하지 않을까 끊임없이 노심초사했었다. 대답을 기다리지 않고 그는 마치 어머니처럼 애를 태우며 꾸짖었다.

"이런! 난롯불이 또 꺼졌잖아! 날씨가 이렇게 습한데, 도대체 이게 뭐하는 짓이야!"

육중한 몸으로 벌써 무릎을 꿇은 채, 그는 작은 장작을 쪼개서 다시 불을 지폈다. 뒤이어 빗자루를 찾아 청소를 했고, 환자가 두 시간마다 섭취해야 하는 물약을 점검했다. 환자가 침대 위에 누워서 쉬려고 결심했을 때에야 겨우 그의 마음이 안정되는 듯했다.

"사카르 씨, 제 사무실로 가시죠……"

사무실에서는 메생 아줌마가 하나밖에 없는 의자에 앉아 있었다. 그녀와 뷔슈는 근처에서 중요한 방문을 마치고 돌아왔는데, 방문의 목적이 성공적으로 달성되었기에 매우 만족스러운 표정이었다. 절망적인 기다림 속에서 가슴 졸이던 사건 가운데 하나를 잘 처리하고 돌아온 것이었다. 삼 년 동안 메생 아줌마는 농락당한 소녀 레오니 크롱을 찾아 거리를 헤매고 다녔었다. 보빌리에 백작은 그녀가 성년이 되는 날 1만 프랑을 지불하겠다는 증서에 서명한 바 있었다. 메생 아줌마는 방돔의 징세관인 자기 사촌 페이외, 때때로 고리대금업을 하던 곡물상인 샤르피에 씨에게서 나온 채권더미에서 그 증서를 매입해 뷔슈에게 전해준 페이외에게 수소문을 해달라고 했지만 별 도움이 되지 않았었다. 페이외는 아무것도 몰랐고, 다만 레오니 크롱이 파리의 어느 집달리 집에서 하녀로 일했다는 사실, 그녀가 십여 년 전에 방돔을 떠난 뒤 다시 돌아오지 않았으며 그녀의 부모가 모두 죽었기 때문에 아무에게도 그녀의 소식을 물어볼 수 없었다는 사실만을 편지로 알려주었다. 메셍 아줌마는 용케 집달리를 찾아냈고, 거기서부터 푸주한의 집, 품행이 좋지 않은 부인의 집, 치과의사의 집으로 레오니의 종적을 뒤따라갈 수 있었다. 그러나 치과의사의 집에서 갑자기 끈이 끊어지더니 자취가 사라졌다. 드넓은 파리의 진창길을 이리저리 돌아다니는 레오니를 찾아내는 것은 건초 더미에서 바늘을 발견하는 것만큼이나 힘든 일이었다. 아무런 소득 없이 메셍 아줌마는 직업소개소를 전전했고, 수상쩍은 셋방을 방문했고, 홍등가를 꼼꼼하게 수색했고, 레오니라는 이름이 귓전에 울리자마자 고개를 돌려 이런저런 사실을 물으며 확인했다. 그런데 그토록 멀리 찾아다녔던 그 아가씨를 그날 우연히 페도가의 이웃 공창公娼 건물에서 찾아낸 것이었다. 메셍 아줌마는 자기에게 3프랑을 빚진 나폴리 주택단지의 셋방살이 여자를 공창 건물로 넘겼는데, 마침 공창을 운영하는 부인이 날카로운 목소리로 레오니드라는 고상한 이름을 불렀을 때 동물적 감각으로 레오니드를 레오니와 연결시켰고, 마침내 동일인임을 확인했다. 보고를 받은 뷔슈는 문제를 해결하기 위해 즉시 그녀와 함께 공창 건물로 갔다. 눈썹까지 내려온 거칠고 검은 머리칼, 저속해 보이는 편평하고 물렁물렁한 얼굴, 처음에 그는 이 살찐 아가씨의 볼품없는 행색에 적잖이 놀랐다. 그다음에는 십 년의 매춘 생활 이전에 그녀가 지녔을 특별한 매력을 알아보았고, 특히 그녀가 그토록 끔찍하게 전락했다는 사실에 만족을 느꼈다. 그는 증서에 대한 일체의 권리를 포기한다는 조건으로 그녀에게 1000프랑을 제시했다. 그녀는 어리둥절해했고, 어린애처럼 기뻐하며 그 제안을 받아들였다. 드디어 그들은 추악과 수치에 물든 뜻밖의 무기를 보유하게 되었고, 이로써 보빌리에 백작 부인을 효과적으로 몰아세울 수 있을 터였다.

"기다리고 있었습니다, 사카르 씨. 우리는 서로 할 이야기가 있지요…… 제 편지를 받으셨죠?"

서류로 가득차고 이미 어두워진 비좁은 방에서, 희미한 램프가 빛을 발하며 그을음을 내고 있었다. 메솅 아줌마는 하나밖에 없는 의자에 앉은 채 말없이 꼼짝하지 않았다. 사카르는 거칠고 경멸에 찬 목소리로, 대뜸 조르당의 문제를 거론했다.

"미안하지만, 나는 우리 기자 가운데 한 사람의 채무 문제를 해결하기 위해 여기 왔소…… 당신이 대포를 쏘며 더없이 사납게 추격하는 매우 매력적인 청년 조르당 말이오. 오늘 아침에도 당신은 난봉꾼조차 얼굴을 붉힐 행동을 조르당의 아내에게 했더군……"

공격을 준비하고 있던 차에 이처럼 역공을 당하자 뷔슈는 당황하여 다른 문제를 잊었고, 이 문제에 대해 격렬하게 분통을 터뜨렸다.

"아, 조르당 부부, 당신이 조르당 부부 문제로 오셨군요…… 사업에는 여자도 없고 난봉꾼도 없는 법입니다. 지불해야 할 의무가 있다면, 지불해야죠. 제가 아는 건 그것밖에 없어요. 몇 년 전부터 저를 괴롭히는 악당들이죠, 400프랑을 1수씩 받아내느라 얼마나 힘들었는지 알기나 해요!…… 아! 빌어먹을, 그래요! 내일 아침에 그자들을 거리로 내쫓고 모든 걸 팔아버릴 겁니다. 만일 그자들이 제게 빚진 330프랑 15상팀을 오늘 저녁에 바로 여기, 제 사무실로 가지고 오지 않는다면……"

사카르가 전략적으로 뷔슈를 자극하기 위해 10프랑에 산 어음으로 사십 배의 지불을 요구하는 게 말이 되느냐고 하자, 뷔슈는 과연 격분에 휩싸였다.

"또 그 소리! 당신들은 모두 할말이 그것밖에 없군요…… 비용이 발생하지 않았습니까, 네? 300프랑의 빚이 700프랑 이상으로 오른 데는 다 이유가 있는 거죠…… 그런데 그게 저와 무슨 상관이 있는 거죠? 채무자가 제게 지불하지 않으면, 저는 쫓아다닐 수밖에 없어요. 정의가 비싸다면, 안됐지만 그건 정의의 잘못이죠!…… 그리고 제가 10프랑에 어음을 샀을 때, 그때 10프랑을 상환받았다면 그것으로 끝이죠. 하지만 제가 감수한 위험, 저의 발품, 저의 머리 회전, 그렇죠! 저의 정신적 노고도 계산해야죠? 봐요! 조르당 문제에 대해서는 바로 이 자리에 있는 부인에게 물어보세요. 그 문제를 담당했던 사람이 바로 이 부인입니다. 아! 부인은 그 문제 때문에 신발이 닳아빠질 정도로 수없이 걸어다녔어요. 온갖 신문사의 계단을 올라갔지만, 주소를 받기는커녕 거지 취급을 당하며 문밖으로 쫓겨나기 일쑤였습니다. 이 문제, 우리는 수개월 동안 이 문제에 매달렸고, 골머리를 썩였으며, 마치 걸작을 쓸 때처럼 공들여 검토했죠. 우리가 들인 노력에 대한 대가를 돈으로 치면 엄청난 액수에 이를 거요, 보수가 한 시간에 단돈 10수라고 해도 말입니다!"

그는 흥분했고, 방을 가득 채운 서류들을 격한 동작으로 가리켰다.

"자, 여기 이천만 장 이상의 채권이 있습니다. 온갖 시대, 온갖 나라, 하류층부터 상류층까지…… 이 채권들을 1백만 프랑에 사시겠습니까? 원하신다면 그 값에 드리지요…… 사반세기 전부터 제가 뒤쫓는 채권자들이 있다고 생각해보세요! 그들에게서 단돈 몇백 프랑을, 아니 가끔은 그보다도 더 적은 돈을 받아내기 위해서 저는 몇 년을 기다리죠. 그들이 성공하기를 기다리고, 그들이 유산을 상속받기를 기다린다 이 말입니다. 다른 채무자들, 미지의 채무자들, 수없이 많은 채무자들이 여기서 잠자고 있어요. 보세요! 이 구석에서, 산더미처럼 쌓인 채…… 이건 정말 하찮은 것들입니다. 그렇지만 저는 이 원료에서 생명을 이끌어내지 않으면 안 돼요, 제 생명을 말입니다. 내가 얼마나 힘들게 쫓아다녀야 하는지 누가 알까!…… 그러니 마침내 지불 능력이 있는 채무자 하나를 붙들었을 때, 당신은 제가 그자에게서 피를 뽑지 않기를 바라세요? 아! 안 될 말이지, 그렇다면 당신은 저를 진짜 바보로 아는 거요. 그렇게 어리석지는 않잖아요, 당신은!"

더이상 말다툼을 하느라 시간을 허비하지 않기 위해, 사카르는 지갑을 꺼냈다.

"당신에게 200프랑을 주겠소, 일체의 채무가 변제되었다는 영수증과 함께 조르당의 서류를 내게 돌려주시오."

뷔슈는 화를 내며 펄쩍뛰었다.

"200프랑, 절대로 안 돼요!…… 330프랑 15상팀이오. 상팀까지 받아야 합니다."

돈의 힘을 잘 아는 사람의 조용한 확신과 함께 자신만만하고 한결같은 목소리로 사카르는 두 번, 세 번 되풀이했다.

"200프랑을 주겠소."

내심 타협을 원하던 유대인이 마침내 분노에 찬 고함과 함께, 눈에 눈물이 고인 채 그 제안을 받아들였다.

"난 마음이 너무 약해서 탈이야. 이런 더러운 직업이 어디에 있담!…… 맹세코! 이건 내게서 도둑질을 하고, 내 가죽을 벗기는 일이야…… 자! 여기 있는 동안 맘대로 해요. 다른 서류도 가져가요, 그럼요! 서류 더미를 뒤져보라고요, 200프랑을 내셨으니!"

그런 다음 뷔슈는 영수증에 서명을 했고, 서류가 사무실에 없었기 때문에 집달리에게 메모를 썼다. 책상 앞에서 한숨을 쉬던 그는 너무도 지쳐서 메셍 아줌마가 없었더라면 사카르를 그냥 보냈을 것이었다. 그때까지 메셍 아줌마는 아무런 말도 아무런 몸짓도 취하지 않고 있었다.

"그 문제는요?" 마침내 그녀가 입을 열었다.

뷔슈는 문득 잊고 있던 문제를 떠올렸고, 복수를 하고자 했다. 이야기, 질문, 효과적인 담판 등 자기가 준비했던 모든 것이 한꺼번에 생각났기에 그는 서둘러 본론으로 들어가고자 했다.

"그 문제라, 그렇지!…… 제 편지를 받았죠, 사카르 씨? 이제 우리가 함께 정산해야 할 해묵은 셈에 대해서 이야기합시다……"

그는 손을 뻗어 시카르도 서류를 집어들었고, 그것을 자기 앞에 펼쳤다.

"1852년에 라아르프가의 가구 딸린 셋집에서 살았지요? 그리고 거기서 열여섯 먹은 아가씨 로잘리 샤바유에게 열두 장의 50프랑짜리 어음을 서명해준 적이 있고…… 왜냐하면 당신이 그 아가씨를 강간했기 때문이죠, 어느 날 저녁에, 계단에서…… 그 어음이 바로 여기 있습니다. 그런데 당신은 단 한 푼도 지불하지 않았어요. 사실은 첫번째 어음의 만기일이 다가오기도 전에 주소조차 남기지 않고 홀연히 사라졌었죠. 더욱 어처구니없는 것은 이 어음들이 당신의 첫번째 아내의 이름인 시카르도라는 가명으로 서명되었다는 사실이고……"

얼굴이 하얗게 질린 사카르는 그의 말을 들으며 그를 빤히 바라보았다. 엄청난 충격 속에서 불현듯 지난 일이 떠올랐고, 오감이 마비되며 설명할 수 없는 육중한 무게에 짓눌렸다. 과거사를 듣자마자 공포가 엄습하는 가운데 그는 혼미해진 정신으로 말을 더듬거렸다.

"당신이 어떻게 그것을 알지?…… 당신이 어떻게 이 어음을 가지고 있는 거야?"

이어서 떨리는 손으로 그는 서둘러 다시 지갑을 꺼냈다. 그에게는 빨리 지불을 하고 그 유감스러운 서류를 손에 넣어야겠다는 생각밖에 떠오르지 않았다.

"별도 비용은 없겠지, 그렇지요?…… 자, 600프랑이오…… 오! 할말이 많지만, 입 다물고 깨끗이 지불하겠소."

그는 여섯 장의 지폐를 건넸다.

"잠깐만!" 뷔슈가 돈을 뿌리치며 큰 소리로 말했다. "아직 제 이야기가 끝나지 않았어요…… 지금 여기 있는 부인이 바로 로잘리의 사촌입니다. 이 서류는 부인의 것이고, 저는 부인을 대신해서 상환을 요구하는 겁니다…… 그 불쌍한 로잘리는 당신에게 강간당한 뒤 불구의 몸이 되었지요. 불행한 일을 수없이 겪었고, 자기를 거두어준 이 부인의 집에서 비참하게 죽었습니다. 마음이 내킬 때, 부인이 당신에게 자세한 이야기를 들려줄 수도 있겠지요……"

"끔찍한 이야기지!" 침묵을 깨뜨리며 메셍 아줌마가 작은 목소리로 강조했다.

놀란 눈으로 사카르는 잊고 있었던 그녀를, 반쯤 바람을 넣은 가죽부대처럼 거기 웅크리고 앉아 있는 그녀를 바라보았다. 맹금처럼 사납게 법정관리 주식을 거래하며 늘 그를 불안하게 만들던 그녀였다. 그런데 바로 지금 이 불쾌한 사건에 그와 그녀가 연루되어 있는 것이었다.

"물론 그 아가씨의 불행은 정말 유감스러운 일이오." 그가 나직이 말했다. "그렇지만 그녀가 죽었는지 살았는지 나는 정말 몰랐소…… 여기 600프랑이 있어요."

다시 한번, 뷔슈는 돈을 받기를 거부했다.

"미안하지만, 아직 당신이 모르는 게 있습니다. 실은 로잘리에게 아이가 있었어요…… 그래요, 지금 열네 살이 된 아이, 당신을 쏙 빼닮았기 때문에 도저히 친자 관계를 부정할 수 없는 아이입니다."

깜짝 놀란 사카르는 몇 번씩이나 되풀이했다.

"아이, 아이라……"

별안간 여섯 장의 지폐를 도로 지갑 속에 넣으며, 그는 다시 기운을 차리고 활기차게 말했다.

"아! 그렇군, 지금 나를 바보로 취급하는 건 아닐 테지요? 만일 아이가 있다면, 당신들에게는 단 한 푼도 줄 수 없소…… 아이가 어머니의 상속자니까, 이 돈을 가져야 하는 건 당연히 아이지. 이 돈뿐만 아니라 아이가 원하는 건 무엇이든지…… 아이라, 어쨌든 정말 잘된 일이야, 정말 자연스러운 일이고…… 아이가 있어서 나쁠 건 아무것도 없소. 오히려 그 반대지. 정말 기쁘군, 더 젊어지는 것 같아, 정말 그래요!…… 아이는 어디 있소? 어디로 가야 아이를 볼 수 있소? 왜 즉시 내게 아이를 데려오지 않았소?"

이번에는 뷔슈가 화들짝 놀라면서, 카롤린 부인이 빅토르의 존재를 사카르에게 알리기 전에 행한 온갖 유예 조치, 게다가 자기 자신의 망설임을 떠올렸다. 당황한 그는 서둘러 더없이 복잡한 설명을 시작했다. 메셍 아줌마가 로잘리에게 빌려준 돈과 아이의 양육비를 합치면

6000프랑이 된다는 것, 카롤린 부인에게서 2000프랑을 선금으로 받았다는 것, 빅토르가 사나운 본성을 가지고 있다는 것, 그를 노동 학교에 넣었다는 것을 한꺼번에 털어놓았다. 이야기 하나하나를 들을 때마다, 이번에는 사카르가 대경실색했다. 뭐라고, 6000프랑! 오히려 이자들이 아이를 착취하지 않았다고 누가 보장해줄 수 있을까? 2000프랑의 선금이라니! 이자들이 대담하게도 선량한 부인에게서 2000프랑을 강탈한 게 아니고 뭐야! 이건 도둑질이야, 사기라고! 게다가 이 꼬마, 맙소사! 얼마나 양육을 잘못한 거야. 형편없는 교육에 대해 책임을 져야 할 자들이 거꾸로 돈을 요구하다니! 나를 바보로 아는 거야 뭐야!

"단 한 푼도 안 돼!" 그가 소리쳤다. "잘 들어요, 내 주머니에서 1수도 빼내갈 생각일랑 하지 마시오!"

뷔슈가 하얗게 질린 채 책상 앞에 섰다.

"두고 봅시다. 난 당신을 고소할 거요."

"어리석은 소리 하지 마시오. 법이 이따위 문제에 신경쓰지 않는다는 걸 잘 아실 텐데…… 내가 타협하리라고 기대한다면, 그건 더욱 어리석은 일이오, 나는 아무것도 개의치 않으니까. 다만 아이! 그건 내 마음에 드는군!"

메셍 아줌마가 문을 가로막자, 그는 그녀를 떠밀면서 성큼성큼 걸어나갔다. 그녀는 숨이 막혔고, 플루트처럼 가느다란 목소리로 계단에 대고 욕을 퍼부었다.

"불량배 같으니라고! 인정머리라곤 눈곱만큼도 없어!"

"곧 연락이 갈 거요!" 뷔슈가 문을 쾅 닫으며 고함을 질렀다.

사카르는 너무도 흥분해서 마부에게 생라자르가로 곧장 가자고 명령했다. 그는 서둘러 카롤린 부인을 만났고, 다짜고짜 그녀를 윽박지르며 2000프랑을 준 것에 대해 나무랐다.

“이봐요, 다시는 돈을 그런 식으로 주지 말아요…… 도대체 왜 내게 한마디 상의도 없이 일을 그렇게 처리했소?”

그가 마침내 사태를 파악했음을 알아차린 부인은 입을 열지 않았다. 그녀가 알아본 것은 뷔슈의 필체였다. 다른 사람이 그에게 모든 사실을 털어놓은 이상, 이제 그녀로서는 감출 것이 아무것도 없었다. 그렇지만 이처럼 태연하게 질문을 하는 그에게 당혹감을 느끼며 그녀는 여전히 망설였다.

“당신을 슬픔에 빠뜨리고 싶지 않았어요…… 그 불행한 아이가 타락의 구렁텅이에서 헤매고 있었거든요!…… 감정이 복잡하지 않았더라면, 오래전에 모든 걸 말씀드렸을 텐데……”

“무슨 감정 말이오?…… 정말이지 이해할 수가 없군.”

평소 그토록 삶의 의지가 강했던 그녀였으나 너무도 깊은 슬픔에 젖고 세상만사에 지쳤기에 더이상 자기 생각을 설명하지도 사과하지도 않으려 했다. 반면 기쁨에 젖고 정말로 다시 젊어진 그는 계속해서 탄성을 발했다.

“그 불쌍한 꼬마! 내가 정말 사랑해줄 거요, 약속해요…… 당신이 아이의 때를 조금이라도 벗기기 위해 노동 학교에 넣은 건 정말 잘한 일이오. 하지만 이제 거기서 데리고 나와 아이에게 교사를 붙여줍시다…… 내일 아이를 보러 가겠소, 아무렴! 내일, 너무 바쁜 일이 생기지 않는 한.”

이튿날 이사회가 있었고, 사카르가 짬을 내지 못한 상태에서 이틀,

다시 일주일이 흘렀다. 그는 아이에 대해 자주 이야기했지만, 강물처럼 밀려드는 일에 떠밀려 방문을 연기했다. 12월 초순, 병적인 열기가 계속해서 증권거래소를 휩쓰는 가운데 만국 은행 주가가 2700프랑에 이르렀다. 최악의 사실은 경계경보가 커져간다는 것, 참을 수 없는 불안이 점증하는 가운데서도 주가 상승이 미친듯 계속된다는 것이었다. 이제 모두가 노골적인 목소리로 숙명적 재앙을 예고했지만, 명백한 사실을 외면하는 경이로운 열광의 힘으로 주가는 쉼없이 올라갔다. 사카르는 이제 과장된 승리의 허구 속에서만 살았다. 이 승리는 그가 파리에 내리게 한 황금 소나기 덕분에 영광에 휩싸여 있었지만, 너무도 기반이 약해 발밑에서 금세라도 무너질 듯 금이 가고 침식되는 토양이 느껴졌다. 따라서 정기거래 결제 때마다 승자가 되었음에도, 그는 이미 막심한 손해를 본 하락세 투자자들에 대한 분노를 가라앉히지 못했다. 그 더러운 유대인들이 왜 이토록 악착스럽게 나를 괴롭히는 걸까? 바야흐로 그자들을 파멸에 빠뜨릴 참이 아닌가? 그는 특히 자신의 후각에 포착된 냄새에 분통을 터뜨렸다. 만국 은행의 병사들이 군데르만의 곁에서 매도에 나섰고, 신념이 흔들려 아군을 속이고 적에게 투항하고 있었던 것이다.

어느 날 사카르가 카롤린 부인 앞에서 불만을 표했을 때, 그녀는 그에게 모든 것을 털어놓아야겠다고 생각했다.

"이봐요, 아시다시피 저도 팔았어요…… 주가가 2700프랑에 이르렀을 때, 저도 우리가 가진 마지막 주식 1000주를 매도했어요."

더할 나위 없이 비열한 배반을 당한 것처럼, 그는 절망적인 표정을 지었다.

"당신도 팔았다고, 당신도! 맙소사, 당신까지!"

그녀는 진정으로 괴로워하며 그의 손을 꼭 잡았고, 자신과 오빠가 이미 예고하지 않았느냐고 말했다. 로마에 체류하고 있던 그녀의 오빠는 편지를 통해 이 과장된 주가 상승에 격심한 불안감을 드러냈었다. 그로서는 이해할 수 없는 주가 상승이었으며, 그 어떤 대가를 치르고라도, 아득히 깊은 구렁텅이에 빠지는 고통을 감수하고라도 저지해야 할 주가 상승이었다. 어제저녁에도 그녀는 매도를 공식적으로 지시하는 오빠의 편지 한 통을 받았다. 그래서 그녀는 주식을 팔았었다.

"당신, 당신이!" 사카르가 되풀이했다. "내게 싸움을 걸고, 내가 어둠 속에서 불확실하게 느꼈던 존재가 바로 당신이라니! 아, 내가 되사야 했던 주식이 바로 당신의 주식이라니!"

늘 그렇듯 그는 더이상 화를 내지 않았고, 오히려 그의 낙담하는 모습에 그녀가 더욱 괴로워했다. 그녀는 그를 설득하려 했고, 대살육만이 멈추게 할 수 있는 이 무자비한 싸움을 그로 하여금 포기하게 하려 했다.

"이봐요, 제 말 좀 들어보세요…… 제가 가진 3000주의 가격이 750만 프랑 이상에 달했어요. 이건 정말 뜻밖의 이득, 도가 지나친 이득 아닌가요? 이 엄청난 돈이 저를 무섭게 해요. 이게 제 돈이라는 게 믿기지 않아요…… 그렇지만 이건 제 개인적인 이득일 뿐이죠. 자신들의 재산을 당신 손에 맡긴 그 모든 사람들의 이익, 당신이 이 싸움에서 위태롭게 만들고 있는 수많은 사람들의 어마어마한 돈을 생각해봐요. 도대체 왜 이 비상식적인 상승을 유지하고, 그것을 더 자극하려고 하세요? 도처에서 재앙이 코앞에 닥쳤다고 하는 소리가 들려요…… 무한정으로 주가를 올릴 수는 없어요. 주가를 정상화시키는 게 부끄러운 일이 아니잖아요. 그것이야말로 회사가 안정되는 길이요, 구원의 길이죠."

그러나 그는 격한 표정을 지으며 자리에서 일어났다.

"내가 원하는 건 주가 3000프랑이오…… 나는 지금까지 주식을 샀고, 앞으로도 더 살 거요, 죽음을 무릅쓰고라도…… 그렇고말고! 나도 죽고, 다른 사람들도 죽는 거요, 만일 내가 3000프랑의 시세를 실현하지 못한다면, 만일 내가 그것을 유지하지 못한다면!"

12월 15일의 정기거래 결제 이후 시세가 2800프랑, 2900프랑까지 올라갔다. 정신이 나간 듯한 군중의 아우성 속에서 증권거래소가 주가 3000프랑을 선언한 것은 21일이었다. 더이상 진실도 논리도 없었고, 주가에 대한 생각이 일체의 현실감각을 상실할 정도로 왜곡되었다. 군데르만이 평소의 신중한 태도와는 반대로 무시무시한 위험을 감수하고 있다는 소문이 돌았다. 몇 달 전부터 만국 은행 주가를 하락시키기 위해 애쓰면서 그의 손실은 15일 정기거래 결제 때마다 커져갔는데, 왜냐하면 그의 기대와 달리 시세가 가파르게 상승했기 때문이다. 사람들은 그가 파산할 수도 있을 거라며 수군거리기 시작했다. 모두가 갈피를 잡을 수 없었고, 이내 놀라운 일이 일어나리라고 예상했다.

정점에 오른 사카르가 추락에 대한 은근한 두려움 속에서 지각의 흔들림을 느끼던 그 지고한 시간에, 그는 다름 아닌 왕이었다. 그의 마차가 런던가에 위치한 만국 은행의 찬란한 사옥 앞에 도착하면, 하인이 급히 달려나와 현관 입구에서 보도 배수구까지 카펫을 깔았다. 그런 다음 사카르는 마차에서 내렸고, 보통 사람들과 달리 거리의 포석을 밟지 않는 위대한 군주로서 사옥으로 걸어들어갔다.

10

연말, 12월 정기거래 결제 날이 되자 증권거래소의 중앙홀은 사람들로 가득찼고, 열두시 반부터 여러 목소리와 몸짓들로 소란스러워졌다. 더욱이 몇 주 전부터 고조되어온 흥분은 이 마지막 날 전쟁 발발의 분위기와 함께 더없이 뜨겁게 달아올랐다. 밖에서는 추위가 매섭기 그지없었다. 그러나 맑은 겨울 햇살이 높다란 유리창을 통해 비스듬히 스며들어 헐벗은 홀의 한쪽 벽면을 환히 밝혔다. 홀의 기둥들은 질박해 보였고, 우의적인 단색화가 추위를 더하는 궁륭 천장은 쓸쓸해 보였다. 아치형 통로를 따라 나오는 난방장치의 훈훈한 바람이 여기저기 쉴새 없이 여닫히는 문을 통해 들어오는 찬 공기를 덥혔다.

보통 때보다 더 노란 안색으로 불안에 떠는 하락세 투자자 모제가 황새처럼 기다란 다리로 거만하게 버티고 서 있는 상승세 투자자 피유로와 마주쳤다.

"이봐요, 사람들이 뭐라고 하는지 알고 있소?……"

그러나 끝없이 흐르며 범람하는 물소리처럼 규칙적이고 단조롭게 대화를 나누는 주변 사람들의 목소리가 커져갔기 때문에, 모제는 자기 말이 들리도록 목청을 높이지 않으면 안 되었다.

"4월에 전쟁이 터질 거라고 하던데…… 하기야 그런 엄청난 무장의 결과가 전쟁 말고 무엇이 있겠소? 독일은 우리 의회가 곧 표결할 새로운 병역법을 적용할 시간을 주지 않으려 하겠지…… 게다가 비스마르크는……"

피유로가 웃음을 터뜨렸다.

"어휴, 제발 좀 성가시게 하지 말아요, 당신과 당신의 비스마르크!…… 이번 여름에 비스마르크가 파리에 왔을 때, 내가 직접 만나서 오 분 정도 이야기를 나눴잖소. 아주 선량한 머슴애 같은 인상이던데…… 만국박람회의 대성공에도 만족하지 못하다니, 도대체 당신이 원하는 게 뭐요? 이봐요! 친구, 유럽 전체가 우리 것이야."

모제는 절망적으로 고개를 저었다. 사람들이 떠미는 바람에 뚝뚝 끊기는 문장으로, 그는 계속해서 공포감을 드러냈다. 주식시장이 그 무엇도 필적할 수 없을 정도로 지나치게 번창하고 있어, 지나치게 살찐 뚱보의 비계만큼이나 말이야. 만국박람회 때문에 지나치게 많은 사업이 벌어졌고, 사람들이 지나치게 흥분했으며, 그야말로 투기에 미쳐버렸잖아. 예컨대 만국 은행 주가가 3000프랑이라는 게 말이나 되는 거야?

"아! 또 그 소리!" 피유로가 소리쳤다.

그러고는 아주 가까이서, 음절을 하나하나 끊어가며 이렇게 강조했다.

"이봐요, 친구, 오늘 저녁에는 3600프랑으로 마감될 거요…… 당신들 모두 뒤로 고꾸라질 거라고, 장담해요, 내가."

쉽게 흔들리는 그 하락세 투자자는 말도 안 된다는 듯 가늘게 휘파람 소리를 냈다. 그러면서 태연을 가장하기 위해 허공을 응시했고, 잠시 위층 전신국 회랑에서 홀을 내려다보고 있는 몇몇 여자들을 물끄러미 바라보았다. 그녀들은 여성에게 입장이 금지된 홀에서 벌어지는 광경에 놀란 표정이었다. 방패꼴 표지판에는 도시 이름이 적혀 있었고, 기둥머리와 기둥 장식이 햇빛으로 노랗게 얼룩진 홀의 분위기를 더욱 창백하게 만들고 있었다.

"아니, 이게 누구야!" 고개를 내리던 모제가 자기 앞에서 늘 그렇듯 그윽히 미소 짓고 있는 살몽을 보고 말했다.

그 미소에서 피유로의 정보에 대한 동의를 읽으면서 그는 당황했다.

"좋아요, 뭔가 알고 있다면 이야기해요…… 하지만 내 논리는 간단합니다. 나는 군데르만과 함께 갈 겁니다. 군데르만은 군데르만이니까, 안 그래요?…… 군데르만과 함께 가면 늘 결과가 좋습니다."

"그런데," 피유로가 비웃듯 말했다. "군데르만이 하락을 겨냥하고 있다고 누가 그러던가요?"

별안간 모제가 놀란 눈을 동그랗게 떴다. 오래전부터 나도는 증권거래소의 쑥덕공론에 의하면 군데르만은 사카르를 노리고 있고, 만국 은행 주가의 하락을 유도하고 있으며, 시장을 짓뭉갤 수 있는 시간이 오면 백만 대군의 급습으로 어느 월말에 만국 은행을 압살하리라는 것이었다. 오늘 시장이 몹시 뜨겁다면, 그것은 모두가 오늘 두 군대 중 하나가 쓰러질 무자비한 전투가 벌어지리라 예상하기 때문이었다. 하지만 거짓과 술책이 횡행하는 이 세계에서 누가 그것을 확신할 수 있을까? 미리 예고된 가장 분명한 사실조차 지나가는 사람의 말 한마디에 고뇌에 찬 의심의 대상이 되곤 했으니까 말이다.

"당신은 명백한 사실조차 부정하는군." 모제가 중얼거렸다. "나는 사람들이 주문하는 걸 본 적이 없어…… 그러니 그걸 어떻게 믿어…… 그렇잖아요, 살몽, 어떻게 생각해요? 군데르만이 포기할 리가 없어, 말도 안 돼!"

살몽이 말없이 가냘픈 미소를 짓는 것을 보고 그는 믿지 않을 수 없었다.

"아!" 그가 지나가는 뚱뚱한 남자를 턱으로 가리키며 다시 말했다. "저 사람 말이라면 고통 없이 믿을 텐데…… 저 사람은 매사를 꿰뚫고 있으니까."

그 사람은 유명한 아마디외였다. 그는 여전히 셀시스 광산회사 주식 투기로 성공적인 삶을 살고 있었다. 주가가 15프랑일 때 아무것도 예견하지도 계산하지도 않고 무턱대고, 백치처럼 고집스럽게 다량의 주식을 샀었고, 그것을 1500만 프랑의 이득과 함께 되팔았었다. 사람들은 탁월한 금융 능력 때문에 그를 떠받들었고, 그에게서 아주 사소한 한마디 말이라도 주워듣고 그 말이 지시하는 방향으로 투자하려는 진정한 추종자들이 그를 뒤따랐다.

"그래!" 피유로가 외쳤다. "저돌적인 투자자들이 좋아하는 저 사람의 이론에 따르면, 최선은 직관적으로 떠오르는 생각을 따르는 것이지…… 문제는 운이야. 운이 좋거나, 운이 나쁘거나…… 그러니 어쩌겠어? 아예 생각하지 말아야 해. 내 경험으로는, 생각을 깊이 하고 투자했을 때마다 폭삭 망할 뻔했거든…… 그렇소! 저기 입장하는 은행장이 모든 것을 먹어치우려는 강자의 태도로 자기 자리를 굳건히 유지하는 한, 나는 주식을 매수할 거요."

몸짓으로 그는 이제 막 들어온 사카르를 가리켰다. 사카르는 늘 그렇듯 왼쪽 첫번째 아치형 통로 기둥 근처에 자리를 잡았다. 여느 주요 신용회사 사장처럼 그 또한 자기 자리로 알려진 자리를 가지고 있었기에, 증권거래소가 개장되는 날이면 직원들과 손님들은 으레 거기서 그를 찾았다. 오직 군데르만만이 결코 중앙홀에 발을 들여놓지 않았다. 그는 심지어 공식적인 대리인조차 거기로 보내지 않았다. 그러나 모두가 거기서 군데르만의 군대를 느꼈다. 그는 자신의 주문을 나르는 헤아릴 수 없이 많은 브로커와 중개인 군단의 도움을 받으며, 부재하지만 절대적인 지배자로서 군림했다. 그 밖에도 그의 추종자들은 너무도 많아서 거기에 입장한 모든 사람이 그의 비밀 군대처럼 보였다. 이처럼 눈에 분명히 보이지는 않지만 도처에서 활동하는 군대에 맞서 사카르는 어쩌면 무방비 상태의 전선에서 사력을 다해 싸우고 있었다. 자기 뒤에 벤치가 있음에도 그는 결코 거기에 앉는 법이 없이, 피로를 모르는 사람처럼 두 시간 동안 줄곧 서 있었다. 가끔 힘이 들 때면 그저 돌기둥에 가볍게 기댈 뿐이었는데, 사람들의 잦은 접촉 때문에 시커멓게 때가 낀 돌기둥의 특정 부분이 반들반들해져 있었다. 창백하게 헐벗은 건물 속에서 특징적인 디테일, 즉 때가 잔뜩 낀 문, 벽, 계단, 중앙홀, 불결한 건물 토대, 여러 세대에 걸친 투기꾼들과 도둑들의 땀이 보였다. 여느 증권투자자와 마찬가지로 눈부신 셔츠와 고급 나사 양복을 우아하게 차려입은 사카르는 가장자리가 시커멓게 변색된 사방 벽 속에서 근심 걱정 없는 사람인 양 상냥하고 편안한 표정을 짓고 있었다.

"당신도 알다시피" 하고 모제가 목소리를 낮추며 말했다. "사람들이 사카르가 주식 매수를 통해 시세 상승을 지속시킨다고 비난하고 있어요. 만일 만국 은행이 스스로 주식을 조작하고 있다면, 만국 은행은 이미 끝장난 거지."

그러나 피유로가 반박했다.

"또 험담이야!…… 누가 사고 누가 파는지 정확하게 말할 수 있는 사람이 어디에 있소?…… 그는 자기 은행의 고객을 위해서 여기 온 거요. 그건 지극히 당연한 일이지. 또한 자기 계좌 때문에 온 거기도 하고, 저 사람도 투자자니까."

모제는 입을 다물었다. 증권거래소에서 아무도 사카르가 수행하는 그 끔찍한 작전, 즉 사바타니, 장트루, 자기 집무실 직원들, 기타 다른 사람들의 명의를 빌려 자기 회사 주식을 매수하는 행위를 감히 공개적으로 떠벌리지 못했다. 단지 소문이 귀에서 귀로 전해졌고, 반박되었고, 증거가 없었음에도 또다시 떠돌곤 했다. 처음에 그는 신중하게 단지 시세를 유지하려고만 했었고, 시세가 유지되자마자 자본이 동결되고 회계가 혼란스러워질까봐 즉시 주식을 되팔았다. 그러나 이제 그는 투쟁 의지가 불타올라 전장의 지배자가 되기 위해 오늘 과도한 매수를 불사할 결심을 하고 있었다. 그의 주문이 이루어졌다. 결과를 확신할 수 없는데다 무시무시하게 위험한 길로 점점 더 깊이 들어가면서 엄청난 불안을 느꼈지만, 그는 평소처럼 미소 지으며 애써 평온을 가장했다.

교활하게 생긴 작달만한 남자와 한창 이야기를 나누고 있었던 아마디외의 등뒤로 가서 서성이던 모제가 갑자기 되돌아와 흥분으로 말을 더듬거렸다.

"분명히 들었어, 내 귀로 직접 들었단 말이오…… 군데르만의 매도가 1000만 프랑을 넘어섰다고 그가 말했어…… 오! 난 팔 거야, 팔 거라고, 셔츠까지 팔아야겠어!"

"1000만 프랑이라고, 그럴 수가!" 목소리가 약간 변하며 피유로가 소곤거렸다. "진짜 진검승부잖아."

여기저기서 펼쳐지는 대화로 점증하는 소란 속에서, 이제 화제는 오직 군데르만과 사카르 사이의 흉포한 결투뿐이었다. 무슨 말인지 정확하게 구분되지 않았지만, 그런 이야기만이 점점 더 큰 소리로 오갔다. 한 사람은 조용하지만 논리적으로 집요하게 매도를 고집하고 있고, 다른 한 사람은 미친듯 열정적으로 매수에 나서고 있다는 것이었다. 상반되는 이야기들이 떠돌며 처음에는 속삭임처럼 작게 들리다가 결국에는 나팔 소리처럼 커졌다. 떠들썩한 소란 가운데서도 자기 목소리를 들리게 하려고 고함을 지르는 사람들이 있는가 하면, 긴가민가하면서 말할 게 아무것도 없음에도 상대방의 귀에 대고 나직이 이야기를 전하는 사람들도 있었다.

"거참! 그래도 나는 상승세에 걸겠소!" 벌써 확고하게 결심한 피유로가 다시 말했다. "날씨가 너무 좋잖아, 시세가 또 올라갈 거요."

"모든 게 무너질 거요." 모제가 가슴을 졸이며 고집스럽게 반박했다. "곧바로 비가 내릴 거야, 내가 어젯밤에 신경통을 느꼈단 말이오."

그러나 그들의 말을 차례로 듣고 있던 살몽의 미소가 너무도 날카로워서 그렇잖아도 확신이 없었던 그들은 둘 다 기분이 좋지 않았다. 너무도 강하고, 너무도 깊고, 너무도 입이 무거운 이 괴상한 사내가 상승세에도 하락세에도 아랑곳하지 않는 제3의 투자 방식을 찾아내기라도 한 것일까?

자기 기둥에 서 있던 사카르는 주변에서 점점 커지는 아첨꾼들과 고객들의 무리를 지켜보았다. 끊임없이 손이 내밀어졌고, 그는 기쁘게 그 손을 모두 잡으며 악수 속에 승리의 약속을 담았다. 몇몇 사람은 달려와 한마디 이야기를 나누고는 밝은 표정으로 돌아갔다. 많은 사람이 고집스레 그를 놓아주지 않았고, 그의 동지가 되는 것을 영광으로 생각했다. 종종 그는 자기에게 말을 거는 사람들의 이름을 떠올리지 못해 상냥하게 미소 지을 뿐이었다. 그래서 샤브 대위가 모장드르를 알아볼 수 있도록 그에게 이름을 말해주어야 했다. 매제와의 관계를 회복한 대위는 주식을 팔도록 그를 부추겼다. 그러나 은행장과의 악수는 모장드르로 하여금 끝없는 희망에 불타도록 하기에 충분했다. 다음은 이사인 실크 거상 세디유 차례였는데, 그는 잠시 상의하기를 원했다. 그의 상점은 몰락해가고 있었고, 그의 모든 재산이 만국 은행의 재산에 연결되어 있었기에 주가 하락은 곧 그의 파산을 뜻했다. 열정에 들뜨고 근심 걱정에 사로잡힌 채, 마조의 사무실에서 빛을 보지 못하는 아들 귀스타브에 대해서도 골머리를 앓던 그는 위로받고 격려받고 싶어했다. 어깨를 두드리면서 사카르는 믿음과 용기를 주어 그를 돌려보냈다. 그런 다음, 사람들이 줄지어 늘어섰다. 오래전부터 주식을 매도하며 우연에 기대지 않으려 하는 은행가 콜프, 단지 대영주의 고고한 아량으로 호기심과 무료함 때문에 증권거래소에 들른 척하는 드 보앵 후작, 너무도 마음이 약해서 완전한 종말이 오기 전에는 변함없이 친구로 남을 것이며 그렇기에 화만 내고 있을 수 없다고 말하지만 실은 더이상 주워갈 것이 없는지 확인하러 오는 위례…… 그러나 데그르몽이 나타나자, 모두가 물러갔다. 그는 대단한 강자였고, 사람들은 그의 상냥함, 연대감 깊은 신뢰의 태도로 농담하는 방식에 주목했다. 상승세 투자자들의 표정이 밝아졌는데, 왜냐하면 그는 마루가 삐걱거리자마자 즉시 건물에서 빠져나갈 줄 아는 능란한 투자자로 알려져 있었기 때문이다. 만국 은행이 아직 삐걱거리지 않는다는 것이 확실해졌다. 이윽고 다른 사람들이 오가며 사카르와 간단히 눈짓을 교환했다. 그들은 사카르의 사람들, 또는 주문할 책임을 맡은 직원들로, 투기의 광증 속에서 자기 자신들의 계좌를 위해서도 주식을 샀다. 요컨대 투기라는 전염병은 런던가의 사람들로 하여금 언제나 주위를 살피고 정보를 얻기 위해 열쇠 구멍에 귀를 갖다 대게 하며 그들을 죽음으로 몰아넣고 있었던 것이다. 두 번씩이나 사바타니는 은행장을 보지 못한 척하면서, 동양인의 피가 섞인 이탈리아인 특유의 관능적 매력을 풍기며 옆으로 지나갔다. 몇 걸음 떨어진 곳에서 등을 돌린 채 꼼짝하지 않던 장트루는 창살 쳐진 게시판에 게시된 외국 증권거래소의 지급 통신문을 보는 것 같았다. 언제나 사람들을 밀치면서 뛰어다니는 증권 브로커 마시아는 급한 심부름을 하며 대답을 대신하듯 고개를 까딱거리며 지나갔다. 개장 시간이 다가옴에 따라 홀을 누비는 끊임없는 발걸음 소리, 배가되는 군중의 흐름이 증권거래소를 만조의 깊은 흔들림과 울림으로 가득 채웠다.

사람들은 첫번째 시세 발표를 기다렸다.

마조와 자코비가 증권 중개인실에서 나와 우애 깊은 표정으로 나란히 중앙홀로 들어왔다. 그렇지만 그들은 서로에게 적수였고, 몇 주 전부터 둘 중 하나의 파산으로 끝날 수 있는 무자비한 싸움을 벌이고 있었다. 키가 작고 깡마르고 잘생긴 마조는 매우 활달했는데, 바로 그 점에 그가 서른두 살의 나이에 숙부의 사무실을 물려받을 수 있었던 행운의 비밀이 있었다. 반면 배에 살이 찌고 발걸음이 무겁고 머리칼이 반백이 된 대머리 거한, 넓적한 얼굴의 예순 살 향락가인 자코비는 옛 대리인으로서 그에게 주문한 고객들 덕분에 선임 순서에 따라 증권 중개인이 되었었다. 그들은 둘 다 수첩을 손에 든 채, 마치 공급과 수요가 뒤섞인 전투에서 그들이 총알처럼 주고받을 수백만 프랑이 그 수첩과는 아무런 상관이 없다는 듯, 그저 맑은 날씨에 대해 이야기를 나누고 있었다.

"그렇잖소? 멋진 겨울 날씨야!"

"아, 그럼요! 오늘은 걸어서 왔습니다, 날씨가 너무 좋아서!"

사람들이 던져 넣는 쓸모없는 전표나 신문이 아직은 보이지 않는 원형 코르베유 앞에 다다르자, 그들은 잠시 멈춰 서서 벨벳 난간에 기댄 채 계속해서 평범한 이야기를 나누었고, 곁눈질로 주변을 살폈다.

원형 코르베유를 중심으로 사방에 늘어선 낮고 긴 두 열의 탁자 사이로 네 개의 통로가 나 있었는데, 마치 네 개의 가지를 지닌 거대한 별처럼 보이는 십자형의 그 통로들은 일반인에게는 접근이 금지된 성역이었다. 한편 두 통로가 이어지는 앞쪽 둥그런 모퉁이에 놓인 긴 탁자에는 커다란 등록부들이 놓였고, 그 앞에서 현물거래 사무원들이 높다란 의자에 올라앉은 세 명의 시세 표지원을 바라보고 있었다. 다른 한편 아마도 그 생김새 때문에 '기타'라고 불리는 작은 공간 하나가 개방

되어 있었는데, 그 공간에서 직원들과 투기꾼들이 증권 중개인들과 직접 접촉했다. 그 뒤로 다른 두 통로가 부드러운 직각을 이루는 공간에는 수많은 사람들이 몰려 프랑스 국채 시장을 형성하고 있었다. 거기서는 현물거래 시장처럼 증권 중개인 각자가 별도의 수첩을 지닌 특정 대리인에 의해 대표되었다. 왜냐하면 투기의 광적인 열기에 휩싸인 증권 중개인들은 원형 코르베유를 둘러싼 채 오직 선물시장에만 관심을 집중하고 있었기 때문이다.

그러나 왼쪽 통로에서 자기에게 손짓하는 대리인 베르티에를 보고서 마조는 그에게로 가 나직이 몇 마디를 나누었다. 대리인들은 통로까지만 오갈 수 있을 뿐, 세속적인 손이 만져서는 안 되는 붉은 벨벳 난간으로부터 적당한 거리를 유지해야만 했다. 매일 마조는 베르티에, 현물거래 대리인, 국채 거래 대리인, 종종 여기에 합류하는 결제 담당 사무원과 함께 증권거래소로 왔다. 지급 통신문을 손에 든 애송이 플로리도 마조와 함께 오곤 했는데, 얼굴이 무성한 수염에 묻혀 있어서 보이는 것이라고는 부드러운 눈빛밖에 없었다. 자도바 전투 이튿날 1만 프랑의 이득을 본 이후, 변덕스럽고 탐욕스러운 쉬쉬의 여러 요구에 응하고자 전전긍긍하는 플로리는 그 어떤 작전도 없이, 자신이 맹목적으로 믿는 사카르의 투자 방향에 맞추어 정신없이 자기 자신을 위해 투자했다. 자신이 받는 주문, 여러 사람이 자기에게 전달하는 전보가 그를 인도하기에 충분했다. 양손에 지급 통신문을 가득 든 채 이층의 전신국에서 달려 내려온 플로리는 경비원에게 마조를 불러오게 했는데, 마조는 '기타'로 가기 위해 베르티에와 헤어졌다.

"사장님, 오늘 당장 지급 통신문들을 검토하고 분류할까요?"

"그래야겠지, 이처럼 무더기로 온다면…… 그런데 이 모든 게 대체 뭔가?"

"아! 만국 은행 주식 매수 주문이죠, 거의 모두가……"

증권 중개인은 눈에 띄게 흡족한 표정을 지으며 능숙한 손으로 지급 통신문들을 대충 훑어보았다. 오래전부터 사카르의 투자금 상당액을 관리해왔으며 오늘 아침에도 막대한 매수 주문을 받은 그는 이제 만국 은행의 공식 증권 중개인이 되었다. 지금까지 격심한 불안이 없지 않았지만, 과장된 시세에도 불구하고 여전히 지속되는 일반 투자자의 열광, 집요한 매수 열풍이 그를 안심시키고 있었다. 지급 통신문의 서명자들 가운데 한 사람의 이름이 그를 놀라게 했는데, 그것은 방돔의 징세관 페이외의 이름이었다. 사흘이 멀다 하고 전보를 줄기차게 보내오는 것으로 미루어 페이외는 방돔의 농민, 여성 독신자篤信者, 사제로 구성된 수많은 군소 매수자들을 고객으로 확보했음이 틀림없었다.

"이건 현물거래 대리인에게 갖다주게." 마조가 플로리에게 말했다. "그리고 여기서 지급 통신문을 전달받으려고 기다리지 말고, 알겠나? 위층에 머무르면서 직접 통신문을 수령하게."

플로리는 현물거래 시장의 난간으로 가서 팔꿈치를 괸 채 목청껏 소리쳤다.

"마조! 마조!"

귀스타브 세디유가 다가왔다. 증권거래소에서 부하 직원들은 자기가 대신하는 증권 중개인의 이름으로 통했기에 자기 이름을 잃었다. 그래서 플로리도 마조로 불렸다. 이 년가량 사무실을 떠났었던 귀스타브는 아버지로 하여금 자기 빚을 갚아주기로 결심하게 하려고 이제 막

사무실로 되돌아온 터였다. 그날은 원래의 대리인이 부재했기 때문에 그가 현물거래를 맡고 있었는데, 그 일이 그의 마음에 들었다. 플로리가 그의 귀에 대고 무엇인가를 속삭였고, 이내 둘은 페이외의 주문을 자기들을 위해 이용한 다음 마지막 시세에서 주식을 매수해주자고 합의했다. 말하자면 그들은 주가 상승이 확실한 이상, 단골 명의 대여인의 이름으로 주식을 샀다가 되팖으로써 시세 차익을 얻고자 했던 것이다.

그때 마조가 원형 코르베유로 되돌아왔다. 그가 발걸음을 옮길 때마다, 경비원이 다가와서 코르베유로 접근할 권리가 없는 고객이 연필로 급히 휘갈겨 쓴 주문 전표를 그에게 전달했다. 증권 중개인은 각자 빨강, 노랑, 파랑, 초록 등 특정 색깔로 만든 고유의 전표를 소유했기에 그 덕에 전표가 쉽게 식별되었다. 마조의 전표는 희망을 상징하는 초록색이었다. 경비원들이 끊임없이 오가는 가운데 작은 초록색 종잇장이 마조의 손가락에 쉼없이 쌓여갔다. 통로 끝에서 경비원들은 직원들과 투자자들의 손에서 그 초록색 종잇장들을 넘겨받았는데, 직원들과 투자자들은 시간을 절약하기 위해 전표를 미리 대량으로 확보해두고 있었다. 원형 코르베유의 벨벳 난간 앞에 멈춰 섰을 때, 마조는 자코비와 마주쳤다. 자코비 또한 점점 불어나는 선명한 핏빛의 빨간색 전표를 손에 가득 쥐고 있었다. 그 전표들에는 군데르만과 그 추종자들의 주문이 들어 있음이 틀림없었다. 왜냐하면 자코비가 지금 준비되고 있는 대살육에서 하락세 투자자들의 중개인, 유대인 은행의 집행인 역할을 맡고 있음은 모두가 아는 사실이었기 때문이다. 자코비는 또다른 증권 중개인 들라로크와 잡담을 나누고 있었다. 자코비의 매제인 들라로크는 유대인 여자와 결혼한 기독교인으로 작달막하고 뚱뚱한 적갈색 대머리였다. 사교클럽에 즐겨 드나드는 그는 데그르몽의 주문을 받아서 유명해졌는데, 데그르몽은 예전에는 마조와, 최근에는 자코비와 불화를 일으킨 바 있었다. 들라로크가 전해주는 이야기, 즉 빈털터리가 되어 남편의 집으로 되돌아간 여자의 비행非行 이야기에 자코비의 깜박이는 작은 눈이 불타올랐다. 자코비가 열정적인 몸짓으로 자기 수첩을 흔들자, 수첩에서 4월 하늘을 연상시키는 연푸른색 전표 뭉치가 삐져나왔다.

"마시아 씨가 선생님을 찾고 있습니다" 하고 경비원이 와서 마조에게 말했다.

마조는 급히 통로 끝으로 되돌아갔다. 만국 은행의 주구走狗가 된 증권 브로커 마시아는 살을 에는 듯한 추위에도 불구하고 주랑에서 형성된 장외시장의 소식을 전했다. 몇몇 투기꾼들이 추위에 아랑곳없이 상황을 살폈고, 간간이 몸을 덥히기 위해 중앙홀로 들어왔다. 벽시계 아래 동그랗게 원을 이룬 장외 주식 중개인들은 두터운 반코트 차림에 목덜미의 모피 깃을 세운 채, 너무도 활기차게 외치고 너무도 선명하게 동작을 취해서 추위를 느끼지 않는 것처럼 보였다. 가장 적극적인 장외 주식 중개인들 가운데 키 작은 나탕송이 눈에 띄었는데, 그는 크레디 모빌리에 은행의 하급 사무원직을 버리고 자기 사무실과 창구를 연 이후 운좋게도 승승장구하고 있었다.

하락세 투자자들이 증권시장을 뒤흔드는 가운데 시세가 하락하는 듯했기에 사카르가 장외시장에서 작전을 개시하여 첫번째 장내 공식 시세에 영향을 끼칠 결심을 했다고, 마시아가 빠르게 설명했다. 만국 은행의 주가는 그 전날 폐장 무렵 3030프랑까지 올라갔었다. 그가 나탕송에게 100주를 주문하여 오늘은 주가가 3035프랑으로 올라갔다. 다시 말해 5프랑의 상승분이 발생한 것이었다.

"좋아! 시세가 우리 생각대로 올라갈 거요." 마조가 말했다.

마조는 한곳에 모여 있는 증권 중개인들의 무리 속으로 되돌아갔다. 예순 명의 중개인은 규정을 어기고 자기들끼리는 폐장될 때까지 평균 시세로 주식을 거래했다. 미리 정해놓은 낮은 시세 주문은 시장에 영향을 끼치지 못했는데, 왜냐하면 그 시세가 실현될 때까지 기다려야 하기 때문이었다. 반면 최고 시세에서 이루어진 주문, 즉 중개인의 감각에 따라 자유롭게 이루어진 주문은 주식시세표를 지속적으로 요동치게 만들었다. 훌륭한 중개인들은 예민한 감각과 통찰력, 재빠른 두뇌와 민첩한 근육을 지녀야만 했다. 증권시장에서는 흔히 신속함이 성공의 전제 조건이었던 것이다. 그 외에도 그들은 거대 은행과 좋은 관계를 유지하고, 도처에서 정보를 수집하고, 무엇보다 프랑스 내의 증권거래소 및 외국 증권거래소에서 지급으로 소식을 전달받을 수 있어야 했다. 또한 크게 외치기에 좋은 튼튼한 목소리도 필요했다.

한시 종이 울렸고, 타종 소리가 넘실거리는 머리의 물결 위로 바람처럼 지나갔다. 그리고 여운이 길게 이어졌다. 자코비가 두 손을 벨벳 난간에 기댄 채 소가 울듯 동료들 가운데 가장 큰 목소리로 소리쳤다.

"만국 은행 주식! 만국 은행 주식 있습니다!"

그는 가격을 정하지 않고 수요자를 기다렸다. 예순 명의 중개인이 다시 모여 원형 코르베유를 둘러쌌는데, 그 안에서는 이미 중개인들이 버린 전표가 색깔 선명한 얼룩을 이루고 있었다. 중개인들은 서로를 뚫어지게 바라보았고, 마치 결투하는 적수처럼 거래 초기에 서로의 표정을 탐색하면서 첫번째 시세가 발표되기를 초조하게 기다렸다.

"만국 은행 주식!" 자코비의 노호하는 듯한 저음이 되풀이되었다. "만국 은행 주식이 여기 있어요!"

"얼마입니까, 만국 은행 주식?" 마조가 가냘프지만 날카로운 목소리로 물었다. 마치 플루트 소리가 첼로 소리 위로 들리듯, 몹시 날카로운 그 목소리는 자코비의 저음을 압도했다.

그러자 들라로크가 그 전날의 시세를 제시했다.

"3030프랑이라면, 내가 사겠소."

그러자 즉시 다른 중개인이 값을 올렸다.

"3035프랑 줄 테니 내게 보내시오."

그것은 장외시장의 시세로서, 들라로크의 작전을 수포로 돌아가게 했음이 틀림없었다. 들라로크는 장내에서 매수한 뒤 신속하게 장외에서 매도함으로써 5프랑의 상승분을 챙길 수도 있었던 것이다. 이어서 사카르의 의도를 확신한 마조가 결심한 듯 말했다.

"3040프랑에 내가 사겠소. 만국 은행 주식을 내게 주시오."

"몇 주를 살 거요?" 자코비가 물었다.

"300주."

둘 다 각자의 수첩에 한 줄의 글자를 적었다. 거래가 성립되었고, 첫번째 시세가 전날 시세보다 10프랑 상승한 상태로 확정되었다. 마조는 중개인 무리에서 떨어져나와 만국 은행 주가를 등록하는 시세 표지원에게 숫자를 전달하러 갔다. 그러자 이십 분 동안, 그야말로 봇물이 터지듯 모든 일이 한꺼번에 이루어졌다. 다른 증권들의 시세가 확정되었고, 중개인들이 준비한 거래 전체가 큰 변동 없이 성립되었다. 그러는 동안 소란스러운 원형 코르베유와 열기에 휩싸인 현물거래 시장 사이에서, 높은 곳에 올라앉은 시세 표지원들은 중개인들과 그 부하 직원들이 가져온 새로운 시세를 기록하느라 여념이 없었다. 그 뒤쪽에서 국채 시장이 뜨거운 열기를 뿜었다. 시장이 개장된 이후, 군중은 개별적으로 소리를 내지 않고 넘쳐흐르는 대하大河처럼 끊임없이 들이치는 물결 소리를 냈다. 이 엄청난 파도 소리 위로 공급과 수요의 불협화음, 즉 폭풍 속에서 약탈에 나선 맹금들의 울음처럼 불안정한 음표로 고조되고, 잦아들고, 멈추고, 다시 시작되는 날카로운 외침이 지나갔다.

사카르는 자기 기둥 옆에 서서 미소를 짓고 있었다. 그의 왕궁은 가치가 계속 올라갔다. 만국 은행 주가의 10프랑 상승은 증권거래소를 술렁이게 했는데, 왜냐하면 증권가는 오래전부터 정기거래 결제일에 만국 은행 주가가 폭락하리라 예측하고 있었기 때문이다. 위레는 시세가 2500프랑일 때 주식을 팔아버린 것을 후회하는 체하며 세디유와 콜프에게 다가갔다. 한편 데그르몽은 관심 없다는 듯 드 보앵 후작의 팔을 붙든 채, 자기 말이 패한 가을 경마에 대해 즐겁게 이야기하고 있었다. 모장드르는 의기양양한 태도로 샤브 대위를 몰아세웠고, 샤브 대위는 끝까지 가봐야 안다면서 고집스럽게 비관론을 견지했다. 허풍을 떠는 피유로와 우울한 모제 사이에서도 같은 장면이 연출되었다. 전자는 이 광기 어린 상승에 신이 났고, 후자는 주먹을 불끈 쥔 채 반드시 죽여야 할 미친 짐승에 대해 이야기하듯 이 어리석고 집요한 상승에 대해 이야기했다.

한 시간이 흘렀다. 시세에는 거의 변화가 없었고, 장내에서 거래가 계속 이루어졌다. 그렇지만 새로운 주문과 지급 통신문이 전달하는 거래가 조금 전보다는 덜 활발했다. 모든 증권거래소에서는 마지막 시세라는 결정적인 결과가 나오기 전에 이런 종류의 소강상태, 속도 둔화가 발생하기 마련이었다. 그렇지만 여전히 자코비의 으르렁거리는 목소리가 들렸고, 그 소리를 끊는 마조의 날카로운 목소리가 들렸다. 둘 다 옵션거래에 몰두하고 있었다. "만국 은행 주식이 3040프랑이고, 그중 프리미엄이 15프랑이오……" "프리미엄이 10프랑이라면 내가 살 텐데……" "몇 주를 사겠소?……" "25주……" "그렇게 합시다!" 그것은 마조가 페이외의 주문을 실행한 것임이 틀림없었다. 왜냐하면 많은 지방 투자자들은 손실을 줄이기 위해 확정 시세가 발표되기 전에 옵션 프리미엄을 붙여 주식을 사고팔았기 때문이다. 뒤이어 갑자기 소문이 돌았고, 단속적인 목소리들이 고조되었다. 이제 막 만국 은행 주가가 5프랑 하락했던 것이다. 만국 은행 주가는 10프랑, 15프랑, 즉 한 계단씩 하락한 끝에 3025프랑에 거래되었다.

바로 그때, 잠시 사라졌다가 다시 나타난 장트루가 사카르의 귀에 대고 산도르프 남작 부인이 브롱니아르가의 마차에 앉아 주식을 팔아야 할지 물어봐달라고 한다고 전했다. 시세가 하락하는 시점에서 던져진 이 물음이 사카르를 격분하게 만들었다. 마부가 마부석 높이 앉아 꼼짝하지 않는 가운데, 유리창을 닫고서 자기 집인 양 편하게 앉아 수첩을 훑어보는 남작 부인이 그의 눈에 보이는 듯했다.

"날 좀 내버려두라고 해! 만약 주식을 팔면 그녀의 목을 졸라 죽일 거야!"

15프랑 하락했다는 소식을 들은 마시아가 마치 경보를 들은 듯, 자신이 필요하리라 생각하며 달려왔다. 마지막 시세를 끌어올리기 위해 일격, 즉 리옹의 증권거래소에서 보내주기로 되어 있었던 상승세 소식을 기다리고 있던 사카르는 지급 통신문이 오지 않자 불안을 느끼기 시작했다. 이 뜻밖의 15프랑 하락은 재앙으로 이어질 수 있었다.

능숙하게도 마시아는 사카르 앞으로 가지 않은 채 팔꿈치로 그를 툭 치고는 귀를 쫑긋 세워 그의 주문을 들었다.

"빨리 나탕송에게 주문을 하게, 400주든 500주든 필요한 만큼."

주문이 너무도 신속하게 이루어졌기에, 이를 눈치챈 것은 오직 피유로와 모제뿐이었다. 그들은 상황을 알아보기 위해 마시아의 뒤를 따랐다. 만국 은행의 주구가 되고부터 마시아의 중요성이 커진 것은 사실이었다. 사람들은 그의 정보를 듣고 싶어했고, 어깨 너머로 그가 받는 주문 내용을 알려고 애썼다. 그 자신도 이제 막대한 이익의 수혜자가 되어 있었다. 그때까지 거친 운명에 시달려온 불운한 자의 상냥한 미소와 더불어, 그는 증권거래소의 불행한 삶도 견딜 만한 것이라고 되뇌곤 했다. 증권거래소에서 그는 더이상 성공하기 위해서는 유대인이 되어야 한다고 말하지 않았다.

세시의 창백한 태양도 전혀 덥혀주지 못하는 주랑의 차디찬 기류 속에 펼쳐진 장외시장의 경우, 만국 은행 주식의 하락 속도가 장내보다는 덜 빨랐다. 자신의 브로커들에게서 상황을 전해 들은 나탕송은 개장 때 들라로크가 성공시키지 못한 차익 거래를 실현했다. 즉 장내에서 3025프랑에 사서 장외에서 3035프랑에 팔았던 것이다. 그 일은 채 삼 분도 걸리지 않았고, 그새 그는 6만 프랑을 벌었다. 벌써 장내에서 이루어진 매수는 주가를 3030프랑으로 다시 끌어올렸는데, 이처럼 합법적 시장과 묵인된 시장이 서로 영향을 주고받으면서 균형을 이루었다. 홀에서 주랑으로 브로커들이 군중을 헤치며 쉼없이 뛰어다녔다. 그러는 동안 장외시장의 시세가 상향 곡선을 그렸다. 마시아가 나탕송에게 전달한 주문이 3035프랑을 유지시켰고, 다시 그것을 3040프랑으로 끌어올렸다. 한편 장내에서도 반격이 이루어져 주가가 처음의 시세를 되찾았다. 그러나 그것을 유지하기는 쉽지 않을 것처럼 보였다. 왜냐하면 하락세 투자자들의 이름으로 거래하는 자코비와 다른 중개인들의 작전은, 폐장 직전 마지막 삼십 분 동안 증권거래소를 대혼란에 빠뜨려 시장을 붕괴시킬 수 있도록 대량 매각을 폐장 무렵으로 유보시키는 것이 틀림없었기 때문이다. 위기임을 절감한 사카르는 몇 걸음 떨어진 곳에서 나른하고 무심한 표정으로 담배를 피우고 있는 사바타니에게 미리 약속한 손짓으로 신호를 보냈다. 곧바로 뱀처럼 유연하게 사바타니는 군중을 헤치며 '기타'로 갔고, 거기서 귀를 쫑긋 세운 채 시세에 따라 다량의 초록색 카드로 계속해서 마조에게 매수 주문을 했다. 그럼에도 공격이 너무도 가열차서 만국 은행 주식은 또다시 5프랑 하락했다.

사십오분을 알리는 종이 울렸다. 폐장 종이 울리기까지 이제 단지 십오 분이 남아 있었다. 군중이 빙빙 돌며 지옥의 고문을 당하듯 아우성을 쳤다. 원형 코르베유에서도 여기저기 가마솥이 갈라지는 듯한 고함이 끊임없이 터져나왔다. 바로 그때, 사카르가 초조하게 기다려온 희소식이 날아들었다.

처음부터 두 손에 지급 통신문을 가득 든 채 십 분마다 전신국에서 내려오곤 했던 애송이 플로리가 군중을 헤치며 이번에는 밝은 표정으로 전보 한 통을 들고 다시 나타났다.

"마조! 마조!" 어떤 목소리가 그를 불렀다.

플로리는 마치 자기 자신의 이름에 대답하듯, 자연스럽게 고개를 돌렸다. 상황을 알고 싶어하는 장트루였다. 그러나 마음이 몹시 급했던 플로리가 그를 밀치며 지나갔다. 플로리는 만국 은행 주식 시세가 상승세로 마감되리라 생각하며 기뻐했는데, 왜냐하면 지급 통신문이 전망하는 바에 의하면 리옹 증권거래소에서 만국 은행 주식이 대량으로 매수되어 주가가 올라갈 것이며, 그것이 파리 증권거래소에도 영향을 끼칠 것이었기 때문이다. 뒤이어 다른 전보들도 속속 도착했고, 많은 중개인들이 매수 주문을 받았다. 상당한 결과가 즉각적으로 나타났다.

"만국 은행 주식을 3040프랑에 삽니다." 마조가 흥분이 고조된 날카로운 목소리로 되풀이했다.

매수 주문을 넘치게 받은 들라로크가 가격을 5프랑 올렸다.

"3045프랑에 삽니다……"

"3045프랑, 여기 200주가 있소" 하고 자코비가 소리쳤다.

"보내줘요!"

그러자 마조가 가격을 더 올렸다.

"3050프랑에 삽니다."

"몇 주?"

"500주…… 보내줘요!"

그러나 광포한 몸짓이 오가는 가운데 혼란이 극에 달해서 중개인들조차 더이상 서로의 목소리를 들을 수 없었다. 한쪽의 베이스 목소리들은 묻혀버렸고 다른 쪽의 플루트 목소리들은 희미해졌지만, 직업적 열정으로 흥분에 휩싸인 채 그들은 몸짓으로 거래를 계속했다. 커다란 입들이 열려도 알아들을 수 있는 소리는 나지 않았고, 오직 손들만이 말을 하고 있었다. 안에서 바깥으로 내미는 동작은 공급을 의미했고, 바깥에서 안으로 들이는 동작은 수요를 의미했다. 허공으로 들어올린 손가락이 수량을 가리켰고, 머리가 예 또는 아니요를 말했다. 그것은 군중을 놀라게 하는 광란의 행동 가운데 하나로, 오직 전문가들만이 그 의미를 온전히 해독할 수 있었다. 위층 전신국 회랑에서 여자들이 몸을 기울인 채 공포에 휩싸여 그 진기한 광경을 바라보았다. 국채 시장에서는 주먹질을 해대는, 그야말로 격렬한 난투극이라 할 만한 상황이 벌어졌다. 홀 한쪽에서는 이중의 인파가 형성되어 끝없는 소용돌이로 주변 군중을 흩어지게 했다가 다시 모이게 하곤 했다. 현물거래 시장과 원형 코르베유 사이에서는, 혼란하게 뒤엉킨 사람들의 머리 위로 이제 높은 의자 위에 앉은 세 명의 시세 표지원만이 보였는데, 그들은 흰 얼룩처럼 보이는 등록부와 함께 표류물인 양 떠돌며 사람들이 가져오는 시세 변동폭에 따라 왼쪽으로 갔다가 오른쪽으로 갔다가 하기를 되풀이했다. 특히 현물거래 시장에서 혼잡이 극에 달했고, 얼굴조차 보이지 않는 머리들이 빽빽이 들어차 있었으며, 공중으로 쳐든 수첩과 회계 전표의 밝은 색조가 우글거리는 그 어두운 머리칼들을 비추었다. 원형 코르베유, 온갖 색깔의 구겨진 전표로 가득찬 그 동그란 분지 둘레에서는 반짝이는 잿빛 머리칼들, 충격을 받아 창백해진 얼굴들, 열기에 휩싸여 내민 손들, 난간이 받쳐주지 않았더라면 서로 뒤엉켜 넘어졌을지도 모를 상체들, 춤추듯 갖가지 신호를 만드는 육체들이 보였다. 마지막 순간의 이런 광란이 급기야 일반인마저 흥분시켰고, 너무도 비좁은 복도에 풀어놓은 거대한 양떼처럼 대혼잡 속에서 이리저리 떠밀리는 인파로 인해 홀이 터질 듯했다. 다만 프록코트들만이 자제심을 발휘하는 가운데 그들의 실크해트들이 유리창에서 떨어지는 마지막 햇살에 희미하게 반짝였다.

그러나 갑자기 종소리가 소란을 관통했다. 모든 것이 조용해지며 동작들이 멈췄고, 현물거래 시장, 국채 시장, 원형 코르베유에서 목소리가 잦아들었다. 이제 흐르기를 멈춘 급류와 비슷한 일반인의 웅성거림만이 귀에 들렸다. 집요한 동요 속에서 마지막 시세가 전해졌는데, 만국 은행 주가는 전날보다 30프랑 더 상승한 3060프랑에 달했다. 하락세 투자자들의 당혹감은 이루 말할 수 없었다. 정기거래 결제는 다시 한번 그들에게 재앙이었으니, 왜냐하면 보름 동안의 차손이 상당한 액수에 이르렀기 때문이었다.

홀을 떠나기 전에, 사카르는 한순간 눈짓으로 주변 사람들을 더 잘 감싸안으려는 듯 몸을 치켜세웠다. 너무도 큰 승리에 그는 현실적인 거물이 되었고, 그의 전 자아가 더욱 팽창하고 무거워지고 거대해졌다. 군중의 머리 위에서 그가 찾고 있던 사람은 그 자리에 없는 군데르만, 패퇴한 채 얼굴을 찌푸리고 용서를 구하는 군데르만이었다. 그는 적어도 그 자리에 있는 미지의 유대인 모두가, 더럽고 사나운 유대인 모두가 승리의 영광 속에 우뚝 선 자신을 보기를 원했다. 그것은 위대한 승리의 날이었다. 사람들은 아우스터리츠 또는 마렝고에 대해서 이야기하듯, 지금도 그 승리의 날에 대해 이야기하곤 한다. 고객들과 친구들이 달려왔다. 드 보앵 후작, 세디유, 콜프, 위레가 그의 두 손을 잡았다. 증권거래소에서는 그런 승리의 끝에 파산한다는 것을 아는 데그르몽은 사교적인 상냥함으로 거짓된 미소를 지으며 그에게 찬사를 보냈다. 모장드르는 흥분을 못 이겨 그의 두 뺨에 입맞추면서 샤브 대위가 어깨를 으쓱 올리는 것을 보았다. 그렇지만 종교적인 감정마저 뒤섞인 완벽한 찬미는 드주아의 것이었으니, 마지막 시세를 알아보기 위해 신문사에서 달려온 그는 몇 걸음 떨어진 곳에서 감동과 찬탄으로 못박힌 듯 꼼짝하지 않고 서서 눈물을 글썽이고 있었다. 장트루는 산도르프 남작 부인에게 소식을 전하러 갔는지 이미 사라지고 없었다. 마시아와 사바타니는 대전투에서 승리한 날 저녁처럼 눈부신 표정으로 숨을 헐떡이고 있었다.

"이봐요! 내가 뭐라고 했소?" 피유로가 기쁨에 겨워 소리쳤다.

모제는 시무룩한 표정으로 은근히 불길한 전망을 담아 투덜거렸다.

"그래그래, 그러다가 팍 꼬꾸라질 거요…… 대가를 치러야 할 멕시코 사태, 멘타나 전투 이후로 지금까지 얽히고설킨 로마 문제, 조만간 우리를 침공할 독일…… 그래그래, 아직도 올라가는 그 망할 놈의 주가는 더 높은 곳에서 꼬꾸라지고 말 거요. 아! 모든 게 끝장날 거야, 두고 봐요!"

그런 다음, 살몽이 이번에는 심각한 표정을 짓고 있었기에 모제는 그를 보며 말했다.

"당신의 의견도 그렇지요? 모든 게 너무 잘나갈 때, 바로 그때 모든 게 무너지잖소."

그러는 동안 홀이 비워졌다. 이제 허공에는 담배 연기, 푸르스름하고 두텁고 누르스름하게 떠도는 먼지만이 남아 있었다. 마조와 자코비는 다시 단정한 차림새로 함께 중개인실로 돌아갔다. 자코비는 고객들의 피해보다 자기 개인의 비공개적인 손실에 더욱 상심했다. 반면 투자를 하지 않았던 마조는 급등한 마지막 시세 때문에 무척 즐거워했다. 그들은 회계 전표로 가득찬 수첩을 손에 든 채 영수증을 교환하며 잠시 들라로크와 이야기를 나누었다. 결제 담당 사무원들이 거래를 집행하기 위해 그날 저녁부터 그 회계 전표를 자세히 검토할 것이었다. 그동안 커다란 기둥들이 서 있는 나지막한 증권 브로커실, 몇 줄의 책상이 놓이고 안쪽에 휴대품 보관소가 있어서 관리가 부실한 교실을 연상시키는 증권 브로커실에서는 모자를 찾으러 온 플로리와 귀스타브 세디유가 즐겁게 잡담을 나누었고, 증권거래소 직원들이 책상에 모여앉아 최고 시세와 최저 시세에 따라 작성하는 평균 시세를 알고자 기다렸다. 세시 반경 게시물이 기둥에 붙었을 때, 둘은 페이외의 매수 주문을 불법적으로 이용함으로써 실현한 이익에 만족한 채 말 울음소리를 내기도 했고, 수탉 울음소리를 내기도 했다. 둘 모두 고독한 남자였다. 플로리는 쉬쉬가 여러 가지 까다로운 요구를 하는 바람에 힘들어했고, 귀스타브는 제르멘 쾨르를 자코비—그는 이제 경마장 하녀에게 다달이 돈을 대주며 그녀를 애인으로 삼은 참이었다—에게서 완전히 빼앗는 어리석은 짓을 저질렀었다. 증권 브로커실에서는 초등학생들의 장난처럼 서로 떠밀며 모자를 망가뜨리는 어리석은 소극, 떠들썩한 소란이 계속되었다. 한편 주랑에서는 장외시장이 거래를 마감하고 있었다. 차익거래에 크게 만족한 나탕송은 추위가 혹독해졌음에도 계단을 내려가서, 출발이 늦은 마지막 투기꾼들의 물결 속으로 들어갈 결심을 했다. 여섯시부터 투기꾼들, 증권 중개인들, 장외시장 중개인들, 증권 브로커들로 구성된 이 모든 사람들은, 일부는 자신의 이익 또는 손실을 측정한 뒤, 또다른 일부는 자신의 중개료를 결산한 뒤, 타락한 돈 개념으로 부산했던 하루를 레스토랑과 극장에서, 저녁 사교 파티와 달콤한 침대에서 진정시키기 위해 옷을 다시 차려입으러 갔다.

그날, 밤을 지새우며 환락에 빠진 파리는 오직 군데르만과 사카르 사이에 전개된 엄청난 결투에 대해서만 이야기했다. 정념과 유행으로 투기에 몰두하는 여자들은 정기거래 결제, 프리미엄, 캐리오버*, 정기거래 결제일 연장** 등 기술적인 용어를 사용했지만, 언제나 그 뜻을 이해하는 것은 아니었다. 특히 하락세 투자자들의 위태로운 입장이 화제를 이루었는데, 여러 달 전부터 그들은 만국 은행 주가가 합리적인 한계선 너머로 상승하는 바람에 정기거래 결제 때마다 점점 더 불어나는 시세 차손을 지불하지 않으면 안 되었다. 확실히 많은 사람이 현물 없이 거래했고, 주식을 인도할 수 없었기 때문에 정기거래 결제일을 연장했다. 그들은 열정으로 불타올랐고, 만국 은행 주가가 곧 붕괴되리라는 희망 속에서 하락세 투자를 계속했다. 그러나 결제일 연장에 따라 지불해야 할 이자가 쌓이자 기진맥진한 그들은 만국 은행의 상승세가 좀더 계속될 경우 파산하지 않을 도리가 없었다. 반면 그들의 전능한 우두머리인 군데르만의 상황은 달랐다. 왜냐하면 그는 자기 지하실에 수십억 프랑, 즉 아무리 전투가 길고 치열할지라도 대살육을 위해 동원할 수 있는 무한히 많은 병사를 보유하고 있었기 때문이다. 그것은 무적의 대군이었다. 그는 치명적 하락이 자기에게 승리를 안겨줄 때까지 시세 차손을 감당할 수 있으리라는 확신과 함께, 현물 없이 주식을 매도할 수 있

* 증권 거래에서 매수측의 주식보다 매도측의 주식이 적을 때, 증권거래소나 대행기관으로 하여금 매도측을 대신하여 부족한 주식을 인도하게 하고 그에 대해 매도측이 일일당 금리를 지급하는 행위.

** 정기거래 결제일에 주식을 인도하지 않는 대신 그에 대한 금리를 지불함으로써 다음 결제일까지 주식을 보유하는 행위.

었다.

사람들은 그가 이미 잃어버린 막대한 돈을 계산해보기도 했고, 이러쿵저러쿵 이야기하기도 했다. 매달 15일과 30일, 그는 마치 포탄을 맞아 죽어갈 병사의 대열을 내보내듯 투기의 불길에 녹아 없어질 돈자루를 내보냈다. 여태까지 단 한 번도 증권거래소에서 자신의 권능에 대해 그토록 격렬한 공격을 받아본 적이 없었기에, 그는 자신이 이론의 여지없는 지배자임을 이번에 재확인하고자 했다. 왜냐하면 그가 즐겨 말하는 대로 자신이 투기꾼이 아니라 단순한 돈장수일지라도, 대중의 돈을 주물럭거리는 세계 최고의 돈장수로 인정받기 위해서는 증권시장의 절대 강자가 될 필요가 있었기 때문이다. 그는 눈앞의 이익이 아니라 자신의 왕국을 위해서, 자신의 인생을 위해서 싸웠다. 그런 까닭에 냉정하고 집요하기 그지없었고, 거칠고 격렬한 전쟁을 불사했다. 사람들은 비비엔가를 따라 이리저리 나 있는 대로에서 창백하고 무표정한 얼굴로 힘없는 노인처럼 걸어가는 그를 마주쳤는데, 그의 겉모습에서는 일말의 불안감도 엿보이지 않았다. 그는 오직 논리만을 믿었다. 그의 논리에 따르면 만국 은행 주가가 2000프랑을 넘어서는 순간부터 광기가 시작되는 셈이었고, 3000프랑에 이르면 그것은 완전한 정신착란의 결과로서 마치 공중에 던진 돌이 반드시 떨어지는 것처럼 다시 떨어지지 않으면 안 되었다. 그래서 그는 기다리고 있었다. 그는 과연 자신이 가진 자금을 모두 쏟아부을 것인가? 사람들은 군데르만에 대한 경탄과 더불어, 마침내 그가 모든 것을 삼킬 순간을 보고 싶은 욕망으로 몸을 떨었다. 한편 더없이 떠들썩하게 사람들의 열정에 불을 지핀 사카르는 여자들, 살롱들, 수많은 투기꾼들을 자기편으로 가졌는데, 그들은 카르멜산과 예루살렘을 이용하여 신앙의 향유와 함께 돈을 벌게 된 이후 이미 막대한 시세 차익을 챙기고 있었다. 유대계 은행의 임박한 파산이 선언되었고, 기독교가 예전에 영혼의 제국을 소유했듯이 이제 돈의 제국을 소유할 참이었다. 그런데 그의 군대가 버는 동안 사카르 자신은 끝없는 매수 때문에 금고가 비어 돈이 말라갔다. 2억 프랑의 가용 자산 가운데 삼분의 이가 그런 식으로 동결되었다. 그것은 지나치게 비대한 번영이요, 질식할 듯 숨막히는 승리였다. 모름지기 자신의 주식시세를 유지하기 위해 증권거래소를 지배하고자 하는 회사는 단죄받기 마련이었다. 그렇기에 처음에는 사카르도 신중하게 개입했었다. 하지만 그는 늘 상상력이 넘치는 인간이었었다. 지난날 그는 늘 지나치게 큰 시각으로 상황을 바라보았고, 모험적인 불법 거래를 한 편의 시로 탈바꿈시키기 일쑤였다. 이번에는 실제로 엄청난 규모로 번창하는 사업과 더불어 너무도 기상천외한 정복의 꿈, 너무도 거대하고 광기 어린 생각에 사로잡혔기 때문에, 그 자신도 그 꿈과 생각을 분명하게 그려낼 수 없었다. 아! 그 더러운 유대인들처럼 돈, 끝없이 마르지 않는 돈이 있다면! 최악은 자신의 부대가 종말을 맞이하고 있다는 사실, 즉 살육을 위해 준비한 돈이 바닥을 드러내고 있다는 사실을 목격하는 일이었다. 뒤이어 만일 하락이 현실화되면, 이번에는 그가 시세 차손을 지불해야 하리라. 그때가 되면 그로서는 현금으로 주식거래를 할 수 없으니 어쩔 수 없이 정기거래 결제일을 연장할 수밖에 없으리라. 그가 실현한 위험한 승리의 경우, 조약돌 하나만 삐걱해도 거대한 성 전체가 무너지고 말 것이었다. 사람들은 이런 사실을 어렴풋이 인식하고 있었다. 심지어 그의 신도들, 하느님을 믿듯 상승을 믿는 신도들 중에도 그런 사람들이 있었다. 여하튼 사카르와 군데르만의 결투는 파리를 완전히 흥분의 도가니에 빠뜨렸고, 사람들은 혼란과 의혹 속에서 동요되었다. 전설적인 두 괴물이 육탄전을 벌이는 이 결투에서는 승자조차 자신의 피를 모두 쏟고 있었고, 싸움의 와중에 돈을 건 가난한 투기꾼들이 사지로 몰리고 있었으며, 양자는 자신들이 쌓아놓은 파산의 잿더미 위에서 서로의 목을 조르고 있었다.

정기거래 결제가 완료된 다음날인 1월 3일, 갑자기 만국 은행 주가가 5프랑 하락했다. 한순간 전율이 스쳐지나갔다. 기실 모든 주식의 시세가 내려갔다. 너무 오래전부터 오버페이스를 하고 과도하게 부풀려진 시장은 도처에서 삐걱거리는 소리를 냈다. 두세 개의 부실기업이 우지끈 소리를 내며 무너졌다. 물론 사람들은 마치 폭풍우 속에서 나침반의 바늘이 요동치듯 때때로 똑같은 증권거래소에서 미친듯 수백 프랑씩 오르내리는 주식시세의 격렬한 요동에 익숙해져 있었다. 하지만 한순간 스쳐지나가는 듯한 이 전율에서 모두가 대붕괴의 시작을 느꼈다. 만국 은행의 주가가 내려가고 있었다. 비명이 터져나와 삽시간에 퍼졌고, 군중의 아우성은 경악과 희망과 공포에 물들었다.

이튿날, 미소 지으며 자기 자리에 굳건히 버티고 선 사카르는 상당량의 주식을 매수하여 주가를 다시 30프랑 올려놓았다. 하지만 1월 5일, 그의 노력에도 불구하고 주가가 40프랑 하락했다. 만국 은행의 주가는 이제 3000프랑에 지나지 않았다. 그때부터 하루하루가 전쟁이었다. 6일, 만국 은행의 주가는 다시 올라갔다. 7일과 8일, 주가는 다시 내려갔다. 이는 조금씩 만국 은행을 나락으로 몰아넣는 불가피한 변화였다. 사람들은 만국 은행을 희생양으로 삼아 만인의 광기에 대해, 그리고 부엽토에서 독버섯처럼 자라나 광고로 과열된 수많은 불법 기업의 비가시적인 암거래에 대해 속죄하게 할 참이었다. 그러나 더이상 잠을 자지 않고 매일 오후 자신의 전투 지휘소인 기둥 옆에 서 있던 사카르는 여전히 승리할 수 있다는 환상 속에서 살았다. 자기 작전의 탁월함을 확신하는 사령관으로서, 그는 침략자들을 저지하기 위해 회사의 금고를 비워 마지막 돈자루들을 소진시키고 있었다. 말하자면 그는 자신의 마지막 병사들을 희생시킴으로써 영토 상실의 속도를 최대한 늦추고 있을 뿐이었다. 그런데 9일, 그가 다시 눈에 띄게 기세를 올렸고, 하락세 투자자들이 몸을 떨며 뒤로 흠칫 물러났다. 15일 정기거래 결제가 다시 한번 그들의 몰락으로 끝날 것인가? 그렇지만 이미 자원이 바닥나서 유통 주식을 다시 시장에 내놓아야 할 처지에 몰린 그는 이제 굶주림의 착란 속에서 산해진미의 향연을 바라보는 아사자처럼 실현 불가능한 경이로운 목표, 즉 모든 주식을 매수해서 매도자들로 하여금 손발이 묶인 채 현물 없이 주식을 팔게 함으로써 그들을 마음대로 주무르려는 터무니없는 계획을 세웠다. 동방 철도회사의 경우, 그 계획이 실현되어 회사가 시장의 모든 주식을 수중에 넣었다. 매도자들은 주식을 인도할 수 없었기에, 노예 상태가 되어 재산과 목숨을 내놓아야 할 형편이었다. 아! 군데르만을 현물 없이 매도하게 해서 궁지로 몰아넣고 공포에 떨게 할 수만 있다면! 어느 날 아침, 전 재산을 잃은 그가 제발 일용할 우유를 살 수 있도록 푼돈이라도 남겨달라고 간청하는 모습을 볼 수 있다면! 하지만 그 같은 결정타를 날리기 위해서는 도합 7억에서 8억 프랑이 필요했다. 이미 2억 프랑을 밀어넣었는데, 다시 5~6억 프랑을 투입해야 하다니! 6억 프랑만 있다면 사카르는 유대인들을 몰아내고 황금의 왕이요, 세계의 주인이 될 수 있었다. 이 얼마나 황홀한 꿈인가! 그것은 더없이 단순한 셈법이었다. 열기가 이 정도에 이르면 돈의 가치에 대한 생각은 자취를 감추는 모양이었다. 돈은 이제 단지 체스판 위에 놓아야 할 졸에 불과했다. 불면에 시달리는 밤이면 그는 6억 군대를 집결시켰고, 모든 것이 붕괴된 가운데서도 찬란한 승리를 거둘 자신을 위해 그 군대를 전사시켰다.

10일, 사카르는 불행히도 끔찍한 하루를 맞이했다. 증권거래소에서 그는 언제나 온화하고 조용한 표정을 짓고 있었다. 전쟁이 이처럼 고요한 혈투로 점철된 적은 일찍이 없었으니, 도처에 뜻밖의 함정이 있었고 매 순간 살육이 이루어졌다. 약자의 배를 소리 없이 가르는 이 은밀하고 비열한 돈의 전투에서는 더이상 관계도, 혈연도, 우정도 없었다. 거기에는 오직 먹히지 않기 위해 먹어야 하는 약육강식의 잔혹한 법칙만이 존재했다. 그러므로 타인을 끝없이 먹어치우게 하는 채울 수 없는 탐욕 외에 아무런 지지대도 없었기 때문에, 사카르는 절대적인 고독을 느꼈다. 특히 옵션 프리미엄을 포기하는 사태가 벌어질 것이 틀림없는 14일이 두려웠다. 그러나 그는 남은 사흘을 버티기 위한 돈을 구해 왔다. 14일은 만국 은행을 붕괴시킨 것이 아니라 좀더 힘을 보태주었고, 그 결과 15일에는 12월의 마지막 시세에 비추어 단지 100프랑 떨어진 2860프랑으로 정기거래 결제가 마무리되었다. 재앙을 두려워하던 그도 이날만큼은 승리를 확신하는 척할 수 있었다. 그러나 몇 달 전부터 손해만 보던 하락세 투자자들이 처음으로 우위를 누리고 시세 차익을 가져간 것은 사실이었다. 상황이 역전되었기 때문에, 그는 마조의 사무실에서 정기거래 결제일을 연장받지 않으면 안 되었고, 마조도 그때부터 큰 부담을 느꼈다. 1월의 두번째 정기거래 결제일은 결정적인 날이 될 것이었다.

그렇게 아슬아슬한 싸움에 돌입하고부터, 사카르는 자신을 구렁텅이에 빠뜨렸다가 꺼냈다가 하는 일상적인 동요에 시달리며 밤마다 기분전환을 하고 싶은 억제할 수 없는 욕망을 느꼈다. 혼자 있을 수 없어 시내에서 저녁식사를 하고 여자의 품속에서 밤을 보냈다. 그가 자신의 생명을 그처럼 불태운 적은 결코 없었다. 그는 도처에 모습을 드러냈고, 극장과 카바레를 드나들었으며, 엄청난 부호처럼 돈을 물쓰듯 쓰는 체했다. 그는 카롤린 부인을 피했고, 그녀의 훈계를 불편해했다. 그녀는 언제나 오빠에게서 받은 걱정스러운 편지에 대해 이야기하거나 위험하기 짝이 없는 그의 주가 상승 작전에 절망감을 보였다. 그는 산도르프 남작 부인을 다시 만났다. 마치 코마르트탱가의 남루한 일층집에서 벌였던 그 차디찬 변태 행위가 피로에 지친 머리를 식히고 모든 것을 잊게 함으로써 그를 일상생활에서 벗어나게 해주기나 했었던 것처럼 말이다. 때때로 그는 거기로 피신했고, 아무도 자기를 방해할 수 없으리라 생각하며 흐뭇하게 서류를 검토하고 거래를 기획했다. 거기서는 졸음이 엄습했기에 한두 시간 잠을 잤는데, 그에게는 유일하게 달콤한 절멸의 시간이었다. 남작 부인은 이제 그의 호주머니를 뒤지고 지갑 속의 편지를 읽는 데 아무런 거리낌을 느끼지 않았다. 왜냐하면 완전히 입을 다문 그에게서 유용한 정보를 얻을 수 없었고, 어쩌다가 한마디 해줄 때조차 거짓말이라고 여기며 더이상 그 조언에 따라 투자하지 않았기 때문이다. 이처럼 그에게서 비밀을 훔치던 중에 그녀는 만국은행이 직면한 경제적 곤경과 만국 은행이 은밀히 외국에서 발행한 융통어음*의 존재를 확실히 알게 되었다. 어느 날 저녁, 너무 일찍 잠에서 깬 사카르는 그녀가 자기 지갑을 뒤지고 있는 것을 보고서 마치 손님의 조끼에서 돈을 훔치는 매춘부를 때리듯 세차게 따귀를 날렸다. 그때부터 그는 그녀를 때렸다. 그것은 그들을 흥분하게 했고, 뒤이어 산산이 부서지게 했고, 마침내 평온하게 진정시켰다.

한편 약 1만 프랑을 빼앗긴 15일 정기거래 결제 이후, 남작 부인은 남몰래 하나의 계획을 세웠다. 그 계획에 점차 사로잡힌 그녀는 드디어 장트루에게 자문을 구했다.

"그래요." 그가 대답했다. "부인 말씀이 옳습니다. 군데르만에게로 옮겨가야 할 시간이 왔어요…… 그를 찾아가서 상황을 이야기하십시오. 부인이 좋은 정보를 갖다주면 그도 좋은 정보를 주겠다고 약속했으니까요."

남작 부인이 나타난 어느 날 아침, 군데르만은 마음이 언짢은 상태였다. 그 전날 만국 은행 주가가 다시 올라갔던 것이다. 도대체 이 탐욕스러운 짐승과의 싸움이 언제 끝날 것인가! 벌써 엄청난 황금을 앗아가지 않았는가! 도대체 쓰러질 줄 모르는 짐승이라니! 만국 은행이 다시 일어날 수도 있었고, 31일에는 주가가 다시 상승으로 마감될 수도 있었다. 그는 이런 치명적인 싸움에 말려든 것을 후회했으며, 새로운 회사에 투자하는 것이 더 나았으리라 생각했다. 평소의 책략이 흔들

---

* 기업이 상거래를 수반하지 않고 순수하게 돈을 빌리기 위해 발행하는 어음을 가리킨다. 융통어음을 발행한 기업은 만기에 돈을 갚지 못하면 기한을 연장해야 한다. 부도 위기설이 도는 기업의 경우 융통어음의 만기 연장이 기피되면서 급격히 자금 압박을 받게 된다.

리고 늘 승리를 가져왔던 논리를 믿지 못하게 되면서, 그는 지금 이 순간 모든 것을 잃지 않고 물러날 수만 있다면 퇴각을 감수했으리라. 가장 위대한 지휘자들조차 승리를 목전에 두고 모든 조건이 성공을 예감하게 함에도 겪기 마련인 절망의 순간을, 그는 일찍이 경험해본 적이 없었다. 평소에 그토록 분명했던 시야가 너무도 흐렸는데, 그것은 결국 미래를 확실히 예측할 수 없는 증권투자 특유의 신비로운 안개에서 비롯한 것이었다. 물론 사카르는 작전을 세웠고, 주식을 매수했다. 그렇지만 그것이 과연 성실한 고객이나 회사를 위한 것이었을까? 도처에서 사카르를 향해 퍼붓는 중상모략 때문에 군데르만은 더이상 이 물음에 분명히 답할 수 없었다. 그의 넓은 사무실 문이 소리를 내며 여닫혔고, 직원들이 화가 난 그를 보고 몸을 떨었다. 그가 증권 브로커들을 어찌나 거칠게 대했는지, 평소에는 가지런하던 행렬이 지리멸렬하게 흩어졌다.

"아! 부인이 오셨군요." 군데르만은 예의를 전혀 갖추지 않고 말했다. "오늘은 여자들과 허비할 시간이 없습니다."

그녀는 준비해온 말을 모두 잊어버릴 정도로 당황했고, 가지고 온 정보를 곧바로 털어놓고 말았다.

"만국 은행이 엄청난 주식 매수로 인해 돈이 바닥났고, 전투를 계속하기 위해 외국에서 할인 융통어음을 발행하기에 이르렀다는 소식을 전하러 왔는데도 시간이 없으신가요?"

그 말을 들은 유대인은 환희의 전율을 지그시 억눌렀다. 그의 시선은 여전히 침울했고, 대답하는 목소리도 변함없이 불만에 차 있었다.

"말도 안 돼."

"뭐라고요! 말도 안 된다고요! 내 눈으로 보고 내 귀로 들었는데도 말이 안 돼요?"

그녀는 명의 대여인들이 서명한 어음을 수중에 넣었노라 말하며 그를 설득하고자 했다. 명의 대여인들을 거명했고 빈, 프랑크푸르트, 베를린에서 어음을 할인해준 은행가들의 이름을 열거했다. 그녀가 서신 교환을 하는 외국 주재 친구들로 하여금 군데르만에게 정보를 제공하게 할 수도 있다고 했다. 그러면 그녀가 악의적인 뜬소문을 옮기는 게 아니라는 것을 알 수 있을 테니까 말이다. 또한 그녀는 회사가 주가 상승을 유지하려는 유일한 목적으로 주식을 매수했고, 이미 2억 프랑을 쏟아부었다고 주장했다.

우울한 표정으로 그녀의 말을 듣고 있던 군데르만은 신속하게 머리를 굴려 내일의 작전을 결정했고, 잠깐 사이에 주문을 배분하고 금액을 확정했다. 이제 승리를 확신한 그는, 이 정보가 어떤 과정을 통해 자기에게 전달되었는지 잘 알고 있었기에 여자에 빠져 결정적 정보를 넘겨줄 정도로 어리석기 짝이 없는 향락가 사카르를 경멸했다.

그녀의 말이 끝나자, 그가 고개를 들어 흐릿한 눈으로 그녀를 바라보았다.

"알겠소! 그런데 왜 저한테 그런 이야기를 하시는 거죠?"

그녀는 깜짝 놀랐는데, 왜냐하면 그가 정말로 관심이 없는 듯 냉담한 표정을 짓고 있었기 때문이다.

"그건…… 선생님이 하락세에 투자하시니까……"

"제가요! 제가 하락세에 투자한다고 누가 그러던가요? 저는 증권거래소에 가지 않아요, 저는 투기를 하지 않습니다. 그러니 올라가든 내려가든 상관없지요!"

남작 부인이 공포와 동요의 빛을 띤 채 그의 말을 믿었을 정도로, 그의 목소리는 조롱이 섞여 있었지만 너무도 태연했다. 분명히 그는 그 어떤 욕정도 남아 있지 않은 소진된 사내로서, 절대적 경멸과 함께 그녀를 비웃고 있었다.

"자, 부인, 제가 몹시 바쁩니다. 더이상 제게 하실 흥미로운 이야기가 없으시다면……"

그가 손짓으로 문을 가리켰다. 그러자 그녀가 분통을 터뜨리며 항의했다.

"저는 선생님을 믿었어요, 그래서 먼저 말문을 열었죠. 그런데 저를 이렇게 함정에 빠뜨리시다니…… 약속하셨잖아요, 제가 선생님에게 유용한 정보를 드리면 선생님도 제게 유용한 조언을 해주시겠다고……"

그가 자리에서 일어나면서 말을 가로막았다. 결코 웃는 법이 없던 그에게서 희미한 냉소의 빛이 떠올랐는데, 젊고 예쁜 여자를 그처럼 거칠게 속여넘기는 데서 희열을 느끼는 듯했다.

"조언이라, 그래요, 조언을 해드리겠습니다, 부인…… 잘 들으세요. 주식에 손대지 마세요, 절대로 손대지 마세요. 그건 부인을 너무도 추하게 만들어요. 주식 투기를 일삼는 여자는 정말 천박해 보입니다."

그녀가 울분에 차서 떠나고 난 후, 그는 두 아들과 사위를 불렀다. 그는 내일의 일제 공격을 위해 그들에게 역할을 나누어주었고, 그들을 자코비 및 여타 다른 증권 중개인들의 사무실로 보냈다. 계획은 간단했다. 지금까지 만국 은행의 상황을 정확하게 몰랐기에 감행하지 못했던 일을 실행에 옮기는 것, 이제 만국 은행의 재원이 바닥났으며 더이상 시세를 지탱할 수 없음을 알기에 대대적인 매도로써 시장을 장악하는 것이 바로 그의 계획이었다. 첩자를 통해 적의 약점을 간파했으므로 바야흐로 전투를 끝장내려는 장군처럼, 그는 자신이 보유한 수십억 프랑을 출자할 작정이었다. 마침내 논리가 승리하리라, 모름지기 진정한 가치 이상으로 가격이 상승한 주식은 단죄받기 마련인 것이다.

바로 그날, 다섯시경에 위험을 감지한 사카르는 데그르몽의 집으로 갔다. 그는 흥분을 감추지 못했고, 하락세 투자자들에게 먹히지 않으려면 거꾸로 그들에게 한 방을 먹여야 하는 결정적 순간이 임박했음을 느꼈다. 어마어마한 상상이 그의 뇌리에서 떠나지 않았는데, 그것은 세계를 정복하기 위해 6억 대군을 동원하는 것이었다. 고가의 그림과 온갖 사치품으로 가득찬 호화 저택에서 늘 그렇듯 상냥한 태도로 그를 맞이한 데그르몽은 보름마다 들어오는 증권 시세 차익으로 그런 호사를 누리고 있었다. 행운이 다하면 금세 사라질 수도 있을 이 화려한 장식 뒤에 그 어떤 견고한 자산이 숨겨져 있는지 사람들은 알지 못했다. 그때까지 그는 만국 은행을 배신하지 않았으며, 상승세 투자자의 위치에서 큰 이득을 보고 있었기에 절대적 신뢰를 보내는 척했다. 심지어 15일 정기거래 결제 때 손실을 입고도 상승이 다시 시작될 거라고 확신하며 흔들림 없는 모습을 보여주었다. 하지만 그는 감시의 눈을 돌리지 않았고, 조금이라도 심각한 징후가 나타나면 즉시 적에게로 넘어갈 준비를 하고 있었다. 사카르의 방문, 사카르가 보여주는 엄청난 에너지, 시장의 모든 것을 수중에 넣으려는 사카르의 거대한 아이디어가 그로 하여금 진정으로 경탄하게 했다. 미쳤어, 그렇지만 성공을 거두는 위대한 장군이나 금융가는 대개 광인이 아니던가! 그는 이튿날 증권거래소가 개장하자마자 사카르를 도우러 나서겠노라고 분명하게 약속했다. 그에 의하면 자신의 입장은 이미 확고하니 주식을 새롭게 매수하기 위해 자신의 증권 중개인 들라로크를 찾아갈 것이며, 일종의 신디케이트 구성원인 친구들을 만나 원군을 보내도록 요청하겠다는 것이었다. 그의 계산으로 이 새로운 군대는 즉시 동원 가능한 일억 대군이 될 것이었다. 그 정도면 충분하지 않은가. 승리를 확신한 사카르는 환한 얼굴로 즉시 전투 계획, 즉 가장 유명한 지휘관들에게서 차용한 너무나 대담한 포위 작전을 세웠다. 먼저 증권거래소 개장 초기에 하락세 투자자들을 유인하고 그들에게 확신을 주기 위해 소규모 교전을 벌일 것, 뒤이어 하락세 투자자들이 최초의 승리를 거두었을 때, 그리하여 시세가 하락했을 때, 바로 그때 데그르몽과 그의 친구들이 이끌고 온 백만 대군, 대포로 무장한 뜻밖의 백만 대군이 폭풍처럼 진격하며 하락세 투자자들을 대번에 궁지로 몰아넣어 쓰러뜨릴 것, 이것이 그의 작전이었다. 그것이야말로 압살이요, 학살이었다. 두 사내는 손을 굳게 잡았고, 승리의 미소와 함께 헤어졌다.

한 시간 후, 저녁식사 약속 때문에 옷을 차려입고 있을 때 데그르몽은 또하나의 방문을 받았다. 방문객은 다름 아닌 산도르프 남작 부인이었다. 극도의 당혹감 속에서 그녀는 데그르몽에게 조언을 구하려는 생각을 했던 것이다. 한때 그녀가 그의 정부라는 소문이 돌았었다. 그러나 실제로 둘 사이에는 단지 동료로서의 우정만이 존재할 뿐이었다. 둘 다 내연 관계에 빠지기에는 너무도 타산적이었고, 너무도 서로를 훤히 꿰뚫고 있었다. 그녀는 자신의 배신에 대해서는 거짓말을 하면서 자기를 사로잡은 근심 걱정, 군데르만 저택으로의 발걸음, 군데르만의 대답을 이야기했다. 데그르몽은 하락세 투자를 하지 않는다는 군데르만의 말을 믿는 척 당혹스러운 표정으로 그녀를 더욱 두렵게 만들며 상황을 즐겼다. 어떻게 알겠어, 증권거래소야말로 진짜 숲, 각자가 더듬어 길을 가는 캄캄한 밤중의 숲이니까 말이야. 이 암흑천지에서 사람들이 지어내는 어이없고 모순적인 이야기를 모두 믿다가는 결국 크게 화를 입을 게 틀림없어.

"그렇다면" 하고 남작 부인이 걱정스러운 표정으로 물었다. "팔지 않는 게 좋을까요?"

"팔다니, 왜요? 말도 안 돼! 내일 만국 은행 주가가 3000프랑에 달할 테고, 우리가 최후의 승자가 될 텐데…… 조금만 더 참아요, 무슨 일이 있어도…… 부인은 틀림없이 폐장 시세에 만족할 겁니다. 제게 더이상 묻지 마세요."

남작 부인이 떠나자, 데그르몽은 마침내 옷을 입을 수 있었다. 바로 그때 세번째 방문객을 알리는 종소리가 울렸다. 아! 안 돼, 이제 떠나야 해! 또 손님을 맞이할 수는 없어. 그러나 들라로크가 방문했다는 것을 알게 되자, 그는 즉시 그를 안으로 들여보내라고 소리쳤다. 증권 중개인이 몹시 흥분한 태도로 입을 열기를 망설였기 때문에, 높다란 거울 앞에서 넥타이를 매고 있었던 그는 하인을 내보냈다.

"긴급 뉴스입니다, 선생님!" 들라로크가 한 무리에 속한 사내로서 친숙하게 말했다. "저는 선생님을 믿습니다. 선생님도 저를 믿으시죠? 워낙 미묘한 문제라서…… 저의 손위 처남 자코비가 고맙게도 그들이 준비하고 있는 결정적인 일격의 내용을 방금 저한테 알려주었습니다. 내일 증권거래소에서 군데르만과 그의 일파가 만국 은행을 박살낼 작정을 했다지 뭡니까. 모든 걸 시장에 내놓는다고 하는군요…… 자코비는 이미 주문을 받고 부랴부랴 제게 달려왔었답니다."

"그럴 수가!" 얼굴이 창백해지며 데그르몽은 할말을 찾지 못했다.

"아시다시피 제게 예탁된 상승세 투자 금액이 굉장히 많습니다, 그럼요! 대략 1500만 프랑에 이르지요…… 그런데 상황이 새롭게 전개되니 어떻게 하죠? 지금 마차를 타고 주요 고객들을 찾아다니고 있습니다. 물론 예의바른 행동이 아니지만, 가만히 있을 수가 없어서……"

"그럴 수가!" 데르그몽이 되풀이했다.

"선생님, 제가 이렇게 불쑥 찾아온 것은, 선생님이 현물* 없이 거래를 하시니 제게 대금을 주시거나 포지션**을 청산***해주십사 하고 부탁드리기 위해서입니다."

데그르몽이 소리를 질렀다.

"청산, 청산이라…… 아! 그래! 무너져가는 집에 눌러앉아 있을 수는 없지, 그건 쓸데없는 영웅 심리야…… 사지 말고, 파시오! 당신에게 약 300만 프랑어치 주식을 맡겼잖소. 팔아주시오, 모두 팔아주시오."

들라로크가 다른 고객들을 만나야 한다며 떠나려 했을 때, 데그르몽

---

* 투자자가 현재 보유한 주식을 가리키며, 현물거래란 결제 기일 전에 반대매매를 행하지 않고 결제일에 실제로 주식과 대금을 주고받는 거래를 뜻한다. 이것은 일반 시장에서 상품을 매매하는 것과 같은 방식이므로 가장 정확하며 투기적인 요소가 거의 없다.

** 주식거래에서 개별 투자자 재산의 현재 형태를 뜻한다. 포지션은 매도 포지션과 매수 포지션으로 대별된다. 매수 포지션은 주가의 상승을 기대하고 주식을 매수하여 보유하고 있는 상태 혹은 매수한 수량이 매도한 수량을 초과한 상태를 의미한다. 매도 포지션은 주식을 매도한 상태 혹은 매도한 수량이 매수한 수량을 초과한 상태를 의미한다.

*** 반대매매를 통해 현재의 포지션을 소멸시키는 것을 뜻한다.

은 그의 손을 힘주어 잡았다.

"고마워요, 오늘 일은 결코 잊지 않겠소. 팔아주시오, 모두 팔아주시오!"

혼자 남았을 때, 그는 머리와 수염을 다듬기 위해 하인을 불렀다. 아! 정말 힘든 사업이야! 멋모르는 풋내기처럼 투자할 뻔했잖아. 미치광이와 함께 일하다보니 이런 일이 생기는 거야!

저녁이 되자, 여덟시에 열리는 소형 증권거래소에서 공황이 시작되었다. 이 소형 증권거래소는 이탈리앵 대로 위에, 오페라 파사주 입구에 위치해 있었다. 거기서는 수상쩍은 중개인, 브로커, 투기꾼들이 혼잡하게 오가는 장외시장만이 열렸다. 여러 무리가 뒤섞이는 가운데 노점상인들, 여송연을 줍는 사람들이 어슬렁거리고 있었다. 대로를 가로막은 인파는 행인들에 의해 갈라지곤 했지만, 이내 다시 무리를 이루었다. 그날 저녁에는 약 이천 명의 투기꾼이 몰려들었는데, 혹독한 추위가 지나간 다음 비를 예고하는 흐리고 온화한 날씨가 시작된 덕분인 듯했다. 시장은 활기가 대단했다. 도처에서 만국 은행 주식을 내놓았고, 시세는 빠르게 하락했다. 그러자 이내 소문이 돌았고, 불안이 확산되었다. 도대체 무슨 일이 있는 걸까? 주문을 하는 증권 브로커 또는 주문을 받는 장외 주식 중개인의 말을 듣고서, 사람들은 낮은 목소리로 매도할 만한 자들의 이름을 들먹였다. 유력자들이 이처럼 매도하는 이상, 무엇인가 심각한 일이 벌어지고 있는 게 틀림없어. 여덟시부터 열시까지 혼란이 이어졌다. 후각이 예민한 투기꾼들은 포지션을 청산했고, 심지어 매수 포지션에서 매도 포지션으로 돌아서는 투기꾼들도 있었다. 대재앙을 앞두기나 한 듯 사람들은 불편한 열기에 휩싸인 채 집으로 돌아갔다.

이튿날, 날씨가 끔찍하게 나빴다. 밤새 비가 내렸고, 여전히 차가운 빗방울이 해빙 때문에 누런 진흙탕으로 변한 도시를 흥건히 적시고 있었다. 열두시 반부터 증권거래소는 이런 빗속에서 떠들썩한 소리를 냈다. 주랑과 홀에서 비를 피하던 사람들이 거대한 군중을 이루었다. 물이 뚝뚝 떨어지는 젖은 우산들로 인해 홀은 거대한 웅덩이로 변했다. 검은 때가 낀 벽에서는 물이 배어나왔고, 유리 지붕에서는 침침하고 희미한 다갈색 햇빛이 스며들 뿐이었다.

투자자들을 혼란에 빠뜨리는 기괴한 소문이 돌았기 때문에 사람들은 입장하자마자 시선으로 사카르를 찾았고, 그의 얼굴을 뚫어지게 쳐다보았다. 그는 자기 자리, 즉 예의 기둥 옆에 서 있었다. 그의 얼굴에는 여느 날과 다름없이 절대적 확신에 찬 승자의 미소가 보였다. 그는 전날 밤 소형 증권거래소에서 만국 은행 주가가 300프랑 하락했다는 사실을 모르고 있었다. 물론 그는 엄청난 위험이 다가옴을 감지하며 하락세 투자자들의 치열한 공격을 기다렸다. 그러나 그가 생각하기에 자신의 전투 계획은 실패할 수 없는 것이었고, 데그르몽의 포위 작전, 예기치 않은 백만 대군의 충격적 도래가 모든 것을 휩쓸고 다시 한번 그에게 승리를 안겨줄 것이 틀림없었다. 이제 그에게는 재원이 없었다. 만국 은행의 금고는 텅 비었고, 그는 동전 한 닢까지 다 긁어모아 매수에 쏟아부었다. 그렇지만 그는 절망하지 않았다. 그는 마조에게서 정기거래 결제일을 연장받았다. 데그르몽 신디케이트의 지지를 확보해줌으로써 그는 마조의 신뢰를 얻었고, 그런 까닭에 마조는 담보 없이 수백만 프랑어치의 매수 주문을 받아들였다. 그들의 전략은 개장 초기에 시세를 지나치게 떨어뜨리지 않고, 지원군이 올 때까지 치열하게 전투를 계속하며 그 시세를 유지하는 데 있었다. 장내의 감정이 너무도 고조되어 있었기에, 마시아와 사바타니는 상황이 심각하게 전개되는 가운데 쓸데없이 잔꾀를 부리지 않으며 사카르와 공공연히 이야기를 나누었고, 그의 명령을 전달하기 위해 한 사람은 주랑에 있는 나탕송에게로, 다른 한 사람은 중개인실에 있는 마조에게로 달려갔다.

한시 십 분 전이었다. 전날 밤 소화불량으로 잠을 못 자서 창백한 얼굴로 입장한 모제가 오늘은 모든 사람이 노랗게 병든 표정을 짓고 있다고 피유로에게 말했다. 방랑 기사처럼 허세를 부리는 피유로는 재앙이 임박하자 호탕하게 웃음을 터뜨렸다.

"이봐요, 복통을 겪고 있는 건 바로 당신이잖소. 모든 사람이 즐겁기만 한데…… 두고 봐요, 우리가 당신들에게 오래도록 기억에 남을 결정적인 한 방을 날릴 테니."

그렇지만 전반적인 불안에 휩싸인 홀은 다갈색 햇빛 아래 침울했고, 그런 분위기는 특히 맥없는 고함에서 여실히 느껴졌다. 그것은 상승세가 뚜렷한 날의 떠들썩한 소란도, 도처에서 의기양양하게 울려퍼지던 시끌벅적한 소리도 아니었다. 사람들은 이제 뛰어다니는 대신 환자의 집인 양 조용히 걸었으며, 목소리를 낮추어 말했다. 돌아다니기가 힘들 정도로 군중의 규모가 상당했음에도 가슴 저린 속삭임이 올라왔고, 불안한 목소리가 울렸으며, 유감스러운 소식이 귓가에 전해졌다. 많은 사람이 납빛 얼굴을 찌푸린 채 말문을 닫았고, 동그랗게 뜬 눈으로 다른 사람들에게 절망적으로 물었다.

"살몽, 오늘도 아무 말 안 해요?" 피유로가 빈정거리는 투로 물었다.

"무슨 말을 하겠어!" 모제가 중얼거렸다. "살몽도 다른 사람들과 매한가지야, 할말이 없는 거지, 그도 무서울 거야."

셋 모두가 말없이 기다리는 가운데 과연 그날은 살몽의 침묵이 더이상 아무도 불안하게 하지 않았다.

그러나 불확실성이 두려워 믿음직한 말을 듣고 싶어하는 고객들이 사카르의 주위에 모여들었다. 잠시 후 사람들은 데그르몽이 나타나지 않았다는 사실을 알아차렸다. 다시 루공의 충직한 개가 된 국회의원 위레도 정보를 제공받았는지 모습을 드러내지 않았다. 콜프는 은행가 무리에 섞인 채 재정 거래에 몰두하는 척했다. 운명의 부침을 겪어온 드 보앵 후작은 창백하고 귀족적인 작은 머리를 조용히 이리저리 돌렸는데, 자코비에게는 매도를 주문했고 마조에게는 매수를 주문했기 때문에 무슨 일이 생겨도 이득을 보리라 확신하고 있었다. 맹목적인 추종자들, 순박한 투자자들에 둘러싸인 사카르는 매우 친절한 태도를 보임으로써, 입술을 떨며 간청하는 눈빛으로 승리의 희망을 찾는 세디유와 모장드르를 안심시켰다. 그는 그들의 손을 꽉 잡았고, 힘찬 악수 속에 절대적인 승리의 언약을 담았다. 뒤이어 온갖 역경을 이겨낸 지속적인 행운아임에도 그는 자신의 불행을 한탄했다.

"보시다시피 저는 슬픔에 잠겨 있습니다. 이 엄동설한에 저희 집 안마당에 있는 동백꽃을 까맣게 잊었지 뭡니까, 그 바람에 동백꽃이 얼어죽고 말았어요."

그 말이 장내에 돌았고, 동백꽃에 대한 동정이 일었다. 사카르, 정말 끔찍한 위인이야! 냉정한 확신에 차 있으면서도 언제나 웃는 얼굴을 하고 있잖아, 저건 가면일지도 몰라. 그 뒤에는 다른 모든 것을 괴롭히는 무시무시한 집착이 있는 거지!

"짐승이야! 얼마나 지독한지!" 장트루가 마시아의 귀에 대고 소곤거렸다.

바로 그때, 이 결정적 시간에 사카르가 좀전의 일을 떠올리며 장트루를 불렀다. 그날 오후 장트루와 함께 그는 브롱니아르가에 멈춰 선 산도르프 남작 부인의 마차를 보았던 것이다. 이 위기의 순간에도 마차가 여전히 거기에 있을까? 남작 부인이 닫힌 유리창 뒤에서 시세를 기다리는 동안, 높다란 마부석에 앉은 마부는 억수처럼 내리는 비를 맞으며 돌부처처럼 꼼짝하지 않고 있을까?

"물론 부인은 거기 있을 겁니다" 하고 장트루가 나직이 대답했다. "은행장님 편에 서서, 한 발짝도 물러나지 않으며…… 우리 모두가 제자리를 강고하게 지키고 있습니다."

사카르는 남작 부인과 뭇 투자자들의 무사무욕을 믿지 않으면서도 이런 충정 어린 보고에 만족했다. 게다가 열정으로 눈이 먼 그는 자기 뒤를 따르는 주주 민중, 즉 오직 하나의 뜨거운 신심으로 뭉쳐 극도로 열광하는 하층민과 상층민, 하녀와 귀부인과 함께 승리의 길을 가고 있다고 믿었다.

이윽고 종이 울렸고, 그 소리는 겁에 질린 사람들의 머리 위로 조종의 탄식처럼 퍼져나갔다. 플로리에게 지시를 내린 마조가 급히 원형 코르베유로 돌아갔고, 플로리는 몹시 흥분한 채 전신국으로 달려갔다. 얼마 전부터 손해를 보았음에도 만국 은행의 행운을 고집스레 좇아온 마조는 기습 공격을 감행할 데그르몽의 개입 이야기를 믿었고, 그날 결정적인 한 방을 날릴 준비를 하고 있었다. 코르베유도 중앙홀 못지않게 불안에 휩싸였다. 지난 정기거래 결제 때부터 지층이 흔들리는 것을 느낀 중개인들은 경험에 비추어 징후가 너무도 심각해서 경계의 끈을 늦추지 않았다. 벌써 부분적인 붕괴가 시작되었고, 과도한 하중으로 기진맥진한 시장은 도처에 균열이 생겼다. 정말 대재앙이 닥칠 것인가? 십 년 내지 십오 년에 한 번 생긴다는 그 깊은 구렁텅이, 증권거래소를 죽음의 광풍으로 휩쓴다는 그 치명적 위기가 찾아올 것인가? 국채 시장과 현물거래 시장에서 질식할 듯한 고함이 터져나왔고, 손에 펜을 든 채 기다리는 시세 표지원들의 실루엣이 검고 높다랗게 어른거리는 가운데 인파의 혼잡은 더욱 심해졌다. 두 손으로 붉은 벨벳 난간을 잡은 마조는 원형 공간 건너편에서 깊은 저음으로 소리치는 자코비를 보았다.

"만국 은행 주식 있습니다! 2800프랑, 만국 은행 주식 있어요!"

이는 전날 소형 증권거래소에서 형성된 마지막 시세였다. 하락을 저지하기 위해 마조는 즉시 이 가격으로 매수하는 것이 옳다고 생각했다. 그의 날카로운 목소리가 다른 모든 목소리를 압도했다.

"2800프랑이면 내가 사겠소…… 만국 은행 주식 300주를 보내시오!"

그리하여 첫번째 시세가 형성되었다. 그렇지만 이를 유지하는 것은 불가능해 보였다. 도처에서 매도를 외치는 목소리가 터져나왔다. 마조는 반시간 동안 필사적으로 싸웠지만, 결과는 하락세를 둔화시키는 데 그쳤다. 장외시장에서도 더이상 시세가 유지되지 않는다는 사실에 그는 놀랐다. 도대체 나탕송은 무얼 하고 있는 거지? 매수 주문을 이토록 애타게 기다리고 있는데…… 그는 나중에야 나탕송의 능란한 책략을 알게 되었다. 유대인 특유의 감각으로 상황을 눈치챈 나탕송은 사카르를 위해서는 매수를 하고 스스로를 위해서는 매도를 했던 것이다. 매수에 깊이 발을 들인 마시아가 장외시장의 패주를 알리러 마조에게 달려왔고, 마조는 지원군이 올 때까지 일정한 간격으로 매수에 나서며 정신없이 마지막 화약에 불을 붙이고 있었다. 그 같은 사투가 시세를 약간 끌어올렸다. 갑작스럽게 닥치는 폭풍처럼, 시세는 미친듯 2500프랑에서 2650프랑으로 올라갔다. 잠시 사카르와 마조뿐만 아니라 전투 계획을 믿고 있던 모든 사람에게서 무한한 희망이 부풀어올랐다. 주가가 다시 상승세로 돌아선 이상, 지원군이 하락세 투자자들의 허리를 강타할 때 승리는 결정적인 것이 되고 그들은 끔찍하게 패주하리라. 밝은 환희의 물결이 퍼져나갔고, 세디유와 모장드르는 사카르의 손에 입맞춤이라도 할 판이었다. 콜프가 사카르에게 다가가는 동안, 장트루는 자리를 떠나 산도르프 남작 부인에게 좋은 소식을 전하러 달려갔다. 그때 애송이 플로리가 새로운 매수 주문을 하기 위해, 이제 자기에게 거간꾼 노릇을 해주고 있는 사바타니를 찾았다.

그러나 두시 종이 울리자, 공격 역할을 떠맡은 마조는 다시 힘겨워하기 시작했다. 지원군의 투입이 너무 늦어졌기에, 그의 놀라움이 점점 커져갔다. 지금이 적기야, 도대체 뭘 기다리는 거야? 지원군이 빨리 와서 기진맥진한 그를 이 견딜 수 없는 상황에서 구해주지 않으면 안 되었다. 직업적인 자부심으로 냉정한 얼굴을 유지했지만, 그는 한기가 엄습하는 것을 느꼈고 얼굴이 창백해질까 두려웠다. 자코비는 우레와 같은 목소리로, 작전에 따라 계속해서 주식을 무더기로 내놓았다. 마조가 바라보는 것은 더이상 자코비가 아니었다. 그의 눈은 데그르몽의 중개인인 들라로크, 이해할 수 없는 침묵만을 지키고 있는 들라로크에게로 향했다. 키가 작고 뚱뚱하며 수염이 붉은 들라로크는 방탕한 밤을 보낸 탓에 기분이 좋은지 미소를 띤 채 기이한 기다림 속에서 평온하기 그지없었다. 매물을 모조리 사들여 모두를 구해내지 않고 도대체 뭘 하는 거야! 손에 쥔 전표가 매수 주문으로 가득차야 할 거 아닌가 말이야!

별안간 가볍게 쉰 목소리로 들라로크가 전투에 뛰어들었다.

"만국 은행 주식 있어요! 만국 은행 주식 있어요!"

단 몇 분 만에 그는 수백만 프랑어치의 매물을 내놓았다. 여러 목소리가 그에게 화답했다. 시세가 폭락했다.

"만국 은행 주식이 2400프랑이오! 2300프랑이오! 몇 주?…… 500주, 600주?…… 전표를 보내시오!"

무슨 말을 하고 있는 거야? 도대체 무슨 일이 일어난 걸까? 기대했던 원군은커녕, 이야말로 지척의 숲에서 진격해오는 새로운 적군이 아니고 뭔가? 워털루전투에서 그루시가 도착하지 않았을 때처럼, 그것은 패배를 결정짓는 배반이었다. 매도자들이 다시금 한꺼번에 몰려들면서 장내에는 끔찍한 공황 상태가 형성되었다.

이 시각, 마조는 죽음의 그림자가 얼굴에 드리우는 것을 느꼈다. 그는 사카르에게 과도한 대금의 결제를 늦춰주었었다. 만국 은행이 붕괴되면서 자신의 허리를 끊어놓는 듯한 감각이 선명하게 느껴졌다. 그렇지만 가느다란 콧수염이 있는 그의 아름다운 구릿빛 얼굴은 불굴의 의지를 담고 있었다. 그는 다시 매수에 나섰고, 성공을 거두고 있을 때처럼 젊은 수탉이 노래하는 듯한 날카로운 목소리로, 이미 접수한 주문을 모두 실행했다. 정면에서 그의 적수들, 즉 고함을 지르는 자코비와 뇌졸중 체질의 들라로크가 무심하게 보이려 노력했음에도 그를 더욱 더 불안하게 만들었다. 왜냐하면 향후 그가 크나큰 위험에 빠지리라는 사실을 그들이 이미 알고 있는 듯했기 때문이었다. 파산하면 저들에게 채무를 져야 할 것이 아닌가? 그들의 손이 난간의 벨벳을 꼭 잡고 있었고, 그들의 목소리가 직업적 습관에 의해 기계적으로 톤을 높였다. 그러는 동안 그들은 서로의 시선 속에서 돈이 만드는 가혹한 고통의 드라마를 읽었다.

마지막 삼십 분 동안 패주가 점점 심해졌고, 군중은 우왕좌왕 혼잡하게 뒤엉켰다. 극단적 신뢰와 눈먼 열광에 뒤이어 공포의 반작용이 엄습했다. 모두가 늦었을까 두려워하며 주식을 팔기 위해 몰려들었다. 매도 주문이 원형 코르베유 위로 우박처럼 쏟아졌고, 눈에 보이는 것은 이제 비 오듯 내리는 수많은 전표뿐이었다. 분별없이 내던지는 엄청난 양의 주식이 가격 하락을 부채질했으니, 그것은 문자 그대로 대폭락이었다. 시세는 추락을 거듭해서 1500프랑, 1200프랑, 900프랑으로 떨어졌다. 더이상 매수자가 없었고, 포성이 멈춘 전장은 시체로 뒤덮였다. 빽빽하게 운집한 검은 프록코트들의 머리 위로 세 명의 시세 표지원이 마치 망자를 등록하는 시체 안치소의 서기처럼 보였다. 홀을 가로지르는 파산의 바람이 일으킨 기이한 효과인 듯, 대재앙으로 경악했을 때처럼 흥분이 가라앉고 소란이 잦아들었다. 폐장의 종소리가 울려퍼진 후 마지막 시세가 830프랑이라는 사실이 알려졌을 때, 장내에는 무시무시한 침묵이 감돌았다. 끝없이 비가 흐르는 유리창을 통해 이제 어스름한 빛만이 들어올 뿐이었다. 우산에서 떨어지는 물과 사람들의 젖은 구두 때문에 홀은 관리가 소홀한 마구간의 진흙탕 바닥처럼 변했고, 그 위로 온갖 종류의 찢어진 종이가 굴러다녔다. 원형 코르베유에서는 사방에서 내던진 여러 색깔의 전표, 즉 초록색 전표, 붉은색 전표, 푸른색 전표가 눈에 두드러졌는데, 오늘은 전표의 양이 너무도 많아서 원형의 넓은 내부 공간이 그것으로 넘쳐흘렀다.

마조는 증권 중개인실로 들어왔고, 뒤이어 자코비와 들라로크가 들어왔다. 그는 타는 듯 목이 말라 찬장으로 가서 맥주 한 병을 꺼내 마시고는 휴대품 보관소, 중앙의 긴 테이블, 테이블을 둘러싸고 가지런히 놓인 예순 개의 증권 중개인용 안락의자, 붉은 벨벳 벽걸이 천이 있는 드넓은 방을 바라보았다. 이 모든 진부하고 빛바랜 사치가 그 방을 마치 큰 역의 일등석 대기실처럼 보이게 했다. 그는 그 방을 처음 본 사람처럼 놀란 표정으로 응시했다. 그런 다음 한마디 말 없이 떠나며, 여느 때와 다름없이 자코비, 들라로크와 악수를 나누었다. 셋 모두 평소처럼 정중한 태도였지만 얼굴이 창백했다. 그는 플로리에게 문에서 기다리라고 지시했었다. 문에서 만난 플로리는 일주일 전 사무실을 완전히 떠났다가 단순히 구경꾼으로 되돌아온 귀스타브와 함께 있었다. 늘 그렇듯 얼굴에 미소를 담은 귀스타브는 아버지가 이튿날 자신의 채무를 갚아줄지 안 갚아줄지 생각조차 하지 않은 채 여전히 환락의 삶을 영위하고 있었다. 반면 얼굴이 하얗게 질린 플로리는 쓸데없이 자꾸만 냉소적인 이야기를 내뱉으며 잡담을 이어가고자 애썼다. 그는 방금 10만 프랑에 이르는 어마어마한 손실을 보았고, 도대체 어디서 동전 한 닢이라도 건질 수 있을지 몰랐다. 마조와 그의 직원 플로리는 폭우 속으로 사라졌다.

중앙홀에서는 공포가 특히 사카르의 주변을 엄습했다. 전쟁이 가장 큰 상흔을 남긴 것도 바로 그곳이었다. 처음에는 영문을 모른 채 그는 위험을 맞이했고 궤멸을 지켜보았다. 왜 이런 소란이 생기는 거지? 왜 데그르몽의 원군이 오지 않는 걸까? 뒤이어 여전히 원인을 모르는 가운데 시세가 폭락했다는 이야기를 들었을 때, 그는 선 채로 죽을 것처럼 온몸이 경직되었었다. 얼음장 같은 한기가 땅에서 솟아올라 두개골에 스며들었고, 돌이킬 수 없는 결정적 패배라는 느낌이 가슴에 깃들었다. 돈에 대한 저열한 미련과 잃어버릴 환락으로 인한 분노가 고통을 배가시켰다. 그는 패자로서의 수치 때문에, 그리고 다시 한번 황금의 제왕 자리를 공고히 한 군데르만, 그 군데르만의 결정적이고 눈부신 승리 때문에 뼛속 깊이 좌절감을 느꼈다. 그렇지만 지금 이 순간 그는 정녕 당당했고, 벌써부터 자신에 대한 원망과 절망의 탄식을 들으면서도 눈을 부릅뜬 채 결연한 의지로 운명에 맞섰다. 홀 전체가 부글부글 끓어올랐고, 흥분의 물결이 그가 서 있는 곳을 향해 범람했다. 그는 주먹을 불끈 쥐고는 상스러운 말을 내뱉었다. 입가에 띤 무의식적인 미소가 사람들의 눈에 몹시 도발적인 것으로 비쳤다.

우선 그는 일종의 희뿌연 안개 속에서 시체처럼 하얗게 질린 모장드르를 보았다. 샤브 대위가 그의 팔을 붙들고 데려가면서 자기가 이미 예고하지 않았느냐고 책망했고, 최하급 투기꾼으로서 '큰손' 투기꾼들이 몰락하는 것을 보고 잔인한 기쁨을 느꼈다. 뒤이어 가게가 망해가는 상인 세디유가 넋이 나간 듯 일그러진 얼굴로 사카르에게 다가오더니, 호인인 만큼 그를 원망하지 않는다는 듯 떨리는 손으로 악수를 청했다. 최초로 삐거덕거리는 소리가 나자마자 사카르에게서 떨어져나와 하락세 투자자들 편에 가담했던 드 보앵 후작은 신중하게 사카르와 거리를 유지했던 콜프에게 지난번 총회 이후로 사카르라는 자가 얼마나 유감스러운 의혹을 불러일으켰었는지 이야기했다. 장트루는 산도르프 남작 부인에게 마지막 시세를 알려주기 위해 미친듯 전속력으로 달려갔는데, 그녀는 엄청난 손실을 볼 때마다 그랬듯 자기 마차 안에서 신경발작을 일으킬 것이 틀림없었다.

그리고 늘 입을 다문 채 야릇한 표정을 짓고 있는 살몽 앞에 하락세 투자자인 모제와 상승세 투자자인 피유로가 서 있었다. 피유로는 파산에도 불구하고 도발적인 자부심에 차 있었고, 모제는 상당한 이득을 보았음에도 막연한 불안감으로 승리를 망치고 있었다.

"알다시피, 봄이 되면 독일과 전쟁을 하게 될 거요. 모든 게 느낌이 좋지 않아요. 비스마르크가 기회를 엿보고 있거든."

"이봐요! 그만 좀 해요! 이번에도 내가 틀렸잖소, 생각을 너무 많이 했어…… 할 수 없지, 뭐! 다시 하면 돼, 모든 게 잘될 거야."

그때까지 사카르는 마음이 약해지지 않았었다. 그렇지만 등뒤에서 페이외라는 이름이 들리자 모종의 불편함을 느끼지 않을 수 없었다. 왜냐하면 최하급 주주들을 위해 그가 관계를 맺고 있던 그 방돔의 징세관 이름이 그에게 만국 은행의 와해와 함께 쓰러질 수많은 군소 투자자들을 생각나게 했기 때문이다. 더욱이 드주아의 일그러진 납빛 얼굴을 보자 모든 개미 주주들의 가슴 아픈 파산이 이 불쌍한 사내로 육화되면서 그 불편함이 더욱 심화되었다. 동시에 보빌리에 백작 부인 모녀의 창백하고 침통한 얼굴이 환각처럼 떠올랐는데, 그들은 넋이 나간 채 눈물이 가득 고인 눈으로 그를 바라보고 있었다. 그 순간, 이십 년의 강도질로 단련된 심장을 가진 협잡꾼 사카르, 결코 다리가 후들거린 적도 기둥 근처 벤치에 앉아본 적도 없다는 자부심으로 가득찬 사카르, 그 사카르가 온몸에 힘이 빠진 채 실신하듯 털썩 벤치에 주저앉았다. 사람들이 계속 몰려와 그를 질식시켰다. 그는 숨을 쉬고 싶어 고개를 들었고, 자리에서 일어나며 위층에서 홀을 향해 몸을 숙인 전신국의 구경꾼들을 보았다. 그 가운데 육중한 몸으로 전쟁터를 굽어보고 있는 메셍 아줌마가 눈에 들어왔다. 낡은 검정 가죽가방이 그녀 옆 돌난간 위에 놓여 있었다. 그 가방에 법정관리 주식이 가득찰 때까지, 그녀는 마치 군대를 따라다니며 살육전을 기다리는 굶주린 까마귀처럼 전사자들을 노려보았다.

그때 사카르가 다시 힘을 내어 걸음을 옮겼다. 그의 전 존재가 텅 빈 듯했다. 그러나 놀라운 의지력으로 그는 똑바로 서서 앞으로 나아갔다. 오감이 무뎌졌고, 더이상 땅을 딛고 있다는 감각이 없었으며, 털이 긴 양탄자 위를 걷고 있는 듯했다. 또한 눈앞에는 희뿌연 안개가 있었고, 귀에는 아우성이 쟁쟁거렸다. 증권거래소를 나와 기단 층계를 내려오는 동안 그는 더이상 사람들을 알아볼 수 없었고, 떠도는 유령들, 모호한 형체들, 아득한 소리들만이 눈과 귀를 스쳐갔다. 뷔슈가 넓적한 얼굴을 찌푸린 채 옆으로 지나가는 것이 안 보였던 것일까? 희미한 목소리가 멀리서 들려오는 듯했지만 잠시 멈춰 서서 편안한 표정으로 나탕송과 이야기를 나누지 않았던가? 모두가 망연자실한 가운데서도 사바타니와 마시아가 그를 배웅하지 않았던가? 그는 일군의 사람들에게 둘러싸여 있었다. 세디유와 모장드르가 아직도 거기에 있었고, 온갖 부류의 인물들이 얼굴이 일그러진 채 비켜섰다. 빛속으로, 파리의 수렁으로 사라져가면서, 그는 마지막 자존심으로 정신적 자유를 보여주려는 듯

이 유령 인간들에게 날카로운 목소리로 되풀이했다.

"아! 우리집 안마당에 내버려둔 동백꽃, 얼어죽은 그 동백꽃 때문에 어찌나 마음이 아픈지 몰라요!"

11

공포에 질린 카롤린 부인은 일주일 예정으로 로마에 머무르고 있던 오빠에게 전보를 쳤다. 사흘 후, 아믈랭은 여러 위험에도 불구하고 파리로 돌아왔다.

생라자르가에서, 예전에 뜨거운 열정과 더불어 사업이 논의되고 결정되었던 그 설계도 작업실에서 사카르와 엔지니어 사이에 격론이 벌어졌다. 사흘 동안 증권거래소의 궤멸이 끔찍하게 심화되었고, 만국 은행 주가는 점점 더 떨어져 액면가격 아래로, 430프랑으로 내려갔다. 그럼에도 하락은 계속되었고, 대大건조물이 삐걱거리는 소리를 내며 시시각각 무너져내렸다.

카롤린 부인은 개입을 자제하면서 잠자코 그들의 설전을 들었다. 그녀의 가슴은 회한으로 가득찼다. 감시하기로 약속해놓고서 모든 것을 방관했기 때문에 스스로를 공범자라고 자책했다. 주가 상승을 저지하기 위해 단순히 주식을 파는 대신 무엇인가 다른 방법을, 예컨대 사람들에게 사실을 알리고 행동에 나서게 하는 방법을 동원해야 하지 않았을까? 오빠에 대한 애정과 함께, 오빠가 펼친 필생의 과업이 위태로워지는 것을 바라보며 그녀는 속으로 피눈물을 흘렸다. 자기가 사카르를 자유롭게 심판할 입장이 아니라고 느꼈던 만큼 더욱더 고통스러웠다. 그녀는 그를 사랑하지 않았던가? 수치마저 느꼈었던 그 은밀한 관계 속에서 그녀는 그의 것이 아니었던가? 그처럼 두 남자 사이에 끼인 채, 그녀는 그 싸움이 괴롭기 그지없었다. 재앙이 닥친 그날 저녁, 그녀는 극도의 흥분 속에서 오래전부터 가슴속에 쌓인 불만과 비난을 사카르에게 퍼부었었다. 뒤이어 불굴의 정신으로 그가 미소 짓는 것을 보면서, 쓰러지지 않기 위해 그가 필요로 하는 힘을 생각하면서, 그녀는 자기 자신도 그에게 약해졌었던 이상 그에게 마지막 일격을 가하고 그를 땅바닥에 내팽개칠 권리가 없다고 되뇌었다. 그러므로 자신이 취했던 태도를 자책하며 침묵 속으로 피신한 채, 오직 증인의 위치에 머무르고자 했다.

그러나 이번에는 아믈랭이 격분했다. 평소에는 그토록 타협적이었던 아믈랭, 자기 일이 아닌 모든 것에 대해 무관심했던 아믈랭이 극도의 흥분을 보였다. 그는 시장 조작을 격렬하게 비난했다. 만국 은행은 시장 조작의 광기, 절대적인 정신착란으로 침몰하고 만 것이다. 확실히 그는 은행이란 예컨대 철도회사와 달라서 주가를 회복하기가 너무나 힘들다고 생각하는 사람이었다. 철도회사는 수익을 가져다주는 거대한 생산수단, 즉 시설, 설비, 차량이 있었다. 그러나 은행의 진정한 생산수단이란 신용이기에, 신용이 흔들리는 순간부터 은행은 몰락하기 마련이었다. 그렇기에 절제가 요구되는 것이었다. 만일 2000프랑의 시세를 유지하는 것이 필요한 일이고 심지어 현명한 일이라면, 시세를 계속 부추겨 3000프랑, 그리고 그 이상으로 밀고 나가는 것은 몰상식한 일이며 심지어 범죄적인 일이었다. 도착하자마자 그는 진실, 완전한 진실을 알고 싶어했다. 이제 더이상 거짓말을 할 수 없는 상황이었다. 그럼에도 지난번 총회 때 자신의 면전에서, 자신의 묵인하에 그랬던 것처럼, 사람들은 회사가 회사 주식을 하나도 소유하고 있지 않다고 그에게 말했다. 그러나 여러 장부가 있었고, 그는 그것을 열어보고 어렵지 않게 거짓을 간파했다. 그는 사바타니의 계좌, 즉 명의 대여인의 계좌가 회사에 의해 저질러진 시장 조작을 감추고 있다는 사실을 알게 되었다. 거기서 그는 이 년 전부터 매월 점증하는 사카르의 투기 열정을 읽을 수 있었다. 처음에는 조심스럽고 신중하게 회사 주식을 사들이다가, 나중에는 점점 더 매수를 늘려간 끝에 마침내 매수가 2만 7000주, 약 4800만 프랑에 달했다. 사바타니라는 자의 이름으로 올린 엄청난 판매고, 이거야말로 사람들을 조롱하는 비열한 광태가 아니고 무엇일까! 게다가 문제는 사바타니만이 아니었다. 사바타니 말고도 또다른 명의 대여인들, 은행 직원들, 심지어 이사들이 있었는데, 결제일이 연장된 그들의 매수는 2만 주를 상회했으므로 그 또한 약 4800만 프랑에 달했다. 그런데 그 모든 것은 실물거래량일 뿐이었다. 거기에다 지난 1월의 마지막 정기거래 결제 때 발생한 선물거래량을 보태야 했다. 그것은 2만 주를 상회하여 6750만 프랑어치에 달했고, 만국 은행이 그에 상응하는 주식을 인도하게 되어 있었다. 그 밖에도 리옹 증권거래소에서 1만 주, 즉 2400만 프랑어치의 주식이 선물로 매수되어 있었다. 결국 모든 것을 합산하면 회사는 스스로 발행한 주식의 약 사분의 일을 소유하고 있었고, 2억 프랑이라는 어마어마한 대금을 이미 지불했다는 결론이 내려졌다. 한마디로 회사는 결코 헤어나올 수 없는 깊은 심연에 빠져 있었다.

고통과 분노의 눈물이 아믈랭의 눈에서 솟구쳐올랐다. 머잖아 박해가 시작되면 교황을 전설적 영광의 성지 예루살렘으로 모시기 위해 로마에서 그토록 기쁘게 가톨릭 은행, 즉 생세뷜크르 은행의 초석을 다지고 있던 그가 아니었던가! 그 은행이야말로 그 고장의 자원을 바탕으로 전 세계의 기독교인들이 앞다투어 살 주식을 발행함으로써 예산을 마련하고, 온갖 정치적 소용돌이에서 벗어나 새로운 팔레스타인 왕국을 건설할 은행이 아니었던가! 그런데 이런 어리석은 광태로 그 모든 게 수포로 돌아가다니 말이나 되는가! 그는 놀라운 흑자, 수백만 프랑의 흑자를 남긴 채 떠났었다. 회사는 너무도 신속하고 너무도 눈부시게 발전해서 모두의 경탄을 불러일으켰었다. 그런데 한 달도 채 못 되어 돌아와보니 수백만 프랑이 흔적도 없이 사라졌고, 회사는 무너져 앉아 산산조각이 났으며, 남아 있는 것이라고는 불바다가 휩쓴 듯한 검은 구렁텅이뿐이었다. 그는 경악을 금치 못했고, 강력하게 설명을 요구했다. 도대체 그 어떤 신비스러운 힘이 사카르로 하여금 자신이 세운 거대한 전당을 위태롭게 하는 열정에 빠지게 했으며, 한편 그것을 완공하기 위해 노력하게 하면서도 다른 한편 그것을 조금씩 파괴하게 했는지 그는 알고 싶었다.

사카르는 조금도 흥분하지 않고 매우 확실하게 대답했다. 처음에는 극도의 놀라움과 절망감에 빠졌었지만, 그는 이내 불굴의 희망과 함께 다시 강고하게 일어서 있었다. 배신자들이 재앙을 초래했을 뿐이었고, 아무것도 잃은 것은 없었으며, 곧 모든 것을 재건할 것이었다. 게다가 만국 은행이 그토록 빠르고 눈부시게 성장했었다면, 그 성장이 사람들에게 비난받는 바로 그 수단에 힘입었었다는 것도 사실이 아닐까? 신디케이트의 설립, 연속적인 증자, 마지막 회계연도의 조기 결산, 회사에 의한 주식 보유, 뒤이어 회사에 의한 주식의 대량 매수 등이 바로 그 수단이었다. 그 모두가 일체를 이루는 것이었다. 성공을 바란다면, 위험도 감수하지 않으면 안 되었다. 기계를 지나치게 가열하면, 기계가 터지기도 하는 것이 아닌가. 그는 어떤 잘못도 인정하지 않았다. 은행장이라면 누구나 행하는 일을 더욱 영리하게 행했을 뿐이었다. 그는 증권 전부를 다시 사들이고 군데르만을 패퇴시키리라는 원대한 발상을 포기하지 않았다. 다만 그에게는 돈이 없을 뿐이었다. 하지만 이제 그는 다시 시작할 것이었다. 비상 총회가 다음주 월요일에 개최될 텐데, 그는 주주들이 필요한 희생을 마다하지 않으리라고, 자신이 부탁하면 그들 모두가 재산을 동원하리라고 확신했다. 그때까지 우리는 다른 신용회사들, 다른 대은행들이 만국 은행의 갑작스러운 파산에 그들 자신이 흔들릴까 두려워서, 매일 아침 급한 불을 끄기 위해 내놓을 소액의 보조금으로 살아가리라. 위기가 지나가고 나면, 모든 것이 재개되고 다시 눈부시게 빛날 것이었다.

"그렇지만," 아믈랭이 미소를 머금은 사카르의 침착한 태도에 다소 마음을 누그러뜨리며 반박했다. "우리의 경쟁자들이 제공하는 원조 속에 하나의 술책, 즉 먼저 안전한 곳으로 대피하고 이어서 우리의 몰락을 지연시킴으로써 그것을 더욱 심화시키려는 술책이 있다는 걸 모르세요?…… 저를 불안하게 하는 것, 그것은 군데르만이 저들의 일원이라는 사실입니다."

과연 군데르만은 이웃집에 불을 질러놓고 동네 전체가 화마에 휩싸일까봐 서둘러 물통을 들고 오는 방화범처럼, 놀라운 감각으로 즉각적인 파산선고를 막기 위해 맨 먼저 원조를 제공했다. 원한에도 개의치 않았다. 지속적인 재산 증식을 위해 일체의 감정을 희생시켰기에 그는 세계 최고의 금융가, 세계 최고의 사려 깊은 부자가 되는 영광을 누릴 수 있었다.

사카르는 승자가 취하는 이 현명하고 영리한 조처에 울화통을 터뜨리며 초조한 태도를 보였다.

"오! 군데르만, 참으로 고매한 정신을 가졌어. 그자는 자신의 관용으로 내 가슴을 제대로 찔렀다고 생각하겠지."

침묵이 흘렀다. 이윽고 말을 한 것은 그때까지 입을 다물고 있었던 카롤린 부인이었다.

"이봐요, 저는 오빠가 해야 할 말을 하도록 잠자코 지켜보고 있었어요. 이 비통한 소식을 듣고 오빠가 얼마나 큰 고통을 겪었을지 생각해 보세요…… 우리가 처한 상황은 분명해요, 그렇지 않아요? 사업이 결정적으로 잘못 돌아간다 해도, 오빠가 위태로워지는 것은 저로서는 상상할 수 없는 일입니다. 시세가 얼마일 때 제가 주식을 팔았는지 잘 아시죠. 그러니 아무도 오빠가 더 큰 이득을 보기 위해 주가 상승을 부추겼다고 말할 수 없어요. 더욱이 재앙이 닥쳤을 때 무슨 일을 해야 하는지 우리는 잘 알고 있죠…… 고백하건대, 저는 선생님의 고집스러운 희망을 공유하지 않습니다. 하지만 선생님이 옳아요, 마지막 순간까지 싸워야죠. 그리고 오빠가 선생님을 절망에 빠뜨리지는 않을 거예요, 그건 확실해요."

그가 도적의 열정으로 양심의 가책 없이 행했고 또 여전히 행할 여러 혐오스러운 일들에 도저히 눈감을 수 없었기에, 그녀는 마음 약한 모습을 그에게 보이고 싶지 않았었다. 그러나 불굴의 의지에 불타는 그 사내의 강인한 모습을 보자, 불현듯 연민에 사로잡혀 감정이 북받쳐올랐다.

"물론입니다" 하고 이번에는 더이상 다그칠 마음을 상실한 아믈랭이 말했다. "선생님이 우리 모두를 구하려고 싸울 때, 제가 선생님을 궁지로 몰아넣는 일은 없을 겁니다. 저를 믿으세요, 제가 아직도 선생님에게 쓸모가 있다면……"

더없이 혹독한 위험을 맞이한 이 최후의 시간에 그는 다시 한번 오누이를 안심시켰고, 그들의 마음을 정복했다. 오누이와 헤어지며 그는 약속과 비밀로 가득찬 이런 말을 내뱉었다.

"안심하고 잠자리에 들어요…… 더이상 설명하지 않겠소. 어쨌든 다음주가 끝나기 전에 모든 것을 구해낼 자신이 있으니 걱정하지 마시오."

사카르는 주변 친구들, 공포에 질려 조언을 구하러 오는 고객들에게 이처럼 아무런 설명 없이 확신에 찬 말을 들려주었다. 사흘 전부터, 런던가에 있는 그의 사무실로 사람들이 끊임없이 드나들었다. 보빌리에 모녀, 모장드르 부부, 세디유, 드주아가 줄지어 찾아왔다. 그는 군인과 같은 태도로 매우 침착하게 그들을 맞이했고, 그들에게 용기를 주는 감동적인 발언을 했다. 그들이 손해를 보고 팔 생각을 할라치면 화를 냈고, 제발 어리석은 짓을 하지 말라고 소리치며 2000프랑, 심지어 3000프랑의 시세를 재현할 것을 명예를 걸고 약속했다. 그가 이미 잘못을 저질렀음에도 불구하고, 모두가 그를 맹목적으로 신뢰했다. 설령 지금 당장은 그들에게서 도둑질을 한다 해도, 결국 그는 모든 것을 해결하고 또 약속한 대로 그들 모두를 부자로 만들어주리라. 만일 월요일 이전에 아무런 사고가 생기지 않는다면, 만일 비상 총회를 개최할 시간이 허용된다면, 그가 만국 은행을 잿더미에서 구해내리라는 것은 자명한 사실이었다.

사카르는 형 루공을 떠올렸다. 루공이야말로 합당한 이유 없이 그가 들먹이는 전능한 구원자였다. 배신자 데그르몽를 만나 신랄한 비난을 퍼부었을 때, 데그르몽은 이렇게 대꾸했었다. "이봐요, 친구, 당신을 버린 건 내가 아니라 당신의 형이라고!" 하기야 이자는 그렇게 말할 권리가 있었다. 그는 루공이 합류하는 것을 조건으로 거래를 받아들였던 것이다. 사카르는 루공의 합류를 공식적으로 장담했었다. 그러니 장관이 합류하기는커녕 만국 은행과 은행장에게 등을 돌렸을 때, 데그르몽이 발을 뺀다 해도 하등 놀라울 것이 없었다. 그것은 적어도 반박의 여지가 없는 변명이었다. 화들짝 놀란 사카르는 이제야 자신이 엄청난 실수를 저질렀다는 사실을 깨달았다. 자기를 지켜줄 수 있었던 유일한 사람, 자기 뒤에 그 존재가 있음을 알 때 아무도 감히 자기를 파멸시킬 생각을 하지 못할 정도로 강력한 거인, 바로 그 형과 불화를 일으키다니 얼마나 큰 잘못이었던가. 지금까지 견지한 자존심에 비추어 몹시 힘든 결정이었음에도, 사카르는 마침내 의원 위레에게 자신을 위해 개입해줄 것을 부탁할 결심을 했다. 그런데 사카르는 다소 협박조의 태도를 취했고, 권좌에서 내려오기를 거부했으며, 추문을 피하기 위해 더없이 애쓰는 루공, 그 루공의 도움을 마치 빚을 받아내듯 당당하게 요구했다. 이튿날 위레의 예정된 방문을 기다리고 있었지만, 그는 쪽지 한 장을 받았을 뿐이었다. 그 쪽지는 모호한 어투로 조바심을 내지 말라고, 훗날 상황이 허락할 때 좋은 해결책이 생길 수도 있지 않겠느냐고 말하고 있었다.

그러나 사실을 말하자면, 루공은 몇 년 전부터 추문을 일으키지 않을까 염려되던 이 집안의 암적 존재와 깨끗이 관계를 단절하기로 굳게 결심한 터였다. 그래서 재앙이 닥쳤을 때, 그는 전혀 도와주지 않으리라고 마음먹었었다. 사카르가 스스로 물러나지 않는 이상, 가장 간단한 해결책은 사카르를 단죄한 뒤 도피할 수 있게 해줌으로써 스스로 고국을 떠나게 만드는 것이 아닐까? 갑작스러운 스캔들, 단 한 번의 빗자루질, 그것이면 모든 게 끝나리라. 게다가 의회에서 감동적인 웅변으로 이탈리아가 로마를 장악할 경우 프랑스가 가만히 있지 않을 것이라고 천명한 후 장관은 몹시 어려운 상황에 처해 있었다. 가톨릭으로부터는 뜨거운 찬사를 받았지만, 점점 더 강력해지는 제3의 정당에게서는 가혹한 질타를 받았던 것이다. 확실한 담보물을 얻지 못할 경우 자유주의적인 보나파르트주의자들의 도움을 받는 제3의 정당이 그를 권좌에서 쫓아낼 시간이 임박했음을 장관은 예감했다. 담보물이란 상황에 따라서는 장관이 로마의 후견을 받으며 두려운 세력으로 성장해가는 만국 은행을 포기하는 것을 뜻할 수 있었다. 마침내 그로 하여금 결정을 내리게 한 것, 그것은 공채를 발행하기 위해 군데르만을 비롯한 매우 신중한 유대인 은행가들을 만난 재무장관의 은밀한 전언이었는데, 그에 따르면 유대인 은행가들은 시장이 모험에 휩쓸려 불안해지면 절대로 돈을 풀지 않을 터였다. 승자는 군데르만이었다. 증권거래소의 진정한 제왕은 세계에 군림하는 교황지상주의적인 가톨릭이 아니라 전능한 금력을 휘두르는 유대인들이었던 것이다!

뒤이어 사법부의 개입이 요구될 경우 사카르에게 깊은 원한을 가진 법무부 장관 델캉브르가 그를 어떻게 처리할지 예감한 루공이 이렇게 소회를 털어놓았다는 소문이 들렸다. "아! 그 사람이 내게서 골칫거리를 치워주는구먼, 정말이지 감사드릴 일이야!" 루공이 사카르를 버린 바로 그 순간부터, 사카르는 문자 그대로 패자가 되었다. 법무부 장관이 된 이후 사카르를 노려온 델캉브르는 마침내 그가 드넓은 법의 그물망에 걸려들었다는 사실을 포착했고, 이제 단지 헌병과 재판관들을 보낼 구실을 찾기만 하면 되었다.

어느 날 아침, 아직도 행동을 취하지 못해 화가 난 뷔슈가 재판소로 갔다. 서두르지 않는다면 꼬마 빅토르 때문에 발생한 비용, 메셍 아줌마가 받아야 할 4000프랑을 결코 사카르에게서 얻어낼 수 없으리라. 그의 계획은 간단했는데, 사카르가 아이를 감금해두고 있다고 비난하면서 떠들썩한 스캔들을 일으키는 것이었다. 이 스캔들은 당연히 사카르가 아이 엄마를 강간하고 아이를 버렸었다는 가증스러운 사실을 들춰낼 것이었다. 만국 은행의 위기가 불러일으킨 감정적 소용돌이 속에서 은행장에게 제기된 이 같은 소송은 파리 전체를 뒤흔들 것이 틀림없었다. 뷔슈는 위협을 가하자마자 사카르가 비용을 결제해주기를 여전히 바라고 있었다. 그러나 그를 맞이한 검사 대리, 델캉브르의 조카인 검사 대리는 짜증을 내며 그의 이야기를 진지하게 들어주지 않았다. 아니! 아니요! 그런 험담으로는 아무것도 할 수 없어요, 그건 법전 어디에도 나와 있지 않습니다. 당황한 비슈는 흥분하며 자기가 얼마나 오랫동안 기다려왔는지 이야기했고, 신용대출로 만국 은행에 투자했을 정도로 사카르에게 호의를 베풀었었다고 말했다. 별안간 검사 대리가 그의 말을 끊었다. 뭐라고요! 파산이 확실시되고 지불 능력을 상실한 은행에 투자하고도 아직 아무 행동도 취하지 않다니! 아무것도 이보다 더 간명할 수는 없었다. 그는 사기 혐의로 고소하기만 하면 되었다. 왜냐하면 목하 사법부가 만국 은행과 관련하여 파산을 야기한 부정행위가 있지 않았을까 의심하고 있었기 때문이다. 그것은 결정타가 될 수 있었다. 술독에 빠져 죽은 매춘부와 시궁창에서 자란 아이 같은 멜로드라마로는 아무것도 할 수 없었다. 새로운 길로 내던져진 뷔슈는 심각한 얼굴로 주의깊게 검사 대리의 말을 들었다. 그는 원하지 않은 행동을 하도록 내몰렸고, 그 행동의 결과를 훤히 짐작했다. 즉 사카르의 체포와 만국 은행의 죽음이 그것이었다. 돈을 받지 못하지 않을까 하는 두려움 때문에 금세 결정하지 못했다. 통상 그는 흙탕물에서 무엇인가를 건져올리기 위해 재앙이 닥치기를 바라곤 했다. 하지만 이번에는 망설였고, 생각해보고 다시 오겠노라고 말했다. 그래서 검사 대리는 그의 손에 펜을 쥐여주지 않으면 안 되었고, 그로 하여금 자기 사무실에서, 그것도 자기 책상 위에서 사기 혐의 고소장을 쓰게 했다. 그런 다음, 검사 대리는 흥분을 감추지 못하며 곧바로 고소장을 법무부 장관에게 가져갔다. 바야흐로 사건이 시작되었다.

이튿날, 런던가의 본사에서 사카르는 총회에 제출할 결산보고서를 작성하기 위해 감사들 및 법무 담당 이사와 함께 오래도록 숙의했다. 다른 금융기관들이 제공한 지원금에도 불구하고, 회사는 점증하는 결제 요구에 직면하여 회계 창구를 폐쇄하고 지불을 정지하지 않으면 안 되었다. 한 달 전만 해도 2억 프랑을 금고에 보유하고 있었던 이 은행은 공포에 질린 고객들에게 겨우 기십만 프랑만을 돌려줄 수 있을 뿐이었다. 상사商事법원은 장부를 검토한 전문가가 그 전날 제출한 간략한 보고서에 근거하여 직권으로 파산을 선언했다. 그럼에도 사카르는 무의식적으로, 고집스럽게 비상한 용기와 맹목적 희망을 버리지 않은 채 상황을 호전시킬 것을 약속했다. 구체적으로 말하자면 그날, 그는 청산 시세 확정을 위해 증권 대리인 입회소의 답변을 기다리고 있었다. 바로 그때 경비원이 들어와서 바로 옆 살롱에서 세 명의 방문객이 그를 기다리고 있다고 말했다. 아마도 구원의 손길이리라. 그는 얼굴이 환해져서 달려갔다. 그렇지만 거기에는 그를 즉시 체포하러 온 경찰서장과 두 명의 경관이 있었다. 장부 기술 내용의 불법성을 지적한 전문가의 보고서에 근거하여, 특히 뷔슈가 제기한 배임 행위 고소—그는 신용대출로 투자한 돈이 다른 용도로 쓰였다고 주장하고 있었다—에 근거하여 구인장이 발부되었던 것이다. 바로 그 시각, 생라자르가의 자택에서 아믈랭이 체포되었다. 마치 이 세상 모든 증오와 불운이 그들에게 달라붙은 듯, 이번에는 정녕 끝이었다. 비상 총회는 개최될 수 없었고, 만국 은행은 종말을 맞이했다.

오빠가 체포되었을 때 카롤린 부인은 집에 없었다. 아믈랭은 몇 줄의 메모를 급히 휘갈겨 쓸 수 있었을 뿐이었다. 집으로 돌아온 그녀는 깜짝 놀랐다. 사람들이 오빠를 고소할 수 있으리라고는 상상조차 하지 않았던 것이다. 오빠는 일체의 불법 거래와 동떨어져 있었을 뿐만 아니라 오래도록 파리를 떠나 있지 않았던가. 파산의 이튿날 오누이는 그들이 소유하고 있던 모든 것을 회사를 위해 포기했었고, 이 모험에 빈털터리로 뛰어들었기 때문에 빈털터리로 나와도 아무 상관 없다고 생각했었다. 소유 자산은 800만 프랑에 달했는데, 거기에는 아주머니에게서 상속받은 30만 프랑도 들어 있었다. 즉시 그녀는 사방팔방으로 쫓아다니며 간청을 했고, 이제 그녀의 삶은 오직 상황을 개선하여 불쌍한 조르주를 구해내는 데에만 바쳐졌다. 죄가 없음에도 오빠가 투옥된 채 더러운 추문에 휩싸이고 삶이 돌이킬 수 없게 더럽혀진다고 생각할 때마다, 그녀는 용기를 발휘하면서도 하염없이 눈물을 흘렸다. 기술적인 작업을 할 때를 제외하고는 너무도 온순하고, 너무도 심약하고, 어린애처럼 신심 깊고, 정말이지 '덩치 큰 바보'처럼 세상물정 모르는 오빠가 아니던가! 처음에 그녀는 재앙의 유일한 원인이자 불행의 원천인 사카르에 대해 참을 수 없는 분노를 느꼈다. 그녀는 초기부터 그가 도모하는 사업을 명백히 혐오스러운 것으로 판단했었다. 그때부터 지금까지, 즉 그녀가 예견했지만 방관했던 모든 부정행위가 실패의 구렁텅이에서 대가를 요구하는 지금까지 그는 그녀에게 법전을 읽어보라고 짓궂게 말하곤 했었다. 분노에 뒤이어 그녀는 암묵적으로 동조했다는 죄책감에 시달리며 말문을 닫았고, 마치 그가 이 세상에 존재하지 않는 것처럼 행동하며 그의 문제를 공개적으로 언급하기를 피했다. 어쩔 수 없이 그의 이름을 입에 올려야 할 때 그녀는 이방인에 대해, 이해관계가 자기와 전혀 다른 적에 대해 말하는 듯했다. 오빠를 보기 위해 거의 매일 콩시에르주리* 감옥으로 갔지만, 그녀는 사카르에 대해서는 면회

신청조차 하지 않았다. 어쨌든 그녀는 생라자르가의 아파트에 머무르며 모든 방문객들, 심지어 욕설을 퍼붓는 방문객들까지 용감하게 맞이했고, 가능한 범위 내에서 자기 가족의 정직하고 행복한 삶을 지키기 위해 단호히 행동하는 사업가로 변했다.

한때 아름다운 희망에 부풀었던 위층의 설계도 작업실에서 그녀가 그처럼 오랜 시간을 보내는 동안, 특히 하나의 광경이 그녀의 가슴을 저몄다. 그녀가 창가로 다가가서 이웃 저택에 눈길을 던졌을 때, 불쌍한 모녀가 사는 비좁은 방의 유리창 너머로 보빌리에 백작 부인과 딸 알리스의 희미한 그림자가 보였다. 올해 2월은 날씨가 따듯했기 때문에, 이끼로 뒤덮인 겨울 정원의 좁다란 길을 따라 모녀가 고개를 숙인 채 천천히 걷는 모습이 자주 눈에 띄었다. 은행 파산은 두 여자에게 끔찍하기 짝이 없는 결과를 낳았다. 이 주일 전만 해도 600주, 즉 180만 프랑을 소유했던 모녀는 주가가 3000프랑에서 30프랑으로 떨어진 지금 겨우 1만 8000프랑을 수중에 가지고 있을 뿐이었다. 모녀의 전 재산, 즉 백작 부인이 그토록 고통스럽게 모은 2만 프랑의 지참금, 먼저 레조블레 농장을 담보로 빌린 7만 프랑, 이어서 40만 프랑의 가치가 있음에도 24만 프랑에 팔 수밖에 없었던 레조블레 농장 자체가 대번에 녹아 없어진 것이었다. 저택에 설정된 저당권이 이미 1년에 8000프랑을 먹어치우고, 모녀가 온갖 구두쇠 짓으로 기적의 절약을 해도 귀족의 외양을 유지하기 위해서는 최소한 7000프랑이 필요하니, 도대체 모녀

---

* 프랑스대혁명 때 사형수를 수용했었던 파리 고등법원의 부속 감옥. 루이 16세의 왕비 마리 앙투아네트, 시인 앙드레 셰니에, 혁명 지도자 당통 등이 이곳을 거쳐 단두대의 이슬로 사라졌다.

는 어떻게 살아야 할까? 그들이 가진 주식을 모두 판다고 해도 살아갈 길이 막막했다. 난파의 마지막 표류물인 1만 8000프랑으로 그 모든 생활비를 어떻게 충당할 수 있단 말인가? 백작 부인이 줄곧 최후의 수단으로 고려하기를 거부해온 일의 필요성이 대두되고 있었다. 즉 저택을 떠나는 것, 이자를 지불할 수 없는 이상 저택을 저당권자들에게 넘기는 것, 저당권자들이 저택을 팔 때까지 기다리지 않는 것, 작은 거처로 옮겨 거기서 마지막 빵 한 조각을 씹으며 협소하고 망각된 삶을 사는 것이 유효한 방책일 수 있었다. 그러나 백작 부인이 저항하는 것은 그러한 방책이 자신의 전 존재의 뿌리 뽑힘, 귀족으로서 그녀가 지켜야 할 당연한 삶의 죽음, 몇 년 전부터 그녀가 영웅적인 고집과 함께 떨리는 손으로 지탱해온 자기 종족 소유 건물의 붕괴를 뜻하기 때문이었다. 조상의 집을 잃은 패자의 비참 속에서 다른 사람 집에 세들어 사는 보빌리에 백작 부인 모녀라니, 그 정도라면 수치심으로 죽어 마땅하지 않을까? 그녀는 여전히 싸우고 있었다.

어느 날 아침, 카롤린 부인은 정원의 작은 헛간에서 빨래를 하고 있는 모녀를 보았다. 신체를 제대로 쓸 수 없는 늙은 여자 요리사는 더이상 모녀에게 큰 도움이 되지 않았다. 일전에 날씨가 몹시 추웠을 땐 오히려 모녀가 그녀를 보살피지 않으면 안 되었다. 문지기이자 마부이자 하인 역할을 하는 그녀의 남편도 마찬가지였다. 그는 집을 청소하고, 자기처럼 늙어 비틀거리는 늙은 말을 똑바로 세우느라 여간 애를 먹지 않았다. 그래서 모녀는 과감하게 집안 살림을 직접 꾸리기 시작했다. 딸은 가끔 수채화를 밀쳐두고 네 명이 조촐하게 먹을 초라한 식사를 준비했고, 어머니는 가구의 먼지를 떨고 옷과 신발을 수선했는데 먼지

떨이와 바늘과 실을 최소한으로 사용해서 최대한 절약할 생각을 했다. 그렇지만 누군가 갑자기 찾아오면 모녀는 앞치마를 벗어던지며 달아났고, 급히 세수를 한 뒤 집의 여주인으로서 나른하고 새하얀 손을 내밀며 다시 나타났다. 적어도 밖에서 보기에는 생활양식이 변하지 않았고, 명예도 손상되지 않았다. 언제나 단정하게 꾸민 마차가 백작 부인과 딸을 태우고 나갔고, 이 주마다 열리는 만찬회 또한 빠짐없이 열렸는데 식탁에는 모든 접시가 그대로 놓였으며 큰 촛대에는 모든 양초가 변함없이 불을 밝혔다. 그러므로 이 모든 장식, 이 모든 거짓 재산을 과시하기 위해 그들이 어떤 희생을 치르는지 알기 위해서는 카롤린 부인처럼 정원을 내려다보지 않으면 안 되었다. 푸르스름한 형상을 한 수백 년 된 거목들이 죽음처럼 우울한 분위기를 자아내는 가운데, 이웃집들 때문에 더욱 비좁아 보이는 이 습기 찬 우물 옆에서 모녀가 빨래를 하는 모습을 보았을 때, 카롤린 부인은 더없이 깊은 연민에 사로잡혀 창가에서 떨어져나왔다. 자신이 이 비참을 초래한 사카르의 공범자라고 느꼈기 때문에, 그녀는 회한으로 가슴이 찢어질 듯 아팠다.

또다른 어느 날 아침, 카롤린 부인은 더욱 직접적이고 더욱 고통스러운 슬픔을 느끼지 않으면 안 되었다. 드주아가 방문했고, 그녀는 지체 없이 그를 만났다.

"아! 가엾은 드주아……"

그러나 그녀는 옛 사환의 창백한 모습을 보고 기겁을 하며 문득 발걸음을 멈추었다. 일그러진 얼굴 속에서 두 눈이 생기를 잃어 죽은 듯했다. 키가 아주 컸었던 그는 둘로 쪼개진 듯 왜소해져 있었다.

"이봐요, 돈을 모두 잃었다는 생각에 낙심하고 기가 꺾여서는 안 돼요."

그러자 그가 느릿느릿한 목소리로 말했다.

"아! 마님, 그게 아닙니다. 물론 처음에는, 우리가 부자라는 생각에 익숙해 있었던 탓에 이만저만 충격을 받은 게 아니었지요. 수익이 오를 땐 술에 취한 것처럼 흥분하게 되잖아요…… 하지만 괜찮아요! 벌써 체념하고 다시 일하기 시작한걸요…… 진즉 이토록 열심히 일했더라면 틀림없이 그만한 돈을 모았을 겁니다. 그런데……"

굵은 눈물방울이 그의 뺨 위로 흘러내렸다.

"그런데…… 그애가 떠나버렸어요."

"떠나다니, 누가?" 카롤린 부인이 깜짝 놀라며 물었다.

"제 딸 나탈리 말입니다. 결혼을 못하게 되었지요. 테오도르의 아버지가 와서 자기 아들이 너무 오래 기다렸고 8000프랑을 가져올 잡화상의 딸과 결혼할 거라고 말했을 때, 그애는 분을 참지 못했어요. 물론 동전 한 닢 없이 처녀로 늙어 죽을 거라는 생각에 화를 내는 건 이해해요…… 하지만 내가 얼마나 자기를 사랑했는데! 지난겨울만 해도, 잠을 자다가 일어나서 그애의 이불을 여며주었답니다. 그애가 더 예쁜 모자를 쓸 수 있도록, 제가 담배를 사지 않기도 했고…… 저는 정녕 그애의 엄마 노릇을 했습니다. 제 손으로 키웠고, 작은 집에서 그애를 보는 낙으로 살아왔는데……"

눈물로 숨이 막히도록 그는 흐느껴 울었다.

"다 제 과욕 때문입니다. 제가 가진 8주가 6000프랑의 지참금을 마련해주었을 때, 그때 팔았더라면 딸아이는 지금쯤 결혼했을 텐데…… 하지만 말이죠, 주가가 계속 올라갔었거든요…… 그때부터 제 삶을 생각하게 되었지요. 처음에는 600프랑, 그다음에는 800프랑, 그다음에는 1000프랑의 연금을 원했지 뭡니까. 훗날 딸아이가 그 돈을 상속받을 테니까 조금만 더, 조금만 더 하고 과욕을 부렸지요. 시세가 3000프랑에 이르렀을 때 2만 4000프랑을 손에 쥐었고, 아, 그 돈이라면 6000프랑의 딸아이 지참금은 물론이고 900프랑의 연금도 마련할 수 있었는데…… 그런데 맙소사! 제가 1000프랑의 연금을 욕심낸 거죠, 바보처럼! 지금은 가치가 200프랑에 불과합니다. 아! 모든 게 제 잘못입니다. 벌써 물에 빠져 죽었어야 마땅한 인간이지요!"

그가 고통스러워하는 모습이 안쓰러웠기에, 카롤린 부인은 그의 슬픔이 가라앉을 때까지 기다렸다. 그녀는 이유를 알고 싶었다.

"떠나다니, 불쌍한 드주아, 그애가 왜 떠난 거죠?"

그러자 그는 당혹스러워하며 창백한 얼굴을 붉혔다.

"그렇습니다. 떠났어요, 사흘 전부터 자취를 감추었어요…… 그애는 우리 집 바로 앞에 사는 어떤 남자를 알게 되었지요. 오! 괜찮은 남자긴 했어요, 마흔 살쯤 된 남자…… 그런데 이렇게 달아나버릴 줄은 몰랐습니다."

말이 뒤엉키는 가운데 그가 자세히 설명하는 동안, 카롤린 부인의 눈앞에 파리 길거리 아가씨의 덧없는 매력을 지닌 금발머리 나탈리의 가냘픈 자태가 그려졌다. 특히 이기심으로 가득찬 나탈리의 기막히게 맑고 커다란 눈, 그 눈의 몹시 고요하고 냉정한 시선이 떠올랐다. 아이는 아버지의 행복한 우상으로서 듬뿍 사랑받았고, 그렇게 하는 것이 이득이 되는 한 오래도록 착하게 굴었으며, 지참금, 결혼, 자기가 군림할 작은 가게의 금고를 소유할 때까지 어리석게 타락에 빠질 수 없었다.

그러나 다시 무일푼으로 살아가야 하고, 다시 일에 매달리지 않을 수 없는 아버지와 함께 비참하게 살아가야 할 신세가 되었다. 아! 그럴 수는 없어, 이런 맥빠지고 희망 없는 삶은 이제 진절머리가 나! 마침내 그녀는 달아날 결심을 했고, 다른 곳으로 가기 위해 냉정하게 부츠를 신고 모자를 썼던 것이다.

"그렇긴 하지요!" 드주아가 더듬거리며 말을 계속했다. "딸아이가 집에서 무슨 재미가 있었겠어요? 착한 아이라 해도 청춘을 권태롭게 보내기란 괴로운 일이지요…… 하지만 아무리 그래도 너무 심했어요. 생각해보세요! 나한테 작별 인사도 없이, 단 한 줄의 편지도 없이, 이따금 나를 보러 온다는 약속도 없이…… 그애는 문을 쾅 닫았고, 모든 게 끝나버렸어요. 보세요, 제 손이 떨리잖아요. 저 홀로 짐승처럼 남았습니다. 저도 어쩔 수 없어요, 늘 집에서 딸아이를 찾게 돼요. 그토록 긴 세월을 함께 보냈는데, 맙소사! 말이나 돼요, 아이가 내 품에 없고, 이제 영원히 볼 수조차 없다니! 아, 불쌍한 우리 딸!"

그는 눈물을 그쳤지만, 그의 허망한 모습이 너무도 비통해서 카롤린 부인은 그의 두 손을 잡은 채 이렇게 되풀이하는 것 외에는 아무런 위로도 할 수 없었다.

"가엾은 드주아, 가엾은 드주아……"

드주아의 관심을 다른 곳으로 돌리기 위해 그녀는 만국 은행의 파산 이야기로 되돌아갔다. 드주아가 주식을 계속 보유하도록 내버려둔 것에 미안함을 느낀 그녀는 사카르의 이름을 입에 올리지 않으면서도 신랄하게 그를 비판했다. 그러자 옛 사환의 표정이 금세 상기되었다. 투기로 만신창이가 되었음에도 그에게는 아직 주식을 향한 뜨거운 열정이 남아 있었다.

"아, 사카르 씨 말이죠! 그분이 저한테 팔지 말라고 한 건 옳은 판단이었어요. 정말 좋았었는데…… 우리를 버린 배신자들만 없었더라면, 틀림없이 우리가 그들을 물리쳤을 겁니다. 아! 마님, 사카르 씨가 여기 계신다면 모든 게 달라질 텐데, 안타깝습니다. 그분의 투옥은 우리에게 죽음이나 다름없어요. 우리를 구해줄 사람은 그분밖에 없습니다. 그래서 판사님한테 제가 이렇게 말했어요. '판사님, 그분을 우리에게 돌려주세요. 저는 그분에게 다시 제 재산을 맡길 겁니다. 저는 그분에게 제 생명까지도 맡길 겁니다. 왜냐하면 그분은 선신善神이니까요. 아시잖아요! 그분은 자신이 원하는 모든 걸 행하는 분입니다.'"

카롤린 부인은 깜짝 놀라며 그를 쳐다보았다. 이게 무슨 일이람! 울분을 터뜨리지도 않고 한마디 비난도 하지 않다니! 그것은 신자의 열렬한 신앙이었다. 도대체 사카르가 그 어떤 강력한 영향을 끼쳤기에 신자들이 이토록 맹목적으로 그에게 순종하는 것일까?

"마님, 이 말씀을 전하려고 여기 왔어요. 제 슬픔만을 이야기한 것 같아 죄송합니다. 제가 지금 온전한 정신이 아니라서…… 사카르 씨를 만나시거든 꼭 말씀해주세요, 우리가 언제나 그분과 함께하고 있다고……"

그가 비틀거리는 발걸음으로 떠난 후, 혼자 남은 카롤린 부인은 잠시 격심한 고통을 느꼈다. 이 불행한 사내가 그녀의 가슴을 찢어놓았던 것이다. 지금까지 그녀는 이름을 입에 올리지 않는 그 사람에 대해 솟구치는 분노만을 느꼈었고, 그것을 억지로 누르고 있었다. 그때, 또다른 방문객들이 찾아왔다. 그날 아침에는 그녀가 맞이해야 할 사람이 너무도 많았다.

방문객들 사이에서 조르당 부부가 눈에 띄었다. 늘 둘이 함께 난제를 해결해나가는 폴과 마르셀은 모장드르 부부가 만국 은행 주식에서 건질 게 실제로 아무것도 없는지 물어보러 왔다. 지난 두 번의 정기거래 결제 전투 이전에, 옛 물탱크 제조업자가 소유한 75주는 약 8만 프랑에 해당했었다. 한때 시세가 3000프랑에 달했을 때, 그 주식은 22만 5000프랑이라는 놀라운 액수를 기록했다. 그러나 끔찍한 것은 전투의 열기에 휩싸인 모장드르가 사카르의 천재성을 믿고 현물 없이 거래하며 계속해서 주식을 매수했다는 사실이었다. 그 결과 엄청난 시세 차손, 즉 20만 프랑 이상의 지불 금액이 발생하여 자신의 나머지 재산, 다시 말해 지난 삼십 년 동안 그토록 뼈빠지게 일해서 마련한 1만 5000프랑의 연금을 대번에 날려야 했다. 그에게는 더이상 아무것도 없었고, 자신이 그토록 자랑하던 르장드르가의 작은 저택을 팔아도 채무를 완전히 갚을 수 있을지 모를 지경이었다. 이런 재앙을 맞이하게 된 데에는 남편보다 모장드르 부인에게 더 큰 잘못이 있어 보였다.

“아! 부인.” 재난 속에서도 활기와 미소를 잃지 않는 마르셀이 상냥한 얼굴로 말했다. “엄마가 어떻게 변했었는지 상상도 못하실 거예요! 그토록 신중하고 그토록 검소하던 엄마, 하녀들의 셈이 틀리지 않았는지 늘 꼼꼼히 따지던 엄마가 오직 일확천금만을 이야기하며 아빠의 등을 떠밀었던 거죠. 오! 아빠는 실은 심약한 분이어서 샤브 외숙부의 권고를 따랐겠죠, 엄마가 일확천금의 꿈으로 아빠를 미치게 만들지만 않았어도…… 두 분은 여러 금융 신문을 읽으면서 그런 허황된 꿈에 젖었죠. 아빠가 먼저 주식에 푹 빠졌지만, 초기에는 그런 사실을 엄마에게 숨겼어요. 뒤이어 현철한 주부로서 오래도록 투기를 증오했던 엄마마저 뛰어들었고, 그때부터 모든 것이 활활 타올랐죠. 아시다시피 오래지나지 않아 잿더미만 남았어요. 도대체 투기가 무엇이기에 선량한 사람이 이렇게까지 변하는 거죠?"

방금 아내가 한 말 때문에 샤브 외숙부의 얼굴이 떠오른 조르당이 웃음 지으며 끼어들었다.

"이런 재앙을 보면서 외숙부님이 어찌나 냉정한 태도를 취하던지! 외숙부님은 재앙을 예고했었기에, 말총 칼라 속에 얼굴을 파묻은 채 의기양양한 표정을 지었죠…… 단 하루도 증권거래소에 결석하는 날이 없었고, 단 하루도 현물거래 시장에서 소액 투자를 하지 않는 날이 없었어요. 마치 하루 일을 잘 끝낸 성실한 사무원처럼, 외숙부님은 매일 저녁 15프랑 내지 20프랑의 이득을 보며 흐뭇해하시죠. 주변에서 수백만 프랑이 굴러다니고, 엄청난 거금이 두 시간 만에 모였다 사라졌다 하기를 반복하고, 황금이 우레와 함께 하늘에서 비 오듯 쏟아지는데도, 외숙부님은 무심히 개미투자자로서 소박한 투기, 소박한 생활을 이어 나가고 있어요…… 정말이지 영리하기 이를 데 없는 분입니다. 그 덕분에 놀레가의 아가씨들도 과자와 사탕을 먹을 수 있는 거죠."

대위의 품행에 대한 이런 재치 있는 암시가 두 여자를 미소 짓게 했다. 그러나 힘겨운 상황인 만큼, 두 여자는 다시 슬픔에 빠졌다.

"아! 어떻게 하죠!" 카롤린 부인이 입을 열었다. "부모님이 소유 주식에서 무언가를 얻을 수 있으리라고 여겨지진 않아요. 제가 보기에는 모든 게 끝났습니다. 시세는 현재 30프랑이고, 향후 20프랑으로, 100수로 떨어질 거예요…… 맙소사! 연세도 많으시고 여유로운 생활이 몸에 밴

분들인데, 정말 어떻게 하죠?"

"그래요!" 조르당이 간단히 대답했다. "부모님을 보살펴드려야 해요…… 우리 둘이 아직 부유하지는 않지만, 그래도 생활이 조금씩 나아지고 있습니다. 부모님을 거리에 나앉게 할 수는 없죠."

최근 그에게는 행운이 깃들었다. 결실 없던 작업을 수년 동안 지속한 끝에 드디어 그의 첫 소설이 먼저 신문에 연재되고 이어서 출판사에서 단행본으로 간행되었는데, 그것이 상당한 성공을 거두고 있었다. 그는 이미 수천 프랑을 벌었고, 모든 문이 활짝 열렸기에 풍요로운 영광의 미래를 확신하며 불타는 열정으로 작업을 다시 시작했다.

"우리가 직접 모실 수 없으면, 부모님에게 작은 셋집을 마련해드릴 겁니다. 궁하면 통하는 거죠, 우린 늘 그래왔거든요!"

무한한 애정으로 그를 바라보던 마르셀이 가볍게 전율했다.

"오! 폴, 폴, 정말 훌륭한 사람이야!"

그녀는 흐느끼기 시작했다.

"이봐요, 진정해요." 카롤린 부인이 감동에 겨워 여러 차례 되풀이했다. "슬퍼하지 말아요."

"아녜요, 괜찮아요, 슬프지 않아요…… 하지만 진짜 말도 안 돼요, 이 모든 게! 폴과 제가 결혼했을 때, 엄마와 아빠는 노상 이야기했던 지참금을 저한테 줬어야 해요! 폴이 가난하다는 이유로, 제가 약속을 지킴으로써 바보 같은 짓을 한다는 이유로, 두 분은 저한테 동전 한 닢 주지 않았어요…… 아! 오늘 보니까 고생만 진탕 하셨네요! 그래도 제 지참금만큼은 부모님이 마련해주시겠죠? 증권거래소가 그것마저 먹어치우지는 않았을 테니까!"

카롤린 부인과 조르당은 웃지 않을 수 없었다. 그러나 웃음이 위로가 될 수 없었기에, 마르셀은 더욱더 흐느껴 울었다.

"게다가 그게 전부가 아녜요…… 폴이 가난했을 때, 제게는 한 가지 꿈이 있었어요. 그럼요! 동화에서처럼 저는 공주가 되어 언젠가 나의 가난한 왕자님이 위대한 시인이 되도록 돕기 위해 많은 돈을, 아주 많은 돈을 가져다줄 꿈을 꾸었죠…… 그런데 이제 왕자님에게는 제가 필요치 않아요, 제 가족과 함께 저는 왕자님에게 귀찮은 짐일 뿐이죠! 우리 때문에 힘겨워해야 할 사람도 왕자님이고, 온갖 선물을 준비해야 하는 사람도 왕자님이니까…… 아! 가슴이 찢어질 듯 아파요!"

조르당이 마르셀을 와락 껴안았다.

"바보처럼 무슨 말을 하는 거야? 아무것도 가져올 필요가 없어! 당신은 이미 나한테 당신의 젊음, 당신의 사랑, 당신의 해맑은 성격을 갖다주었잖아. 이 세상 그 어떤 공주도 내게 더 많은 것을 줄 수 없어!"

그처럼 사랑받고 있다는 사실에 그녀는 금세 슬픔이 가라앉으며 기분이 좋아졌고, 눈물을 흘린 것이 어리석게 여겨졌다. 그가 말을 계속했다.

"아버님과 어머님이 원하신다면, 클리시에 있는 건물 일층을 세내서 거기에 사시게 하자. 그 집에는 정원도 있고, 임대료가 그렇게 비싸지도 않아…… 가구 몇 개뿐인데도 숨쉴 공간이 없는 우리집은 아늑하기는 하지만 너무 비좁아! 게다가 아이가 태어나면 우리에게도 공간이 더 필요할 테니까 말이야……"

그는 이 장면을 눈물겹게 바라보는 카롤린 부인을 향해 다시 미소지었다.

"그래요! 우리 가족은 곧 세 명이 될 겁니다. 이제 털어놔도 될 것 같군요, 저도 생활비를 벌어오는 어엿한 남편이니까!…… 안 그래요, 부인? 저한테 아무것도 주지 못했다며 울고 있는 아내가 실은 제게 한 가지 선물을 더 준 셈이죠!"

아기를 낳을 수 없다는 불임의 절망적 슬픔 속에서 카롤린 부인은 얼굴을 붉히며 부끄러워하는 마르셀, 아직은 아랫배가 눈에 띄게 나오지 않은 마르셀을 쳐다보았다. 카롤린 부인의 눈에 눈물이 가득 고였다.

"아! 얼마나 사랑스러운 젊은이들인지. 서로 그렇게 아끼며 살아가세요. 오늘은 당신들만이 옳고, 당신들만이 행복해 보이는군요!"

떠나기 전에, 조르당이 〈레스페랑스〉지에 대해 자세히 이야기해주었다. 증권 거래에 대한 본능적인 공포와 함께, 쾌활한 표정으로 그는 기이한 동굴에 대해 말하듯 투기의 망치로 얻어맞은 신문사에 대해 말했다. 사장부터 사환까지 전 직원이 투기에 몰두했었는데, 단지 자기만이 모두의 비웃음을 사면서도 투기를 하지 않았었다고 웃으며 이야기했다. 게다가 만국 은행의 붕괴, 특히 사카르의 체포가 신문사를 완전히 압살했다. 기자들이 여기저기로 달아나는 동안, 궁지에 몰린 장트루는 그래도 난파선의 잔해물로 살아가고자 이 표류물에 악착같이 매달렸다. 그러나 그의 행운도 끝났다. 마치 굶주린 자가 포식한 후에 소화불량으로 죽는 것처럼, 이 삼 년의 번영이 그로 하여금 모든 것을 남용하게 함으로써 그를 황폐하게 했다. 그런데 논리적이면서도 기이한 것은, 재앙이 닥친 가운데 자기 돈을 되찾기 위해 안간힘을 쓰던 산도르프 남작 부인이 결정적으로 타락하여 이 사내의 손아귀에 떨어졌다는 사실이었다.

남작 부인의 이름이 들리자, 카롤린 부인의 얼굴이 다소 창백해졌다. 두 여자의 경쟁 관계를 모르고 있던 조르당은 이야기를 이어나갔다.

"저는 왜 남작 부인이 그에게 몸을 맡겼는지 모르겠습니다. 아마도 그가 광고 대리인이니 정보를 제공할 수 있으리라 생각했던 것 같아요. 오직 점점 더 천박해지기 마련인 타락의 법칙만이 그녀가 그에게까지 굴러떨어진 이유를 설명해줄 수 있을 듯합니다. 제가 흔히 목격하는 바로는, 투기의 광증 속에는 파괴적인 효모, 모든 것을 썩히고 갉아먹으며 더없이 고귀하고 오만한 족속의 여자조차 인간 넝마, 시궁창의 쓰레기로 만드는 파괴적인 효모가 들어 있어요…… 어쨌든 그 사기꾼 장트루가 옛날에 그녀의 아버지에게 주문을 구걸하러 갔을 때 엉덩이에 발길질을 당한 것을 잊지 않고 있다면, 아마도 오늘날 그에 대한 복수를 하는 것 같기도 해요. 일전에 제가 급료를 요구하기 위해 신문사에 갔었지요. 그때 문을 너무 갑작스럽게 열어젖힌 탓에 둘이서 싸우는 장면을 보게 되었는데, 장트루가 산도르프 남작 부인에게 세차게 따귀를 날리더군요, 제 두 눈으로 똑똑히 보았어요…… 오! 술과 방탕에 취한 그자가 마부처럼 사납게 때렸어요, 사교계에서 자란 그 귀부인을 말입니다!"

고통스러운 몸짓으로, 카롤린 부인은 그로 하여금 말을 멈추게 했다. 마치 남작 부인의 과도한 타락의 구정물이 자기에게 튀는 것만 같았다.

문을 나서면서 마르셀이 상냥하게 그녀의 손을 잡았다.

"부인, 우리는 부인을 성가시게 하려고 온 게 아니랍니다. 폴은 오히려 사카르 씨를 옹호하고 싶어해요."

“그렇고말고요!” 젊은이가 소리쳤다. “사카르 씨는 언제나 저에게 친절했습니다. 저는 그분이 그 끔찍한 뷔슈를 쫓아준 일을 결코 잊지 못할 겁니다. 그분은 정말 강한 사람이죠⋯⋯ 그분을 뵙게 되거든 부인, 우리 부부가 여전히 감사드리고 있다고 꼭 전해주시기 바랍니다.”

조르당 부부가 떠났을 때, 카롤린 부인은 가만히 화가 난 표정을 지었다. 감사드린다고, 이유가 뭐야? 모장드르 부부를 파산시켰기 때문에? 조르당 부부도 드주아와 똑같잖아, 용서의 말을 전하고 일이 잘 풀리기를 바라며 떠나니까 말이야. 하지만 난 잘 알아, 저들! 저들은 무지한 사람들이 아니지, 특히 금융계를 드나든 저 작가는 사리에 맞게 돈을 아주 경멸하고 있어. 그의 아내 또한 돈에 대한 반감이 커지고 있고⋯⋯ 안 돼! 용서할 수 없어, 흙탕물이 너무나 깊잖아. 남작 부인에게 장트루가 따귀를 날렸다 해도, 그게 복수가 될 수는 없어. 모든 것을 부패시킨 것은 바로 사카르, 그 사람이니까⋯⋯

그날, 카롤린 부인은 오빠의 서류에 첨부할 몇몇 증명서 때문에 마조의 사무실을 방문하기로 되어 있었다. 변호사가 마조를 증인으로 채택할 경우 그가 어떻게 처신할 것인지 알고 싶기도 했다. 약속은 증권거래소 폐장 시간인 네시로 예정되어 있었다. 방문객들로부터 벗어나 마침내 혼자 남았을 때, 그녀는 지금까지 획득한 정보들을 분류하느라 한 시간 반을 보냈다. 그녀는 폐허를 꼼꼼히 살펴보기 시작했다. 그것은 화재의 이튿날, 불이 꺼지고 연기가 피어오르는 가운데 사람들이 녹은 금붙이나 보석을 찾기 위해 자재 더미를 정리하는 것과 마찬가지였다.

우선, 그녀는 돈이 어디로 갈 수 있을지 생각해보았다. 무려 2억 프량이 탕진되었으므로, 호주머니가 텅 빈 사람들이 존재한다면 호주머니가 가득찬 사람들도 반드시 존재해야 했다. 그렇지만 하락세 투자자들의 갈퀴가 그 모든 돈을 쓸어담지 않은 것은 확실한 듯했고, 삼분의 일에 이르는 돈이 어디론가 감쪽같이 사라졌다. 재앙이 닥치던 날, 증권거래소에서는 땅이 돈을 마셔버리는 것처럼 보였다. 돈이 없어졌고, 모두의 손에 약간씩 쥐어졌다. 군데르만 혼자서 약 5000만 프랑을 벌었음이 틀림없었다. 다음으로, 데그르몽이 1200만 프랑 내지 1500만 프랑을 수중에 넣었다. 드 보앵 후작 역시 고전적인 수법으로 다시 한번 성공을 거두었다. 마조에게서는 상승세에 투자했지만 대금 지불을 거부했고, 자코비에게서는 하락세에 투자해서 약 200만 프랑을 벌었다. 다만 이번에는, 후작이 야바위꾼처럼 자기 아내의 이름으로 거래했었다는 사실을 알게 된 마조가 크나큰 손실에 대해 정식으로 문제를 제기할 것을 천명하고 있었다. 기실 만국 은행의 거의 모든 이사들이 풍요롭게 자기 몫을 챙겼다. 위레나 콜프 같은 자들은 주가가 붕괴되기 직전에 가장 높은 시세로 매도에 나섰었고, 후작이나 데그르몽 같은 자들은 하락세 투자자들에게 가담함으로써 배반의 길을 택했었다. 더욱이 최근의 회의에서, 회사가 이미 궁지에 몰려 있었음에도 이사회는 구성원 각자에게 10만여 프랑을 신용대출 해줄 것을 결의했었다. 끝으로 원형 코르베유에서는 특히 들라로크와 자코비가 개인적으로 거금을 번 것으로 알려졌다. 각기 결코 채울 수 없는 심연에 빠져 있었던 그들은 벌써 그 돈을 탕진하기 시작했는데, 전자의 심연은 여자에 대한 욕망으로 생긴 것이었고, 후자의 심연은 투기에 대한 열정으로 생긴 것이었다. 또한 장외시장에서는 나탕송이 사카르를 위해 상승세에 투자하면서도 개인적으로는 하락세에 투자함으로써 300만 프랑의 소득을 올렸고, 그에 따라 장외시장의 제왕 가운데 하나로 등극했다는 소문이 돌았다. 그리고 그는 특별한 행운을 누리기도 했다. 이를테면 문제 해결 능력을 갖추지 못한 장외시장 전체에 만국 은행이 진 채무를 관련 당사자들이 어쩔 수 없이 변제해주지 않았더라면, 그는 만국 은행의 이름으로 행한 상당한 매수 때문에 틀림없이 파산을 면치 못했을 것이었다. 아, 이 나탕송이란 자는 얼마나 꾀바른 행운아인가! 얻은 것은 지켰고 잃은 것은 지불하지 않았다니, 이 얼마나 멋진 사업인가!

그러나 숫자가 확실치 않았고, 카롤린 부인은 이득을 정확하게 계산할 수 없었다. 왜냐하면 증권거래소의 매매란 비밀리에 이루어지고, 증권 중개인들이 직업적 비밀을 엄격하게 지키기 때문이었다. 아마 그들의 수첩을 살펴봐도 아무것도 알 수 없었으리라. 통상 거기에는 성명이 기재되지 않으니 말이다. 그래서 그녀는 사바타니가 가지고 갔음이 틀림없는 돈의 액수를 알고자 해도 헛일이었는데, 그는 마지막 정기거래 결제가 끝난 뒤 종적을 감추었다. 그것은 다시 한번 마조를 뼈아프게 때리는 일격이었다. 사바타니의 행동은 증권가에서는 잘 알려진 수법으로서, 신용을 얻지 못한 수상쩍은 고객이 2000프랑 또는 3000프랑의 소액 보증금을 예치하면서 초기 몇 달 동안 얌전하게 투자하다가, 미미한 신용이 잊히고 중개인의 친구가 되었을 때 별안간 강도질을 하고 자취를 감춰버리는 것이었다. 이를테면 사바타니는 옛 도적들이 숲을 유린했던 것처럼 시장을 유린하는 사기꾼 무리의 일원이었다. 마조는 예전에 슐로세의 재산을 압류했듯이 사바타니의 재산을 압류하고자 했지만 그조차 쉬운 일이 아닌 듯했다. 근동 지방의 피가 섞인 그 혼혈 이탈리아인, 여자들의 호기심을 끄는 성적 능력과 다정한 시선을 지닌 그 사내는 외국의 수도, 소문으로는 베를린의 증권거래소를 약탈하러 떠나버렸다. 훗날 파리에서 그가 행한 악행이 잊히고 사람들이 너그럽게 용서하면서 다시 인사를 건넬 때, 그는 파리로 돌아와서 자신의 일을 재개할 것이었다.

이어서 카롤린 부인은 재난의 목록을 작성했다. 만국 은행의 파산은 파리 전체를 요동치게 만들었다. 아무것도 똑바로 서 있지 못했고, 균열이 이웃 건물까지 번져 매일 새로운 붕괴가 발생했다. 사방 벽이 무너지는 요란한 소음과 함께 은행이 연쇄적으로 도산했다. 소리 없는 공포 속에서 사람들은 붕괴의 굉음을 들었고, 이 도산이 언제 어디서 멈출까 자문했다. 그녀의 가슴을 진정으로 아프게 한 것, 그것은 갑자기 고통을 겪는 은행가들, 회사들, 금융계 사람들이 아니라, 그녀가 평소 알고 사랑했던 가난한 주주들, 이번 파산의 희생자가 된 군소 투자자들이었다. 패배가 확정된 이후, 그녀는 사망자를 헤아렸다. 불쌍한 드주아, 어리석고 애처로운 모장드르 부부, 가슴을 미어지게 하는 보빌리에 모녀만이 아니었다. 실크 제조업자 세디유가 그 전날 파산을 선고했다는 소식이 카롤린 부인에게 큰 충격을 주었다. 그녀가 보기에 이사회에서 유일하게 은행을 위해 일했던 세디유, 그녀에게 동전 한 닢이라도 있으면 맡기고 싶었던 유일한 이사 세디유, 그녀는 그를 세상에서 가장 정직한 사람으로 여겼었다. 정말 소름 끼치도록 무서워, 그놈의 투기란! 삼십 년 동안 성실하게 일해서 파리에서 가장 탄탄한 실크 상사 가운데 하나를 세운 사내가 겨우 삼 년 만에 그 상사를 산산조각냈으니 말이다! 우연한 투기로 맛본 최초의 이득이 그로 하여금 근면한 노동을 경멸하게 만들고 증권거래소에서 단 한 시간 만에—성실한 상인이 평생을 투자해야 소유할 수 있는—1백만 프랑을 벌 꿈에 젖게 만들기 이전의 날들, 다시 말해 근면한 노동으로 하루하루 재산을 모으던 날들이 떠오를 때면 그는 얼마나 가슴 저리는 회한에 휩싸일까! 증권거래소가 모든 것을 휩쓸어갔고, 그 불행한 사내는 날벼락을 맞아 탈진한 채 사업을 재개할 능력도 의욕도 상실했다. 이제 그에게 남은 것은 빈곤이 사기꾼으로 만든 아들, 그 환락에 빠진 인간, 4만~5만 프랑의 빚으로 살아가며 제르멘 쾨르에게 서명해준 어음으로 말썽을 일으킨 귀스타브뿐이었다. 카롤린 부인을 가슴 아프게 한 또하나의 불쌍한 인물은 증권 브로커 마시아였다. 거짓말과 도둑질을 퍼뜨리는 이 브로커들을 평소에 그녀가 얼마나 다정하게 대했는지 하느님은 아시리라! 매맞는 개처럼 양순한 표정으로 눈웃음치며 소소한 주문이라도 받기 위해 파리의 거리를 쏘다니는 마시아를 그녀는 잘 알고 있었다. 사카르의 꽁무니를 쫓아다니며 행운을 누렸을 때 한순간이나마 스스로를 시장의 지배자로 여겼을 텐데, 지금 땅바닥으로 굴러떨어져 꿈에서 깨어난 그가 얼마나 큰 좌절감을 느끼고 있을까! 그는 7만 프랑의 빚을 지게 되었고, 다른 사람들처럼 이의신청을 할 수 있었음에도 채무를 변제했다. 자신의 인생을 담보 삼아 친구들에게서 빌린 돈으로 빚을 갚았는데, 그것은 숭고하지만 쓸모없고 어리석은 짓이었다. 왜냐하면 채무 변제에 대해 아무도 그에게 감사를 표하지 않았을 뿐만 아니라 오히려 그의 등뒤에서 어깨를 으쓱하는 사람들조차 있었기 때문이다. 그는 자신의 더러운 직업을 혐오하며 증권거래소를 향해서만 울분을 터뜨렸고, 거기서 성공하기 위해서는 유대인이 되어야 한다고 소리쳤다. 하지만 직업이 직업인 만큼 증권거래소를 떠나지 않겠다고 했으며, 눈을 부릅뜨고 튼튼한 다리로 걷다보면 반드시 거금을 챙길 기회가 있으리라는 집요한 희망을 버리지 않았다. 끝으로, 카롤린 부인의 가슴을 무한한 연민으로 채운 것은 미지의 사망자들, 이름도 사연도 알려지지 않은 희생자들이었다. 헤아릴 수 없이 많은 이런 사람들이 외딴 숲과 수풀 도랑을 가득 채웠으며, 나무둥치 뒤에는 어김없이 이름 모를 시체, 고통으로 헐떡거리는 부상자가 널브러져 있었다. 이 얼마나 가공할 무언극인가! 평생 애써 모은 돈을 오직 하나의 주식에 투자한 가난한 군소 금리생활자와 개미 주주들의 무리, 은퇴한 문지기들, 고양이와 함께 살아가는 창백한 노처녀들, 편집증적인 지방 퇴직연금 수령자들, 적선으로 빈곤해진 시골 사제들, 그들은 모두 너무나 가난해서 하루하루 빵과 우유를 마련하기도 힘들었고, 소득이 조금만 줄어들어도 재앙을 맞이하곤 했던 최하층민들이었다. 그런데 별안간 빈털터리가 되어 벼랑 끝에 내몰렸으니! 갑자기 생활비조차 마련할 수 없게 된 그들은 공포에 질렸고, 늙은 손을 부들부들 떨며 어둠 속을 더듬을 뿐 아무 일도 할 수 없었다. 수백 통의 편지가 방돔에서 날아왔다. 거기서는 징세관 페이외가 돈을 가지고 달아남으로써 재난을 더욱 악화시키고 있었다. 고객들의 돈과 주식의 수탁자로서 증권 거래를 대행하는 그는 끔찍한 투기를 감행했지만 참담한 실패로 끝났다. 그러자 돈을 갚기는커녕 수중에 남은 수십만 프랑을 들고 자취를 감춰버린 것이었다. 방돔의 주변에도, 더없이 외진 농가에도 그는 눈물과 한숨을 남겨놓았다. 도처에서 초가집이 뿌리째 흔들리는 소리가 들렸다. 혹독한 전염병이 휩쓸고 지나간 듯 이 가련한 희생자들이 평생 땀흘려 마련한 보금자리가 초토화되었고, 이제 오직 그들의 아들들만이 다시 평생의 고된 노동으로 그것을 일으켜 세울 수 있을 뿐이었다.

이윽고 카롤린 부인이 마조의 사무실로 가기 위해 밖으로 나왔다. 방크가를 향해 걸어가는 동안, 그녀는 보름 전부터 그 증권 중개인에게 줄지어 닥친 불행을 떠올렸다. 페이외가 그에게서 30만 프랑을 훔쳐서 달아났고, 사바타니가 그 두 배가량의 미결제 계좌를 그에게 남겨놓았고, 드 보앵 후작과 산도르프 남작 부인이 100만 프랑이 넘는 시세 차손을 결제해주지 않았고, 세디유가 파산하면서 그에게 100만 프랑이 넘는 부채를 안겼고, 특히 만국 은행이 800만 프랑의 빚을 그에게 남겼다. 이 800만 프랑은 그가 사카르에게 결제일을 연장해준 탓에 발생한 엄청난 손실이었는데, 증권거래소는 시시각각 이 어두운 구렁텅이에 점점 더 깊이 빠져들어가는 그의 모습을 지켜보며 불안과 공포에 떨었다. 벌써 두 차례나 끔찍한 소문이 돌았다. 그리고 이 고통스러운 운명의 소용돌이 속에서 마지막 불행이 마치 꽃병을 넘치게 하는 한 방울의 물처럼 그에게 닥쳤다. 즉 엊그제 그의 직원 플로리가 18만 프랑을 횡령했다는 사실이 밝혀져 경찰에 체포된 것이었다. 메뚜기처럼 바짝 마른 몸매로 파리의 거리를 쏘다니는 옛 단역 여배우 쉬쉬 양의 요구가 점점 많아졌던 모양이었다. 즉 처음에는 조촐하지만 즐거운 파티, 뒤이어 콩도르세가의 아파트, 뒤이어 보석과 레이스 등으로 요구 수준이 점점 높아진 것이었다. 게다가 그 불행하고 다감한 청년의 정신을 빼놓은 것은 다름 아닌 자도바 전투 직후에 맛본 최초의 이득, 그토록 쉽게 벌고 그토록 쉽게 써버린 1만 프랑의 이득이었다. 그 돈은 모두 어렵사리 얻은 여자를 위한 유흥비로 탕진되었지만 쾌락은 점점 더 많은 돈을 필요로 했다. 그러나 플로리의 횡령 사건, 즉 플로리가 단지 또 다른 중개인에게 진 빚을 갚기 위해 자기 주인에게서 도둑질을 했다는 사실은 매우 기이하게 여겨졌다. 아마도 희한한 정직성, 즉각적인 압류에 대한 공포, 도둑질을 감추고 기적의 투기로 구멍을 메울 수 있으리라는 희망 때문이었으리라. 감옥에서, 그는 수치심과 절망감에 사로잡혀 끝없이 눈물을 쏟았다. 소문에 따르면, 그를 만나기 위해 생트에서 올라와 그날 아침 파리에 도착한 그의 어머니는 결국 지인의 집에서 몸져눕고 말았다.

행운이란 얼마나 어처구니없는 물건인가! 카롤린 부인은 증권거래소 광장을 가로지르면서 생각에 잠겼다. 만국 은행의 놀라운 성공, 사 년도 안 된 시간 속에서 승리, 정복, 지배를 구가한 가파른 상승, 뒤이어 갑작스러운 붕괴, 흙더미로 되돌아가는 데 한 달도 채 걸리지 않은 그 거대한 건물이 그녀의 정신을 여전히 혼미하게 했다. 마조의 경우도 마찬가지가 아니던가? 확실히 운명이 그 정도로 미소를 보낸 남자는 찾아보기 힘들 것이었다. 아저씨의 죽음으로 서른둘의 나이에 증권 중개인이 된 부유한 남자, 두 예쁜 아이를 낳아주었고 자기를 몹시 사랑하는 매력적인 부인을 가진 행복한 남자, 더욱이 출중한 외모까지 갖춘 남자가 바로 마조였다. 날마다 원형 코르베유에서 그는 폭넓은 인간관계, 정력적인 활동, 놀라운 투자 감각, 자코비의 천둥소리만큼이나 유명한 날카로운 피리 목소리 등으로 점점 확고한 지위를 점해가던 중이었다. 그런데 별안간 모든 게 무너졌고, 그는 이제 한줄기 바람만 불어도 금세 날아갈 듯 위태로운 상황에 처했다. 언제나 일에 파묻혀 있었기에 직접적으로 투기에 가담하지는 않았었다. 그럼에도 그는 다른 사람을 지나치게 믿은데다 경험 미숙과 열정 때문에 사력을 다한 전투에서 가공할 타격을 입었다. 그에 대해서는 도처에서 연민의 목소리가 들렸고, 그가 침착하게 다시 일어설 것이라는 전망이 지배적이었다.

마조의 사무실로 올라갔을 때, 카롤린 부인은 이 음산한 방에서 폐허의 냄새, 은밀한 고뇌의 전율을 느꼈다. 회계 창구를 지나가면서, 그녀는 스무 명가량의 고객이 기다리는 것을 보았다. 거기서는 현금 출납계원과 증권 출납계원이 느릿느릿한 손으로 마지막 금고를 비우며 사무실의 약속을 이행하고자 애쓰고 있었다. 반쯤 열린 문틈으로 잠이 든 듯 조용한 정기거래 결제실이 보였다. 거기서는 직원 일곱 명이 증권거래소가 휴업 상태에 돌입한 이후로 별다른 할일을 찾지 못해 말없이 신문을 읽고 있었다. 다만 현물거래실만이 약간의 활기를 띠었다. 그녀를 본 대리인 베르티에가 반갑게 맞이해주었지만, 그 또한 사무실의 불행 때문에 창백한 얼굴에 동요의 빛이 역력했다.

"부인, 마조 씨가 부인을 만날 수 있을지 모르겠군요…… 몸이 좀 불편하시거든요. 밤새 난방도 되지 않는 곳에서 고집스레 일하신 탓에 감기가 들었습니다. 그래서 휴식을 취하러 방금 막 이층 자택으로 내려가셨어요."

그러자 카롤린 부인이 다시 한번 간청했다.

"부탁합니다, 선생님. 몇 마디만 전하게 해주세요…… 우리 오빠의 구원에 대한 문제예요. 오빠가 증권 투기에 가담한 적이 없다는 사실은 마조 씨도 잘 알고 계십니다. 그분의 증언이 너무도 중요해요…… 게다가 그분에게 구체적인 수치를 여쭤볼 게 있습니다. 오직 그분만이 몇몇 서류에 대한 정확한 정보를 제게 줄 수 있거든요."

몹시 망설이던 베르티에가 마침내 중개인 사무실로 그녀를 들여보냈다.

"여기서 잠시 기다리세요, 부인. 제가 가보고 오겠습니다."

그 방에 들어서자, 몸을 오싹하게 만드는 차가운 냉기가 엄습했다. 어제부터 불이 꺼져 있었음이 틀림없는데 아무도 불을 다시 피울 생각을 하지 않았던 듯했다. 그러나 그녀를 더욱 놀라게 한 것은 완벽한 질서였다. 마치 누군가 밤새 그리고 아침 내내 가구를 정리하고, 쓸모없는 서류를 파기하고, 간직해야 할 서류를 분류해놓은 듯 실내가 깨끗했다. 아무것도 널브러져 있지 않았다. 서류 한 장도, 편지 한 통도…… 깔끔하게 정돈된 책상 위에는 단지 잉크병 하나, 필통 하나, 커다란 압지 한 장뿐이었고, 그 한가운데 마조 사무실의 고유한 전표, 희망의 색깔인 초록색 전표 꾸러미 하나가 덩그러니 놓여 있었다. 헐벗은 방에서 무거운 침묵과 함께 끝없는 슬픔이 배어나왔다.

몇 분 후, 베르티에가 다시 나타났다.

"어떡하죠, 부인! 두 번이나 초인종을 눌렀습니다. 더이상은 못하겠어요…… 내려가면서 직접 눌러보셔도 되지만, 다시 들르시는 게 낫지 않을까 싶습니다."

카롤린 부인은 포기하지 않으면 안 되었다. 하지만 이층 층계참에서 그녀는 잠시 망설였고, 심지어 초인종을 향해 손을 뻗기까지 했다. 그러다가 마침내 떠날 결심을 했을 때 아파트 안쪽에서 새어나오는 비명, 흐느낌, 어렴풋한 소리가 그녀의 발걸음을 멈추게 했다. 별안간 문이 활짝 열렸고, 하녀가 공포에 질린 채 뛰어나와 계단으로 내려가면서 더듬더듬 말했다.

"오, 하느님! 오, 하느님! 우리 주인 나리가……"

카롤린 부인은 활짝 열린 문 앞에서 꼼짝하지 않고 서 있었다. 문을 통해 이제는 끔찍하게 고통스러운 탄식이 더욱 분명하게 들렸다. 저 안에서 무슨 일이 일어났는지 짐작하며 그녀는 온몸이 얼어붙는 듯했다. 달아나고 싶었지만, 연민에 사로잡히고 슬픔을 함께하자는 마음이 떠올라 그럴 수 없었다. 그녀는 아파트 안으로 들어갔고, 문이란 문이 모두 열려 있는 것을 보면서 살롱에 이르렀다.

두 하녀, 요리사, 침모가 목을 길게 뺀 채 공포에 질린 얼굴로 말을 더듬었다.

"오, 나리! 오, 하느님! 오, 하느님!"

잿빛 겨울 하늘의 희미한 햇살이 두터운 비단 커튼의 벌어진 틈을 통해 들어왔다. 실내는 매우 따듯했다. 벽난로에서 커다란 장작불이 타오르며 사방 벽을 발갛게 비추었다. 책상 위에 놓인 아름다운 부케, 즉 그 전날 중개인이 아내를 위해 가지고 온 장미꽃이 온실처럼 따듯한 공간에서 활짝 피었고, 온 방을 향기로 가득 채웠다. 그것은 세련된 고급 실내장식의 향기이자 사 년 동안 그 방에서 꽃핀 행운과 부와 사랑의 행복한 냄새였다. 장작불의 붉은빛을 받으며 마조는 소파 가장자리에서, 권총을 손에 쥔 채 머리에 관통상을 입고 쓰러져 있었다. 급히 달려온 그의 젊은 아내는 그 앞에 서서 고통스러운 비명을 지르며 절규했는데, 그 소리가 계단에서도 들렸다. 총성이 울렸을 때, 자신의 목에 매달린 네 살 반짜리 아들을 품에 안고 있던 그녀는 공포에 질린 채 달려왔고, 여섯 살짜리 딸이 그녀 옆에 꼭 붙어 그녀의 치맛자락을 잡고 따라왔다. 두 아이는 넋을 잃고 울부짖는 엄마와 함께 울었다.

카롤린 부인은 그들을 밖으로 데리고 나가려 했다.

"부인, 밖으로 나가시죠…… 부인, 여기 계시면 안 돼요……"

카롤린 부인 또한 몸이 떨려 금방이라도 쓰러질 것 같았다. 마조의 구멍난 머리에서 여전히 피가 흘러 벨벳 소파 위로 점점이 떨어졌고, 그것이 카펫을 흥건히 적셨다. 방바닥에는 금세 커다란 피 얼룩이 생겼다. 그녀는 그 피가 자신의 사지 위로 튀어오르는 것만 같았다.

"부인, 저와 함께 밖으로 나가요……"

그러나 자기 목에 매달린 아들, 자기 허리를 꼭 붙잡은 딸과 함께 그 불행한 여인은 그 자리에 못박힌 듯 서서 듣지도 움직이지도 않았다. 아마 이 세상 그 어떤 역사力士도 그녀를 그 자리에서 떼어내지 못했으리라. 셋 다 우유처럼 신선한 금발이었고, 어머니도 아이들도 모두 순수하고 우아한 모습이었다. 언제까지나 계속될 것만 같았던 행복이 별안간 사라진 만큼 더욱더 격심한 충격을 받은 그들은 절규를 멈출 수 없었고, 더없이 고통스럽게 소리 내어 울었다.

그러자 카롤린 부인이 털썩 주저앉아 무릎을 꿇었다. 그녀는 흐느끼며 더듬더듬 말했다.

"오! 부인, 저도 가슴이 찢어지는군요…… 제발, 부인, 더이상 보지 마세요. 저와 함께 옆방으로 가요. 제가 부인의 고통을 조금이라도 덜어드릴 수 있다면……"

그러나 비탄에 빠진 어머니와 아이들은 긴 머리칼이 헝클어진 채 마치 한몸이 된 듯 꼭 붙어서 움직일 줄 몰랐다. 그것은 마치 사냥꾼들이 수컷 늑대를 죽였을 때 숲에서 들려오는 암컷 늑대 가족의 피맺힌 울부짖음과도 같았다.

카롤린 부인은 넋이 나간 채 다시 일어섰다. 발걸음 소리, 말소리가 들리더니 의사가 도착해서 사망을 확인했다. 더이상 그 자리에 서 있을 수가 없었던 그녀는 몸을 빼내 집밖으로 나왔다. 그렇지만 끔찍하고 끝없는 절규가 그녀를 뒤따라왔고, 심지어 거리를 달리는 삯마차 안에서도 그 소리가 들리는 듯했다.

하늘이 희미해졌고, 날씨가 추웠다. 그녀는 정신이 멍한 상태로 천천히 걸었는데, 누군가 자기를 살인자로 몰아붙여 불러 세우지나 않을까 두려웠다. 모든 것이, 다시 말해 그토록 많은 파산을 불러일으켰고 그토록 많은 희생자를 남긴 2억 프랑짜리 은행의 끔찍한 붕괴를 둘러싼 온갖 이야기가 그녀의 뇌리에서 되살아났다. 도대체 그 어떤 신비스러운 힘이 이 황금의 탑을 그토록 빨리 세운 뒤에 그처럼 어처구니없이 파괴해버렸단 말인가? 이 황금의 탑을 세운 바로 그 손이 광기에 사로잡힌 채 돌 하나 남김없이 모든 것을 산산이 부숴버린 듯했다. 도처에서 고통스러운 비명이 터져나왔고, 와지끈하는 굉음과 함께 재산이 무너져내렸다. 보빌리에 모녀의 마지막 영지, 드주아가 한 푼 두 푼 모은 쌈짓돈, 세디유가 사업으로 일군 재화, 상업에서 은퇴한 모장드르 부부의 연금 등이 뒤죽박죽으로 섞여 수렁으로 던져졌는데, 그 수렁을 완전히 채울 수 있는 것은 아무것도 없었다. 알코올에 빠진 장트루, 흙탕물에 던져진 산도르프 남작 부인, 빚 때문에 증권거래소에 처박혀 비참하게 몰이꾼 노릇을 해야 하는 마시아, 유혹에 빠지기 쉬운 심성의 대가를 감옥에서 치르고 있는 절도범 플로리, 헌병에게 잡힐까 전전긍긍하며 도주중인 사바타니와 페이외도 빼놓을 수 없는 희생자였다. 그리고 더욱 불쌍하고 가슴 아픈 희생자는 수많은 미지의 사람들, 재앙 때문에 추위에 떨고 굶주림으로 몸부림치는 익명의 빈자들이었다. 게다가 파리 도처에서 자살의 총성이 들렸다. 그녀는 특히 마조의 구멍난 머리를, 세련된 장식과 장미꽃 향기 속에서 울부짖던 아내와 아이들에게 튀어오른 마조의 피를 잊을 수 없었다.

몇 주 전부터 그녀가 듣고 보았던 모든 것이 카롤린 부인의 병든 가슴속에서 사카르에 대한 증오심을 불타오르게 했다. 그녀는 더이상 침묵할 수 없었고, 그를 심판하고 단죄하지 않기 위해 그를 마치 존재하지 않는 사람처럼 여기던 태도를 거둘 수밖에 없었다. 모든 것이 그의 책임이었다. 그녀를 공포에 떨게 했던 대규모의 재난 하나하나가 바로 그에게서 비롯된 일이었다. 그녀는 그를 저주했으며, 그토록 오랫동안 참아온 분노가 그녀의 가슴속에서 복수의 증오심, 악에 대한 증오심으로 변해 주체할 수 없이 흘러넘쳤다. 더욱이 지금 오빠가 겪는 고통을 생각하면, 어떻게 불행의 유일한 원인인 그 끔찍한 사내를 증오하지 않을 수 있단 말인가? 그녀의 불쌍한 오빠, 그 순수한 남자, 그토록 공정하고 그토록 올바르지만 이제 투옥이라는 지울 수 없는 오점으로 얼룩진 그 근면한 일꾼, 다른 모든 희생자들보다 더욱 소중하고 더욱 가슴아픈 희생자! 아, 사카르는 결코 용서받아서는 안 될 인간이야! 아무도, 심지어 여전히 그를 믿고 그에게서 선의만을 보는 사람들조차 그를 변호해서는 안 돼! 그는 언젠가 뭇사람의 경멸 속에서 혼자서 고독하게 죽어야 할 인간이야!

카롤린 부인은 고개를 들었다. 어느새 광장에 이르러 정면에 증권거래소가 보였다. 노을이 지고 있었다. 안개 낀 겨울 하늘이 건물 뒤로 화재의 연기 비슷한 검붉은 구름, 마치 적의 공격을 당한 도시에서 피어오르는 화염처럼 보이는 검붉은 구름을 남겼다. 적막한 잿빛 증권거래소는 재앙의 침통한 분위기 속에서 한층 더 뚜렷이 드러났는데, 한 달 전부터 재앙의 여파로 사람 그림자가 없는 그곳은 기근으로 텅 빈 재래시장을 연상케 했다. 그것은 십 년 내지 십오 년마다 찾아와서 금융시장을 초토화하는 숙명적이고 주기적인 전염병, 대지를 잔해물로 뒤덮는 이른바 '검은 금요일'*이었다. 신용이 회복되고 거대 은행들이 다시 설립되기까지는 수년이 걸리곤 했고, 조금씩 활기를 띤 투기가 다시 불타오르며 모험의 열풍으로 번질 때, 그때 새로운 위기가 찾아와 새로운 재앙 속에서 모든 것을 무너뜨리곤 했다. 그러나 이번에는 달랐다. 지평선의 붉은 연기 너머로 보이는 도시의 혼탁한 원경 속에서는 거대한 굉음이 나지막이 울렸고, 세계의 종말을 알리는 암운이 짙게 드리워 있었다.

* '검은 금요일'을 뜻하는 프랑스어 'Vendredi Noir'와 영어 'Black Friday'는 일반적으로 금융시장의 폭락 장세를 가리킨다.

12

사카르와 아믈랭이 체포된 뒤 일곱 달이 지나도록 사건이 소송 목록에 등재조차 되지 않았을 정도로, 예심은 너무도 더디게 진행되었다. 9월 중순이었다. 월요일, 일주일에 두 번 오빠를 면회하곤 했던 카롤린 부인은 세시경에 콩시에르주리 감옥으로 갈 예정이었다. 그녀는 결코 사카르의 이름을 입에 올리지 않았고, 그가 간절히 면회를 요청했음에도 열 번이나 공식적으로 그 요청을 거부했다. 정의의 의지를 다지고 있던 그녀에게 그는 더이상 이 세상에 존재하지 않는 사람이었다. 그녀는 언제나 자기 오빠를 구해내고자 했다. 오빠를 만나러 가는 날이면 즐거운 표정으로, 오빠가 좋아하는 커다란 꽃다발을 가져다주고 절차에 따라 도움을 주면서 몹시 행복해했다.

그날 아침, 오빠를 면회하기 위해 그녀는 카네이션 한 다발을 준비하고 있었다. 바로 그때 도르비에도 대공 부인의 늙은 하녀인 소피가 내려와서 대공 부인이 지금 당장 만나기를 원한다고 전했다. 깜짝 놀란 그녀는 불안해하며 서둘러 위층으로 올라갔다. 만국 은행이 파산하자마자 노동 학교의 비서직에서 물러났기 때문에 몇 달 전부터 대공 부인을 보지 못했었다. 아주 가끔 비노 대로에 갔어도 그건 오직 빅토르를 만나기 위해서였다. 오른쪽 뺨보다 왼쪽 뺨이 더 큰 빅토르는 눈을 내리깔고 조롱하듯 입을 삐죽거렸지만, 그래도 엄격한 교육을 받아 많이 양순해진 것 같았다. 그녀는 빅토르 때문에 대공 부인이 자기를 보려 한다는 직감이 들었다.

도르비에도 대공 부인의 재정 상황은 파산에 가까웠다. 무엇이든 쉽게 믿는 주주들의 호주머니에서 남편이 훔친 3억 프랑의 유산을 빈자들에게 돌려주기 위해서는 겨우 십 년이면 충분했다. 먼저 오 년 동안 광적인 자선사업에 1억 프랑을 썼고, 이어서 사 년 반 동안 더없이 사치스러운 설비를 갖춘 각종 자선 시설의 설립에 나머지 2억 프랑을 썼다. 노동 학교, 생트마리 탁아소, 생조제프 고아원, 샤티용 빈민 보호소, 생마르소 구휼 병원 외에도, 에브뢰 가까운 곳에 설립한 시범 농장, 영불해협 연안에 세운 두 개의 아동 요양원, 니스에 설립한 양로원, 프랑스 방방곡곡에 설립한 수많은 구제원, 노동자 주택단지, 도서관, 학교가 있었다. 게다가 대공 부인은 기존 자선사업에도 막대한 돈을 기부했다. 그것은 원상을 회복시키고자 하는 대공 부인의 결연한 의지의 산물이었다. 대공 부인이 나누는 것은 빈자에 대한 연민이나 공포로 던져주는 빵조각이 아니라 삶의 기쁨이요, 아무것도 가진 것 없는 빈자들과 강자들에 의해 도둑질당한 약자들에게 되돌려주는 행복이요, 거리의 거지들이 비단 이불 밑에서 잠들고 황금 접시로 먹을 수 있도록 활짝 열어놓은 부의 궁전이었다. 자선 시설마다 대리석 구내식당, 상쾌한 그림으로 장식한 공동 침실, 루브르박물관처럼 장엄한 파사드, 희귀한 꽃이 활짝 핀 정원을 갖추기 위해 십 년 동안 어마어마한 공사를 진행했고, 건축가와 관리인이 믿을 수 없을 정도로 낭비를 일삼았기에 대공 부인은 끝없이 돈을 쏟아붓지 않으면 안 되었다. 그리하여 그녀는 이제 동전 한 닢 없이 손이 깨끗해졌다며 더할 나위 없이 행복해했다. 하지만 그녀는 빚을 져야 하는 놀라운 결과에 이르렀고, 심지어 수십만 프랑에 달하는 공사 잔금 때문에 소송을 당해야 했다. 이미 그녀가 천문학적 재산을 수많은 자선사업에 던져 넣은 터라 그녀의 소송대리인과 공증인은 도저히 공사 잔금을 마련할 수 없었다. 대공 부인 저택의 정문에 못으로 고정해놓은 게시판이 저택의 매각을 알리고 있었는데, 그것은 금융시장의 핏구덩이에서 약탈한 저주받은 돈의 마지막 흔적까지 지워버리는 대공 부인의 숭고한 비질이었다.

위층에서 늙은 하녀 소피가 카롤린 부인을 맞이하기 위해 기다리고 있었다. 그녀는 온종일 화가 난 채 투덜거리고 있었다. 아! 이러다간 마님이 짚더미 위에서 돌아가시게 될 거라고 몇 번이나 말씀드렸는데! 마님이 다른 나리와 재혼을 해서 아기를 낳아야 하지 않았을까? 그것만 바랐었는데…… 늙은 하녀 소피는 자신의 미래가 걱정되어 불평하는 것이 아니었다. 그녀는 오래전부터 2000프랑의 연금을 받아왔고, 머잖아 앙굴렘 근처 고향으로 가서 여생을 보낼 예정이었다. 그렇지만 마님이 매일 아침 빵과 우유를 살 돈조차 마련해두지 않았다는 사실을 생각하면, 그녀는 화를 참을 수가 없었다. 두 여자 사이에 말다툼이 끊이지 않았다. 하지만 대공 부인은 성스럽게 미소 지으며 이번 달 말에 수의만 준비하면 된다고 대답했는데, 왜냐하면 자신은 오래전에 자리를 확보해둔 카르멜 수녀회의 수도원으로 들어가면 되었기 때문이다. 그것이야말로 안식, 영원한 안식이 아니겠는가!

카롤린 부인이 대공 부인을 만났을 때, 대공 부인은 사 년 전부터 보아온 모습 그대로였다. 레이스로 짠 숄을 머리에 쓴 채 여느 때처럼 검은색 드레스를 입은 대공 부인은 동그란 얼굴, 진주처럼 새하얀 치아로 서른아홉 살의 나이에도 여전히 아름다웠지만, 십 년을 이미 수도원에서 보낸 사람처럼 안색이 노랗고 피부에 생기가 없었다. 시골 집달리의 사무실처럼 비좁은 방은 서로 뒤엉킨 무용한 서류들, 도면들, 견적서들, 문서들로 가득차 있었는데, 그 모든 서류가 3억 프랑에 달하는 재산 탕진의 산물이었다.

"부인," 대공 부인이 전혀 감정의 흔들림 없는 담담한 목소리로 천천히 말했다. "오늘 아침에 제게 전달된 소식을 알려드리려고 해요…… 빅토르 문제입니다. 부인이 노동 학교에 넣은 그 소년 말예요."

카롤린 부인의 가슴이 고통스럽게 뛰기 시작했다. 아! 얼마나 불쌍한 아이인가! 감옥에 들어가기 전에 아이의 존재를 알고도, 더욱이 만나겠다고 공언을 하고도 아이의 아버지는 몇 달 동안 단 한 번도 아이를 찾아가지 않았다. 이제 그 아이는 어떻게 될까? 더이상 사카르를 생각하지 않기로 한 그녀는 문득 양어머니로서의 모성애에 사로잡혀 아이를 떠올렸다.

"어제 끔찍한 일이 벌어졌어요." 대공 부인이 말을 계속했다. "그건 그 무엇으로도 씻을 수 없는 범죄입니다."

그녀는 얼음처럼 차가운 목소리로 무시무시한 사건을 이야기했다. 사흘 전부터, 빅토르는 참을 수 없는 두통을 이유로 양호실에서 지냈었다. 의사는 게으름뱅이 아이가 두통을 가장하고 있음을 직감했다. 그러나 아이가 종종 두통을 앓곤 하는 것도 사실이었다. 그런데 그날 오후에는 알리스 드 보빌리에가 어머니 없이 혼자서, 약품 수납장의 재고 조사를 하는 수녀를 돕기 위해 와 있었다. 약품 수납장은 소년 공동 침실과 소녀 공동 침실을 갈라놓는 방에 있었고, 그때 그 방에는 여러 침대 가운데 하나를 차지한 빅토르 외에 아무도 없었다. 몇 분 동안 자리를 비웠다가 돌아온 수녀는 알리스가 보이지 않아 놀랐고, 잠시 기다리다가 알리스를 찾기 시작했다. 누군가 소년 공동 침실의 문을 안에서 잠가놓았다는 사실을 알고서 그녀는 화들짝 놀랐다. 도대체 무슨 일이 있는 걸까? 복도를 통해 돌아들어간 그녀는 눈앞에 펼쳐진 광경을 보고 공포에 질려 입을 딱 벌렸다. 반쯤 목이 졸린 처녀의 입에는 비명이 새나가지 않도록 수건으로 재갈이 물려 있었고, 거칠게 위로 말려 올라간 치마는 난폭한 야수에게 더럽혀진 빈혈증 처녀의 새하얀 알몸을 드러내고 있었다. 방바닥에서는 텅 빈 동전 지갑이 눈에 띄었다. 빅토르는 사라지고 없었다. 사건을 재구성해보면, 진상은 다음과 같았다. 알리스는 그 열다섯 살짜리 소년의 부름을 받고 우유 한 그릇을 주기 위해 안으로 들어갔다. 이미 성인 남자처럼 털이 무성한 소년은 목이 긴 이 가냘픈 처녀를 보자 갑자기 짐승처럼 주체할 수 없는 욕정이 일었다. 결국 소년은 발정난 수컷처럼 목을 조르며 처녀를 침대에 눕혀 강간했고, 처녀의 돈까지 훔쳐서 급히 옷을 꿰입고 달아났다. 하지만 이해할 수 없는 의문점이 너무도 많지 않은가! 어떻게 아무 소리도 들리지 않았을까? 저항하는 소리도, 신음 소리도…… 어떻게 그 끔찍한 일이 그토록 순식간에, 십 분도 채 안 되는 시간에 일어났을까? 특히 어떻게 빅토르가 감쪽같이, 마치 공기처럼 아무런 흔적도 없이 사라졌을까? 구석구석 찾아봤지만 아무데도 없었기에, 결국 빅토르가 학교를 떠났다는 결론이 내려졌다. 복도에 면한 욕실을 통해 도망간 것이 틀림없었는데, 왜냐하면 욕실의 창문 하나가 대로까지 이어지는 여러 층의 지붕들을 향해 열려 있었기 때문이다. 그렇지만 그 길은 너무도 위험해 보여 인간이 그 길을 따라 걸을 수 있으리라고 여기는 사람은 많지 않았다. 집으로 옮겨진 알리스는 고열에 시달리며 죽은 듯 넋을 잃은 채 침대에 누워 있었다.

카롤린 부인은 이야기를 들으며 격심한 충격으로 온몸의 피가 얼어붙는 듯했다. 문득 떠오른 하나의 기억이 그녀로 하여금 끔찍한 비교를 하게 했다. 옛날에 사카르는 계단에서 불쌍한 로잘리의 어깨를 탈구시키면서까지 육체관계를 맺었었고, 그 때문인지 뺨이 일그러진 듯한 아이를 로잘리는 임신했었다. 그런데 오늘은 그 빅토르가 운명이 자기에게 던져준 최초의 여성을 강간한 것이다. 아, 이 얼마나 잔혹한 일인가! 여느 아가씨들과 달리 남편을 가질 수 없기에 신에게 몸을 맡길 참이었던 애달픈 귀족의 자손, 그토록 착한 아가씨를 말이다! 도대체 이런 어리석고 가증스러운 접촉이 무슨 의미가 있을까? 도대체 왜 이런 어처구니없는 운명의 장난이 벌어지는 것일까?

"부인을 비난하고 싶은 마음은 추호도 없어요" 하면서 대공 부인이 이야기를 마무리했다. "부인한테 조금이라도 책임을 묻는 건 부당한 일입니다. 단지 부인이 정말로 끔찍한 피보호자를 가졌을 뿐이죠."

내면에서 무엇인가 표현하기 어려운 연상 작용이 일어난 듯, 대공 부인은 덧붙여 말했다.

"어떤 환경에서는 죄 없이 살기가 불가능하죠…… 저도 더없이 깊은 양심의 가책을 느꼈답니다. 최근에 만국 은행이 헤아릴 수 없이 많은 사람을 파산시키고 무너졌을 때, 저 자신이 공범자라고 느꼈거든요. 그래요, 우리집이 그런 가증스러운 범죄의 온상이 되는 데 동의하지 않았어야 해요…… 하지만 어쨌거나 비행이 저질러졌으니, 이제 집을 정화하지 않으면 안 되죠. 저는, 오! 저는 더이상 이 세상에 존재하지 않아요. 하느님, 부디 저를 용서하시길……"

희망이 깃든 그녀의 창백한 미소가 다시 얼굴에 드리웠다. 그녀는 몸짓으로 자신의 퇴장, 보이지 않는 여신처럼 영원히 세상에서 사라지는 은퇴를 암시했다.

카롤린 부인은 대공 부인의 손을 꼭 잡으며 그 손에 입을 맞추었다. 그러고는 뼈아픈 가책과 깊은 연민을 느끼며 더듬더듬 두서없이 말했다.

"부인, 저를 용서하지 마세요, 저는 죄인입니다…… 그 불행한 아이, 그 아이를 만나고 싶어요, 지금 당장 달려가서 그 아이를 만나겠습니다……"

짐을 챙기려는 대공 부인과 늙은 하녀 소피를 뒤로한 채, 그녀는 저택을 떠났다. 대공 부인과 늙은 하녀는 사십 년의 동거를 끝내고 마침내 영원히 헤어질 채비를 했다.

그제 토요일, 보빌리에 백작 부인은 채무자들에게 저택을 넘겨주는 데 동의하지 않을 수 없었다. 여섯 달 전부터 저택을 담보로 빌린 돈의 이자를 낼 수 없었기에, 각종 비용과 함께 상황이 견딜 수 없게 악화되어 저택을 경매에 부치겠다는 위협이 끊이지 않았다. 그녀의 법적 대리인은 그녀에게 모든 것을 포기하고 지출 없이 살 수 있을 작은 거처로 옮기라고 조언했었다. 그러면 그가 빚을 청산하도록 애써볼 것이었다. 그렇지만 그녀는 저택을 양도하지 않았었고, 자신을 쓰러뜨리는 새로운 불행이 닥칠 때까지, 그리하여 천장이 무너져 자신의 가문이 절멸할 때까지 고집스럽게 자신의 고귀한 신분, 가난하지 않은 체하는 그 거짓을 유지하려 했었다. 그의 아들 페르디낭, 보빌리에 가문의 마지막 자손, 일체의 유용한 직업과 단절된 채 무위와 무가치의 삶을 피하기 위해 교황 호위대에 들어간 그 젊은이는 로마에서 허망하게 죽었다. 이미 폐병에 걸려 너무도 허약했던데다 너무도 뜨거운 태양에 시달린 탓에 멘타나에서 더이상 버티지 못했던 것이다. 그러자 백작 부인의 내면에 텅 빈 공허가 패었고, 오래전부터 그토록 당당하게 가문의 명예를 지탱해주던 굳건한 의지, 성실한 계획이 대번에 무너져내렸다. 스물네 시간이면 충분했다. 집은 이미 사방에 균열이 생겨 잔해물 속에서 비통한 가난이 실체를 드러냈다. 늙은 말은 팔렸고, 요리사만이 남아 2수짜리 버터와 마른 콩 1리터를 사러 시장으로 갔다. 백작 부인 또한 남루한 드레스를 입고 물에 젖은 반장화를 신은 채 보도에 나타나기도 했다. 아침부터 저녁까지 빈곤에 시달렸고, 재앙은 금세기와의 투쟁 속에서 그 옛날 이 신자가 가졌었던 자부심마저 앗아갔다. 백작 부인은 딸과 함께 투르데담가에 있는 옛 방물장수 여자 집으로 이사했는데, 이 여자는 독실한 교인으로서 사제들에게 가구 딸린 방을 전대하고 있었다. 거기서 모녀는 품위와 슬픔이 깃든 가난과 함께, 안쪽으로 침실이 있는 헐벗은 큰방에 살았다. 침실은 두 개의 작은 침대로 채워졌고, 벽과 창이 똑같은 벽지로 장식된 큰방은 거실로 사용되었다. 거실을 마련했다는 사실이 모녀에게는 조금이나마 위안이 되었다.

그러나 그 토요일, 보빌리에 백작 부인이 이사한 지 두 시간도 채 지나지 않았을 때 뜻밖의 희한한 방문이 또다시 그녀를 고통 속으로 몰아넣었다. 다행히 알리스는 심부름 때문에 나가서 거실에 없었다. 방문객은 다름 아닌 뷔슈였는데, 넓적하고 더러운 얼굴, 때묻은 프록코트, 동아줄처럼 말려 올라간 넥타이가 보기 흉했다. 그는 직감적으로 지금이 호기라고 판단하고서, 보빌리에 백작이 레오니드 크롱에게 서명해준 1만 프랑짜리 증서 문제를 해결하기로 결심했다. 거처를 힐끗 본 그는 금세 미망인이 처한 상황을 짐작했다. 너무 늦게 찾아온 것일까? 필요할 경우 예의를 갖추고 인내를 보일 줄 아는 남자로서, 뷔슈는 겁에 질린 백작 부인에게 오래도록 증서 문제의 내용을 설명했다. 부군의 필체가 맞죠? 그러니 이 모든 게 사실일 수밖에…… 백작이 어린 아가씨에게 이끌렸고, 그녀를 가졌고, 그녀를 떼버렸고…… 위선적이게도 뷔슈는, 법적으로 볼 때 이미 십오 년이라는 시간이 지났으므로 백작 부인이 반드시 결제해야 할 의무가 없다는 생각을 피력했다. 단지 그는 자기 고객의 대리인 역할을 충실하게 이행하고 있었고, 합의가 이루어지지 않을 경우 자기 고객이 법에 호소함으로써 더없이 끔찍한 추문을 불러일으킬 것임을 알고 있었다. 갑작스럽게 이 가증스러운 과거 이야기를 듣고 극도의 충격을 받아 하얗게 질린 백작 부인이 자기에게 오기까지 왜 그토록 오래 기다렸는지 의아해했기 때문에, 그는 증서를 잃어버렸다가 트렁크 밑바닥에서 우연히 다시 찾았노라고 급히 둘러댔다. 백작 부인이 그 문제에 대해 생각하기를 단호히 거부하자, 그는 여전히 매우 정중한 태도로 자기 고객과 함께 다시 오겠다고, 자기 고객이 일요일에는 일터를 떠날 수 없기 때문에 내일이 아니라 월요일 또는 화요일에 다시 오겠다고 말하며 떠났다.

월요일, 그 전날 끔찍한 불행을 당해 반쯤 넋이 나간 딸을 집에서 밤새워 간호하느라 보빌리에 백작 부인은 뷔슈와 그의 잔혹한 이야기를 더이상 생각할 겨를이 없었다. 이윽고 알리스가 잠들었고, 어머니는 가혹한 운명의 장난에 지쳐 자리에 털썩 주저앉았다. 바로 그때 뷔슈가, 이번에는 레오니드를 동반한 채 다시 나타났다.

"부인, 제 고객과 함께 왔습니다. 이제 결말을 지어야 해요."

여자의 출현에 백작 부인은 가볍게 몸을 떨었다. 요란한 색깔의 옷을 입은 레오니드는 거친 머리칼이 눈썹까지 내려와 있었고, 얼굴이 넓적하고 물렁물렁했으며, 십 년의 매춘 생활로 인해 자태가 몹시 천박해 보였다. 그토록 오랜 용서와 망각의 시간을 보낸 후에 이처럼 여자로서의 자존심에 큰 상처를 입자 백작 부인은 고통스럽기 그지없었다. 오, 하느님! 백작이 가정을 저버린 것이 바로 이런 천박한 여자들 때문이었다니!

"빨리 결말을 지어야 합니다." 뷔슈가 힘주어 말했다. "제 고객이 페도가에서 할 일이 많아 무척 바쁘거든요."

"페도가?" 백작 부인이 무슨 말인지 이해하지 못한 채 되풀이했다.

"예, 제 고객은 거기 살아요…… 이를테면 홍등가에서 일하죠."

백작 부인은 깜짝 놀라 손을 부들부들 떨면서, 한쪽 문짝이 열려 있는 침실의 문을 닫으러 갔다. 알리스는 고열에 시달리며 이불 밑에서 뒤척였다. 제발 알리스가 다시 잠들기를, 아무것도 보지도 듣지도 않았기를!

그러나 뷔슈가 다시 입을 열었다.

"자, 부인! 들어보세요…… 이 아가씨는 저한테 자기 사건을 맡겼습니다. 다시 말해 저는 단지 대리인일 뿐이죠. 그래서 제가 아가씨한테 직접 자신의 요구 사항이 무엇인지 설명해달라고 했습니다. 자, 레오니드, 설명해보세요."

막상 그가 자기에게 맡긴 역할을 수행하자니 몹시 불편해진 레오니드는 매맞는 개처럼 눈을 동그랗게 뜬 채 그를 바라보았다. 그러나 그가 약속한 수천 프랑의 돈이 마침내 그녀를 결심시켰다. 뷔슈가 백작의 증서를 펼쳐 보이는 동안, 그녀는 술에 찌든 쉰 목소리로 말했다.

"그래요, 이건 샤를 씨가 제게 서명해준 증서가 맞아요. 저는 짐수레꾼, '오쟁이 진 남자 크롱'이라고 불렸던 짐수레꾼의 딸이랍니다. 샤를 씨는 늘 제 꽁무니를 따라다니며 온갖 더러운 짓을 요구했어요. 저는 괴로웠죠. 어릴 때에는, 아시잖아요? 왠지 모르게 노인이 싫잖아요…… 그래서 어느 날 저녁에 저를 마구간으로 데려가면서, 샤를 씨가 이 증서를 써주셨습니다."

백작 부인이 십자가에 못박힌 듯 서서 고통스럽게 이야기를 듣고 있었을 때, 문득 침실에서 신음 소리가 나는 듯했다. 그녀는 괴롭다는 몸짓을 취했다.

"그만하세요!"

그러나 이미 이야기를 시작했기에, 레오니드는 이야기를 마치고자 했다.

"얌전한 소녀를 망쳐놓고서 약속한 돈조차 주지 않는다면, 그건 신사다운 일이 아니죠…… 그러니 부인, 당신 남편 샤를 씨는 도둑놈이에요. 제가 이 이야기를 해준 여자들 모두가 그렇게 생각했죠…… 그래요, 저는 돈을 받을 자격이 있어요."

"그만! 그만!" 말을 계속하면 때리기라도 할 듯 두 팔을 허공으로 뻗은 백작 부인이 사납게 소리쳤다.

겁에 질린 레오니드는 따귀 맞는 데 익숙한 여자 특유의 본능적인 동작을 취하며 팔꿈치로 얼굴을 가렸다. 잠시 무서운 침묵이 흘렀는데, 바로 그때 눈물에 젖은 신음 소리가 또다시 침실에서 새어나오는 듯했다.

"도대체 원하는 게 뭐죠?" 몸을 떨던 백작 부인이 목소리를 낮추어 다시 말했다.

여기서 뷔슈가 끼어들었다.

"부인, 이 아가씨는 약속대로 돈을 받기를 원합니다. 이 아가씨 말이 옳아요. 보빌리에 백작님이 이 불행한 아가씨에게 몹쓸 짓을 한 게 사실이니까…… 간단히 말해 그건 사기입니다."

"저는 그따위 빚을 갚을 생각이 전혀 없어요."

"그렇다면 이 집에서 나가자마자, 우리는 마차를 타고 재판소로 가겠습니다. 그리고 미리 작성해놓은 고소장, 지금 제 손에 쥐고 있는 이 고소장을 제출할 겁니다. 제 고객이 방금 말씀드린 모든 것이 여기에 적혀 있거든요."

"가증스럽게 협박하지 마세요, 그렇게 하시면 안 됩니다."

"죄송합니다, 부인. 지금 당장 그렇게 하겠습니다. 사업은 사업이니까요."

격심한 피로와 극도의 절망감이 백작 부인을 엄습했다. 그녀를 서 있게 하던 마지막 자존심마저 무너졌다. 격정도 힘도 모두 빠져나갔다. 그녀는 두 손을 모은 채 더듬거렸다.

"우리가 어떤 지경에 처해 있는지 아시잖아요. 이 방을 좀 보세요…… 더이상 아무것도 없어요. 내일이면 식량조차 떨어질지 몰라요…… 도대체 저더러 어디서 돈을 구해 오라는 거죠, 하느님 맙소사!"

잿더미에서도 돈을 건지는 사람답게 뷔슈는 미소를 지었다.

"오! 귀부인들은 늘 돈을 가지고 있기 마련이죠. 잘 찾아보면 돈이 있을 겁니다."

조금 전부터 그는 벽난로 위의 오래된 보석함을 주시하고 있었는데, 백작 부인은 아침에 트렁크를 비우면서 그것을 거기에 놓아두었었다. 그는 본능적으로 거기서 귀중품 냄새를 맡았다. 그의 눈이 너무도 빛나서 그녀 또한 그 시선의 방향을 살피고는 금세 의도를 알아차렸다.

"안 돼, 안 돼요!" 그녀가 소리쳤다. "그 보석만은 절대로 안 돼요!"

그녀는 보석함을 지키려는 듯 그것을 손에 들었다. 그것은 그녀가 그토록 오래전부터 지켜온 가문의 마지막 보석, 온갖 어려움 속에서도 간직해온 몇 개의 보석, 딸에게 줄 유일한 지참금, 지금 이 시각 집에 남은 최후의 재산이었다.

"절대로 안 돼요, 제 살을 베어 주는 한이 있더라도!"

바로 그때 상황 변화가 있었는데, 카롤린 부인이 노크를 하고 들어온 것이었다. 그녀는 눈앞에서 전개되는 장면에 큰 충격을 받고 아연실색했다. 황급히 그녀는 낙담하지 말고 기운을 차리라며 백작 부인을 위로했다. 백작 부인이 간청하는 몸짓을 하지 않았더라면, 그녀는 곧바로 그 자리를 떠났으리라. 방 한쪽 구석에 비켜선 채, 그녀는 꼼짝하지 않고 있었다.

뷔슈는 모자를 다시 썼고, 점점 더 불편함을 느낀 레오니드는 문을 향해 다가갔다.

"부인, 저희는 이만 물러가겠습니다."

그렇지만 그는 물러가지 않았다. 새로 들어온 방문객 앞에서 백작 부인에게 더 큰 모욕감을 안기려는 양, 더욱 수치스러운 표현으로 이야기를 되풀이했다. 일을 할 때면 늘 그러듯이, 그는 새로운 방문객을 알아보지 못하는 체했다.

"안녕히 계십시오, 부인. 우리는 이 길로 검찰청으로 가겠습니다. 사흘도 안 가서 상세한 이야기가 신문에 보도되겠죠. 분명한 건 그렇게 만든 이가 바로 부인이라는 사실입니다."

신문이라고! 가문의 파산도 모자라서 이런 끔찍한 추문까지! 재산을 모두 날리는 것으로는 부족한가봐, 모든 걸 시궁창에 처넣어야 하다니! 아, 그래도 가문의 명예만큼은 구해야지 어쩌겠어! 백작 부인은 기계적인 동작으로 보석함을 열었다. 홍옥으로 장식된 귀고리 한 쌍, 팔찌 하나, 반지 세 개가 고색창연한 광채와 함께 모습을 드러냈다.

뷔슈가 급히 다가섰다. 감동에 겨운 그의 눈이 보석을 부드럽게 어루만지는 듯했다.

"오! 1만 프랑어치는 안 되겠지만…… 제가 좀 보겠습니다."

벌써 관능적 애호와 함께 그는 연인처럼 떨리는 두툼한 손가락으로 보석을 하나씩 집어들었고, 그것을 돌려보기도 하고 공중으로 들어올려보기도 했다. 특히 티 없이 맑은 홍옥의 순수성이 그를 황홀경에 빠뜨렸다. 군데군데 세공이 서툴렀음에도 고색창연한 홍옥의 순도, 그것은 경이 그 자체였다!

"6000프랑!" 애써 감동을 감추며 그는 감정사처럼 무덤덤한 목소리로 말했다. "저는 보석만을 셈해요, 테는 녹여버리거든요. 도합 6000프랑 쳐드리겠습니다."

그러나 백작 부인에게 그것은 너무나 가혹한 희생이었다. 그녀는 다시 감정이 복받쳐올라 두 손에 경련이 일 정도로 보석을 꽉 쥐었다. 안 돼, 안 돼! 이건 너무 지나쳐, 오래전에 어머니가 착용했고 훗날 딸이 결혼식 때 착용할 이 보석을 심연에 던져 넣으라니, 말도 안 돼! 그녀의 눈에서 뜨거운 눈물이 솟아올라 두 뺨을 타고 흘러내렸다. 그 모습이 너무도 비통해서 레오니드는 주체할 수 없는 연민으로 가슴이 미어지는 듯했고, 뷔슈의 프록코트 자락을 끌어당기며 떠나자고 재촉했다. 그녀는 그 자리를 벗어나고 싶었고, 그토록 선량하고 가엾은 노부인을 그토록 고통스럽게 만드는 것이 몹시 힘겨웠다. 그러나 냉정하게 그 장면을 지켜본 뷔슈는 이제 모든 것을 빼앗아갈 수 있으리라 확신했는데, 왜냐하면 그의 오랜 경험에 비추어 여자의 눈물이란 곧 의지의 와해를 뜻했기 때문이다. 그는 기다렸다.

만일 그때 멀리서 숨죽여 흐느끼는 소리가 들리지 않았더라면, 그 끔찍한 장면은 더 길게 이어졌을 것이었다. 저 안쪽 침실에서 알리스가 소리쳤다.

"오! 어머니, 저 사람들 때문에 죽을 것만 같아요!…… 다 주세요, 모두 가져가라고 하세요!…… 오! 어머니, 저 사람들을 돌려보내세요! 죽을 것만 같아요, 죽을 것만 같아요!"

그러자 백작 부인이 모든 것을 단념하는 듯한 절망적인 몸짓, 자신의 목숨이라도 내줄 듯한 절망적인 몸짓을 취했다. 딸은 모든 것을 들으며 수치심에 치를 떨고 있었던 것이다. 백작 부인은 뷔슈에게 보석을 던져주었고, 뷔슈가 교환물로 백작의 증서를 탁자 위에 올려놓자마자 레오니드에 뒤이어 그를 밖으로 내보냈다. 그런 다음 백작 부인은 침실로 들어가서 알리스의 베개 위에 쓰러졌고, 모녀는 상심과 절망 속에서 함께 울었다.

카롤린 부인은 너무도 화가 나서 한순간 개입할 뻔했다. 이 몹쓸 인간으로 하여금 불쌍한 모녀를 갈취하게 놔둬야 할까? 그렇지만 방금 보빌리에 백작과 관련하여 상스러운 이야기를 듣지 않았는가…… 추문이 세상에 알려지지 않게 하려면 어떻게 해야 할까? 이 몹쓸 인간은 지금까지 협박한 내용을 실천하고도 남을 인간이었다. 게다가 그가 사카르의 전력을 모두 알고 있기 때문에, 그녀 자신도 수치심을 느끼고 있었다. 아! 이 얼마나 괴롭고 역겨운 일인가! 불편함이 그녀를 엄습했다. 위로의 말도 해줄 수 없고, 도움의 손길을 뻗칠 수도 없는데, 도대체 무얼 하러 여기로 달려왔단 말인가? 어제의 사건과 관련한 질문들, 암시들, 간단히 말해 지금 그녀의 뇌리에 떠오르는 모든 것이, 아직도 넋이 나간 상태에서 치욕으로 몸서리치는 희생자 앞에서 감히 내뱉을 수 없는 말들, 무례하고 모욕적인 말들인 듯했다. 도움을 줄 수 있다 한들, 그것은 덧없는 적선이 아니고 무엇일까? 더욱이 그녀 또한 재판의 결과를 초조하게 기다리는 파산자의 신세였다. 마침내 그녀가 눈물을 글썽이며 두 팔을 벌린 채, 무한한 연민과 애정으로 몸을 떨면서 모녀에게 다가갔다.

그 옛날 화려하게 권력과 명예를 누렸던 보빌리에 가문에 이제 남은 것이라고는 두 불쌍한 모녀, 가구 딸린 셋집의 남루한 침실에서 파산한 채 넋을 잃은 두 불쌍한 모녀밖에 없었다. 보빌리에 가문은 왕국에 버금가는 영지를 소유했었다. 루아르 강변의 광활한 땅이 그들의 영지였는데, 영지는 고성, 목초지, 경작지, 숲으로 가득차 있었다. 뒤이어 이 어마어마한 소유 재산은 세월과 함께 조금씩 사라졌고, 이제 막 백작 부인이 아무것도 이해하지 못한 채 투기라는 현대의 광풍 속에서 가문의 마지막 자산을 날려버리고 말았다. 그녀는 먼저 딸의 지참금을 마련하기 위해 한 푼 두 푼 저축한 2만 프랑을, 이어서 레조블레 농장을 담보로 빌린 6만 프랑을, 이어서 그 농장 전체를 투기의 광풍 속에 밀어넣었다. 생라자르가의 저택은 채권자들에게 넘어갔다. 아들은 이국땅에서 헛되이 죽었다. 마치 마차에 치여 피투성이가 된 아이를 데려다주듯, 사람들이 망나니에게 더럽혀져 상처 입은 딸을 그녀에게 데려다주었다. 예전에는 그토록 귀족적이고 고고하고 근엄했던 눈부신 백발의 키 큰 백작 부인은 이제 더없이 가혹한 불행으로 일그러진 불쌍한 노파에 지나지 않았다. 목이 지나치게 길어 흉해 보이는 알리스 또한 내의가 흐트러진 채 젊음도 미모도 없이 미친 여자처럼 멍하니 눈을 뜨고 있었고, 그 눈에서는 그녀의 마지막 긍지인 처녀성이 유린당했다는 치명적인 고통이 읽혔다. 모녀는 둘이서 함께, 끝없이 흐느꼈다.

카롤린 부인은 아무 말도 할 수 없었고, 그저 모녀를 가슴에 꼭 껴안을 뿐이었다. 달리 아무것도 할 수 없었기에, 그녀는 모녀와 함께 눈물을 흘렸다. 두 불행한 여자의 눈에서 더욱 뜨거운 눈물이 흘러내렸다.

그 어떤 위로도 가능하지 않다면, 함께 울기라도 해야 하지 않겠는가?

카롤린 부인이 다시 거리로 나왔을 때, 메셍 아줌마와 이야기를 나누고 있는 뷔슈가 보였다. 그는 마차를 불러 세웠고, 레오니드를 안으로 밀어넣은 후 자취를 감추었다. 카롤린 부인이 발걸음을 서둘렀기에, 메셍 아줌마가 곧장 그녀를 향해 걸어왔다. 메셍 아줌마는 그녀를 기다리고 있었음이 틀림없었다. 왜냐하면 어제 노동 학교에서 일어난 일에 대해 벌써 소식을 전해 들은 듯 대뜸 빅토르 이야기를 꺼냈기 때문이다. 사카르가 4000프랑의 결제를 거절한 뒤로 그녀는 노여움을 가라앉히지 않았고, 어떻게 그 문제를 해결해야 할지 고민하고 있었다. 그리하여 도움이 될 만한 사건을 찾기 위해 비노 대로에 자주 들렀었던 그녀가 마침내 빅토르 사건을 알게 된 것이었다. 이미 계획을 세운 듯, 그녀는 카롤린 부인에게 자신이 지체 없이 빅토르를 찾겠다고 말했다. 어느 날 아침 중죄 재판소에서 그 몹쓸 아이를 보고 싶지 않다면, 절대로 그 아이가 이처럼 사악한 본능에 따라 날뛰도록 방치해서는 안 될 일이었다. 이야기를 하는 동안 그녀는 살찐 얼굴에 파묻힌 작은 눈으로 부인의 반응을 살폈고, 부인이 괴로워하자 꼬마를 찾아오면 돈을 뜯어낼 수 있겠다고 생각하며 흡족해했다.

"자, 부인, 아시겠죠? 제가 찾아볼게요…… 소식을 듣고 싶으실 땐 마르카데가로 오지 마시고, 페도가에 있는 뷔슈 씨 댁으로 직접 오세요. 네시경에 오시면 매일 저를 만날 수 있습니다."

카롤린 부인은 새로운 걱정거리에 사로잡힌 채 생라자르가로 돌아왔다. 그렇긴 해, 세상이 외면할 때, 궁지에 내몰린 이 괴물이 굶주린 늑대처럼 닥치는 대로 유전의 악을 저지를지도 몰라! 그녀는 급히 점심을 먹었다. 그러고는 한시라도 빨리 정보를 가지고 싶었기에, 콩시에르주리 감옥으로 가기 전에 비노 대로에 들르려고 마차를 탔다. 도중에 고통의 열기에 시달리면서도 문득 한 가지 생각이 그녀에게 떠올랐다. 먼저 막심의 집으로 가서 그를 데리고 노동 학교로 간 다음, 어쨌든 형이니까 그로 하여금 빅토르 문제에 관심을 기울이도록 해야겠다는 생각이 그것이었다. 오직 그 사람만이 부자였고, 그 사람만이 효과적으로 개입해서 문제를 처리할 수 있을 듯했다.

그러나 엥페라트리스로에 있는 사치스러운 작은 저택의 현관에서, 카롤린 부인은 온몸이 얼어붙은 듯 꼼짝할 수 없었다. 실내장식 가구상이 벽걸이 천과 카펫을 떼어내고 있었고, 하인들이 의자와 샹들리에에 덮개를 씌우고 있었다. 가구와 선반 위에 늘어놓은 온갖 예쁜 물건에서, 마치 무도회 다음날 아무렇게나 던져둔 꽃다발에서 나오는 향기처럼 생기 없는 향기가 피어올랐다. 막심은 침실 안쪽에, 신부의 혼수인 양 사치스럽고 세련된 옷가지로 가득찬 두 개의 커다란 트렁크 사이에 서 있었다.

그녀를 보자, 막심이 냉정하고 메마른 태도로 먼저 말문을 열었다.

"아! 부인이군요! 때마침 잘 오셨습니다. 이렇게 만났으니 편지를 안 써도 되겠군요…… 진절머리가 나요, 저는 떠납니다."

"뭐라고요, 떠나다니요?"

"예, 오늘 저녁에 저는 떠납니다. 나폴리로, 거기서 겨울을 나려고 해요."

뒤이어 그는 몸짓으로 하인을 내보냈다.

"여섯 달 전부터 아버지가 콩시에르주리 감옥에 갇혀 있어요. 기가 막힐 노릇이죠! 절대로 여기 남아 아버지가 재판받는 꼴을 보고 싶지 않습니다. 여행이라면 질색을 하는 제가 이렇게 떠나잖아요! 어쨌든 나폴리는 날씨가 좋아요, 필수품도 거의 다 챙겼고…… 아마도 거기서는 지겹지 않겠죠."

그녀는 몹시 단정하고 세련되게 차려입은 그를 쳐다보았다. 그러고서 물건이 넘쳐나는 두 트렁크로 시선을 옮겼다. 그 안에는 부인이나 정부의 장신구라고는 전혀 없었고, 오직 그가 쓸 사치품만 가득차 있었다. 이윽고 그녀는 용기를 내서 입을 열었다.

"부탁드릴 일이 있어서 왔어요……"

그녀는 강간과 도둑질을 하고 달아난 빅토르, 앞으로 어디서 무슨 짓을 저지를지 모를 망나니 빅토르에 대해 이야기했다.

"그애를 그대로 둬서는 안 돼요. 저랑 함께 가요, 우리 둘이 힘을 합쳐야죠……"

마치 어깨 위에 위험하고 더러운 손이 놓인 듯, 그는 공포로 몸을 떨면서 파랗게 질린 얼굴로 그녀의 말을 끊었다.

"허, 참! 결국 그런 일이 터졌군요!…… 아버지는 도둑놈이고, 동생은 강간범이라니…… 이젠 늦었습니다. 실은 지난주에 떠나려고 했었어요. 나 같은 사람을 이런 상황에 내던지다니, 천인공노할 노릇이지!"

그녀가 다시 간청하자, 이번에는 그가 불손하게 대답했다.

"날 좀 내버려둬요, 제발! 이런 불쾌한 삶이 재미있나요? 그렇다면 부인 혼자서 즐기세요. 이미 경고했었죠, 이제 와서 눈물을 흘려봐야 소용없는 일입니다. 저라면 머리카락 한 올도 내주지 않겠습니다. 오히려 추잡한 자들일랑 모조리 시궁창에 처넣어버려야죠."

그녀가 자리에서 일어났다.

"안녕히 계세요!"

"안녕히 가세요!"

밖으로 나오면서, 그녀는 그가 하인을 불러 세면도구를 포장시키는 것을 보았다. 은도금을 한 세면도구 하나하나는 무척 세련되었고, 특히 사랑의 요정들의 원무가 새겨진 세면대는 우아하기 그지없었다. 형이 나폴리의 눈부신 태양 아래로 권태와 망각의 삶을 살러 떠나는 사이, 해빙기의 어두운 밤에 라빌레트 또는 샤론의 후미진 골목에서 굶주림에 떨며 손에 칼을 들고 배회하는 동생의 모습이 그녀의 뇌리를 스쳤다. 이것이야말로 돈이 곧 교육이요 건강이요 지혜가 아닐까 하는 질문에 대한 대답이 아니겠는가? 폐수가 그 아래로 흐르는 이상, 모름지기 문명이란 건강을 느끼고 복지를 향유하는 우월감으로 요약될 수 있지 않을까?

노동 학교에 도착했을 때, 카롤린 부인은 몹시 사치스러운 시설물에 묘한 반감이 일었다. 각기 소년들의 숙소와 소녀들의 숙소로 쓰이는 호화스러운 두 측면 별관, 그 두 별관을 연결하면서 행정실로 쓰이는 장엄한 본관이 도대체 무슨 소용이란 말인가? 공원처럼 거대한 안마당, 부엌의 도기, 구내식당의 대리석, 궁전으로 착각할 듯한 아늑한 계단과 복도가 도대체 무슨 소용이란 말인가? 이 넓고 위생적인 환경에서 한 부도덕한 존재를 정화시킬 수 없고, 한 타락한 아이를 양식을 지닌 건전한 남자로 변화시킬 수 없다면, 이처럼 거대한 자선 시설이 도대체 무슨 소용이란 말인가? 그녀는 곧장 교장실로 가서 여러 질문을 퍼부으며 사소한 세부 사항까지 알고자 했다. 그렇지만 사건은 모호했고,

교장은 그녀가 대공 부인을 통해 이미 알고 있는 사실만을 되풀이해줄 수 있을 뿐이었다. 어제부터 학교와 근처에서 수색이 계속되었지만, 아무런 결과도 없었다. 빅토르는 이미 도시를 거쳐 저멀리, 무시무시한 암흑의 세계로 달아난 듯했다. 그는 돈도 없었는데, 왜냐하면 알리스의 지갑에 든 것이라고는 3프랑 4수가 전부였기 때문이다. 게다가 교장은 그 가련한 보빌리에 모녀에게 공개적인 추문을 안겨줄 수 없었기에 사건을 경찰에 알리지도 않았다. 카롤린 부인은 그 점에 대해 교장에게 고마움을 표했고, 자신도 진상을 알고 싶지만 경찰서에 어떠한 도움도 청하지 않을 것을 약속했다. 그런 다음, 학교에 들어올 때보다 더 알게 된 사실이 없음에 실망한 그녀는 수녀들에게 물어보기 위해 양호실로 올라갔다. 그러나 거기서도 아무런 구체적인 정보를 얻을 수 없었기에, 그녀는 소년들의 공동 침실과 소녀들의 공동 침실 사이에 있는 조용한 방에서 잠시 휴식을 취했다. 아래에서 즐거운 소란을 피우는 소리가 올라왔다. 레크리에이션 시간이었는데, 맑은 공기와 복지와 노동으로 건강해지고 있는 회복기의 아이들이 그녀의 마음 한구석을 불편하게 했다. 저기서는 건강하고 활기찬 인간들이 자라나고 있었다. 유전적 결함을 악화시키거나 순화시키는 우연의 작용 속에서 평균 네다섯 명의 보통 아이와 한 명의 망나니가 태어난다는데, 이처럼 학교에서 회복되는 아이들은 얼마나 좋을까!

당직 수녀가 잠시 나간 사이에, 카롤린 부인은 아이들이 아래에서 즐겁게 노는 모습을 보기 위해 창가로 다가갔다. 그때, 바로 옆 양호실에서 들려오는 소녀들의 해맑은 목소리가 그녀의 발걸음을 멈추게 했다. 문이 반쯤 열려 있었기에, 그녀는 눈에 띄는 일 없이 실내를 들여다

볼 수 있었다. 그것은 새하얀 휘장이 쳐진 네 개의 침대, 새하얀 벽이 있는 백색 양호실이었다. 햇살이 새하얀 방을 더욱 눈부시게 했고, 아늑한 공기 속에 백합이 활짝 피어 있었다. 왼쪽 첫번째 침대에서 그녀는 마들렌, 즉 빅토르를 데리고 왔던 날 잼을 바른 타르틴을 먹고 있던 회복기의 소녀를 보았다. 눈이 커다란 소녀는 부모의 알코올중독이 유전되어 여전히 병을 앓고 있었고, 몹쓸 피의 영향으로 스테인드글라스의 성녀처럼 가냘프고 창백했다. 이 열세 살짜리 소녀는 이제 세상에서 혈혈단신이었다. 왜냐하면 어느 날 밤, 술에 취한 어머니가 6수의 화대를 주지 않으려는 남자에게서 배에 발길질을 당해 죽었기 때문이다. 길고 새하얀 잠옷을 입고 금발머리를 어깨 위까지 늘어뜨린 소녀가 침대 한가운데 꿇어앉은 채, 다른 세 침대를 차지한 세 어린 소녀에게 기도를 가르치고 있었다.

"두 손을 이렇게 모으고, 가슴을 펴봐……"

세 어린 소녀 또한 침대 한가운데 꿇어앉아 있었다. 두 아이는 여덟 살 내지 열 살 정도 되어 보였고, 세번째 아이는 다섯 살도 채 되지 않은 듯했다. 길고 새하얀 잠옷을 입고 가냘픈 두 손을 얌전히 모은 어린 소녀들은 마치 천사처럼 엄숙하고 황홀한 표정을 지었다.

"내 말을 따라 해봐. 잘 들어…… 하느님! 사카르 씨의 선의가 보상받게 해주시고, 그분이 오래오래 살게 해주시고, 행복하게 살게 해주소서."

귀엽게 혀짤배기 소리를 내는 세 소녀가 더없이 맑은 신심과 천사 같은 목소리로 기도문을 되풀이했다.

"하느님! 사카르 씨의 선의가 보상받게 해주시고, 그분이 오래오래 살게 해주시고, 행복하게 살게 해주소서."

갑자기 울화가 치민 카롤린 부인은 아이들의 입을 닫게 하고, 끔찍하고 불경스러운 기도를 금하기 위해 방으로 들어가려 했다. 안 돼, 안되고말고! 사카르는 사랑받을 자격이 없어, 그런 사람의 행복을 빌게 내버려두는 것은 어린 시절을 더럽히는 일이야! 그렇지만 전율적 감동이 그녀의 발걸음을 멈추게 했고, 눈에서 눈물이 솟구쳤다. 도대체 무슨 이유로 아직 삶에 대해 아무것도 모르는 이 순수한 영혼들을 내가 경험한 절망과 분노에 연결지어야 한단 말인가? 이 학교를 만드는 데 기여하고 매달 장난감을 보내주는 사카르야말로 이 아이들에게는 진정한 선인이 아닐까? 격심한 혼란이 그녀를 사로잡았다. 비행을 일삼으면서도 선행을 하지 않는 악인은 없다는 증거가 그녀의 눈앞에 보이는 듯했다. 어린 소녀들이 기도를 되풀이하는 동안 그녀는 자리를 떠났고, 광기 어린 손으로 세상을 파괴한 무분별한 재앙의 인간에게 하늘의 축성을 기원하는 천사의 목소리를 귓전으로 들었다.

팔레 대로의 콩시에르주리 감옥 앞에 이르러 삯마차에서 내렸을 때, 그녀는 아침에 오빠를 위해 준비한 카네이션 꽃다발을 마음의 혼란 속에서 집에 두고 왔다는 사실을 깨달았다. 때마침 2수짜리 장미꽃다발을 파는 여자가 있어서 한 다발을 샀다. 그녀가 오빠에게 자신의 실수를 이야기하자 꽃을 무척 좋아하는 아믈랭은 미소를 지었다. 하지만 그날, 오빠의 얼굴이 슬퍼 보였다. 처음에 투옥되었을 때, 몇 주 동안 그는 자신에게 심각한 추소追訴 사항이 있다는 사실을 믿지 않았다. 그의 변론은 간단했다. 그는 자신의 의사에 반하여 이사장이 되었고, 일체의 금융거래와 무관했으며, 더욱이 파리에 있지 않았기 때문에 어떠한 통제력도 행사할 수 없었다. 그러나 변호사의 이야기를 들어보고 또 카롤린 부인이 시도한 교섭이 무용한 것으로 드러나자, 엄청난 책임이 자신을 짓누르고 있다는 사실을 깨닫기 시작했다. 그는 더없이 소소한 불법행위에도 책임이 있었고, 그 불법행위 가운데 단 하나도 제대로 알지 못했었다는 사실을 아무도 인정해주지 않았다. 사카르가 그를 치욕스러운 공범자로 만들고 말았던 것이다. 독실한 가톨릭교도로서의 신앙심을 통해 그가 누이를 놀라게 한 영혼의 평정과 체념을 획득한 것은 바로 그 무렵이었다. 불안한 가운데 이리저리 뛰어다니며 수상쩍고 거친 자유인들을 만난 후 면회했을 때, 그녀는 검은 나무 십자가 둘레에 네 개의 채색 성화가 벽에 걸린 감방에서 오빠가 평온하게 미소 짓는 것을 보고 몹시 놀랐었다. 하느님에게 귀의하면 더이상의 원한도 없고, 일체의 부당한 고통도 구원의 징표가 되는 걸까? 이따금 깃드는 오빠의 유일한 슬픔은 자신이 기획한 대역사가 결정적으로 중단되었다는 사실에서 비롯되었다. 누가 그 과업을 재개해줄까? 누가 대형 여객선 합동회사와 카르멜 은광회사와 함께 그토록 흐뭇하게 시작한 동방의 재건을 계속해줄까? 누가 낡은 세계에 젊은 피를 순환시키는 혈관의 망, 즉 부르사에서 베이루트와 다마스까지, 스미르나에서 트라브존까지 간단없이 주파하는 철도망을 부설해줄까? 그는 여전히 과업이 중단되어서는 안 된다고 믿었고, 자신이 더이상 과업의 실행을 위해 하늘이 선택한 사람이 아니라는 사실에 괴로움을 느꼈다. 특히 자신이 어떤 잘못을 저질렀기에 하느님이 자신에게 거대한 가톨릭 은행, 즉 교황에게 왕국을 돌려주고 유대인에게서 돈의 지상권을 거둠으로써 마침내 만백성의 유일한 나라를 건설할 현대적인 은행, 이름하여 생세퓔크르 은행을 설립하게 허락하지 않는지 모르겠다고 했을 때, 그의 목소리가 떨렸다. 그는 이 은행의 설립이 불가피할 뿐만 아니라 거역할 수 없는 일이라고 예견했었다. 또한 언젠가 그 은행을 설립할 순수한 인간들이 '정의'를 구현하리라고 예언했었다. 그날 오후 그는 근심 어린 표정을 짓고 있었는데, 그 이유는 아마도 범죄자로 확정될 피의자로서 애써 평온을 유지하지만 훗날 출옥하더라도 결코 거룩한 과업을 재개할 수 없으리라고 생각했기 때문임이 틀림없었다.

언론이 그에게 좀더 호의적으로 변해간다고 설명하는 누이의 말을 그는 건성으로 듣고 있었다. 그러다가 문득 잠에서 깬 듯한 눈으로 그녀를 바라보며 이렇게 물었다.

"왜 그 사람을 만나려 하지 않는 거야?"

그녀는 움칠했고, 오빠가 사카르에 대해 이야기한다는 것을 알아차렸다. 고갯짓으로 그녀는 안 된다고, 그건 안 된다고 했다. 그러자 그가 목소리를 낮추어 단호히 말했다.

"그 사람과 너 사이에 관계가 맺어진 이상, 너는 면회하지 않을 수 없어. 당장 그 사람을 만나러 가!"

맙소사! 그는 다 알고 있었던 것이다. 그녀는 부끄러움으로 발개진 얼굴을 숨기기 위해 그의 품속으로 뛰어들었다. 그러고는 말을 더듬으며 도대체 누가 그에게 말해주었는지, 특히 그에게 숨긴 사실을 도대체 어떻게 알게 되었는지 물었다.

"카롤린, 오래전이야…… 우리를 질투하는 비열한 무리가 익명의 편지를 보냈었어…… 내가 너한테 단 한 번도 이야기한 적이 없지. 넌 자유로워, 더이상 그 이야기는 하지 말자…… 네가 이 세상에서 가장 훌륭한 여자라는 걸 난 잘 알고 있어. 어서 그 사람을 만나러 가."

미소를 되찾은 그는 쾌활한 표정으로 십자가 뒤에 놓아둔 장미꽃다발을 집어 그녀의 손에 쥐여주며 덧붙였다.

"자! 이걸 갖다줘. 그리고 내가 전혀 원망하지 않고 있다고 그 사람에게 말해줘."

오빠의 다정한 태도에 마음이 움직인 카롤린 부인은 끔찍한 수치심과 달콤한 안도감을 동시에 느끼며 더이상 저항하지 않았다. 더욱이 아침부터 그녀는 사카르를 봐야 하지 않을까 생각하고 있었다. 빅토르의 도주에 대해, 아직도 그녀의 몸을 떨리게 하는 그 가증스러운 사건에 대해 어떻게 그에게 이야기하지 않을 수 있을까. 감옥에 들어온 첫날부터 사카르는 면회 희망자 명단에 그녀의 이름을 올렸었다. 그래서 그녀는 자신의 이름을 밝히는 것으로 족했고, 간수가 그녀를 즉시 사카르의 감방으로 안내했다.

그녀가 들어갔을 때, 사카르는 문을 등진 채 작은 탁자 앞에 앉아 종이 한 장에 숫자를 가득 채우고 있었다.

그가 벌떡 일어나며 기쁨의 탄성을 질렀다.

"당신!…… 오! 당신은 정말 좋은 여자야. 아! 난 정말 행복한 남자야!"

그는 그녀의 손을 자신의 두 손으로 꼭 잡았고, 그녀는 감정을 누르며 어색하게 미소 지은 채 무슨 말을 해야 할지 몰랐다. 뒤이어 그녀는 자유로운 다른 한쪽 손으로, 숫자가 기재된 종잇장이 널려 있는 탁자 위에 2수짜리 꽃다발을 살며시 올려놓았다.

"당신은 천사요!" 그녀의 손에 입맞추며 그가 감동한 표정으로 속삭였다.

이윽고 그녀가 입을 열었다.

“우리 관계는 끝났습니다. 저는 당신을 진정으로 원망했어요. 하지만 오빠가 면회를 가라고 해서……”

“안 돼, 안 돼, 그렇게 말하지 말아요! 이렇게 말해요, 당신은 총명한 여자라고, 훌륭한 여자라고, 모든 걸 이해한다고, 나를 용서한다고……”

몸짓으로, 그녀는 그의 말을 잘랐다.

“제발, 저한테 많은 걸 요구하지 마세요. 저도 모르겠어요…… 제가 여기에 온 것으로 충분하잖아요?…… 그건 그렇고, 당신한테 알려줄 슬픈 일이 있어요.”

나지막한 목소리로 단숨에, 그녀는 빅토르의 야성이 잠 깨었다는 사실, 보빌리에 양을 강간했다는 사실, 이해할 수 없을 정도로 감쪽같이 자취를 감추었다는 사실, 지금까지 백방으로 추적했으나 찾을 수 없었고 그를 다시 만날 희망이 거의 없다는 사실을 이야기했다. 충격 속에서 아무런 질문도, 아무런 동작도 없이 그는 그녀의 말을 들었다. 그녀가 이야기를 끝냈을 때, 그의 눈에 굵은 눈물방울이 맺히더니 두 뺨을 따라 흘러내렸다. 그가 더듬거리며 말했다.

“불쌍한 녀석…… 불쌍한 녀석……”

그녀는 단 한 번도 그가 눈물을 흘리는 모습을 본 적이 없었다. 놀란 눈으로 바라보던 그녀는 가슴이 뭉클했는데, 그 정도로 사카르의 눈물은 머나먼 곳에서, 즉 수년간의 노략질로 거칠고 둔감해진 가슴에서 솟구치는 예외적이고 진하고 무거운 눈물이었다. 이어서 그는 큰 소리로 탄식했다.

"아, 얼마나 무서운 일이야, 내가 그 아이를 한 번도 안아주지 않았으니…… 당신도 알다시피 나는 그 아이를 본 적도 없으니까 말이오. 오, 하느님 맙소사! 그래요, 그 아이를 보러 가겠다고 하고서는, 그 망할 놈의 사업 때문에 단 한 시간도 틈을 낼 수가 없었지…… 아! 세상일이 그래, 당장 하지 않으면 영원히 할 수 없는 거야…… 더이상 그 아이를 볼 수 없다는 게 확실해요? 그 아이를 여기로 좀 데려다줘요."

그녀가 고개를 가로저었다.

"지금 이 시각, 그애가 이 끔찍한 파리의 어디쯤에 있는지 도대체 누가 알겠어요!"

한동안 그는 안절부절못하며 왔다갔다했고, 두서없이 말을 내뱉었다.

"그애를 내게 데려다주었으면! 하지만 결국 그애를 잃게 되겠지…… 난 그애를 다시 볼 수 없을 거야…… 그래! 난 불운해, 정말로! 지독하게!…… 오! 하느님! 만국 은행 일도 그렇고 이 일도 그래, 난 정말 불운해."

그는 다시 탁자 앞으로 가서 앉았고, 카롤린 부인은 그 맞은편에 앉았다. 벌써 여러 달 전부터 준비한 수많은 서류를 두 손으로 뒤적이면서, 그는 그녀 앞에서 자신의 무죄를 증명할 필요성을 느낀 듯 재판 이야기를 꺼냈고, 자신의 변호 수단을 설명했다. 검사의 기소 근거는 이런 것이었다. 시세를 폭등시키고 사람들로 하여금 은행이 필요 자금을 소유하고 있다고 믿게 하기 위해 끝없이 자본을 증식했다는 사실, 그리고 장부상 결제한 것으로 되어 있는 사바타니 및 여타 명의 대여인들 덕분에 기명을 위장하여 불입금 없이 증권을 거래했다는 사실, 끝으로 비정상적이고 인위적인 주가 폭등을 유도하고 결국 자본 고갈로 만국 은행을 파산시킨 광적인 투기, 즉 회사에 의한 자기 주식 매수를 저질렀다는 사실…… 이에 대해 사카르는 여러 가지 열정적인 설명으로 답했다. 자신은 이 세상의 모든 은행장이 하는 일을 했었는데, 다만 정력적인 노동자로서 그 일을 대규모로 했을 뿐이었다. 자기가 범죄자라면, 자기처럼 투옥되지 않을 파리의 은행장은 아무도 없을 것이었다. 그것은 조금만 논리적으로 생각해보면 금방 알 수 있는 일이었다. 사람들은 그를 만인의 불법행위에 대한 속죄양으로 만들고 있었다. 정말이지 책임을 가늠하는 방식이 얼마나 웃기는가! 왜 4만 프랑의 출석 수당 외에 이익의 10퍼센트를 가져가고 온갖 부정 거래에 가담한 이사들, 예컨대 데그르몽, 위레, 드 보앵 등을 기소하지 않는가? 왜 무능과 선의를 내세우며 자신의 책무를 다하지 않은 감사들, 특히 라비니에르는 아무런 처벌도 받지 않는가? 분명히 이 재판은 더없이 기괴한 불공정의 기념비가 될 것이었다. 검찰은 입증되지 않은 사실들을 내세운 뷔슈의 고소를 무시했어야 했다. 게다가 전문가가 회사 장부를 대충 검토하여 제출한 보고서가 오류로 가득차 있다는 사실이 이제 막 밝혀지기까지 했다. 도대체 왜 이처럼 부실한 증거를 바탕으로 법원이 직권으로 은행의 파산을 선언한단 말인가? 은행이 예탁금 가운데 단 1수도 횡령하지 않았고, 모든 고객이 다시 출자하기로 되어 있었는데 말이다. 그들은 오직 주주들만을 파산시키고자 했던 것일까? 그렇다면 그들은 성공했다. 재앙은 점점 악화되어 끝없이 확대되고 있으니까 말이다. 재앙에 대해 책임져야 할 사람은 그가 아니라 법관, 정부, 그리고 만국 은행을 죽이기 위해 그를 제거하기로 공모한 모든 사람들이었다.

"아! 그 악당들이 나를 자유롭게 내버려두었더라면, 당신은 멋진 결말을 보았을 텐데, 멋진 결말 말이오!"

카롤린 부인은 당당하기 그지없는 적반하장식의 주장에 잠시 마음을 빼앗긴 채 그를 바라보았다. 예전에 그가 펼쳤던 이론, 즉 정당한 수당이라는 게 존재할 수 없는 대기업에서는 작전이 필요하다는 이론, 투기란 곧 진보를 가능하게 하는 필요불가결한 비료이자 퇴비라는 이론이 떠올랐다. 하지만 무자비한 손으로 미친듯이 거대한 기계를 가열시킴으로써 마침내 그 기계를 박살내고, 그 기계와 관련된 모든 사람에게 상처를 입힌 것이 바로 그가 아니던가? 3000프랑이라는 무분별하고 어리석은 시세, 그것을 원한 것이 바로 그가 아니던가? 1억 5천만 프랑의 자본금을 보유한 은행, 그 은행의 주식 30만 주가 3000프랑의 시세와 함께 9억 프랑을 호가했다는 사실이 어떻게 정당화될 수 있을까? 단지 5퍼센트의 배당률이라 할지라도 그런 규모의 출자금이 요구하는 엄청난 배당금을 분배할 때 정녕 아무런 위험이 없었을까?

바로 그때 그가 자리에서 일어났고, 창살에 갇힌 위대한 정복자의 단속적인 걸음걸이로 비좁은 방에서 왔다갔다했다.

"아! 악당들 같으니라고…… 그자들은 자기들이 무슨 짓을 저지르는지도 모르는 채 나를 여기에 가두었어. 아, 승리를 목전에 두고 있었는데…… 조금만 더 시간이 있었더라면 그자들을 무찔렀을 텐데……"

그녀가 화들짝 놀라며 반박했다.

"뭐라고요, 승리라고요? 하지만 동전 한 닢 없었잖아요, 당신은 패자였어요!"

"확실히," 그가 씁쓸하게 말을 이었다. "난 패자였소, 그래서 지금 불량배 취급을 받는 것이고…… 정직성도 영광도 모두 승리와 함께 오는 법이지. 절대로 지면 안 돼요. 패자는 이튿날부터 바로 악당이 되고 사기꾼이 되니까…… 오! 사람들이 무슨 말을 할지 잘 알고 있소. 그러니 내게 그걸 되풀이할 필요가 없어요. 그렇잖소? 사람들은 사정없이 나를 도둑놈으로 취급하고, 내가 그 돈을 모두 내 호주머니에 넣었다고 욕하고, 만일 나를 만나면 내 목을 조르겠다고 할 테지. 더욱 비참한 것은 어깨를 으쓱하며 나를 단순한 미치광이, 머리가 모자라는 멍청이로 취급하며 동정하는 패들이 있으리라는 사실이오. 그렇지만 내가 이겼다면, 상상해봐요. 그래요, 내가 군데르만을 물리치고 시장을 정복했다면, 내가 지금 이 시각 이론의 여지 없는 황금의 왕이 되어 있다면, 그렇잖소, 그건 정말 위대한 승리일 거요! 나는 영웅으로 군림하며 파리를 내 발아래 지배하고 있을 테지."

분명하게, 그녀는 다시 한번 반박했다.

"당신에게는 정의도 논리도 없었어요, 당신은 승리할 수 없었어요."

그는 별안간 그녀 앞에 멈춰 섰고, 흥분하며 말했다.

"승리할 수 없었다고, 말도 안 돼! 내겐 돈이 모자랐을 뿐이야. 단지 그뿐이야. 워털루전투에서 나폴레옹에게 십만 명의 군사만 더 있었다면 그는 승리했을 것이고, 세계지도는 바뀌었을 것이오. 내게 몇억 프랑만 더 있었다면, 나는 틀림없이 세계의 주인이 되었을 거요."

"정말 끔찍하군요!" 그녀가 화를 참지 못하고 외쳤다. "아직도 파산이, 눈물이, 피가 충분치 못하다고 생각하세요? 당신에게는 또다른 재앙이, 모든 것을 빼앗긴 또다른 가정이, 거리에서 구걸하는 신세로 내몰린 또다른 불행아가 필요한 모양이군요!"

그는 다시 불안스레 서성였고, 태연을 가장하며 이렇게 소리쳤다.

"사람들이 그런 일에 신경이나 쓰는 줄 아시오? 어차피 그들이 걸음을 내디딜 때마다, 수천 명의 목숨이 위태로워지는 거요."

침묵이 흘렀고, 그녀는 미어지는 가슴으로 그가 왔다갔다하는 것을 바라보았다. 이 사람은 정말 악당일까, 아니면 영웅일까? 그녀는 몸을 떨었고, 여섯 달 전부터 감방에 갇힌 그가 권력을 상실한 패장으로서 어떤 생각을 하고 있을지 자문했다. 문득 그녀는 주위를 둘러보았다. 헐벗은 네 벽 안에는 작은 철제 침대 하나, 하얀 나무 탁자 하나, 짚 의자 두 개가 있을 뿐이었다. 돈을 물쓰듯 쓰며 눈부신 사치 속에서 살았던 그가 아니었던가!

갑자기 그가 피로에 지친 듯, 다시 자리에 앉았다. 그러고는 나지막이 자기도 모르게 기나긴 고백을 늘어놓았다.

"군데르만이 옳았어, 정말이야. 열정이란 아무 소용이 없어, 증권거래소에서는…… 아, 불한당 같으니라고! 피도 신경도 없고, 여자와 잠을 자지도 않고, 한 방울의 포도주도 마시지 않는 그자는 정말 행복할까? 그자는 오래전부터 냉정하기 그지없었어. 그자의 핏줄이 실어나르는 것은 얼음일지도 몰라…… 반면에 나는 열정이 지나치지, 그건 분명한 사실이야. 내가 패배한 이유는 다른 곳에 있지 않아, 바로 열정 때문에 내가 그렇게 자주 파멸의 구렁텅이에 빠진 거지. 하지만 열정이 나를 죽일지라도, 나를 살아 있게 하는 것 또한 열정이라는 걸 잊어서는 안 돼. 그럼, 열정은 나를 흥분시키고, 나를 위대하게 하고, 나를 고고하게 하지. 하지만 뒤이어 열정은 나를 쓰러뜨리고, 그때까지 이룬 모든 것을 산산이 부숴버리지. 향락이란 자기 자신을 삼키는 행위일 뿐이야…… 확실히 지난 사 년의 싸움을 돌이켜보면, 나를 배반한 모든 것은 내가 갈망한 모든 것, 내가 소유한 모든 것이었어…… 그것이야말로 나의 불치병이지. 어쨌거나 나는 끝났어."

그러자 승자에 대한 분노가 그를 엄습했다.

"아! 그놈의 군데르만, 그 더러운 유대인, 그자가 이긴 것은 욕망이 없기 때문이야!…… 유대인들 전체가, 그 집요하고 냉정한 정복자들이 세계를 지배하기 위해, 황금으로 매수한 사람들을 휘하에 두고 한 걸음 한 걸음 전진하고 있어. 수세기 전부터 발길질을 해도, 침을 뱉어도 그 놈의 종족이 우리를 침탈하고 승리를 구가하고 있지. 군데르만은 벌써 10억 프랑을 소유하고 있어. 그자는 이내 20억 프랑, 100억 프랑, 1000억 프랑을 소유하고, 언젠가 이 땅의 지배자가 될 거야…… 오래전부터 난 여기저기서 집요하게 그 사실을 알렸지만, 아무도 내 말에 귀를 기울이지 않았어. 내가 피를 토하듯 외쳐도 사람들은 그저 투기꾼의 울분일 뿐이라고 생각했지. 그래, 유대인에 대한 증오, 난 내 살 속에 그 증오를 지니고 있어. 아니, 내 존재의 저 깊고 깊은 뿌리에까지 그 증오를 지니고 있어!"

"정말 유별난 생각을 하시네요!" 카롤린 부인이 넓은 이해심으로 나직이 말했다. "저한테 유대인은 다른 사람들과 똑같은 사람이에요. 만약 그들이 별도의 인간들이라면, 그건 사람들이 그들을 그렇게 취급했기 때문이죠."

그녀의 말이 들리지 않는 듯 사카르는 더욱 격한 어조로 말을 계속했다.

"나를 흥분하게 하는 것, 그건 정부가 이 불량배들에게 굴복해서 공범자가 되고 있다는 사실이야. 제정이 온통 군데르만에게 매수당한 상태니까! 마치 군데르만의 돈 없이는 통치가 불가능하기나 한 것처럼! 루공, 우리 형은 나에 대해서 정말로 역겹게 행동했었지. 당신에게 이야기하지 않았는데, 재앙이 닥치기 전에 난 형과 손잡으려는 노력을 거의 하지 않았었소. 지금 내가 감옥에 있는 것, 그건 형이 그걸 원했기 때문이오. 뭐, 어쩌겠소, 내가 걸림돌이 되니까 날 치워버린 거지! 하지만 형이 그 더러운 유대인들과 결탁한 것만은 용서할 수 없어…… 당신은 그 점을 생각해봤소? 군데르만이 노략질을 계속할 수 있도록 형이 만국 은행을 교살했다는 사실 말이오! 머잖아 우리를 먹어치울 유대인의 결정적 승리를 보장해주기 위해 승승장구하던 가톨릭 은행을 붕괴시키다니!…… 아! 루공은 조심해야 할 거야! 그가 맨 먼저 먹힐 거야. 그가 집요하게 매달리는 권력, 모든 것을 부정하고서라도 붙들려는 그 권력에서 쫓겨나고 말 거야. 그의 시소게임은 너무 교활해. 하루는 자유주의자들에게 선물을 주고, 또 하루는 전제주의자들에게 선물을 주니 말이야. 이런 게임을 하는 자는 반드시 화를 입기 마련이거든…… 모든 것이 붕괴되고, 군데르만의 욕망이 채워지고 있어. 독일과 전쟁을 하면 프랑스가 패할 거라고 예고한 그 군데르만의 욕망이 말이야! 우리는 패할 준비가 끝난 셈이야. 프로이센군은 이제 프랑스로 들어와서 점령하기만 하면 돼."

마치 그가 벼락이라도 몰고 오는 듯, 공포에 질린 그녀는 간청하듯 그의 입을 다물게 했다.

"아녜요, 아녜요! 그렇게 말하지 말아요. 당신은 그렇게 말할 권리가 없어요…… 게다가 당신 형은 당신의 체포와 관련해서 아무 짓도 하지 않았어요. 확실한 정보원에게서 들었는데, 모든 것을 지휘한 것은 법무부 장관 델캉브르랍니다."

"하! 그자가 복수를 하고 있군그래."

그녀가 도대체 무슨 일이 있었느냐는 표정으로 그를 바라보자, 사카르는 이렇게 덧붙였다.

"그렇소, 그자와 나 사이에는 해묵은 이야기가 있소…… 내게 유죄가 선고되리라는 걸 난 이미 알고 있어요."

하지만 그 해묵은 이야기를 더이상 알고 싶지 않다는 듯, 그녀는 그에 대해 캐묻지 않았다. 잠시 침묵이 흐르는 동안, 그는 무엇인가 한 가지 생각에 잠긴 채 탁자 위의 종잇장들을 다시 집었다.

"이봐요, 당신이 이렇게 와주니 얼마나 고마운지 모르겠소. 다시 오겠다고 말해줘요. 당신은 정말 훌륭한 조언자이고, 난 당신에게 이런저런 계획을 털어놓고 싶으니까…… 아! 내게 돈만 있다면!"

몇 달 전부터 그녀의 뇌리를 떠나지 않았던 한 가지 문제를 밝힐 기회라고 생각하면서, 황급히 그녀는 그의 말을 끊었다. 그가 자기 몫으로 가지고 있음이 틀림없는 수백만 프랑을 어떻게 했을까? 외국으로 보냈을까? 아니면 자기만이 아는 어떤 나무 밑에 묻어두었을까?

"당신에겐 돈이 있잖아요! 자도바 전투 종결로 벌어들인 200만 프랑, 그리고 당신 소유의 주식 3000주를 시세 3000프랑에서 팔았다면 900만 프랑이 있을 텐데요!"

"오! 난 한푼도 없소!"

그 말이 너무도 분명하고 너무도 절망적으로 튀어나왔다. 게다가 그가 그녀를 너무도 놀란 표정으로 쳐다보았기에, 그녀는 그 말을 믿지 않을 수 없었다.

"사업이 악화일로를 걸었는데 내가 무슨 돈을 벌었겠소?…… 다른 사람들처럼 완전히 파산하고 말았소…… 물론 나도 팔았지만, 이내 되샀지. 내가 가졌었던 900만 프랑, 거기다 200만 프랑까지, 그 돈이 죄다 어디로 가버렸는지 분명하게 설명하기 어렵소. 아마도 내 계좌는 그 불쌍한 마조의 사무실에서 3만~4만 프랑의 채무와 함께 끝난 듯하오. 이제 동전 한 닢 없어요…… 늘 그랬듯, 완전한 파산이오!"

한결 흥분이 가라앉고 심지어 마음이 들뜨기까지 한 그녀는 오빠와 자신의 파산에 대해 즐거운 듯 이야기했다.

"모든 것이 끝났을 때, 앞으로 한 달 동안 무얼 먹고 살아야 할지 막막했어요…… 아! 그 돈, 당신이 우리에게 약속했었던 900만 프랑, 그 돈이 얼마나 저를 두렵게 했는지 모르실 거예요! 그토록 불편을 느끼며 살아본 적이 없었어요. 투자자들에게 모든 것을 돌려준 날 저녁에 얼마나 마음이 가벼워지던지!…… 우리 아주머니가 남겨준 30만 프랑의 유산도 거기에 휩쓸려가버렸어요. 그건 정말 부당한 일이죠. 하지만 말씀드린 대로 거저주운 돈, 우리가 벌지 못한 돈, 그것에는 아무런 미련도 없어요…… 보세요, 저는 명랑하고, 이제 웃기도 하잖아요!"

그는 열에 들뜬 목소리로 그녀의 말을 잘랐고, 탁자 위의 종잇장을 집어들어 흔들었다.

"그만해요! 우리는 거부가 될 거니까……"

"뭐라고요?"

"당신은 내가 내 계획을 포기했다고 생각해요? 여섯 달 전부터 나는 여기서 밤을 꼬박 새우며 일하고 있소, 모든 것을 재건하기 위해서…… 그 어리석은 자들이 미리 결산을 내서 내게 죄를 뒤집어씌우고 있어요, 세 가지 거대 사업, 즉 대형 여객선 합동회사, 카르멜 은광회사, 터키 국립은행 가운데 첫번째 사업만이 흑자를 낼 것으로 예상된다고 주장하면서 말이오! 기가 막힐 노릇이지! 두 사업이 망한 것은 내가 거기 없었기 때문이오. 그렇지만 언젠가 풀려나면, 그렇고말고! 그때 난 다시 시장을 지배할 거요, 두고 봐요, 두고 봐……"

애원하는 듯한 표정으로, 그녀는 그의 말을 가로막으려 했다. 그는 자리에서 일어났고, 길지 않은 다리 위에 우뚝 버티고 서서 날카로운 목소리로 외쳤다.

"계산은 끝났소, 숫자가 여기에 있어요, 자, 봐요!…… 카르멜 은광회사와 터키 국립은행, 그건 심심풀이에 지나지 않소! 우리에겐 동방 철도망이 필요해요, 그 나머지도, 예컨대 예루살렘, 바그다드, 소아시아 전체를 정복할 필요가 있소. 그렇게 되면 나폴레옹이 칼로도 이루지 못한 일을 우리가 곡괭이와 황금으로 이루는 셈이지…… 어떻게 내가 이런 꿈을 포기했다고 생각했소? 나폴레옹도 엘바섬에서 돌아왔었지. 나 또한 돌아갈 거요. 돌아가서 모습을 보여주기만 하면 파리의 돈이 전부 나를 따라올 거요. 이번에는 장담하건대 워털루 패전 같은 건 없소. 왜냐하면 마지막 1상팀까지 꼼꼼하게 수학적으로 계산해서 계획을 세웠기 때문이지…… 마침내 우리는 온갖 불행의 원흉인 군데르만을 쓰러뜨릴 거요! 내게는 단지 4억~5억 프랑이 필요할 뿐이오. 그 돈이면 세계는 내 것이지!"

그녀는 간신히 그의 손을 붙들었고, 자기 손으로 그 손을 꼭 잡았다.

"안 돼, 안 돼! 그만하세요. 당신은 저를 너무 두렵게 해요!"

그럼에도 공포에서 일종의 찬탄이 솟구쳐올라왔다. 별안간, 사람들로부터 절연된 채 사방이 폐쇄된 이 남루하고 헐벗은 감방 속에서 그녀는 넘치는 활력과 눈부신 생기를 느꼈고, 결코 쓰러지지 않으려는 남자의 억센 고집과 줄기찬 희망을 보았다. 자신의 내면에서 그가 저지른 과오에 대한 분노와 혐오를 찾았지만, 더이상 그것을 발견할 수 없었다. 그가 돌이킬 수 없는 불행을 야기한 이후, 그를 사무치게 원망하지 않았던가? 그가 경멸 속에서 벌을 받고 고독하게 죽어가기를 간절하게 기원하지 않았던가? 그렇기에 그녀가 간직한 것은 악에 대한 증오와 고통에 대한 연민뿐이었다. 하지만 그에게 내재한 이 무의식적이고 위압적인 힘, 그녀는 자연의 필연적인 폭력 가운데 하나인 양 다시 그 힘에 짓눌렸다. 뒤이어 그것이 여자의 약점일지라도 그녀는 그 약점에, 그 고통스러운 모성애에, 그 무한한 애정의 욕구에 감미롭게 젖어들었다. 그것은 지난날 상황에 의해 이성이 마비된 채 그녀로 하여금 본능적으로 그를 사랑하게 만들었던 약점이었다.

"끝났어요." 그녀는 두 손으로 잡은 그의 손을 놓지 않으며 여러 번 되풀이했다. "이제 좀 진정하시고 휴식을 취하세요."

그가 자리에서 일어났고, 풍성하고 윤기 있는 곱슬머리가 관자놀이까지 내려온 그녀의 하얀 머리칼에 가볍게 입술을 갖다 댔다. 그러자 그녀는 단호하고 비감한 태도로 말 한마디 한마디에 힘을 주며 덧붙였다.

"안 돼! 안 돼! 끝났어요, 영원히…… 우리 사이에 증오가 남지 않도록, 당신을 마지막으로 봤으니 이제 됐어요…… 안녕히 계세요!"

문을 나서면서 그녀는 탁자 옆에 선 채 이별을 진심으로 아쉬워하는 그, 하지만 흥분 속에서 이리저리 뒤섞어놓았었던 서류를 본능적인 손짓으로 다시 분류하는 그를 보았다. 2수짜리 꽃다발의 장미꽃잎이 종잇장 위에 떨어져 있었다. 그는 종잇장을 하나하나 털었고, 장미꽃잎을 손가락으로 쓸어 담아 탁자를 깨끗이 청소했다.

그로부터 불과 석 달 후인 12월 중순, 마침내 만국 은행 사건이 재판에 회부되었다. 이 사건은 일반인의 뜨거운 관심 속에서 다섯 차례나 공판이 재개되었다. 언론은 만국 은행 사건을 대서특필했었고, 예심의 더딘 진행에 대해 온갖 이상한 소문이 돌았었다. 검찰이 밝혀냈다는 사실들, 다시 말해 잔인한 논리의 걸작이 자주 발표되었는데, 기실 온갖 자질구레한 세부 사항이 수집되어 이용되면서 피고인에게 더없이 불리하게 해석되었다. 게다가 판결이 이미 정해져 있다는 말이 도처에서 떠돌았다. 그리하여 아믈랭의 정직성도, 닷새 동안 검사의 논고를 반박한 사카르의 영웅적인 태도도, 변호인의 훌륭하고 감동적인 변론도 판사들로 하여금 두 피고인에게 오 년 징역형과 3000프랑의 벌금형을 선고하는 것을 막지 못했다. 그렇지만 재판 한 달 전에 보석으로 풀려나 자유로운 피고인의 자격으로 법정에 나왔던 그들은 항소를 하거나 스물네 시간 이내에 프랑스를 떠날 수 있었다. 이런 결말을 요구한 것은 다름 아닌 루공이었으니, 그는 감옥에 있는 동생이라는 부담을 떠안고 가기가 싫었던 것이다. 경찰은 사카르가 야간열차를 타고 벨기에로 떠나는 것을 지켜보았다. 같은 날, 아믈랭은 로마를 향해 출발했다.

다시 석 달이 흘러 4월 초순이 되었다. 카롤린 부인은 얽히고설킨 문제들을 해결하기 위해 파리에 머무르지 않으면 안 되었다. 여전히 그녀는 매물로 내놓은 도르비에도 대공 부인 저택의 작은 아파트에 기거했다. 그러나 이제 막 마지막 어려운 문제들을 모두 해결했기에, 수중에 동전 한 닢 없었지만 그녀는 아무런 빚도 남기지 않고 홀가분하게 떠날 수 있었다. 로마에서 오빠와 재회하기 위해 이튿날 파리를 떠날 예정이었다. 다행히 오빠가 엔지니어로서 작은 일자리를 구했던 것이다. 또한 편지를 통해 그는 로마에서 가정교사 자리가 그녀를 기다리고 있다는 사실을 알려주었었다.

파리에서 보내는 마지막 날 아침 잠자리에서 일어났을 때, 문득 파리를 떠나기 전에 빅토르의 소식을 알아봐야겠다는 생각이 그녀에게 떠올랐다. 그때까지 백방으로 찾아봤지만 헛수고였다. 그러나 메셍 아줌마의 약속을 기억해낸 그녀는 메셍 아줌마가 무엇인가를 알고 있으리라고 생각했다. 네시경에 뷔슈의 사무실로 가서 메셍 아줌마에게 몇 가지 질문을 하는 것은 어려운 일이 아니었다. 그렇지만 처음에 그녀는 이 생각을 물리쳤다. 모든 게 부질없는 짓이야, 혹시 죽었을지도 모르는 일이 아닌가? 뒤이어 그녀는 자기 아이를 잃어버린 듯 가슴이 아팠고, 마치 파리를 떠나면서 아이의 무덤에 꽃 한 송이 갖다놓지 않는 일인 양 자책감이 들었다. 네시에, 그녀는 페도가를 따라 내려갔다.

층계참의 두 문이 활짝 열려 있었고, 어두컴컴한 부엌에서 물이 부글부글 끓고 있었다. 맞은편의 비좁은 사무실에서, 뷔슈의 안락의자를 차지한 메셍 아줌마가 검은색 가죽가방에서 꺼낸 문서 더미에 둘러싸여 있었다.

"아! 당신이군요, 부인! 아주 고약한 시간에 오셨네요. 시지스몽 도련님이 죽어가고 있습니다. 불쌍한 뷔슈 씨는 완전히 넋이 나갔어요, 정말로 동생을 사랑했는데…… 마치 미친 사람처럼 뛰어다니기만 해요. 지금도 의사를 부르러 달려갔습니다. 보시다시피, 제가 어쩔 수 없이 그분의 일을 하고 있어요. 증권을 사지도 않고 채권을 들여다보지도 않은 지 벌써 일주일이 되었으니까…… 다행히 오늘, 조금 전에 제가 한 건, 멋지게 한 건 올렸어요. 그 불쌍한 양반이 정신을 차리면 조금은 위로를 받을 겁니다."

카롤린 부인은 빅토르 문제로 여기에 왔다는 사실조차 잠시 잊은 채 흥분을 감추지 못했는데, 왜냐하면 메셍 아줌마가 자기 가방에서 무더기로 꺼낸 문서 가운데 만국 은행의 법정관리 주식을 보았기 때문이었다. 낡은 가방은 법정관리 주식들로 터질 듯했고, 그녀는 즐겁게 수다를 떨면서 거기서 끝없이 법정관리 주식을 꺼냈다.

"보세요! 이 모든 법정관리 주식을 단돈 250프랑에 손에 넣었어요. 이게 5000주니까, 1주에 1수인 셈이죠…… 어때요? 1수, 한때 3000프랑이었던 주식이 1수라니! 종잇값이 된 거죠, 그래요, 파운드당 파는 종잇값…… 하지만 그것보다는 가치가 있죠. 적어도 10수는 받고 팔 생각입니다. 파산한 사람들이 이걸 찾거든요. 아시다시피, 이건 너무나 유명해서 장식용으로 그만이랍니다. 채무자들의 집에 아주 잘 어울리죠, 재난의 희생자가 된다는 것은 무척 고상한 일이니까…… 정말이지 운이 좋았어요. 전투가 개시된 이후 저는 이 모든 물건을 삼킨 흙구덩이에서 계속 냄새를 맡고 있었거든요. 그러다가 세상 물정 모르는 어떤 바보가 오래된 시체 구덩이 하나를 헐값에 제게 넘긴 거죠. 제가 그 구덩이 위에 떨어진 거나 매한가지라니까요! 아! 이제 그 법정관리 주식도 찾아보기 힘들걸요, 이미 우리가 깡그리 청소를 했으니까요!"

그녀가 금융 전쟁터의 맹금으로서 즐겁게 수다를 떠는 동안, 그 거대한 몸에서 더러운 음식물이 나오는 듯했다. 그녀는 갈고리 모양으로 굽은 짧은 손가락으로 시쳇더미, 즉 벌써 노랗게 변색되어 역한 냄새를 풍기는 법정관리 주식을 휘저었다.

바로 그때, 문이 활짝 열려 있는 옆방에서 열에 들뜬 나지막한 목소리가 새어나왔다.

"이런! 시지스몽 도련님이 또 이야기를 하시네. 오늘 아침부터 줄곧 저런 식이에요…… 아이고, 참! 물이 끓잖아! 물을 잊고 있었네! 끝없이 탕약을 만들어야 해요…… 부인, 이왕 여기에 오셨으니 시지스몽 도련님한테 필요한 게 없는지 좀 봐주세요."

메셍 아줌마가 부엌으로 달려갔고, 고통스러운 신음 소리에 이끌린 카롤린 부인은 옆방으로 들어갔다. 헐벗은 방에 4월의 밝은 햇빛이 넘쳤다. 한줄기 햇살이 여러 노트와 두툼한 서류로 가득찬 작은 흰색 책상 위에 떨어졌는데, 그 노트와 서류는 십 년 동안 그가 행한 연구의 결과물이었다. 방에는 짚 의자 두 개, 판자 위에 쌓아놓은 책 외에 아무것도 없었다. 비좁은 철제 침대 위에서, 세 개의 긴 베개에 기대앉은 시지스몽은 허리까지 내려오는 짧은 붉은색 플란넬 옷을 걸친 채 죽음을 앞둔 폐결핵 환자의 증세, 즉 기이한 뇌의 자극 속에서 무엇인가를 쉼 없이 이야기했다. 그는 착란을 일으켰지만, 간간이 정신이 너무도 또렷해 보이기도 했다. 곱슬머리가 길게 내려온 깡마른 얼굴에서 더없이 크게 열린 퀭한 두 눈이 마치 허공에 대고 무엇인가를 묻는 듯했다.

카롤린 부인이 나타났을 때, 단 한 번도 만난 적이 없음에도 그는 그녀를 알아보는 것 같은 태도를 취했다.

"아! 당신이군요, 부인…… 부인을 뵌 적이 있습니다. 목청껏 부인을 부르고 있었어요…… 이리 오세요, 더 가까이, 제가 목소리를 낮추어 이야기할 수 있도록……"

잠시 공포의 전율을 느꼈으나 그녀는 다가갔고, 침대 옆에 있는 의자에 앉지 않으면 안 되었다.

"예전에는 몰랐지만, 지금은 압니다. 형은 각종 문서를 사고팔지요. 저 사무실에서 사람들이 눈물을 흘리는 소리를 들었어요…… 우리 형, 아! 그럴 때면 제 가슴은 불에 달군 벌건 쇳덩어리가 닿는 것 같았습니다. 그래요, 제 가슴에 그 붉은 쇳덩어리가 남아 있어요, 그게 제 가슴을 태운답니다, 돈이란 얼마나 가증스러운지…… 불쌍한 사람들이 그것 때문에 괴로워하죠. 잠시 후에 제가 죽고 나면, 형은 제가 남겨놓은 자료를 팔아버릴 겁니다. 아, 그건 안 돼요, 그건 안 돼요!"

그의 목소리가 점점 더 고조되어 애원하는 듯했다.

"보세요! 부인, 그 자료가 저기, 책상 위에 있습니다. 그걸 제게 주세요, 우리가 한 묶음으로 만듭시다. 그리고 부인이 그 자료를 가져가세요, 전부 다…… 오! 저는 부인을 부르고 있었어요, 부인을 기다리고 있었어요! 제 자료를 잃을 순 없어요! 제 평생의 연구와 노력을 물거품으로 만들 수는 없어요!"

그가 달라고 한 것을 건네주기를 그녀가 망설이자, 그는 두 손을 모았다.

"제발, 부인, 죽기 전에 그 자료가 온전하게 있다는 걸 확인하게 해주세요…… 형은 지금 여기 없습니다. 그 자료 때문에 제가 죽는다고 야단칠 사람이 없다니까요…… 이렇게 부탁합니다, 제발……"

마침내 그의 간청에 굴복한 그녀가 말했다.

"당신 형이 이 자료 때문에 당신이 병들었다고 말하는 이상, 제가 잘못을 저지르는 게 틀림없어요."

"이 자료 때문에 병들어요? 아녜요, 그렇지 않아요! 하기야 아무러면 어때요!…… 수많은 밤을 지새운 끝에 저는 마침내 미래 사회를 건설할 수 있었습니다. 미래 사회! 그 사회에서는 모든 것이 예견되고, 모든 문제가 해결됩니다. 그야말로 완전한 정의, 완전한 행복이 실현되는 거죠…… 그러니 생각을 더 정리하고 진전시킬 시간, 그런 다음 그 자료를 책으로 만들 시간이 없다는 게 너무 아쉬워요! 하지만 바로 여기 제가 만든 노트, 분류가 끝난 완전한 노트가 있습니다. 부인, 이걸 구해주세요, 언젠가 또다른 사람이 이 노트를 가지고 결정적인 책을 만들 수 있도록……"

길고 힘없는 손가락으로 그가 자료를 들고 한 장 한 장 사랑스럽게 넘기는 동안, 벌써 퀭하게 변한 그의 두 눈에서 불꽃이 튀어올랐다. 추가 오가는 괘종시계의 똑딱 소리와 함께, 그는 단조롭고 쇠약한 목소리로 매우 빠르게 말을 이었다. 그 목소리는 마치 임종의 고통 속에서 쉼 없이 작동하는 뇌 기계의 소리처럼 들렸다.

"아! 그게 보입니다, 그게 저기 서 있어요, 정의와 행복의 도시!…… 거기서는 모든 사람이 일을 해요, 누구에게나 의무이지만 개인적이고 자유로운 노동이죠. 국가는 거대한 협동조합일 뿐이고, 생산도구는 만인의 소유이며, 생산품은 중앙 창고에 저장됩니다. 사람들은 유용한 노동을 제공하고, 사회적 소비에 대한 권리를 가집니다. 공동의 척도는 다름 아닌 노동시간이고, 물건의 가치는 단지 그 물건을 만드는 데 들어간 노동시간에 따라 결정됩니다. 물건의 교환은 이제 공동체의 지도에 따라, 그리고 노동 교환권의 도움으로 생산자들 사이에서만 이루어집니다. 아이들을 양육하고 노인들을 보살피고 생산도구를 새것으로 바꾸고 무상 공공서비스를 제공하기 위한 징세 외에는 그 어떤 공제도 이루어지지 않습니다…… 더이상 돈이 존재하지 않습니다. 그러니 더이상 투기도, 도둑질도, 가증스러운 불법 거래도, 탐욕이 부추기는 범죄도, 결혼을 위해 지참금을 준비해야 하는 처녀도, 유산 때문에 교살되는 늙은 부모도, 지갑 때문에 살해되는 행인도 존재하지 않습니다!…… 더이상 적대 계급도, 주인과 노동자도, 프롤레타리아와 부르주아도 존재하지 않습니다. 그러니 더이상 행동을 제한하는 법과 재판소도, 한쪽의 굶주림을 외면하고 다른 한쪽의 불공정한 독점을 지켜주는 군대도 존재하지 않습니다!…… 더이상 유한계급이 존재하지 않습니다. 그러니 더이상 집세로 살아가는 집주인도, 이자로 무위도식하는 금리생활자도, 사치도 가난도 없습니다!…… 아! 이거야말로 이상적인 정의, 숭고한 지혜가 아니고 무얼까요? 특권자도 빈자도 없이, 각자가 자신의 노력으로 자신의 행복, 즉 평균적인 인간 행복을 누리는 것 말입니다!"

시지스몽은 자신의 말에 도취된 듯했다. 그의 목소리는 부드러워졌고, 현실에서 점점 멀어져 마치 자신이 그리는 미래 속으로 올라가는 듯 아득해졌다.

"좀더 세부적으로 들어간다면…… 여백에 온갖 주석이 달린 이 종잇장을 보세요. 가족의 구성, 자유로운 계약, 공동체가 행하는 아이들의 교육과 부양…… 그렇지만 이건 무정부상태를 말하는 게 아닙니다. 이 또다른 노트를 보세요. 저는 각각의 생산 분야마다 관리 위원회를 두고자 하는데, 관리 위원회는 실질적인 필요성을 감안하여 소비에 맞게 생산을 조율할 책임을 집니다. 그리고 여기에, 또다른 세부 조직이 그려져 있습니다. 도시에서 그리고 전원에서, 산업 역군들과 농업 역군들이 자기가 선출한 지도자의 관리하에, 자기가 채택한 규정에 복종하며 노동에 매진할 것입니다. 또 여기 보세요! 이십 년 후에 하루 노동시간이 얼마나 줄어들 수 있는지 제가 어림잡아 계산해두었습니다. 무위도식하던 자들의 새로운 노동력과 기계 덕분에 대략 네 시간, 아니면 세 시간 정도만 일하면 될 겁니다. 삶을 향유할 시간이 얼마나 많겠어요! 왜냐하면 이것은 병영이 아니라 자유와 행복의 도시이기 때문입니다. 거기서는 모두가 자신의 정당한 욕망, 즉 사랑하고 싶은 욕망, 강하고 아름답고 총명해지고 싶은 욕망, 자기 몫의 자연을 마음껏 취하고 싶은 욕망을 채울 시간과 함께 더없이 자유롭게 쾌락을 향유할 수 있습니다."

가난한 방에서, 그는 손짓으로 세계를 소유하고 있었다. 자신이 살아온 이 헐벗은 공간에서, 자신이 죽어가는 이 궁핍한 공간에서 그는 우정 어린 손으로 재화와 토지의 공유를 실현했다. 그것은 그가 향유하지 못했었고, 앞으로도 결코 향유하지 못하리라는 것을 알면서도 만인에게 나누어주는 보편적 행복이었다. 고통받는 인류에게 이 지고한 선물을 주기 위해 그는 자신의 죽음을 재촉했었다. 그러나 그의 손이 여기저기 흩어진 노트 속에서 길을 잃고 헤매는 동안, 죽음의 현기증으로 더이상 아무것도 보지 못하는 그의 두 눈은 생명의 저편에서, 그의 얼굴을 눈부시게 빛나게 하는 황홀한 도취 속에서 완전무결한 걸작을 응시하는 듯했다.

"아! 얼마나 새로운 일인가요, 전 인류가 일을 하고, 만인의 손으로 세계를 발전시키니 말입니다!…… 거기서는 더이상 황무지도, 늪도, 버려진 땅도 없습니다. 해협은 메워지고, 불필요한 산은 사라지고, 사막은 도처에서 샘솟는 물로 옥토가 될 겁니다. 그 어떤 경이로운 일도 실현 가능합니다. 고대의 대역사는 우스운 일인데, 왜냐하면 그것은 소박하고 유치한 수준이기 때문입니다. 바야흐로 대지는 사람 살기 좋은 곳이 될 테죠…… 모름지기 발전하고 성장한 인류는 진정한 주인이 되어 자신의 욕망을 마음껏 충족시킬 겁니다. 학교와 작업장은 활짝 열려 있고, 아이들은 적성에 따라서 자유롭게 자신의 직업을 선택할 겁니다. 이미 여러 해가 흘렀고, 혹독한 시련을 거쳐 선택은 이루어졌습니다. 교육비를 치를 능력을 갖추는 것으로 족하지 않아요, 교육을 활용해야 합니다. 각자는 자신의 지력에 따라 일을 하고, 공공 업무는 각자의 본성에 따라 공평하게 분배됩니다. 한마디로 능력에 따라 각자가 만인을 위해 일하는 거죠…… 아! 활기와 즐거움이 넘치는 도시, 인간이 건강하게 일하는 이상적인 도시, 거기서는 더이상 육체노동에 대한 해묵은 편견이 존재하지 않아요. 따라서 소목장이가 위대한 시인이 되고, 열쇠공이 위대한 학자가 되는 거죠! 아! 수세기 전부터 인류가 지향한 행복의 도시, 승리의 도시, 새하얀 벽이 찬란하게 빛나는 도시, 저기…… 바로 저기, 행복 속에서, 눈부신 태양 속에서……"

그의 눈이 창백해졌고, 마지막 말이 가냘픈 숨결 속에서 어렴풋이 새어나왔다. 그러고서, 입가에 황홀한 미소를 띤 채 그는 고개를 떨구었다. 마침내 그의 숨이 멎었다.

연민과 애정으로 눈시울을 적시며 카롤린 부인이 그를 바라보고 있을 때, 갑자기 등뒤에서 폭풍이 몰아치는 듯한 기운이 느껴졌다. 뷔슈였다. 고통으로 넋이 나간 그는 의사를 동반하지 않은 채 숨을 헐떡이며 들어왔다. 뒤따라 들어온 메셍 아줌마가 물이 엎질러져 탕약 준비가 늦어졌노라고 변명을 늘어놓았다. 그러나 그는 동생이, 집안에서 부르는 대로라면 '아기'가 입을 벌리고 동공이 고정된 채 꼼짝하지 않고 누워 있는 모습을 보았다. 상황을 이해한 그는 목이 졸린 짐승처럼 울부짖었다. 대번에 동생을 향해 뛰어가 마치 생명을 불어넣으려는 듯 그를 가슴에 안았다. 오래전부터 파리를 더럽히며 약탈을 일삼았고 단돈 10수를 위해 사람이라도 죽였을 그 흉측한 황금 사냥꾼이 단말마적 고통으로 울부짖었다. 귀여운 아기가 죽다니, 오, 하느님! 손수 잠을 재웠고, 엄마처럼 그토록 애지중지하며 보살폈는데! 이제 다시는 이 귀여운 아기를 볼 수 없다니! 절망과 분노에 휩싸인 그는 침대 위에 흩어진 종잇장들을 집었고, 동생을 죽인 그 어리석고 얄미운 노작을 모조리 없애버리려는 듯 갈기갈기 찢었다.

카롤린 부인은 가슴이 미어졌다. 불쌍한 사람 같으니라고! 이제 그녀는 그에 대해 오직 신성한 연민만을 느꼈다. 그런데 이 울부짖음을 어디선가 들은 적이 있는 것 같았다. 어디서일까? 단 한 번일지라도 고통의 절규가 그녀의 가슴을 저민 적이 있음이 틀림없었다. 그녀의 기억 속에 마조의 집, 아버지의 시신 앞에서 울부짖던 어머니와 아이들이 떠올랐다. 이런 고통을 외면하고 가버릴 수 없었기에, 그녀는 잠시 머무르며 일을 도왔다. 그런 다음 떠나기 전에 비좁은 사무실에서 메셍 아줌마와 함께 단둘이 있게 되자, 빅토르에 대해 질문하려고 왔었다는 사실이 생각났다. 그녀는 메셍 아줌마에게 그가 어디 있는지 물었다. 아! 빅토르, 늘 달리니까 멀리 갔겠죠, 뭐! 메셍 아줌마는 석 달 동안 파리를 샅샅이 뒤졌지만 흔적조차 찾지 못했었다. 그녀는 추적을 포기했고, 아마도 그 불한당을 처형대에서 보게 될 것이었다. 그녀의 이야기를 듣고 있던 카롤린 부인은 몸이 얼어붙고 말문이 막혔다. 그래, 끝난 일이었다. 세상이 버린 그 괴물은 미지의 곳에서, 마치 유전적 병균을 내뿜는 짐승처럼 이빨로 물 때마다 악을 퍼뜨릴 것이었다.

밖으로 나온 카롤린 부인은 비비엔가에서 온화한 공기에 놀랐다. 다섯시였다. 맑고 부드러운 하늘에서 석양이 저멀리 대로의 높다란 간판들을 황금빛으로 물들이고 있었다. 싱그러운 젊음으로 매혹적이기 그지없는 4월은 가슴까지 파고들며 그녀의 온몸을 쓰다듬었다. 기분이 상쾌해진 그녀가 크게 심호흡을 하자 억누를 수 없는 희망의 감정이 다시 돌아와 점점 커져갔다. 돈이라는 혐오스러운 악에서 인류를 정화시킬 꿈을 품었던 그녀로 하여금 부드러운 감상에 젖게 한 것은 다름 아닌 그 몽상가, 사랑과 정의의 도시에 자신의 마지막 숨결을 불어넣은 그 몽상가의 그토록 아름다운 죽음, 그리고 그녀가 피도 눈물도 없는 인간이라고 여겼던 그 끔찍한 살쾡이의 울부짖음과 뼈에 사무치는 애정이었다. 그렇지만 안 돼! 더없이 깊은 고통에 빠졌었던 그녀로서는 인간적인 선의에 완전히 젖어들 수 없었다. 반대로 그녀는 이리저리 쏘다니며 거리마다 부패의 효모, 대지가 결코 씻어낼 수 없을 부패의 효모를 뿌리고 다닐 그 꼬마 괴물로 인해 절망에 휩싸여 있었다. 그렇다면 그녀의 온몸을 휘감으며 다시 샘솟는 이 상쾌함은 도대체 무엇이란 말인가?

대로에 도착했을 때 카롤린 부인은 왼쪽 길로 접어들었고, 군중의 활기를 느끼며 발걸음을 늦추었다. 잠시 라일락과 무꽃 다발로 가득찬 조그만 마차 앞에 멈춰 서니, 거기서 진한 향기가 피어올라 그녀의 몸을 산뜻한 봄기운으로 감쌌다. 다시 발걸음을 옮기는 동안, 그녀의 내면에서 기쁨의 물결이 두 손으로 막아봤자 소용없을 샘물처럼 솟아올랐다. 상황을 너무나 잘 알고 있었기에, 그녀는 이런 싱그러운 기분이 달갑지 않았다. 안 돼, 안 되고말고! 그 무시무시한 재난이 일어난 것이 바로 엊그제였는데. 그녀는 즐거운 기분에 젖을 수가, 자신을 엄습하는 영원한 생명의 용솟음에 몸을 맡길 수가 없었다. 그래서 애도의 감정을 유지하려고 애썼고, 더없이 나쁜 기억을 떠올려 절망감에 빠져들고자 했다. 도대체 어떻게 된 것일까? 모든 것을 잃고도 다른 사람들의 불행 때문에 슬퍼할 수조차 없지 않았던가! 공범자라는 사실을 벌써 잊었단 말인가? 그녀는 자신의 남은 인생 전부를 눈물 흘리는 데 써도 모자랄 정도로 무수히 많은 불행의 예를 헤아렸다. 그러나 가슴에 놓인 그녀의 손가락 사이로 수액이 끓어올라 용솟음쳤고, 솟구치는 생명의 샘이 햇살 아래 눈부신 강물이 되어 온갖 장애물과 표류물을 가로질러 도처에 넘쳐흘렀다.

그때부터, 카롤린 부인은 싱그러운 봄이 불러일으키는 끝없는 쇄신의 힘에 굴복하지 않으면 안 되었다. 가끔 웃으며 말하곤 했던 것처럼, 그녀는 슬퍼할 수 없었다. 시련이 닥치고 절망의 밑바닥까지 떨어졌음에도, 산산이 부서지고 피에 물들었던 희망이 다시 되살아나 활기를 띠며 시시각각 부풀어올랐다. 물론 어떠한 환상도 그녀에게 남아 있지 않았고, 삶은 자연처럼 단연코 정의롭지도 고상하지도 않았다. 도대체 왜 삶을 사랑하고, 삶을 소망해야 한단 말인가? 도대체 왜 끝없이 지연되는 쾌락을 약속받은 아이처럼, 삶이 끝없이 우리를 지향시키는 머나먼 목적지, 그 미지의 목적지에 기대는 미친 짓을 해야 한단 말인가? 그러나 쇼세당탱가로 접어들었을 때, 그녀는 더이상 추론하지 않았다. 그녀의 내면에 존재하는 철학자, 과학자, 문인이 무용한 인과관계의 탐색에 지친 채 자리를 양보했다. 그녀는 이제 오직 아름다운 하늘과 부드러운 공기에 행복을 느끼는 피조물로서, 생명의 약동에 휩싸이고 대지 위에 굳센 발걸음을 옮기는 기쁨만을 향유했다. 아! 존재하는 기쁨, 정녕 이것 외에 또다른 기쁨이 있을까? 지금 있는 그대로의 삶, 그 삶의 힘이 아무리 잔혹할지라도 그 삶의 힘 속에서, 그 삶의 영원한 희망과 함께 존재하는 기쁨 말이다!

내일이면 떠날 생라자르가의 아파트로 돌아온 카롤린 부인은 짐을 모두 챙기고 여행 준비를 마쳤다. 텅 빈 설계도 작업실을 한 바퀴 둘러보았을 때, 벽에 걸린 도면과 수채화가 그녀의 눈에 들어왔다. 떠나기 전에 그것들을 둥글게 말아 끈으로 묶을 예정이었다. 그러나 네 벽면에서 그것들을 고정시킨 못을 제거하기 전에, 그녀는 그 도면과 수채화가 불러일으키는 꿈에 젖어 잠시 손길을 멈추었다. 그녀가 그토록 사랑했던 동방에서 보낸 날들이 다시 선명히 떠올랐는데, 동방의 눈부신 빛이 그녀의 내면에 깊이 각인되어 있는 듯했다. 그녀는 파리에서 보낸 지난 오 년, 매일 거쳤던 위기, 광기 어린 활동, 그녀의 삶을 유린했던 끔찍한 돈의 폭풍을 떠올렸다. 그렇지만 아직도 불기가 완전히 가시지 않은 이 파산의 잿더미에서 눈부신 햇빛을 받아 벌써 새로운 싹이 트고 꽃이 피는 것이 느껴졌다. 만국 은행에 이어서 터키 국립은행이 무너졌을지라도, 대형 여객선 합동회사는 살아남아 번영의 길을 걷고 있었다. 대형 상가 한가운데 여러 행정 청사가 들어서는 베이루트의 아름다운 해안을 눈에 그리면서, 그녀는 도면의 먼지를 떨었다. 마르세유는 소아시아의 문턱에 다가섰고, 지중해가 마침내 정복되었으며, 관련 국가들이 서로 가까워져 평화를 회복하고 있었다. 그리고 지금 벽에서 떼어내는 그 수채화, 그 카르멜 협곡, 최근에 받은 편지를 통해 그녀는 거기서 하나의 도시가 형성되었다는 사실을 알게 되지 않았던가? 먼저 은광을 채굴하는 과정에서 세워졌던 주민 오백 명의 마을이 이제 수천 명이 거주하는 도시가 되었고 여러 도로, 공장, 학교가 이 야생적인 불모의 땅을 옥토로 만들면서 하나의 문명을 탄생시켰다. 이어서 그녀는 앙카라와 알레포를 거쳐 부르사에서 베이루트로 가는 철도 설계도, 측량도, 단면도를 떼어내 그것을 하나씩 동그랗게 말았다. 아마도 토로스 협로가 관통되기까지는 여러 해가 걸리리라. 그러나 벌써 도처에서 뭇 생명이 모여들었고, 고대 요람의 땅에 새로운 인간을 수확하기 위한 씨가 뿌려졌으며, 이 경이로운 기후 속에서 강렬한 햇빛을 받으며 자라는 온갖 희귀한 식물과 함께 내일의 문명이 성장할 것이었다. 이야말로 진정 하나의 세계가 잠 깨는 일이요, 인류가 더욱 발전하고 더욱 행복해지는 지름길이 아닐까?

카롤린 부인은 벽에서 떼어낸 여러 설계도를 끈으로 묶었다. 삶을 새로 시작할 로마에서 그녀를 기다리고 있는 오빠는 설계도를 정성스럽게 포장해달라고 당부했었다. 매듭을 조이고 있을 때, 그녀의 뇌리에 문득 사카르가 떠올랐다. 그녀가 알기로 사카르는 네덜란드로 가서 다시 대사업에 뛰어들었는데, 그것은 거대한 습지대를 간척하는 사업, 복잡한 운하 시스템을 이용하여 바다 위에 소왕국을 건설하는 사업이었다. 그의 말이 옳았다. 지금까지 돈이란 내일의 인류가 자라나는 밑거름 역할을 한 것이 사실이었다. 도처에 해독을 끼치고 파괴를 일삼으면서도 돈은 사회적 식물을 키우는 효모였고, 삶에 편의를 제공하는 대역사에 필요한 부식토였다. 이번에는 마침내 분명히 통찰하게 된 거겠지? 정녕 이 불굴의 희망은 인간 노력의 유용성에 대한 신념에서 오는 거겠지? 오, 하느님! 그토록 혼탁한 흙탕물 너머에, 그토록 참혹한 희생자들 너머에, 인류가 한 발자국 앞으로 내디딜 때마다 치러야 했던 그토록 끔찍한 고통 너머에, 우리가 모르는 새 지향하는 아득하고 머나먼 목적이, 우리의 가슴을 삶의 집요한 희망으로 부풀어오르게 하는 지고하고 선량하고 정의롭고 결정적인 무엇인가가 있었단 말인가?

마치 4월이 올 때마다 대지는 늙어가도 그녀는 젊어지기나 하는 듯, 왕관처럼 격조 있는 하얀 머리칼과 여전히 싱그러운 얼굴을 지닌 카롤린 부인은 이유야 무엇이든 상쾌한 기분에 젖어들었다. 사카르와의 관계가 불러일으키는 수치심이 떠올랐을 때, 그녀는 사랑을 더럽힌 온갖 가증스러운 언행을 생각했다. 동시에 이렇게 자문했다. 도대체 왜 사카르가 불러일으킨 비행과 죄악의 책임을 모두 돈에 전가해야 할까? 게다가 어쩌면 사랑은 더럽혀지지 않았을지도 몰라, 생명을 창조하는 사랑이니까 말이야!

돈이란 무엇인가—19세기 후반의 프랑스 증권시장

독일 사회학자 게오르크 지멜은 『돈의 철학*Philosophie des Geldes*』을 통해 원래 '수단'이었던 돈이 교환 대상의 폭을 무한히 넓힘으로써 '목적'으로 변했다는 논지를 설득력 있게 펼쳤다. 돈이 목적으로 변하면서, "오랫동안 터부였던 돈은 토템이 된다."* 중세 봉건시대의 땅을 대신하여 돈이 만물의 척도로 자리 잡은 19세기 프랑스 자본주의 사회에서 발자크, 스탕달, 플로베르, 졸라 등 사실주의 계열 작가들이 돈이라는 '토템'에 주목한 것은 당연했다. 특히 졸라는 1891년 '돈'을 제목으로 삼은 이채롭기 그지없는 소설을 발표했다.

졸라로 하여금 상품이 아니라 돈을 거래하는 금융에 주목하게 한 것

---

* Alain Brunn, Bertrand Darbeau, Étienne Kern, Jeanne Lazarus, *L'Argent: Molière, Zola, Simmel*, Flammarion, 2009, p. 6.

은 동시대의 거대은행 '위니옹 제네랄Union générale'의 파산 사건이었다. 가톨릭 은행과 유대인 은행의 혈투에서 비롯된 이 파산 사건은 프랑스 전체의 여론을 들끓게 했고, 졸라는 금융이라는 경제활동에서 돈과 관련하여 무엇인가 새로운 것이 작동하고 있음을 직감했다. 바로 이 직감의 산물인 『돈*L'Argent*』은 '루공마카르총서'*의 제18권으로서 은행과 증권시장을 배경으로 한 금융자본주의를 그리고 있다.

『돈』은 이원대립적인 구조에 기대어 이야기를 펼치는데, 거기에는 돈이 원천적으로 모순적인 속성을 가지고 있다는 이유 외에도, 복잡하고 난해한 금융 문제를 단순하게 풀어냄으로써 텍스트의 가독성을 높이려는 의도, 돈이라는 일상적 주제를 대립항의 충돌로 변주함으로써 스토리를 극화하려는 의도가 자리하고 있는 것으로 보인다. 물론 『돈』을 단지 금융 드라마로만 읽을 필요는 없다. 예컨대 주인공 사카르에 대해 사랑을 느끼며 질투로 고통받는 카롤린 부인의 정념 드라마 또는 화려한 번영과 암울한 쇠퇴를 차례로 보여주는 제2제정의 정치 드라마로 『돈』을 읽을 수도 있으리라. 그러나 작가 스스로 강조했듯 "돈의 실제적 역할을 연구하는 것"**이 『돈』을 쓴 기본 목적임을 기억하지 않으면 안 된다. 『돈』에 나타난 주요 이원대립적 서사를 분석하면서 그리고 '돈이란 무엇인가'라는 인식론적 물음을 지속하면서 19세기 말 프랑스 사회에서 돈이 가졌던 실제적 역할을 가늠하자.

---

* 「제2제정하의 한 가족의 자연적·사회적 역사」라는 부제가 달린 '루공마카르총서'는 20권의 소설로서 자연유전론과 환경결정론에 기대어 프랑스 제2제정 사회의 풍속을 묘사한다.

** Émile Zola, "Lettre à Jacques Van Santen Kolff", *L'Argent*, Robert Laffont, 2002, p. 1492.

파괴와 구원

1890년 2월 〈르 피가로〉와의 인터뷰에서 졸라는 『돈』을 집필하고자 했을 때 돈, 투기, 증권거래소에 대해 문외한이었음을 고백한 바 있다. "돈! 그 다양한 의미를 내가 모르는 기이하게 탄력적인 낱말. 돈, 그 거대한 호칭은 주식 투기, 사업, 증권거래소의 인간과 사물을 포함하고, 열거하고, 이해하고, 설명하고, 정의하고, 분석하고, 종합함이 틀림없다. 나로서는 정녕 입문이요, 거쳐야 할 교육이다."* 돈에 대해 문외한이기 때문에 어쩌면 졸라는 돈에 대해 객관적인 시선을 던질 수 있었을지도 모른다. 돈, 특히 금융계의 돈을 혐오하는 모파상, 발레스, 뒤마 피스 등 동시대의 지식인들과 달리 그는 돈의 빛과 그늘을 모두 그리고자 한다. 『돈』을 쓰기 위해 작성한 「초안Ébauche」을 보라.

> 돈을 공격하지도 옹호하지도 말 것. 돈의 세기라고 불리는 우리의 세기와 명예의 세기라고 불리는 옛 세기를 대립시키지 말 것. 많은 사람들에게 돈이 품격 있는 삶을 보장함을 보여줄 것. 돈은 사람들을 자유롭게 한다. 돈은 위생이요, 청결이요, 건강이요, 심지어 지성이다.**

돈이 인간성을 파괴하는 부정적 역할을 한다는 것은 새삼스럽게 상

* Colette Becker, *L'Argent, Émile Zola*, Bréal, 2009, p. 42.

** Émile Zola, "Ébauche de *L'Argent*", *Les Rougon-Macquart*, Bibliothèque de la Pléiade, t. 5, 1967, p. 1244.

론할 필요가 없으리라. 『돈』의 작중인물 대부분이 돈의 노예가 된다. 증권 투기의 광증으로 외동딸의 곤경마저 외면하는 모장드르 부부, 주식 관련 정보를 얻기 위해 성적 봉사를 제공하는 산도르프 남작 부인, 나폴레옹 3세의 애인으로서 거액의 화대를 받고 사카르와 동침하는 드 좌몽 부인, 서명인이 실종된 어음을 헐값에 사들인 후에 서명인을 찾아 엄청난 고리高利를 취하는 유대인 뷔슈 등…… 그러나 돈을 향한 광기에 관한 한, 소설의 주인공 사카르를 능가할 이는 없어 보인다. 독자는 이미 『이전투구*La Curée*』에서 돈 때문에 사카르가 강간당한 아가씨 르네와 재혼하고, 돈 때문에 젊은 아내와 아들의 근친상간을 묵인하는 것을 보았으리라. 『돈』에서 카롤린 부인은 사카르에게서 "돈밖에 모르는 복잡하고 혼란스러운 인간", "사물과 사람을 녹여 돈을 주조하는 인간"을 보며 절망한다. '돈이란 무엇인가'라는 질문에 대한 한 가지 대답을 알기 위해서는 그녀의 탄식을 보면 될 것이다.

> 무한한 권력 속에서 덧없는 인간의 양심보다 더 높이 추앙받는 돈, 피와 눈물보다 더 높이 군림하는 돈, 돈이라는 제왕, 돈이라는 신!
>
> 아! 돈이여, 세상을 더럽히고 아귀아귀 삼키는 끔찍한 돈이여!

다른 한편 『돈』의 서술자는 돈이 인간성 파괴의 주범이자 부패의 원인이지만 거꾸로 문명을 일구는 동력이자 진보의 밑거름이라고 역설하는데, 그 점은 사카르와 아믈랭 남매(카롤린 부인과 그녀의 오빠 조르주 아믈랭)가 시도하는 동방개척 사업에서 잘 드러난다. 동방개척 사업을 통해 그들이 실현하고자 하는 것은 부의 획득과 아울러 문명의 재건이다. 그들이 보기에 돈과 과학의 행복한 결합, 그것이야말로 동방의 민중, 나아가 세계만방의 인류를 구할 왕도다. 나태와 무지가 지배하는 가운데 모든 것이 유실되었던 황무지에서 "싱싱한 수액"이 솟구치며 모든 것을 소생시키는 것을 목격한 카롤린 부인은 경탄을 금치 못한다. 다음 인용문에 담긴 그녀의 생각은 파괴와 구원이라는 돈의 이중적 역할을 더없이 잘 요약한다.

> 중독과 파괴를 초래하는 돈이야말로 사회적 생장生長의 효모였고, 인간들을 서로 가깝게 하고 대지를 평화롭게 할 대大역사에 필요한 부엽토였다. 돈을 저주하던 그녀였지만, 이제는 돈에 대해 공포가 뒤섞인 경탄에 빠져들었다. […] 일체의 선이 일체의 악을 만드는 돈에서 나왔다.

소설의 종결부에서 만국 은행의 파산과 함께 무일푼이 된 카롤린 부인이 비논리적인 희망을 느낀다면, 그것은 바로 돈의 경이로운 생명력 때문이다. 소설의 마지막 장인 12장의 마지막 문단에서 카롤린 부인은 이렇게 자문함으로써 돈에게 면죄부를 준다. "도대체 왜 사카르가 불러일으킨 비행과 죄악의 책임을 모두 돈에 전가해야 할까?" 책임은 돈이 아니라 사람에게 있다는 것, 그것이 『돈』의 테제다.

허구와 현실

발자크의 소설 또는 플로베르의 소설은 인간의 정념을 둘러싼 드라마 뒤에는 으레 금전의 문제가 존재하고 있음을 보여주었다. 졸라의 『돈』은 이런 특징을 공유하면서도 전혀 새로운 차원의 돈을 제시하고 있어 주목되는데, 이 돈은 증권시장의 돈으로서 볼 수도 만질 수도 없는 돈, 이를테면 허구의 돈이다. 증권거래소에서는 투자의 손익을 물건은커녕 화폐로도 경험할 틈이 없다. 왜냐하면 거액이 이 손에서 저 손으로 옮겨다닌다고 해도 그것은 오직 숫자로만 기록될 뿐이기 때문이다. 사카르가 자신의 금고에는 언제나 "허구"만이 상주했다고 자책하는 것, 더이상 "외관상의 거짓된 부富"가 아니라 "돈방석 위에 군림하는 진정한 황금의 왕국"을 건설하려는 것도 모두 이런 사정에서 비롯된다. 그러나 결론부터 말하자면, 소설의 처음부터 끝까지 사카르는 자신의 의지와 무관하게 허구의 세계에서 벗어나지 못한다.

사카르는 주식을 매수할 때에도 실질적으로 대금을 지불하는 법이 없다. 예를 들어 만국 은행의 창립총회에서 25만 프랑의 주식을 매수할 때에도, 자도바 전투 직후 수백만 프랑의 주식을 매수할 때에도 대금 지불은 "펜대를 놀리는 것"으로 대신한다. 또한 만국 은행의 자본금을 2500만 프랑에서, 5000만 프랑, 1억 프랑, 1억 5천만 프랑으로 늘릴 때마다 기존 주주들이 매수를 거부한 주식을 명의 대여인을 통해 허구적으로 떠안는다. 게다가 사카르는 마지막 증자 때 구주舊株의 유통에 필요한 돈 가운데 모자라는 2500만 프랑을 미리 결산한 연간 수익 3600만 프랑에서 보충한다.

『돈』에서 사카르와 군데르만이 벌이는 대혈투는 이처럼 숫자놀음일 뿐이지만, 문제는 이 단순한 숫자놀음이 끔찍하게 비극적인 현실을 만들어낸다는 데 있다. "과장된 승리의 허구"가 무너졌을 때 희생의 너비와 깊이는 끝을 헤아리기 힘들다. 만국 은행의 파산으로 인한 주요 은행의 줄지은 도산 외에도 도처에서 개인 주주들의 비극적 참상이 목격된다. 지참금을 날린 탓에 딸 나탈리가 가출해버린 늙은 심부름꾼 드주아, 저금도 연금도 모두 사라진 모장드르 부부, 딸 알리스의 지참금은 물론이려니와 마지막 남은 영지조차 잃은 보빌리에 백작 부인, 삼십 년의 성실한 노동으로 일군 실크 가게의 파산을 선언한 세디유, 평생 모은 돈을 일거에 날려버린 "은퇴한 문지기들, 고양이와 함께 살아가는 창백한 노처녀들, 편집증적인 지방 퇴직연금수령자들, 적선으로 빈곤해진 시골 사제들"이 그들이다. 하지만 이들보다 더 큰 참극을 맞이하는 이는 바로 돈과 돈을 매개해주는 증권 중개인 마조다. 만국 은행의 파산으로 도합 1108만 프랑의 부채를 안은 마조는 가족애가 남다르게 깊었음에도 젊은 아내와 두 남매를 남긴 채 스스로 목숨을 끊는다.

『돈』은 내무부 장관 외젠 루공으로 대표되는 제정의 내각과 유대인 은행의 정경유착, 사카르가 실질적 소유주인 신문사 〈레스페랑스〉를 통한 언론과 금융의 결탁, 그리고 언론 광고를 통한 만국 은행 경영실적의 포장과 미화를 보여주는데, 돈의 허구는 이를 통해 더욱 증폭된다. 이런 맥락에서 비평가 에티엔 케른은 "돈의 상상력"이 우리를 "회계장부Livre de comptes"에서 "동화 이야기Livre de contes"로 이끈다고 표현한다.* 채무는 있지만 지불은 없는 곳…… 기이하면서도 부도덕한 일이 아닌가. 증권거래소란 한마디로 현실의 비극 위에 세워진 '허구의 왕국'이다.

축적과 소비

발자크의 『뉘싱겐 상사商社 *La Maison Nucingen*』에서 이미 다루어진 바 있는 증권거래소 문제는 제2제정 시대에 들어서서 더욱 각별한 주목의 대상이 된다. 모든 신문이 증권란을 따로 둘 정도로 투자는 일상적인 관심사로 떠오른다. 게다가 산업의 비약적인 발전과 함께 거대사업에 투자하는 은행이 줄지어 창설된다. 『돈』의 증권시장 스토리를 이끌어가는 '이야기의 길잡이fil conducteur' 역시 두 은행가인데, 하나는 가톨릭 은행가 사카르이고 다른 하나는 유대인 은행가 군데르만이다.

50세의 정력적인 은행가 사카르는 집요하게 돈을 추구하지만, 재물을 축적하기만 하는 수전노가 아니다. 그가 축재에 몰두하는 진정한 이유는 재물을 소비하기 위해서, 그것도 과시적으로 소비하기 위해서다. 조르주 바타유는 『저주의 몫*La Part maudite*』에서 포틀래치를 예로 들어 대규모 낭비가 과시적으로, 경쟁적으로 이루어질 때 타인의 시선 속에서 명예와 권력이 발생한다고 설명한다. 전대미문의 만국 은행 주가 상승으로 거부가 된 사카르는 과연 과시적 소비로서 권력과 명예를 드높이고자 하는데, 그 주요 수단은 건물과 여성이다. 주변의 만류에도 불구하고 고집스레 지은 만국 은행의 초호화 신사옥은 "황금의 덫"으로

* Alain Brunn, Bertrand Darbeau, Étienne Kern, Jeanne Lazarus, 앞의 책, p. 12.

구경꾼들을 사로잡으며, 나폴레옹 3세의 애인에게 하룻밤 화대로 준 20만 프랑은 사교계의 화제가 되기에 충분하다. 간단히 말해 사카르가 선호하는 것은 축재가 아니라 축제인데, 이런 면에서 군데르만은 다시 한번 사카르의 대척점에 선다.

『돈: 몰리에르, 졸라, 지멜』을 공저한 에티엔 케른은 아리스토텔레스를 인용하면서 돈의 기능을 세 가지로 종합한다. 물건의 가치를 표현하는 척도 기능, 물건의 교환을 가능하게 하는 매개 기능, 물건의 가치를 축적하는 저장 기능이 그것이다.* 유대인 은행가의 상징인 제임스 드 로트실드가 모델이라고 알려진 60대의 유대인 은행가 군데르만에게 가장 중요한 돈의 기능은 세번째 기능, 즉 저장 기능이다. 사카르와 달리 허구의 돈이 아니라 자신의 돈으로, 열정과 술책이 아니라 논리와 진실에 따라 투자하는 군데르만에게 패배란 없다. 자신의 존재 이유를 부의 축적에서 찾는 군데르만은 이미 10억 프랑이라는 천문학적인 자산을 보유하고 있다.

지멜에 의하면, 돈은 "다양한 목적을 달성하기 위한 중립적인 수단"이기 때문에 질이 아니라 양에 의해 측정된다. 돈에 관한 한, 본질적인 질문은 "무엇을" "어떻게"가 아니라 "얼마나 많이"가 되는 것이다. 더욱이 돈의 양은 소유자의 질로 연결되는 경향이 있다.** 일반인의 상상을 초월하는 양의 돈을 가진 군데르만이 "파리와 세계가 두려워하고 복종하는 진정한 주인, 만능의 왕"으로 군림하는 것은 바로 이런 이유에서다. 소설의 종결부에서 만국 은행을 패퇴시키는 그는 다시 한번 "세계

* 같은 책, pp. 9~10.

** 게오르그 짐멜, 『돈의 철학』, 김덕영 옮김, 길, 2014, 431~435쪽.

최고의 돈장수"임을 확인하며 수많은 투자자들을 알거지로 만든다. 이런 이유로 졸라 연구자 콜레트 베케르는 군데르만을 일컬어 "악덕 없이 승리하는 악당"*이라고 하거니와, 군데르만의 축재가 사카르의 축제보다 더 명예로울 이유는 없어 보인다.

가톨릭과 유대교

졸라는 『돈』의 「초안」에서 유대인과 돈의 밀접한 관계를 언급했다. "유대인 문제가 주제의 바탕에 깔려 있음을 잊지 말아야 한다. 왜냐하면 옛날이든 오늘날이든 유대인의 역할을 언급하지 않고 돈 문제를 다룰 수 없기 때문이다."** 디아스포라로 인해 원래 세습받은 땅이 없었을 뿐만 아니라 오래도록 토지와 무기 관련 직업에 종사하는 것이 금지되었었던 유대인은 전통적으로 고리대금업, 현대적으로 표현하자면 금융업에 전문화되어 있었다. 이런 유대인이 전통적으로 금융 이윤을 부끄러운 것으로 간주했었던 가톨릭 사회의 미움을 산 것은 어쩌면 당연했다. 더욱이 가톨릭과 유대교 사이에는 그리스도 수난 문제까지 있지 않은가. 『돈』은 가톨릭교도와 유대인의 태생적 증오 관계를 돈을 중심 테마로 하여 묘사하고 있다.

사카르는 머리에서 발끝까지 반유대주의자다. 금융계의 적수 군데르만에 대한 그의 증오는 군데르만이 유대인이라는 이유로 더욱 증폭

* Colette Becker, *L'Argent, Émile Zola*, p. 55.

** Émile Zola, "Ébauche de *L'Argent*", *Les Rougon-Macquart*, p. 1429.

된다. "아! 유대인! 유대인에 대해서 사카르는 남프랑스인 특유의 오랜 종족적 반감을 가지고 있었다. 그것은 육체의 반항, 피부의 혐오와도 같은 것으로서, 살짝 스치기만 해도 그로 하여금 일체의 논리를 벗어나 자제할 수 없는 염증과 폭력으로 전율하게 했다." 사카르와 군데르만의 금융 대결이 문자 그대로 전부냐 무냐, 죽느냐 사느냐의 전면전이 되는 것은 이처럼 민족적·종교적 감정이 개재되기 때문이다.

그렇다고 해서 『돈』이 반유대주의를 지지하는 것은 결코 아니다. 유대인을 저주하는 사카르의 말에 카롤린 부인은 이렇게 반박한다. "저한테 유대인은 다른 사람들과 똑같은 사람이에요. 만약 그들이 별도의 인간들이라면, 그건 사람들이 그들을 그렇게 취급했기 때문이죠." 하지만 『돈』의 경우 유대인 옹호는 카롤린 부인의 단편적인 주장에서 더 나아가지 않는다. 졸라 연구자 알랭 파제스는 반유대주의와 관련지어 『돈』을 읽을 때 졸라가 드레퓌스의 옹호자였다는 사실에서 논거를 끌어오는 것은 지양해야 한다고 단언한다.* 다시 말해 1891년에 발표된 『돈』의 반유대주의 비판과 1898년에 발표된 「나는 고발한다J'accuse」의 그것 사이에는 상당한 온도 차이가 있다. 적어도 1891년의 졸라는 제2제정 시대를 휩쓸었던 반유대주의 열풍에서 완전히 자유롭지는 않은 듯하다.

1791년 유대인 해방법의 가결 덕분에 실현된 평화시대 이후 유대인들은 금융업으로 기하학적인 재산을 모았는데, 금력의 장악은 유대인에 대한 반감을 일반화시켰다. 1845년 알퐁스 투스넬이 『시대의 왕 유대인*Les Juifs, rois de l'époque*』을 출간하여 "돈의 귀족계급"을 몰아내야 한

---

* Alain Pagès, "Zola face à l'antisémitisme", *Les Cahiers naturalistes*, N° 78, Grasset, 2004, p. 104.

다고 주장했고, 1886년 에두아르 드뤼몽이 『유대인의 프랑스*La France juive*』를 출간하여 국가의 전통을 타락시키는 유대인에 대항하여 가톨릭교도가 투쟁할 것을 촉구했다. 1891년 『돈』에서 사카르가 유대인에게 혹독한 저주를 퍼붓고, 1894년 프랑스에서 드레퓌스 사건이 터지는 배경에는 이처럼 '유대인=돈'이라는 과도하게 단순화된 등식이 자리하고 있다.

자선과 사회주의

플로베르는 「고정관념사전Dictionnaires des idées reçues」에서 '돈argent'이라는 항목을 두면서 이렇게 풀이했다. "돈: 사회악의 원인."* 『돈』은 플로베르의 정의에 대한 적절한 예화라고 할 수 있다. 절대다수의 작중인물이 돈을 가졌든 못 가졌든 간에, 돈을 벌었든 잃었든 간에 저마다 돈으로 고통을 겪는다. 그렇다면 인간 모두를 괴롭히는 돈 문제를 어떻게 해결할 것인가? 『돈』은 두 가지 방안을 제시하는 것으로 보이는데, 하나는 돈을 폐지하려는 사회주의이고 다른 하나는 돈을 재분배하려는 자선이다.

『돈』에서 사회주의를 대변하는 인물은 기이하게도 유대인 고리대금업자 뷔슈의 동생 시지스몽이다. 그는 돈에서 인간과 사회를 타락시키는 절대악만을 본다. 그가 임금도 이윤도 없는 도시, 즉 돈이 아무런 존

* Gustave Flaubert, "Le Dictionnaire des idées reçues", *Oeuvres*, Bibliothèque de la Pléiade, t. 2, Gallimard, 1952, p. 1000.

재이유를 갖지 못하는 도시를 건설하고자 하는 것은 이런 이유에서다. "돈을 없애야 합니다, 반드시 돈을!" 그러나 시지스몽이 꿈꾸는 세계를 유토피아로 일축하는 사카르에게는 돈이야말로 "인생 그 자체"요, "삶을 살아갈 이유"다. "더이상 돈이, 황금이, 이 반짝이는 별이 없다면, 도대체 무엇이 우리의 삶을 비춰줄 것인가!" 작가 졸라 또한 화폐폐지론에 공감하지 않는 것으로 보인다. 톨스토이의 『돈과 노동*L'Argent et le travail*』의 프랑스어 번역판에 서문을 붙이면서 졸라는 돈을 폐지하자는 톨스토이의 주장을 반박하며 돈을 "사회적 토양의 산물", "삶의 조건 가운데 하나"로 간주한다.*

그렇다면 졸라에게는 자선이 해결책일까? 크리스토프 레페는 『돈』에서 돈을 배가하고자 하는 '투기'와 돈을 배분하고자 하는 '자선'이 대립하고 있는 양상을 확인한다. "자선은 남자들의 경제에 대비되는 여자들의 경제이고, 탐욕에 대비되는 증여이고, 이기주의에 대비되는 사랑과 연민이고, 파산에 대비되는 자산이고, 물질주의에 대비되는 정신주의다."** 『돈』에서 자선을 대변하는 인물은 도르비에도 대공 부인이다. 그녀는 사별한 남편이 증권 투기로 모은 3억 프랑의 재산을 빈자들에게 되돌려주고자 대규모 자선사업을 펼친다. 소설의 종결부에서, 십 년의 자선사업으로 파산한 도르비에도 대공 부인은 카르멜 수녀회의 수도원으로 들어간다. 도르비에도 대공 부인의 이 같은 헌신적 노력에도 불

* Émile Zola, "Lettre-Préface pour *L'Argent et le travail* de Léon Tolstoï", *Oeuvres complètes*, t. 12, Cercle du livre précieux, 1969, pp. 659~660.

** Christophe Reffait, *La Bourse dans le roman du second XIXe siècle*, Honoré Champion, 2007, p. 361.

구하고 『돈』은 자선을 돈 문제의 결정적 해결책으로 제시하지 않는다.

베블런의 『유한계급론*The Theory of the Leisure Class*』이 설명하듯 자선에는 대개 증여자의 욕망과 수증자의 수치심이 개재된다. 예컨대 보빌리에 백작 부인은 딸 알리스로 하여금 교육적 의미의 자선을 행하게 하며, 후견인을 자처하는 몇몇 귀부인들도 자선을 통해 개인적 허영심을 만족시킨다. 사카르도 한때 "자선의 왕"이 되고 싶어했지만, 그 목표는 "빈자들로부터 추앙받는 신"이 되는 것이었다. 명성과 자기만족이라는 자선의 내밀한 동기는 도르비에도 대공 부인의 경우에도 예외가 아니다. 그녀는 결코 자선사업을 타자와 공유하지 않으려 하며, "절대적 여왕"으로서 "자신의 자선"을 베풀고자 한다. 이런 맥락이 시지스몽으로 하여금 자선을 "동냥"이요 "선의에 의해 베풀어지는 불평등"이라고 폄하하게 만들고, 『증여론*Essai sur le don*』에서 마르셀 모스로 하여금 수혜자에게 마음의 상처를 입히는 자선 없이도 살 수 있는 사회가 도덕적인 사회라고 결론짓게 했으리라.

졸라는 친구 반 산텐 콜프에게 쓴 편지에서 『돈』을 쓰게 된 동기를 이렇게 밝혔다. "나는 돈을 공격하지도 옹호하지도 않겠다. 나는 돈을 오늘날까지 필요한 힘으로서, 문명과 진보의 동력으로서 보여주고자 한다."* 그러므로 그는 논리와 진실에 의해 승리하는 군데르만을 찬양하지도 않으며, 열정과 술책에 의해 패배하는 사카르를 비난하지도 않는다. 군데르만의 돈은 현실적인 돈이지만 유통되지 않는 돈이다. 그러기에 그는 '황금의 왕'이 된다. 사카르의 돈은 허구적인 돈이지만 꿈꾸게 하는 돈이다. 그러기에 그는 '돈의 시인'이 된다. 결론적으로 돈이란 인간으로 하여금 탐욕에 빠지게 하고 악행에 물들게 하는 타락의 효모인 동시에, 희망에 부풀게 하고 선행을 베풀게 하는 문명의 동인이라는 것이 『돈』의 이데올로기가 아닐까 싶다.

1891년에 발표된 『돈』은 시의성과 현대성을 두루 갖추고 있다. 졸라는 여러 소설에서 제2제정의 프랑스 사회를 투기꾼, 벼락부자, 졸부들의 세계로 그렸다. 『돈』 역시 1867년 만국박람회 개막 장면이 보여주듯, 황금과 환락의 물결 속에 감춰진 빈익빈부익부의 사회를 설득력 있게 보여준다. 그리고 『돈』은 그 현대적인 의미 덕분에 2000년대에 들어 금융경제학적 측면에서 적극적인 연구 대상이 되고 있다. 맺음말을 대신하여 『돈』의 현대성을 역설한 파스칼 마시오니의 의견을 인용하자.

> '사업가', 더 구체적으로 말하자면 현대사회의 금융계에서 일하는 사람에게 시선을 던지는 심리학자 또는 사회학자는 졸라가 『돈』에서 제시한 초상화, 성격, 행동의 정확성에 대해 놀라움을 금치 못하리라. 결론적으로 졸라의 『돈』은 출간된 지 백 년이 넘었지만 여전히 관심의 대상이 되고 있고, 시간이 아무리 흘러도 그 매력을 잃지 않을 것이다. 돈은 여전히 돈이니까 말이다, 어제처럼 오늘도.**

유기환

---

* Émile Zola, "Lettre à Jacques Van Santen Kolff", *L'Argent*, p. 1492.

** Pascal Maccioni, *L'Argent de Zola: Argent d'hier ou argent d'aujourd'hui?*, Centre français du commerce extérieur, 1992, p. 84.

1840년 4월 2일 파리 생조제프가街에서 아버지 프랑수아 졸라François Zola와 어머니 에밀리 오베르Émilie Aubert 사이에서 에밀 졸라가 태어난다. 아버지와 어머니의 나이 차이는 24세다. 아버지가 베네치아 출신 이탈리아인이었기 때문에, 졸라는 1862년에 프랑스로 귀화하게 된다.

1843년 토목기사인 아버지의 업무 관계로 엑상프로방스로 이사하여 정착한다. 프로방스 지방의 자연에 깊이 물든 어린 시절을 보낸다. 졸라 가족은 비교적 넉넉하게 산다. 엑상프로방스 시청이 졸라의 아버지가 제안한 운하 건설 계획을 받아들인다. 아버지는 빚을 내어 '졸라 운하 회사'를 설립한다.

1847년 운하 공사가 시작된 지 두 달도 못 되어 아버지가 향년 52세를 일기로 돌연 병사한다. 28세에 미망인이 된 어머니에게 남은 것은 채무와 소송뿐이다. 졸라 모자의 경제적 어려움이 시작된다.

1848년 어머니는 아버지의 업적을 인정받기 위해 운하 회사 대주주와 소송에 들어가고 엑상프로방스 시청과 논쟁을 벌인다. 어린 졸라는 가족에게 가해진 불의를 억울해하며 아버지의 정당한 위상을 되찾으려는 꿈을 가진다. 그리하여 그는 1868년 〈르 메사제 드 프로방스〉지에 '강탈자들에게 보내는 편지'를 발표하기도 한다.

1852년 장학금을 받고 부르봉 중학교에 입학한다. 거기서 미래의 위대한 화가 폴 세잔을 친구로 사귄다. 데생 수업에 열중하며 학교 브라스밴드에서 클라리넷을 연주한다. 이 시기에 열렬한 독서

광이 된다.

1854년 아버지가 착공했던 운하가 '졸라 운하'라는 이름으로 완공된다. 콜레라 전염병을 피해 시골로 피신하여 알렉상드르 뒤마, 외젠 쉬 등의 연재소설을 탐독한다.

1856년 파리에서 온 교사 덕분에 미슐레, 위고, 라마르틴, 뮈세 등 낭만주의자들을 알게 되고 그들을 예찬한다. 이 작가들은 졸라의 뇌리에 지울 수 없는 흔적을 남긴다. 졸라는 처음으로 드라마와 시를 습작하고, 친구들과 함께 프로방스의 자연을 마음껏 쏘다닌다.

1857년 운하 회사 대주주와의 소송 문제로 어머니가 파리로 올라간다.

1858년 어머니는 졸라를 파리로 올라오게 한다. 졸라는 프로방스를 몹시 그리워하며 친구들에게 긴 편지를 쓴다. 생루이 고등학교에 장학생으로 입학하지만 적응에 어려움을 겪는다. 시와 극작품을 습작한다.

1859년 향후 10년 동안 열세 번 이사할 정도로 경제적 어려움을 겪는다. 처음으로 미술전람회인 살롱전展을 본다. 대학입학자격시험인 바칼로레아에 응시하지만, 두 번의 낙방을 경험한다. 두번째 낙방의 이유는 프랑스어 시험 점수의 부족이었다. 습작을 계속하며 미슐레를 탐독한다.

1860년 고등학교 졸업장을 받기도 전에 어머니의 경제적 짐을 덜어주기 위해 직업전선에 뛰어든다. 생활고를 겪는 와중에도 조르주 상드와 셰익스피어를 읽고, 습작 시편들을 거장 위고에게 보내며, 심지어 인류의 진화에 대한 장시長詩 『존재의 사슬』 집필을 계획한다. 이 시기의 생활상은 졸라의 첫 소설 『클로드의 고백 *La Confession de Claude*』에 반영되어 있다.

1861년 집에서 나와 빈민가에서 독립생활을 한다. 물질적 고통에도 불구하고 훗날 이 시기를 행복하게 추억하게 된다. 프랑스 국적을 신청한다. 엑상프로방스에 있던 세잔이 파리를 방문하여 졸라와 함께 전람회를 구경한다. 위고의 『여러 세기의 전설』, 몽테뉴의 『수상록』을 읽은 졸라는 습작을 계속하면서도 영감의 퇴화를 괴로워한다.

1862년 유명 출판사인 아셰트에 직원으로 채용된다. 거기서 4년을 보내는데, 출판사는 문자 그대로 졸라에게 '대학'의 역할을 한다. 졸라는 이내 광고 책임자로 승진하여 급료가 오름으로써 어머니와 함께 살 수 있게 된다. 귀화가 받아들여져서 마침내 프랑스 국적을 취득한다. 세잔이 파리로 와서 약 2년 동안 체류하며 졸라에게 여러 화가를 소개한다. 출판사 일로 많은 작가, 비평가, 기자들과 관계를 맺는다.

1863년 몇몇 신문에 최초의 기고문, 서평, 콩트 등을 싣는다.

1864년 아셰트 출판사의 필자들이었던 생트뵈브, 텐, 리트레 등을 알게 된다. 미래의 부인 알렉상드린 믈레를 만나 동거에 들어간다. 최초의 창작집 『니농에게 주는 이야기*Les Contes à Ninon*』가 출간된다.

1865년 〈르 프티 주르날〉 〈르 피가로〉 등 주요 신문에 서평, 예술 비평을 기고하면서 진정한 저널리스트로서 데뷔한다. 「프루동과 쿠르베」라는 소론을 발표하는데, 여기서 예술이란 "기질을 통해 본 창조의 한 편린"이라는 졸라의 유명한 예술관이 천명된다. 첫번째 소설 『클로드의 고백』이 출간된다. 목요일마다 졸라의 집에서 세잔, 바유, 솔라리, 루, 피사로 등 친구들이 모이는 오랜 습관이 시작된다.

1866년 작가로서 살 것을 결심하고 아셰트 출판사를 떠난다. 〈르 피가로〉 〈르 살뤼 퓌블릭〉 〈레벤느망〉 등 여러 신문에 기고를 계속한다. 아카데미와 낭만주의에 반대하는 새로운 유파의 작가들, 화가들과 교제한다. 〈레벤느망〉에 마네와 인상파 화가들을 옹호하는 글을 싣는다. 그동안 발표한 소론들을 양분하여 『나의 증오*Mes haines*』와 『나의 살롱*Mon salon*』이라는 책으로 묶어 출간한다. 두번째 소설 『죽은 여인의 서원誓願*Le Voeu d'une morte*』을 발표한다.

1867년 물질적으로 곤란을 겪는다. 『테레즈 라캥*Thérèse Raquin*』과 『마르세유의 비밀*Les Mystères de Marseille*』이 출간된다. 마네가 이듬해 살롱전에 출품하기 위해 자신의 친구이자 열렬한 지지자인 졸라의 초상화를 그린다.

1868년 「부패 문학」이라는 제하의 평문을 통해 『테레즈 라캥』을 비판한 루이 윌바크와 논쟁을 벌인다. 소설 『마들렌 페라*Madeleine Férat*』를 발표한다. 하나의 시대, 하나의 사회에 대한 거대한 벽화를 담을 소설 시리즈를 구상한다.

1869년 대가 플로베르와의 우정이 시작된다. 졸라를 그림자처럼 충실하게 따를 후배 작가 폴 알렉시와 친교를 맺는다. 공화주의적인 라크루아 출판사가 「제2제정하의 한 가족의 자연적·사회적 역사」를 다룰 20권의 소설 '루공마카르총서'의 출간 기획에 동의한다.

1870년 동거중이던 알렉상드린 믈레와 결혼한다. 에드몽 드 공쿠르와의 우정이 돈독해진다. 제2제정과 보불전쟁에 반대하는 글을 신문에 기고한다. 보불전쟁이 발발하자 마르세유로 피신하여 친구 마리우스 루와 함께 〈라 마르세예즈〉지를 창간하며, 행정부가 있던 보르도로 가서 군수로 임명받고자 애쓰지만 실패한다.

1871년 의회가 베르사유에서 개회될 무렵 졸라는 파리로 돌아온다. '루공마카르총서' 제1권 『루공가의 행운*La Fortune des Rougon*』이 출간된다. 인세 수입으로 경제적 안정을 얻는다. 3월에서 5월까지 파리코뮌 봉기가 일어나자 잠시 글로통으로 피신했다가 돌아온다.

1872년 라크루아 출판사가 파산함에 따라 샤르팡티에 출판사와 '루공마카르총서'의 계속적인 출판을 계약한다. 출판사 사장 샤르팡티에는 이후 자연주의자들의 작품을 출판해주면서 졸라의 절친한 친구가 된다. 졸라는 알퐁스 도데, 투르게네프, 모파상 등과 친교를 맺는다. '루공마카르총서' 제2권 『이전투구*La Curée*』가 출간된다.

1873년 저널리스트 활동을 계속한다. '루공마카르총서' 제3권 『파리의 배*Le Ventre de Paris*』가 출간된다.

1874년 이른바 '야유받은 작가들'의 월례 식사가 최초로 열리는데, 참석자는 플로베르, 투르게네프, 도데, 에드몽 드 공쿠르, 졸라다. 마네의 소개로 시인 말라르메와 친해진다. '루공마카르총서' 제4권 『플라상스의 정복*La Conquête de Plassans*』과 『니농에게 주는 새로운 이야기*Les Nouveaux contes à Ninon*』가 출간된다. 희곡 『라부르댕가의 상속자들*Les Héritiers Rabourdin*』을 무대에 올리지만 실패로 끝난다.

1875년 사춘기 때부터 그를 괴롭히던 신경증이 과중한 작업으로 악화된다. 투르게네프의 소개로 러시아 문예지 〈유럽 헤럴드〉에 월평을 기고하기 시작하는데, 이 일은 5년 동안 계속된다. '루공마카르총서' 제5권 『무레 신부의 잘못*La Faute de l'abbé Mouret*』이 출간된다.

1876년 자연주의 유파의 일원이 될 앙리 세아르, 위스망스, 레옹 에니크와의 교우가 시작된다. '루공마카르총서' 제6권 『외젠 루공 각하*Son Excellence Eugène Rougon*』가 출간된다.

1877년 '루공마카르총서' 제7권 『목로주점*L'Assommoir*』이 출간된다. 출간 즉시 노골적 언어와 외설적 내용을 이유로 비난이 쏟아진다. 어쨌든 소설이 일으킨 공전의 스캔들 덕분에 엄청난 인세와 유명세를 동시에 얻는다. 졸라와 출판인 샤르팡티에 외에 플로베르, 공쿠르, 모파상, 세아르, 알렉시, 에니크, 미르보가 모인 '트랍 식당의 식사'가 일반인들의 눈에 마치 자연주의 유파의 세례식처럼 보인다.

1878년 희곡 『장미 단추*Le Bouton de rose*』의 상연이 실패로 끝난다. 『목로주점』의 성공이 가져다준 수입 덕분에 파리 근교 메당에 별장을 산다. 루공가와 마카르가의 가계도가 실린 '루공마카르 총서' 제8권 『사랑의 한 페이지*Une Page d'amour*』가 출간된다.

1879년 『목로주점』을 각색한 연극이 성공을 거둔다. 연극 장르에서 자연주의의 승리를 실현하기 위해 세아르, 에니크와 함께 『플라상스의 정복』의 연극 각색에 몰두한다.

1880년 플로베르, 어머니의 죽음이 잇따르면서 정신적·육체적 침체를 겪는다. 〈르 피가로〉지에 자연주의 문학을 옹호하는 '캠페인' 기고문을 싣기 시작한다. '루공마카르총서' 제9권 『나나*Nana*』, 자연주의에 관한 소론을 모은 『실험소설*Le Roman expérimental*』이 출간된다. 졸라, 모파상, 위스망스, 세아르, 에니크, 알렉시 등 자연주의 작가들이 단편집 『메당의 저녁*Les Soirées de Médan*』을 발표한다.

1881년 〈르 피가로〉지의 '캠페인' 기고를 끝낸다. 이미 발표된 이론적 평문을 모아 『연극에서의 자연주의*Le Naturalisme au théâtre*』 『우리의 극작가들*Nos auteurs dramatiques*』 『자연주의 소설가들*Les Romanciers naturalistes*』 『문학 자료*Documents littéraires*』 등 네 권의 책을 출간한다.

1882년 신문에 연재된 『살림*Pot-bouille*』을 보고 사법관 뒤베르디가 법조인 등장인물에게 자신의 이름을 부여했다는 이유로 졸라를 고소하며, 졸라는 유죄선고를 받는다. 졸라는 '루공마카르총서' 집필에 매진한다. 그의 명성이 이탈리아, 영국, 독일, 오스트리아, 러시아, 네덜란드, 노르웨이, 포르투갈 등 외국에까지 확대된다. '루공마카르총서' 제10권 『살림』과 단편소설집 『대위 뷔를 *Le Capitaine Burle*』이 출간된다.

1883년 친구이자 동지인 마네가 죽는다. 졸라는 북프랑스 지역 사회주의 국회의원 알프레드 지아르를 만나는데, 지아르는 그에게 광산에 관한 소설을 써보라고 권한다. '루공마카르총서' 제11권 『부인들의 행복 백화점*Au Bonheur des dames*』과 단편소설집 『나이스 미쿨랭*Naïs Micoulin*』이 출간된다.

1884년 광산소설을 쓰기 위한 자료를 수집하고자 앙쟁 광산을 방문한다. 사회주의 정치 지도자 쥘 게드, 폴 라파르그 등이 주도하는 정치회합에 참석한다. '루공마카르총서' 제12권 『삶의 기쁨*La Joie de vivre*』이 출간된다.

1885년 『종탑 주변』이라는 소설 때문에 투옥된 청년 작가 루이 데프레의 석방을 위해 노력한다. '루공마카르총서' 제13권 『제르미날 *Germinal*』이 출간된다. 『제르미날』을 연극으로 각색하지만, 이 연극은 당국의 검열에 의해 상연이 금지된다.

1886년 『대지*La Terre*』를 쓰기 위한 자료를 수집하고자 보스 지방을 여행한다. '루공마카르총서' 제14권 『작품*L'Œuvre*』이 출간된다.

1887년 '루공마카르총서' 제15권 『대지』가 출간된다. 자연주의 유파를 자처하는 무명의 청년 작가 다섯 명이 『대지』에 대한 격렬한 항의인 동시에 졸라의 자연주의에 대한 전면적 부인인 「5인 선언 Manifeste des cinq」을 〈르 피가로〉지에 발표한다. 이 선언이 도데와 공쿠르의 사주를 받아 이루어진 것으로 의심한 졸라는 그 어떤 반응도 하지 않음으로써 5인의 공격을 무시한다.

1888년 연극으로 각색한 『제르미날』이 상연금지에서 해제되어 초연되지만, 지나친 삭제와 어조완화 때문에 성공을 거두지 못한다. '루공마카르총서' 제16권 『꿈*Le Rêve*』이 출간된다. 국가최고훈장 레지옹 도뇌르 훈장을 수여받는다. 졸라 부인이 데려온 가정부 잔 로즈로가 졸라의 정부情婦가 된다. 졸라는 평생의 취미가 될 사진에 입문한다.

1889년 『인간 짐승*La Bête humaine*』을 쓰기 위한 취재를 하고자 잔과 함께 르아브르를 방문한다. 졸라와 잔 사이에서 딸 드니즈가 태어난다. 아카데미 프랑세즈의 회원에 처음으로 입후보한다. 이후 1897년까지 공석이 생길 때마다 입후보하지만 번번이 탈락한다.

1890년 『돈*L'Argent*』을 집필하기 위해 증권거래소를 방문한다. 『꿈』의 오페라 각본 제작에 협력한다. 루앙에 건립된 플로베르 기념관 개관식에 참석한다. '루공마카르총서' 제17권 『인간 짐승』이 출간된다.

1891년 '문인협회' 회장에 피선되어 로댕에게 발자크의 동상을 제작해 달라고 부탁한다. 『패주*La Débâcle*』를 쓰기 위해 스당으로 취재여행을 떠난다. 오페라 『꿈』이 성황리에 초연된다. 졸라 부부는 피레네 지방으로 여행을 떠나는데, 졸라는 거기서 루르드의 기적에 강한 인상을 받는다. 졸라와 잔 사이에서 둘째 아이 자크가 태어난다. 익명의 편지를 받고 졸라의 부인이 진실을 알게 되고, 이혼이 거론될 정도로 부부 사이에 심각한 불화가 생긴다. 레옹 블루아가 「자연주의의 장례」라는 제목으로 강연을 한다. '루공마카르총서' 제18권 『돈』이 출간된다.

1892년 노르망디 지방, 루르드, 미디 지방, 젠 지방을 여행한다. '루공마카르총서' 제19권 『패주』가 출간되어 큰 성공을 거둔다.

1893년 '루공마카르총서'의 마지막 소설인 제20권 『의사 파스칼*Le Docteur Pascal*』이 출간된다. '루공마카르총서'의 완간을 기념하는 축하연이 불로뉴 숲에서 열린다. 영국 왕립 언론인 협회의 초대로 런던을 방문하여 열렬한 환영을 받는다. 세기의 교체와 현대 도시의 변화에 자극을 받아서 새로운 소설 시리즈 '세 도시*Les Trois villes*'를 기획한다. '메당의 집'에 출입하던 자연주의 문인들이 졸라로부터 멀어지기 시작한다. 졸라의 변함없는 친구이던 앙리 세아르마저 졸라 부부의 불화에서 어느 한쪽을 편들기 힘들었기에 출입을 삼간다.

1894년 오페라 각본 『메시도르*Messidor*』를 쓴다. '문인협회' 회장 임기가 끝난다. 노르망디, 이탈리아 등을 여행한다. '세 도시' 시리즈 제1권 『루르드*Lourdes*』가 출간된다. 소설이 루르드의 기적을 의심하기 때문에, 가톨릭계를 중심으로 졸라에 대한 비난의 여론이 들끓는다. 결국 졸라는 소송에 휘말리고, 『루르드』는 금서목록에 오른다.

1895년 '문인협회' 회장직에 재선된다. 〈르 피가로〉지를 통해 새로운 '캠페인' 기고문을 싣기 시작한다.

1896년 '세 도시' 시리즈 제2권 『로마*Rome*』가 출간된다. 〈르 피가로〉지에 「유대인을 위하여」라는 글을 싣는다. 오페라 각본 『폭풍우*L'Ouragan*』와 『긴 머리 비올렌*Violaine la chevelue*』을 쓴다. 『사법적 오판, 드레퓌스 사건에 대한 진실』이라는 소책자를 쓴 베르나르 라자르의 첫번째 방문을 받는다.

1897년 오페라 『메시도르』가 초연되고, 〈르 피가로〉지 기고문들이 『새로운 캠페인*Nouvelle campagne*』이라는 제목으로 묶인다. 모파상 기념관 개관식에서 연설한다. 베르나르 라자르를 다시 만난다. 드레퓌스의 무죄를 확신하는 상원 부의장 셰레르 케스트네르의 집에서 열린 비밀 모임에 참석한 졸라는 마침내 진실 규명을 요구하는 캠페인을 전개할 결심을 하며, 〈르 피가로〉지에 드레퓌스 사건과 관련한 세 편의 글을 기고한다.

1898년 1월 13일 〈로로르〉지에 프랑스 언론사상 가장 유명한 기고문이 된 '펠릭스 포르 대통령에게 보내는 편지' 「나는 고발한다 J'accuse」를 발표한다. 〈로로르〉지는 평소 판매부수의 열 배가 넘는 30만 부를 찍는다. 보수주의자들이 격노한 가운데 고등사범학교 학생들, 작가들, 예술가들, 과학자들, 교수들의 대대적 지지가 잇따른다. 졸라 외에도 아나톨 프랑스, 에밀 뒤르켐, 프루스트, 모네 등이 드레퓌스 재심 청원서에 서명한다. 국방부 장관이 졸라를 명예훼손으로 고소한다. 중죄재판소로 소환된 졸라는 열다섯 차례의 공판 끝에 법정 최고형인 징역 1년 벌금 3000프랑을 선고받는다. 졸라는 즉각 프랑스 최고법원인 파기원에 상고하지만, 징역 1년 벌금 3000프랑이 확정 선고된다. 선고 당일 저녁 런던으로 원하지 않는 망명을 떠난다. 정부는 졸라의 레지옹 도뇌르 수훈자 자격을 박탈한다. '세 도시' 시리즈 제3권 『파리*Paris*』가 출간된다. 영국에서 새로운 소설 시리즈 '네 복음서*Quatre Évangiles*'를 기획하고 집필에 들어간다.

1899년 열화 같은 여론의 압박으로 드레퓌스 사건의 재심이 확정된다. 졸라는 영국을 떠나 파리로 돌아온다. 군사재판 결과 유죄판결이 원심대로 확정되자, 졸라는 〈로로르〉지에 격문 「제5막」을 발표한다. '네 복음서' 시리즈 제1권 『풍요*Fécondité*』가 출간된다.

1900년 만국박람회를 관람하며 사진 찍기에 몰두한다. 의회가 모든 드레퓌스 사건 관련자들을 사면하는 사면법을 통과시킨다.

1901년 오페라 『폭풍우』가 초연된다. 드레퓌스 사건과 관련한 기고문을 모은 책 『멈추지 않는 진실*La Vérité en marche*』과 '네 복음서' 시리즈 제2권 『노동*Travail*』이 출간된다. 여러 노동자 단체들이 『노동』을 기념하는 모임을 가진다.

1902년 메당의 별장에서 여름을 보낸다. 거기서 멀지 않은 곳에 사는 잔과 아이들이 매일 졸라를 보러 온다. 이즈음 졸라의 부인 알렉상드린은 상황을 받아들이고 아이들에게 애정을 보인다. 9월 28일 졸라 부부는 파리의 집으로 돌아온다. 날씨가 추워서 하녀가 벽난로에 불을 피웠는데, 벽난로 통풍이 잘 안 된 탓에 졸라는 가스중독으로 사망한다. 졸라 부인은 중태에 빠지지만, 다행히 생명을 구한다. 졸라의 질식사에 대해서는 반드레퓌스파가 저지른 암살이라는 주장이 끊임없이 제기되고 있다. 10월 5일 장례식에서 아나톨 프랑스가 아카데미 프랑세즈의 이름으로 조사弔辭를 읽으며 "인류 양심의 한 획"인 졸라를 기린다. 신문 연재중이던 '네 복음서' 시리즈 제3권 『진실*Vérité*』은 탈고 상태였지만, 제4권 『정의*Justice*』는 영원히 미완성으로 남는다.

1903년 '네 복음서' 시리즈 제3권 『진실』이 유작으로 출간된다.

1906년 의회가 드레퓌스의 사법적 복권과 졸라 유해의 팡테옹 이장을 주요 내용으로 하는 법안을 가결한다.

1908년 졸라의 유해가 보수주의 언론의 항의에도 불구하고 시민들의 애도 속에서 프랑스 위인들이 묻히는 팡테옹으로 이장된다.

문학동네 세계문학전집 발간에 부쳐

세계문학은 국민문학 혹은 지역문학을 떠나 존재하는 문학이 아니지만 그것들의 총합도 아니다. 세계문학이라는 용어에는 그 나름의 언어와 전통을 갖고 있는 국민문학이나 지역문학의 존재를 인정하면서 그것을 넘어서는 문학의 보편적 질서에 대한 관념이 새겨져 있다. 그 용어를 처음 고안한 19세기 유럽인들은 유럽문학을 중심으로 그 질서를 구축했지만 풍부한 국민문학의 전통을 가지고 있는 현대의 문학 강국들은 나름의 방식으로 세계문학을 이해하면서 정전(正典)의 목록을 작성하고 또 수정한다.

한국에서도 세계문학 관념은 우리 사회와 문화의 변화 속에서 거듭 수정돼왔다. 어느 시기에는 제국 일본의 교양주의를 반영한 세계문학 관념이, 어느 시기에는 제3세계 민족주의에 동조한 세계문학 관념이 출현했고, 그러한 관념을 실천한 전집물이 출판됐다. 21세기 한국에 새로운 세계문학전집이 필요하다는 것은 명백하다. 우리의 지성과 감성의 기준에 부합하는 세계문학을 다시 구상할 때가 되었다.

문학동네 세계문학전집은 범세계적으로 통용되는 고전에 대한 상식을 존중하면서도 지난 반세기 동안 해외 주요 언어권에서 창작과 연구의 진전에 따라 일어난 정전의 변동을 고려하여 편성되었다. 그래서 불멸의 명작은 물론 동시대 세계의 중요한 정치·문화적 실천에 영감을 준 새로운 작품들을 두루 포함시켰다.

창립 이후 지금까지 한국문학 및 번역문학 출판에서 가장 전문적이고 생산적인 그룹을 대표해온 문학동네가 그간 축적한 문학 출판 경험을 바탕으로 새로운 세계문학전집을 펴낸다. 인류가 무지와 몽매의 어둠 속을 방황하면서도 끝내 길을 잃지 않은 것은 세계문학사의 하늘에 떠 있는 빛나는 별들이 길잡이가 되어주었기 때문이다. 우리가 자부심과 사명감 속에서 그리게 될 이 새로운 별자리가 독자들의 관심과 애정에 힘입어 우리 모두의 뿌듯한 자산이 되기를 소망한다.

문학동네 세계문학전집 편집위원
민은경, 박유하, 변현태, 송병선, 이재룡, 홍길표, 남진우, 황종연

세계문학전집 155
돈

1판 1쇄 2017년 11월 24일
1판 6쇄 2024년 8월 30일

지은이 에밀 졸라 | 옮긴이 유기환

책임편집 홍상희 손예린 | 편집 오동규 | 독자모니터 유부만두
디자인 강혜림 최미영 | 저작권 박지영 형소진 최은진 오서영
마케팅 정민호 서지화 한민아 이민경 안남영 왕지경 정경주 김수인 김혜원 김하연 김예진
브랜딩 함유지 함근아 박민재 김희숙 이송이 박다솔 조다현 정승민 배진성
제작 강신은 김동욱 이순호 | 제작처 영신사

펴낸곳 (주)문학동네 | 펴낸이 김소영
출판등록 1993년 10월 22일 제2003-000045호
주소 10881 경기도 파주시 회동길 210
전자우편 editor@munhak.com | 대표전화 031)955-8888 | 팩스 031)955-8855
문의전화 031)955-1927(마케팅), 031)955-3560(편집)
문학동네카페 http://cafe.naver.com/mhdn
인스타그램 @munhakdongne | 트위터 @munhakdongne
북클럽문학동네 http://bookclubmunhak.com

ISBN 978-89-546-4896-7 04860
978-89-546-0901-2 (세트)

www.munhak.com

1, 2, 3 안나 카레니나 레프 톨스토이 | 박형규 옮김
4 판탈레온과 특별봉사대 마리오 바르가스 요사 | 송병선 옮김
5 황금 물고기 J. M. G. 르 클레지오 | 최수철 옮김
6 템페스트 윌리엄 셰익스피어 | 이경식 옮김
7 위대한 개츠비 F. 스콧 피츠제럴드 | 김영하 옮김
8 아름다운 애너벨 리 싸늘하게 죽다 오에 겐자부로 | 박유하 옮김
9, 10 파우스트 요한 볼프강 폰 괴테 | 이인웅 옮김
11 가면의 고백 미시마 유키오 | 양윤옥 옮김
12 킴 러디어드 키플링 | 하창수 옮김
13 나귀 가죽 오노레 드 발자크 | 이철의 옮김
14 피아노 치는 여자 엘프리데 옐리네크 | 이병애 옮김
15 1984 조지 오웰 | 김기혁 옮김
16 벤야멘타 하인학교 - 야콥 폰 군텐 이야기 로베르트 발저 | 홍길표 옮김
17, 18 적과 흑 스탕달 | 이규식 옮김
19, 20 휴먼 스테인 필립 로스 | 박범수 옮김
21 체스 이야기 · 낯선 여인의 편지 슈테판 츠바이크 | 김연수 옮김
22 왼손잡이 니콜라이 레스코프 | 이상훈 옮김
23 소송 프란츠 카프카 | 권혁준 옮김
24 마크롤 가비에로의 모험 알바로 무티스 | 송병선 옮김
25 파계 시마자키 도손 | 노영희 옮김
26 내 생명 앗아가주오 앙헬레스 마스트레타 | 강성식 옮김
27 여명 시도니가브리엘 콜레트 | 송기정 옮김
28 한때 흑인이었던 남자의 자서전 제임스 웰든 존슨 | 천승걸 옮김
29 슬픈 짐승 모니카 마론 | 김미선 옮김
30 피로 물든 방 앤절라 카터 | 이귀우 옮김
31 숨그네 헤르타 뮐러 | 박경희 옮김
32 우리 시대의 영웅 미하일 레르몬토프 | 김연경 옮김
33, 34 실낙원 존 밀턴 | 조신권 옮김
35 복낙원 존 밀턴 | 조신권 옮김
36 포로기 오오카 쇼헤이 | 허호 옮김
37 동물농장 · 파리와 런던의 따라지 인생 조지 오웰 | 김기혁 옮김
38 루이 랑베르 오노레 드 발자크 | 송기정 옮김
39 코틀로반 안드레이 플라토노프 | 김철균 옮김
40 어두운 상점들의 거리 파트릭 모디아노 | 김화영 옮김
41 순교자 김은국 | 도정일 옮김
42 젊은 베르테르의 슬픔 요한 볼프강 폰 괴테 | 안장혁 옮김
43 더블린 사람들 제임스 조이스 | 진선주 옮김
44 설득 제인 오스틴 | 원영선, 전신화 옮김
45 인공호흡 리카르도 피글리아 | 엄지영 옮김
46 정글북 러디어드 키플링 | 손향숙 옮김
47 외로운 남자 외젠 이오네스코 | 이재룡 옮김
48 에피 브리스트 테오도어 폰타네 | 한미희 옮김
49 둔황 이노우에 야스시 | 임용택 옮김
50 미크로메가스 · 캉디드 혹은 낙관주의 볼테르 | 이병애 옮김

51, 52 염소의 축제 마리오 바르가스 요사 | 송병선 옮김
53 고야산 스님 · 초롱불 노래 이즈미 교카 | 임태균 옮김
54 다니엘서 E. L. 닥터로 | 정상준 옮김
55 이날을 위한 우산 빌헬름 게나치노 | 박교진 옮김
56 톰 소여의 모험 마크 트웨인 | 강미경 옮김
57 카사노바의 귀향 · 꿈의 노벨레 아르투어 슈니츨러 | 모명숙 옮김
58 바보들을 위한 학교 사샤 소콜로프 | 권정임 옮김
59 어느 어릿광대의 견해 하인리히 뵐 | 신동도 옮김
60 웃는 늑대 쓰시마 유코 | 김훈아 옮김
61 팔코너 존 치버 | 박영원 옮김
62 한눈팔기 나쓰메 소세키 | 조영석 옮김
63, 64 톰 아저씨의 오두막 해리엇 비처 스토 | 이종인 옮김
65 아버지와 아들 이반 투르게네프 | 이항재 옮김
66 베니스의 상인 윌리엄 셰익스피어 | 이경식 옮김
67 해부학자 페데리코 안다아시 | 조구호 옮김
68 긴 이별을 위한 짧은 편지 페터 한트케 | 안장혁 옮김
69 호텔 뒤락 애니타 브루크너 | 김정 옮김
70 잔해 쥘리앵 그린 | 김종우 옮김
71 절망 블라디미르 나보코프 | 최종술 옮김
72 더버빌가의 테스 토머스 하디 | 유명숙 옮김
73 감상소설 미하일 조셴코 | 백용식 옮김
74 빙하와 어둠의 공포 크리스토프 란스마이어 | 진일상 옮김
75 쓰가루 · 석별 · 옛날이야기 다자이 오사무 | 서재곤 옮김
76 이인 알베르 카뮈 | 이기언 옮김
77 달려라, 토끼 존 업다이크 | 정영목 옮김
78 몰락하는 자 토마스 베른하르트 | 박인원 옮김
79, 80 한밤의 아이들 살만 루슈디 | 김진준 옮김
81 죽은 군대의 장군 이스마일 카다레 | 이창실 옮김
82 페레이라가 주장하다 안토니오 타부키 | 이승수 옮김
83, 84 목로주점 에밀 졸라 | 박명숙 옮김
85 아베 일족 모리 오가이 | 권태민 옮김
86 폭풍의 언덕 에밀리 브론테 | 김정아 옮김
87, 88 늦여름 아달베르트 슈티프터 | 박종대 옮김
89 클레브 공작부인 라파예트 부인 | 류재화 옮김
90 P세대 빅토르 펠레빈 | 박혜경 옮김
91 노인과 바다 어니스트 헤밍웨이 | 이인규 옮김
92 물방울 메도루마 슌 | 유은경 옮김
93 도깨비불 피에르 드리외라로셸 | 이재룡 옮김
94 프랑켄슈타인 메리 셸리 | 김선형 옮김
95 래그타임 E. L. 닥터로 | 최용준 옮김
96 캔터빌의 유령 오스카 와일드 | 김미나 옮김
97 만(卍) · 시게모토 소장의 어머니 다니자키 준이치로 | 김춘미, 이호철 옮김
98 맨해튼 트랜스퍼 존 더스패서스 | 박경희 옮김
99 단순한 열정 아니 에르노 | 최정수 옮김

100 열세 걸음 모옌 | 임홍빈 옮김
101 데미안 헤르만 헤세 | 안인희 옮김
102 수레바퀴 아래서 헤르만 헤세 | 한미희 옮김
103 소리와 분노 윌리엄 포크너 | 공진호 옮김
104 곰 윌리엄 포크너 | 민은영 옮김
105 롤리타 블라디미르 나보코프 | 김진준 옮김
106, 107 부활 레프 톨스토이 | 박형규 옮김
108, 109 모래그릇 마쓰모토 세이초 | 이병진 옮김
110 은둔자 막심 고리키 | 이강은 옮김
111 불타버린 지도 아베 고보 | 이영미 옮김
112 말라볼리아가의 사람들 조반니 베르가 | 김운찬 옮김
113 디어 라이프 앨리스 먼로 | 정연희 옮김
114 돈 카를로스 프리드리히 실러 | 안인희 옮김
115 인간 짐승 에밀 졸라 | 이철의 옮김
116 빌러비드 토니 모리슨 | 최인자 옮김
117, 118 미국의 목가 필립 로스 | 정영목 옮김
119 대성당 레이먼드 카버 | 김연수 옮김
120 나나 에밀 졸라 | 김치수 옮김
121, 122 제르미날 에밀 졸라 | 박명숙 옮김
123 현기증. 감정들 W. G. 제발트 | 배수아 옮김
124 강 동쪽의 기담 나가이 가후 | 정병호 옮김
125 붉은 밤의 도시들 윌리엄 버로스 | 박인찬 옮김
126 수고양이 무어의 인생관 E. T. A. 호프만 | 박은경 옮김
127 맘브루 R. H. 모레노 두란 | 송병선 옮김
128 익사 오에 겐자부로 | 박유하 옮김
129 땅의 혜택 크누트 함순 | 안미란 옮김
130 불안의 책 페르난두 페소아 | 오진영 옮김
131, 132 사랑과 어둠의 이야기 아모스 오즈 | 최창모 옮김
133 페스트 알베르 카뮈 | 유호식 옮김
134 다마세누 몬테이루의 잃어버린 머리 안토니오 타부키 | 이현경 옮김
135 작은 것들의 신 아룬다티 로이 | 박찬원 옮김
136 시스터 캐리 시어도어 드라이저 | 송은주 옮김
137 고독한 산책자의 몽상 장자크 루소 | 문경자 옮김
138 용의자의 야간열차 다와다 요코 | 이영미 옮김
139 세기아의 고백 알프레드 드 뮈세 | 김미성 옮김
140 햄릿 윌리엄 셰익스피어 | 이경식 옮김
141 카산드라 크리스타 볼프 | 한미희 옮김
142 이 글을 읽는 사람에게 영원한 저주를 마누엘 푸익 | 송병선 옮김
143 마음 나쓰메 소세키 | 유은경 옮김
144 바다 존 밴빌 | 정영목 옮김
145, 146, 147, 148 전쟁과 평화 레프 톨스토이 | 박형규 옮김
149 세 가지 이야기 귀스타브 플로베르 | 고봉만 옮김
150 제5도살장 커트 보니것 | 정영목 옮김
151 알렉시 · 은총의 일격 마르그리트 유르스나르 | 윤진 옮김

152 말라 온다 알베르토 푸겟 | 엄지영 옮김
153 아르세니예프의 인생 이반 부닌 | 이항재 옮김
154 오만과 편견 제인 오스틴 | 류경희 옮김
155 돈 에밀 졸라 | 유기환 옮김
156 젊은 예술가의 초상 제임스 조이스 | 진선주 옮김
157, 158, 159 카라마조프가의 형제들 표도르 도스토옙스키 | 김희숙 옮김
160 진 브로디 선생의 전성기 뮤리얼 스파크 | 서정은 옮김
161 13인당 이야기 오노레 드 발자크 | 송기정 옮김
162 하지 무라트 레프 톨스토이 | 박형규 옮김
163 희망 앙드레 말로 | 김웅권 옮김
164 임멘 호수 · 백마의 기사 · 프시케 테오도어 슈토름 | 배정희 옮김
165 밤은 부드러워라 F. 스콧 피츠제럴드 | 정영목 옮김
166 야간비행 앙투안 드 생텍쥐페리 | 용경식 옮김
167 나이트우드 주나 반스 | 이예원 옮김
168 소년들 앙리 드 몽테를랑 | 유정애 옮김
169, 170 독립기념일 리처드 포드 | 박영원 옮김
171, 172 닥터 지바고 보리스 파스테르나크 | 박형규 옮김
173 싯다르타 헤르만 헤세 | 권혁준 옮김
174 야만인을 기다리며 J. M. 쿳시 | 왕은철 옮김
175 철학편지 볼테르 | 이봉지 옮김
176 거지 소녀 앨리스 먼로 | 민은영 옮김
177 창백한 불꽃 블라디미르 나보코프 | 김윤하 옮김
178 슈틸러 막스 프리슈 | 김인순 옮김
179 시핑 뉴스 애니 프루 | 민승남 옮김
180 이 세상의 왕국 알레호 카르펜티에르 | 조구호 옮김
181 철의 시대 J. M. 쿳시 | 왕은철 옮김
182 카시지 조이스 캐럴 오츠 | 공경희 옮김
183, 184 모비 딕 허먼 멜빌 | 황유원 옮김
185 솔로몬의 노래 토니 모리슨 | 김선형 옮김
186 무기여 잘 있거라 어니스트 헤밍웨이 | 권진아 옮김
187 컬러 퍼플 앨리스 워커 | 고정아 옮김
188, 189 죄와 벌 표도르 도스토옙스키 | 이문영 옮김
190 사랑 광기 그리고 죽음의 이야기 오라시오 키로가 | 엄지영 옮김
191 빅 슬립 레이먼드 챈들러 | 김진준 옮김
192 시간은 밤 류드밀라 페트루셉스카야 | 김혜란 옮김
193 타타르인의 사막 디노 부차티 | 한리나 옮김
194 고양이와 쥐 귄터 그라스 | 박경희 옮김
195 펠리시아의 여정 윌리엄 트레버 | 박찬원 옮김
196 마이클 K의 삶과 시대 J. M. 쿳시 | 왕은철 옮김
197, 198 오스카와 루신다 피터 케리 | 김시현 옮김
199 패싱 넬라 라슨 | 박경희 옮김
200 마담 보바리 귀스타브 플로베르 | 김남주 옮김
201 패주 에밀 졸라 | 유기환 옮김
202 도시와 개들 마리오 바르가스 요사 | 송병선 옮김

203 루시 저메이카 킨케이드 | 정소영 옮김
204 대지 에밀 졸라 | 조성애 옮김
205, 206 백치 표도르 도스토옙스키 | 김희숙 옮김
207 백야 표도르 도스토옙스키 | 박은정 옮김
208 순수의 시대 이디스 워턴 | 손영미 옮김
209 단순한 이야기 엘리자베스 인치볼드 | 이혜수 옮김
210 바닷가에서 압둘라자크 구르나 | 황유원 옮김
211 낙원 압둘라자크 구르나 | 왕은철 옮김
212 피라미드 이스마일 카다레 | 이창실 옮김
213 애니 존 저메이카 킨케이드 | 정소영 옮김
214 지고 말 것을 가와바타 야스나리 | 박혜성 옮김
215 부서진 사월 이스마일 카다레 | 유정희 옮김
216 사람은 무엇으로 사는가 레프 톨스토이 | 이항재 옮김
217, 218 악마의 시 살만 루슈디 | 김진준 옮김
219 오늘을 잡아라 솔 벨로 | 김진준 옮김
220 배반 압둘라자크 구르나 | 황가한 옮김
221 어두운 밤 나는 적막한 집을 나섰다 페터 한트케 | 윤시향 옮김
222 무어의 마지막 한숨 살만 루슈디 | 김진준 옮김
223 속죄 이언 매큐언 | 한정아 옮김
224 암스테르담 이언 매큐언 | 박경희 옮김
225, 226, 227 특성 없는 남자 로베르트 무질 | 박종대 옮김
228 앨프리드와 에밀리 도리스 레싱 | 민은영 옮김
229 북과 남 엘리자베스 개스켈 | 민승남 옮김
230 마지막 이야기들 윌리엄 트레버 | 민승남 옮김
231 벤저민 프랭클린 자서전 벤저민 프랭클린 | 이종인 옮김
232 만년양식집 오에 겐자부로 | 박유하 옮김
233 이상한 나라의 앨리스 루이스 캐럴 | 존 테니얼 그림 | 김희진 옮김
234 소네치카 · 스페이드의 여왕 류드밀라 울리츠카야 | 박종소 옮김
235 메데야와 그녀의 아이들 류드밀라 울리츠카야 | 최종술 옮김
236 실종자 프란츠 카프카 | 이재황 옮김
237 진 알랭 로브그리예 | 성귀수 옮김
238 말테의 수기 라이너 마리아 릴케 | 홍사현 옮김
239, 240 율리시스 제임스 조이스 | 이종일 옮김
241 지도와 영토 미셸 우엘벡 | 장소미 옮김
242 사막 J. M. G. 르 클레지오 | 홍상희 옮김
243 사냥꾼의 수기 이반 투르게네프 | 이종현 옮김
244 험볼트의 선물 솔 벨로 | 전수용 옮김
245 바베트의 만찬 이자크 디네센 | 추미옥 옮김
246 나르치스와 골드문트 헤르만 헤세 | 안인희 옮김
247 변신 · 단식 광대 프란츠 카프카 | 이재황 옮김
248 상자 속의 사나이 안톤 체호프 | 박현섭 옮김
249 가장 파란 눈 토니 모리슨 | 정소영 옮김
250 꽃피는 노트르담 장 주네 | 성귀수 옮김

● 문학동네 세계문학전집은 계속 출간됩니다